KB067173

소돔 120일 혹은 방탕주의 학교

D. A. F. de Sade

LES CENT VINGT JOURNÉES DE SODOME OU L'ÉCOLE DU LIBERTINAGE

사드 전집 2

D. A. F. 드 사드
소돔 120일 혹은 방탕주의 학교

성귀수 옮김

wo
rk

ro
om

일러두기

이 책은 D. A. F. 드 사드(Donatien Alphonse François de Sade)의 「소돔 120일 혹은 방탕주의 학교(Les Cent Vingt Journées de Sodome ou l'École du Libertinage)」를 한국어로 옮긴 것이다.

번역 대본으로는 『사드 후작 전집, 결정판(Œuvres Complètes du Marquis de Sade, édition définitive)』 7권(XIII-XIV)(세르클 뒤 리브르 프레시외[Cercle du Livre Précieux], 1967), 『사드 후작 전집(Œuvres Complètes du Marquis de Sade)』 1권(포베르[Pauvert], 1986)을 기본으로 삼고 『사드 작품집(Sade, Œuvres)』 1권('비블리오테크 드 라 플레이아드[Bibliothèque de la Pléiade]', 갈리마르 출판사[Éditions Gallimard], 1990)을 참고했다.

원문의 이탤릭체는 십자표로, 대문자는 고딕체로 구분했다.

원주는 붉은색으로, 옮긴이 주는 검은색으로 표기했다.

주석 중 '사드 전집'은 워크룸 프레스에서 2014년부터 발간하고 있는 시리즈를 가리킨다.

차례

작가에 대하여

D. A. F. 드 사드
Donatien Alphonse François de Sade
1740. 6. 2.-1814. 12. 2.

도나시앵 알퐁스 프랑수아 드 사드. 그는 유서 깊은 프로방스 지방 대귀족 가문의 자제로 태어나 장래가 촉망받는 군인으로 청소년기를 보냈다. 그러나 20대 초반에 들어서면서, 욕망을 주체하지 못하는 불같은 기질과 극단을 탐하는 상상력으로 인해 사회로부터 격리가 요망되는 이단아의 삶을 살게 된다. 평생 두 번의 사형선고와 15년의 감옥살이, 14년의 정신병원 수감 생활을 거치면서, 최소 열한 곳 이상의 감금 시설을 전전했다. 이는 프랑스대혁명을 통한 구체제의 충격적인 붕괴와 피비린내 나는 공포정치, 혁명전쟁 그리고 나폴레옹의 등극과 몰락에 이르는 유럽 최대의 격동기와 그 궤를 같이하는 것이었다. 험난한 삶을 헤쳐가며 그가 써낸 엄청난 분량의 기상천외한 글은 상당수가 압수당하거나 불태워졌고, 그나마 발표한 작품들도 명성보다는 오명으로 그의 운명을 구속했다. 사후에 혜안을 지닌 극소수 작가들이 진가를 알아보았으나, 20세기 초현실주의의 정신 혁명을 만나기 전까지 100여 년간 그는 이상성욕을 발광하는 일개 미치광이 작가로 줄곧 어둠 속에 갇혀 있어야 했다. 필리프 솔레르스는 이렇게 말했다. "18세기를 휩쓴 자유의 파도가 사드를 태어나게 했다. 19세기는 그를 검열하고 잊어버리느라 무진 애를 썼다. 20세기는 야단법석 부정적인 모습으로 그를 드러내는 데 아주 열심이었다. 이제 21세기는 명확한 의미로 그를 고찰하는 일에 매진하게 될 것이다." 오늘날 그의 이름은 문학뿐 아니라 언어학, 철학, 심리학, 사회학, 정치학, 의학, 신학, 예술 등 인간을 논하는 거의 모든 분야의 담론에 등장하고 있다. 이는 그의 독보적 상상력이 펼쳐 보인 전인미답의 세계가 인간의 가장 심오하면서 치명적인 영역의 비밀들을 폭로하고 있다는 방증이다. 그런 뜻에서 “우리 모두가 사드적(sadique)이다.”라는 말은 의미심장하다. 아마, 아직까지도, 그는 사람들이 작품을 잘 읽지 않는 작가들 중에서 가장 유명하고, 또한 중요한 작가일 것이다.

사드 전집에 대하여

'글쓰기(écriture)', 사드의 고유한 광기.
—모리스 블랑쇼

1 사제와 죽어가는 자의 대화
2 소돔 120일 혹은 방탕주의 학교
3 알린과 발쿠르 혹은 철학소설
4 미덕의 불운
5 쥐스틴 혹은 미덕의 불행
6 라 누벨 쥐스틴 혹은 미덕의 불행
7 언니 쥘리에트 이야기 혹은 악덕의 번영
8 규방 철학
9 사랑의 죄악, 영웅적이고 비극적인 이야기들
10 짧은 이야기들, 콩트와 우화들
11 강주 후작 부인
12 옥스티에른 혹은 방탕주의의 불행
13 이탈리아 기행
14 노트와 일기, 서한집

현재 우리가 접하는 사드의 각종 글(소설, 희곡, 편지, 일기, 시, 기행문, 그 밖에 소책자로 묶일 만한 산문들)은 일정한 시점에 일목요연하게 집대성된 것이 아니라, 상당 부분 흩어지거나 분실된 상태에서 오랜 세월에 걸친 발굴과 복원 작업을 통해 한 편 한 편 사드의 문헌 목록에 이름을 올린 것들이다. 따라서 그 작업은 아직도 현재진행형일 수밖에 없으며, 고로 그의 작품집에는 엄밀한 의미의 '결정판(édition définitive)'이라는 명칭을 붙일 수 없거나, 붙인다 해도 무의미하다. 질베르 렐리가 1960년대에 사드 전집을 펴내면서 '결정판'이라는 명칭을 붙였으나, 그 이후에도 새롭게 발굴된 글들이 있다는 사실이 대표적 사례다. 우리는 이번 사드 전집을 만들면서 사드가 남긴 글 가운데 현재까지 확인된 소설 작품을 총망라해 싣는 것을 우선의 목표로 삼는다. 여기에 더해 희곡 작품과 기행문, 편지글, 그 밖의 운문과 산문은 부득이 중요도를 기준으로 선별해 수록함을 밝힌다.

사드 전집은 다음과 같은 체제로 진행된다. 번역할 텍스트는, 질베르 렐리가 1962년 15권 분량의 사드 전집을 펴낸 이후 1973년까지 모두 세 차례에 걸쳐 매번 8권(I-XVI)짜리 합본형 개정판을 출간한 중에서, 두 번째 개정판본인 세르클 뒤 리브르 프레시외(Cercle du Livre Précieux)판(版) 『사드 후작 전집, 결정판(Œuvres Complètes du Marquis de Sade, édition définitive)』(1966-7)을 저본으로 삼았다. 여기에, 1990년에서 1998년까지 미셸 들롱의 주도하에 갈리마르 출판사에서 출간된 '비블리오테크 드 라 플레이아드(Bibliothèque de la Pléiade)'판 『사드 작품집(Sade, Œuvres)』과 1986년부터 1991년까지 장자크 포베르와 아니 르 브룅의 주도하에 출간된 '포베르(Pauvert)'판 『사드 후작 전집(Œuvres Complètes du Marquis de Sade)』을 부분적으로 참고했다. 그 밖에 1968년 장자크 포베르 사에서 나온 네 권 분량의 『라 누벨[新] 쥐스틴 혹은 미덕의 불행』과 1954년 역시 장자크 포베르 사에서 나온 여섯 권 분량의 『언니 쥘리에트 이야기 혹은 악덕의 번영』을 비롯하여, 개별 작품에 따라 다수의 단행본을 참고했다. 각 권마다 1) 해설, 2) 작품, 3) 자료의 순서로 글이 배열되며, 1권에서는 '부록'으로 「사드와 그의 시대」(작가 연보)와 「작품 연보」를 추가했다. '자료'는 사드 작품에 관한 후대의 평론 위주로 구성하되, 그때마다 작품 이해의 수준을 높이는 데 도움이 될 만한 저자 혹은 연구자의 글을 수록한다.

해설

두루마리 원고 혹은 4단 생체 해부도

도서관 사서인 제가 사람들에게 사드의 책을
아무런 형식적 절차 없이 대여하지 않으리라는 것은
분명합니다. 그러나 관리자의 허가가 수반되고, 주의 사항이
지켜지기만 한다면, 저는 인간이라는 의미의 심연을
들여다보고자 하는 누군가 사드를 읽는 것은 권장할 일일 뿐
아니라, 반드시 필요한 일임을 확신합니다.[1]

—조르주 바타유

사드를 '정말로' 읽는 사람은, 누구도 피해 갈 수 없는 하나의 현실적인 문제 앞에서 고뇌하고 있는 자신을 발견해야만 한다. "나는 왜 사드를 읽는가?" 이 지극히 현실적인 문제는, 그러나 나를 이탈하여, 어쩌면 내가 말살되는 지점으로까지 답을 찾아 나설 용기를 촉구한다는 점에서, 우리가 상상하는 이상으로 본질적이고, 심지어 추상적이다.

1785년 바스티유 요새 감옥 리베르테('자유') 망루 3층 독방. 마흔다섯 살의 사드 후작은, 2년 전 뱅센 감옥에 수감되었을 때부터 쓰기 시작한 어떤 글을 불시 수검으로 압수당하지 않기 위해 기발한 묘책 하나를 생각해낸다. 폭 11.5센티미터에 각기 다른 길이의 종이들을 한 장 한 장 세로로 이어 붙여 총 길이 12.1미터의 두루마리를 만들고, 그 앞뒤 면에 아주 작은 글씨로 문제의 글을 꼼꼼히 정서한 다음, 돌돌 만 상태로 구석진 돌벽 틈새에 숨겨두는 것이다. 후작은 10월 22일에서 11월 28일까지 매일 저녁 일곱 시부터 시작해 세 시간을 꼬박 이 계획에 매달렸고, 결국 앞뒤 합해 24미터가 넘는 지면을 깨알 같은 글씨들로 빼곡히 채운다. "고대인에게서도 현대인에게서도 결코 구경해

1
1956년 12월 15일 파리 경범 재판소 제17호 법정 피고 측 증인 조르주 바타유(Georges Bataille)의 증언 중 일부. 프랑스 서적 위원회는 1947년부터 사드 전집을 출간해온 장자크 포베르를 상대로 『라 누벨 쥐스틴 혹은 미덕의 불행』, 『언니 쥘리에트 이야기 혹은 악덕의 번영』, 『규방 철학』 그리고 『소돔 120일 혹은 방탕주의 학교』의 "미풍양속에 대한 유해 혐의"를 적시해 도서 폐기 및 출판인 처벌을 위한 소송을 걸어왔다.

본 적 없는(…), 세상이 존재한 이래 가장 불순한 이야기"는 탄생부터가 그렇게 기괴한 방식이었다. 글쓴이 스스로 독창성과 위험성을 동시에 인식할 만큼 범상치 않은 두루마리 원고의 운명이 순탄할 리는 없었다. 1789년 대혁명의 불길이 걷잡을 수 없던 7월 2일, 사드는 심상찮은 바깥 동향을 쇠창살 너머로 예의 주시하고 있었다. 그리고 분노로 들끓는 민중을 향해 급기야는 "감옥을 점령해 무고한 동지들을 구출하라!"며 고래고래 소리를 질러댄다. 이 일로 그는 옷 갈아입을 틈도 없이 급하게 샤랑통 요양소로 이감당하고, 소소한 소지품은 물론 너무나도 중요한 두루마리 원고를 챙겨 나오지 못한다. 마침내 바스티유가 함락되는 것을 보면서 소중한 글이 영영 소실되어버렸다고 믿은 사드는 1년 뒤 자신의 공증인에게 보낸 편지에서까지 매일 "피눈물"을 흘린다며 비탄을 토로한다.

그러나 사상 유례없는 글의 운명은 그리 허무하지 않았다. 함락된 바스티유를 수색하던 시민군 아르누 드 생막시맹이 후작의 방에서 묘하게 생긴 원고를 발견한 것이다. 그는 이 두루마리 원고를 사드와 마찬가지로 프로방스 귀족 가문인 빌뇌브트랑 가에 팔아넘겼고, 이후 3대에 걸쳐 이는 그 집안의 희귀한 소장품 중 하나가 된다. 그것을 119년 만에 바깥세상으로 끌어내준 사람은 베를린의 정신과 의사이자 섹솔로지의 창안자 중 한 명인 이반 블로흐. 1900년, 두루마리 원고의 의학적 가치를 확인하고 적잖은 값에 사들인 그는 4년 만에 필사본을 완성해, 180부 소규모 한정판으로나마 책으로 출간한다. 사망한 저자와 소장자 말고는 어느 누구도 몰랐던 "가장 불순한 이야기"의 전모가 비로소 처음 세상에 공개된 순간이다. 하지만 필사자가 외국인이라는 한계 때문인지 이 판본에는 독일식 어법과 혼동해 빚어진 오류가 많았다. 그즈음 예술 옹호자로 유명한 누아유 부부가 사드의 이 놀라운 작품에 관심을 보인 것은 우연이 아니다. 샤를 누아유 자작과 마리로르 누아유 자작 부인은 예술 작업 지원에 매우 진취적인 문화인으로, 사회적 논란과 파격 앞에서 결코 물러서지 않는 사람들이었다. 1930년, 영화계에 엄청난 파란을 몰고 온 루이스 부뉴엘과 살바도르 달리의 「황금시대」 제작을 전폭 지원하고 옹호한 것이 그 대표적 사례다. 더욱이 마리로르는 사드 가문의 인척이기도 했다. 마침 사드의 미발표 작품 기획 출간을 추진 중이던 출판업자이자 작가 모리스 엔을 눈여겨본 자작 부부는, 1922년 사망한 블로흐의 유족으로부터 두루마리 원고를 되사들여 재출간하는 일을 전격 지원하기로 한다. 그리하여 1929년 고국의 품으로 돌아온 사드의 글은 1931년부터 1935년까지 세 차례에 걸쳐 명실상부한 오리지널 완전체로서 정식 선보이게 된다. 사드 연구에 평생을 바친 모리스 엔이 4년에 걸친 공력을 쏟아 완성한 쾌거로, 이때도 비록 396부에 그친 주문 한정판이지만, 향후 『소돔 120일 혹은 방탕주의 학교』라는 작품은 바로 이 텍스트를 가리킬 터였다.

그럼 두루마리 원고는 어찌 되었을까? 그 귀추 또한 파란만장하다. 누아유 자작 부부가 세상을 뜬 뒤 소장품들을 상속받은 둘째 딸 나탈리는, 1982년 스트라빈스키의 「결혼」 악보 원본과 함께 사드의 두루마리 원고를 출판업자인 친구 장 그루에에게 빌려준다. 순수한 연구 목적이라는 부탁을 거절할 수 없어서였다. 보관함은 몇 달 만에 돌아왔지만 그 속은 텅 빈 상태. 장 그루에가 12월 17일 30만 프랑을 받고 스위스인 갑부 수집가 제라르 노르드만에게 보물을 팔아치운 것이다. 뒤늦게 사정을 파악한 나탈리의 아들 카를로 페론은 노르드만과의 교섭에 실패하자 정식으로 소송을 제기했고, 이때부터 프랑스와 스위스 양국 간 두루마리 원고를 둘러싼 법정 공방이 펼쳐진다. 1990년 6월, 먼저 프랑스 법원이 사실상 절도 행위가 벌어졌던 것으로 판단하고 물건을 누아유 가문에 돌려주어야 한다는 판결을 내린다. 하지만 1998년 5월 스위스 연방 법원은, 합법적 절차에 의한 물건 취득이라는 판결로 노르드만의 손을 들어준다. 결국 어느 쪽으로도 결론 내리지 못한 상태에서 2004년 노르드만이 사망하자, 두루마리 원고는 주네브의 마르탱 보드메르 재단이 운영하는 세계 최고 수준의 문서 박물관에 기탁되어 10년간 상설 전시된다. 숱한 우여곡절 끝에 신화 그 자체가 처음으로 태중 앞에 모습을 드러내는 셈이었다. 한편 2014년에 이르러 노르드만의 후손들이 원고의 공매 의사를 밝혀왔지만, 프랑스와 스위스 양국 간 법적 문제가 복잡해 뜻있는 수집가들조차 선뜻 나서지 못하는 상황이었다. 이때 아리스토필 기업의 설립자로서 '편지 원고 박물관'을 운영하는 사업가 제라르 레리티에가 노르드만의 후손과 카를로 페론 모두에게 값을 치르는 조건으로 두루마리 원고를 사들이는 데 성공한다. 추후 매스컴을 통해 스스로 밝힌 총비용은 700만 유로. 문제는 그가 문화유산에 대한 애정보다 경제적 투기를 노리는 보물 사냥꾼으로 악명 높다는 점이었다. 아니나 다를까, 국보로 간주해 프랑스 국립도서관에 기증하겠다는 공개 약속을 뒤로하고 물건 값 올리기에 열심이었음이 밝혀진다. 영국 로이즈 금융 그룹과는 무려 1,200만 유로 선에 가격 협상 진행 중이었다는 설까지. 자칫 사드의 두루마리 원고가 국외로 다시 반출될지도 모를 상황이었다. 그러나 레리티에가 운영하는 아리스토필 기업이 다단계 사기 사건으로 파산을 맞아, 부득이 그의 소장품들이 경매에 나오면서 상황은 급반전된다. 2017년 12월 18일, 국가 문화유산의 국외 반출 차단을 위한 조치의 일환으로, 프랑스 정부가 직접 사드의 두루마리 원고에 대한 경매 중단 조처에 나선 것이다. 국제 시세에 맞춘 대략 800만 유로의 예산을 투여해 국가가 정식으로 사들이는 후속 조치와 더불어 말이다.[2] 사드 후작이 어두운 감옥에서 촘촘히 써내려간 『소돔 120일 혹은 방탕주의 학교』(이하 『소돔 120일』)의 두루마리 원고는 그렇게 험난한 곡절을 살아남아, 오늘날 프랑스 국민의 국보급 문화유산으로 정착되었다.

『소돔 120일』은 '서문'[3]과 1부만 완결되고 나머지 2, 3, 4부는 세부 계획들을 명시한 상태로 방치된 미완성 작품이다. 만약 이 작품이 계획대로 완성되었다면, 우리는 전무후무할 걸작을 소

2
『르 피가로(Le Figaro)』, 2017년 12월 18일 자.

3
두루마리 원고 첫머리에는 '서문(Introduction)'이라는 표기가 없다. 다만 본문 세 곳에서 사드 자신이 '서문'이라는 단어로 제1부 앞에 제시된 글 전체를 지칭하고 있어, 본인 실수에 의해 제목이 빠진 것으로 보인다. 참고로 모리스 엔(1931)과 질베르 렐리(1967)는 '서문'이라는 표기를 괄호 첨부해 살려낸 반면, 미셸 들롱(1990)과 장자크 포베르(1991)는 원고 그대로 '서문'이라는 제목을 누락시켰다. 본 전집은 두루마리 원고 상태를 그대로 따랐다.

유하게 되었을 것이다. 그런데 이렇게도 한번 생각해본다. 과연 이 작품은 미완성일까? 혹시 사드 자신이 의도적인 효과를 노려, 연구 끝에 착안해낸 일종의 파격 양식이 아닐까? 이를테면 냉소적으로 또는 실험적으로, 인간의 가공할 욕망을, 그 공포의 실체를, 마치 실험 실습 일지처럼, 구석구석 메스를 잘못 갖다 댄 흔적마저 고스란히 살려가면서, 피부와 근육과 신경과 뼈의 목록으로 차례차례 정리해 제시해놓은 4단 생체 해부도 말이다!

『소돔 120일』을 '정확히' 읽고자 한다면, 무엇보다 그것은 감옥이 만들어낸 상상의 괴물이라는 점을 주목할 필요가 있다. 연보로 확인되는 작품의 집필 시기는 1783년, 그러니까 사드가 뱅센 감옥에 수감되고 약 5년이 지났을 무렵에서 시작한다. 사드는 20대 초반부터 심심찮게 이런저런 감옥을 드나들지만, 이번은 그런 것들과 차원이 달랐다. 장모인 몽트뢰이 부인이 확보해둔 왕의 봉인장 때문인데, 법원의 결정을 뛰어넘어 수감자의 형기를 자유자재 조정할 수 있는 왕명에 따라, 언제 벗어날 수 있을지 모를 감금 상태에 처해진 거였다.[4] 사드 본인도 그 점을 인지하고 있었다. 기약이 없는 즉, 부과된 형기 자체를 모른 채 감당해야 하는 수형 생활은 자유를 향한 욕망을 갖지도 버리지도 못하게 만든다. 그런 기괴한 상황은 희망도 절망도, 기대도 체념도 아닌 하나의 끝없는 불안, 말하자면 불안의 강박[5]으로 의식을 몰아세운다. 세상으로 통하는 합리적인 문들이 모조리 닫힘으로써만 열리는 단 하나의 문. 바로 그것이 뱅센과 바스티유에 갇혀 『소돔 120일』을 집필하는 사드의 의식 모형이다. 1783년 7월 어느 날 아내에게 쓴 편지에서 이런 자의식의 증거를 확인할 수 있다.

> 내 장담하건대, 당신은 필시 나를 육체의 죄에 대한 가혹한 단절 상태에 몰아넣음으로써 아주 대단한 일을 해치운 것으로 생각할 거요. 하지만 그건 당신 착각이야. 오히려 당신

4
사드를 겨냥한 1772년의 영장이 이미 파기된 상황이었음에도 몽트뢰이 부인은 사위를 격리시키는 일에 악착같이 매달린다. 이유는 그가 처제를 농락했기 때문인데, 장모가 확보한 왕의 봉인장으로 인해 사드는 뱅센과 바스티유에서 그 오랜 수감 생활을 하게 된다. 장폴 브뤼겔리, 『사드—불멸의 에로티스트』(성귀수 옮김, 해냄, 2006) 109쪽 참조.

5
수감 기간에 쓴 엄청난 분량의 서신들에서 읽을 수 있는 여러 정황들, 예컨대 출감 예상 일자를 터무니없이 유추하는 편집광적 태도, 아내에 대한 끈질긴 질투망상, 횟수를 일일이 감옥 벽에 표시해가며 수행하는 처절한 자위행위의 배경에는 그와 같은 '불안의 강박'이 자리한다.

> 은 내 머리를 뜨겁게 달군 거니까. 당신은 내가 기필코 실현해야 할 환영들을 머릿속에서 고안해내도록 부추긴 셈이라고. (…) 주전자를 너무 펄펄 끓이면 물은 쏟아지게 되어 있다는 것을 알아야 하오.

사드의 상상력은 감옥의 벽을 훌쩍 뛰어넘어 비현실을 구가할 만큼 낭만적이지 않았다. 대신 밀폐된 뇌 속의 비등하는 욕망, 투명해져가는 쾌락의 입자들을 집요하게 곱씹고, 끝없이 미분해 들어갔다. 실링 성의 세계관을 정의하는 한없이 중첩된 밀폐 구조, 철저하게 통제된 숫자와 관계 안에서 무한 중복, 조작되는 사도마조히즘의 기제, 구속된 신체를 끝없이 파고드는 고문의 변주, 기타 등등. 『소돔 120일』의 어디를 펼쳐도 고립된 의식 과잉(overconsciousness)의 증후가 부글거린다. 가령 어떤 편집광적인 뇌 구조 속에서 사막의 갈증은, 오아시스를 꿈꾸게 하기보다 물 한 방울의 화학구조를 분석하게 만든다. 뱅센과 바스티유 돌벽에 둘러싸여 불안의 강박에 시달리는 사드의 상상력에서 일종의 자폐적 미학을 읽는다면 과한 시도일까. 무엇인지는 몰라도, 사드 역시 자신이 쓴 글의 특별함을 자각한 것처럼 보인다. 『소돔 120일』의 두루마리 원고와 관련해 "피눈물"을 언급한 편지를 조금 더 자세히 들여다보자.

> 한번 물어나 봅시다, 변호사 양반. 이건 정말이지 가혹한 행태가 아니오…. 열흘이나 시간이 있었음에도, 사드 부인이 내 글을 약탈당하게 내버려두고 있었다니, 이게 용납이 됩니까…. 요즘도 나는 매일같이 그 원고들 생각하며 피눈물을 흘린다오…. 잃지만 않았다면, 지금 내게 많은 것을 가져다주었을 작품들…. 나 처박혀 있는 동안 위안거리이기도 했거니와, 덕분에 외로움을 덜면서 이렇게 중얼거리곤 했었지, "적어도 시간을 낭비하는 건 아닐 거야!"[6]

6
고프리디에게 보낸 편지, 1790년 5월 말.

『소돔 120일』은 사드가 처음 시도한 장편소설이자 사실상 작가(écrivain)로서 자의식을 가지고 본격적으로 매달린 첫 작품이었다.[7] 안타깝게도 지금은 전해지지 않는 최후의 대작『플로르벨의 나날들 혹은 폭로된 자연, 그리고 모도르 신부의 회고록(Les Journées de Florbelle ou la Nature dévoilée, suivies des Mémoires de l'abbé de Modore)』[8]을 오로지 소실된 것으로 믿고 있던 이 작품의 부활을 염두에 두고 집필했을 만큼, 사드에게 첫 장편소설은 심중한 의미가 있었음이 분명하다. 위 편지에서 감옥 생활의 위안거리였다는 둥, 덕분에 외로움을 덜었다는 둥, 절제된 수사(litote)로 일관하다가 마지막에 따옴표까지 붙여, 마치 지금 이 순간의 심정인 듯 옮겨놓은 말은 그러한 맥락에서 의미심장하다. 절제된 수사는 여전하나, "시간 낭비가 아니다."라는 표현이 주는 객관적인 무게감이 앞선 어법들과는 다르다.『소돔 120일』을 계획하고 집필하고 정서하면서, 그는 과연 자기 안의 무엇을 발견한 것일까.

아폴리네르와 초현실주의자들이 사드를 '자유'의 투사로 추켜세울 때, 그것은 곧 '상상력의 자유'를 의미했다.[9] 그러나 엄밀히 말해 사드의 자유는 무한(無限)의 자유가 아니라 극한(極限)의 자유다. 상상력의 관점에서, 그 둘의 관계는 거의 대극이다. 하나는 상상이 자유를 가능한 것으로 만들고, 다른 하나는 상상이 자유를 불가능한 것으로 만들기 때문이다.『소돔 120일』의 한 장면에서 이 역설의 문제를 차근차근 짚어보자.

> 공작은 식사 내내 행복이란 것이 감각의 모든 즐거움을 온전하게 충족시키는 걸 의미한다면, 지금 그들보다 더 행복하기란 어려울 거라는 주장을 폈다. 그러자 뒤르세가 대꾸했다. "그런 말은 리베르탱답지 않구먼. 매 순간 자기 욕구를 충족시키면서 어떻게 행복할 수 있다는 거지? 행복은 희열 속이 아니라, 욕망 속에 있는 법. 그 욕망에 반하는 걸림

7
물론 생전에 선보이진 못했기에 공식 데뷔작은 1791년 익명 발표한『쥐스틴 혹은 미덕의 불운』이며, 이후 20세기가 되기까지 작가 사드에 대한 많은 논평은 '쥐스틴의 저자'라는 말로 시작한다.

8
사드 전집 1권,「부록 II. 작품 연보」21항 참조.

9
1929년 초현실주의 제2선언에서 앙드레 브르통은 말한다. "자기 이전 존재했던 일체의 것에 의존하지 않는 사물의 질서를 창조해야 할 영웅적 욕구"를 사드에게서 발견했노라고.

> 돌을 부수어버리는 행위 자체에 있단 말이거든. 그런데 갖기 위해서는 바라기만 하면 그만인 이곳에 과연 그런 모든 걸 기대할 수 있을까? 맹세컨대 난 이곳에 온 이후 단 한 번도 여기 있는 대상들을 향해 좆물을 흘린 적이 없거든. 현장에 없는 것을 찾아 좆물을 쏟은 거라고."[10]

초등학교 동기 사이인 공작과 뒤르세는 똑같이 사악한 방탕아이면서, 육체적으로나 기질적으로나 완전히 상반된 타입이다. 야수나 다름없는 공작과 지극히 여성적인 뒤르세가 친구이자 서로 남색을 즐기는 연인 관계임은 물론이다. 위의 장면은 쾌락과 욕망의 관계에 대한 사드의 생각을 선명하게 드러내는데, '극한'의 개념에 대한 훌륭한 예시로도 읽힌다. 공작은, 그야말로 짐승이 자연 그 자체를 향유하듯, 욕망하는 모든 것을 누림으로써 쾌락을 마음껏 구가한다고 믿는다. 쾌락을 목표로 한 욕망이 충족됨으로써, 그리하여 욕망에서 벗어남으로써 쾌락이 가능하다는 논리다. 그러나 뒤르세의 생각은 다르다. 그가 추구하는 쾌락은 욕망의 충족이 아니라, 욕망한다는 사실 자체에 있다. "욕망에 반하는 걸림돌"이란 욕망을 가로막는 현실적 제약들이기도 하거니와,[11] '리베르탱다운' 논리를 극단으로 밀고나갈 경우, '욕망의 충족' 그 자체이기도 하다. 욕망의 충족이 욕망의 지속을, 그 생명력을 파기할 것이기 때문이다.[12] 욕망은 "욕망에 반하는 걸림돌을 부수어버리는" 방식으로 작동하고, 그런 과정의 끝없는 연속이 곧 욕망의 본질이다. 이는 쾌락이, 한없는 접근만 있을 뿐, 결코 도달할 수 없는 극한의 체험임을 보여준다. '리베르탱다운' 리베르탱에게 쾌락이란 영원히 점유할 수 없는, 다시 말해 "현장에 없는 것"을 향해 끝없이 다가가는 행위일 따름이다. 상상력과 자유의 관계 또한 그와 다르지 않다. 『소돔 120일』의 리베르탱들이 세상의 평범한 방탕아들과 도저히 같을 수 없는 이유는 그들이 더 악랄해서도, 더 불결해서도 아니다. 오로지 상상력의 비중, 나아가 그 작동 방식 때문이다.[13]

10
『소돔 120일』, 제1부 제8일, 이 책 212쪽.

11
그러나 '리베르탱다움'을 강조하는 뒤르세의 발언은 이런 차원의 해석에만 머물지 않는다. 그의 사고는 욕망의 보다 근원적인 '경계'를 향해 나아간다.

12
방탕주의 원리에서 쾌락과 환멸은 동전의 양면이다. 실링 성의 리베르탱들이 추구하는 것은, 그래서 쾌락이 아니라 욕망 그 자체일 수밖에 없다. "결국 환상이 감각을 충족시킨 뒤 상상력의 마법 대신 경멸과 증오가 자리를 꿰차는 순간, 우리의 자존심과 방탕주의가 그 모든 제단을 박살 낼 것이다."(이 책 91쪽)

13
방탕주의(libertinage)의 철학적 의미망에서 중요한 개념으로 등장하는 '원칙(principe)'이라는 단어 그리고 '조작(opération)'이라는 단어와 관계있다. 『소돔 120일』이 중층으로 쌓아 올리는 난교(orgies)의 구조가 갈수록 비현실적으로 느껴지는 것은 그것이 본질적으로 상상의 구조이기 때문이다.

그러자 뒤르세가 말했다. "좋아, 그렇다면 과연 우리는 마음먹은 대로 범죄를 저지를 수 있을까? 자네들이 말하는 그런 범죄행위 말이야. 나로 말하자면, 그 문제와 관련해 상상력이 언제나 나의 역량을 뛰어넘었다네. 나는 항상 실제로 행한 것보다 훨씬 더 많은 악행을 궁리해왔어. 자연을 뛰어넘으려는 욕망만 심어주고서 그렇게 할 수단은 빼앗아버리는 자연이 나는 늘 불만이었지." "세상에 저지를 만한 죄악은 기껏해야 두세 가지에 지나지 않아요." 퀴르발이 말했다. "그것들만 해치울 수 있다면, 얘기는 그걸로 끝이란 말이외다. 나머지는 다 시시해. 아무 느낌도 주지 않아. 빌어먹을, 내가 얼마나 저 태양을 공격하고 싶어 했는지, 우주로부터 저 태양을 빼앗거나 아예 태양으로 세상을 모조리 불살라버리고 싶어 했는지 알기나 할까? 그 정도는 되어야 죄악이라고 할 수 있지. 1년 만에 고작 사람 열두어 명 흙으로 돌려보내느라 제멋대로 저지르는 소소한 일탈 행위를 죄악이라고 할 순 없어." 이쯤 되자 모두 머리에 불이 났고, 소녀 두세 명이 이를 감지했으며, 자지들이 곧추서기 시작했다.[14]

리베르탱의 쾌락 혹은 관능에서 상상력이 차지하는 비중은 거의 절대적이다. 단적으로 말해, 머리에 불이 나야만 발기한다. 더욱이 그 상상력은 언제나 상상하는 사람의 "역량"을 뛰어넘어, "태양을 공격"할 만큼 극단적이고 비현실적이다. 뒤르세의 고백 그대로, 리베르탱의 상상력은 "자연을 뛰어넘으려는 욕망"에 다름 아니며, 결국엔 불가능을 상상하는 광기다. 문제는 상상력의 작동 방식이다. 『소돔 120일』에서 사드가 정의하는 상상력의 작동 방식은 자발적이라기보다 철저하게 결정론적이다. 그것은 원칙에 의거하여 무한 작동하는 기계장치를 닮았고, 유기체적 기관이 정해진 원리에 따라 생장하는 자연현상과 비교된다. 지독한 반자연(Antiphysis)[15] 정신 활동임과 동시에 철저한 자연법칙에 따라 작동하는 상상력의 모순이 대비적으로

14
『소돔 120일』, 제1부 제8일, 이 책 215쪽(강조는 역자).

15
원래는 중세 가톨릭교회에서 성적 일탈행위를 단죄할 때 사용한 용어. 사드에 심취한 플로베르는 이를 '자연에 반(反)하는' 성향과 사상을 가리키는 개념으로 확대하여, 사드를 "반자연의 화신(incarnation de l'Antiphysis)"이라 평했다. "플로베르에게는 진정으로 사드 강박이 있다. 이 광인에게서 무언가 의미를 찾기 위해 골머리를 쥐어짠다. 그를 반자연의 화신으로 평하며, 정말이지 멋들어진 반어법으로, 사드야말로 가톨리시즘의 최종 발언이라고까지 말한다."(공쿠르 형제, 『일기』, 1861년 4월 8일)

기술된 장면 하나를 확인해보자.

> 관능에 대한 상상력은 언제나 단순한 것보다 유별난 것을 선호하기 마련이다. 아름다움과 청순함은 단순한 감각에서만 먹히지만, 추함과 퇴폐는 훨씬 강력한 충격을 가져다준다. (…) 그 모든 현상은 우리 몸의 구조와 기관들, 그것들이 작용하는 방식에 기인하는 것이며, 인체의 형상을 이리저리 바꿀 수 없듯이 우리는 그와 같은 우리 자신의 취향을 마음대로 변화시킬 수 없다.[16]

반자연의 핵심은 작위(作爲, artificiel)라는 개념에 있다. 자연에 대하여 무(無)질서가 아닌 반(反)질서, '작위의 질서'를 일관되게 구현하는 것이야말로 방탕주의의 '원칙'이며, 그것은 『소돔 120일』에서 '조작'의 이미지로 집요하게 강조되고 있다. 한번 경험한 자극에 둔감해질 수밖에 없는 감각은 경계 너머로 정신을 밀어내고, 그 정신은 좀 더 강력한 자극으로 잠든 감각을 일깨운다. 하지만 이내 감각은 또다시 싫증을 내고, "자연을 뛰어넘으려는 욕망"인 상상력을 부추겨 더 큰 충격으로 감각을 왜곡 또는 조작하게 만든다. 인간은 "몸의 구조와 기관들의 작용 방식에 기인하는" 즉, 자연이 결정론적으로 정해준 이런 상상력의 작동 방식을 "변화시킬 수 없다". "자연을 비틀고 취향을 왜곡하는 문란함에 한번 맛 들여 망가질 대로 망가진 상상력이 다시 정상으로 돌아오기란 매우 힘든 법이다."[17] 뱅센과 바스티유에서 사드가 발견한 것은, 이처럼 육체와 정신이 서로 작위를 가중함으로써[18] 비가역적으로 진화하는 존재의 파괴적 에너지였다. 그것은 누구보다 자유분방했던 "육체적인 종자"[19]로서, 자유의 상실을 가장 끔찍한 고문으로 체감하고 있는 자기 자신을 치열하게 관찰해온 결과다. 자연의 정밀한 원리에 따라 한 치의 어긋남 없이, 바로 그 자연을 파괴하도록 설정된 프로그램은 스스로 하나의 괴물로 진화해, 죽음마저 조작하는 자유를 추구

16
이 책 75쪽.

17
이 책 70쪽.

18
『소돔 120일』 1-2-3-4부의 단계적 진행 자체가 그러한 가중현상(aggravation)의 형식화다.

19
"자연이 부여한 육체적인 종자(espèce de physique)로서, 자유를 잃는다는 것은 더할 나위 없이 끔찍한 고문이 되는 겁니다."(1777년 말, 뱅센 감옥에서 어느 법관 내지 정치인에게 보낸 편지)

한다.[20] 인간은 이제 보편적 파괴의 메커니즘에 동참할 뿐, 자유는 결코 점유할 수 없는 극한의 체험이다. 사드에게 자유란 — 뒤르세의 "행복"처럼 — 괴물의 무자비한 운동에 동화되어버린 '조작의 관능' 그 자체이기 때문이다.

> "나로 말하자면 자연이 자기 손안에 놓고 제멋대로 주무르는 하나의 기계장치에 지나지 않아."[21]
>
> 성귀수

20
『소돔 120일』의 리베르탱들이 죽음을 궁극의 상태로 보지 않고 쾌락의 다양한 동기 중 하나로 간주하는 이면에는 바로 그런 사정이 자리한다. 죽음을 자유와 연관시켜 무한의 경지로 받아들이는 낭만주의적 태도는 쾌락의 희생자에게서만 확인될 뿐, 가해자들에게 죽음은 예외 없이 쾌락의 제공자인 타인의 죽음이며 '조작'의 소재 즉, 네크로마니아(necromania)다. 그런 그들에게 중요한 것은, 엄밀히 말해, '무한'이 아니라 '(조작의) 한계에 끝없이 다가가는 것'이다.

21
『소돔 120일』, 블랑지스 공작의 대사 중에서. 이 책 37쪽.

1904년 판본의 서문(이 책 527-9쪽)에 대하여
이반 블로흐(Iwan Bloch, 1872-922)는 독일 출신 정신병리 학자다. 그는 1906년 펴낸 저서 『우리 시대의 성생활(Das Sexualleben unserer Zeit)』에서 성에 대한 학제간 연구를 주창해 현대적 의미의 섹솔로지(sexology)를 창안한 인물로 평가받고 있다. 사드에 대한 그의 학문적 관심은 사실 1899년으로까지 거슬러 오른다. 『소돔 120일』의 두루마리 원고를 확보하기 이전인 당시 이미 『사드 후작: 인간과 그의 시대(Marquis de Sade: Der Mann Und Seine Zeit)』를 오이겐 뒤렌(Eugen Dühren)이라는 필명으로 출간했다. 이 책의 두드러진 장점은 사드에 대한 연구 자체보다, 18세기의 풍속과 관련한 상세한 정보와 그것의 연장선상에서 사드의 작품 세계를 조명한 시도에 있다. 그가 1904년 『소돔 120일 혹은 방탕주의 학교』의 두루마리 원고를 발굴해 최초로 소개한 것은, 비록 텍스트 복원에서 많은 오류를 범했지만, 분명 중요하게 언급되어야 할 사실이다. 특히 정신의학 또는 섹솔로지적 관점으로 『소돔 120일』에 접근하고자 하는 사람이라면, 1904년 판본을 찾아 읽어볼 필요가 있다. 서문에서 밝히고 있듯, 240개의 편집 주 안에 정신병리학자이자 섹솔로지 전문가의 관점에서 텍스트를 분석한 내용이 다수 포함되어 있기 때문이다. 오이겐 뒤렌의 1904년 판본을 언급하면서 반드시 함께 거론할 것은, 리하르트 폰 크라프트에빙(Richard von Krafft-Ebing, 1840-902)과 그의 대표작 『프시코파티아 섹수알리스(Psychopathia Sexualis, 성 정신병)』(1886)이다. 역시 서문에서 밝히고 있듯, 이 연구서와 『소돔 120일』의 놀라운 유사성이야말로 그가 두루마리 원고를 복원해 소개하기까지의 가장 중요한 동인이었기 때문이다.

크라프트에빙은 정신의학자로서, 종교와 법의 잣대로만 거론되고 단죄되던 성의 모든 일탈 현상을 최초로 과학적 관점에서 분류하고 분석하여 집대성한 인물이다. 이를테면 불감증부터 네크로필리아(necrophilia)[22]까지, 에로토포노필리아

22
시체와의 성관계를 통해서만 성적 쾌감을 느끼는 증상. 기본적으로 죽음에 대한 강박(obsession)이 자리하며, 조금 더 넓은 개념인 네크로마니아와 함께 주로 남성에게서 확인된다.

(erotophonophilia)[23]부터 손수건 페티시즘에 이르기까지, 이성간 평범한 성행위를 제외한 모든 성적 특성들과 행위들이 크라프트에빙의 기념비적 저작 『프시코파티아 섹수알리스』를 통해 비로소 과학의 틀 안에 흡수되고 학문적 연구 대상으로 등록되었다. 요컨대, 법의 심판대에 세우거나 광인 수용 시설에 감금하는 길밖에 달리 처리할 방도가 없던 인간의 어두운 본능들이 오늘날 하나의 색다른 성적 취향으로, 때론 전문적인 치료가 필요한 병리 증상으로 관리되기까지 거쳐야만 했던 의학, 심리학, 인류학, 사회학, 법학, 철학의 모든 연구 과정은 『프시코파티아 섹수알리스』라는 이 단 한 권의 책에 가장 큰 빚을 져왔다 해도 과언이 아니다.

그러나 『소돔 120일』의 텍스트를 읽는 오늘의 독자는 무엇보다 다음 두 가지 점에 주목하지 않을 수 없을 것이다. 첫째, 『소돔 120일』을 읽었을 리 없는 크라프트에빙이 어떻게 내용은 물론 형식까지도 사드의 텍스트와 유사한 연구서를 집필할 수 있었느냐는 점. 둘째, 한 선구적 학자의 연구가 이룬 엄청난 학문적 성과를 어떻게 사드는 무려 100년이나 앞서, 그것도 홀로 감옥에 갇힌 상태에서, 사상 유례없는 문학적 형식에 담아낼 수 있었느냐는 점이다.

23
살인을 통해서만 성적 쾌감을 느끼는 증상. 엄격한 의미로는, 성행위 상대가 아무 의심 없는 상태일 때 살인을 하거나 살인을 교사 내지 연출함으로써 쾌락을 취하는 증상이다. 이것이 역전되어, 살해당하는 환상에서 쾌감을 느끼는 증상은 아우토아사시나토필리아(Auto-assassinatophilia)라고 한다.

1931년 판본의 서문(이 책 531-5쪽)에 대하여

오이겐 뒤렌의 1904년 판본이 5년 후 아폴리네르로 하여금 『사드 후작 작품집』과 저 유명한 서문 「신성한 후작」을 쓰게 해 20세기 사드 연구의 물꼬를 트게 만들었다면, 1931년에서 1935년까지 이어진 모리스 엔의 새로운 판본은 초현실주의 혁명이 요란하게 불 지핀 사드의 또 다른 — 19세기의 악마적 신화와는 다른 — 신화로부터 인간-사드를, 그리하여 텍스트-사드를 바로 일으켜 세우는 단초가 되어주었다. 독일 시인 하인리히 하이네의 먼 후손이기도 한 모리스 엔(Maurice Heine, 1884-940)은 집안의 강요로 한동안 의학을 공부했으나, 결국 자신의 의지대로 문학과 출판 분야에 투신해 시인으로, 예술 서적 편집자로 활동했다. 극좌파 사회주의 운동에 관여하는가 하면 초현실주의 그룹과 교류하면서 시집 『사후의 죽음(La Mort posthume)』(1917)과 『미광(Pénombre)』(1919)을 펴냈으며, 특히 『의학 문헌에서 추출한 성 심리학적 고찰과 고백 사례 모음집(Recueil de confessions et observations psycho-sexuelles tirées de la littérature médicale)』(1926)이라는 책은 사드 연구에 평생을 바친 그의 전문가적 열정을 또 다른 각도로 엿보게 해준다.

무엇보다 모리스 엔이라는 이름이 오늘에까지 각인되는 것은 사드 연구사에 미친 그의 초지일관한 헌신 때문이다. 평생에 걸쳐 그 어떤 연구가보다 엄정하고 성실한 태도로 사드와 관련한 모든 전기적 문서와 자료를 수집, 복원한 업적은 아무리 강조해도 지나치지 않다. 그로 인해 사드는 진정 하나의 문학적 자료체로 바로 설 수 있었고, 사드에 대한 세간의 관심은 명실상부한 학문적 연구(sadologie)로 발전할 수 있었다. 그는 원래 아폴리네르와 함께 체계적인 사드 작품집 출간을 계획했으나 시인의 죽음으로 혼자 추진하게 되었다. 1924년부터 '철학소설 협회(Société du Roman Philosophique)' 재단의 지원 아래 사드의 미발표 작품들을 발굴, 복원, 소개하는 작업을 진행했고, 그 구체적 결실로 1926년 『짧은 이야기들, 콩트와 우화들』, 1931

년에서 1935년 『소돔 120일 혹은 방탕주의 학교』, 1926년 『사제와 죽어가는 자의 대화』 그리고 1930년 『미덕의 불운』을 최초로 세상에 내놓았다. "사드 후작의 텍스트는 파스칼의 텍스트와 똑같은 존중심을 가지고 다루어야 한다."는 그의 소신은 제자이자 친구인 질베르 렐리에 의해 고스란히 계승되어,[24] 이를 바탕으로 1952년 사상 최초의 사드 전기 『사드 후작의 생애(Sa Vie du marquis de Sade)』(1952-7)가 출간되기에 이른다. 사드 연구가로서 모리스 엔의 이름이 다른 어느 연구자보다 빛나는 것은, 그 선구적 위상을 포함해, 다음과 같은 발언으로 다가오는 지적 성실성과 혜안 때문이다. "우리는 사드 후작의 '명예 회복'을 목표한 적이 없습니다. 그런 단어 자체가 가당치 않거니와, 그와 같은 시도는 사드의 모든 악덕을 걷어냄으로써 오히려 그 사람을 왜소하게 만드는 일일 뿐입니다."[25]

24
모리스 엔이 복원한 『소돔 120일』의 텍스트는, '서문(Introduction)'이라는 제목을 보충한 것 말고는, 사드가 범한 오류를 그대로 보존하며 그 어떤 주석도 첨부하지 않았다. 반면 오이겐 뒤렌 판본은 240개의 편집 주를 첨가함은 물론, 여러 대목의 오류를 임의로 수정해 원 텍스트를 변형시켜놓았다. 사드의 텍스트 자체를 거의 신성시하여 주석이나 수정 자체를 용납할 수 없었던 모리스 엔의 이러한 자세는 질베르 렐리와 장자크 포베르의 판본에 그대로 계승되었고, 본격적으로 주석이 가미된 소위 비평판(édition critique)의 출현은 1990년 미셸 들롱의 플레이아드판에 와서야 가능해졌다.

25
마르셀 에나프(Marcel Hénaff), 『사드 읽기의 시대적 흐름(Les Ages de la lecture sadienne)』, 코펜하겐, 로만스크 연구소(Romansk Institut), 1979, 22쪽.

루이14세가 치세 기간 내내 벌인 엄청난 전쟁들은 국가 재정과 백성의 역량을 모조리 고갈시켰지만, 공공의 재앙이 일어나기만을 호시탐탐 노리는 저 거머리들[1] 살을 찌우는 데는 기막힌 호기로 작용했다. 그들은 환란을 잠재우기는커녕 부추겼고, 이를 악용해 최대한 사익을 챙겨왔던 것이다. 한편으로는 정말 위대한 시대였으나, 그 말기야말로 어쩌면 프랑스 제국 역사에서 사치와 방탕만이 기승을 부린 가장 암울한 운명의 시기가 아니었나 싶다. 그 치세의 막바지, 섭정 오를레앙 공이 '정의의 법정'이라는 이름의 특별재판소를 통해 수많은 부정 축재자에게 재산을 토해내도록 조처하기 얼마 전,[2] 바로 그런 부류에 속한 네 명이 이제 우리가 이야기할 기묘한 환락의 향연을 고안해내기에 이른다. 평민계급인 세리들이 악질 과세의 주범이라고 생각한다면 큰 착각이다. 높으신 귀족 나리들이 그들 머리 꼭대기에서 조종하고 있으니 말이다. 그런 식으로 막대한 재산을 긁어모은 블랑지스 공작과 동생인 아무개 주교는 귀족들이 어느 누구 못잖게 징세를 통한 치부(致富)에 능란한 족속임을 여실히 증명하고 있다. 그 두 저명인사야말로 우리가 향후 이야기로 풀어낼 방탕을 처음 생각해낸 장본인들이며, 쾌락적으로나 사업적으로나 내밀한 관계에 있는 또 다른 저명인사 뒤르세와 퀴르발 판사와도 아이디어를 공유해, 결국 네 명이 작당해 이 악명 높은 향연의 주인공들로 나선 것이다.

재산과 취향이 엇비슷한 만큼 죽이 잘 맞는 이들 리베르탱 네 명은 지난 6년 넘게, 다른 어떤 동기보다 방탕이 큰 비중을 차지하는 관계를 통해 서로의 결속력을 다져오고 있었다. 자, 그들의 관계가 어떤 식으로 짜여 있는지 살펴보자. 아내 셋과 사별한 홀아비 블랑지스 공작은 그중 한 명에게서 두 딸을 얻었는데, 아비와의 근친 관계를 잘 알고도 퀴르발 판사가 유독 큰딸과 혼인을 맺고 싶어 하자, 느닷없이 다음과 같은 삼중의 관계를 생각해내고는 퀴르발에게 말했다. "당신이 쥘리를 배필로 삼기 원하니, 내 망설이지 않고 그 아이를 주리다. 단, 한

1
징세 청부인이나 부패한 재력가를 비방하는 데 관습적으로 통용되던 욕설 중 하나다.

2
'정의의 법정(Chambre de justice)'은 원래 루이14세가 재정 총감 푸케를 제거하기 위해 1661년 신설한 일종의 특별재판소였다. 루이15세의 섭정 오를레앙 공은 1716년 이 기관을 다시 부활시켜, 부정 축재 혐의가 있는 재력가들에게서 돈을 끌어내 열악한 국가 재정을 회복시키는 수단으로 적극 활용했다.

가지 조건이 있소. 그 아이가 지금까지 내게 베풀어왔던 호의를 당신 아내가 된 뒤로도 계속 이어가는 것에 대해 절대 질투해서는 안 되오. 아울러, 당신은 나와 함께 우리 공동의 친구인 뒤르세를 설득해 그의 딸 콩스탕스가 내게 시집올 수 있도록 도와야 하오. 솔직히 말해서 그녀에 대한 나의 감정이 쥘리에 대한 당신의 그것과 거의 똑같거든." "하지만 뒤르세도 당신 못잖은 리베르탱임을 설마 모르진 않을 텐데…." 퀴르발이 의문을 제기하자 공작이 대답했다. "나도 웬만한 건 다 알고 있소. 한데 우리 나이에 우리 같은 사고방식을 가진 사람이 그런 문제로 주춤한대서야 말이 되오? 내가 단순히 애인이나 삼자고 여자를 원하는 걸로 보이오? 나는 그 여자를 통해 내 온갖 변덕을 만족시키고자 하는 거요. 혼례의 망토가 그럴듯하게 포장하는 오만 가지 은밀하고 소소한 난행(亂行)들을 무난하게 저질러보자는 뜻이지. 요컨대, 나는 당신이 내 딸을 원하는 것과 똑같은 이유에서 그 여자를 원한다는 얘기요. 당신의 목적과 욕망을 내가 모를 것 같소? 우리 같은 리베르탱은 여자를 노예로 취급하지. 배우자라는 자격 때문에 여자는 애인보다 우리에게 한층 더 순종적이 될 수밖에 없는 거고. 우리가 누리는 쾌락에서 전제적인 횡포가 얼마나 큰 비중을 차지하는지는 당신도 잘 알 거외다."

그렇게 얘기를 나누는데 마침 뒤르세가 들어왔다. 두 친구가 방금 나눈 대화 내용을 그에게 전하자, 징세 청부인[3]은 반가운 기색을 감추지 못하며 자기 역시 판사의 딸 아델라이드에게 흑심을 품어왔다고 털어놓는가 하면, 자신이 퀴르발의 사위가 된다는 조건하에 공작을 사위로 받아들이겠노라 약속했다. 결혼 세 건이 일사천리로 결정되었다. 지참금이 엄청났고, 혼례 조항들은 동일했다. 두 친구들 못잖게 죄악으로 얼룩진 판사 또한 자기 딸과의 은밀한 관계를 고백했으나, 뒤르세는 전혀 개의치 않았다. 이로써 세 아비는 기존 권리를 그대로 유지한 채 그걸 더 확장하는 뜻에서, 젊은 세 여자가 재산과 성(姓)만으로 각자의 배우자와 결부되며, 몸뚱어리와 관련해서는 그중 어느 누

3
구체제하에서 프랑스 왕의 대리자로 징세와 관련한 계약을 맺고 각종 세금 업무를 처리하던 관리. 일정한 시일 내에 계약에 정해진 일정 액수를 먼저 왕실에 납부한 다음, 그에 상응하는 세수(稅收)를 거두는 식으로 업무가 진행되는데, 이때 부당한 과세를 일삼아 착복해 백성의 원성이 자자했으며, 대혁명과 함께 많은 종사자가 처형당했다.

구에게 더하거나 덜함 없이 공평한 소유물이 되어야만 하되, 그러한 혼례 조항을 어길 시 가장 혹독한 처벌을 각오하겠다는 점에 합의했다.

그렇게 결론을 내리기 직전, 형의 두 친구들과도 이미 향락을 공유하는 사이인 아무개 주교가 자기도 동참할 수 있다면 이번 일에 네 번째 대상을 끌어들이는 것이 어떻겠냐는 제안을 해왔다. 그 대상이란 공작의 둘째 딸 즉, 주교의 질녀인데, 사실 사람들이 추측하는 것보다 훨씬 더 그와 가까운 사이였다. 주교는 평소 형수와 그렇고 그런 사이였기에, 의심할 여지없이 알린이라는 이름의 젊은 여자가 공작보다는 주교의 소생일 가능성이 크다는 점에 두 형제 모두 인식을 같이하고 있었다. 갓난아기였을 때부터 알린을 자처해서 보살펴온 주교는, 아니나 다를까, 여아의 육체적 매력이 꽃필 나이에 이르기 전부터 그것을 열심히 탐해온 터였다. 결국 이러한 점에서 주교는 동료들과 마찬가지였고, 그가 거래를 통해 노리는 효과 역시 같은 정도의 패악 혹은 타락을 수반하는 것이었다. 그럼에도 매력과 젊음으로 나머지 세 동료를 압도하는 만큼, 제안은 그리 어렵지 않게 수락되었다. 주교는 나머지 세 명과 같이 자신의 권리를 유지함과 동시에 내려놓았고, 그렇게 서로 맺어진 네 남자는 제각각 네 여자의 남편이 되었다.

독자의 편의를 위해 이상 결정된 배열을 되짚어보는 것이 적절하겠다. 쥘리의 아비인 공작은 뒤르세의 딸인 콩스탕스의 남편이 되었다. 콩스탕스의 아비인 뒤르세는 판사의 딸인 아델라이드의 남편이 되었다. 아델라이드의 아비인 판사는 공작의 첫째 딸인 쥘리의 남편이 되었다. 알린의 아비이자 삼촌인 주교는 그녀를 친구들에게 양도함으로써 나머지 세 여자들의 남편이 되었지만, 질녀에 대한 기존 권한은 계속 유지하기로 했다.

부르보네에 위치한 공작의 웅대한 영지에서 행복한 결혼식이 거행되었는데, 혼례 잔치의 이모저모에 관해서는 독자의 상상에 맡기고자 한다. 지금은 그것 말고 다른 향연에 대한 이야기를 할 때라, 부득이 그에 대한 묘사의 즐거움은 자제할 참이다. 결혼식을 치르고 일상으로 돌아왔을 때 친구들 사이는 훨씬 더 돈독해져 있었다. 그들의 면면을 잘 알리는 것이 중요한 만큼, 그 음탕한 조합의 세세한 점을 다루는 일이야말로 천하의 리베르탱들 성향을 낱낱이 밝히는 데 도움이 될 것으로 보인다. 그러고 나서 각각을 개별적으로 재론해가며 논의를 진전시켜 나갈 생각이다.

회합은 미리 조성된 공동 기금으로 운영되는데, 그걸 한 사람이 6개월씩 돌아가며 관리했다. 오직 쾌락의 목적에만 사용되도록 한 기금의 총액 규모는 어마어마했다. 그처럼 막대한 재산 덕분에 온갖 기발한 행태가 가능했던 셈인데, 독자는 놀라지 마시라, 오로지 미식과 음란이 가져다주는 향락에 할당된 비용만 연간 200만 리브르[4]를 훌쩍 웃돌았다는 것 아닌가!

여자를 조달하는 뚜쟁이 네 명과 남자를 공급하는 비슷한 수의 포주들이 도시와 시골을 샅샅이 뒤져 저들의 관능을 만족시킬 만한 모든 수단을 제공했다. 파리의 네 방향 외곽 끄트머리에 자리한 전원주택 네 채에서 야회를 빙자한 회동이 매주 네 차례에 걸쳐 규칙적으로 이루어졌다. 그중 첫째 회동은 오로지 남색의 쾌락을 위한 것으로 남자들에게만 참가 자격이 주어졌다. 매번 스무 살에서 서른 살 사이의 젊은이 열여섯 명이 함께했는데, 그들의 엄청난 신체 능력은 여자 역할을 하는 우리의 네 주인공들에게 더할 나위 없이 음란한 쾌락을 선사하는 것이었다. 오로지 음경의 크기에 따라 선택된 자들이라, 지금껏 어떤 여자의 뒤도 뚫어볼 기회가 없었을 만큼 거대한 육봉의 소유자여야 한다는 점이 거의 필수 조건으로 정착했다. 말하자면 기본 조항이었던 셈인데, 다들 비용이 얼마가 들든 상관하지 않는 터라, 그런 조항이 지켜지지 않는 경우란 극히 드물었다. 아울러 모든 쾌락을 동시에 맛본다는 취지로, 남정네 노릇을 할 이들 열여섯 명에 더해 여자의 직무를 담당할 보다 어린 나이의 청소년들이 비슷한 머릿수로 추가되었다. 나이는 열두 살에

4
구체제하의 프랑스 화폐단위는 다음과 같다. 1루이(louis)는 8에퀴(écu), 1에퀴는 3리브르(livre), 1리브르는 20수(sou), 1수는 4리아르(liard), 1리아르는 3드니에(denier). 여기서 리브르는 프랑(franc)과 혼용되었으며, 1수는 나폴레옹시대부터 5상팀(centime)에 해당한다.

서 열여덟 살 사이로 정해졌고, 풋풋함과 미모, 우아한 기품, 몸매, 천진난만함이 필설로 이루 다할 수 없을 만한 수준이어야 겨우 간택될 수 있었다. 소돔과 고모라가 고안해낸 모든 음행의 극치가 현실화되는 남자들만의 향연에 여자는 당연히 동참할 수 없었다. 둘째 회동의 노리개는 품행이 방정한 아가씨들이었는데, 일단 참석하면 평소 고고한 자태와 콧대 높은 행태를 죄다 내려놓아야 했다. 그러고는 받는 돈의 액수에 따라 리베르탱들의 더할 나위 없는 변태적 취향과 그들이 내키는 대로 자행하는 횡포를 순순히 감내하는 것이었다. 보통 머릿수로 열두 명을 헤아렸는데, 파리에서는 그런 부류의 여자를 필요한 만큼 자주 조달하기 어려웠기에, 기존의 회동과 더불어 대소인(對訴人)에서 관료 계층에 이르는 여자를 되는대로 받아들이는 또 다른 모임을 번갈아 가지기도 했다. 이들 계층에 속하고도, 돈이 궁해서든 호사를 누리기 위해서든 그와 같은 파티에 참석할 만한 파리 여성의 숫자는 4천에서 5천을 상회한다. 그들을 발굴해 데려오는 것은 사람만 잘 부리면 얼마든지 가능한 일. 그런 면에는 워낙 일가견이 있는 리베르탱들이라 특정 계층에서 제법 경이로운 대상들을 끌어다대는 건 일도 아니었다. 제아무리 정숙한 여자여도 소용없었다. 결국 모든 것을 감내해야만 했으니까. 한계라는 것을 인정치 않는 방탕주의는 자연적으로나 사회 통념상 그런 시련을 겪지 않아야 마땅한 존재를 상대로 극도의 만행과 파렴치를 저지를수록 달아오르기 마련이었다. 일단 현장에 도착하면 모든 짓을 각오해야만 했는데, 네 악당이 지닌 방탕의 취향이 워낙 지저분하고 노골적이어서 그들의 욕구에 부응한다는 동의를 얻어내는 것 자체가 보통 일이 아니었다. 셋째 회동에서는 세상에 상종 가능한 가장 천박하고 더러운 계집들이 동원되었다. 방탕의 여러 일탈적 행태에 익숙한 자에겐 이런 기기묘묘한 취향도 별것 아닌 축에 들 것이다. 사실 이런 종류의 계집들과 오물을 뒤집어쓴 채 뒹구는 것은 상당히 관능적인 행위라 할 수 있다. 그것은 완전히 자기를 버리는 행위이며, 가장 지독한 방탕이자 전적으로 자신을 망치는 행동이다. 특히 그로써 얻는 쾌락은 전날 맛본 쾌락이나 그 쾌락을 제공한 지체 높은 여인들과 대비되는 가운데, 양쪽 모두를 더욱 자극적으로 부각시키기 마련이다. 방탕은 전격적으로 저질러졌고, 수단과 방법을 가리지 않고 더 다양하고 강렬하게 펼쳐졌다. 여섯 시간에 걸쳐 창녀 100명이 동원되었는데, 그 모두 온전하게 남아나지 못하는 일이 다반사였다. 그렇다고 보채진 마시라. 취향의 기기묘묘함이란 원래 세부 요소들에 달려 있는 법. 지금은 아직 그걸 다룰 단계가 아니다. 넷째 회동에는 숫처녀들만 참석할 수 있었다. 연령은 일곱 살에서 열다섯 살까지로 제한되었다. 조건은 동일했는데, 오로지 용모만 따졌다. 당연히 매력적이어야 했으며, 확실히 동정이라는 느낌을 주어야 했다. 즉, 어느 모로 보나 진짜 처녀들만 뽑힌 것이다. 방탕주의의 진면목을 보여준다고나 할까. 그렇다고 모든 장미를 꺾겠다는 것은 아니었다. 하긴 무슨 수로 그렇게 한단 말인가. 처녀들은 항상 스무 명 단위로 제공되는 데 반해 우리의 리베르탱들 네 명 중 단 두 명만 그 행위가 가능하니 말이다. 나머지 두 명 중에서 징세 청부인은 발기가 전혀 안 되는 몸이었고, 주교는 처녀성을 온전히 놔둔 채 다른 식으로 욕보임으로써만 쾌감을 느끼는 타입이었다. 아무려면 어떤가, 처녀 스무 명은 늘 대령하는 것이고, 리베르탱들에 의해 손상을 입지 않은 여자들은 그들이 보는 앞에서 주인 못잖게 방탕한, 즉 나름 쓸모가 있어 항상 데리고 다니는 몇몇 하인들의 먹잇감이 되어야 했으니 말이다. 이상 네 가지 회동과는 별개로, 규모는 더 작지만 비용은 훨씬 많이 드는 은밀하고 특별한 회합이 매주 금요일에 열렸다. 거기에는 속임수를 쓰거나 돈을 풀어 부모 품에서 빼앗아온 지체 높은 가문의 어린 딸들 네 명만 받아들였다. 리베르탱의 아내들은 거의 언제나 이 방탕의 향연에 동참했는데, 그들의 전적인 복종과 서비스, 정성에 힘입어 모임의 분위기는 갈수록 자극적이었다. 야식에 차려내는 요리로 말하자면, 맛은 물론이고 그 양도 엄청났다. 식사 비용이 단 한 차례도 1만 프랑을 밑돈 적이 없었고, 프랑스와 외국을 망라해 조달 가능한 최고급 진미를 꼬박꼬박 대령했다. 포도주와 독주가 질적으로나 양적으로 일관되게 갖춰졌고, 계절별 과일들이 겨울철에도 버젓이 식탁에 올라왔다. 한마디로 지상 최고의 군주를 위한 식단도 이 정도 호사스럽고 훌륭하지는 못했을 것이다. 자, 그럼 이쯤에서 발길을 돌려, 독자를 위해 네 명의 인물들을 한 사람 한 사람 최선을 다해 묘사해보도록 하자. 결코 그럴듯하게 포장하지 않고, 설령 타락한 모습일지언정, 문란한 가운데서도 그 자체로 숭고한 자연의 붓을 움직여 있는 그대로 그려보이겠다는 뜻이다. 솔직히 말해, 미덕에서 찾을 수 있는 우아함이 죄악에는 없지만, 숭고한 면에서는 항상 죄악이 미덕을 앞서지 않는가? 미덕의 단조로우면서 연약한 면모를 압도하는 위대성과 숭고함이야말로 죄악의 특성이 아니던가? 죄악과 미덕의 유용성을 따져보자고? 정녕 이 자리에서 자연의 법칙을 낱낱이 파헤쳐야겠는가? 미덕만큼 악덕 역시 자연의 운행에 필요할진대, 각각의 요구에 따라 자연이 그중 어느 성향이든 동등한 비중으로 우리에게 주입해오지 않았다는 얘긴지, 지금 이 자리에서 결정해야 할까?[5] 아무튼, 마저 이야기를 진행해보자.

블랑지스 공작은 열여덟 살 때부터 이미 막강한 자산가였으며 그마저 세금 징수원들을 동원해 엄청난 규모로 불렸는데, 부자이면서 무슨 짓에든 거부감이 없는 귀족 젊은이가 으레 그렇듯 주변에 골치 아픈 일들이 끊이질 않았다. 그런 경우 거의 언제나 힘의 척도란 곧 악덕의 척도로 둔갑하는지라, 원하는 것을 얻기가 쉬워질수록 용납 불가능한 행위는 더불어 줄기 마련이다. 만약 공작이 자연으로부터 약간의 인간적인 장점을 부여받기만 했어도 그의 위상에서 비롯되는 해악은 상당 부분 상쇄되었을지 모른다. 하지만 이 기이한 어머니[6]는 블랑지스에게 어마어마한 부를 안겨줌으로써, 더도 말고 자기 위상을 마음껏 악용

5
악덕과 미덕의 동등한 필요성과 위상에 대한 신념은 사드의 초기 사상이 압축된 「사제와 죽어가는 자의 대화」에서도 중요하게 다루어진다. 사드 전집 1권, 34쪽.

6
자연을 의미한다.

하는 데 필요한 모든 발상과 동력까지 할애해준 셈이다. 자연이란 그렇게 금권(金權)과 의기투합함으로써, 미덕이 요구하는 것과는 차원이 다른 정성을 기대할 만한 특정 인간들이 온갖 악덕을 보다 손쉽게 범할 수 있도록 종종 기회를 허락하는 모양이다. 자연은 아주 음흉하고 사악한 의도로 그에게 더없이 흉악하고 무자비한 영혼을 주입해놓았다. 아울러 난잡하기 짝이 없는 취향과 변덕도 함께 부여했는데, 그것이야말로 공작이 그토록 탐닉하는 지독한 방탕주의의 산실인 셈이다. 천성이 거짓되고, 몰인정하며, 강압적인 데다, 야만적이고, 이기적이며, 쾌락에는 헤프되 공익에는 인색한 자로서 입만 열면 거짓말과 폭식, 폭음을 일삼고, 겁이 많은가 하면, 남색, 근친상간, 살인, 방화, 절도를 아무렇지도 않게 저지르면서 그 많은 악덕을 보상해줄 미덕은 단 하나도 갖추지 못한 사람이었다. 어디 그뿐이랴, 그는 미덕을 전혀 존중하지 않을뿐더러, 당최 미덕이라는 것 자체가 그에게는 끔찍한 혐오의 대상이었다. 한 인간이 이 세상에서 진정으로 행복하게 살려면 모든 악덕에 탐닉하되, 하나의 미덕이라도 스스로에게 허락해서는 안 된다는 것이 그의 지론이었다. 항상 악을 행하는 것이 문제가 아니라, 결단코 선을 행해서는 안 된다는 것이 중요하다는 얘기다. 공작은 이렇게 말했다. "격정에 휩쓸려야만 악해지는 사람은 도처에 차고 넘치지. 그러다가 흥분이 가라앉으면 다들 차분해진 영혼으로 태연하게 미덕의 길을 다시 걸어가. 그렇게 그들의 인생은 갈등에서 과오로, 과오에서 후회로 넘어가는 가운데, 결국 지상에 자신의 역할이 무엇이었는지 알지도 못한 채 생을 마감하기 일쑤야. 말하자면, 불행할 수밖에 없는 존재들이지. 항상 허공을 떠도는 느낌에 우유부단한 상태로 지내면서, 저녁에 한 일을 아침에 후회하다가 인생이 죄다 지나가버려. 쾌락이 후회를 불러올 거라 확신하기에, 쾌락을 맛보는 순간에도 벌벌 떨고 있지. 이를테면 죄악 속에서는 미덕을 내세우고, 미덕 속에서는 죄악을 저지르는 꼴이야." 우리의 주인공은 계속 말을 이었다. "하지만 강인한 나의 성격은 결코 그런 식으로 우왕좌왕하지 않아. 나는 내 선택에 절대로 주저함이 없지. 확신 어린 행동으로 쾌락을 추구하기 때문에, 후회 따위로 그 맛을 떨어뜨릴 이유가 없는 거야. 아주 어려서부터 삶에 밴 원칙들이 워낙 강고하다 보니, 매사 그에 입각해서 행동을 하거든. 그 원칙들을 통해 내가 깨달은 건, 미덕이란 아무것도 아니라는 사실이야. 나는 미덕을 증오해. 내가 그딴 것에 신경 쓰는 일은 세상 죽었다 깨나도 구경하기 힘들걸. 원칙들을 통해서 하나 더 확인한 사실은, 인간은 오직 악덕을 저지를 때 가장 관능적인 쾌감에 이르는 정신적, 육체적 파동을 체험한다는 거야. 나야 벌써 이력이 난 몸이지. 종교의 이런저런 망상쯤이야 일찌감치 극복했고. 창조주의 존재는 아이들도 믿지 않을 터무니없는 헛소리라는 걸 아주 확실히 깨달았거든. 그 양반 기분 맞추려고 내 타고난 성향을 억제할 필요성은 전혀 못 느낀다는 얘기야. 자연에게서 받은 성향이니까 그에 맞선다면 자연의 심기를 거스르는 일이 되겠지. 설사 자연이 내게 나쁜 성향을 부여했더라도 자연의 뜻에 따라 부득이 그리된 것일 테고. 나로 말하자면 자연이 자기 손안에 놓고 제멋대로 주무르는 하나의 기계장치에 지나지 않아. 내가 저지르는 죄악에서 자연의 뜻에 따르지 않은 것은 하나도 없지. 자연이 나더러 자꾸 죄를 지으라고 하는 건, 그만큼 자연에 나의 죄가 필요하다는 얘기거든. 그러니 저항하면 어리석은 짓이겠지. 결국 나를 가로막을 건 법밖에 없는 셈인데, 그것도 나는 죄다 무시해버려. 서민들한테나 타격이 될 그깟 저속한 골칫거리는 내가 가진 돈과 영향력으로 가뿐히 뛰어넘으면 되니까 말이야." 누군가 공작에게, 사람에게는 정당함과 부당함이라는 개념이 엄존하지 않느냐, 그런 개념이 모든 민족, 심지어 문명화되지 못한 종족에게서도 발견되는 걸 보면 그 또한 자연의 산물일 수밖에 없지 않겠느냐며 반론을 제기하면, 공작은 확고한 어조로 대답했다. 그런 개념들은 지극히 상대적이어서, 약자가 부당하다고 여기는 것을 강자는 아주 정당하게 생각할 수 있는 법이라고. 그리고 그 두 입장이 서로 뒤바뀔 경우엔, 또 그에 맞게 서로의 사고방식 자체가 달라질 수 있는 거라고. 그러면서 덧붙이기를, 진정으로 정당한 것은 오직 쾌락을 주는 것뿐이요, 부당한 것은 고통을 주는 것뿐이다, 가령 누군가 어떤 사람의 호주머니 속 100루이를 탈취할 경우, 그는 자신의 입장에서 지극히 정당한 행위를 한 것이지만, 당한 사람은 이를 다른 시각에서 볼 것이 분명하다고 했다. 요컨대, 그런 개념들은 자의적인 의미를 가질 뿐이며, 거기에 얽매이는 건 참으로 멍청한 놈이나 할 짓이라는 게 그의 결론이었다. 바로 이와 같은 추론 방식을 통해서 공작은 자신의 온갖 비뚤어진 행태를 정당화했다. 하긴 상당한 지력의 소유자인 만큼, 그의 추론은 결정적인 것처럼 보이기도 했다. 아주 어린 시절부터 자기만의 철학에 따라 처신해온 공작은 극단적으로 파렴치하고 해괴망측한 탈선 행각에 스스로를 내맡겨왔다. 젊은 나이에 세상을 떠난 그의 아버지는, 앞서 얘기한 대로, 공작에게 막대한 재산을 물려주되, 어머니가 살아 있는 동안은 그 재산의 상당 부분을 부양하는 데 쓰도록 조항으로 묶어두었다. 그러한 조건에 블랑지스는 곧장 심기가 뒤틀렸고, 그에 따르지 않아도 될 수단으로 독극물밖에는 아직 알지 못했던 천하의 악당은 주저 없이 그것을 사용하기로 결정했다. 하지만 천성이 교활한 데다, 아직 악덕의 경력이 초보에 불과했던지라, 직접 나서서 일을 해치울 엄두가 나지 않았다. 이에, 그동안 근친 관계를 맺어온 누나 한 명을 끌어들여, 성공만 하면 엄마의 죽음으로 독차지할 재산에서 한몫 톡톡히 떼어주겠다는 약속으로 그 일을 맡겼다. 그런데 아직 젊은 누나 역시 겁부터 집어먹자, 자칫 비밀이 새어 나갈지 모른다고 생각한 공작은 공범으로 삼으려 했던 여자마저 희생자 명단에 추가하기로 작정했다. 그는 영지 중 한 곳으로 어머니와 누나를 데리고 갔고, 두 불운한 여자는 그곳에서 돌아오지 못했다. 첫 번째 범죄가 처벌받지 않고 넘어가는 것보다 더 고무적인 일은 없는 법. 그 고비를 계기로 공작은 행동의 모든 제약을 끊어버렸다. 어느 누구라도 자신의 욕망을 조금이나마 거스른다고 판단되면, 즉시 독극물을 사용했다. 이렇듯 필요에 의한 살인에서 그는 쾌락을 위한 살인으로 빠르게 옮겨 갔다. 타인의 고통에서 쾌감을 느끼는 고약한 일탈 증상이 기질 깊숙이 심어져 있었다. 상대가 누가 됐든 타인에게 가해진 격렬한 충격이 우리의 신경 다발에 하나의 파동을 일으키고, 그것이 신경줄을 타고 흐르는 동물정기(動物精氣)를 자극해 발기신경을 압박하면, 그 진동 속에서 소위 음탕한 감각이 활성화된다는 것을 그는 온몸으로 감지했다. 결국, 보통의 경우 욕정의 불길을 다스리기 위해 여자를 찾는 것과 똑같은 논리로, 그는 오로지 방탕주의의 원칙에 입각해 살인과 절도 행각에 뛰어들었던 것이다. 스물세 살 때 그는 이미 자신의 철학을 주입해둔 악덕 친구 셋과 작당해 대로를 지나는 합승 마차를 강제로 멈춰 세우고는, 안에 탄 남자와 여자 모두를 강간하고 살해했으며, 전혀 필요 없으면서 돈을 빼앗는가 하면, 바로 당일 밤 알리바이를 위해 오페라극장 무도회에 참석하는 치밀함을 보였다. 이런 범죄는 일일이 세기 어려울 정도였다. 아리따운 양갓집 규수 두 명이 엄마 품에 안긴 채 강간, 살해당하는 일도 있었다. 그 밖에도 끔찍한 범행이 무수하게 저질러졌지만, 누구도 그의 소행을 거론하는 이가 없었다. 아버지가 세상을 뜨기 전에 일부러 맺어준 매력적인 배우자가 싫증나자 젊은 블랑지스는 그녀를 죽은 자기 어머니와 누나, 그 밖의 다른 모든 희생자들 곁으로 지체 없이 보내버렸다. 이는 상당히 부유한 어느 여자를 새로운 배필로 맞이하기 위함이었는데, 공공연하게 몸을 굴리고 다니는 그녀가 동생과도 그렇고 그런 사이임을 공작은 아주 잘 알고 있었다. 앞서 언급한 우리 소설의 여자 주인공 중 한 명인 알린을 낳은 엄마가 바로 그 여자다. 공작의 이 둘째 아내는 첫째처럼 얼마 못 가 희생 제물이 되었으며, 이어서 그 자리를 차지한 셋째 역시 둘째와 같은 신세로 전락했다. 아내들이 모조리 사망한 것은 남자의 거대한 덩치 때문일 거라는 얘기가 사교계에 나돌았다. 거한(巨漢)이라는 건 모든 면에서 정확한 사실이었기에, 공작은 진상을 흐리는 의견이 싹트고 있음을 막을 이유가 없었다. 그의 무시무시한 몸집은 실제로 헤라클레스나 켄타우로스를 연상시켰다. 신장은 5피에 11푸스,[7] 팔다리는 완력과 에너지로 충만하며, 관절마다 활력이 넘치고, 힘줄은 탄력 그 자체…. 거기에다 남자답고 자신만만한 얼굴 생김새를 가미해보시라. 부리부리한 검은 눈동자와 멋들어진 갈색 눈썹, 매부리코와 잘생긴 치아, 싱싱한 건강미가 절로 뿜어져 나온다. 그런가 하면 떡 벌어진 어깨와 완벽한 윤곽을 갖춘 통통한 등짝, 잘빠진 골반과 당당한 볼기짝, 더할 나위 없이 근사하게 뻗은 두 다리, 무쇠 같은 기질과 말에 견줄 만한 기운을 갖추었으며, 진짜 수컷 노새의 그것과 맞먹는 남근은 놀랄 만큼 털이 무성한 데다 주인 나이가 오십 줄임에도 불구하고 하루 종일 내키는 대로 정액을 내뿜을 수 있다. 거의 지속적인 발기가 가능한 이 남근의 크기는 둘레가 정확히 8푸스에 길이가 12푸스였으니, 독자 여러분 각자 상상해보시라, 블랑지스 공작의 초상이 절로 떠오를 테니. 자, 이제 이 자연의 걸작이 한번 제대로 마음먹고 욕망에 불을 댕긴다고 치자. 과연 어떤 상황이 벌어질까? 관능의 취기로 꼭지가 돌아버린 그의 모습이 어떻게 변하느냔 말이다! 한마디로 더 이상 인간이 아니었다. 광분하는 한 마리 호랑이였다. 불행하여라, 하필 그 순간 그의 욕정에 수발드는 자. 터져나갈 듯 부푼 가슴팍에서 무시무시한 비명과 불경스러운 욕설이 마구잡이로 치솟는 가운데, 두 눈에서는 불꽃이 튀는 것 같았다. 입에 거품을 물면서 말처럼 울부짖는 그의 모습은 가히 음탕의 신이라 불러도 손색없었다. 어떤 식으로 절정을 맞이하든 그의 두 손이 사방을 미친 듯 휘젓다가, 언제 터질지 모를 사정(射精)의 바로 그 순간 손에 걸리는 여자 모가지를 가차 없이 졸라버리는 것이었으니! 그러고 나서 제정신이 돌아오면, 언제 그랬냐는 듯 방금 자신이 저지른 추악한 짓거리는 전혀 안중에 없는 상태가 되는데, 그런 무관심 혹은 무감각으로부터 순식간에 관능의 새로운 불티가 다시 튀

7
피에(pied)와 푸스(pouce)는 구체제 시대의 측량단위로 전자는 약 32.5센티미터 후자는 약 2.7센티미터 정도다. 고로 공작의 신장은 대략 192.2센티미터가 되는 셈이다.

는 것이었다. 공작은 소싯적에 하루 열여덟 차례나 사정을 하고도, 맨 마지막이 첫 번째에 비해 전혀 부실하지가 않았다. 지금은 반세기에 이른 나이임에도 같은 시간차를 두고 일고여덟 번 연속해서 방출을 하는데 조금도 위축된 모습이 아니다. 스물다섯 살 무렵부터 그는 수동적인 남색을 즐겨왔다. 그때마다 뒤에서 쑤시는 공격을 적극적으로 받아들였으며, 마음이 내키면 언제든 역할을 바꿔, 못잖게 적극적인 자세로 상대의 뒤를 쑤셔댔다. 한번은 내기를 통해 하루 쉰다섯 차례의 후장질을 받아내는 기록을 달성하기도 했다. 앞서 말한 대로 엄청난 괴력의 소유자인 만큼, 그는 한 손만으로도 여자를 제압해 범하는 것이 가능했고, 이를 여러 차례 입증했다. 하루는 말 한 마리를 다리 힘만으로 조여서 질식시켜 죽일 수 있다며 내기를 걸었는데, 정말 그가 지목한 순간 말이 즉사하고 말았다. 또한 굳이 비교하자면, 그에게 식탁에서의 방종은 침대에서의 방종을 능가하는 무엇이었다. 그가 집어삼키는 식사량의 최대치가 어느 정도에 이를지 아는 사람은 아무도 없었다. 그는 하루 세끼 매번 세 차례의 식사를 장시간, 푸지게 했다. 그 가운데 부르고뉴 포도주 열 병은 항상 고정 식단에 포함되었다. 심지어 서른 병까지 마신 적이 있는데, 도전 상대만 있다면 쉰 병도 가능하다며 호언장담하는 것이었다. 다만 취기와 욕정은 동색이라, 일단 독주든 포도주든 머리에 술기운이 오르면 사람 자체가 난폭해져서, 어떻게든 그를 묶어두어야 했다. 그렇긴 해도, 누구 말마따나, 영혼이 육체적 자질에 마냥 상응하는 것은 아니기에, 대담한 성격의 어린아이 한 명이 얼마든지 이 거한을 주눅 들게 할 수 있을 터였다. 상대를 제거하기 위한 술수나 배신 같은 것이 먹혀들지 않을 경우, 그는 곧바로 비겁하고 소심한 상태에 빠지는 것이었다. 아무리 별것 아닌 싸움 앞에서도, 서로 공평한 힘겨루기가 전제된다면, 그는 지구 끝까지 줄행랑을 칠 사람이었다. 귀족 신분의 관례에 따라 그 역시 두어 번 군직에 몸담은 적 있었으나, 워낙 처참하게 낭패를 보아, 그 즉시 다 집어치우고 나온 몸이다. 그러면서도 뻔뻔함 못잖게 잔머리를 잘 굴려, 비겁함이란 자기 보존 욕구의 표출에 불과하니 양식 있는 사람으로서 그걸 무슨 결점인 양 비난하는 건 말도 안 된다며, 자신의 파렴치한 행태를 노골적으로 두둔하곤 했다.

이상 묘사된 것과 동일한 정신적 특징들을 고스란히 간직하면서 그것들을 한참 떨어지는 육체적 자질에 그대로 첨부하면, 다름 아닌 블랑지스 공작의 친동생인 아무개 주교의 초상이 그려진다. 영혼의 추악함, 범죄적 성향, 종교에 대한 혐오증, 무신론, 간교함에서는 형과 똑같지만, 지략이 좀 더 유연하고 약삭빠르면서 사람을 해치는 기술이 더 뛰어나다. 현저히 다른 면모라면 가녀리고 아담한 체격에 보잘것없는 신체 능력, 신경이 매우 예민해서인지 쾌락을 탐함에도 훨씬 더 꼼꼼하다는 점이며, 음경은 평범하다 못해 왜소한 편이나 워낙 잘 관리하고 사정도 자제하는 터라, 줄기차게 불붙는 상상력만으로도 형에 버금갈 만큼 자주 환락을 맛볼 준비가 되어있다. 워낙에 과민하고 신경질적이라, 일단 사정을 하면 그 순간 혼절해 의식을 완전히 잃는 일이 허다했다. 나이는 마흔다섯이고 예쁘장한 눈에 매우 섬세한 생김새였으나, 입과 치아만은 흉했다. 하얀 몸에 털은 없었고, 모양은 좋지만 작은 엉덩이와 길이 10푸스에 둘레가 5푸스인 성기를 가졌다. 능동적, 수동적 남색의 신봉자인 그는 전자보다는 후자 쪽을 선호했으며, 평생 비역질을 당하면서 살아왔다. 많은 기력을 소비하지 않아도 되는 만큼 이는 그의 빈약한 신체에 최적화된 쾌락이었다. 그 밖에 다른 취향에 대해서는 따로 이야기할 기회가 있을 것이다. 식도락에 관해서 그는 거의 자기 형만큼 과도한 편이었는데, 감각적인 측면을 조금 더 많이 가미했다. 형 못잖은 악당인 주교 나리는 이미 살펴본 공작의 악명 높은 행동들에 필히 견주고 남을 만한 전력들을 다수 갖추고 있었다. 그중 하나만 언급해보자. 독자가 다음에 읽게 될 내용은, 과연 그와 같은 사람이 어떤 짓까지 저지를 수 있는지 가늠해보기에 충분하리라.

예전에 그의 엄청난 부자 친구 하나가 어느 양갓집 규수와 정을 통하고 그 사이에서 아들딸 각 한 명씩을 낳았다. 하지만 둘은 결혼할 수 없었고, 여자는 다른 남자의 아내가 되었다. 결국 그 불행한 여자의 연인은 막대한 재산을 소유하고 있으면서도 젊은 나이에 생을 접어야 할 처지에 놓인다. 신경 써야 할 친척이 한 명도 없었던 그는, 옛 불장난의 씨앗인 가엾은 자식 둘 앞으로 전 재산을 남길 생각을 했다. 임종의 침상에서 이 계획을 친구인 주교에게 털어놓으며 그는 두 명에게 돌아갈 거금을 맡겼다. 즉, 똑같은 가방 두 개에 동일한 액수의 돈을 나누어 담고 주교에게 건네면서, 우선 고아 남매의 훈육을 부탁하되, 그들이 법에 정해진 성년의 나이에 이르면 그때 유산상속을 집행해달라는 것이었다. 아울러 그때까지는 유산을 지혜롭게 관리해 액수를 불리는 일에도 신경 써줄 것을 당부했다. 또한 그는 전적으로 아이들을 위해서 하는 일인 만큼 아이들 엄마한테 영원히 알리지 않을 생각이며, 절대로 그녀에게 말이 새어 나가지 않도록 해달라고 요구했다. 이상의 조치를 취한 다음, 친구는 눈을 감았다. 이제 주교 나리는 어마어마한 돈다발과 두 아이를 마음대로 할 수 있는 위치가 된 것이다. 악당이 결정을 내리기까지는 많은 시간이 필요치 않았다. 친구는 죽어가면서 그에게밖에는 이야기하지 않았고, 아이들 엄마는 아무것도 모르고 있으며, 아이들은 네다섯 살밖에 되지 않은 상황. 그는 친구가 숨을 거두면서 전 재산을 빈자들을 위해 기부했다고 공표함과 동시에, 바로 그날 모든 것을 독차지했다. 한데 두 가엾은 아이를 빈털터리가 되게 만든 것으로는 충분치 않았다. 어떤 범죄를 저지르든 하나로 끝내는 법이 없는 주교는 친구의 동의를 내세워, 아이들을 지금까지 자라온 음침한 기숙 시설에서 빼내 자기 밑으로 데려왔다. 변덕스러운 음행의 노리개로 삼겠다는 속셈이었다. 그는 아이들 나이가 열세 살이 될 때까지 기다렸다. 남자아이가 먼저 그 나이에 접어들었다. 그는 소년을 마음껏 농락했고, 자신의 온갖 방탕에 부응하도록 길들였다. 하도 예쁘장해서, 거의 일주일 내내 개만 가지고 놀았을 정도다. 하지만 여자아이는 기대 이하였다. 예정된 연령에 이른 얼굴이 박색이었다. 그렇다고 해서 악당의 음란한 광기가 조금이라도 주춤할 리는 없었다. 일단 욕구가 충족되자, 아이들을 이대로 살려둘 경우 비밀이 탄로 나는 것 아닌가 덜컥 걱정이 들었다. 그는 아이들을 형의 한 영지로 데려갔고, 실컷 즐긴 뒤라 시들해진 음란의 불꽃일랑 새로운 범행을 통해 다시 지펴지기 마련이라는 생각에서, 두 명 다 흉포한 격정의 제물로 삼아버렸다. 아이들의 죽음을 둘러싼 사연이 어찌나 잔인하고 자극적인지, 그들이 당한 고통을 떠올리는 것만으로도 관능의 희열이 절로 되살아났다. 안타깝지만 비밀은 너무나도 안전했다. 악덕에 뿌리내렸다고 자처하는 리베르탱치고 살인 행위가 감각을 얼마나 자극하는지, 얼마나 관능적으로 사정을 유도하는지 모르는 이는 없다. 앞으로 읽을 내용은 바로 그와 관계된 메커니즘을 차근차근 천착해 들어갈 것이기에, 독자는 미리 마음의 준비를 해두는 게 좋을 것이다.

모든 사태가 진정되자, 주교 나리는 자신이 저지른 악행의 결실을 즐기고자 파리로 돌아왔다. 더 이상 고통도 쾌감도 느끼지 못할 한 인간의 의사를 무참히 배신하고 짓밟은 데 대한 가책일랑 눈곱만큼도 없었다.

퀴르발 판사는 회합의 최고 연장자였다. 예순 살 가까운 나이에 방탕으로 닳고 닳은 몸이라, 몰골이 거의 해골 수준이었다. 비쩍 마른 큰 키에, 움푹 들어간 두 눈은 빛을 잃었고, 납빛의 일그러진 입과 추켜올려진 턱, 길쭉한 코가 눈길을 끌었다. 사티로스처럼 털이 많았고, 등은 납작했으며, 맥없이 축 늘어진 볼기짝은 차라리 허벅지 위에 너덜너덜 매달린 지저분한 걸레 같았다. 얼마나 채찍질을 해댔는지 피부가 다 죽은 상태라, 누가 손가락으로 돌돌 말아 비틀어도 당사자는 아무 느낌이 없었다.

바로 그 한가운데, 일부러 벌리지 않아도 큼직한 구멍 하나가 퀭하니 입을 열고 있었다. 엄청난 크기와 냄새, 색깔이 인간의 항문이라기보다는 변기 구멍을 연상시켰다. 딴에는 성적인 매력을 더한답시고 소돔의 리베르탱다운 악습에 심취했으니, 다름 아닌 그 부위를 항상 불결한 상태로 방치해 2푸스가량 두께의 똥 찌꺼기가 똬리를 틀 듯 늘 구멍 가장자리에 묻어 있도록 하는 것이었다. 거무죽죽하고 맥없이 축 늘어진 데다 주름투성이인 뱃살 아래로 털이 수북한 가운데, 완전히 발기할 시 길이 8푸스에 둘레 7푸스가량 되는 연장이 자리하고 있었다. 하지만 그런 경우는 아주 드물뿐더러, 일련의 격렬한 상황들이 따라줘야만 야기될 수 있었다. 요컨대 매주 두세 번 그런 일이 일어날 때마다 판사는 구멍이란 구멍은 닥치는 대로 쑤셔댔다. 비록 어린 소년의 뒷구멍을 그가 맛볼 기회란 여간해선 얻기 힘들었지만 말이다. 판사는 자지의 대가리가 살갗에 덮이지 않게끔 포경 제거술을 행한 몸이었는데, 쾌감을 쉽게 유도하는 그 의식이야말로 음탕한 인간들이 감수할 만하다 하겠다. 원래 의식의 목적 중 하나는 해당 부위를 청결하게 유지하자는 것이다. 하지만 그런 목적을 퀴르발이 충족시켰을 리는 만무하다. 뒤쪽만큼이나 불결한 그곳은 표피가 벗겨진 상태로 가뜩이나 상당한 크기인데 때가 낀 탓에 최소 1푸스 정도 두께만 늘어나 있었다. 온몸에서 불결함이 묻어나는 데다 그에 어울리는 역겨운 취향까지 가미하다 보니, 판사는 조금만 다가가도 악취가 진동하는, 그 누구에게도 호감을 줄 수 없는 존재가 되고 말았다. 하지만 그의 동료들은 이런 사소한 문제로 시비 걸 사람들이 아니었으며, 누구도 입 한번 뻥긋하지 않았다. 세상에 이 판사만큼 음란하고 방탕한 사람은 없을 터. 그럼에도 워낙 닳고 닳아 감각이 무뎌지고 멍해진 나머지, 그에게 남은 영역이라고는 본격적인 방탕주의의 변태와 퇴폐 행각밖에 없었다. 그가 미약하나마 관능적으로 자극을 받으려면 세 시간 이상 지독하게 역겨운 경험이 필요했다. 사정으로 말하자면, 그에겐 발기보다 오히려 더 자주 있는 현상으로 거의 매일 한 차례씩은 경험하지만, 그 또한 결코 쉬운 일이 아닌 데다 어찌나 기괴하고 잔인하고 지저분한 짓을 동반해야 하는지, 그의 쾌락을 부추기는 입장에선 사정까지 유도하기를 아예 포기하는 일이 다반사였으며, 그로 인해 이를테면 음탕하게 꼭지가 돌아버린 그가 애를 쓴다기보다는 홧김에 사정까지 가는 경우도 가끔 있었다. 방탕과 악덕의 수렁에 완전히 매몰되다시피 한 퀴르발이 멀쩡한 이야기를 입에 올린다는 것은 거의 불가능한 일이 되어버렸다. 그는 마음과 똑같이 입에서도 형언하기 어려울 만큼 상스러운 말들을 끊임없이 뱉어냈으며, 그럴 때마다 종교와 관련한 모든 문제에 대해 동료들 못잖게 그가 품고 있는 끔찍한 혐오감이 온갖 저주와 신성모독의 독설들에 대차게 버무려져 튀어나오는 것이었다. 이런 정신적 타락은 스스로 늘 처박혀 있고 싶어 하는 거의 지속적인 만취 상태로 인해 더욱 악화되어, 수년 전부터는 지력이 저하된 듯 멍한 증상이 뚜렷해졌는데, 그는 이런 기분이야말로 더할 수 없이 각별한 즐거움이라며 큰소리쳐댔다. 타고난 먹보에 술고래인 판사는 그 방면에서 공작과 대적할 유일한 인물이었다. 이제 진행될 이야기를 통해 우리는 이 시대 내로라하는 대식가들마저 움찔하게 만들 그의 엄청난 행태를 직접 확인하게 될 것이다. 10년 전부터 퀴르발은 판사로서의 직무를 더 이상 수행하지 않았으며, 그럴 수 있는 상태도 아니었다. 내가 생각하기로는 설사 그가 직무를 수행할 수 있었다 해도, 사람들이 남은 평생 제발 그러지 말아달라고 간청하지 않았을까 싶다.

퀴르발은 무척이나 방탕한 생활을 영위해왔으며, 온갖 종류의 탈선행위에 익숙했다. 그를 잘 아는 사람들은 지금 그의 엄청난 재산이 두세 건의 끔찍한 살인 행각에서 빚어진 것임을 의심치 않았다. 어찌 됐든, 이제 할 이야기를 놓고 볼 때 그는 살인과 같은 극단적 행위에 강하게 매료되는 성향을 가졌음이 분명하며, 결정적으로 법복을 벗게 된 연유도 상당한 물의를 빚은 그 사건과 관련 있음이 틀림없다.

퀴르발이 사는 저택의 이웃에는 불행한 짐꾼이 한 명 살고 있었는데, 청순한 미모의 딸을 둔 그는 감성이 풍부하다는 점에서 다소 어리석다 할 수 있는 인물이었다. 딸과 관련한 오만 가지 제안이 이미 20여 차례나 전달되었는데도 부모가 요지부동하자, 일체를 뒤에서 주도한 퀴르발은 바짝 약이 올랐다. 풋풋한 처녀를 노리개 삼아 변덕스러운 욕정을 해소할 별다른 묘안이 떠오르지 않자, 그는 마침내 아비를 차형(車刑)에 처해서라도 딸을 자기 침대로 데려올 생각을 하기에 이르렀다. 그 방법은 발상과 동시에 곧장 실행에 옮겨졌다. 판사가 고용한 불량배 두세 명이 일에 나섰고, 그달이 지나기 직전 불행한 짐꾼은 누군가 그의 집 앞에서 저지른 것으로 보이는 가공의 범죄에 연루되어 콩시에르주리의 지하 감옥에 수감되었다. 짐작하겠지만 사건은 곧장 퀴르발 판사의 소관으로 넘어갔다. 일을 질질 끌고 싶지 않았던 그는 온갖 편법과 재력을 마구 동원한 끝에 단 사흘 만에, 죄라고는 자신과 딸의 명예를 지키고자 한 것뿐인 불행한 짐꾼을 산 채로 차형에 처하도록 결정했다. 그러면서 다른 한편으로는 또 다른 회유가 시작되었다. 즉 이번에는 딸의 어미를 찾아가, 남편을 구하는 건 오로지 그녀에게 달렸으며, 판사의 마음만 구슬리면 남편을 무시무시한 운명에서 빼내줄 수 있을 거라고 설득하는 것이었다. 머뭇거릴 여지가 없었다. 여자는 곰곰이 생각해보았다. 누구를 상대해야 하는지가 명확해졌고, 여기저기서 조언들을 구한 결과 조금도 망설일 일이 아니라는 대답이 돌아왔다. 불행한 여인은 직접 딸의 손을 붙잡고 울면서 판사 앞으로 데려갔다. 판사는 원하는 건 뭐든 들어주겠다고 약속했으나, 그 약속을 지킬 마음은 추호도 없었다. 만에 하나 약속을 지킬 경우, 풀려난 남편이 자기 목숨의 대가가 무엇인지를 알면 가만있지 않을 거란 걱정도 있었지만, 무엇보다 아무런 구속 없이 그토록 원하던 것을 취함으로써 얻는 쾌감이 악당에게는 더욱 각별했다. 게다가 이와 관련해 일련의 극악무도한 아이디어가 떠오르자, 그의 파렴치하고 음탕한 기운이 더더욱 기승을 부리는 것이었다. 그는 자신이 도달할 수 있는 가장 자극적이고 추악한 경지를 구현하기 위한 조작(造作)[8]에 곧바로 착수했다. 그가 사는 저택의 맞은편은 이따금 파리의 범죄자들이 처형되는 광장이었는데, 그는 범행이 주변 지역에서 발생한 만큼 형 집행도 해당 장소에서 이루어지게끔 조처해두었다. 아울러 정해진 시각에 맞춰 불행한 남자의 아내와 딸을 집으로 불러들였다. 희생자 모녀가 위치한 방들에서는 광장 쪽에 무슨 일이 벌어지는지 전혀 보이지 않도록 창문이 일체 가려져 있었다. 정확한 처형 시간을 알고 있는 악당은 바로 그 시점에 맞춰 어미의 품에 안긴 소녀의 처녀성을 빼앗았는데, 얼마나 교묘하고 빈틈없게 모든 과정을 준비했는지, 아비가 숨을 거두는 순간 딸의 엉덩이에 사정을 했다. 일을 치르자마자 그는 광장을 향한 창문을 활짝 열어젖히며 두 아녀자에게 말했다. "자, 나는 약속을 지켰으니 실컷 보거라." 불행한 여자들은 거기서 남편이자 아버지인 한 사내가 사형집행인의 칼날에 숨을 거두는 장면을 목격했다. 순간 두 여자 모두 혼절했는데, 그 또한 퀴르발이 예상한 일이었다. 혼절 자체가 마지막 숨이 넘어가는 현상으로, 두 사람은 이미 독극물에 중독되어 다시는 눈을 뜨지 못할 운명이었던 것이다. 이 모든 어둠의 행각을 철저히 비밀로 덮으려고 만전을 기했으나, 그중 일부가 밖으로 새어 나갔다. 여자들의 죽음에 대해서는 알려지지 않았지만, 남편에 대한 소송과 관련해 독직 행위가 있었다는 의혹이 강하게 제기된 것이다. 무엇보다 그 동기가 얼추 드러나면서 그의 퇴임은 기정사실이 되었다. 그때부터 준수해야 할 법도 자체가 사라진 퀴르발은 새로운 비행과 범죄의 바다로 기다렸다는 듯 뛰어들었다. 그는 도처에서 희생 제물을 물색해, 자신의 병적인 취향에 따라 마구잡이로 파괴했다. 능히 짐작하겠지만 잔인함의 정도를 배가시키다 보니, 불운에 인이 박힌 계층이야말로 그가 패악의 격정을 즐겨 휘두르는 대상이 되고 말았다. 그는 여자들을 몇 명 풀어, 저잣거리 움막이나 다락방을 돌면서 불행 속에 완전히 내팽개쳐진 존재들을

8
opération. 이 단어의 번역으로 '조작(操作+造作)'이라는 개념을 제안한다. 작위성(作爲性)과 구체성이 강조된 '조작'의 개념은 체계(système)와 방법(méthode)을 강조하는 사드적 악(惡, vice, scélératesse)의 본질에 바짝 다가서 있다. 실링 성의 방탕한 지배자들은 마치 무대장치와 배역을 세팅하듯 상황을 '조작'하고, 행위를 '조작'하고, 감각을 '조작'한다. 제4부 데그랑주의 이야기에서, 이러한 '조작'은 신체변공(身體變工, mutilation)이랄지 파괴에 가까운 신체왜곡(déformation)의 '수술(手術, opération)'로까지 진화한다.

밤낮으로 물색해 데려오도록 했다. 그런 다음, 도움을 주겠다는 말로 한껏 구슬리고는 그의 가장 즐거운 오락거리인 독살로 숨통을 끊어놓든가, 아니면 자기 집에 가둔 채 온갖 변태적 취향의 제물로 삼아버리는 것이었다. 남녀노소 가릴 것 없이 모두가 그의 종잡을 수 없는 격정의 좋은 먹잇감이었다. 번번이 그를 지켜준 인맥과 돈이 없었다면 1천 번이라도 형틀에 목을 내놓았을 극악무도한 행위가 죄 없는 사람들을 상대로 무차별 저질러졌다. 그런 존재가 다른 두 동료 못잖게 종교를 배척했으리라는 사실을 짐작하기는 어렵지 않다. 그는 종교를 그들만큼이나 극도로 혐오했음은 물론, 아예 인간의 마음에서 종교를 근절시키고자 여태껏 해온 일에서 두 친구를 능가했다. 즉, 자신의 재능을 십분 활용해 종교에 반박하는 글들을 써왔는데, 그중 몇 편의 효과는 대단한 수준이었으며, 그는 아직도 툭하면 그 성공을 반추해 더할 나위 없는 희열에 젖어드는 것이었다.

우리가 즐길 거리들을 더 늘어놓아보자….

> 이쯤에서 뒤르세의 초상을
> 집어넣을 것. 붉은색 표지의 18번
> 공책에 있음. 초상의 묘사를
> 공책에 적힌 대로 '허약했던
> 어린 시절' 운운하면서 끝낸
> 다음, 이야기를 다시 전개하라.[9]

뒤르세의 나이는 쉰셋. 작달막하고 매우 통통한 편이며 보기 좋고 상큼한 얼굴에 전신의 피부가 무척 희다. 특히 골반과 볼기짝은 영락없이 여성의 그것들을 연상시킨다. 그의 항문 주변은 옹골차게 살이 붙어 싱싱하고 오동통한 느낌이나, 습관적인 비역질 때문에 구멍은 활짝 벌어진 상태다. 자지가 유난히 작다. 둘레 2푸스에 길이는 4푸스가 될까 말까다. 어떤 경우에도 그 이상 발기하지 않는다. 사정하는 일은 매우 드문 편인 데다 무

9
사드가 자기 자신에게 지시하는 내용이다. 집필을 위해 사전에 준비한 공책에서 필요한 내용을 따와 이곳에 삽입하라는 뜻. 현재 그 공책은 분실되고 없는 상태다.

척이나 힘겹고 양도 극히 미미하다. 그나마 언제나 심한 경련을 동반하면서 격노한 상태에 빠져들어, 주체하지 못하고 살상을 저지르고 만다. 여자 같은 목을 가지고 있으며 목소리 또한 그윽하고 아름답다. 머릿속이 최소한 나머지 동료들만큼 타락했으면서도 인간관계에서는 대단히 점잖은 편이다. 공작과는 초등학교 동기로 지금도 매일같이 어울리는 사이. 공작의 거대한 남근으로 항문을 자극받는 것이 뒤르세의 크나큰 즐거움 중 하나다.

친애하는 독자여, 이상 소개한 인물들이 요컨대 그대가 향후 몇 달을 함께 지내야 할 네 명의 악당들이다. 네 명 모두 그대가 속속들이 파악해 앞으로 기술될 각종 일탈 행위에 놀라지 않도록, 나로서는 최선을 다해 그들을 묘사했다. 그들이 구체적으로 어떤 취향들을 가지고 있는지 당장 파헤치기는 불가능했음을 밝혀둔다. 그 모두를 공개했다면 자칫 이 저작의 뼈대에 손상을 주어 흥미를 반감시켰을 테니 말이다. 이제 이야기 진행을 주의 깊게 따라가다 보면, 그들 네 명의 사소하고 습관적인 죄악과 가장 즐겨 탐닉하는 광기 어린 방탕 행각이 제각각 그 진면목을 드러낼 것이다. 지금으로서는 그들 모두가 남색에 빠져 있으며, 규칙적으로 비역질을 당하는가 하면, 하나같이 항문에 열광하고 있다는 사실만 말해둔다. 다만 공작의 경우는 엄청난 물건 크기도 크기이지만, 취향을 넘어 타고난 잔인성 때문에, 보지를 후리는 데서도 상당한 쾌락을 얻고 있기는 했다. 판사도 가끔은 그랬지만, 공작보다는 훨씬 덜했다. 주교로 말하자면, 여자의 그곳을 어찌나 혐오하는지 면전에서 그 모양만 보고도 6개월 동안 발기가 되지 않을 정도였다. 평생 딱 한 번 거기 박은 적이 있는데 상대가 바로 형수였다. 그것도 언젠가 자라서 근친상간의 쾌락을 제공해줄 아이나 하나 만들어볼까 하는 생각에서였다. 어떻게 뜻을 이루었는지는 다들 아시는 내용이다. 그런가 하면 뒤르세의 경우는 최소한 주교만큼은 항문에 열정적이지만, 그것 말고 더 적극적으로 즐기는 분야가 따로 있었다. 그가 제일 선호하는 공략 대상은 제3의 신전인데, 비밀은 차차 밝혀질 것이다.

이 책을 이해하는 데 필수적인 인물들 묘사는 이쯤에서 마무리하고, 이제부터는 그 대단하신 남편들을 내조하는 네 여성에 관한 소개를 시작해보자.

얼마나 대조적인지! 공작의 아내이자 뒤르세의 딸인 콩스탕스는 훤칠하고 늘씬해서, 마치 미의 여신들이 즐겨 치장해준 듯, 그림에나 나올 법하게 매끈한 몸매의 소유자였다. 하지만 그런 용모의 우아함이 천진한 품성을 가릴 순 없었다. 그래서인지 아직은 몸 이곳저곳 오동통한 젖살이 남아 있었다. 백합보다 흰 살결과 더불어 매혹적인 몸의 윤곽들을 바라보노라면 사랑의 신이 일일이 빚어내지 않았을까 의심이 들 정도였다. 다소 갸름한 얼굴에서 두드러지게 느껴지는 기품은 다정함보다는 위엄을, 섬세함보다는 숭고함을 떠올리게 했다. 크고 검은 두 눈동자는 광채를 가득 머금었고, 무척이나 작은 입안에는 짐작건대 그 이상 어여쁠 수 없는 치아가 반짝이고 있었다. 조붓한 모양의 혀는 더없이 아름다운 선홍색이었으며, 숨을 내쉴 때마다 장미보다 달콤한 향내가 났다. 지극히 둥글고 풍만한 유방은 대리석처럼 하얗고 야무져 보였다. 활처럼 젖혀진 허리는 매혹적인 곡선을 그리며 내려와, 유구한 자연의 솜씨가 느껴지도록 기막히게 정교하고 예술적인 둔부로 이어졌다. 완벽한 구형을 이룬 엉덩이는 그리 크지는 않았지만 통통하니 옹골차고 하얬으며, 양쪽으로 벌어져 더없이 청결하고 섬세하며 귀엽기까지 한 구멍을 드러냈다. 은은한 분홍빛 색조가 감도는 그 엉덩이야말로 음란의 그윽한 쾌락이 거하는 마법의 은신처였다. 그러나 아뿔싸! 그 모든 매력을 간직할 나날이 그리 길지 않았으니! 공작이 네다섯 번 덮침으로써 이미 모든 미모가 저문 듯한 콩스탕스는 결혼하자마자 폭풍이 휩쓸고 지나간 한 송이 시든 백합의 이미

지로 전락해버린 것이다. 통통하니 완벽한 형태를 갖춘 두 넓적다리는, 조금은 덜 감미롭지만 그래도 그곳을 특별히 신봉하는 자에게는 내가 필설로 다하지 못할 또 다른 매혹의 성소를 떠받치고 있었다. 콩스탕스는 공작과 결혼할 당시 거의 처녀나 다름없었다. 앞서 이야기한 대로, 그녀가 경험한 유일한 남성인 아버지가 그쪽 부위만큼은 나무랄 데 없이 온전한 상태로 남겨둔 것이다. 어깨 위로는 물론이고, 마음만 먹으면, 그 관능적이면서 앙증맞은 보지를 살짝 덮은 같은 색깔의 귀여운 터럭에까지 자연스러운 굴곡을 이루며 늘어질 너무나도 아름답고 검은 머리채는, 언급하지 않고 넘어가기엔 다소 께름칙했을 또 다른 치장거리였다. 그것은 자연이 한 여성을 위해 베풀 만한 모든 매력을 이 스물두 살의 천사 같은 피조물에게 부여하고 있었다. 이런 모든 장점들에 더해, 콩스탕스는 분별력 있고 긍정적이며, 운명이 지금 그녀를 몰아넣은 처참한 상황에 결코 어울리지 않는 고상한 정신력까지 겸비하고 있었다. 그만큼 그녀는 끔찍한 자신의 처지를 실감하고 있었다. 인지능력이 조금만 덜 예민했어도 필시 지금보다는 덜 불행했을 텐데. 뒤르세는 그녀를 딸이라기보다는 고급 매춘부로 키웠으며, 품행을 가르치기보다는 재능을 길러주는 데에만 주력했다. 그럼에도 자연이 마음 깊이 새겨놓은 듯한 정숙과 미덕의 원칙을 파괴할 수는 없었다. 그녀에겐 종교가 없었다. 종교 이야기를 해준 사람도 주변에 없었고, 그녀가 종교적 행사에 참석하는 것을 용인해줄 사람 또한 없었다. 그럼에도 불구하고 종교적 망상과는 별개인 순수하고 온건한 기질은 결코 사위어질 줄 몰랐다. 원래 정결하면서 감수성까지 풍부한 영혼의 소유자에게서 그런 기질은 쉽사리 지울 수 있는 것이 아니다. 그녀는 아버지의 집을 벗어나본 적이 없었다. 악당은 그런 그녀를 열두 살이 되면서부터 환락의 노리개로 삼았다. 그녀는 공작이 즐기는 놀이의 유형들이 아버지의 그것과 상당한 차이가 있음을 깨달았다. 그 엄청난 차이로 인해 그녀의 신체는 심각하게 훼손되었다. 공작이 처음 뒤로 범한 다음 날, 그녀는 몸져누워 위중한 상태까지 갔다. 아무래도 직장에 구멍이 난 것 같았다. 그럼에도 여자의 젊음과 타고난 건강, 몇 가지 국소 약의 효능에 힘입어 공작은 다시금 금단의 통로를 사용할 수 있게 되었고, 그것은 물론 나날이 반복되는 다른 온갖 고통들에도 익숙해져야 했던 콩스탕스는 완전히 회복되어, 결국 모든 것에 길들여지고 말았다.

뒤르세의 아내이자 판사의 딸인 아델라이드는 어쩌면 콩스탕스보다 훨씬 더 아름답다고 할 수 있으나, 완전히 다른 종류의 미모였다. 그녀는 스무 살이었으며 아담하고 야윈, 붓으로 그린 듯 지극히 야리야리하고 가녀린 몸매에 더할 나위 없이 아름다운 금발이었다. 전체적인 풍모에서 느껴지는, 특히 이목구비에서 두드러진 호기심과 감성은 흡사 소설의 주인공 같은 분위기를 만들어내고 있었다. 유별나게 커다란 눈동자는 푸른색이었다. 그것은 정감과 절제를 동시에 표출하고 있었다. 가느다라면서도 또렷한 윤곽을 갖춘 시원시원한 눈썹은, 다소 좁지만 워낙 기품과 매력이 돋보여 그 자체로 순수의 전당이라 할 이마를 장식하고 있었다. 전체적으로 조붓한 모양의 코는 위에서부터 뾰족한 선을 그리며 내려와, 미세한 매부리코 형태를 취했다. 얇은 입술은 더없이 선명한 선홍빛으로 윤곽이 뚜렷하고 섬세했다. 다소 큰 입이 천상의 용모에 단 하나 흠이라면 흠이었지만, 그나마 살짝 벌어질 때마다 자연이 장미꽃 사이사이 뿌려놓은 것 같은 서른두 알의 진주 같은 치아를 드러내는 것이었다. 조금 긴 듯한 목은 유난히 가늘었다. 고개를 오른쪽으로 살짝 기울이는 버릇이 있었는데, 특히 누군가의 말에 귀 기울일 때 그랬다. 한데 그 흥미로운 자세가 어찌나 매혹적인지! 유방은 아주 둥글고 작았으며, 단단하고 도드라진 모양이었지만, 손으로 거의 감싸 쥘 만했다. 그것은 마치 사랑의 신이 자기 어머니의 정원에서 가지고 놀다가 지금 그곳에 갖다 놓은 두 개의 앙증맞은 사과 알 같았다.[10] 전체적으로 좁은 가슴이었지만, 그

10
사랑의 신은 큐피드, 그의 어머니는 베누스다.

만큼 섬세했다. 배는 비단처럼 매끈했다. 금빛 터럭이 듬성듬성한 불두덩은 베누스가 경배를 요구할 것 같은 성전의 회랑 역할을 하고 있었다. 성전이 워낙 비좁아서 손가락 하나만 넣어도 비명이 터져 나올 정도였지만, 이미 10년 전부터 판사가 저지른 짓 때문에 그 부위든 이제부터 살펴보게 될 다른 감미로운 부위든 가엾은 소녀는 더 이상 처녀가 아니었다. 그런데 이 두 번째 성전이야말로 얼마나 매혹적인지! 날렵하게 뻗은 허리선에서 시작해 잘 다듬어진 볼깃살하며, 흰색과 선홍색이 절묘하게 배합된 혈색까지! 하지만 전체 크기는 다소 작은 편이었다. 구석구석 우아한 모양새에도 불구하고, 아델라이드는 미의 전형이기보다는 소묘에 가까웠다. 마치 자연이 콩스탕스를 통해서는 대차게 떠들어댄 것을 아델라이드에게서는 살짝 암시만 하려던 게 아닌가 싶었다. 매혹적인 엉덩이를 조심스레 벌려보면 어여쁜 장미 봉오리가 빠끔히 얼굴을 내미는데, 그 달콤한 빛깔과 신선함이야말로 자연의 최고 솜씨를 보여준다 할 만했다. 하지만 그 또한 얼마나 작고 꼭 끼는지! 어마어마하게 애를 쓰고서야 판사는 일을 관철시킬 수 있었는데, 그나마 두세 번밖에는 공격을 이어갈 수 없었다. 그런 쪽으로 판사보다는 조금 덜 적극적인 뒤르세가 그녀에게는 차라리 편한 상대였는지 모른다. 하지만 그 작은 호의를 확보하기 위해 그녀가 감내해야 했던 혹독한 짓들과 위험천만한 복종을 어찌 필설로 다할까? 게다가 정해진 규칙에 따라 네 명 리베르탱 모두에게 넘겨진 처지나 다름없으니, 뒤르세가 면제해준 종류를 포함해 얼마나 가지각색 잔혹한 공격이 그녀를 대상으로 펼쳐질 것인가! 아델라이드는 자신의 용모에 딱 어울리는 기질의 소유자였다. 다시 말해 극히 공상적이고 비현실적인 성격 말이다. 그녀는 호젓하고 외딴 장소를 즐겨 찾았고 그런 곳에서 자기도 모르게 눈물을 흘리곤 했는데, 그런 눈물은 충분히 설명될 수 있는 것이 아니고, 어떤 예감과 결부되어 자연에서나 취할 만한 눈물이다. 최근 그녀는 끔찍이 사랑하는 친구를 한 명 잃었는데, 그 처절한 상실감이 끊임없이 상상력을 들쑤시고 있었다. 자기 아버지가 어떤 인간인지, 어느 정도로 문란할 수 있는지 너무도 잘 아는 그녀는 판사의 악랄한 짓에 친구가 희생되었음을 믿어 의심치 않았다. 그도 그럴 것이, 그 친구는 판사의 회유나 강압에도 불구하고 결코 그에게 무언가를 허락하지 않았을 테니 말이다. 충분히 그렇게 추정할 수 있었다. 그녀는 자기 또한 언젠가는 같은 꼴을 당하리라 생각하고 있었는데, 그 또한 얼마든지 가능한 일이었다. 종교 문제에 관해서 판사는, 뒤르세가 콩스탕스를 단속하듯 자기 딸을 다루지는 않았다. 심지어 그는 그녀 안에 종교적 선입관이 생겨나 자라나도록 방치하는 편이었다. 그래 봤자 자신의 말 몇 마디 글 몇 줄이면 그런 것쯤 간단히 부술 수 있으리라 생각한 것이다. 하지만 그건 착각이었다. 아델라이드와 같은 기질의 영혼에게 종교란 그 자체가 영양소나 마찬가지였다. 판사가 아무리 가르치고 책을 읽혀도 젊은 여자의 신앙은 꿈쩍도 하지 않았다. 그녀가 동조하지 않을뿐더러, 극히 혐오하면서도 어쩔 수 없이 희생 제물이 되어온 온갖 일탈 행위들은 그녀 삶의 행복이 되어주는 종교적 심상들을 깨트리기에 역부족이었다. 그녀는 숨어서 기도했고, 남모르게 신자 된 도리를 지켜나갔다. 그러다가 남편에게든 아버지에게든 들키면 어김없이 엄중한 처벌이 따랐다. 아델라이드는 모든 것을 참고 견뎠으며, 언젠가는 하늘이 보상해주리라 굳게 믿었다. 그 성격은 정신만큼이나 온화했는데, 특히 아버지가 끔찍이 싫어하는 덕목 중 하나인 자애심은 도가 지나칠 정도였다. 궁핍한 하층계급이 늘 마음에 들지 않는 퀴르발은 어떻게든 그에 속한 인간들을 욕보이고, 타락시키는가 하면, 그중에서 희생자를 찾기 위해 혈안이었다. 반면 마음씨 고운 딸은 가난한 사람의 생계를 돌보느라 자신의 생계는 얼마든지 등한시할 사람이었다. 남몰래 자신의 돈을 가난한 사람들에게 가져다주는 그녀 모습이 심심치 않게 목격되기도 했다. 결국 뒤르세와 판사는 호된 질타와 훈계를 통해 자비를 베푸는 그녀의 습관을 뜯어고쳤고, 그런 습관을 가능케

한 모든 방편들까지 철저하게 몰수해버렸다. 이제 역경 앞에서 눈물 흘릴 일밖에 없어진 아델라이드는 그들의 악행에 대해서 역시 안타까움의 눈물만 쏟을 뿐, 무기력하나 정 많은 마음의 덕성에는 변함이 없었다. 하루는 어느 불행한 여인이 자기 딸을 내세워 판사에게 매춘을 하러 온다는 것을 그녀가 알게 되었다. 극도의 생활고가 부른 어쩔 수 없는 선택이었다. 기쁨에 들뜬 호색한은, 자신이 가장 좋아하는 이러한 종류의 쾌락을 당장이라도 맞아들일 태세였다. 그런데 아델라이드가 몰래 자기 옷을 내다 팔아 그 돈을 딸의 어미에게 전달했고, 여인은 그 작은 도움과 몇 마디 훈계의 말에 힘입어 악행을 저지르기 직전 발걸음을 돌릴 수 있었다. 나중에 사실을 알게 된 판사가 (딸은 아직 결혼을 하지 않은 상태였다.) 얼마나 무지막지한 폭력을 행사했는지, 아델라이드는 보름간 침대 신세를 져야만 했다. 그럼에도 불구하고 이 민감한 영혼의 자애로운 움직임이 끊기는 일은 결코 일어나지 않았다.

판사의 아내이면서 공작의 큰딸인 쥘리는, 대다수 사람들에게 중대한 결점으로 인식되는 어떤 점만 아니었다면, 앞서 살펴본 두 여자를 저만치 따돌릴 만했다. 그 결점이란 것은 어쩌면 퀴르발의 마음을 움직여 그녀에게 욕정을 품게 만든 유일한 요인이었는지도 모른다. 그만큼 정념의 생리란 헤아릴 수 없으며, 환멸과 싫증으로 인한 그 혼란스러운 양상은 구체적인 일탈을 통해서만 가늠할 수 있는 것이다. 쥘리는 무척 포동포동하고 살이 쪘음에도 키가 크고 잘 빚어진 몸매였다. 눈동자는 더없이 아름다운 갈색이었고, 매력적인 코, 또렷하면서 우아한 이목구비, 더할 나위 없이 아리따운 밤색 머리카락을 가졌다. 백옥같이 흰 피부에 관능적인 살집이 풍부했고, 프락시텔레스의 모델이 되어도 부족함이 없을 만한 엉덩이하며, 온기 어린 조붓한 보지는 그 부위에 어울리는 달콤한 쾌감의 온상이라 할 만했다. 다리는 미끈하게 아름다웠고 발은 매혹적인 모양이었다. 다만 그 입만큼은 흉측하기 짝이 없었는데, 손쓸 수 없을 만큼 상한 이빨은 물론이고 다른 모든 신체 부위를 능가하는, 특히 음란의 두 성전에 비해 월등히 불결한 구강 상태를 늘 유지하고 있었다. 판사가 아니고서는 그 누구도, 다시 분명히 말하지만, 그와 같은 결점을 좋아함은 물론 자기 자신도 예외가 아닌 판사 같은 인간이 아니고서는 세상 그 누구도, 제아무리 다른 매력이 넘친다 한들 쥘리와 엮이려고 하지 않았을 것이다. 오로지 퀴르발만이 그런 불결함이라면 사족을 못 썼다. 그의 가장 신성한 쾌락은 바로 그런 썩어가는 입에서 얻어지는 것이었으며, 그 입에 입맞춤하면서 희열을 느끼는 것이었다. 그는 쥘리의 불결한 구강 상태를 나무라기는커녕 적극 권장했고, 물과는 담을 쌓겠다는 약조까지 미리 받아냈다. 이런 결점들에 더해 쥘리에게는, 그보다는 덜하지만, 역시 불쾌한 다른 단점들이 있었다. 그녀는 식탐이 굉장했고, 음주벽이 있었으며, 정숙하지 못한 편이었다. 내가 보기에 그녀가 한번 마음만 먹으면 매춘의 삶도 꺼릴 이유가 없을 것 같았다. 품행과 법도는 일절 돌보지 않는 공작의 손에서 길러졌기에, 쉽게 그런 철학을 터득할 법도 했다. 어느 모로 보나 방탕의 길로 들어설 여지가 충분한 여자였다. 그런데 방탕주의의 기이한 효과에 따르면, 미덕밖에는 갖춘 것이 없는 여자에 비해 우리처럼 결점 충만한 여자가 주는 즐거움이 훨씬 덜한 경우가 태반이다. 요컨대, 우리와 비슷한 부류의 인간을 망쳐놓기란 여간해서 어렵다. 반면 우리랑 확연히 다른 부류의 경우, 그 질겁하는 맛이란 보통 신선한 매력을 선사하는 것이 아니다. 공작은 자기 물건의 엄청난 크기에 아랑곳하지 않고 딸을 유린했다. 단, 열다섯 살이 될 때까지 기다리기는 했는데, 그럼에도 불구하고 소녀의 몸이 심각하게 훼손되는 것을 막을 수는 없었다. 그러고도 딸을 출가시키고 싶은 마음에 그는 환락을 잠시 중단할 수밖에 없었고, 혹사시키기는 마찬가지였지만, 보다 덜 위험한 쾌락에 만족해야만 했다. 엄청난 자지의 소유자임이 익히 알려진 판사와의 관계에서 역시 그녀에게 득 될 것은 거의 없었다. 게다가 그녀 자신의 불결함에도 불구하고, 평생 반려자가 된 판사의 지저분한 방탕에는 영 적응이 되지 않는 것이었다.

쥘리의 동생이자 실제로는 주교의 딸인 알린은 습관과 성격, 결점에서 언니와는 아주 달랐다. 그녀는 네 여자 중 가장 나이가 어렸다. 이제 막 열여덟 살. 상큼하고 톡 쏘는 맛이 있는 데다, 깜찍함을 넘어 거의 반항기까지 엿보이는 인상이었다. 작은 코는 약간 들창코였고, 표정이 풍부한 갈색 눈동자에는 생기가 번득였으며, 입 모양은 육감적이었다. 살집이 많은 편에 늘씬하지는 않았지만 균형이 잘 잡힌 몸매에, 가무잡잡하면서도 보드랍고 매끈한 피부, 조금은 큰 편이나 모양이 잘 잡힌 엉덩이, 두 볼깃살은 어느 색골이 보기에도 그 이상 관능적일 수 없었다. 앙증맞은 갈색 털로 덮인 불두덩 아래로, 영국식으로 말해서,[11] 밑으로 다소 치우친 꼭 끼는 보지는 모두에게 제공될 당시 숫처녀의 그것이었다. 그녀는 우리가 지금 기술하는 모임에서도 여전히 처녀의 몸이었는데, 이제 어떻게 망쳐지는지 보게 될 것이다. 엉덩이 쪽 순결로 말하자면 주교가 이미 8년 전부터 매일 느긋하게 즐겨오긴 했으나, 딸의 입장에서도 이를 즐기게끔 만들지는 못했다. 그녀는 장난기 있고 들뜨기 쉬운 성향에도 불구하고 마지못해 자기 몸을 허락할 뿐이었으며, 자신이 허구한 날 제물로 바쳐지는 추잡한 행위들에서 조금이나마 쾌감을 느끼는 모습을 여태껏 단 한 번도 보여준 적 없었다. 주교는 그녀를 심각한 무지 상태에 방치해두었다. 그 결과 글을 거의 읽고 쓸 줄 모르게 된 그녀는 종교라는 것에 대해 역시 아는 게 없었다. 타고난 재치라고 해봐야 어린아이 수준을 넘지 않았고, 누가 질문을 하면 엉뚱한 대답만 늘어놓았다. 아무 생각 없이 놀았고, 언니를 무척 좋아했으며, 주교를 몹시 싫어했고, 공작을 끔찍이 무서워했다. 집단 결혼식이 거행된 날 남자 네 명에게 둘러싸여 알몸 신세가 되자, 그녀는 그저 흐느껴 울 뿐, 화를 내거나 즐거

11
볼테르는 『철학 서한(Lettres philosophiques)』에서, 영어에 내재된 단순하고 직설적인 표현력을 언급하며, 이를 '청교도적 투명성(Transparence puritaine)'으로 보고 있다. 반면 프랑스어에는 그와 같은 의미의 단순성이 결여되어 있음을 지적한다. 파트리크 발트 라소프스키(Patrick Wald Lasowski), 『리베르탱 사전(Dictionnaire libertin)』, 갈리마르 출판사, 2011, 29쪽 참조.

워하는 기색 하나 없이 시키는 모든 짓을 다 했다. 그녀는 수수하고 청결했다. 결점이라면, 생기발랄함이 엿보이는 눈빛과는 영 딴판으로, 행동에서나 성품 자체에서 태만함이 넘치고 매우 게으르다는 점이었다. 그녀는 판사를 거의 삼촌 버금갈 정도로 싫어했는데 유독 뒤르세에 대해서만큼은, 자기를 살살 다루어주지 않는데도 불구하고, 별다른 거부감이 없는 듯했다.

친애하는 독자여, 이상이 앞으로 그대가 겪어나가야 할 주요 인물 여덟 명이다. 이제 저들이 정한 유별난 쾌락의 대상을 공개할 시점이다.

자고로 청각을 통한 감각의 교류가 무엇보다 자극적이며 가장 생생하게 각인된다는 것은 진정한 리베르탱들 사이에서 널리 인정받는 통설이다. 따라서 우리의 네 악당은 관능이 가슴속에 최대한 깊이 파고들게끔 상당히 기괴한 방법을 궁리해냈다. 음란함으로 다른 모든 감각을 최대한 만족시킬 수 있는 환경부터 조성해놓은 다음, 방탕의 온갖 일탈 행위들, 그 다양한 가지들과 파생의 양상들, 요컨대 방탕주의의 언어로 말해서 모든 정념(情念, passions)[12]을 질서 정연하게, 구석구석 파헤쳐 이야기하는 것이다. 상상력이 불붙을 때, 인간의 정념이 얼마나 변화무쌍할 수 있는지 가늠하기는 쉽지 않다. 온갖 기벽과 취향으로 도를 넘기 십상인 정념은 상상력의 힘을 빌릴 경우 훨씬 더 극단적인 다양성을 펼쳐 보이는데, 그 일탈의 면모들을 세분해 일일이 묘사하기만 한다면 풍속에 관한 가장 흥미롭고 훌륭한 저작이 탄생할 수도 있을 것이다. 우선 모든 방종의 행태를 증언할 수 있는 인물들부터 물색하는 일이 관건이었다. 내용을 일일이 분석하고,[13] 낱낱이 펼쳐 보이며, 상세하게 묘사하고, 단계적으로 정리하는가 하면, 그 모든 과정에 이야기의 흥미를 첨가할 수 있는 사람이 필요한 것이다. 마침내 결정이 내려졌다. 숱한 조사와 수소문을 통해, 초로에 접어든 나이의 여자 네 명을 찾아냈다. 불가피한 조건이었다. 이런 문제에서는 무엇보다 경험이 중요하기에, 저마다 인생 대부분을 극단적인 방탕 속

12
고전 프랑스어에서 '마음의 동요(動搖, mouvement de l'âme)'를 의미한 이 단어는 18세기로 넘어오면서 일련의 '격렬한 감정 상태'를 지칭하게 되었다. 이는 사드의 작품에서 한 단계 더 특화되어, 리베르탱들에게서 보이는 온갖 도착 증상과 기벽을 포함한 다양한 광태를 총칭하게 된다.

13
'분석(analyse)'은 18세기 계몽철학의 핵심 개념 중 하나다. 무의식적인 방탕은 분석을 통해 악의적이고 체계적인 '방탕주의'로 진화한다.

에서 보낸 여자들이어야 그 모든 탐구 결과를 정확하게 보고할 자격이 있었다. 상당한 입담과 이런 일에 걸맞은 성향의 소유자를 추리느라 골몰했기에, 일단 자신이 할 일을 숙지하자, 네 여자는 각자의 파란만장한 경험담 속에 더없이 기상천외한 일탈 행위들을 담아낼 수 있었다. 순서는 다음과 같이 정해졌다. 첫 번째 여자는 인생을 회고하면서 제일 단순하고 가장 덜 기발한, 지극히 평범한 150가지 정념의 일탈 현상들을 담아내기로 했다. 두 번째 여자는 같은 수의 조금은 더 기괴한 정념들을 담아내는데, 주로 여자 여럿이 남자 한 명이나 여럿을 상대하는 구도다. 세 번째 여자 역시 150가지의 가장 범죄적이면서 법과 자연, 종교를 극도로 유린하는 광태(狂態)들을 경험담에 담아내기로 했다. 그리고 이 모든 광기는 결국 살인에 이르거니와, 방탕의 일환으로 저지르는 다양한 살인 행각 속에서 리베르탱의 불붙은 상상력이 채택하는 무궁무진한 고통의 양상까지 감안해, 네 번째 여자는 150가지에 이르는 각종 고문 방법을 경험담 속에 상세히 묘사해 넣기로 했다. 그러는 동안, 앞서 말한 대로 자신의 아내들과 그 밖 온갖 부류의 쾌락적 대상들[14]을 거느린 우리의 리베르탱들은 이야기를 경청하면서 한껏 머리를 달군 뒤, 그로 인해 불붙은 격정을 아내들이나 다른 대상들을 통해 잠재울 것이었다. 분명히 말하지만, 바로 그러한 행위가 이루어지는 음란한 방식이야말로 이 계획에서 가장 선정적인 부분에 속한다. 이 책은 네 여자들이 들려주는 이야기들과 그로 인한 욕정을 해소하기 위해 동원된 방식들로 채워질 것이다. 하여, 독실한 신앙을 가진 모든 이에게 권하니, 누구든 죄를 범하고 싶지 않거든 이쯤에서 책을 덮으시라. 그다지 정숙하지 못한 줄거리임을 충분히 눈치챘을 터, 미리 단언컨대 그 세세한 내용으로 들어가면 정도는 훨씬 더 심해질 것이다.

지금까지 거론한 배우들 네 명은 앞으로 전개될 글에서 매우 중요한 역할을 수행한다. 따라서 독자에게 부득이 양해를 구하건대, 우리는 그 여자들의 면면 또한 상세히 묘사하지 않을

14
사드에게는 쾌락의 주체와 대상이 분명히 나뉘는데, 전자가 리베르탱이라면 후자는 그 희생자들이다.

수 없다. 그들은 입만 놀리지 않고 행동도 할 것이다. 그러니 어떻게 불분명한 상태로 방치해둘 수 있겠나? 필시 이 창녀들 네 명을 심신 모두 활용할 계획이기는 하나, 그렇다고 아름다운 용모를 기대하지는 마시라. 여기서 결정적인 것은 그들의 육체적 매력도 나이도 아니었다. 오로지 성향과 경험이 중요하거늘, 그런 의미에서 더 이상 안성맞춤을 기대하기란 불가능했다.

150가지 단순한 정념의 이야기를 책임질 여자는 마담 뒤클로[15]였다. 그녀는 마흔여덟 나이에 여전히 상큼한 미모를 간직하고 있었다. 무척 예쁜 눈과 새하얀 피부를 가졌으며, 보기 드물게 오동통하고 아름다운 엉덩이, 깔끔하면서 싱그러운 입과 풍만한 가슴, 매끈한 갈색 모발, 뚱뚱한 편이면서도 귀티 흐르는 몸매 등, 어디를 보나 양갓집 규수와도 같은 자태와 풍채를 갖추고 있었다. 차차 보겠지만, 그녀는 이제부터 이야기할 모든 것을 탐구하기에 적당한 장소들을 거치며 평생을 살아왔다. 그녀가 수월하면서도 재치 있고 흥미롭게 자신의 이야기를 풀어나가리라는 건 누구나 알 수 있었다.

마담 샹빌[16]은 쉰 살 정도에 훤칠한 신장으로, 마르고 균형 잡힌 몸매와 눈빛, 용모에서 음탕한 기운이 철철 넘치는 여자였다. 사포를 열심히 흉내 내는 그녀는 사소한 동작에서부터 아주 간단한 자세, 일련의 말투에 이르기까지 사포의 일거수일투족을 따라 했다. 그녀는 여자들과 관계하면서 부양까지 하느라 파산한 처지인데, 사교계에서 벌어들인 재산 대부분을 그런 취향에 쏟아붓지 않았던들 아주 안락한 삶을 누렸을 것이다. 아주 오랜 세월 창녀로 살았고 최근 몇 년 동안은 뚜쟁이 노릇을 했지만, 취향이 추잡하고 나이가 지긋한 남정네로 고객을 제한했고 풋내기 젊은 손님은 결코 받지 않았다. 이처럼 신중하면서 이재에 밝게 처신한 덕에 조금은 사정이 호전되기도 했다. 원래 머리는 금발이었지만, 차츰 더 온건한 색조로 물들기 시작하고 있었다.

15
당대 '코메디 프랑세즈'에서 활동했던 유명 배우 마리안 드 샤토뇌프(Marie-Anne de Chateauneuf, 1670-748)의 예명 '뒤클로 양(Mlle Duclos)'에서 따왔다는 것이 연구가들의 견해다. 한때 볼테르의 마음을 사로잡았던 여인이기도 하다.

16
이 이름 역시 '코메디 프랑세즈'의 실제 희극배우였던 샹빌(Champville, 1720-802)의 이름에서 따왔다는 것이 통설이다.

눈동자는 언제나 아름다운 푸른빛이었고, 매우 쾌활한 표정을 머금고 있었다. 여전히 싱그러운 입 모양은 예쁘고 완벽한 형태를 유지했으며, 젖가슴이 빈약한 반면 복부는 괜찮았는데, 점 하나 없이 매끈한 피부였다. 불두덩은 약간 위쪽에 자리했고 클리토리스는 한껏 달아올랐을 때 3푸스가량 돌출했다. 해당 부위를 살살 자극하면 그녀가 자지러지는 모습을 확인할 수 있는데, 특히 같은 여자가 애무할 경우 그랬다. 엉덩이는 완전히 닳고 닳아 물컹하고 너덜너덜한 상태였다. 앞으로 공개될 사연으로 해명되겠지만, 음란한 악습으로 얼마나 단련되었는지, 그곳에 무슨 짓을 더 가한들 당사자는 아무것도 느끼지 못할 정도였다. 하나 별난 점은, 파리에서는 정말 드문 경우인데, 마치 수녀원 출신 아가씨처럼 그쪽이 처녀라는 사실이었다. 만약 그녀가 기상천외한 것만 선호하는 사람들, 그리하여 결국 저주받은 연회를 반길 자들과 더불어 이번 회합에 참석하지 않았다면, 그 별난 처녀성은 목숨을 다하는 날까지 건재했을 것이다.

쉰두 살 뚱뚱한 아줌마로, 아주 건강하고 원기 왕성하면서 볼깃살이 더할 나위 없이 풍만한 마담 마르텐은 완전히 반대의 경우라 할 수 있다. 평생 항문 성교에 빠져 살았고, 그에 너무 길이 들다 보니 이제는 항문을 통해서밖에는 쾌감을 느끼지 못하게 되었다. 타고난 기형(음문이 막혀 있었다.) 탓에 다른 방법은 알 수 없어 하는 수 없이 그런 종류의 쾌락만을 탐닉해오기도 했지만, 그렇게 처음 몸에 밴 습관으로 음란 행위에 집착하다 보니 지금도 거칠 것 없는 관능의 여인 행세를 하고 있는 것이었다. 사내의 무시무시한 물건 앞에서 그녀는 전혀 기죽지 않았고, 오히려 그럴수록 더 반겼다. 앞으로 펼쳐질 기록을 통해, 우리는 소돔의 기치 아래 그 어떤 대담한 사내보다 더 용맹하게 투쟁하는 그녀의 모습을 보게 될 것이다. 용모는 매력적인 편이나, 약간의 노화와 나른한 분위기가 그 매력을 잠식해 들어가고 있었다. 오동통한 살집이 아니었다면 이미 퇴물이나 마찬가지로 치부될 만도 했다.

마담 데그랑주[17]로 말하자면, 악덕과 음란의 화신 그 자체였다. 큰 키에 마른 몸매, 나이는 쉰여섯, 창백하고 핼쑥한 인상에 광채 잃은 눈빛, 핏기 하나 없는 입술. 기력이 딸려 당장이라도 궤멸하고 말 범죄의 이미지를 풍겼다. 옛날에는 갈색 머리였다. 심지어 아름다운 몸의 소유자였다는 설까지 있다. 그런데 얼마 못 가, 혐오감만을 불러일으킬 만큼 피골이 상접한 신세가 되고 말았다는 것이다. 닳아 문드러진 엉덩이는 자잘한 상처와 낙인의 흔적 때문에 사람의 피부라기보다는 마블지처럼 보였다. 주름이 자글자글한 항문은 얼마나 크고 헐렁한지, 아무리 큼직한 물건이 들락거려도 당사자는 아무것도 느끼지 못했다. 무엇보다 흥미로운 사실은, 산전수전 다 겪어온 키테라 섬 출신의 이 씩씩한 전사께서[18] 젖통 하나가 모자라고 손가락 세 개가 잘려 나간 상태라는 것이다. 그런가 하면 다리도 절고 치아 여섯 개와 눈알 하나가 없다. 대체 어떤 학대 속에서 그 지경에 이르게 되었는지는 차차 알게 될 것이다. 분명한 건 여태껏 세상 그 무엇도 그녀를 교정하지 못했다는 사실이다. 그 몸뚱어리가 추함 자체의 표상이라면, 그 영혼은 더할 나위 없는 악덕과 죄악이 우글거리는 소굴이었다. 방화, 존속살해, 근친상간, 항문 성교, 동성애, 살인, 독살, 강간과 절도, 낙태와 신성모독 등등, 이 희대의 탕녀가 세상을 살면서 직접 저지르거나 뒤에서 사주하지 않은 범죄행위는 단 하나도 없음을 단언할 수 있다. 현재 하는 일은 포주 노릇이었다. 사교계 전담 뚜쟁이라고 할 수 있는데, 그 방면 풍부한 경험에 유쾌한 입담까지 갖추고 있어 네 번째 이야기꾼의 적임자로 발탁된 것이었다. 그녀가 담당할 경험담은 가장 끔찍하고 추잡한 일화들로 채워질 예정이다. 하긴 그런 모든 것을 직접 겪은 계집 이상으로 이 일을 잘해낼 자가 또 누구이겠는가?

17
마르세유에 페스트가 창궐했을 당시 몸 바쳐 봉사한 것으로 유명한 데그랑주 신부(père Desgranges, 1678-726)를 비꼬는 의도라는 설이 있다.

18
18세기 리베르탱 문학에서 전쟁을 빗댄 표현은 매우 인기 있는 은유법이었다.

원하는 적재적소에 이 여자들을 배치하자, 이제 단역들을 정비하는 일이 남았다. 우선 음욕의 대상들을 남녀 양성으로 다수 확보해 주변에 배치해둘 필요가 있었다. 그러나 이런 음란 파티가 아무 불편 없이 치러질 만한 장소로 스위스에 위치한 뒤르세 소유의 바로 그 성채만 한 곳이 없다는 점, 뒤르세가 어린 엘비르[19]를 처리한 그 성이 그리 크지 않아 너무 많은 사람을 수용하기도 어렵거니와 그 사람들을 다 데리고 이동하는 것 자체가 위험하며 발각될 우려가 크다는 점에 생각이 미치자, 총 인원은 이야기를 진행할 여자들을 포함해 모두 서른두 명으로 귀착되었다. 즉, 이야기꾼 네 명과 소년 소녀 각각 여덟 명씩, 항문 성교의 쾌락을 위해 거대한 물건을 가진 남자 여덟 명 그리고 하녀 네 명이다. 한데 그 모든 조건을 맞추기 위해서는 또 그만큼 꼼꼼한 조사가 요구되었다. 세부 사항들을 검증하는 데 1년이라는 시간이 걸렸고, 엄청난 돈이 들었다. 그리고 프랑스가 제공할 수 있는 가장 매력적인 존재를 확보하기 위해, 여덟 명의 소녀를 고르는 데만도 다음과 같은 수고가 동원되었다. 머리가 잘 돌아가는 뚜쟁이 열여섯 명이 각기 조수 두 명을 대동하고서 프랑스의 주요 지방 열여섯 곳에 파견되는 한편, 마지막 뚜쟁이 한 명은 파리만 전담해서 같은 임무를 수행했다. 이들 뚜쟁이 전원은 파리 근교에 위치한 공작의 영지에서 집합하기로 약속되어 있었다. 파견되고 나서 정확히 열 달이 지난 시점 같은 주 그곳에 모여야 하는 것이다. 그 열 달이 인원 조달을 위해 그들에게 주어진 시간이었던 셈이다. 각자 아홉 명씩 데려와서 총 144명의 소녀를 모은 다음, 그 144명에서 여덟 명만 추리기로 되어 있었다. 이때 출신 계급과 덕목 그리고 무엇보다 아름다운 미모만을 고려하는 것이 뚜쟁이들에게 권장 사항으로 전달되었다. 주로 양갓집 규수들을 상대로 조사를 벌여야 했는데, 고급 수녀원 기숙학교라든가 명문가에서 납치해왔음을 입증하지 못할 경우, 대상에서 제외되었다. 적어도 부르주아 계층 이상이 아니거나, 상위 계층에서도 덕성이 출중하고 분명한 처녀이면

19
엘비르(Elvire)는 이 대목에 딱 한 번 등장하는 이름이다. 사드가 이 인물이 등장할 에피소드를 구상했다가 나중에 어떤 사정에 의해 포기했거나 누락된 것으로 보인다.

서 완벽한 미모를 갖추지 않으면 가차 없이 논외로 쳤다. 목표가 된 여자들의 일거수일투족은 정보원들에 의해 시시각각 보고되었다. 그렇게 해서 바람직하다고 판단된 대상은 모든 경비를 제하고 1인당 3만 프랑에 넘겨졌다. 어마어마한 액수였다. 연령으로 말하자면 열두 살에서 열다섯 살 사이로 정해졌고, 그 이상이나 이하는 가차 없이 제외되었다. 그사이, 같은 사정과 같은 방식, 같은 비용에 열두 살에서 열다섯 살 사이의 같은 연령대 소년들을 물색하기 위한 남색 중개인들 열일곱 명이 도시와 시골을 막론하고 전국을 돌았다. 그들은 소녀들 선별 작업이 끝나고 한 달 후에 모이기로 되어 있었다. 앞으로 우리가 때짜[20]라는 명칭으로 부를 젊은이들은 오로지 음경의 크기만 중요하게 고려되었다. 길이 10에서 12푸스 이하에 굵기 7.5푸스 이하는 제외 대상이었다. 이 일을 위해 남자 여덟 명이 왕국 전역을 돌았고, 집합 일정은 소년들 선정 작업이 끝나고 한 달 뒤로 정해졌다. 그 모든 선별 작업과 면접 심사에 관련된 이야기가 우리의 목표는 아니지만, 이쯤에서 그에 관해 잠깐 언급하고 넘어가면 우리 네 주인공들이 얼마나 지능적인지를 더 잘 아는 데 도움이 될 것이다. 내가 보기에는, 그에 얽힌 상황들을 좀 더 자세히 기술해 향후 우리가 묘사할 기상천외한 향연의 이해를 돕는 일이 단순한 예비 단계로만 치부되어서는 안 될 것 같다.

소녀들의 소집 일정이 다가오자, 공작의 영지로 사람들이 모여들었다. 애당초 머릿수 아홉을 채우지 못한 몇몇 뚜쟁이들, 또한 도중에 질병이나 도주로 인원을 일부 챙기지 못한 뚜쟁이들이 있었기에, 모인 인원은 총 130명이었다. 그만해도 얼마나 선남선녀들인지! 그처럼 눈부신 용모를 갖춘 소년 소녀들이 한자리에 모인 광경은 누구도 본 적이 없을 터! 후보 심사는 매일 열 명을 대상으로 13일간 진행되었다. 네 친구들이 둥글게 원을 그려 자리 잡으면 한복판에 소녀가 세워졌다. 우선 납치 당시 입은 옷차림이었다. 소녀를 보쌈해온 뚜쟁이가 한참 칭찬을 늘어놓는 동안 귀한 혈통이랄지 덕성 면에서 뭔가 부족하다고

20
fouteur. 남자끼리의 성교 행위에서 비역질을 가하는 쪽을 칭한다.

판단되면, 더 이상 알아볼 것 없이 즉각, 아무런 도움이나 수행원 없이 돌려보내졌다. 그 경우, 해당 뚜쟁이는 일을 하며 들인 모든 비용을 고스란히 날리는 셈이었다. 세세한 설명을 다 끝낸 뚜쟁이는 일단 물러나야 했고, 그때부터는 소녀를 대상으로 방금 전까지 이야기된 내용의 진위 여부를 판별하기 위한 질문 공세가 이루어졌다. 모든 내용이 정확하다고 결론 내려지면 뚜쟁이가 다시 불러들여졌고, 이젠 소녀의 치마를 걷어 올려 심사위원 네 명에게 볼기를 공개하도록 되어 있었다. 그 부위는 첫 번째 심사 항목이었다. 그곳에 조금이라도 결점이 보이면 심사 대상은 곧바로 귀가 조치되었다. 반대로 그쪽 매력이 완벽하다고 판단된 소녀는 비로소 알몸 상태가 되어 네 명 리베르탱들 앞을 대여섯 번씩 지나다녀야 했다. 그러는 동안 이리 돌려보고, 저리 돌려보고, 여기저기 더듬어보고, 냄새도 맡아보고, 벌려도 보고, 처녀성도 확인해보는데, 그 모든 과정이 지극히 냉정하게, 감각의 흔들림 하나 없이 진행되는 것이었다. 여기까지 이루어지면 소녀는 일단 물러나고, 그 이름이 적힌 표에 심사자들이 제각각 자기 서명과 함께 '접수' 또는 '반송'이라 표기했다. 그렇게 해서 취합된 심사 표들이 상자 하나에 넣어지기까지 심사자들은 서로의 의견을 절대 교환해서는 안 되었다. 상자는 모든 심사가 완료된 후 개봉되었다. 소녀 한 명이 합격하려면 심사 표에 친구들 네 명의 이름이 낙점 의사를 표하고 있어야 했다. 만약 한 명이라도 모자라면 그 즉시, 앞서 얘기한 대로 무정하게, 어떤 도움이나 길 안내 없이 걸어서 돌아가게끔 조치되었다. 단, 여기서도 열두 명 정도는 무작위로 떼어내, 심사를 마친 우리 리베르탱들의 노리개로 실컷 굴린 다음 뚜쟁이들에게 넘겨졌다. 이 1차 심사를 통해 50명의 후보가 탈락되었다. 남은 80명은 훨씬 더 정교하고 엄격한 기준을 적용해 재심사했다. 아주 작은 결점도 즉각 불합격 사유가 되었다. 대낮처럼 아리따운 소녀가 다른 사람보다 이빨 하나 조금 위로 어긋났다 하여 귀가 조치되었다. 스무 명이 넘는 다른 소녀들은 잘 봐줘야 평민층에 속한다 하여 같은 처분을 당했다. 이처럼 2차 심사를 거치면서 30명이 추가로 탈락되었다. 따라서 이제 남은 인원은 50명에 불과했다. 최대한 욕정을 가라앉힌 상태에서 보다 안정되고 확실한 선택을 하기 위해, 세 번째 심사는 바로 그 남은 50명의 도움을 받아 심사자들이 좃물을 빼고 난 이후에 진행하기로 결정되었다. 이를 위해 열세 명의 소녀들이 한 무리가 되어 리베르탱을 한 명씩 에워쌌다. 무리의 면면은 제각각이었다. 뚜쟁이들이 그들을 일일이 지도했다. 다들 어찌나 능란하게 자세를 전환해가며 적극적으로 임했는지, 온갖 음란한 행위가 펼쳐진 끝에 정액이 방출됐고 각자 머리가 맑아졌다. 결국 그 과정을 치르는 것으로 최종 인원 중 30명이 마저 제외되었다. 이제 남은 대상은 스무 명. 그래도 열두 명이 아직 남아도는 셈이었다. 이제는 싫증을 유발할 만한 방법들까지 새롭게 총동원해 욕정을 가라앉힌 다음 심사를 하는데도, 스무 명은 그대로였다. 하긴, 신이 직접 빚어낸 작품이라 해도 손색없을 이 천상의 피조물들을 어떻게 잘라낼 수 있단 말인가? 그리하여 동등한 미모를 갖추었어도, 열두 명에 비해 여덟 명의 우수성을 보장할 무언가를 그 대상자들 속에서 찾아내야만 했는데, 그를 위해 판사가 제안한 방법은 그야말로 제정신으로 보기 어려운 것이었다. 아무려면 어떤가, 제안은 곧장 받아들여졌다. 앞으로 그들에게 종종 강요하게 될 모종의 행동[21]을 그들 중 누가 제일 잘 이행하는지 미리 살펴보자는 것이었다. 나흘이면 이 문제를 결정지을 충분한 시간이었다. 마침내 열두 명이 배제되었는데, 이전에 다른 탈락자들처럼 일종의 '불발탄'으로 처리된 것은 아니었다. 탈락이 결정되고 나서도 일주일 동안 네 친구들에 의해 온갖 방법으로 철저히 유린당해야 했으니 말이다. 그런 다음 탈락자들은 앞서 말한 대로 뚜쟁이들에게 넘겨졌고, 저들과 같은 고위층을 상대하는 매춘으로 그 뚜쟁이들 배를 불려주어야 했다. 선택된 여덟 명은 일행 전체가 출발할 때까지 수녀원에 머물렀다. 정해진 일정에 따라 만끽할 쾌락을 온전히 보존하기 위해서, 그 전까지는

21
나중에 기술될 배변과 관련한 행동 지침을 말한다.

그들 몸에 손끝 하나 대지 않았다.

나는 그 모든 미모를 일일이 묘사할 생각이 없다. 모두가 하나같이 뛰어나서 나의 필력으로는 어차피 따분한 그림만 이어질 테니까. 다만 이름들을 하나하나 거론하는 가운데, 우아함과 매력, 완벽함이 그만큼 잘 어우러진 상태를 그려내기란 정녕 불가능하다는 점만 짚고 넘어가고자 한다. 자연은 인간에게 자신의 솜씨가 어느 정도인지 조금이나마 알리고 싶었을 것이고, 그러다 보니 이들 말고는 다른 본보기를 제시할 수 없었으리라.

첫째는 오귀스틴이었다. 나이는 열다섯 살이고 랑그도크의 어느 남작 딸인데, 몽플리에 수녀원에서 납치당했다.

둘째는 파니였다. 브르타뉴 고등법원 판사의 딸인데, 아버지의 성채 안에서 납치당했다.

셋째는 젤미르였다. 열다섯 살이고, 테르빌 백작의 손에서 금지옥엽으로 자란 딸이다. 아버지가 보스의 영지 중 한 곳으로 사냥을 나갈 때 데려갔다가 잠깐 숲속에 혼자 둔 사이 납치당했다. 외동딸인 그녀는 이듬해 지참금 40만 프랑을 가지고 어느 대귀족과 혼인할 예정이었다. 현재 자신의 끔찍한 운명을 두고 누구보다 비통하게 눈물 흘리는 사람이 바로 그녀다.

넷째는 소피였다. 열네 살인 그녀는 유복한 귀족 집안의 딸로 베리에 위치한 영지에서 편안하게 살아가고 있었다. 엄마랑 산책을 하다가 납치당했는데, 자신을 지키려던 엄마가 강물에 내던져져 눈앞에서 익사하는 꼴을 봐야만 했다.

다섯째는 콜롱브였다. 파리 출신으로 고등법원 판사의 딸이다. 열세 살인 그녀는 어린이를 위한 무도회가 끝난 저녁, 수행 교사와 함께 기숙학교로 돌아오다가 납치당했다. 당시 수행 교사는 칼에 찔렸다.

여섯째는 에베였다. 열두 살인 그녀는 오를레앙에 거주하는 신분 높은 기병대장의 딸로, 수녀원 기숙학교에서 생활하다가 그만 꾐에 빠져 납치당해온 몸이었다. 돈에 매수된 그곳 수녀 두 명이 저지른 짓인데, 그처럼 귀엽고 매력적인 아이는 다시 볼 수 없을 터였다.

일곱째는 로제트였다. 열세 살인 그녀는 샬롱쉬르손 지방 총독 부관의 딸인데, 아버지가 작고한지 얼마 안 되어 시골 외가에 내려와 살던 중, 집안 어른들이 빤히 보는 앞에서 도둑을 가장한 자들에게 납치당했다.

마지막은 미미 또는 미셰트라 불렸다. 열두 살인 그녀는 스낭주 후작의 딸로, 부르보네에 있는 아버지의 영지에서 사륜마차를 타고 가다가 납치당했다. 하녀 두세 명만 따라나서게 한 것이 문제였는데, 결국 그 하녀들은 살해된 채 발견되었다.

이런 식의 향락을 준비하는 데 엄청난 돈과 범죄행위가 필요함은 뻔하다. 저들에게 재물은 큰 문제가 아니었으며, 범죄행위로 말하자면 그런 걸로 추적당해 벌을 받는다는 것 자체가 아직은 소원한 시대였다. 그래서 모든 일이 순조롭게 이루어졌고, 우리의 리베르탱들은 후환을 걱정하지 않았으며 그 일들로 수사선상에 오르는 일은 전혀 없었다.

이제 소년들을 심사할 때가 왔다. 조달하기가 훨씬 수월했기에, 그만큼 머릿수도 많았다. 포주가 총 150명을 대령했는데, 과장하지 않고 말해서 매력적인 얼굴과 앳된 미모, 천진함과 순결성 그리고 기품에 이르기까지 최소한 여자아이들에 견주어 손색이 없었다. 여자아이들과 마찬가지로 1인당 3만 프랑의 돈이 들었지만 청부업자들로서는 위험 부담을 걱정할 필요가 없었다. 어차피 남색 신봉자들의 취향에 더 매혹적으로 다가갈 사냥감들이라, 비용을 날릴 이유가 없었던 것이다. 적절치 않은 후보라 돌려보낼지언정, 그 전에 실컷 데리고 놀 것이기에 값은 꼬박꼬박 지불되기로 정해져 있었다. 심사는 여자들 경우와 마찬가지로, 매일 열 명씩 진행했다. 다만 보다 세심한 절차를 거쳤는데, 여자아이들을 심사할 땐 다소 소홀했던 점으로, 이번에는 후보로 나선 열 명의 힘을 빌려 꼬박꼬박 사정을 하고 나서야 본격적인 심사에 들어갔던 것이다. 판사는 이 심사 과정에서 거의 제외될 뻔했다. 다들 그의 변태적인 취향을 경계했기 때문이다. 여자아이들을 선발할 때 지독하리만치 추악하고 파렴치한 그의 성향을 간과했다는 생각들이었다. 판사는 절대로 그런 성향을 드러내지 않겠다고 약속했지만, 그 약속을 지키는 일이 결코 만만치는 않을 터였다. 자연을 비틀고 취향을 왜곡하는 문란함에 한번 맛 들여 망가질 대로 망가진 상상력이 다시 정상으로 돌아오기란 매우 힘든 법이다. 판사 입장에서는 자기만의 취향을 충족시키려는 욕구가 적절한 판단 기능 자체를 앗아갈 가능성이 다분했다. 진실한 아름다움을 무시하고 추악한 것만을 탐닉할수록 비뚤어진 욕구는 노골화되기 마련이다. 조금이나마 진실한 감정 상태로 돌아가는 것을 그는 마치 위반하면 큰일 날 어떤 원칙들을 훼손하는 것처럼 느끼는 듯했다. 초반 심사가 몇 차례 진행되면서 후보 100명이 만장일치로 합격했다. 그중에서 기필코 받아들여야 할 소수를 다시 추려내려면 다섯 차례의 재심사가 더 필요했다. 세 번의 재심사에서 추린 인원은 50명이었다. 이제 남성이라는 이점도 걷어버리고 정말 취해야 할 점만을 추려내기 위해 뭔가 기발한 수단을 동원할 단계가 되었다. 그래서 생각해낸 것이 이들에게 여자 옷을 입히는 방법이었다. 이 묘책을 통해 25명이 걸러졌다. 사족을 못 쓸 만큼 선호하는 성별에 식상한 성별의 복장을 덮어씌움으로써, 일부러 그 가치를 깎아내리고 모든 환상을 제거해보자는 뜻이었다. 그런데 마지막 남은 25명에 대한 선별 작업이 계속해서 난항을 겪었다. 무얼 어떻게 해도 소용이 없었다. 정액을 아무리 쏟아버려도, 쏟아버리는 순간에 가서야 투표용지에 이름을 적고, 계집애들을 추릴 때 활용한 방법을 그대로 써봐도, 25명이라는 숫자는 요지부동이었다. 결국 그들끼리 제비를 뽑아 결정하기로 했다. 다음은 그렇게 해서 남게 된 후보들에게 부여된 이름과 나이, 출신 그리고 붙잡혀 온 사연들이다. 생김새를 묘사하는 건 역시 내 능력 밖이다. 아모르의 용모조차 그들보다 더 매혹적이지는 못할 것이며, 알바니가 천사를 그리기 위해 세운 모델도 분명

그들에 뒤질 터였다.[22]

젤라미르는 열세 살이었다. 푸아투 지방 귀족인 아버지의 영지에서 더할 나위 없이 곱게 자란 외아들이었다. 푸아티에에 사는 친척을 보러 하인 한 명만 달랑 대동하고 나섰다가, 기다리고 있던 야바위꾼들에 의해 하인은 살해당하고 자신은 납치되어 왔다.

퀴피동도 같은 나이로, 라플레슈 중등학교에 다니고 있었다. 같은 이름의 도시 인근 귀족 집안 아들로 현지에서 학업을 이어가고 있었다. 학생들이 일요일마다 산책하는 길목에 진을 치고 기다리던 자들에 의해 납치당했다. 그는 학교 제일가는 미소년이었다.

나르시스는 열두 살 소년으로, 몰타의 수도회 소속 기사 작위를 갖고 있었다. 아버지가 귀족 신분에 따른 직무 수행차 루앙에 체류하면서 아들을 키웠는데, 파리에 있는 루이르그랑 중등학교로 전학을 떠나보내는 길에서 그만 납치당하고 말았다.

하나같이 빼어난 미모 중에서도 선별이 가능하다면 말이지만, 여덟 명 중 단연 으뜸인 제피르는 파리 출신으로, 그곳 유명 기숙학교에서 학업을 이어가고 있었다. 고위 장교인 아버지가 아들을 되찾기 위해 세상에 못 할 일이 없었지만 모두 허사였다. 기숙학교 교장을 돈으로 매수해서 일곱 아이를 넘겨받았고, 그중 여섯은 돌려보냈다. 소년에게 넋이 나가버린 공작은 자신이 그 뒤꽁무니를 뚫을 수만 있다면 당장 100만 프랑이라도 쾌척하겠노라 단언했다. 물론 소년의 몸이 아직 순결한 상태라는 점엔 누구나 공감했다. 오, 사랑스럽고 매혹적인 아이여, 이 무슨 해괴망측한 일인가! 어쩌다가 이런 끔찍한 운명이 네게 닥쳤단 말이더냐!

셀라동은 낭시 주재 행정관리의 아들이었다. 숙모를 보러 뤼네빌에 왔다가 납치당했다. 이제 막 열네 살에 접어드는 나이였다. 그가 혼자 있을 때, 혹할 만한 또래 여자아이를 앞세워 유

22
아모르(Amor)는 로마신화의 큐피드, 그리스신화의 에로스를 가리킨다. 알바니는 이탈리아 화가 프란체스코 알바니(Francesco Albani, 1578-660)를 가리킨다.

혹한 것인데, 당찬 계집애가 마치 사랑이라도 나눌 듯이 방으로 유인했고, 일단 그렇게 사람들의 시선을 차단한 뒤 납치를 감행했다.

아도니스의 나이는 열다섯 살이었다. 플레시 중등학교를 다니던 중에 납치당했다. 대법정[23] 판사인 아버지가 아무리 한탄하고 발버둥 쳐봐야 소용이 없었다. 워낙 주도면밀하게 처리된 일이라 아들의 행방을 당최 알 길이 없었다. 2년 전 동료 판사의 집에서 소년을 보고는 줄곧 몸 달아 있던 퀴르발이 납치에 필요한 모든 정보와 수단을 제공한 것이었다. 그처럼 타락한 머리로도 제법 바람직한 취향을 추구할 수 있다는 점에 다들 놀라는 분위기였다. 이에 잔뜩 고무된 퀴르발은 자기도 가끔은 양호한 안목을 발휘한다는 걸 이번 기회를 통해 동료들에게 과시하고 싶어 했다. 소년은 그를 알아보자 곧장 울음을 터뜨렸는데, 판사는 이를 위로한답시고 자기가 직접 알아서 동정을 잘 따먹어줄 테니 걱정 말라며 어르는 것이었다. 그렇게 충격적인 위로와 더불어 그는 자신의 거대한 물건으로 소년의 엉덩이를 툭툭 건드리기까지 했다. 소년은 결국 판사의 주도로 회합에 받아들여졌고 어렵지 않게 그의 차지가 되어버렸다.

이아생트는 열네 살로, 샹파뉴의 어느 소읍으로 은퇴한 장교의 아들이었다. 사냥을 하는 도중에 납치당했는데, 아들이 사냥을 너무 좋아하는 터라 괜찮겠지 하며 혼자 내보낸 아버지의 소홀함이 화근이었다.

지통의 나이는 열세 살이었다. 대왕실 마사관 숙소에 체류하다가 납치당했다.[24] 니베르네의 명문가 자식인데, 아버지가 마사관으로 데려온 지 6개월도 되지 않아 벌어진 일이었다. 생클루 대로를 혼자 거닐다가 어이없게 끌려와서, 주교에게 동정을 바쳐야 할 노리개 신세가 되고 만 것이다.

이상이 우리 리베르탱들의 음탕한 향락을 위해 동원된 남자 요정[25]들의 면면이다. 때와 장소가 무르익으면 그들이 어떻게 다

23
구체제하에서 고등법원의 주법정.

24
대(大)왕실 마사관(grande écurie)은 왕이 직접 타는 승마용 말들을 관리하는 부서. 왕실 마차와 그 마차를 끄는 말들을 관리하는 부서는 소(小)왕실 마사관(petite écurie)이라 부른다. 대왕실 마사관을 책임진 시종(고위 관리)들을 위한 숙소가 따로 마련되어 있었다.

25
소녀들의 이름이 모두 일반적인 것과는 달리, 소년들 이름 대부분은 그리스로마 신화(쿠피도 / 퀴피동, 나르키소스 / 나르시스, 제피로스 / 제피르, 아도니스 / 아도니스, 히아킨토스 / 이아생트) 또는 로마시대 고전(페트로니우스의 『사티리콘』 속 지토 / 지통)이나 17세기 프랑스 문학작품(오노레 뒤르페의 『아스트레』 속 셀라동)에 등장하는 신이나 미소년의 이름을 그대로 따왔다.

루어지는지 보게 될 것이다. 그러고서 남은 인원은 142명인데, 이 사냥감에 대해서도 결코 소홀하지 않았다. 나름대로 제각각 몸을 바치고 나서야 벗어날 수 있었던 것이다. 우리의 리베르탱들은 공작의 대저택에서 그들과 함께 한 달을 지냈다. 출발하기 바로 전날이 되자 정상적인 일일 규정 사항들은 이미 파기된 상태였으며, 그로써 출발 시점까지의 유희가 대신된 셈이었다. 다들 그렇게 원 없이 즐기고 나자 그들을 처치할 재미난 방법이 떠올랐다. 바로 투르크 해적선에 팔아 치우는 것이었다. 그렇게 함으로써 범행 흔적이 모두 지워질 뿐 아니라 그동안 들인 비용의 일부를 회수할 수도 있었다. 우선 소규모 무리를 지어 모나코로 보낸 다음 그곳에서 투르크 해적이 데려가 노예로 부려먹는 식이었다. 가혹한 짓이 분명했지만, 우리의 악당 네 명을 만족시키기엔 더없이 효과적이었다.

이제 때짜들을 고를 차례가 왔다. 이 그룹에서 탈락한 자들에 대해서는 따로 신경 쓸 일이 없었다. 모두 알 만한 나이에 잡혀온 터라, 그간 수고한 대가를 포함해 약간의 여비만 쥐여주면 다들 알아서 돌아갔다. 때짜들을 물색할 때 포주 여덟 명은 그다지 고생하지 않았다. 물건 크기가 거의 정해져 있었고, 조건들을 못마땅해 하는 경우도 없었던 것이다. 그렇게 해서 모두 50명이 도착했다. 우선 크기가 큰 순서로 스무 명을 추린 다음, 그중에서도 더 젊고 잘생긴 여덟 명을 따로 골랐다. 거기서 사이즈가 좀 더 큰 넷만 추후 자세히 거론될 것이기에, 지금은 그 나머지만 언급하고 넘어가겠다.

에르퀼은 그야말로 이름에 걸맞은 체격의 소유자로 스물여섯 살이었다.[26] 둘레 8푸스 2리뉴[27]에 길이 13푸스인 그의 남근만큼 당당하고 멋진 물건은 아마 세상에 없을 터였다. 실제로 실험해본 결과, 거의 항상 고개를 들고 있는 그 연장이 연속해서 여덟 차례 방출한 양은 1파인트 용기를 가득 채울 정도였다. 게다가 그는 매우 다정다감하고 흥미로운 용모를 갖추고 있었다.

26
헤라클레스의 프랑스식 이름.

27
리뉴(ligne)는 12분의 1인치에 해당한다.

앙티노위스라는 이름은 하드리아누스 황제가 총애한 미동(美童)의 그것을 따온 것인데,[28] 세상 최고로 근사한 음경에 더없이 관능적인 엉덩이를 갖춘 자였다. 무엇보다 그가 특별한 점은 둘레 8푸스에 길이 12푸스짜리 연장의 소유자라는 사실이었다. 그의 나이는 서른 살이고 더할 나위 없이 잘생긴 용모를 지녔다.

브리즈퀴[29]의 딸랑이는 워낙 괴상하게 뒤틀려서, 상대의 뒤를 쑤셨다 하면 언제나 구멍을 망가뜨리기 일쑤였다. 이름도 그래서 붙여진 것이다. 황소 염통처럼 생긴 귀두의 둘레는 8푸스 3리뉴에 달했다. 음경의 길이는 8푸스에 머물렀지만, 워낙 뒤틀린 모양새라 후장을 뚫는 순간 기필코 그 언저리를 찢어버렸다. 한데 우리의 주인공들처럼 감각이 무뎌진 리베르탱들에게는 그게 얼마나 소중한 장점인지, 다들 유난히 그를 찾는 것이었다.

방도시엘[30]은 무얼 하든 항상 발기 상태라 그런 이름이 붙은 자였다. 그의 물건은 길이가 11푸스, 둘레가 7푸스 12리뉴였다. 보다 나은 대물(大物)들을 다 제치고 그가 선택된 이유는, 다른 자들이 힘들여 발기하는 대신 이자는 낮에 아무리 많은 양을 방출해도 조금만 어루만지면 금세 곧추서기 때문이었다.

나머지 네 명은 크기나 생김새가 거기서 거기였다. 리베르탱들은 보름 동안 42명의 탈락자들을 실컷 농락했다. 그들로 하여금 줄기차게 몸을 쓰게 만들어 결국 기진맥진하게 만든 다음에야, 돈을 두둑이 쥐여주며 돌려보냈다.

이제 남은 절차는 하녀 네 명을 고르는 일이었는데, 이야말로 가관이었다. 판사의 취향만 구질구질한 게 아니었다. 뒤르세를 위시해서 세 친구 모두 방탕과 타락이라면 사족을 못 쓰는지라, 자연이 신성하게 빚어놓은 것보다는 가급적 더럽고 역겹고 곯아터진 대상에서 자극적인 매력을 느끼는 것이었다. 그런 괴벽을 해명하기는 어려운 일이나, 많은 사람들에게서 실제

28
안티노오스의 프랑스식 이름.

29
BRISE-CUL. '항문파열'이라는 뜻.

30
BANDE-AU-CIEL. '하늘을 찌르는 발기'라는 뜻.

로 확인되는 현상이다. 자연의 무질서가 신경이 예민한 사람에게 가하는 자극은 질서 정연한 아름다움의 위력을 능가한다. 혐오감과 역겨움, 추악함이 성적 흥분을 부추긴다는 것은 이미 증명된 사실이다. 오염된 사물보다 그런 감정을 더 잘 불러일으키는 것이 과연 있을까? 진정 불결함이 음탕한 행위를 부추긴다면, 불결함이 더할수록 쾌감 역시 고조될 것이며, 온전하고 완벽한 것보다 오염된 것을 통해 쾌락은 더욱 불결해질 것이다. 그 점은 의심의 여지가 없는 사실이다. 아름다움은 단순하고 추함은 유별나다. 관능에 대한 상상력은 언제나 단순한 것보다 유별난 것을 선호하기 마련이다. 아름다움과 청순함은 단순한 감각에서만 먹히지만, 추함과 퇴폐는 훨씬 강력한 충격을 가져다준다. 충격은 보다 강함을 의미하기에 그로 인한 혼란은 더 생생할 수밖에 없다. 따라서 단조롭고 평평한 오솔길보다 거칠고 울퉁불퉁한 땅을 걷고 싶어 하는 사람의 취향에 놀라는 것 이상으로, 예쁘고 상큼한 소녀보다 추하고 악취 나는 노파를 더 좋아하는 사람이 많다는 사실에 놀랄 필요는 없는 것이다. 그 모든 현상은 우리 몸의 구조와 기관들, 그것들이 작용하는 방식에 기인하며, 인체의 형상을 이리저리 바꿀 수 없듯이 우리는 그와 같은 우리 자신의 취향을 마음대로 변화시킬 수 없다. 어쨌든 판사와 나머지 세 친구들의 두드러진 취향이 그와 같았던 것만은 분명하다. 하녀의 선정 기준에 대한 만장일치 의견 속에는 방금 거론한 퇴폐적이고 무질서한 기질이 고스란히 반영되어 있었던 것이다. 결국 최대한 심혈을 기울인 끝에 파리에서 그런 기준에 부합하는 계집 네 명을 찾아냈으니, 그 용모가 아무리 역겹더라도 이곳에 자세히 묘사하는 것을 독자는 허락하시라. 풍속 분야에서 그와 같은 묘사는 너무도 중요하며, 이 글이 지향하는 기본적인 목표 중 하나 역시 그런 차원에서 풍속의 발전이다.

첫 번째 이름은 마리였다. 최근 차형에 처해진 유명한 강도의 하녀인데, 그 자신도 채찍질을 당하고 인두로 낙인이 찍혔다. 나이는 쉰여덟이며 머리털은 거의 없고 코가 비뚤어진 데다 눈은 게슴츠레하고 눈곱이 잔뜩 끼었다. 커다란 입을 열면 유황처럼 누런 이빨 서른두 개가 빼곡히 들여다보였다. 큰 키에 앙상한 체격이었고, 자기 말로는 아이를 열네 명 낳아 열네 명 모두 못돼먹은 종자로 자랄까 봐 질식사시켰다고 했다. 뱃가죽은 파도가 치듯 주글주글하고 궁둥이는 농양으로 뒤덮였다.

두 번째 이름은 루이종이었다. 나이는 예순이고 작은 키에 곱사등이이며 애꾸인 데다 절름발이였다. 하지만 나이치고는 꽤 아름다운 엉덩이와 아직은 고운 피부를 지녔다. 성격은 악마처럼 고약했고 주문만 하면 온갖 끔찍하고 잔혹한 짓을 저지를 준비가 항상 되어 있었다.

테레즈의 나이는 예순둘이었다. 큰 키에 비쩍 말라 해골 같은 인상이었다. 머리카락이 한 올도 남아 있지 않았고 입안에 이빨이 하나도 없었으며 그 뚫린 구멍으로는 사람 속을 뒤집어 놓기에 충분한 악취를 마구 뿜어댔다. 엉덩이는 상처투성이였는데, 볼깃살이 어찌나 축 늘어졌는지 그 거죽으로 음경 하나쯤 둘둘 말아버릴 정도였다. 대단한 엉덩이의 뒷구멍은 크기로 볼 때 화산의 분화구를 연상시켰고 냄새로 따지자면 변기 구멍이 따로 없었다. 테레즈 본인 말로는, 평생 뒤를 닦아본 적 없다고 했다. 그러니 어렸을 적 똥까지 거기 그대로 남아 있을 게 뻔했다. 질로 말하자면 온갖 오물과 역겨운 짓을 받아내는 용기이자 정신을 잃게 만드는 악취의 무덤이었다. 한쪽 팔이 휘었고 한쪽 다리를 절었다.

팡숑은 네 번째 여자의 이름이었다. 그녀는 여섯 번에 걸쳐 허수아비 교수형[31]을 당했다. 지상에 그녀가 저지르지 않은 범죄행위가 하나도 없을 정도였다. 예순아홉 살에 코가 납작했으며 뚱뚱하고 짜리몽땅한 체격이었다. 사팔뜨기에 이마는 거의 없다시피 했고, 냄새나는 아가리 속엔 금방이라도 떨어져나갈 오래 묵은 이빨 두 개가 있었다. 궁둥이는 단독(丹毒)으로 뒤덮

31
피고가 출석하지 않은 결석재판을 통해 허수아비로 대신 처형하는 형벌. 사드 자신도 1772년 엑상프로방스에서 같은 형을 선고받았다. 사드 전집 1권, 「부록 I. 사드와 그의 시대」 참조.

였고 항문에는 주먹만큼 통통한 치질이 머리를 내밀고 있었다. 끔찍한 궤양이 질을 먹어치우고 있었고 한쪽 넓적다리는 온통 화상 자국이었다. 1년 중 4분의 3은 만취 상태였는데, 위가 너무 약해서 먹은 것을 사방에 토했다. 뒷구멍은 치질 덩어리가 자리하고 있음에도 워낙 컸기에, 때로는 소리 없이 때로는 요란하게 방귀를 뀌어댔고 종종 자기도 모르게 그보다 더한 짓도 해댔다.

하녀 네 명은 쾌락의 판을 벌이기로 한 저택의 가사 노동 말고도 회합이 있을 때마다 그 일원으로 참여해 자신들에게 부과된 온갖 음란한 책무와 수고를 다하기로 되어 있었다.

이상 모든 조작이 마무리되자 벌써 여름이 시작되었다. 남은 것은 뒤르세의 영지에 머무는 넉 달 동안 편리하고 안락한 주거 환경을 보장해줄 여러 물품들을 운반하는 일뿐이었다. 그곳으로 수많은 가구와 얼음, 식료품과 포도주, 온갖 종류의 독주를 옮겼고, 일손도 여럿 보냈다. 아울러 조금씩 나누어 이동시킨 선발 인원들은 앞서 떠난 뒤르세가 일일이 맞이해 적절하게 숙소를 정해주었다. 이제는 예정된 넉 달 동안 숱한 희생이 치러질 그 유명한 쾌락의 전당을 독자 앞에 그려보일 차례다. 그처럼 고즈넉하고 외진 은거지를 마련하느라 저들이 얼마나 공들였을지 이제 곧 알게 될 것이다. 마치 고립과 적막, 적요의 분위기야말로 방탕주의의 강력한 매개 요인이며, 그런 분위기를 통해 종교적 공포감이 고조되어야 음욕 역시 각별해진다고 믿는 듯했다.[32] 우리는 그곳을 그저 예전의 오지가 아니라, 친구 넷이 각별히 공들여 정비한 끝에 더욱 철저해진 고립무원의 아지트로서 그려보일 생각이다.

그곳에 당도하기 위해서는 먼저 바젤을 거쳐야 했다. 거기서 라인강을 건너는데, 그 너머로는 길이 좁아져서 마차를 타고 갈 수가 없었다. 걸어서 조금 더 들어간 곳에 '검은 숲'[33]이 자리하고 있었다. 안내자 없이는 도저히 통행할 수 없을 만큼 얽히고설킨 험로를 따라 그 속을 약 15리외[34] 더 파고들었다. 대략

32
이 대목에서 사드는 이른바 '숭고미(崇高美, sublime)'에 대한 분석을 '방탕주의'의 미학에 결부시키고 있다. 그러한 시각에서, 디드로의 미술비평가적 진면목을 보여주는 글 「살롱(salon)」(1767)의 다음 문단은 의미심장하다. "영혼에 충격을 주는 모든 것, 공포감을 유발하는 모든 것은 결국 숭고미에 이른다. (…) 신전들은 대개 어두컴컴하다. 폭군은 그 모습을 잘 드러내지 않는 법이다. 사람들은 폭군의 모습을 전혀 보지 못하는 가운데, 잔혹함을 근거로 그를 자연보다 위대한 존재로 판단한다. 문명인이든 야만인이든 그들의 신성한 장소는 죄다 어둠으로 채워지기 마련이다. (…) 사제들이여, 그대들의 제단과 건물을 숲속 깊숙이 세우시라. 그대들의 희생양이 내지르는 탄식이 어둠 속에 파묻히도록."(『디드로 연대순 전작집[Œuvres complètes, éd Roger Lewinter]』, Ⅶ, 파리, 르 클뢰브 프랑세즈 뒤 리브르[Le Club Français du Livre], 1971, 182쪽)

33
Forêt Noire. 독일 남서부 라인강 유역의 고원 삼림지대를 가리키는 고유 지명이며, 독일어로 슈바르츠발트(Schwarzwald)다. 사드 소설에서 이 지명은 18세기 후반 고딕소설의 음침한 분위기와 무관하지 않다.

34
lieue. 구체제하의 측량단위로 약 4.9킬로미터에 해당한다.

그 정도 산중으로 들어가서야 탄광부들과 산림지기들이 모여 사는 보잘것없는 촌락이 나타났다. 거기서부터 뒤르세의 영지였고 촌락도 그의 소유였다. 그 작은 마을의 주민 거의 모두 도둑 또는 장물아비였기에, 뒤르세가 그들을 수하로 부려먹기는 쉬운 일이었다. 그렇게 하여 마을에 내려진 영주의 첫째 엄명은 온전한 회합이 이루어지는 11월 첫날 이후 세상 어느 누구도 성에 접근하는 것을 용인해서는 안 된다는 거였다. 결국 충성스러운 봉신들을 무장시키고 오래전부터 그들이 탄원해온 몇몇 권리들을 허용해줌으로써 든든한 장벽 하나가 설치된 셈이었다. 일단 그렇게 빗장이 채워지고 난 다음, 뒤르세의 실링 성으로 접근하기가 얼마나 어려운지는 지금부터 펼쳐질 묘사를 통해 알 수 있을 것이다. 석탄 저장소를 지나자마자 거의 생베르나르 산만큼이나 가파른 비탈을 오르기 시작하는데, 순전히 걸어서만 정상에 도달할 수 있기 때문에 더없이 힘겨운 등반 코스였다. 노새가 다니지 않는 건 아니지만 오르막길을 따라 사방이 아슬아슬한 낭떠러지라 녀석의 등에 몸을 맡긴다는 것 자체가 엄청난 위험이었다. 식료품과 장비들을 운반하던 자들 중 여섯 명이 거기서 목숨을 잃었고, 일손 두 명도 노새를 타고 가려다가 마찬가지 일을 당했다. 꼬박 다섯 시간 걸려야 도달하는 산꼭대기 또한 리베르탱들의 용의주도한 계획이 돋보이는 유별난 지형이었다. 정말이지 새들 말고는 넘을 수 없을 난공불락의 또 다른 장벽이 버티고 있는 것이나 다름없었다. 북쪽과 남쪽 산등성이를 깎아지른 듯 가르며 30투아즈[35] 이상 간격을 벌려놓은 골짜기야말로 자연의 괴팍함을 말해주기에 충분한 지형이었다. 힘겹게 산꼭대기까지 올라가도 특별한 기술의 도움 없이는 반대편으로 내려갈 방도가 없으니 말이다. 뒤르세는 깊이 1천 피에 이상의 협곡으로 분리된 양쪽 산등성이를 대단한 나무다리로 연결했고, 마지막 장비들이 당도하자마자 끊어버렸다. 이제 바깥에서 실링 성으로 연결을 시도할 가능성은 완전히 사라진 셈이었다. 그도 그럴 것이 북쪽 산등성이를 타고 내려가

35
toise. 구체제하의 측량단위로 약 1.9미터에 해당한다.

면 대략 4아르팡[36]에 걸친 평원을 만나는데, 구름을 찌를 듯 뾰족하게 치솟은 바위들이 빈틈 하나 없이 그곳을 에워싸서 흡사 병풍을 방불케 할 암벽을 이루는 것이었다. 그러니 산등성이를 내려가 평지에 이르기까지 소위 다리 길 역할을 하는 유일한 통로만 파괴하면, 지상의 어떤 거주민도 그 아담한 들판으로 진입할 수 없게 된다. 바로 그렇게 철벽으로 에워싸여 방어가 철저한 들판 한복판에 뒤르세의 성채가 자리한다. 거기서 높이 30피에에 이르는 성벽을 지나면 깊은 수심을 갖춘 도랑이 마지막 울타리인 원형 회랑을 다시 한 번 감싸준다. 드디어 좁은 쪽문을 통해 넓은 정원으로 들어가는데, 모든 숙소 건물이 그 주위로 배치되어 있다. 최근 취한 조치들로 매우 잘 정비된 널찍한 건물들 2층에는 우선 대규모 회랑이 자리한다. 독자들은 이제부터 내가 묘사할 거주 공간들이 과거 상태가 아니라 새롭게 설계된 도면에 따라 최근 정비되고 배열된 모습임을 주지하기 바란다. 회랑에서 곧장 들어가는 매우 아름답게 꾸며진 회식장에는 주방과 연결된 회전식 수납대 모양의 찬장들이 갖춰져 있어서, 요리가 만들어지는 즉시 식기 전에 즐길 수 있을 뿐 아니라 하인의 손을 빌릴 필요가 없었다. 양탄자와 난로, 오토만 의자, 근사한 안락의자 등 분위기를 띄우면서도 편리함을 극대화한 회식장을 벗어나면 별다른 장식 없이 단순하면서도 훌륭한 가구를 비치하고 아주 훈훈한 기운이 넘치는 응접실이 나타났다. 그곳은 여자 이야기꾼들이 실력을 발휘할 회합실로 통했다. 말하자면 계획된 전투가 치러질 전쟁터[37] 즉, 음란 회합의 본거지가 바로 거기였다. 그만큼 특별한 장식이 가미되었기에 이쯤에서 상세히 소개할 가치가 있다. 전체 형태는 반원형이었다. 반원을 그리는 벽을 따라 대형 거울이 설치된 벽감 넷이 자리하고 각각 화려한 오토만 의자가 설치되어 있었다. 구조적으로 벽감 넷은 원을 자르는 직경을 바라보도록 되어 있었다. 직경에 해당하는 벽을 등지고 이야기꾼이 앉을 4피에 높이의 옥좌가 놓여 있었다. 거기 착석한 이야기꾼은 벽감 네 곳에 자리

36
arpent. 구체제하의 측량단위로 약 3,500-5,100평방미터에 해당한다. 즉, 4아르팡은 대략 4천-6천 평가량의 토지 넓이다.

37
주석 18번 참조.

할 청자들을 마주 볼 수밖에 없었고, 전체가 그리 큰 반원이 아니기에 그녀의 말 한 마디 한 마디는 고스란히 그들에게 가 닿을 수밖에 없었다. 그러니까 여자 이야기꾼은 무대 위 배우 같은 위치였고, 벽감 속 청자들은 반원형 계단식 극장에 둘러앉은 것과 같았다. 옥좌 발치에는 걸터앉을 만한 계단이 있는데, 그곳은 이야기를 듣다가 흥분하면 그 달뜬 감각을 잠재울 요량으로 동원된 음란 노리개들의 대기 장소였다. 옥좌와 계단 모두 금빛 술 장식이 가미된 검정 벨벳으로 덮여 있는가 하면, 벽감들은 비슷한 재질의 호사스러운 천으로 단장되었으나 색깔만큼은 짙은 청색이었다. 벽감들 아래쪽에는 제각기 작은 문이 있어 해당 벽감에 붙은 밀실로 드나들 수 있는데, 옥좌 아래 계단에서 대기 중인 노리개들과 음란한 짓을 벌이고 싶으나 공개적으로는 내키지 않을 경우, 그들을 데리고 들어가 이용하도록 마련된 공간이었다. 밀실에는 2인용 소파와 더불어 온갖 퇴폐 행위에 필요한 비품들이 갖춰져 있었다. 옥좌 양쪽에는 천장에 닿을 듯한 기둥이 하나씩 서 있었다. 그 두 기둥은 노리개가 무슨 잘못을 범해 교정에 처해야 할 경우 묶어두는 곳이었다. 교정에 필요한 도구 일체가 기둥 내부에 줄줄이 걸려 있는데, 그 광경 자체가 이런 종류의 유희에 없어서는 안 될 복종을 독려하는 데 중요한 역할을 했다. 가해자의 영혼 속에 관능의 감칠맛을 불러일으키는 복종 말이다. 회합실은 건물의 끄트머리에 자리한 어느 방으로 통하게 되어 있었다. 일종의 규방인 그곳은 극도로 조용하고 은밀하며 매우 후텁지근하면서 낮에도 상당히 어둑한데, 일대일 전투를 포함해 앞으로 설명해나갈 다른 음란 행위들을 위해 특별히 마련된 공간이었다. 건물의 맞은편 익랑으로 건너가려면 지금까지 온 길을 되밟아야 했다. 일단 회랑까지 빠져나오면 그 중심에 무척 아름다운 예배실이 있고 거기서 맞은편 익랑으로 건너가게 되어 있는데, 그로써 정원을 한 바퀴 도는 셈이었다. 매우 아름답게 꾸며진 대기실을 지나 규방과 화장실을 따로 갖춘 화려한 주거 공간 네 곳이 펼쳐졌다. 다마스쿠스 삼색 천으로 단장한 튀르크풍 침대와 그에 어울리는 가구가 내부를 꾸며주는 가운데, 규방마다 관능적인 음욕에 부응하는 모든 것이 온갖 멋스러움과 함께 갖춰져 있었다. 친구 한 명당 하나의 주거 공간을 차지하는 셈인데, 아주 아늑하고 편안해서 다들 만족스럽게 지낼 수 있었다. 정해진 규정상 남편과 같은 공간에서 묵어야 하는 아내들에게 개인 공간은 따로 주어지지 않았다. 3층에도 역시 거의 같은 규모의 주거 공간이 있는데, 구조는 달랐다. 우선 한쪽으로 넓은 공간이 펼쳐지고 그 안에 알코브 여덟 곳과 거기 배치된 같은 수의 작은 침대가 있었다. 다름 아닌 소녀들의 주거 공간이었다. 이어 위치한 작은방 두 칸은 소녀들을 살피도록 되어 있는 노파 두 명의 숙소였다. 그 너머 또 다른 아담한 방 두 칸은 여자 이야기꾼 두 명을 위한 공간이었다. 온 길을 돌아 나와 다른 쪽으로도 동일한 크기의 공간이 펼쳐지고, 마찬가지로 알코브 여덟 곳과 침대가 소년 여덟 명을 위해 마련되어 있었다. 역시 그 옆 작은방 두 칸은 소년들을 감시하는 노파 두 명이, 그 너머 똑같은 방 두 칸은 나머지 여자 이야기꾼 두 명이 지낼 숙소였다. 지금까지 살펴본 공간 바로 위층에는 남루한 방 여덟 칸이 때짜 여덟 명을 위해 마련되어 있지만, 그들이 자기 침대에 누워 잘 일은 거의 없을 터였다. 1층에는 주방들이 있고 그곳 일에 투입될 여섯 명을 위한 독방 여섯 칸이 있었다. 그중에는 유명한 여자 요리사가 세 명 포함되어 있었는데, 그런 일에 남자보다 여자가 제격이라는 판단만큼은 내가 생각해도 적절한 것 같다. 건장한 아가씨 세 명이 여자 요리사 세 명을 보조했지만, 거기에는 쾌락에 호소하거나 자극하는 점이 하나도 없어야 했다. 만약 그와 같은 규정조차 유린된다면, 그건 결국 세상 아무것도 방탕주의를 제어할 수 없다는 뜻이며, 방탕주의에 한계를 두려는 바람 자체가 곧 방탕 욕구를 확장하고 부풀리는 지름길임을 말하고 있는 것과 같다. 요리사 보조 중 한 명은 이곳에 데리고 온 여러 가축의 관리도 담당해야 했다. 가사에 동원된 노파 네 명을 제외하고 하녀로 고용된 인원은 요리사 세 명과 주방 보조 세 명이 전부였기 때문이다. 그런데 일탈과 잔혹, 역겨움과 추악함으로 얼룩진 온갖 정념을 감지해서 혹은 미리 내다보며 마련한 또 다른 장소가 있으니 당장 짧게라도 언급해야겠다. 이야기를 이끌어나가기 위한 원칙상 그 전체를 상세히 묘사하기는 어차피 무리일 테니까 말이다. 앞서 우리가 지적한 회랑의 작은 기독교식 제실 제단 아래 치명적인 돌덩어리 하나를 교묘하게 들어내면 300단에 이르는 가파르고 비좁은 나선계단이 펼쳐지고, 그리로 내려가면 깊은 땅속에 삼중 철문으로 입구가 차단된 돔 형태의 지하 감옥이 나타났다. 모골을 송연하게 하면서 온갖 잔혹한 짓을 실행에 옮길 수 있도록, 야만적 발상과 잔인한 기술을 총동원해 만들어놓은 끔찍한 장치들이 그곳을 가득 채우고 있었다. 한데 그런 장소치고는 얼마나 고요한지! 희생 제물을 상대로 악랄한 짓을 저지르려는 악당으로서 도대체 얼마나 마음이 놓이지 않았으면! 이미 프랑스를 벗어나 안전한 나라의 사람이 살지 않는 숲, 그것도 각종 수단을 동원해 오직 하늘의 새들만 접근할 수 있는 오지에 둥지를 틀었을뿐더러, 급기야 땅속 깊숙한 곳까지 파고 들어간 것이었다. 참극이로다, 법도 종교도 안중에 없이 범죄를 즐기면서 뒤틀린 욕정과 관능의 절대 법칙만을 따르는 악당의 손아귀에 속수무책 내던져진 불운한 존재의 참극. 그곳에서 어떤 일이 벌어질지 나는 모른다. 다만 이야기의 흥미를 해치지 않는 선에서 당장 말할 수 있는 것은, 그곳에 관한 이야기를 듣는 동안 공작이 세 번 연거푸 사정했다는 사실이다.

드디어 모든 것이 준비되고 완벽하게 갖춰지자, 앞서 말했듯이 미리 가 있는 뒤르세 부부와 선발대를 제외한 나머지 인원들 즉, 선정이 끝난 노리개들과 공작, 주교, 퀴르발, 그들의 아내들 그리고 2진에 해당하는 때짜 네 명이 행군을 시작했고, 어마어마하게 고생한 끝에 10월 29일 저녁 성에 도착했다. 사람들이 지나간 다음 뒤르세가 다리를 끊어버린 것은 물론이다. 하지만 그게 다는 아니었다. 장소를 유심히 살펴본 공작은 모든 생필품이 안에 갖춰져 있고 밖으로 나갈 필요가 없음을 간파하고는, 별로 우려할 일은 아니지만 혹시 모르는 외부의 침입을 막고 내부의 탈출까지 방지할 생각에, 모든 출입구를 봉쇄해 적에게도 탈주자에게도 결코 통로를 허용치 않는 포위된 요새처럼 안에 틀어박혀 지낼 것을 주장했다. 주장은 곧장 받아들여져 실행에 옮겨졌다. 얼마나 철저히 봉쇄했는지 출입구가 있던 자리조차 알아볼 수 없게 되었고, 이들은 앞서 상세히 살펴본 규정에 따라 각자의 자리로 찾아들었다. 11월 첫날까지 아직 남은 이틀은 노리개들의 휴식을 위한 시간으로 삼았다. 방탕의 난장판이 개최될 때 다들 싱싱한 상태로 임할 수 있도록 말이다. 네 친구들은 숙소 규칙을 따로 작성해 서명한 뒤 노리개들에게 공포했다. 이제 본론으로 들어가기에 앞서 그 자세한 내용을 독자에게 알릴 필요가 있겠다. 그래야 기억이 헛갈리거나 머리가 혼란스럽지 않게 정확한 그림을 토대로 향후 전개될 이야기를 가볍고도 관능적인 마음으로 즐길 수 있을 테니 말이다.

규칙

매일 아침 열 시에 기상한다. 밤새 근무하지 않은 때짜 네 명은 각기 소년을 한 명씩 대동하고 네 친구들을 찾아뵙는다. 이 방 저 방 옮겨가면서 그들은 친구들의 욕구와 뜻에 따라 움직여줘야만 한다. 이제 시작인 만큼 소년들은 눈을 즐겁게 해주는 용도로 만족한다. 소녀 여덟 명 보지의 처녀성은 12월에나 제거되고 그들과 소년 여덟 명의 순결한 항문은 1월에 들어가 유린하기로 이미 방침이 정해져 있었다. 욕정이란 끊임없이 불붙여 키워갈 뿐 해소하지 말아야 더 자극적인 관능을 기대할 수 있는 법. 그렇게 하여 음란의 광기가 극으로 치닫는 상황까지 어떻게든 몰고 가려는 게 네 친구들의 계획이다.

오전 열한 시, 친구들이 소녀들의 주거 공간을 둘러본다. 그곳에서 아침 식사가 이루어지며, 쇼콜라, 에스파냐산 포도주와 토스트, 기운을 북돋울 다른 영양식 등이 메뉴다. 소녀 여덟 명이 알몸 상태로 식사 시중을 들고, 소녀 숙소 감시를 맡은 두 노파 마리와 루이종이 그들을 돕기로 한다. 다른 노파 두 명은 소년 숙소를 감시하기로 되어 있으니 말이다. 네 친구들이 식사를 하다 말고 혹은 식사 전후에 음란한 짓을 벌이고 싶을 경우, 소녀들은 지시받은 대로 지체 없이 몸 바쳐 그에 응해야 한다. 조금이라도 미적거리다가는 당장 그에 대한 응징이 가해질 것이다. 단 이 시간 동안만큼은 사적으로 몰래 음행을 시도하는 것은 금지된다. 잠깐이라도 난장판을 벌이고 싶다면 식사 현장에서 공개적으로 끼리끼리 어울려야 한다.

네 친구 중 누구라도 보거나 마주치면 그 즉시 소녀들은 그 자리에 무릎을 꿇어야 한다. 무릎 꿇는 자세가 몸에 배도록 익숙해져야 하며, 일어서도 좋다는 지시가 떨어질 때까지 자세를 유지해야만 한다. 그와 같은 법도는 소녀들뿐 아니라 아내들과 노파들도 따라야 한다. 그 외에는 모두 면제이나, 네 친구 중 누구를 부르든 반드시 나리라는 호칭을 사용해야만 한다. 월별로 관리를 책임진 (그 의도는 네 친구 모두 매달 세부적인 사항을 숙지하고 순서에 따라 경험을 쌓기 위함이다. 예컨대, 11월은 뒤르세 담당, 12월은 주교 담당, 1월은 판사 담당, 2월은 공작 담당.) 친구는 소녀 숙소를 나서기 전에 한 명 한 명 꼼꼼히 검사해서 지시 상태를 유지하고 있는지 확인할 것이며, 이는 매일 아침 노파들에게 통보되고 필요에 따른 조치가 취해질 것이다. 아예 배설 장소로 개조된 예배실 외에는 변소 가는 것이 엄격하게 금지되며, 그나마 허락을 구해도 대체로 거부당하기 일쑤다. 이와 관련해 그달의 관리를 책임진 친구가 당연히 아침 식사 직후 소녀들의 개인 변기통까지 샅샅이 검사할 것이며, 이상 두 가지 사항 중 어느 하나라도 위반한 소녀는 비행을 저지른 죗값으로 체벌을 받아야만 한다.

그곳에서 곧장 소년 숙소로 건너가 동일한 형식의 방문이 이루어지고, 역시 같은 비행을 저지른 경우를 색출해 엄벌에 처한다. 아침에 네 친구들 숙소를 돌지 않은 소년 네 명이 이들의 방문을 맞이하는데, 일단 방에 들어서는 순간 다들 반바지를 내리고 있어야 한다. 이때 나머지 소년 네 명은 꼼짝하지 않고 서서 지시가 떨어지기를 기다린다. 하루 종일 더 볼일이 없을 네 소년들을 상대로 어떤 음란한 짓을 벌이든, 나리들의 모든 행동은 공개적이어야 한다. 즉, 그 시간대만큼은 일대일 유희는 존재하지 않는다. 1시가 되어야 소년 소녀가 시급한 용무를 해결해도 좋다는, 말하자면 배변 허락이 떨어지는데, 그조차 아주 어렵사리 성사된 기회이며 기껏해야 노리개들 중 3분의 1만이 예배실을 사용할 수 있다. 물론 그곳 역시 이런 식의 관능을 위해 기발하게 개조된 장소다. 네 친구들이 딱 두 시까지만 그곳에서 소년들을 기다린다. 그들은 각자가 바라는 종류의 쾌락에 적합한 방식으로 소년들을 다룰 준비가 되어 있다. 두 시에서 세 시까지는 두 팀으로 나뉜 회식자들이 소녀 숙소와 소년 숙소에서 동시에 1차로 점심 식사를 할 것이다. 주방 담당인 하녀 세 명이 이들 두 테이블의 식단을 책임진다. 한 팀은 소녀 여덟 명과 노파 네 명으로 구성될 것이며, 다른 팀은 아내 네 명과 소년 여덟 명 그리고 이야기꾼 네 명으로 짜일 것이다. 식사가 진행되는 동안 나리들은 응접실로 가서 세 시까지 잡담을 나눈다. 그 시각이 다 되어갈 즈음 때짜 여덟 명이 그 어느 때보다 잘 단장한 모습으로 응접실에 나타난다. 마침내 세 시가 되면 주인들을 위한 점심 식사가 차려지는데, 거기 동석하는 영광은 때짜 여덟 명만이 누릴 수 있다. 식사 시중은 알몸 상태의 아내 네 명이 담당하고, 마법사 복장을 한 노파 네 명이 일을 거든다. 주방 보조들이 회전식 수납대에 올려놓은 요리를 바로 그 노파들이 꺼내오면, 아내들이 테이블에 차려놓는다. 식사가 진행되는 동안 때짜 여덟 명은 주인들의 벌거벗은 아내들을 상대로 온갖 애무를 가할 수 있다. 이에 대해 아내들은 몸을 사리거나 거부할 수 없다. 심지어 때짜들이 아내들을 심하게 학대할 수도 있는데, 내키는 대로 온갖 욕설을 퍼부으면서 한껏 곧추선 남근을 사용해도 된다.

식사는 다섯 시에 종료된다. 이제 네 친구들(때짜는 전체 모임 시간이 될 때까지 물러나 있다.)만 따로 자리를 옮기는데, 그곳에서는 발가벗은 소년 소녀 각각 두 명씩 매일 교체해가며 커피와 술을 시중든다. 이때만큼은 서로 흥분할 만한 음행을 철저히 삼간다. 그저 가벼운 희롱에만 머물러야 한다. 시중을 들던 네 아이는 여섯 시를 앞두고 물러나 제대로 옷을 갖춰 입는다. 그렇게 정각 여섯 시가 되면 이야기가 펼쳐질 커다란 방으로 나리들이 이동한다. 그들은 제각기 자신의 벽감 속 오토만 의자에 착석하고 나머지는 다음과 같은 방식으로 자리 잡는다. 즉, 앞서 살펴본 옥좌에 이야기꾼이 앉고, 그 아래 계단에는 열여섯 명의 아이들이 네 명씩 짝을 이루어 걸터앉는다. 결국 계집애 둘, 사내애 둘이 4인조를 이루어 벽감 하나를 마주 보게 되는데, 그런 식으로 각 벽감마다 소년 소녀 네 명이 할당되는 셈이다. 이렇게 벽감 하나당 마주 보도록 정해지는 4인조는 인원 구성이 매일 달라져 어느 한 벽감이 다른 벽감에 비해 특혜를 누릴 수 없거니와 동일한 4인조를 독점할 수도 없게 된다. 조의 구성원인 아이들은 모두 한쪽 팔에 벽감까지 연결된 조화(造花) 사슬을 두르고 있어야 한다. 벽감의 주인이 자기 조에서 한 아이를 찍어 그와 연결된 조화 사슬을 잡아당기면 아이는 즉각 달려와 주인에게 몸을 맡겨야 하는 것이다. 4인조 너머에는 그를 감독하면서 해당 벽감의 주인이 내리는 지시를 챙겨야 할 노파가 한 명씩 자리한다. 매달 정해진 한 명을 제외한 나머지 이야기꾼 세 명은 옥좌 아래 벤치에 앉아 그 무엇에도 한정되지 않은 모두의 청에 귀 기울여야 하는 입장이다. 네 친구들과 밤을 보내도록 되어 있는 때짜 네 명은 회합에서 열외다. 그들은 각자의 방에 처박혀, 그날 밤 또다시 대단한 실력 발휘를 할 준비에 전념해야 한다. 나머지 때짜들은 벽감 하나당 한 명씩 배정되어 나리의 발치에 자리 잡도록 한다. 나리는 오토만 의자에 앉고 그 옆에 아내 네 명이 돌아가면서 착석한다. 아내는 항상 알몸이어야 하며, 때짜들은 조끼에 장밋빛 호박단 팬티 차림이다. '이달의 이야기꾼'은 우아한 고급 매춘부 차림인데, 이는 나머지 세 명도 마찬가지다. 4인조 소년 소녀들은 항상 서로 다른 화려한 옷차림을 하고 있어야 한다. 이를테면 어느 하루 한 조가 아시아 복장이면, 다른 한 조는 에스파냐, 또 다른 조는 투르크, 남은 한 조는 그리스 복장을 착용한다. 그리고 다음 날에는 완전히 다른 식의 복장을 시도하되, 모든 재질은 호박단과 얇은 실크로 통일한다. 하체를 조이는 것은 일절 없어야 하고 핀 하나만 풀면 완전히 노출되어야 한다. 노파들의 경우는 애덕수녀회 복장과 일반 수녀복, 요정, 마법사, 가끔은 과부 복장을 번갈아 착용한다. 벽감에 접한 밀실 문은 항상 반쯤 열린 상태로 두어야 한다. 밀실들은 이동 난로로 데워져 무척 후텁지근해야 하고[38] 각종 음란 행위에 필요한 장비들이 구비되어야 한다. 밀실 하나에 초가 네 개씩 타고 있어야 하며, 회합실에는 총 50개의 초가 타고 있어야 한다. 이야기꾼은 정각 여섯 시에 자기가 맡은 이야기를 시작하며, 친구들은 언제든 내키는 대로 그것을 중단시킬 수 있다. 이야기는 밤 열 시까지 이어지는데, 원래 목적이 상상력에 불을 붙이기 위함인 만큼, 나중을 위해 반드시 보류해두기로 규정한 동정 박탈만 아니면 그사이 모든 음란 행위가 가능하다. 가령 때짜, 아내, 4인조, 그 4인조를 관리하는 노파를 상대로는 모든 행위를 할 수 있으며, 심지어 꼭지가 돌아버리면 벽감에서든 밀실에서든 이야기꾼을 데려다가 무슨 짓을 벌여도 상관없다. 이야기를 끊은 자가 그런 식으로 욕구를 푸는 동안은 일체가 중단되며, 일을 마친 다음에야 재개된다. 밤 열 시에는 야식이 차려진다. 아내들과 이야기꾼들, 소녀 여덟 명은 그들끼리 모여 신속하게 야식을 들어야 하고 그와는 별도로 즉, 여자들은 완전히 배제된 자리에서, 네 친구들이 밤에 따로 차출되지 않을 때짜 네 명과 소년 네 명을 데리고 야식을 든다. 나머지 소년 네 명은 노파들이 야식을 챙겨준다. 야식이 끝나면 회합실에 다시 모여 이른바 난교 파티를

38
이러한 환경은 바깥세상의 쌀쌀한 겨울 날씨와 성 내부의 안락함을 대조적으로 강조한다. 아울러 리베르탱들의 흥분과 격앙 상태와도 일맥상통한다.

거행한다. 따로 떨어져 야식을 든 이들, 나리들과 야식을 함께 한 이들이 모두 참석하는 이때도 역시 야간에 차출될 때짜 네 명은 열외다. 회합실은 유난히 훈훈하게 데워져야 하고 샹들리에가 환하게 불을 밝혀야 한다. 이야기꾼들, 아내들, 소년 소녀들, 노파들, 때짜들, 친구들 모두 발가벗은 상태여야 한다. 전원 뒤죽박죽 바닥 쿠션 위에 뒹굴면서 짐승처럼 서로 상대를 바꿔가며 몸을 섞고, 근친상간, 혼음, 남색에 빠져들어야 한다. 그럼에도 여전히 동정을 박탈하는 것만은 자제한 채, 각자의 머리를 최대한 달구도록 온갖 광란과 난행에 몰입한다. 동정 박탈은 때가 되면 알아서 일어날 일이며, 일단 순결을 잃은 아이는 언제 어떤 식이든 내키는 대로 가지고 놀 수 있다. 정각 새벽 두 시에 난교 파티가 끝난다. 야간 봉사를 하기로 되어 있는 때짜 네 명은 우아한 평상복 차림으로 각자 동침할 나리를 찾아 나선다. 이때 나리의 아내들 중 한 명 또는, 만약 그 시점이 왔다면 말이지만 동정을 박탈당한 노리개 한 명, 아니면 이야기꾼이나 노파들 중 한 명이 동행함으로써 나리는 이들 중 하나와 때짜를 양쪽에 거느린 채 밤을 보내게 된다. 적절한 협정 조항에만 유의하면서 일체가 나리의 뜻에 따르는 식이라, 밤마다 인원이 교체되든지 역할이 바뀌는 일은 항시 가능하다.

이상이 매일 지켜져야 할 하루 일정과 규칙이다. 그와는 별개로, 성에 체류하는 17주 동안 매주 한 차례 예식이 거행된다. 그것은 일단 혼례라고 할 수 있다(때가 되면 자세히 설명하겠다.). 한데 처음에는 나이 어린 순으로 소꿉놀이와도 같은 혼례가 이루어질뿐더러 육체적 결합에까지 이르는 것이 아니어서, 동정 박탈과 관련한 규칙이 훼손되지는 않는다. 다 큰 상대끼리의 결혼은 당사자가 이미 순결을 잃은 터라, 육체적 결합에 이른다 해도 전혀 문제될 것 없다. 서로를 즐겨봤자 이미 한번 따먹힌 것을 집적거리는 데 불과할 테니 말이다.

노파 네 명은 아이들 네 명의 품행을 책임져야 한다. 아이들이 어떤 잘못을 저지르면 그달의 당번인 나리에게 문제를 고해야 하며, 매주 토요일 저녁 난교 파티가 진행되는 시간에 공개 체벌로 이를 다스린다. 그때까지 체벌 대상과 사유를 꼼꼼하게 기록해야 함은 물론이다. 이야기꾼들이 잘못을 범할 경우에는 아이들의 절반 정도 수준으로 처벌하는데, 그들의 재능이 쓸모 있기 때문이다. 무릇 재능이란 존중받아야 마땅하다.[39] 아내나 노파들이 저지른 잘못에 대해서는 항상 아이들보다 두 배의 처벌이 가해져야 한다. 모든 노리개는 설사 불가능한 상황이라 해도 일단 요구된 행위를 거부할 경우 아주 혹독한 징벌을 감수해야 한다. 결국 노리개들은 어떤 지시가 떨어질지 미리 내다보고 대비하고 있어야 한다는 얘기다. 방탕의 향연이 진행되는 동안 조금이라도 웃는다든지, 긴장을 푼다든지, 복종 태도나 깍듯한 자세에 약간의 허점이라도 보이면, 가장 심각한 잘못으로 취급해 더없이 잔혹한 징벌을 가한다. 사전 허락 없이 남자가 여자를 품는 현장이 발각되면, 그 남자의 음경을 절단해 처벌한다. 어떤 형식으로든 노리개가 종교적 행위를 하면 아무리 사소한 수준이라도 죽음으로 다스린다. 네 친구들의 경우는 모든 종류의 회합에서 최대한 음란하고 퇴폐적인 말들만 해야 하며, 어떻게든 역겹고, 충격적이면서, 신성모독적인 표현들만 골라 구사함이 철칙으로 되어 있다.

신의 이름은 욕설이나 저주를 동반하지 않고서는 결코 입에 올리지 말아야 하며, 가능한 한 자주 불경한 방법으로 내뱉어야 한다. 친구들이 말을 할 때 그 말투는 되도록 거칠고 난폭하되, 특히 아이들과 여자들 앞에서는 폭압적이어야 한다. 다만 자신들이 여자가 되어 마치 낭군 바라보듯 하며 놀아야 할 사내들 앞에서는 아주 다소곳하게, 창녀처럼, 바닥을 기는 변태처럼 입을 놀려야 한다. 만에 하나 이러한 사항들을 준수하지 않은 채 조금이라도 이성의 빛이 느껴진다거나, 특히 하루라도 만취 상태로 잠들지 않고 지나는 날이 있는 경우 벌금으로 1만 프랑을 내도록 한다.

네 친구 중 한 명이 배변 욕구를 느끼면, 그가 적절하다고

39
'재능(talent)'에 관한 이런 입장은 '태생'을 중심으로 체계화된 귀족 사회에서 매우 이색적이다.

판단하는 그룹의 여자 한 명은 반드시 그를 수행해 그 짓이 진행되는 동안 맡은 소임을 다해야 한다.

남자든 여자든 노리개가 청결에 신경 써서는 안 되며, 특히 그달의 담당자인 나리가 허용하지 않는 한 배변 후 청결을 시도해서는 안 된다. 허락이 떨어지지 않았음에도 청결을 시도했다가는 더할 나위 없이 혹독한 처벌이 따른다. 아내 네 명은 다른 여자들 이상의 어떤 특권도 누리지 못한다. 오히려 가장 엄격하고 비인간적인 대접을 받을 것이며, 이를테면 공중화장실로 이용될 예배실 청소처럼 최대한 역겹고 힘겨운 일에 뻔질나게 동원될 것이다. 공중화장실 변기통들은 반드시 아내들 손으로 일주일에 한 번 비워질 텐데, 만약 이 일을 거부하거나 소홀히 하면 매우 혹독한 처벌을 받게 된다.

만약 회합이 열리는 중에 노리개가 달아나려고 하면, 누가 되었든 그 자리에서 죽음을 면치 못할 것이다.

요리사들과 그 조수들은 어디까지나 존중의 대상이다. 이와 관련한 규칙을 어기는 나리들은 벌금으로 1천 루이를 내야만 한다. 이 벌금은 프랑스로 돌아가서 유사한 종류나 그 밖에 다른 종류의 모임을 열고자 할 때 경비로 충당할 것이다.

30일 하루 종일 이러한 규칙들을 공포하고 조치들을 취한 다음, 공작은 31일 오전 내내 모든 것을 점검하고 일일이 학습시키면서, 특히 외부로부터의 침입이나 안에서의 탈출이 가능한지 현장을 면밀하게 살펴보는 것으로 시간을 보냈다. 새나 악마만이 그곳을 드나들 수 있다는 걸 확인하자, 그는 전체 인원을 모아놓고 자신에게 위임된 권한을 자세히 설명한 뒤, 31일 저녁 시간을 여자들을 대상으로 한 일장 연설에 할애했다. 지시에 따라 여자들이 회합실에 모이자, 그는 이야기꾼의 자리인 단상 옥좌에 올라 이런 식의 연설을 시작했다.

"우리의 쾌락을 위해서만 존재하는 구속된 약자들이여, 바라건대 이곳이 속세에서나 허용될 가소로운 세상과 같으리라는 기대는 버려라. 너희는 노예보다 1천 배 더 바짝 엎드려, 오로지 굴욕만을 각오해야 할 것이다. 복종이야말로 너희가 익숙해져야 할 유일한 미덕이며, 오직 그것만이 현재 너희들 입장에 어울리는 처신이다. 너희 자신의 매력에 기대볼 생각은 아예 말라. 그딴 얄팍한 수에는 워낙 이력이 난 몸들이라, 우리한테는 전혀 먹혀들지 않으리라는 것쯤 잘 알아두어야 한다. 우리는 너희 모두를 철저히 이용해먹을 뿐, 누구 하나 가엽게 여길 거라 기대하지 않도록 마음을 다잡아야 하리라. 어쩌다 제단 앞에 몇 줌 향을 피울지언정 워낙 그 자체를 못마땅해 하는 터라, 결국 환상이 감각을 충족시킨 뒤 상상력의 마법 대신 경멸과 증오가 자리를 꿰차는 순간, 우리의 자존심과 방탕주의가 그 모든 제단을 박살 낼 것이다. 그러니 너희가 제공하는 그 무엇이 우리에게 신선하겠는가? 너희가 제아무리 소중한 걸 바친들, 환희에 휩싸인 순간에조차 우리가 짓밟아버리지 못할 그 무엇이 있겠나? 너희에게 굳이 숨길 필요도 없다. 너희가 치러야 할 노고는 혹독할 것이며, 고되고 엄중할 것이다. 일말의 잘못이라도 범하는 날엔 그 즉시 체벌이 가해질 것이다. 요컨대 나는 너희에게 항상 정확할 것과 순종할 것, 자기 자신을 완전히 포기할 것을 요구한다. 그리하여 우리의 욕망에만 귀 기울여야 하는 것이다. 우리의 욕망을 너희의 유일한 법으로 삼아라. 우리의 욕망을 알아서 모셔라. 미리 욕망의 향방을 예측하고, 욕망을 부추겨 솟구치게 하라. 그렇게 하면 너희가 얻을 것이 많아져서가 결코 아니다. 단지 그리하지 않을 경우 잃을 게 태반이기 때문이다. 지금 너희가 처한 상황, 너희가 어떤 존재인지를 곰곰이 따져보아라. 그러다 보면 필시 전율을 금치 못하리라. 보라, 너희는 지금 프랑스를 벗어나 있다. 사람이 살 수 없는 깊숙한 숲속, 지나고 나서 다리를 아예 끊어버린 깎아지른 산 너머다. 뚫고 드나들 수 없는 요새에 갇힌 몸이다. 아무도 너희가 이곳에 있는지 모른다. 너희는 친구들에게서, 부모에게서 떨어져 나왔다. 세상에서는 이미 죽은 몸.[40] 너희는 오직 우리의 쾌락을 위해서만 살

40
이와 함께, 앞서 "정확할 것과 순종할 것, 자기 자신을 완전히 포기할 것"은 수도사의 서원을 환기하는 표현이다.

아 숨 쉬고 있다. 그렇다면 너희가 지금 모시는 자들은 어떤 존재냐? 한마디로 음탕이 곧 신이요, 타락이 곧 법이며, 방탕이 곧 절제인 악명 높은 골수 악당으로서, 신도 원칙도 종교도 없는 개망나니들[41]이며, 그중 정도가 제일 덜한 죄인조차 너희가 미처 상상도 못 할 만큼 무수한 악행으로 더럽혀진 몸이다. 그는 계집 하나의 목숨쯤, 가만있자, 내가 계집 하나라고 했나? 지표면에 살고 있는 계집 전체의 목숨을 파리 한 마리 잡아 죽이듯 해도 눈 하나 깜빡하지 않을 자다. 당연히 우리가 넘지 못할 선은 없을 것이다. 너희는 그 무엇에도 거부감을 보여선 안 되며, 눈썹 하나 찡그림 없이 스스로를 바쳐야 한다. 인내, 복종, 용기로 만사에 임해야 한다. 불행하게도 너희 중 누군가 우리의 지독한 격정의 회오리를 견디지 못해 쓰러지면, 그 또한 자기 팔자로 알고 감수해야 한다. 어차피 우리는 영원히 생존할 생각으로 세상을 사는 것이 아니다. 여자의 몸으로 누릴 수 있는 가장 큰 행복은 조금이라도 어린 나이에 죽는 것이다. 지금까지 너희의 안전과 우리의 쾌락을 보장할 아주 유효하고 현명한 규칙들을 읽어주었다. 그러니 무조건 준수하라. 만약 시원찮은 행실로 우리 성질을 건드리면 일어날 수 있는 모든 일을 각오해야 할 것이다. 내가 알기로 너희 중 일부는 우리와 친인척 관계일 것이다. 어쩌면 그런 점이 너희를 우쭐하게 만들고 그 덕에 조금은 너그러운 대우를 기대할지도 모른다. 만약 그런 생각이라면 엄청난 착각이다. 우리 같은 사람들에게는 그 어떤 인간관계도 신성하지 않다. 아니, 너희에게 신성한 관계일수록 그걸 끊어버리는 것이 우리의 변태적인 심성에는 자극적인 쾌감으로 다가온다. 딸들아, 아내들아, 바로 너희 들으라고 하는 말이다. 우리에게서 그 어떤 특별한 대우도 기대하지 마라. 분명히 말하건대, 너희는 다른 여자들보다 훨씬 더 엄격하게 다루어질 것이다. 이는 너희가 우리와 얽혀 있다고 생각할지 모르는 그 인연의 끈이 우리가 보기에 얼마나 하찮것없는 것인지를 똑똑히 알고 있으라는 뜻이다. 뿐만 아니라, 우리가 내릴 지시 사항을 항

41
'개망나니'로 번역한 'roué'는 원래 '차형에 처해 마땅한 자'라는 뜻인데, 역사적으로 오를레앙 공이 루이15세의 섭정으로 군림하던 시대에 섭정공과 함께 어울리며 방탕을 일삼는 친구들을 지칭했고, 결국 '방탕과 난행에서 물불 안 가리는 지독한 리베르탱'을 뜻하는 용어로 자연스럽게 정착되었다.

상 명확하게 밝힐 거라고 기대해선 안 된다. 너희는 우리의 작은 동작 하나, 눈짓 하나, 심지어 속에서 일어나는 한순간의 감정까지 주목하고 있어야 한다. 그것들을 알아서 가늠하지 못하고 미리 챙기지 못할 경우, 정식으로 내린 지시를 따르지 않은 것과 마찬가지로 처벌을 받을 것이다. 우리의 움직임과 시선, 제스처에서 의미를 읽어내고, 우리의 욕망을 제대로 잡아내는 건 온전히 너희에게 달린 문제다. 예컨대 그 욕망이 너희 몸의 어느 한 부위를 보고자 하는 것인데, 너희가 멍청하게도 전혀 엉뚱한 부위를 드러내 보여준다고 치자. 그런 오판이 우리의 상상력을 얼마나 언짢게 하는지 똑똑히 알아야 한다. 이를테면 대차게 싸지르려고 항문을 기대하는 마당에 어처구니없게 보지를 들이댈 경우 리베르탱의 머리는 일순 싸늘하게 식을 것이고, 그럼 어떤 사태가 뒤이을지 너희는 분명히 알고 있어야 한다. 요컨대 너희가 앞을 들이댈 일은 거의 없을 것이다. 자연이 미쳐버리지 않고서야 만들었을 리 없는 그 끔찍한 부위야말로 우리에게는 언제나 가장 역겨운 곳임을 명심해야 한다. 엉덩이를 내놓을 때 역시 조심할 점은 있다. 자칫 함께 드러날 수 있는 그 끔찍한 소굴을 어떻게든 가려야 하는 건 물론이고, 항문 또한 보통 사람들 시각에서 바람직한 상태로 있는 꼴이 결코 우리 눈에 띄는 일 없도록 주의해야 한다. 일단 내 말을 명심하라. 어차피 추후 노파 네 명에게서 따로 교육을 받을 것이고, 그때 가면 모든 걸 명백하게 이해할 수 있을 것이다. 한마디로 벌벌 떨면서 상황을 부지런히 가늠하고, 뜻을 읽었으면 곧장 복종하고, 미리 알아서 챙겨라. 그런 너희가 그다지 행운이랄 순 없겠으나, 그렇다고 아주 불행한 처지인 것만은 아닐 수도 있다. 그리고 너희 사이에 연애질 따위는 절대 금물이다. 어떤 유대 관계도 허락되지 않으며, 계집애들 간의 그 멍청한 우정은 결코 있을 수 없다. 그런 건 괜히 사람 마음을 예민하게 만들어, 오로지 굴종만이 허용될 너희의 운명에 자꾸 반발하고 부적합한 태도를 취하게 만든다. 우리는 너희를 결코 인간으로 보지 않으며, 오로지 일을 시키려고 먹이를 주되 시키는 일을 하지 않을 경우 얼마든지 두들겨 패 죽일 수 있는 짐승으로 본다는 점을 명심하여라. 종교적인 것으로 간주될 만한 행위 일체가 너희에게 어느 정도까지 철저히 금지되어 있는지는 이미 다 확인했을 것이다. 경고하건대, 그런 행위보다 더 혹독하게 처벌받을 만한 죄는 별로 없다. 파렴치한 신의 개념을 근절하고 종교를 단호하게 내치겠다고 결정하지 못하는 일부 멍청한 것들이 아직 너희 가운데 섞여 있다는 사실을 우리는 익히 알고 있다. 내가 너희에게 숨김없이 말하건대, 그런 애들은 특히 꼼꼼한 감시의 대상이 될 것이며, 불행히도 현장에서 걸리는 날엔 그들에게 가해질 징벌의 한계를 따지는 것 자체가 의미 없는 상황이 올 것이다. 따라서 그런 어리석은 년들은 스스로 생각을 고쳐먹기 바란다. 요즘 세상에 신이라는 존재는 추종 세력이 그렇게 많지도 않은 한낱 망상일뿐더러, 신을 내세운 종교 또한 우리를 등쳐먹으려는 속셈이 너무도 뻔한 사기꾼[42]들의 우스꽝스러운 헛소리에 불과함을 각자 알아서 깨달으라는 얘기다. 요컨대 결정은 너희 몫이다. 만약 강력한 힘을 가진 신이 존재한다면 과연 너희가 그토록 목매는 신을 향한 미덕이, 앞으로 보게 될 것처럼, 악덕과 방탕주의에 희생되는 일을 허락하겠느냐? 자기와 비교하면 코끼리 앞의 진드기에 불과할 나 같은 미물이 하루 종일 마음 내키는 대로 모욕하고, 조롱하고, 도발하고, 무시하고, 공격해대는 것을 과연 전능하다는 신으로서 용인하겠느냔 말이다!"

조촐한 연설이 끝나자, 공작은 단상에서 내려왔다. 스스로 희생 제물이기보다는 제물을 바치는 여자 사제의 입장임을 잘 알고 있는 이야기꾼 네 명과 노파 네 명 즉, 여덟 명만 빼고 나머지는 일제히 눈물을 쏟았다. 공작은 조금도 당황하는 기색이 없었다. 알아서 모든 걸 꼼꼼히 보고해줄 첩자 여덟 명을 남겨둔 셈이니, 이젠 자기들끼리 앞날을 점쳐보든, 쑥덕거리든, 한탄하든 상관할 일이 아니었다. 그저 남자 애인으로서 가장 친근한 사이가 된 때짜 그룹의 일원 에르퀼과 여자 애인으로서 늘

42
사드 전집 1권, 29쪽, 주석 5번 참조.

마음속 으뜸 자리를 꿰차고 있는 어린 제피르를 대동한 채 밤을 보낼 생각뿐이었다. 그렇더라도 다음 날 아침 일찍부터 미리 정해진 모든 것이 제대로 작동해야 했기에, 밤에도 각자 그에 맞게 처신했다. 오전 열 시를 알리는 종소리와 더불어, 2월 28일까지 지켜지기로 규정된 일체의 사항을 위반하거나 이탈함 없이, 방탕주의의 막은 그렇게 올랐다.

자, 이제 독자여, 이와 같은 책은 고대인에게서도 현대인에게서도 결코 구경해본 적이 없을 테니, 세상이 존재한 이래 가장 불순한 축에 들 이야기 앞에서 그대의 정신과 마음을 단단히 추슬러야 하리라. 상상이 가는가, 제대로 알지도 못하면서 그대가 끊임없이 입에 올리는 그 짐승, 소위 자연이라 불리는 바로 그것이 권할 만한 점잖은 쾌락일랑 이 책에서 철저히 배제될 것이며, 어쩌다 그대 눈에 띈다 해도 범죄행위를 동반하든지, 추악한 색채로 그려지리라는 사실을. 그대가 앞으로 보게 될 일탈 행위들 중 대다수는 필시 기분을 잡치게 만들 테지만, 개중에는 정액을 쏟아낼 만큼 그대를 달아오르게도 할 터, 그것이야말로 우리의 과제다. 우리가 모든 것을 이야기하고 모든 것을 분석하지 않는다면, 대체 무슨 수로 그대에게 적합한 것을 짐작이나 할 수 있겠는가? 마음에 드는 것만 취하고 나머지는 그냥 지나쳐라. 다른 이도 그렇게 할 것이다. 그렇게 조금씩 조금씩 모든 게 제자리를 찾아갈 것이다. 여기 그대의 식욕 앞에 차려진 600가지에 달하는 온갖 요리들이 있다고 치자. 그대는 그 모든 것을 먹어치울 텐가? 물론 아닐 것이다. 대신 그 엄청난 가짓수로 선택의 폭이 넓어진 그대는 스스로 재량권이 커졌음에 뿌듯해, 진수성찬을 내놓는 주인한테 불평을 토로할 생각만큼은 결코 하지 않을 것이다. 앞으로 읽게 될 이야기에 대해서도 그렇게 하라. 마음에 드는 걸 선택하되, 나머지는 그대로 두라는 것이다. 나머지가 그대의 마음에 들지 않는다는 이유만으로 공연히 투덜대지 말고 말이다. 그것들이 그대 아닌 다른 이들에게는 흡족할지 모른다는 점을 생각하고, 점잖게 지나가달라. 다양함으로 말하자면, 모두 정확한 내용이니 안심하라. 언뜻 서로 비슷하게 보이는 정념들이라도 꼼꼼히 연구하면, 다른 점이 있음을 알게 될 것이다. 아무리 사소해도, 그 다른 점을 이루는 고유한 요령과 기교가 여기서 다루는 방탕주의의 특징을 명확히 해주는 것이다. 더욱이 우리는 이야기꾼들이 풀어나갈 사연들 속에 이들 600가지 정념을 뭉뚱그려놓았다. 그 또한 독자가 미리 알고 있어야 할 점이다. 그것들을 이야기 속에 엮어 넣지 않고 다른 식으로 일일이 나열한다면 엄청 지루할 것이다. 그럼에도 이런 종류의 소재들이 생소한 일부 독자는 이야기꾼이 겪은 단순한 사건인지 기발한 발상으로 지어낸 정념인지 헛갈릴 수 있기에, 맨 위 여백에 해당 정념에 어울릴 만한 제목을 부여해 그 각각을 세심하게 구분해놓았다. 그런 표지는 정념의 사연이 시작되는 곳마다 위치할 것이고, 마지막에는 항상 행갈이가 되어 있을 것이다. 하지만 이런 식의 줄거리에는 워낙 등장하는 인물 수가 많기 때문에, 이 서문[43]에서 주의 깊게 묘사하기는 했지만, 그들의 이름과 나이를 포함해 용모에 관한 기본 사항을 일목요연한 일람표로 정리해 배치할 생각이다. 그래야 이야기 속에서 다소 헛갈리는 이름이 나와도 금세 조회해볼 수 있을 것이고, 용모에 관한 기본 사항만으로 사람이 잘 떠오르지 않을 경우 더 앞으로 찾아 들어가 자세한 묘사를 확인할 수 있을 테니까 말이다.

방탕주의 학교의 등장인물

블랑지스 공작 쉰 살. 괴물 같은 남근에 엄청난 괴력의 소유자로 하는 짓이 사티로스 같다. 온갖 죄악과 악덕의 집합소 같은 인물. 자기 어머니와 누이 그리고 아내 세 명을 살해했다.

아무개 주교 그의 동생이다. 마흔다섯 살에, 공작보다 섬세하고 가녀린 몸매의 소유자이며 입이 흉측하다. 음흉하고 교활한 성격으로, 능동, 수동 양면에 걸쳐 남색의 충실한 신봉자다. 그 밖

43
이곳을 포함해 본문 세 곳에서 사드 자신이 '서문(introduction)'이라는 단어로 제1부 앞에 제시된 글 전체를 지칭하고 있지만, 정작 서문이라는 제목이 이 글 앞머리에서는 보이지 않는다. 본인 실수로 누락된 것으로 보인다.

다른 쾌락에 대해서는 무시로 일관한다. 그는 막대한 유산을 맡아달라고 한 뒤 사망한 친구의 자식 두 명을 잔인하게 살해했다. 감각이 하도 예민한 타입이라 싸지를 때 거의 매번 기절한다.

퀴르발 판사 예순 살. 큰 키에 비쩍 마른 남자로, 퀭한 눈은 빛을 잃었고 입버릇은 상스럽기 짝이 없다. 온몸이 끔찍하게 불결한데 그걸 관능의 조건으로 여기는 타입이며, 방탕과 저속함이 하나로 어우러진 인상이다. 포경이 제거된 그의 음경은 발기하는 일이 드물고 또 힘겹다. 그래도 일단 발기하면, 아직은 거의 매일 사정하는 편이다. 취향이 남성 애호로 기운 경우인데, 그렇다고 숫처녀에 아주 무관심한 건 아니다. 특히 그는 노화 현상을 좋아하고, 불결한 면에서 노화와 결부되는 모든 것에 심취하는 괴이한 성향이다. 음경 자체는 공작의 그것과 거의 맞먹는 크기다. 몇 년 전부터는 폭음으로 정신이 반쯤 나간 꼴인데, 정말 엄청나게 마셔댄다. 그의 재산은 오직 살인 행각으로 거둬들인 것이며, 그가 저지른 특히 참혹한 범행에 관해서는 앞의 상세한 설명을 뒤져보면 확인할 수 있다. 그는 싸지르면서 일종의 음란한 격정에 휩싸이는데, 그 순간 잔인한 성향이 폭발한다.

뒤르세 재산가, 쉰세 살, 공작과는 초등학교 동기이자 막역한 친구 사이. 작고 다부진 체격이지만, 곱고 상큼한 백색 피부를 지녔다. 몸매가 여성적이며, 취향 또한 죄다 그렇다. 하지만 체력이 보잘것없어 제대로는 즐기지 못하다 보니 그저 즐기는 척만 할 뿐이었고, 하루 중 틈만 나면 자신의 뒤를 쑤셔댄다. 그는 입을 통한 쾌감을 무척 즐기는 편이다. 그것이야말로 주체적으로 그가 쾌락을 누릴 수 있는 유일한 길이다. 그에게 쾌락은 유일한 신이며, 그를 위해 모든 걸 희생할 각오가 늘 되어 있다. 영리하고 꾀바른 그는 수많은 범죄를 저질렀다. 재산을 형성하느라 자기 어머니와 아내, 조카딸까지 독살했다. 그의 영혼은 강고하고 스토아적이라,[44] 연민 따위에는 전적으로 무감각하다. 그는 더 이상 발기도 안 될뿐더러 사정하는 경우도 매우 드물다. 그나마 절정에 이를 때는 항상 음란의 극을 치닫는 격정이

44
스토아 사상에서 기독교적 미덕을 뺀 나머지, 즉 감정에 휘둘리지 않는 초연함만을 말함.

과격한 경련을 불러일으켜, 남녀를 불문하고 그 순간 정념의 노리개 역할을 하는 상대에게 위해를 가하기 일쑤다.

콩스탕스 공작의 아내이자 뒤르세의 딸이다. 스물두 살. 로마 시대의 전형적인 미인형으로 섬세함보다는 위엄이 돋보이며, 풍만한 몸매에 다소 살찐 육체의 소유자다. 엉덩이가 유난히 맵시 있는 형태여서 모델로 나서도 손색없을 듯하고, 머리와 눈은 검정색이다. 똑똑한 편인 그녀는 자신의 끔찍한 운명을 너무도 잘 알고 있다. 타고난 미덕의 뿌리가 워낙 단단해 아무것도 그걸 파괴하지 못한 상태다.

아델라이드 뒤르세의 아내이자 판사의 딸. 인형처럼 예쁘장한 얼굴에 나이는 스무 살. 금발에 생기 넘치고 다정다감한 푸른 눈동자의 소유자. 어딘지 소설의 주인공을 떠올리게 하는 외모다. 길고 곧은 목선에 입만 조금 큰 편인데, 그것이 유일한 단점이다. 가슴과 엉덩이는 작지만, 하얗고 모양이 좋다. 공상에 빠지기 쉬운 성격이며 마음씨가 곱다. 신앙심도 깊고 무척이나 정숙한 기질이라, 몰래 숨어서 기독교인의 의무를 다하고 있다.

쥘리 판사의 아내이자 공작의 큰딸. 스물네 살. 포동포동하고 기름진 몸매에 아름다운 갈색 눈동자, 예쁘장한 코를 가진 호감 가는 인상이나, 역시 입이 못생겼다. 그녀에겐 조신한 면이 별로 없다. 심지어 기질적으로 몹시 불결한 데다 폭식에 폭음을 일삼고, 몸도 함부로 굴리는 버릇이 있다. 그 남편은 입이 못생겼다는 점 때문에 그녀를 마음에 들어 한다. 그런 유별난 점이야말로 판사의 취향에 제격이다. 세상 어느 누구도 그녀에게 삶의 원칙이나 종교를 가르치지 않았다.

알린 쥘리의 손아래 자매. 공작의 딸이라고는 하지만, 실상은 주교가 공작의 전부인들 중 한 명과 관계해 낳은 딸이다. 나이는 열여덟. 생김새는 상당히 매력적이고 아름다우며, 상큼함 또한 갖추고 있다. 갈색 눈에 살짝 들창코인 그녀는 태만하고 게으른 성격임에도 어딘지 짓궂은 구석이 있다. 욕정을 느껴본 적은 아직 없으며, 자신이 처한 이 모든 추악한 상황을 정말 싫어하고 있다. 그녀가 열 살 때 주교가 뒤를 따먹어버렸다. 아무도 챙기지 않아 철저히 무지한 상태로 자랐기에, 글을 읽을 줄도 쓸 줄도 모른다. 주교를 싫어하고 공작을 끔찍이 무서워한다. 언니를 무척 사랑하는 그녀는 몸가짐이 수수하고 청결하며, 누가 말을 붙이면 천진난만하게 대답한다. 엉덩이가 매력적이다.

마담 뒤클로 첫 번째 이야기꾼이다. 마흔여덟 살이며, 소싯적 미모의 흔적이 상당하다. 생기가 충만하고 더할 나위 없이 멋진 엉덩이를 갖고 있다. 갈색 머리에 살집 풍만한 몸매다.

마담 샹빌 쉰 살이다. 마른 편의 잘빠진 몸매이며, 눈빛이 음탕하다. 누가 봐도 그녀가 동성애자임을 알 수 있다. 현재는 뚜쟁이 일로 먹고산다. 원래 머리는 금발이었고, 예쁜 눈을 가졌으며, 다소 길게 돌출한 클리토리스는 매우 민감하다. 항문은 하도 많이 대주어서 헐어빠졌는데, 거기는 아직 처녀다.

마담 마르텐 쉰두 살이다. 직업은 뚜쟁이. 뚱뚱한 체격의 건강미 넘치는 아줌마다. 음문이 막힌 몸이라 소돔의 쾌락밖에는 알지 못하며, 오로지 그걸 위해 특별히 만들어진 여자 같다. 그래서인지, 나이에도 불구하고, 더없이 아름다운 항문을 가졌다. 크기 또한 엄청날뿐더러, 아무리 큰 물건도 눈 하나 꿈쩍하지 않고 받아들이는 데 익숙하다. 아직 남은 미모가 보이나, 이제 시들기 시작하고 있다.

마담 데그랑주 쉰여섯 살이다. 역사상 유례를 찾기 힘들 만큼 악랄한 악녀다. 큰 키에 마른 몸매, 창백한 피부를 지녔고, 소싯적엔 갈색 머리였다. 그야말로 범죄의 화신 같은 인상이다. 시들어 뭉개진 볼기짝은 마블지처럼 보이고, 가운데 구멍은 엄청난 크기다. 젖통은 하나뿐이고, 손가락 세 개와 이빨 여섯 개가 없다. 전쟁이 낳은 결실(fructus belli)이라고나 할까.[45] 그녀가 직접 저지르거나 사주해본 적 없는 범죄행위는 세상에 없다. 재치도 있고 유쾌한 입담까지 갖춘 그녀의 현재 직업은 사교계 전담 뚜쟁이.

마리 노리개들을 관리하는 노파 중 책임자. 쉰여덟 살이다. 몸

45
마담 데그랑주에 대한 이전 묘사에도 전쟁을 빗댄 비유법이 활용되고 있다. 주석 18번 참조.

에는 채찍질과 인두질 자국이 가득하다. 강도 집단의 하녀 출신이다. 게슴츠레한 눈에는 눈곱이 잔뜩 끼었고, 코는 삐뚤어졌으며, 이는 누렇고, 궁둥이는 농양으로 짓물렀다. 그녀가 직접 살해하거나 누구를 시켜 죽인 아이들 수는 열네 명에 달한다.

루이종 노파 서열 2위다. 나이는 예순. 땅딸막한 키에 곱사등이. 애꾸에 절름발이다. 반면 엉덩이만큼은 아직 천하일색이다. 언제든 살인할 준비가 되어 있는 그녀는 사악하기가 짝이 없다. 이상 두 명의 노파는 계집애들을, 다음 두 명의 노파는 사내애들을 관리한다.

테레즈 예순두 살이다. 해골바가지 같은 몰골에 머리카락은 한 올도 남지 않았고, 이도 전혀 없으며, 입에서는 썩은 내가 난다. 상처투성이 엉덩이에 항문은 지나치게 헐렁하다. 전체적으로 지독하게 불결하고 악취가 진동한다. 한쪽 팔이 휘었고 절름발이다.

팡숑 예순아홉 살이다. 여섯 차례나 허수아비 교수형을 치른 경험이 있고 상상할 수 있는 모든 범죄를 저질러보았다. 사팔뜨기에 납작코, 땅딸막한 키에 뚱뚱한 체형. 이마는 거의 없는 거나 같고, 이도 두 개가 전부다. 엉덩이는 단독(丹毒)으로 뒤덮여 있고, 항문 밖으로 치질 덩어리 한 무더기가 돌출해 있다. 궤양이 질까지 잠식해 들어간 상태고, 허벅지에는 화상으로 인한 흉터가 있으며, 가슴은 암이 갉아 먹고 있다. 언제나 만취해서 여기저기 토하고 다니는가 하면, 자기도 모르는 사이 툭하면 방귀를 뀌고 똥을 지린다.

노리개 소녀들

오귀스틴 랑그도크 지방 남작의 딸, 열다섯 살, 똘망똘망 발랄한 얼굴이다.

파니 브르타뉴 고등법원 판사의 딸, 열네 살, 순하고 사랑스러운 모습이다.

젤미르 보스의 영주이자 투르빌 백작[46]의 딸, 열다섯 살, 고상한

46
앞에서는 테르빌(Terville) 백작으로 표기되어 있다. 백작이 보스의 영주인 사실에 비추어, 그에 인접한 노르망디 지역 투르빌(Tourville)이 맞는 표기로 보인다. 테르빌은 북동부 독일에 인접한 지명.

기품과 매우 민감한 영혼을 가졌다.
소피 베리의 귀족 딸, 매력적인 용모에 열네 살이다.
콜롱브 파리 고등법원 판사의 딸, 열세 살에 아주 상큼한 용모다.
에베 오를레앙 어느 장교의 딸, 매혹적인 눈에 다소 방종한 풍모를 가진 열두 살 소녀다.
로제트와 미셰트 두 명 다 어여쁜 처녀의 풍모다. 전자는 열세 살이며 샬롱쉬르손 행정관의 딸이다. 후자는 열두 살이며 세낭주[47] 후작의 딸이다. 부르보네에 있는 아버지 집에서 납치당했다.

이들의 몸매와 그 밖의 매력들, 특히 엉덩이는 필설로 못다 할 아름다움을 자랑한다. 무려 130명 중에서 선택된 계집들이다.

노리개 소년들

젤라미르 열세 살, 푸아투의 귀족 자제다.
퀴피동 젤라미르와 동갑이며 라플레슈 인근의 귀족 자제다.
나르시스 열두 살이며 루앙의 공직자 자제다. 몰타의 수도회 소속 기사 작위를 갖고 있다.
제피르 열다섯 살, 파리의 고위 장교 아들이다. 공작이 찍어놓은 노리개다.
셀라동 낭시의 행정관 아들. 나이는 열네 살이다.
아도니스 파리 대법정 판사의 아들이며, 나이는 열다섯 살, 퀴르발이 찍어놓은 노리개다.
이아생트 열네 살, 샹파뉴에 사는 어느 퇴역 장교의 아들이다.
지통 왕의 시동으로 열두 살이다. 니르베네의 귀족 자제다.

알다시피 엄청난 경쟁률을 뚫고 낙점된 이들 여덟 명 소년들의 은근한 매력과 용모, 맵시는 이루 말로 다 표현 못 할 수준이며, 어떤 펜으로도 온전하게 그려내기 어려울 것이다.

때짜 여덟 명

에르퀼 스물여섯 살이며 예쁘장한 용모인 데 반해 아주 못된 성격이다. 공작의 애인으로, 자지 둘레가 8푸스 2리뉴에 길이가 13

47
앞에서는 스낭주(Senanges)라고 표기되었다. 세낭주(Sénanges)가 바른 표기로 보인다.

푸스에 달하며 방출량이 대단하다.

앙티노위스 나이는 서른 살이고 아주 잘생긴 사내다. 자지는 둘레가 8푸스에 길이가 12푸스다.

브리즈퀴 스물여덟 살에 사티로스 같은 용모다. 자지는 휘어 있고 귀두 크기가 어마어마하다. 둘레만 8푸스 3리뉴에 달하고, 자지 자체는 둘레 8푸스에 길이가 13푸스다. 이 대단한 음경은 완전히 구부러진 형태다.

방도시엘 스물다섯 살, 아주 못생겼지만 패기만만하고 건강하다. 퀴르발이 가장 아끼는 애인이다. 언제나 발기 상태인 자지는 둘레가 7푸스 11리뉴에 길이가 11푸스다.

나머지 네 명은 자지 길이가 9에서 10내지 11푸스이고 둘레는 7.5푸스에서 7푸스 9리뉴 정도다. 나이는 스물다섯에서 서른 살까지다.

서문 끝.

이 서문에서 빠진 사항들.

1. 에르퀼과 방도시엘의 경우, 전자는 못된 성격이고 후자는 아주 못생겼다는 점. 아울러 여덟 명 중 어느 누구도 남자, 여자와 정상적인 관계를 맺을 수 없었다는 점.
2. 예배실이 공중화장실로 사용된다는 점. 그 용도와 관련된 자세한 설명.
3. 뚜쟁이들과 포주들이 원정을 떠나면서 전문 칼잡이들을 데리고 다녔다는 사실.
4. 하녀들의 젖가슴과 팡숑의 암에 대해 자세히 기술할 것. 열여섯 명의 아이들 용모에 관해서도 좀 더 상세히 묘사할 것.

제1부

✸

첫 번째 단계 또는 단순한 정념 150가지가,
마담 뒤클로의 이야기로 채워질 11월의 서른 날을 수놓는다.
아울러 그달 성안에서 벌어진 충격적인
일화들이 일지 형태로 삽입된다.

제1일

어떠한 경우에도 위반하지 않기로 서약한 규칙에 따라, 11월 1일 오전 10시 모두 기상했다. 간밤에 리베르탱들과 잠자리를 같이 하지 않은 때짜 네 명은 저들의 기상 시간에 맞춰 제피르를 공작에게로, 아도니스를 퀴르발에게로, 나르시스를 뒤르세에게로, 젤라미르를 주교에게로 데려갔다. 네 명 모두 수줍어해서 부자연스럽기 짝이 없었으나, 인솔자의 지도하에 책무를 훌륭히 수행했고 공작이 사정했다. 나머지 세 명은 좀 더 조심스러우면서 좆물을 낭비하지 않는 편이어서, 공작만큼 쑤시면서도 자기들 몸에서는 아무것도 쏟아내지 않았다. 일행은 오전 11시에 여자들 숙소로 건너갔고, 거기서 어린 후궁 여덟 명이 알몸으로 대접하는 쇼콜라를 즐겼다. 이 구역을 책임진 마리와 루이종이 그들을 지도하며 돕고 있었다. 무차별적으로 주물러대고 입 맞추는 만행이 이어졌다. 가공할 음란 행위의 희생 제물이 된 가엾은 소녀 여덟 명은 얼굴을 붉히면서 손으로 몸을 가려, 자기들 매력이 겉으로 노출되지 않게끔 안간힘을 다했다. 하지만 그런 조신한 태도가 주인들 심기를 자극하고 안달 나게 만드는 걸 알고는 이내 전부 드러냈다. 곧바로 다시 발기한 공작이 자기 물건 크기를 미셰트의 가녀린 허리에 견주어보았는데, 그 둘레 차이가 3푸스에 불과했다. 이달의 책임자인 뒤르세는 정해진 절차에 따라 소녀들을 검사했다. 에베와 콜롱브에게서 하자가 적발되었고, 돌아오는 토요일 향연이 벌어지는 시각에 징벌을 실시하기로 즉석에서 결정했다. 두 소녀가 울음을 터뜨렸으나 누구도 측은히 여기지 않았다. 일행은 곧장 소년들의 거처로 옮겨갔다. 아침에 출두하지 않은 네 명, 그러니까 퀴피동, 셀라동, 이아생트, 지통은 지시에 따라 바지를 벗었고 잠시 눈요깃거리가 되었다. 퀴르발이 네 명 모두에게 입을 맞추었고 주교가 고추를 주물러대는 사이 공작과 뒤르세는 또 다른 짓을 했다. 검사가 이루어졌지만 누구에게서도 하자가 발견되지 않았다. 1시가 되자 친구들은 예배실로 이동했다. 화장실이 설치되어 있다는 바로 그곳이었다. 당일 저녁 예견된 필요에 따라 이미 여러 차례 승인을 거부한 상황에서, 얼굴을 내민 사람은 콩스탕스, 마담 뒤클로, 오귀스탱, 소피, 젤라미르, 퀴피동과 루이종뿐이었다. 나머지도 전원 요청했으나, 저녁을 위해 참고 있으라는 엄명이 떨어졌다. 우리의 네 친구들은 바로 이 목적을 위해 특수 제작한 의자 하나를 가운데 두고 각자 자리를 잡은 다음, 노리개 일곱 명을 차례차례 그곳에 앉혔다. 그러고는 실컷 장관을 즐기고 나서야 자리를 떴다. 회식장으로 내려온 일행은 여자들이 먼저 요기하고 나서 식사를 차려 내올 때까지 서로 수다를 떨었다. 네 친구들은 각자 양쪽에 때짜 한 명씩 끼고 앉았는데, 식탁에서는 여자들과 동석하지 않는다는 규칙에 따른 조치였다. 그들의 벌거벗은 아내 네 명은 애덕수녀회 수녀복장을 한 노파들의 도움을 받아, 조리 가능한 최고 진미의 기름진 식사를 차려냈다.[48] 이곳에 데리고 온 요리사들이야말로 누구보다 섬세하고 유능한 실력자들이었다. 보수가 워낙 후하고 지원도 풍부하다 보니 그들 손에서 탄생한 요리는 모두 놀라운 수준일 수밖에 없었다. 이 식사는 야식보다 가벼워야 하기에, 각기 열두 가지 요리로 구성된 네 차례의 푸짐한 서빙으로 만족했다. 부르고뉴 포도주는 오르되브르와 함께 나왔고, 보르도 포도주는 앙트레와 더불어, 샴페인은 로스트, 에르미타주는

48
수녀복이 상징하는 청빈의 미덕과 기름진 음식의 대비는 신성모독의 불경을 강조한다.

앙트르메 그리고 토카이와 마디라[49]는 디저트와 함께 나왔다. 시간이 갈수록 사람들 머리가 끓어오르고 있었다. 그즈음 네 친구의 아내들에 대한 권리까지 부여받은 때짜들의 횡포가 시작되었다. 콩스탕스는 에르퀼에게 얼른 접시를 갖다주지 않아 손찌검까지 당했다. 공작의 총애를 부인보다 훨씬 더 많이 받는다고 자신하는 에르퀼은 그녀를 폭행해도 된다고 믿을 만큼 대범해졌고, 이에 대해 공작은 그저 껄껄 웃을 뿐이었다. 디저트를 먹을 때쯤 이미 거나하게 취한 퀴르발은 자기 아내의 얼굴을 향해 접시를 던졌는데, 여자가 재빨리 피하지 않았다면 아마 머리가 깨졌을 것이다. 옆에 앉은 사람들 중 하나가 발기하는 것을 본 뒤르세는 식사 중임에도 불구하고 바지를 내려 엉덩이를 까 보이는 것 말고는 다른 할 짓이 없었다. 그런 그를 옆 사람이 얼른 쑤셨고, 일이 끝나자 마치 아무 일도 없었던 것처럼 각자 다시 술을 마시기 시작했다. 공작은 곧바로 방도시엘과 함께 친구의 추악한 짓거리를 흉내 내더니, 비역질을 당하는 동안 자신은 자지가 거대해졌음에도 냉정한 정신으로 포도주 세 병을 연거푸 들이켜겠노라고 장담했다. 방탕주의를 몸소 실천하는 자의 냉정함과 침착함, 익숙함이라니! 장담은 이루어졌고, 멀쩡한 상태에서 마신 술이 아닌 만큼 처음 세 병은 어느새 다른 열다섯 병 이상으로까지 이어졌다. 결국 그가 다시 몸을 일으켰을 땐 상당히 취한 상태였다. 처음 그의 눈에 띈 대상은 아내였다. 에르퀼이 함부로 다루어 울고 있는 그 모습이 공작을 흥분시켰는데, 그녀를 상대로 갑작스럽게 얼마나 과격한 행동을 저질렀는지는 지금도 감히 말할 수 없다. 처음 시작 단계부터 이야기에 질서를 부여하려고 우리가 얼마나 신경 썼는지 잘 아는 독자는 여러 세세한 부분들을 여전히 베일로 덮어두려는 이런 태도를 기꺼이 양해해줄 것이다. 마침내 모두 응접실로 이동했는데, 거기에서는 새로운 쾌락과 새로운 방탕이 우리의 선수들을 기다리고 있었다. 매력 넘치는 4인조가 커피와 독주를 대접했다. 4인조란 두 명의 미소년 아도니스와 이아생트, 두 명의 미소

49
토카이는 헝가리산, 마디라는 포르투갈산으로 당대 최고 포도주들이다. 식사의 순서에 따라 프랑스 국내산에서 외국산으로 포도주의 종류가 옮겨간다.

녀 젤미르와 파니로 이루어진 네 명을 말했다. 노파 중 한 명인 테레즈가 그들을 이끌었다. 아이들 두세 명이 함께 몰려 있는 어디서든 반드시 노파 한 명이 따라붙어야 한다는 규칙 때문이었다. 우리의 리베르탱 네 명은 반쯤 취했으면서도 규칙을 준수하려는 마음만큼은 확고했기에 키스와 애무를 넘어서지 않았다. 하지만 그 방탕한 머릿속에서는 관능과 음란의 온갖 기교로 흥을 돋울 아이디어가 넘쳐나는 것이었다. 주교의 경우, 젤미르가 그를 용두질하는 동안 이아생트에게 요구한 기가 찰 물건들에 대고 금방이라도 정액을 뿌려댈 것처럼 굴었다. 이미 그의 신경이 부르르 떨리면서 경련의 발작 증세가 온몸을 훑어 오르내리는 중이었다. 그러나 결국에는 참았고, 자신의 감각을 정복하기 직전까지 간 유혹의 물질을 멀찍이 밀어냈다. 아직은 치러야 할 일이 있음을 아는 만큼, 최소한 날이 저물 때까지만이라도 자제하기로 한 것이다. 독주 여섯 종류와 커피 세 종류를 마셔댔다. 마침내 시계 종이 울렸고, 4인조 소년 소녀는 옷을 입으러 물러났다. 우리의 친구들은 15분가량 낮잠을 즐긴 다음, '옥좌의 살롱'으로 건너갔다. 이야기 구술이 진행될 공간을 그렇게 부르기로 한 것이었다. 네 친구들이 각자 2인용 소파에 착석했는데, 공작은 발치에 사랑하는 에르퀼을, 옆에는 뒤르세의 아내이자 판사의 딸인 아델라이드를 알몸 상태로 앉혔다. 앞에서 언급한 대로 벽감 맞은편에 모여 앉아 조화 사슬에 반응하도록 되어 있는 4인조는 제피르, 지통, 오귀스틴, 소피였다. 모두 양치기 복장을 한 채, 엄마 역할을 맡아 시골 아낙 행색을 갖춘 루이종의 지휘를 따르고 있었다. 퀴르발은 발치에 방도시엘을 두었고, 옆에는 공작의 아내이자 뒤르세의 딸인 콩스탕스를 앉혔다. 4인조로는 각 성별에 따른 에스파냐식 복장을 최대한 우아하게 갖춰 입은 아도니스와 셀라동, 파니와 젤미르가 수행 하녀로 분한 팡숑의 통솔하에 모여 앉아 있었다. 주교는 발치에 앙티노위스를, 옆에는 질녀인 쥘리를 앉혔다. 4인조로는 거의 알몸이나 다름없는 야만인 행색의 퀴피동, 나르시스, 에베, 로제트가 늙은 아마존 여인으로 분한 테레즈의 지휘를 받았다. 뒤르세가 고른 때짜는 브리즈퀴였다. 그는 옆에 주교의 딸인 알린을 앉혔고, 맞은편 4인조에게는 모조리 투르크의 공주 복장을 입혔다. 즉 사내애도 계집애 옷을 입은 셈인데, 그러한 분장 덕에 젤미르와 이아생트, 콜롱브, 미셰트의 매혹적인 용모가 더없이 부각되었다. 아라비아의 늙은 노예 할멈으로 변신한 마리가 이들 4인조의 통솔을 맡았다. 귀티 넘치는 파리 아가씨처럼 화려하게 갖춰 입은 이야기꾼 세 명은 옥좌 아래 배치해놓은 소파에 착석했다. 이달을 책임진 이야기꾼 마담 뒤클로는 무척 우아하면서도 가벼운 실내복 차림인데, 루즈를 잔뜩 칠하고 다이아몬드를 주렁주렁 달았다. 단상에 올라선 그녀는 자신이 살며 겪은 일들을 이야기하기 시작했다. 그 속에 단순한 정념이라 이름할 150가지 첫 번째 정념의 내용을 자세하게 담아낼 것이었다.

"나리들 같은 분들이 모이신 앞에서 입을 놀리는 것 자체가 만만한 일이 아닙니다. 더없이 세련되고 우아한 글들에나 익숙하실 분들이, 저처럼 방탕이 주는 것 말고는 다른 교육을 받아본 적 없는 불운한 미물의 거칠고 흉측한 이야기를 어떻게 감내하실는지요? 하지만 나리들의 너그러움이 저를 안심시켜줍니다. 나리들은 진실과 자연 그 자체[50]만을 바라시니, 오로지 그것만 믿고 저는 나리들의 칭찬을 기대해보겠나이다. 제 어머니는 스물다섯 살에 둘째 아이인 저를 세상에 낳았습니다. 맏이는 저보다 여섯 살 위인 딸이고요. 어머니는 명문가 태생이 아니었어요. 아비어미 둘 다 여읜 고아였죠. 아주 어린 나이에 그렇게 되었는데, 부모가 파리에 있는 레콜레[51] 근처에서 살았기에, 막막한 상태로 버려졌을 때 그곳 신부님들이 수도원 성당으로 와서 구걸해도 좋다고 허락해주었답니다. 한데 젊음과 싱싱함을 두루 갖춘 덕분에 금세 신부님들 눈에 들었고, 조금씩 조금씩 성당에서 사제관으로 발길이 잦아지는가 싶더니, 급기야 임신한 몸으로 내려오게 되었다는 거예요. 제 언니가 세상에 나온

50
이 둘은 18세기를 전반적으로 지배한 미학적 조건이기도 하다.

51
성 프란체스코회 소속 수도원. 현재 파리 제10구 포부르 생마르탱 가도를 따라 자리했던 수도원이다. 18세기 매춘 관련 문헌은 대부분 수도원에서 벌어지는 일들을 내용으로 삼고 있다.

건 바로 그런 사연에서였고, 아마 제 출생에도 그것 말고는 다른 원인이 없었을 겁니다. 어쨌든 제 어머니가 워낙 고분고분하고 공동체에 풍부한 보탬이 되자 이를 흡족하게 여긴 신부님들이 성당 의자 사용료를 베푸는 것으로 노고를 보상해주었다고 해요. 어머니는 그 직책[52]을 얻은 지 얼마 안 되어, 신부님들의 허락하에, 어느 물지게꾼에게 시집을 가게 되었죠. 그 집에서는 일말의 망설임 없이 저와 언니를 모두 떠안았고요. 애초에 성당에서 태어난 저는, 사실 그 후에도 집보다는 성당에서 거주하는 편이었습니다. 어머니를 도와 의자를 정돈했고, 성물 관리자들의 여러 가지 업무를 보조했으며, 아직 다섯 살밖에 되지 않았지만 필요할 경우 미사 집전까지 도울 판이었지요. 하루는 제가 맡은 신성한 일들을 마치고 돌아오는데, 언니가 혹시 로랑 신부님을 만난 적이 있느냐고 묻는 거예요…. 제가 만난 적 없다고 하자, 언니가 이러더군요. '그럼 너를 노리고 있을 거야. 내게 보여주었던 걸 너에게도 보여주려고 말이지. 너는 내빼지 말고, 침착하게 그걸 바라보기만 하면 돼. 겁먹을 필요는 없고. 네 몸에 손대지는 않을 테니까. 그냥 좀 이상하게 생긴 걸 보라고만 할 거야. 그렇게 시키는 대로 하면, 두둑이 보상해줄 거야. 이 동네에서만 그가 그런 짓을 한 애들이 열다섯 명도 넘어. 자기가 좋아서 그런다는데, 우리 모두에게 선물을 주더라고.' 나리들께서는 그 정도만으로도 로랑 신부님을 피하지 않을 뿐 아니라, 오히려 찾을 만한 충분한 이유가 되었다는 점을 이해하실 겁니다. 당시 제 나이도 나이인 만큼 수치심 따위가 하는 말이 크게 들릴 리 없지요. 자연의 품을 벗어나, 아무 소리 하지 못한다는 사실이야말로 그것이 최초의 어미보다 세상 교육에 더 집착하는 어색한 감정임을 확실히 증명하는 것 아닐까요? 저는 당장 성당으로 달려갔습니다. 수도원과 성당 정문 사이의 마당을 가로지르다가 로랑 신부님과 딱 맞닥뜨렸어요. 나이는 40대 정도였고 용모가 아주 번듯하더군요. 그가 저를 불러 세우더니 말했습니다. '어디 가니, 프랑송?' '의자들 정돈하려고요, 신부님.'

52
옛날에는 신자들이 미사 참례를 할 때 성당 의자들에 대한 사용료를 지불해야 했다. 즉, '의자 사용료 징수인(chaisière)'이 따로 있어 좌석을 돌아다니며 조용하게 사용료를 거두었고, 몇 수에 불과한 돈을 지불하지 못하는 신자는 부득이 서서 미사 참례를 해야만 했다. 여기서는 신부들이 마담 뒤클로의 어미에게 바로 그 징수인 자격을 부여했다는 뜻이다.

'그렇구나. 근데 의자 정리는 엄마가 해주실 거다.' 그러고는 저를 그곳에 있는 골방으로 데리고 가면서 말했어요. '자자, 우린 저기 저 방으로 가는 거야. 네가 난생 처음 보는 걸 구경시켜줄게.' 저는 덮어놓고 따라갔지요. 그는 방에 들어서자마자 문부터 닫더니, 마주 보고 서서 말하기를 '자, 프랑숑,' 하며 바지 속에서 괴물 같은 자지를 꺼내는 거예요. 기겁한 저는 그만 뒤로 벌렁 나자빠지는 줄 알았죠. 그는 용두질을 하면서 계속 말했습니다. '어떠니, 꼬마야, 이런 거 본 적 있니…? 이런 걸 바로 자지라고 한단다, 아가야, 자지 말이다…. 성교하는 데 쓰는 거지. 그리고 이제 곧 보게 될 텐데, 여기서 막 흘러나오는 것 말이다, 그건 정액이라고 하지. 거기서 네가 만들어진 거야. 네 언니한테는 이미 보여줬단다. 네 또래 아이들 모두에게 구경시켜주려고 해. 너도 좀 데리고 오렴. 아이들 좀 데리고 와. 스무 명 넘게 데리고 온 네 언니처럼 말이다…. 그럼 내가 아이들한테 자지도 구경시켜주고, 얼굴에 좆물도 튀게 해줄게…. 그게 바로 나의 정념이란다, 내게 다른 건 없어…. 너도 곧 보게 될 거야, 꼬마야.' 그와 동시에 나는 하얀 액체를 온통 뒤집어쓰고 말았습니다. 아주 지저분한 느낌이었어요. 몇 방울은 눈으로까지 튀어 들었는데, 내 작은 머리통이 정확히 그의 바지 앞 단추 높이에 있었거든요. 그런데도 로랑은 계속 몸을 움찔대면서 외치는 거예요. '아, 멋진 좆물이야… 내가 멋진 좆물을 쏟아내고 있어! 너는 온통 범벅이 되었구나!' 그러고는 차츰 진정하더니 연장을 제자리에 조용히 도로 넣은 다음, 제 손에 12솔[53]을 슬그머니 쥐여주면서 자리를 뜨는 거예요. 그러면서도 제 친구들 좀 데려오라는 말을 잊지 않았습니다. 짐작하시겠지만, 그 상황에서 언니에게 달려가는 것 말고 제게 더 급한 일은 없었죠. 언니는 아무 티도 안 나게 최대한 꼼꼼히 저를 닦아주었습니다. 그리고 상당한 액수를 받아 쥐게 해준 만큼, 거기서 절반은 자기 몫이라며 내놓으라는 것이었어요. 이런 경험에서 저도 뭔가 배운 게 있다 보니 비슷한 방식으로 돈을 나눠 먹으면 좋겠다 싶더군요. 그

53
18세기 당시 벽돌공이나 공사장 인부의 일당에 맞먹는 금액이었다고 한다.

래서 저 역시 그때부터 최대한 많은 여자아이들을 로랑 신부에게 데려다주었답니다. 한데 그중 한 명이 이미 아는 얼굴인 걸 알고는 그 아이만 싹 빼더군요. 그러고는 제게 3솔을 쥐여주면서 이렇게 격려하는 겁니다. '나는 같은 아이를 두 번 보지 않는단다. 앞으로는 내가 모르는 아이를 데려오너라. 나하고 볼일이 있었다고 하는 애는 절대로 데려오지 말고.' 이후 제 일 처리도 좀 나아졌지요. 석 달 만에 스무 명이 넘는 새로운 계집아이들을 로랑 신부에게 데려갔으니까요. 아니나 다를까, 그 아이들에게도 정확히 제게 써먹었던 방식을 똑같이 활용해 즐기더군요. 모르는 계집아이만 골라 데려온다는 조항과 더불어 제가 또 하나 준수한 그의 요구 조항은 나이에 관한 거였는데, 특히 그 점을 얼마나 강조했는지 모릅니다. 절대로 네 살 아래와 일곱 살 위는 안 된다는 겁니다. 그런가 하면 제 알량한 재산이 하늘 높은 줄 모르고 불어가자, 동생이 자기 터를 잠식한다고 생각한 언니가 당장 이 짭짤한 장사를 그만두지 않으면 어머니에게 모든 걸 일러바치겠다고 으름장을 놓는 것이었어요. 결국 그쯤에서 로랑 신부와는 끝내고 말았죠.

하지만 계속 하던 일 때문에 수도원 근처를 오가야 했던 저는 일곱 살이 되던 바로 그날, 새로운 연인을 만나게 되었답니다. 이번에는 기벽이 다소 유치하면서도, 좀 더 심각한 수준이었어요. 바로 루이라고 하는 신부 얘기입니다. 그는 로랑보다 나이가 많았고, 몸가짐에서부터 뭔지 모르게 난봉꾼다운 면모가 훨씬 강하게 풍기는 사람이었지요. 어느 날 성당으로 들어가려는 저를 불러 세우더니, 다짜고짜 자기 방으로 올라가자고 하더군요. 처음에는 좀 께름칙했지만, 3년 전에 제 언니도 그 방에 올라간 경험이 있고, 제 또래 계집아이들은 지금도 매일 드나들고 있다는 얘기에 안심하고 그를 따라갔습니다. 한데 방에 들어서기가 무섭게 문을 닫아걸더니, 잔에 시럽을 따라 뭔가를 제조한 다음, 그걸 가득 따라 연거푸 세 컵을 들이켜게 하는 거예요. 그렇게 준비 단계를 거친 뒤, 동료보다 애정 표현이 훨씬 노골적인 신부님께서는 제게 입을 맞추기 시작했습니다. 그리고 계속 만지작거리면서 치마끈을 풀고 코르셋 아래 속옷까지 들추더니, 제 미약한 방어 동작 따윈 그냥 무시하고 몸 앞부분을 홀라당 까뒤집어 실컷 들여다보고 주물러대며 농락하고는, 별안간 오줌 누고 싶지 않느냐고 묻는 거예요. 방금 억지로 마신 음료의 강한 약효 때문에 사실 그런 욕구가 심하게 느껴졌기에, 저는 어느 때보다 소변이 마렵다고 솔직하게 인정하면서도 그가 보는 앞에서 누고 싶지는 않다고 덧붙였습니다. 그러자 색골이 이러더군요. '오, 그럼 그렇지! 요런 앙탈쟁이 같으니! 내 앞에서 싸야 하고말고! 그것도 나한테 대고 싸질러야 하는걸!' 그러고는 보란 듯 바지 속 자지를 불쑥 꺼내며 또 이랬습니다. '바로 이 연장에다가 주룩주룩 싸대는 거야. 바로 이 위에다가 말이지.' 그런 다음 저를 번쩍 들어 걸상 두 개에 각각 다리를 하나씩 얹더니, 가랑이를 활짝 벌려 쭈그린 자세가 되도록 했습니다. 그렇게 자세를 유지시키면서, 이번에는 단지를 하나 제 몸 아래 놓고 자신은 그 단지만 한 높이의 앉은뱅이 의자를 바짝 붙여 걸터앉은 다음, 자기 물건을 손에 쥐고 정확히 제 보지 바로 밑에 갖다 대는 것이었어요. 한 손으로 제 엉덩이를 받치고 다른 손으로는 계속 자기 물건을 용두질하면서 말이죠. 마침 제가 취한 자세 때문에 입이 그 사람 입과 같은 높이에 있었는데, 그 와중에도 사정없이 입을 맞추더군요. 그러면서 연신 주절거렸습니다. '자, 요 예쁜 것아, 어서 오줌을 싸! 지금 당장 그 감미로운 액체를 나의 자지에 주룩주룩 쏟아부으란 말이다! 따뜻한 오줌 줄기가 내 감각을 얼마나 미쳐 날뛰게 만드는지 몰라. 어서 싸, 내 사랑, 싸질러버려, 좆물과 함께 뒤범벅되도록 해보란 말이다!' 루이는 잔뜩 달아오르고 흥분한 상태였습니다. 이런 유별난 조작이 그의 감각을 최고조로 북돋워줄 것은 누가 봐도 쉽게 알 만했지요. 내 배를 통통하게 불리고 있던 액체가 왈칵 쏟아져 나오는 순간, 그는 극도의 황홀경에 휩싸였습니다. 우리 두 사람은 동시에 몸에서 빠져나오는 분비물로 같은 단지를 채운 셈이죠. 그는 좆물로 저는 오줌으로 말입니다. 조작이 종료되자, 루이는 로랑과 거의 똑같은 입장을 제게 표명하더군요. 즉, 자신의 어린 창녀를 아예 뚜쟁이로 내세울 생각이라는 거죠. 이번에는 저도 언니의 협박에 전혀 아랑곳하지 않고 과감하게 제가 아는 모든 아이들을 루이에게 갖다 바쳤습니다. 그는 그 모두에게 역시 똑같은 짓을 시켰고, 아무 거부감 없이 같은 아이를 두 번, 세 번 다시 보기도 했습니다. 그러는 가운데, 제가 그 아이들에게서 가로채는 돈 말고도 따로 제게 소개비를 지불해주는 것이었어요. 그러다 보니 6개월이 채 못 되어 저는 언니가 눈치채지 않게 조심해가면서 마음껏 쓰고 즐길 만큼의 돈을 챙길 수 있었답니다.

이때 판사가 끼어들었다. "이봐요, 뒤클로, 최대한 자세하고 길게 이야기해야만 한다고 미리 경고하지 않았던가? 당신이 그 어떤 상황도 가리지 않고 공개해야만, 인간의 성격 및 습성과 관련해 당신이 이야기하는 정념이 어떤 것인지 우리가 판단할 수 있다고 말이오! 극히 세세한 정황들이야말로 감각의 자극을 위해 우리가 당신 이야기에서 기대하는 효과를 극대화한다고 일러두지 않았소?" 그러자 마담 뒤클로가 말했다. "네, 나리. 분명 어떤 세부 사항도 소홀히 넘기지 말라는 지시를 받았습니다. 아무리 사소한 정보도 그것이 사람 됨됨이나 행동 습성을 파악하는 데 도움이 된다면 예외 없이 꼼꼼하게 다루어야 한다고 말이죠. 제가 혹시 그런 점에서 뭔가 빠트린 것이 있었던가요?" 판사 왈, "그렇소. 나는 당신의 두 번째 신부 애인이 어떤 자지를 가졌는지, 방출은 어떠했는지 전혀 감이 오지 않아요. 그리고 그가 당신 보지도 주무른 거요? 거기에 그의 자지를 갖다 댄 거냐고! 도대체, 얼마나 많은 세부 사항들이 누락되었는가 말이야!" 그제야 마담 뒤클로가 대답했다. "죄송합니다. 당장 잘못을 시정하고 앞으로는 주의하겠나이다. 루이 신부는 지극히 평범한 자지를 가졌는데, 굵기에 비해서는 조금 긴 편이었습니다.

아주 흔한 수준의 굵기였거든요. 발기도 시원찮았고, 절정의 순간에 가서야 겨우 빳빳해졌다는 것까지 기억납니다. 그가 제 보지를 문지르진 않았고, 그저 오줌이 더 잘 흐르도록 손가락으로 최대한 벌리기만 하더군요. 그는 자지를 두세 차례 아주 바짝 들이대면서 짧게 조금씩 사정했는데, 그러면서 오직 이 말만 되뇌었습니다. '아! 제기랄, 어서 싸, 아가야, 싸버려, 참으로 어여쁜 샘물이구나, 그래 싸질러, 싸질러버려, 나도 싸지르는 거 안 보이니?' 이 모두를 한데 버무리듯 제게 입을 맞추었지만, 그건 별로 방탕할 것도 없는 입맞춤이었고요." "바로 그거요, 뒤클로!" 이번에는 뒤르세가 입을 열었다. "판사의 말이 옳았소. 아까 얘기로는 나 역시 아무것도 떠오르지 않더이다. 근데 이제야 당신 남자를 알겠어요." 그런데 여자가 이야기를 재개하려 하자, 주교가 말했다. "잠깐, 뒤클로. 나 지금 오줌 싸는 것보다 더 급한 용무가 있거든! 조금 전부터 날 붙잡고 늘어지는데, 아무래도 이거 당장 해소해야겠어." 그러고는 난데없이 나르시스를 잡아끌었다. 고위 성직자의 눈에서 불꽃이 튀었고, 곧추서다 못한 자지는 그의 아랫배에 딱 달라붙은 상태로 거품을 보글거리고 있었다. 그동안 참고 참아 금방이라도 터져 나올 것 같은 좆물인데, 이젠 그에 걸맞게 격한 방법을 통해서만 분출될 수 있을 것 같았다. 그는 질녀와 소년을 밀실 안으로 끌고 들어갔다. 모든 것이 멈추었다. 사정이란 일단 그 과정에 진입하면 만사를 중지하고, 오직 그것을 훌륭히 치르기 위해 모든 노력을 경주해야 할 만큼 중요한 무엇으로 취급되고 있었다. 그러나 자연이 이번만큼은 고위 성직자의 바람을 들어주지 않았다. 밀실에 처박히고 나서 몇 분 후 격분한 상태로 다시 튀어나온 그가 여전히 발기해 있었던 것이다. 그는 아이를 거칠게 내동댕이치면서 이달의 책임자인 뒤르세를 향해 말했다. "이 요망한 것을 이번 토요일 징벌에 처해주시오. 부탁인데, 아주 혹독한 징벌이어야 합니다." 그제야 사람들은 소년이 그를 만족시키지 못한 게 틀림없다는 걸 깨달았다. 쥘리가 그 이야기를 아버지에게 귀엣

말로 중얼거리자, 공작이 한마디 했다. "허 이런, 다른 걸 골라 보지 그래! 네 것이 양에 차지 않거든 우리 4인조 중 골라보란 말이야." 그러자 고위 성직자가 말했다. "오, 당장 내가 만족한다 해도 방금 바란 것에는 한참 못 미칠 텐데. 한번 욕망이 엇나가면 우리가 어떤 지경에 빠지는지 형도 잘 알잖소. 차라리 내가 참는 게 낫지. 다만 이 맹랑한 녀석을 봐주지는 말라는 것, 그게 내가 요구하는 전부외다…." 이에 뒤르세가 답했다. "오, 그 애가 혼나리란 건 내가 보장하지. 처음 걸린 놈이 나머지 모두에게 본보기가 된다는 건 좋은 일이니까. 자네가 그런 상태에 빠진 걸 보는 나도 화가 나네그려. 다른 걸 시도해보게, 시원하게 해치워버려." 그러자 마담 마르텐이 끼어들었다. "나리, 지금 저는 만족시켜드릴 준비가 되어 있습니다. 예하께서 내켜만 하신다면…." "아니, 아니오! 천만에!" 주교가 펄쩍 뛰었다. "여자 아랫도리에 관심 갖지 않아도 될 사유가 차고 넘치는 것을 여태 이해 못 하는 거요? 나는 이대로 기다릴 거요, 기다린다고…. 자, 뒤클로는 계속하시오. 오늘 저녁쯤엔 발동이 걸리겠지. 그럼 내가 원하는 기회를 잡게 될 거야. 자, 어서 계속하시오, 뒤클로!" 리베르탱다운 주교의 적나라한 태도("여자 아랫도리에 관심 갖지 않아도 될 사유가 차고 넘치는 것") 앞에서 친구들 모두 껄껄 웃어젖히고 나자, 이야기꾼은 다음과 같이 구연(口演)을 재개했다.

"제 나이 일곱 살에 이른 지 얼마 안 된 어느 날이었습니다. 평소 하던 대로 루이에게 친구들 중 한 명을 데리고 갔는데, 그의 방에 또 다른 동료 신부 한 명이 와 있는 거예요. 처음 있는 일이라 저는 깜짝 놀라 그대로 빠져나오려는데, 루이가 안심하라고 타이르더군요. 그래서 저와 제 친구는 과감하게 안으로 들어갔죠. 루이가 저를 동료 신부 쪽으로 떠다밀며 말했습니다. '어떤가, 조프루아 신부, 애가 참하다고 내가 그랬지?' '정말 그렇구먼.' 조프루아는 저를 무릎에 앉히고 뽀뽀하면서 말했습니다.

'우리 아가는 지금 몇 살이지?' '일곱 살입니다, 신부님.' '그럼 나보다 쉰 살 어리구나.' 신부님은 그렇게 말하면서 다시 뽀뽀를 했습니다. 그러는 사이 시럽 제조가 진행되었고, 정해진 규칙에 따라 저와 제 친구는 각자 세 컵씩 그것을 들이켜야만 했지요. 한데 좀 어리둥절한 것이, 루이에게 사냥감을 대령할 땐 제가 시럽을 마실 일이 없고 항상 제가 데리고 온 친구만 마셨거든요. 저는 그 자리에 머물 필요 없이 바로 물러났고요. 이번처럼 철저한 준비에 놀란 저는 순진함이 배어나는 투로 말했습니다. '신부님, 근데 왜 저한테 이걸 마시게 하는 거예요? 저도 오줌 싸라고요?' '그렇단다, 아가야.' 허벅다리 사이에 저를 붙잡아두고서 벌써부터 손으로 제 앞부분을 더듬어대던 조프루아가 말했습니다. '그래, 네가 오줌을 좀 싸주면 좋겠어. 나와 함께 일을 치러야 할 텐데, 전에 너한테 있었던 일과는 조금 다른 방식일 거야. 자, 내 방으로 가자꾸나. 친구는 루이에게 맡겨두고 우린 우리 일에나 신경 쓰자고. 일을 다 치르고 나서 다시 모이면 되니까.' 그렇게 둘이 방을 나서는데 루이가 제게 나지막이 그러더군요, 자기 친구한테 잘하라고. 그럼 후회할 일은 없을 거라고 말이죠. 루이의 방에서 그리 멀리 떨어지지 않은 곳에 조프루아의 방이 있어서, 사람들 눈에 띄지 않고 이동할 수 있었습니다. 방에 들어서기가 무섭게 조프루아는 문을 단단히 걸어 잠근 다음, 저더러 치마를 벗으라고 했어요. 시키는 대로 하자, 그는 직접 제 속옷을 배꼽 위까지 걷어 올리고 침대 가장자리에 걸터앉게 한 뒤, 가랑이를 최대한 벌리게 만들었습니다. 그리고 배때기를 완전히 드러내면서 몸 전체가 뒤로 젖혀져 꼬리뼈로만 간신히 지탱하게끔, 계속 제게 굴욕적인 자세를 요구했어요. 그렇게 자세를 유지한 채 자기 손이 제 한쪽 허벅지를 살짝 두드리면 그때부터 오줌을 싸라는 거였습니다. 그런 상태에서 잠시 저를 유심히 바라보던 그는 한 손으로는 억지로 제 보지의 말랑말랑한 입술을 벌리는가 하면, 다른 손으로는 자신의 바지 단추를 끌렀습니다. 이어서 딱히 요구에 부응할 것 같아 보이지 않는 아주 오그라들고 거무튀튀한 고추를 격하게 흔들어대기 시작했어요. 우리의 사내는 최대한 원하는 상태로 녀석을 밀어붙이기 위해 자기가 익히 해온 버릇을 들고나왔고, 가능한 한 최고도의 자극을 주기 위한 태세에 돌입했지요. 급기야 제 다리 사이에 무릎을 꿇고 앉은 그는 거기 빤히 드러난 작은 구멍 안쪽을 또다시 찬찬히 들여다보고는, 입을 여러 차례 바짝 갖다 대며 뭔가 음탕한 말들을 꾸역꾸역 토해냈습니다. 흥분할 낌새라곤 조금도 없는 자지를 줄기차게 흔들어대면서 말이죠. 당시 그가 내뱉은 말들은 어린 제가 전혀 이해할 수 없는 것이어서 일일이 기억나지 않습니다. 결국 그의 입술이 제 보지의 그것에 완전히 밀착되어 구멍이 봉해지는 순간, 약속된 신호가 접수되었죠. 저는 즉각 제 몸 깊숙한 곳의 마개를 열고 그 양반 입안에 오줌 홍수를 들이부었습니다. 목구멍을 통해 쏟아져 들어가는 족족 그는 그 모든 잉여물을 꿀꺽꿀꺽 삼켰고요. 갑자기 그의 자지가 부풀어 오르면서 건방진 그 대가리가 제 허벅지에 닿을 만큼 치솟았습니다. 동시에 허벅지 안쪽을 보란 듯 적시는 그의 허울뿐인 생명력의 빈약한 흔적이 느껴지더군요. 모든 것을 면밀하게 계산해둔 덕에, 그는 승리에 감격한 자지가 피눈물을 흘리는 바로 그 순간 마지막 오줌 방울들을 게걸스레 삼킬 수 있었습니다. 비틀거리며 일어서는 조프루아를 보며 드는 생각이, 일단 향이 꺼지면 우상을 향한 숭배의 열기로 한창 달아오를 때의 그 종교적 열정은 온데간데없이 사라지는 사람이구나 싶더라고요. 그는 재빨리 12솔을 제게 쥐여주고는 문을 열어주었습니다. 다른 사람들처럼 계집애들을 데려오라는 부탁은 하지 않았어요(다른 식으로 조달하는 게 분명했지요.). 그러고는 동료 신부의 방으로 가는 길을 가리키면서 그리로 가라고 하더군요. 자기는 미사 시간이 임박해 배웅해줄 수가 없다면서, 대꾸할 시간도 주지 않고 방으로 들어가 문을 닫아버렸습니다."

"아! 그런데," 공작이 불쑥 나섰다. "세상에는 환상이 사라지는 순간을 절대로 견디지 못하는 사람들이 엄청 많거든. 그런 나약한 상태를 여자에게 보여주는 게 자존심에 큰 상처가 되는 것 같아. 그때 느끼는 불편함이 상대를 역겨워하는 감정으로 이어지고 말이지." 그러자 무릎 꿇고 앉은 아도니스에게 용두질을 당하는 가운데 자신은 또 젤미르를 손으로 더듬고 있던 퀴르발이 대꾸했다. "아니올시다, 친구. 그 문제는 자존심이랑 아무 상관 없어요. 근본적으로 우리의 음란함이 부여하는 가치 말고는 아무 의미 없는 대상이 바로 그 음란함이 시들자 있는 그대로의 모습으로 돌아가는 것뿐이라오. 흥분이 격렬할수록 그 흥분 상태가 받쳐주지 못할 경우 상대의 미관은 적나라한 민낯을 드러내기 마련이라고나 할까. 우리가 운동을 하면 그 강약의 정도에 따라 피로도 역시 좌우되는 것처럼 말이오. 결과적으로 우리가 느끼는 역겨움이란 포식한 영혼의 감정 상태에 불과한 거요. 방금 전까지 지겹도록 행복했으니 이젠 행복 자체가 역겨울 수밖에." "하지만 그 역겨움이라는 것 말입니다." 이번에는 뒤르세가 끼어들었다. "종종 복수하고픈 흑심을 낳곤 하지 않습니까. 그로 인한 불상사가 한둘이 아니지요." 퀴르발의 대답이 이어졌다. "그건 또 다른 얘기올시다. 어쨌든 이번 이야기가 끝나고 나서 벌어질 일들이 방금 당신이 언급한 문제의 실제 사례가 되어줄 테니, 서둘지 말고 그때 가서 자연스럽게 거론해보죠." "판사, 솔직히 말해보세요." 뒤르세가 말했다. "나중에 가서 횡설수설하지 말고. 내가 보기에 지금 당신은 어떻게 해서 혐오감이 드는가를 논하기보다는 어떻게 해서 즐거운가를 체험할 생각밖에 없는 것 같은데." 그러자 퀴르발이 대꾸했다. "천만의 말씀…. 이래 봬도 나 엄청 냉정한 사람이오…." 그는 아도니스에게 입맞춤하며 말을 이었다. "물론 이 아이는 참으로 매력적이지…. 그런데 당장 따먹어버릴 수가 없단 말이거든. 하여튼 당신들 규정은 정말 최악이라니까…. 현실에 집중해야 하오…. 구체적인 현실에…. 자, 자, 계속하시오, 뒤클로. 이러다간 내가 어리석은 짓을 저지르겠어. 적어도 잠자리에 들기까지는 내 환상이 유지되었으면 하거든." 판사는 자신의 물건이 도발하기 시작하는 것을 보면서 두 아이를 제자리로 돌려보냈다. 아주 예쁘지만 흥분을 불러일으키지는 않는 콩스탕스 곁에 다시 기대앉은 그는 뒤클로에게 이야기를 계속하라고 거듭 요청했고, 요청은 즉시 이행되었다.

"저는 다시 제 친구와 재회했습니다. 루이가 계획한 조작이 마무리되자 꽤나 찝찝한 기분에 사로잡힌 우리 두 사람은 함께 수도원을 나섰는데, 특히 전 더 이상 그곳에 발을 들여놓지 않겠다고 거의 마음을 굳힌 상태였어요. 조프루아의 태도가 제 알량한 자존심을 짓밟아놓은 터라, 저는 거부감의 연원을 따질 필요도 없이, 그 기분이 계속되거나 어떤 결과로 이어지는 것을 원치 않았습니다. 그러나 운명은 앞으로도 그 수도원에서 치러야 할 고난이 좀 더 있음을 제게 예고하고 있었습니다. 이미 열네 살이 넘어서까지 그런 일을 겪었다고 털어놓은 언니의 사례로 볼 때, 제 고행이 거기서 끝나지 않으리라는 걸 알아서 새겼어야 했던 것이죠. 앞서 언급한 사건에서 석 달이 지났을 무렵, 예순 살 정도 되는 한 신부님이 제게 흑심을 품고 있다는 사실을 알게 되었습니다. 그는 자기 방으로 저를 끌어들이려고 일련의 계책을 꾸미기까지 했어요. 그중 하나가 절묘하게 성공해, 어느 화창한 일요일 아침 저는 영문도 모른 채 그의 방에 있게 되었습니다. 앙리 신부라고 하는 늙은 호색한인데, 제가 들어서자 얼른 문부터 닫아걸더니 다짜고짜 와락 껴안는 겁니다. 그리고 기쁨에 겨워 이렇게 외치는 거예요. '아, 요런 애곳덩어리를 봤나! 드디어 붙잡았다. 이번에는 절대로 도망치지 못할 걸.' 몹시 추웠기 때문에 제 작은 코에는 아이들이 원래 그렇듯 콧물이 잔뜩 고여 있었어요. 그래서 코를 풀고 싶다고 했더니, 앙리가 안 된다면서 이러는 겁니다. '저런, 그건 안 될 말이지. 그 일은 나한테 맡겨라, 꼬마야.' 그는 저를 침대에 눕히고 고개를 살짝 뒤로 젖히게 한 뒤, 옆에 걸터앉아 제 머리를 자기 무릎 위로 끌어당겼습니다. 아마 그런 상태로 제 머리통에서 흘러나오는 분비물을 눈으로 먼저 실컷 감상하지 않았나 싶어요. 그는 몽롱한 표정으로 말했습니다. '오, 귀여운 코흘리개 같으니! 내가 홀라당 빨아 먹어주마!' 그러고는 제 얼굴 위로 몸을 숙여 코 전체를 자기 입안에 넣더니, 그득하게 들어찬 콧물을 게걸스레 삼키는 것도 모자라 혀끝을 두 콧구멍 속에 번갈아 들이밀며 음탕하게 쑤셔대는 것이었어요. 어찌나 능란하게 쑤셔대는지 재채기가 두세 차례 터졌고, 그 효과로 원하던 콧물 양이 배가되는 바람에 그는 더욱 신이 나 모든 걸 탐욕스레 삼켜버렸답니다. 그나저나 나리들께서 이 작자에 한해서만큼은 더 이상 자세한 사항을 요구하지 말아주셨으면 합니다. 겉으로는 어떤 낌새도 드러내지 않았거든요. 정말 아무 일도 없었는지, 바지 속에서 일을 치렀는지, 저로서는 전혀 알 수가 없었습니다. 수없이 입을 맞추고 혀로 핥아대면서도 절정이다 싶은 강렬한 느낌이 없었어요. 필경 사정하지는 않았을 걸로 생각합니다. 그는 제 치마를 들추지도 않았고 손으로 더듬지도 않았어요. 단언하건대, 그 늙은 난봉꾼은 음탕함이라고는 눈곱만큼도 찾을 수 없는 순진하고 깨끗한 소녀를 통해서만 자신의 망상을 달랠 수 있었던 것 같아요.

제가 아홉 살이 되던 바로 그날 우연의 장난으로 맞닥뜨리게 된 작자는 이와는 또 완전히 다른 부류였답니다. 에티엔 신부라고 하는 난봉꾼이었는데, 벌써 몇 번이나 언니에게 저를 좀 데려오라고 했던 사람이지요. 언니는 (이미 뭔가 심상치 않다고 느낀 엄마가 눈치챌까 두려워 동생을 직접 데리고 갈 생각은 없었지만) 저에게 한번 가서 만나보라고 권했고, 결국 저는 성당 한쪽 구석, 제의실 근처에서 그와 정면으로 마주치게 되었습니다. 아주 달가워하며 접근하더라고요. 얼마나 그럴듯한 구실을 들이대는지, 저는 굳이 버티지도 않았습니다. 에티엔 신부는 마흔 살쯤 되었는데, 호탕하면서 원기 왕성한 타입이었습니다. 자기 방에 들어서자마자 그는 저에게 자지를 용두질할 줄 아는지 물어보았어요. 저는 얼굴을 붉히며 대답했지요. '어머나, 지금 무슨 말씀을 하는지조차 모르겠어요!' 그러자 제 입과 눈에 걸쭉한 키스를 퍼부으며 이러더군요. '저런! 그럼 내가 어떻게 하는지 가르쳐줄게. 너처럼 어린 계집아이들을 훈육하는 것이 나의 유일한 즐거움이란다. 내가 베푸는 교육이 얼마나 훌륭한지 아이들은 평생 잊어먹지 않지. 자, 우선 네 그 치마부터 벗자꾸나. 나를 즐겁게 하는 방법을 제대로 배우려면, 우선 온전히 배우는 자세부터 터득해야 마땅하겠지. 그러려면 교육에 방해되는 것이 우리 사이에 끼어들어서는 안 되겠고 말이야. 자, 너부터 시작하는 거야.' 그는 제 손을 잡고 불두덩 위로 가져가면서 말을 이었습니다. '여기 보이는 이게 바로 보지라고 하는 거란다. 이를 통해 기분 좋은 자극을 얻으려면 요렇게 하면 돼. 여기 돌출한 작은 돌기를 클리토리스라고 하는데, 바로 이걸 손가락으로 살살 문질러야 하는 거야.' 그러고는 제가 직접 하게끔 유도하면서 말했지요. '옳거니, 꼬마야, 이렇게, 한 손으로 여기를 만지작거리는 동안 다른 손 손가락은 거기 갈라진 틈새로 살짝 집어넣어봐….' 그는 계속 자신의 가르침을 주지시키면서 말했습니다. '이렇게 말이야, 그렇지…. 어때, 뭔가 느껴지지 않니?' '아뇨, 신부님.' 전 그저 순진하게 대답했어요. '정말 아무것도 못 느끼겠어요.' '아, 이런 젠장! 네가 아직 너무 어려서 그런 거다. 앞으로 2년만 더 지나면, 이게 얼마나 기분을 좋게 만드는지 알게 될 거야.' 그때 제가 불쑥 이랬죠. '어머, 잠깐만요! 느껴지는 것 같아요.' 그러면서 그가 말해준 지점을 열심히 문질러댔어요…. 진짜 어떤 간지러운 느낌이 살금살금 기분 좋게 올라오면서, 이 사람의 지침이 마냥 헛소리는 아니었구나 하는 생각이 드는 겁니다. 그 신통한 방법을 제 나름 알차게 활용하면서 결국 스승님의 뛰어난 솜씨에 믿음이 가더라고요. 에티엔이 말했습니다. '네가 즐거워하는 걸 보니 이제 슬슬 내 감각에도 자극이 오는구나. 어서 이리 온. 그 기분을 함께 나누어야지, 귀여운 천사야.' 그는 제 손에 자기 연장을 쥐여주었는데, 그게 얼마나 거대한지 작은 두 손으로 간신히 감싸 쥘 정도였습니다. '옳지, 옳지, 아가야, 이게 바로 자지라고 하는 거란다.' 그는 제 손목을 잡고 빠르게 흔들면서 얘기를 계속했습니다. '이렇게, 이런 식으로 움직이는 걸 용두질이라고 하지. 지금 네 손이 움직이면서 내 자지를 용두질하고 있는 거야. 그래, 아가야, 바로 그거다, 있는 힘껏 그렇게 해. 너의 손동작이 빠르고 격렬할수록 나의 황홀경을 그만큼 더 앞당길 수 있는 거야.' 그는 제 손동작을 계속 유도하면서 덧붙였습니다. '근데 하나 중요한 점을 명심해야 한다. 항상 이 대가리는 노출시키도록 유의해야 해. 우리가 포피라 부르는 이 살 껍데기가 대가리를 덮지 않도록 말이야. 우리가 귀두라 부르는 바로 이 부위를 포피가 덮는 순간, 나의 모든 쾌감이 사라져버리거든.' 그러고는 이렇게 말을 잇는 겁니다. '자, 이제 네가 나에게 해주고 있는 것을 나도 너에게 해보자꾸나.' 그러면서 손동작에 열심인 제 가슴에 몸을 밀착하고는, 두 손을 어찌나 잽싸게 제 아랫도리에 갖다 대 손가락을 능란하게 움직이는지 급기야 쾌감이 저를 휘감아버렸습니다. 정말이지 인생의 첫 수업을 온전히 그에게 빚지고 만 셈이지요. 머리가 핑 도는 바람에 저는 동작을 멈추었습니다. 신부님은 아직 끝낼 준비가 되어 있지 못함에도 불구하고, 제 쾌락에만 집중하기 위해 자신의 쾌락을 잠시 유보하기로 했고요. 그렇게 해서 제가 온전히 쾌감을 맛보게 한 다음에야 그는 절정의 느낌 때문에 부득이 중단해야 했던 제 몫의 노동을 재개토록 했습니다. 이번에는 딴 데 정신 팔지 말고 자기한테만 집중하라며 노골적으로 명령하더군요. 저는 혼신의 힘을 다해 그 일을 수행했습니다. 당연한 일이었지요. 그에게 상당히 감사하는 마음까지 있었으니까요. 저에게 주어진 사명을 얼마나 정성을 다해 충실히 수행했는지, 힘주어 흔들어대는 손동작에 결국 괴물이 굴복했답니다. 급기야 속에 담고 있던 격정을 울컥 토해내, 독액을 저에게 흠뻑 뒤집어씌우는 것이었어요. 그때 에티엔의 모습은 그야말로 욕정의 광기로 넋이 나간 사람 같았습니다.

제 입에 열렬히 키스하면서, 손으로는 보지를 마구 주무르고 후벼대는데, 횡설수설하면서 쏟아내놓는 말들이 그의 정신 나간 상태를 여실히 보여주더군요. 씹… 좆… 따위의 단어들이 극히 우아한 이름들과 한데 뒤섞이면서 꽤 오랜 시간 지속되는 광란을 수놓았습니다. 그런데 에티엔의 신사다운 태도는 오줌 포식자인 동료와 달라도 너무 달랐어요. 자리를 털고 몸을 일으키더니 저더러 정말 매력적인 소녀라고 얘기해주면서 또 보러 와주었으면 한다고 청하는 거예요. 그리고 이제 곧 알겠지만, 항상 저를 두둑이 대접해주겠노라고 얘기했습니다. 아닌 게 아니라 그는 제 손에 1에퀴[54]를 슬그머니 쥐여주고는, 저를 꼬드겼던 곳으로 다시 데려다주었습니다. 저는 그곳에 멍하니 선 채, 짭짤한 수입이 새로 생긴 데 대한 감동을 곱씹었어요. 수도원 생활에 익숙해지면서, 앞으로 자주 그곳을 찾아야겠다고 마음을 굳혔습니다. 나이를 먹어갈수록 왠지 그곳에서 제가 얻을 즐거움이 많아질 것 같았어요. 그런데 제 운명은 그렇지가 못했습니다. 더 중요한 문제가 새로운 세상에서 저를 기다리고 있었거든요. 집에 돌아오자, 새로운 일들이 지금까지 이야기의 행복한 국면에 취한 제 마음을 송두리째 뒤흔들어버리는 것이었습니다."

그때 살롱 안에 종소리가 울려 퍼졌다. 야식이 준비되었다는 신호였다. 흥미롭게 이야기를 시작해 청중의 갈채를 받은 뒤클로는 단상에서 내려왔고, 사람들은 각자 흐트러진 몸가짐을 바로 한 다음, 코모스[55]가 제공하는 새로운 쾌락을 찾아 부랴부랴 자리를 옮겼다. 이번 야식은 발가벗은 소녀 여덟 명이 시중들게 되어 있었다. 이들은 알아서 몇 분 일찍 이동했고, 모두가 자리를 옮길 즈음엔 완벽하게 준비를 갖춰놓은 상태였다. 회식자 수는 다 합해 스무 명으로 정해져 있었다. 즉, 네 친구들을 중심으로 때짜 여덟 명, 소년 여덟 명이 다였다. 그러나 나르시스에게 여전히 화가 나 있는 주교는 그의 합석을 허락할 생각이 없었고, 서로 어느 정도 파격은 묵인하기로 약속되어 있는 만큼, 누

54
주석 53번의 다섯 배에 해당한다.

55
그리스신화에서 디오니소스 축제를 수놓는 광란의 행진 또는 이를 주관하는 정령.

구도 그 결정에 토를 달려고 하지 않았다. 결국 애꿎은 소년은 어두컴컴한 밀실에 혼자 갇혀, 어쩌면 나리의 마음이 누그러질지 모를 파티 시간만을 기다리는 처지가 되고 말았다. 배우자들과 이야기꾼들은 난교 파티를 준비하기 위해 알아서 각자 신속하게 야식을 들었다. 노파들이 식사 시중에 임하는 소녀 여덟 명을 지도하는 가운데 사람들이 식탁에 착석했다. 점심보다 훨씬 푸짐하게 차려지는 이 식탁은 보다 호화롭고 성대한 분위기 속에서 진행되었다. 우선 가재류를 재료로 한 걸쭉한 수프와 함께 스무 가지 요리로 구성된 오르되브르가 나왔다. 그다음 앙트레 스무 가지가 차려지고 곧이어 가금류의 흰 살코기와 각종 형태로 꾸민 사냥 고기들로만 조리된 또 다른 앙트레 스무 가지가 새롭게 차려졌다. 다음 순서로는 상상할 수 있는 가장 희귀한 로스트가 차려져 나왔다. 이어서 식탁에 등장한 것은 냉동 과자류였으며, 그것은 또다시 온갖 형태로 장식된 앙트르메 스물여섯 가지에 자리를 내주었다. 그마저 다 해치운 다음에는 당과류와 또 다른 냉동 과자 그리고 구운 과자가 곁들여진 데코레이션 케이크가 나왔다. 마지막으로 계절에 상관없이 엄청나게 많은 종류의 과일이 디저트로 쏟아져 나왔고 아이스크림과 초콜릿, 온갖 독주가 제공되었다. 포도주의 경우는 매번 다른 요리가 나올 때마다 종류가 바뀌었다. 1차에는 부르고뉴산이, 2차와 3차에는 이탈리아산 두 가지 다른 품종이, 4차에는 라인강 지역 포도주가, 5차에는 론강 유역 포도주가, 6차에는 거품 풍부한 샴페인과 더불어 두 차례 서빙에 각기 다른 두 종류 그리스산 포도주가 나왔다. 그때쯤 사람들 머리가 어마어마하게 달아올랐다. 야식이 진행되는 동안 시중드는 소녀들을 학대하는 것은 점심때와 마찬가지로 금지되어 있었다. 이들은 회합의 보배와도 같은 존재인 만큼 조금이라도 더 조심스럽게 다루어져야 했다. 다만 그들과 더불어 미친 듯이 음란의 극을 탐하는 것만은 허락되었다. 얼큰하게 취한 공작은 이제 젤미르의 오줌 말고는 아무것도 마시지 않겠다고 하면서, 다짜고짜 그녀를 식탁에 올려놓고 접시 위에 쭈그려 앉게 한 다음 오줌을 싸게 한 뒤 그것을 큰 잔으로 두 번 가득 들이켰다. 퀴르발이 말했다. "숫처녀 오줌 한번 마시려고 별 애를 다 쓰는군 그래." 그러고는 팡숑을 불러 이렇게 말했다. "이리 와, 이 빌어먹을 년아. 이왕이면 나처럼 샘에서 직접 퍼마셔야지." 그는 늙은 마녀의 가랑이 깊숙이 얼굴을 처박고는 노파가 배 속으로 쏘아대는 더럽고 유독한 오줌 줄기를 꿀꺽꿀꺽 삼켜댔다. 급기야 토론에 불이 붙기 시작했고, 풍속과 철학의 다양한 관점들이 서로 부딪쳤다. 도덕의 문제가 거기서 완전히 배제되었는지에 관해서는 독자의 상상에 맡기기로 한다. 공작은 방탕주의 예찬에 적극 뛰어들면서, 그것이야말로 자연의 속성이라고 주장했다. 자신으로 말하자면, 일탈을 추구할수록 그것이 자연에 봉사하는 행위임을 확신하노라고 강변했다. 그의 의견에 다들 찬성하고 박수를 보냈다. 그러고는 방금 피력한 원칙들을 실행에 옮기겠다며 모두들 자리에서 일어났다. 난교 파티장에는 일체가 준비되어 있었다. 이미 발가벗은 여자들이 바닥에 쿠션들을 무더기로 깔고 드러누운 채, 디저트 직후 식탁을 벗어난 미동들과 한데 뒤엉켜 대기 중이었다. 그곳으로 우리의 친구들이 비틀거리며 합류했다. 노파 두 명이 옷을 벗기자, 그들은 양 떼를 습격하는 늑대들처럼 무리의 복판으로 파고들었다. 주교는 욕동이 돌출할 때마다 활로가 막히는 바람에 가혹하다 싶을 만큼 약이 오른 터라, 에르퀼이 뒤를 쑤시는 동안 자기는 앙티노위스의 엉덩이를 물고 늘어졌다. 비역질을 당하는 격정과 더불어 그토록 절실했던 욕망의 해소를 앙티노위스가 도와준 덕에, 주교는 마침내 봇물 터지듯 정액을 토해냈고 그 극렬한 흥분을 못 이겨 그만 절정의 순간 기절해버렸다. 방탕의 극으로 치달아 얼얼해진 감각을 바쿠스의 취기가 마저 옭아매, 우리의 주인공은 정신 줄을 놓자마자 곧장 깊은 잠 속으로 곤두박질쳤고, 결국 사람들이 침대로 들어 옮겨야 했다. 공작도 나름대로 즐거운 시간을 가졌다. 한편 퀴르발은 마담 마르텐이 주교에게 아랫도리를 제안한 사실을 기억해내고는 당장 그걸 이행하라 다그쳤고, 자신이 비역질당하는 동안 실컷 그녀의 몸뚱어리를 즐겼다. 그 밖에도 수많은 끔찍한 짓과 추악한 행위가 줄을 이었고, 주교가 이미 의식을 잃은 상태이기에 나머지 용맹한 선수들, 다름 아닌 우리의 용감무쌍한 활력남들 세 명은, 난교 파티 현장에는 없었지만 그들을 에스코트하기 위해 출두한 때짜 네 명 손에 이끌려, 이야기가 진행되는 내내 2인용 소파에 동석하고 있던 여자들과 함께 밤의 서비스를 받으러 퇴장했다. 그 모두가 경악할 야만성의 가엾은 희생 제물들로서, 애무라기보다는 가혹 행위에, 쾌감이기보다는 불쾌감에 시달리고 혹사당하리라는 것은 너무나도 뻔한 일이었다. 첫째 날은 그렇게 흘러갔다.

제2일

다들 평소와 같은 시각에 일어났다. 극도의 광란 상태에서 완전히 회복된 주교는 이미 새벽 네 시부터 자신을 혼자 자게 방치했다는 사실에 노발대발했고, 초인종을 울려 자기에게 배당된 때짜와 쥘리를 호출했다. 그들은 곧장 출두했고, 리베르탱은 다시 그 사이로 뛰어들어 새로운 음행에 탐닉했다. 관례대로 소녀들의 숙소에서 아침 식사를 마친 뒤르세는 검사를 진행했고, 그렇게 일렀음에도 또다시 비행을 저지른 소녀들을 색출해냈다. 미셰트는 한 가지 잘못을 범한 상태였고, 퀴르발에게서 하루 종일 어떤 상태로 지낼 것을 지시받은 오귀스틴은 그와 정반대의 상태로 발각되었다. 그녀는 지시가 기억나지 않는다며 용서를 구했고 다시는 같은 일이 없을 것이라고 거듭 약속했다. 하지만 사두체제(四頭體制)는 가차 없었고, 두 소녀는 첫 번째 토요일에 있을 징벌 대상자 명단에 나란히 수록되었다. 한편, 수음 행위 기술에서 계집아이들 솜씨가 서툴러 다들 불만인 데다, 전날 직접 체험해보면서 짜증이 극도로 치민 터라, 뒤르세는 오전 한 시간을 정해 집중 교습토록 하자고 제안했다. 오전 9시에서 10시로 교습 시간을 정하고 네 명이 돌아가면서 한 시간 일찍 일어나 9시부터 실습에 참여하기로 말이다. 그 직무를 수행할 사람은 소녀들의 거처 한복판에 마련된 안락의자에 조용히 앉아 있기만 하면 되었다. 그럼 소녀들이 다가와 그를 향해 앉고, 성에 유폐된 사람들 중 최고의 수음 기술을 보유한 마담 뒤클로가 그들의 손과 동작을 지도할 것이다. 수음 대상자의 상태에 따라 가장 적당한 움직임의 최고 및 최저 속도를 알려주고, 조작이 진행되는 동안 갖춰야 할 자세와 태도를 교정해주며, 첫 보름의 기간이 끝날 즈음 더 이상 교습이 필요치 않을 정도로 기술에 통달하지 못한 계집이 받아야 할 징벌들을 숙지시키도록 모든 지침이 결정되었다. 조작 중 귀두는 항상 드러나게 유지해야 하며, 일하지 않는 다른 손은 수음 대상자의 각종 환상에 부응해 끊임없이 주변 부위를 자극하고 있어야 한다는 등의 구체적인 사항들이, 마치 성 프란체스코회 원시회칙파 수도사들의 엄정한 행동 규범처럼, 매우 정확하게 교육될 터였다. 이상 징세 청부인의 계획은 모두를 만족시켰다. 마담 뒤클로는 내용을 전달받자마자 곧장 임무를 맡기로 했고, 바로 당일 소녀들의 숙소 안에 인공 성기를 배치해, 최대한 유연하게 그걸 다루기 위한 손목 훈련을 할 수 있게끔 조처했다. 소년들을 대상으로 동일한 교육 임무를 맡은 사람은 에르퀼이었다. 사실 사내아이들은 계집아이들보다 그 기술에 훨씬 능숙할 수밖에 없었는데, 자신들에게 하는 행동을 그대로 남에게 행하면 되는 일이기 때문이었다. 그래서 최고의 수음 기술자가 되기까지 걸리는 시간은 단 일주일이면 충분할 터였다. 아침에 확인한 결과, 소년들 가운데 잘못을 저지른 사람은 한 명도 없었다. 그리고 전날 나르시스를 본보기로 시작해 거의 모든 허락이 거부된 만큼, 예배실에는 뒤클로와 때짜 두 명, 쥘리, 테레즈, 퀴피동과 젤미르밖에는 가지 못했다. 퀴르발이 상당히 발기해 있었다. 그는 아침에 소년들을 순시할 때부터 아도니스 때문에 엄청 달아오른 상태였다. 그래서 볼일 보는 때짜 두 명과 테레즈를 구경하는 것만으로도 이성을 잃을까 봐 사람들이 걱정했는데, 가까스로 참아냈다. 점심 식사가 평소대로 진행되었지만, 고매하신 판사께서는 지나치게 술을 퍼마신 데다 식사 내내 음탕한 짓을 벌인 터라, 혼자만 독특하게 아이처럼 발가벗도록 주문받은 할망구 팡숑의 지휘로 오귀스틴과 미셰트, 젤라미르, 퀴피동이 커피 시중을 드는 동안, 또다시 후끈 달아올랐다. 퀴르발의 음란한 광기는 바로 그 대조적인 모습에서 새로이 치솟아, 노파와 젤라미르를 데리고 몇 가지 정선된 일탈 행위 속을 실컷 나뒹군 끝에 급기야 좆물을 쏟아내고 말았다. 공작은 자지를 곧추세운 채 오귀스틴에게 바짝 들이댔다. 그가 우악스럽게 소리를 질러대고, 욕설을 퍼부으며, 헛소리를 늘어놓는 가운데 불쌍한 소녀는, 마치 맹금에게 쫓겨 금방이라도 붙잡힐 것 같은 비둘기처럼, 부들부들 떨면서 자꾸 뒷걸음질만 치고 있었다. 하지만 그는 방탕한 입맞춤 몇 번 하는 것과 다음 날 시작하기로 한 첫 교습을 오늘 당장 시행하는 것으로 만족했다. 조금은 덜 흥분해 이미 낮잠에 들어간 나머지 두 사람을 따라 우리의 두 선수 역시 곯아떨어졌다가, 저녁 여섯 시가 되어서야 모두 일어나 이야기가 진행될 구연장(口演場)[56]으로 건너갔다. 전날의 4인조들은 모두 복장뿐 아니라 인원 구성 면에서도 일대 변화를 겪었다. 그리하여 우리의 네 친구들은 소파에 동석하는 상대를 다음과 같이 확정했는데, 공작은 주교의 딸이자 공작 자신의 질녀라 할 수 있는 알린을, 주교는 공작의 아내이자 뒤르세의 딸이며 자신의 형수인 콩스탕스를, 뒤르세는 공작의 딸이자 판사의 아내인 쥘리를 옆에 앉히기로 했다. 그리고 퀴르발은 정신도 좀 깨고 생기도 되찾을 겸, 뒤르세의 아내이면서 자신의 딸인 아델라이드를 선택했다. 사실 그녀는 신앙심과 미덕의 소유자라는 이유만으로도 그가 괴롭히면서 가장 강렬한 쾌락을 느낄 수 있는 피조물들 중 하나였다. 그는 우선 몇 가지 고약한 농지거리로 그녀를 다루기 시작했는데, 자기 취향에는 안성맞춤이지만

56
salon d'histoire. 앞에 언급된 '옥좌의 살롱(salon du trône)' 즉, 회합실(cabinet d'assemblée)을 지칭한다.

가엾은 처녀로서는 무척 불편한 자세를 회합 내내 유지할 것을 명령하고는, 단 한순간이라도 그걸 흩뜨리면 있는 대로 성질을 부리겠다고 겁박했다. 모든 것이 준비되자, 뒤클로가 단상에 올라 다시 이야기를 진행했다.

"제 엄마가 집을 비운 지 사흘이 지났을 때였습니다. 사람이 염려된다기보다 그녀의 돈과 재물이 걱정인 남편이라는 작자는 엄마의 침실을 살펴보기로 했지요. 거긴 두 사람이 귀중한 것들만 따로 모아 숨겨두곤 하는 장소였거든요. 그런데 막상 찾던 것 대신 쪽지 한 장만 덩그러니 있었으니 얼마나 놀랐겠어요! 내용인즉, 이제 자기는 영원히 그와 헤어질 것인데, 돈이 없으니 가져갈 만한 건 죄다 가져가야겠다면서, 그가 자초한 파국을 운명으로 받아들이라는 거였습니다. 아울러 자기가 떠나는 걸 두고서는 오직 그 자신과 그가 자행한 학대만을 탓할 것이며, 그나마 아이 둘을 남겨두고 가니 그 정도면 자기가 가져가는 재물의 값어치는 충분히 상쇄될 거라는 내용도 있었습니다. 하지만 영감은 그걸로 값이 치러진다고 보지 않았고, 더 이상 집에 재우지 않겠다며 깔끔하게 우리를 내쫓았는데, 그로써 엄마와는 생각이 전혀 다름을 증명한 셈이죠. 언니와 제가 이제 막 즐기기 시작한 모종의 생활 방식에 맘 놓고 뛰어들 수 있는 자유가 주어진 셈이라, 우리 자매는 이 일로 그다지 충격을 받지 않았습니다. 그저 보잘것없는 생필품이나 챙겨, 그토록 우리를 내쫓고 싶어 하신 의붓아버지에게 서둘러 작별을 고할 생각밖에 없었지요. 우리는 즉시 인근에 작은 방 하나를 구해 기어들었습니다. 우리의 숙명을 달갑게 받아들일 마음의 준비를 하면서 말이죠. 그러다 보니 엄마가 과연 어떻게 살고 있을지에 생각이 미치더군요. 우리는 그녀가 어느 신부에게 몰래 빌붙어 살 생각을 하거나 주변 어느 구석에서든 생계를 꾸려가기 위해, 수도원에 있을 거라는 점에 추호도 의심이 없었습니다. 그런 생각만으로 아무 걱정 없이 지내고 있는데, 수도원의 한 수사가 우리에게 와서 그간의 우리 추측을 뒤엎어버릴 쪽지 한 장을 건네주는 것이었어요. 내용의 요지는 우리더러 밤이 내리는 즉시 수도원으로 와서, 쪽지를 직접 쓴 수도원장을 찾으라는 것이었죠. 그가 밤 열 시까지 성당에서 기다릴 것이며, 우리를 엄마 있는 곳으로 데려다줄 거라고 했습니다. 거기서 행복과 평안을 다 함께 누리도록 해주실 거라고 말이죠. 이 기회를 절대로 놓쳐선 안 되며, 특히 우리의 행동을 철저하게 감추도록 최대한 주의하라는 다짐도 담겨 있었습니다. 엄마와 우리 두 자매에게 무슨 일이 일어나고 있는지 누구보다 의붓아버지가 알아서는 안 되기 때문이라고 했지요. 당시 나이가 열다섯 살이라 아홉 살인 저보다 더 똑똑하고 합리적이었던 언니는 생각해보겠다는 말과 함께 쪽지 가져온 사람을 보낸 다음, 그 모든 수법에 치를 떨었습니다. 언니가 제게 이러더군요. '프랑송, 우리 거기 가지 말자. 아무래도 뭔가 수상해. 저 제안이 진짜라면 왜 엄마가 쓴 쪽지는 안 가져왔지? 적어도 서명은 할 수 있었을 것 아냐? 그리고 대체 수도원에서 누구와 함께 있는 거냐고! 제일 친한 아드리앵 신부는 거의 3년 전부터 그곳에 없잖아. 그때부터는 거길 가도 그냥 들르는 정도였고, 규칙적으로 신부들과 재미를 보는 짓도 그만두었단 말이야. 한데 무슨 바람이 불어 거기 숨어들었을까? 수도원장은 엄마의 애인도 아니고, 그랬던 적도 없었어. 두세 번 엄마가 그를 즐겁게 해준 건 나도 알고 있지. 하지만 단지 그 이유만으로 한 여자를 받아들여줄 남자는 아니거든. 반대로 한번 불붙은 광란이 가라앉고 나면, 여자들에게 그보다 더 무뚝뚝하고 변덕스러운 자가 없지. 그런 작자가 우리 엄마한테 무슨 이유로 관심을 보이겠냐고! 분명 꿍꿍이가 숨어 있어. 나는 어쩐지 그 늙은 수도원장이 영 맘에 안 들더라. 심술 맞고 거칠고 무지막지한 사람이야. 한번은 자기 방으로 나를 끌고 들어갔는데, 다른 신부 세 명이랑 같이 있더라고. 그때 일어난 일 때문에 나는 다시는 그곳에 발을 들이지 않겠다고 굳게 결심했지. 그러니 너도 내 말대로, 그놈의 빌어먹을 수사들과는 어울리지 말자고. 너한테 이제야 털어놓는데, 프랑송, 사실 내가 잘 알고 지내는 사람이 한 명 있단다. 아주 괜찮은 친구라고 할 수 있지. 게랭 부인이라고 하는데, 2년 전부터 나는 그분 집에 드나들고 있어. 그때부터 줄곧 한 주도 빠짐없이 멋진 파티에 참여할 기회를 내게 베풀어주셨지. 우리가 수도원에서 경험한 12솔짜리 파티가 아니란다. 한번 놀았다 하면 3에퀴는 꼭 거머쥐었으니까.' 언니는 10루이 넘게 돈이 들어 있는 지갑을 내보이며 말을 이었습니다. '자, 이만하면 내가 먹고사는 형편이 어떤지 알아보겠지. 그러니 너도 나처럼 살고 싶으면, 언니 하는 대로 따라 하는 거야. 게랭 부인은 틀림없이 너를 받아들일 거다. 사실 일주일 전 그녀가 나를 파티에 데려가려고 왔을 때 너를 눈여겨봤단다. 너에게도 제안해봐달라고 내게 부탁했지. 네가 아무리 어려도 자리는 얼마든지 만들 수 있다고 했어. 그러니 나처럼 해봐. 조만간 우리 형편이 활짝 필 테니까. 게다가 나로서는 너에게 달리 얘기할 처지도 못 돼. 오늘 밤까지만 내가 너를 먹여 살릴 뿐, 너 혼자 힘으로 살아가야 하거든. 이 세상은 각자 알아서 헤쳐 나가야 하는 거야. 지금 이것도 내 몸뚱이와 손으로 얻어냈어. 너도 그렇게 하는 거야. 수치심이 발목을 잡거든, 아예 지옥으로 꺼져버려. 그리고 무엇보다 다시는 나를 찾지 마. 방금 말한 것처럼, 네가 아무리 도와달라 애걸복걸해도 나는 물 한 잔 주지 않을 테니까. 엄마에 대해서 얘기하자면, 그 팔자가 아무리 딱해도 난 전혀 안타깝지 않단다. 분명히 말하지만, 나는 오히려 쌤통이라고 생각해. 하나 소원이 있다면, 그 창녀가 제발 내게서 멀리 떨어져 평생 다시 볼 일이 없기를 바랄 뿐이야. 그 여자가 내 일을 얼마나 방해했는지 몰라. 자기는 그보다 세 배는 더 추악한 짓거리를 하면서 나한텐 아주 그럴듯한 충고를 늘어놓더라니까. 쳇, 꼴에 엄마랍시고, 악마가 업어 가버렸으면 좋겠다. 다시는 내 앞에 나타나지 않도록 말이야! 그게 내가 그 여자한테 유일하게 바라는 거야.' 솔직히 말해서, 제가 언니보다 마음이 곱다든가 품성이 나은 편이 결코 못 되다 보니, 훌륭한 엄마에게 언니가 쏟아부은 온갖 저주가 제 귀에도 쏙쏙 들어오더라고요. 저는 연줄을 대준 것에 감사하면서, 언니를 따라 그 부인에게 갈 것이며, 그녀가 받아만 준다면 더 이상 언니의 짐이 되지 않겠노라고 약속했어요. 수도원에 가지 않겠다는 점에 대해서도 저는 언니의 뜻을 따랐죠. '그 여자가 실제로 행복하다면 실컷 그러라지. 우리 역시 그 여자의 팔자를 공유하지 않고서도 우리 나름대로 얼마든지 행복하면 그뿐이니까. 만에 하나 이게 우리를 낚으려고 쳐놓은 함정이라면, 당연히 피해야 할 것이고 말이야.' 그렇게 말하고는 언니가 저를 껴안으며 이러는 거예요. '이제 보니 너 참 착한 계집애로구나. 그래, 틀림없이 우린 큰 재산을 모을 거다. 나는 예쁘고 너도 마찬가지야. 우리가 원하는 건 뭐든지 차지할 수 있을 거라고. 하지만 결코 사람한테 정을 주어선 안 된다는 걸 명심해. 오늘은 이 남자, 내일은 또 다른 남자의 갈보가 되어주는 거야. 몸과 마음 다 바쳐 오롯이 창녀가 되는 거지.' 언니는 얘기를 계속했습니다. '나로 말하자면, 보다시피 지금 충분히 창녀가 된 상태라 아무리 고해성사를 하고 신부님의 충고와 설교를 들어도 악에서 벗어날 수가 없단다. 빌어먹을 한계를 뛰어넘는 것쯤이야, 내게는 포도주 한 잔 들이켜는 것만큼이나 쉬운 일이지. 나만 따라하면 돼, 프랑송. 사내들은 그저 기분만 좀 좋게 해주면 무어든 뜯어낼 수 있는 존재란다. 이 일이 처음 시작할 땐 좀 힘들지만 곧 익숙해질 거야. 남자들 취향이라는 게 워낙에 천태만상이라. 그러니 우선 각오는 하고 있어야 할 거야. 한 놈이 이걸 원하면, 다른 놈은 또 다른 걸 원하거든. 하지만 어쩌겠어, 그저 복종하고 받아들이는 게 우리 일이니. 어차피 금방 지나갈 일이고 남는 건 돈이거든.' 솔직히, 아직은 어리고 얌전하게만 보아왔던 언니 입에서 그렇게까지 정신 나간 소리가 튀어나오는 걸 듣다 보니 엄청 혼란스러웠습니다. 그런데도 제 속내 역시 그런 생각이 없지 않았기에, 저는 곧바로 모든 점에서 언니를 따를 준비가 되어 있으며, 필요할 경우 그보다 더 못된 짓까지 저지를 각오가 된 몸이라고 말해주었죠. 언니는 제 말에 반색하면서 또다시 껴안아주었습니다. 늦은 시간이라, 우리는 얼른 사람을 시켜 질 좋은 포도주와 닭 한 마리를 사오게 했습니다. 그렇게 같이 저녁을 먹고 잠자리에 들었지요. 당장 내일 아침 게랭 부인에게 가서 우리를 소개한 뒤, 한 식구로 받아달라고 청하리라 다짐하면서 말입니다. 식사 중에 언니는 방탕주의에 관해서 제가 미처 모르는 모든 것들을 가르쳐주었어요. 먼저 자신의 발가벗은 몸을 보여주었는데, 정말이지 당시 파리를 통틀어 그만큼 어여쁜 계집은 없었을 거라고 장담합니다. 최고로 매끈한 피부와 더없이 보기 좋은 풍만함, 그럼에도 불구하고 날렵하기 짝이 없는 매력적인 허리와 예쁘장한 푸른 눈동자, 그 밖에 다른 부분들도 마찬가지로 아름다웠지요. 게랭 부인이 얼마나 그녀를 중요하게 대우해왔을지, 얼마나 신이 나서 그녀를 단골 고객들에게 대주었으며, 고객들은 또 얼마나 그녀만을 거듭 요구했을지 짐작이 가더군요. 그런데 잠자리에 눕자마자, 수도원장에게 미처 답신하지 않았다는 생각이 퍼뜩 들더라고요. 우리의 성의 없는 태도에 그가 골이 났을지도 모르잖아요. 같은 동네에 사는 동안만이라도 신중하게 처신할 필요가 있다는 생각이 들었습니다. 하지만 까마득히 잊고 있던 걸 이제 와 어떻게 만회한단 말입니까! 시각은 이미 밤 열한 시가 넘은 터라, 우리는 그냥 될 대로 되라는 생각뿐이었죠. 아니나 다를까, 수도원장은 사태를 곱게 넘기지 않았어요. 그것만으로도 그가 우리에게 떠벌린 행복한 삶보다 자기 자신의 욕망에 더 연연하고 있음을 쉽게 알 수 있었죠. 자정이 되자마자 슬그머니 문 두드리는 소리가 들리더군요. 다름 아닌 수도원장이었습니다. 두 시간 동안 우리를 기다렸다고 하더군요. 어떻게든 답은 했어야 하지 않느냐고 말이죠. 그는 우리 침대 옆에 앉아 줄줄이 얘기를 늘어놓았습니다. 앞으로 우리 엄마는 수도원에 마련한 비밀 숙소에서 여생을 지내기로 했으며, 세상 둘도 없는 진수성찬과 더불어 엄마와 또 한 명 젊은 여자를 보러 오는 명문가의 거물급들과 함께 매일 반나절을 화려한 사교 생활로 장식하게 될 거라 했습니다. 우리는 거기에 머릿수만 더 불려주면 된다는 거예요. 다만 완전히 주저앉히기엔 우리가 너무 어리니, 딱 3년만 데리고 있을 것이며, 그다음에는 각자에게 1천 에퀴를 쥐여주면서 놓아주겠다고 장담했습니다. 자기는 어디까지나 엄마를 대신해서 이러는 것인데, 와서 엄마의 외로움을 달래드리면 정말로 기뻐하실 거라면서 말이죠. 마침내 언니가 단도직입적으로 말했습니다. '신부님, 제안은 감사합니다. 하지만 지금 우리 나이에 사제들의 창녀가 되겠다고 수도원 경내에 갇혀 살고 싶지는 않아요. 그런 일이라면 이미 지겹도록 해왔거든요.' 수도원장은 다시 졸라댔습니다. 바짝 열 올리는 태도로 보아, 이번 일의 성사에 얼마나 목매고 있는지 빤히 느껴졌어요. 그런데 실패가 눈에 보이자, 거의 격분한 상태로 언니에게 달려들며 이러더군요. '오냐, 요 갈보 년아! 정 그렇다면, 너를 놓아주기 전에 어디 한 번 더 나를 만족시켜보거라.' 그는 바지 단추를 풀고는 언니 위에 말 타듯 주저앉았습니다. 언니는 그가 욕정을 풀도록 놔두는 게 이 상황을 조금이나마 빨리 벗어날 수 있는 길이라 생각했는지, 전혀 저항하지 않더군요. 난봉꾼은 언니를 무릎으로 누른 채, 둘레가 4리뉴[57]인 꽤나 통통하고 단단한 물건을 얼굴에 바짝 갖다 붙여 흔들어댔습니다. 그리고 소리쳤어요. '어여쁜 얼굴이야, 갈보 년의 예쁘장한 낯짝이라고! 내 좆물로 범벅을 만들어줄 테다! 아, 제기랄!' 바로 그 순간 수문이 열리고 정액이 분출했어요. 언니의 얼굴 전체를, 특히 코와 입을 중심으로 놈이 저지른 방탕의 증거물이 아주 뒤덮어버렸답니다. 애당초 그의 계획이 성공했더라면, 그렇게 거저먹다시피 욕정을 해소할 수는 없었을 거예요. 성직자께선 조금 안정되자 달아날 생각밖에 없었지요. 테이블에 금화 한 닢을 툭 던지고 램프에 다시 불을 붙이더니 이렇게 말했습니다. '너희는 참 바보 같은 계집애들이야. 거지 아이들이 따로 없어. 행운을 스스로 차버리니 말이야. 제발 하늘이 너희를 벌주어서, 영영 가난에 허덕이며 살게 만들면 좋겠구나. 그 꼴

57
1리뉴(ligne)는 12분의 1푸스다.

을 내 눈으로 볼 수만 있다면 속이 아주 시원하겠어. 이상이 내 마지막 소원이다.' 언니는 또 언니대로 얼굴을 닦아내면서 온갖 욕설을 되돌려주었지요. 마침내 그렇게 문이 닫혔고, 아침이 될 때까지 우리는 그나마 남은 밤을 조용히 지낼 수 있었답니다. 언니가 말했어요. '방금 네가 본 것이 바로 그 작자가 즐기는 정념 중 하나란다. 여자아이들 얼굴에 대고 싸지르는 미친 짓을 무척 좋아하지. 사실 그 정도에 그친다면… 그런대로 괜찮아. 하지만 그 망나니에겐 또 다른 취향들이 있어. 너무 위험해서 내가 다 겁날 지경이라니까….' 졸음이 밀려들자, 언니는 미처 말을 마치지 못하고 곯아떨어졌습니다. 다음 날 다른 볼일이 산적했기에, 우린 더 이상 그 일을 생각하지 않았습니다.

아침이 되자마자 우리는 자리에서 일어나 최대한 돋보이게 꾸민 뒤, 게랭 부인의 집으로 이동했습니다. 이 여걸께서는 솔리 가(街)의 아주 깔끔한 건물 2층에 거주하고 있었습니다. 함께 사는 아가씨들 여섯 명은 나이가 열여섯에서 스물두 살까지로, 하나같이 무척 예쁘고 싱싱하더군요. 하지만 그들에 대한 상세한 묘사는, 나리들이 양해해주신다면, 필요한 경우에만 하는 게 좋겠다는 생각입니다. 언니를 마음에 들어 했을 때부터 줄곧 자기 집으로 들일 계획에 부풀어 있던 게랭 부인은 당장 우리를 받아들였고, 더할 나위 없이 기쁜 마음으로 숙소를 제공해주었습니다. 언니가 저를 가리키며 그녀에게 말했어요. '보시다시피 아주 어려서 쓸모 있을 겁니다. 제가 보증하죠. 워낙 곱고 착하면서 성격도 좋은 데다, 창녀 성향으로 똘똘 뭉친 아이라고 보시면 돼요. 단골 고객 중에 아이들을 원하는 난봉꾼들이 많잖아요…. 그러니 이 아이를 고용하세요.' 게랭 부인이 저를 돌아보며, 정말 모든 걸 각오했느냐고 묻더군요. 저는 그녀 마음에 들게 똑소리 나는 태도로 대답했습니다. '그럼요, 부인. 모든 걸 각오했어요. 돈을 벌기 위해서요.' 부인은 저희 자매를 새로운 동료들에게 소개했는데 그들은 이미 언니를 알고 있었고, 언니와의 우정을 생각해서 동생인 저를 잘 보살피겠다고 약속했습니다. 우리는 모두 함께 점심 식사를 했지요. 요컨대, 제 매음굴 정착은 그렇게 성사된 겁니다. 실리적이라는 생각이 없었다면 거기 오래 주저앉지 않았을 거예요. 바로 그날 저녁 온몸을 망토로 휘감은 어느 늙은 사업가가 들어왔는데, 게랭 부인이 제 첫 개시 손님으로 그를 붙여주더군요. 늙은 난봉꾼에게 저를 소개하면서 그녀가 말했습니다. '오, 뒤클로 씨, 이번에는 털이 없는 걸 바라신다고요! 그렇다면 이 아이가 제격이지요, 제가 보장합니다.' 괴짜 노인은 곁눈질로 저를 흘끔거리면서 말했습니다. '정말 그렇군. 내가 보기에도 아주 어린 애 같아. 아가야, 지금 몇 살이니?' '아홉 살입니다, 손님.' '아홉이라…. 좋아, 좋아. 이봐요 게랭 부인, 내 맘에 딱 드는구먼. 할 수 있으면 더 어린 것들도 내놓으시오. 젖을 막 뗀 아이라도 상관없다니까.' 게랭 부인은 그 말에 웃음으로 답하며 물러났고, 방에는 둘만 남게 되었습니다. 늙은 난봉꾼은 그제야 제게 다가와 입술에 두세 번 입맞춤을 했어요. 그리고 한 손으로 내 손을 붙잡고 자신의 바지 앞섶을 열어 발기할 기미가 전혀 보이지 않는 물건을 꺼내도록 유도했습니다. 그는 말은 별로 없이 행동으로 일관했는데, 제 속치마를 벗기고 소파에 드러눕게 하더니 슈미즈를 가슴 위까지 걷어 올린 다음, 허벅지를 최대한 넓게 벌리도록 만들고는 그 위에 말 타듯 깔고 앉았어요. 이어서 한 손으로는 제 조그만 보지를 되는대로 벌리고, 다른 손으로는 있는 힘껏 수음을 했습니다. 그는 쾌락의 숨을 몰아쉬는 가운데 계속 움직이면서 말했어요. '요 앙증맞은 참새 같으니, 내가 아직 할 수만 있다면 너 정도는 완전히 구워삶아버릴 텐데 말이다! 하지만 이젠 그럴 수가 없구나. 암만 애써봤자, 이 망할 놈의 자지가 4년 내내 도통 단단해질 생각을 하지 않으니 말이야. 벌려, 더 벌려, 아가야, 활짝 좀 벌려보라고.' 그렇게 15분쯤 흘렀을까, 마침내 그자의 숨소리가 한층 거세지는 것이었어요. 그때부터 일부 상소리가 말에 섞이면서 거친 기운을 더하는 듯하더니, 갑자기 제 보지 주변이 거품 보글거리는 뜨거운 정액으로 질척거리는 거예요. 애당초 안에 쌀 수 없었던 그 놈팡이가 손가락을 꼼지락거리면서 그걸 억지로 쑤셔 넣으려 하고 있었답니다. 그리고 일을 마치기 무섭게 후다닥 떠나버리더군요. 제가 몸을 닦아내는 사이, 영감쟁이는 이미 바깥문으로 사라졌으니까요. 나리들, 그래서 제 이름이 지금 뒤클로가 된 것이랍니다. 그 집에서는 마수걸이용 손님의 이름을 따서 아가씨 이름을 짓는 게 일종의 관례였거든요. 저도 군말 없이 그 관례를 따랐던 거죠."

"잠깐." 공작이 말을 끊었다. "당신이 중간에 쉬지 않으면 말을 끊지 않으려고 했는데, 아무래도 지금 좀 쉬어가는 듯하니 두 가지만 보충 설명을 부탁하오. 첫째, 당신 어머니에게서는 무슨 소식이 있었는지, 또 그 이후 어머니가 어떻게 됐는지는 알고 있는지. 둘째, 당신 두 자매가 어머니에 대해 가지고 있는 반감은 타고난 것이었는지, 아니면 무슨 이유가 있는 건지. 이건 인간의 심성에 관한 문제이며, 우리가 지금 매달려 연구하고 있는 것 역시 바로 그 문제거든." "나리, 언니나 저나 그 여자 소식은 전혀 들은 적이 없습니다." 뒤클로의 대답에 공작이 말했다. "옳거니, 그렇다면 분명하군. 안 그렇소, 뒤르세?" "아무렴." 징세 청부인이 대꾸했다. "한 치도 의심할 여지가 없구먼. 그때 당신 자매가 함정에 걸려들지 않은 걸 다행으로 여겨야 할 거요. 엄마한테 갔다면 다시는 빠져나오지 못했을 테니까." 퀴르발도 한마디 했다. "설마하니, 그게 그렇게 흔해빠질 기벽일 줄이야!" "그만큼 황홀하다는 얘기지." 주교의 말이었다. "두 번째 질문에 대한 답은?" 공작이 이야기꾼의 대답을 재촉했다. "나리, 우리가 가진 반감의 동기에 관한 두 번째 질문에 대해서도 기꺼이 설명드리지요. 그 반감이라는 것이 우리 두 자매의 마음속에 어찌나 강력한지, 다른 방법으로 엄마에게서 벗어나지 못한다면 독살이라도 하겠다는 뜻을 서로 나눈 상태였습니다. 그녀에 대한 혐오감이 극에 달해 있었지요. 한데 딱히 엄마가 그럴 만한 빌미를 준 것 같지는 않으니, 필시 그 혐오감은 자연의 산물이 아니었나 싶습니다." "누가 아니라 하겠소!" 공작이 얼른 말을 받았다. "자연은 우리에게 이른바 죄악이라고 하는 것에 쏠리는 극렬한 성향을 매일같이 불어넣고 있으니까. 만약 당신들 마음속의 그 극렬한 혐오감이 자연적으로 드러나는 성향, 죄악으로 기우는 바로 그 기질적 성향의 결과물에 불과했다면, 당신들은 아마 어머니를 스무 번도 더 독살했을 거외다. 자기 어머니에게서 은혜를 입었다고 생각하는 놈은 누구든 제정신이 아니지. 도대체 어머니에게 감사해야 할 근거가 무엇이오? 어떤 놈이랑 붙어먹다가 뭔가를 싸질러서? 옳거니, 그것 참 대단하군! 나로 말하자면, 거기서 증오와 경멸의 동기 말고는 아무것도 보지 못하겠는데 말이야. 우리를 낳아주는 게 행복을 주는 건가…? 천만의 말씀. 암초로 가득한 세상에 그냥 우리를 내팽개친 거지. 그로부터 각자 능력 되는대로 헤쳐 나가는 건 온전히 우리 몫이고 말이야. 하긴 나 역시 뒤클로가 자기 어미에게서 느낀 것과 거의 똑같은 감정을 느끼게 해준 여자가 옛날에 한 명 있었던 것 같긴 해. 정말 끔찍하게 싫었지. 그래서 내 능력이 되자마자 가차 없이 그 여자를 저세상으로 보내버렸어. 여태 살아오면서 그녀가 영영 눈을 감은 바로 그날만큼 강렬한 쾌감에 젖어본 적이 없다니까."

순간 4인조들 중 하나에서 처절한 흐느낌 소리가 들렸다. 공작이 거느린 4인조가 분명했다. 가만 살펴보니, 어린 소피가 눈물을 주룩주룩 흘리고 있었다. 저 악당들과는 완전히 다른 심성을 가진 사람으로서 저들의 대화를 듣고 있자니, 자신을 낳아 기르셨고, 납치 당시에는 딸을 구하려다가 비명횡사한 어머니의 소중한 기억이 고개를 들었던 것이다. 그 여린 상상력으로 이런 잔인한 생각을 눈물 없이 받아들이기는 불가능했다. 공작이 말했다. "아이고, 여기 아주 대단한 걸물이 납셨군 그래! 지금 그대 어미를 위해 우는 것이렷다, 우리 예쁜 코흘리개? 자, 어서 이리 가까이 온, 내가 위로해주지." 전희 과정에서 이미 흥분한 데다 방금 한 말의 작용으로 더더욱 달아오른 리베르탱은 금방이라도 사정할 것처럼 성난 자지를 드러내 보였다. 그런데도 마리가 아이를 데리고 왔다(마리는 이 4인조의 통솔자였다.). 펑펑 쏟는 눈물과 초보 수녀로 분한 우스꽝스러운 복장은, 고통으로 오히려 빛나는 소녀의 미모에 한층 더한 매력을 보태는 것 같았다. 그 이상 예뻐 보이기란 불가능했다. 공작은 미친 사람처럼 벌떡 일어나며 말했다. "우라질, 귀엽게도 생겼지, 콱 깨물어버릴까 보다! 아까 뒤클로가 얘기한 걸 이 계집애한테 한번 해봐야겠군. 이년 보지가 좆물로 질척거리게 말이야…. 누가 얘 옷 좀 벗겨봐." 갑작스럽게 벌어진 이 소규모 접전이 어떻게 끝날지 모두가 숨죽인 채 지켜보고 있었다. 소피는 공작의 발 앞에 몸을 던지며 외쳤다. "오, 나리! 제발 제 고통을 살펴주십시오! 제게 너무나도 소중한 어머니의 운명이 하도 안타까워서 우는 겁니다. 저를 지켜주시려다가 돌아가셨어요. 다시는 못 만날 어머니입니다. 부디 제가 흘리는 눈물을 가엾게 여겨주세요. 최소한 오늘 저녁만이라도 제발 봐주세요." "아, 빌어먹을!" 공작은 하늘을 찌를 듯 곧추선 자지를 손으로 주물럭거리며 말했다. "이런 장면이 이렇게까지 나를 흥분시킬 줄은 정말 생각지도 못했어." 그는 잔뜩 성을 내며 마리에게 다그쳤다. "어서 옷을 벗겨, 옷을 벗기라니까! 진작에 알몸뚱이가 되어 있어야지!" 공작의 소파에 앉아 있는 알린이 뜨거운 눈물을 흘리고 있었고 퀴르발의 벽감에 속한 고운 아델라이드에게서는 깊은 한숨 소리가 새어 나왔다. 하지만 퀴르발은 아리따운 아가씨의 아픔을 공감하기는커녕 지시한 자세를 이탈했다며 혹독하게 윽박질렀고, 이 달콤한 광경이 어떤 귀결에 다다를 것인가에만 열중했다. 그 와중에도 소피는 고통을 완전히 무시당한 채 알몸이 된다. 이어서 뒤클로의 묘사대로 동일한 자세가 갖춰지고, 공작은 이제야말로 사정하겠노라고 선언한다. 하지만 어떻게 그럴 수 있겠는가? 뒤클로의 이야기는 발기가 안 된 남자의 행동이어서, 그 흐물흐물한 자지가 사정하는 방향은 마음대로 조절 가능했다. 그런데 이 경우는 전혀 달랐다. 하늘을 향해 치솟은 공작의 위협적인 연장 대가리는 좀처럼 그 기수를 틀 기미가 보이지 않았다. 그래서 부득이 아이를 그 위쪽에 위치시켜야만 했다. 하지만 일은 잘 풀리지 않았고, 난관에 봉착할수록 약이 바짝 오른 공작의 입에서는 온갖 욕설과 신성모독의 말들이 튀어나왔다. 마침내 보다 못한 마담 데그랑주가 도우러 나섰다. 방탕주의에 관한 한 그 무엇도 이 늙은 마녀에게는 낯설지 않았다. 그녀는 아이를 단단히 붙잡고 자기 무릎 위에 기발한 방법으로 세워, 공작이 어떻게 자세를 잡아도 그의 자지 끝이 소녀의 질 입구에 닿을락 말락 할 수 있게끔 만들었다. 하녀 두 명이 가세해 아이의 다리를 지탱해주는데, 당장 동정을 바쳐야 할 상황이었다 해도 지금처럼 아름다운 질을 까뒤집어 보이지는 못했을 터다. 한데 그게 다가 아니었다. 급류가 범람하게 만들어 목표를 정확히 조준하기 위해서는 능란한 손동작이 필요했다. 블랑지스는 그처럼 중요한 조작을 서툰 아이의 손에 맡기고 싶지 않았다. 뒤르세가 말했다. "쥘리를 가져가시게. 만족할 걸세. 용두질 솜씨가 이제 천사 못잖게 좋아지기 시작했거든." 그러자 공작이 대꾸했다. "오, 제기랄! 그 망할 년은 내가 잘 알지. 내 일을 망칠 게 뻔해. 내가 자기 아비라는 사실만으로도 그 아이는 벌벌 떤다니까." "뭔 소리야, 당연히 사내아이를 써야지!" 이번에는 퀴르발이 나섰다. "에르퀼을 갖다 쓰시게. 손목이 아주 유연하거든." "나는 마담 뒤클로만을 원하오. 우리의 수음 기술자들 중 단연 최고니까. 그 여자더러 잠시 자리를 벗어나 내게 올 수 있도록 해주시오." 공작이 드러내놓고 호감을 표해준 것에 의기양양해진 뒤클로가 마침내 나섰다. 그녀는 팔꿈치까지 소매를 걷어붙이고 주인님의 거대한 물건을 움켜쥐더니, 대가리가 항상 드러나도록 유의하면서 흔들어대기 시작했다. 더할 나위 없이 정교한 솜씨로 날렵하게 왕복운동을 하는가 하면, 수음 대상자의 상태를 봐가며 속도와 강도까지 조절한 끝에, 드디어 봇물이 터져 목표했던 구멍을 향해 분출했다. 그야말로 홍수가 따로 없었다. 공작은 비명을 지르고, 욕설을 내뱉고, 길길이 날

뛰었다. 뒤클로는 조금도 당황하지 않았다. 그녀의 손동작은 그것이 유발하는 쾌감의 정도에 비례에 더욱 단호해질 따름이었다. 의도한 위치에서 지키고 있던 앙티노위스는 유출되는 분량 모두가 질 속으로 스며들도록 정액을 꼼꼼히 욱여넣었다. 한편 극도의 관능에 진이 다 빠진 공작은, 방금 전까지 기세등등하게 스스로를 불사르다가 이젠 수음 기술자의 손에서 점점 맥이 빠져나가는 자신의 음경을 물끄러미 바라보았다. 그는 다시 소파에 몸을 던졌고, 마담 뒤클로는 제자리로 돌아갔으며, 아이는 몸을 닦고 스스로를 위로하면서 자기가 속한 4인조로 되돌아갔다. 필시 오래전부터 저마다의 가슴을 파고든 하나의 진리가 좌중을 사로잡는 가운데, 이야기는 계속되었다. 다름 아닌 죄악의 관념이야말로 언제나 감각에 불을 지르고 우리를 관능으로 이끈다는 사실 말이다.

뒤클로는 이야기의 실마리를 다시 붙잡고 말했다. "모든 동료들이 저를 다시 보자마자 마구 웃어대면서 몸은 씻었냐고 묻기에 무척 놀랐습니다. 그 밖에도 하는 얘기들마다, 제가 무슨 짓을 하고 왔는지 다들 훤히 알고 있다는 투였어요. 그나마 어리둥절한 상태로 저를 오래 방치하진 않더군요. 통상적으로 손님을 받는 곳이면서, 방금 전 일했던 방의 바로 옆방으로 언니가 저를 데리고 가더니, 소파 바로 위에 뚫어놓은 구멍을 보여주었습니다. 옆방에서 벌어지는 일은 그 구멍을 통해 죄다 파악할 수 있었어요. 언니 말이, 이곳 아가씨들은 남자들이 여자들에게 무슨 짓을 하는지 그 구멍을 통해 들여다보는 일을 낙으로 삼는다는 거예요. 그러면서 저도 언제든 마음 내키면 와서 구경해도 좋다고 하더군요. 자리만 비어 있다면 말이죠. 나중에 때가 되면 교육을 받을 테지만, 모종의 비의(秘儀)들을 그 대단한 구멍을 통해 접하는 일이 종종 있을 거라고 했습니다. 그로부터 일주일도 채 안 되었을 때 저는 구멍 들여다보는 재미를 직접 맛보게 되었어요. 하루는 아침부터 손님이 와서 로잘리라는 아가씨를 찾는 거예요. 정말이지 보기 드문 미모의 금발 아가씨였는데, 그녀에게 남자들이 무슨 짓을 하는지 너무 궁금했습니다. 다음은 제가 그날 숨어서 목격한 장면이에요. 그녀가 상대할 남자 나이는 기껏해야 스물여섯이나 서른 정도 되어 보였습니다. 여자가 방에 들어서자 남자는 곧바로 키 크고 등받이 없는 의식용 의자에 그녀를 앉혔습니다. 그는 여자의 머리 모양을 지탱하던 핀을 죄다 뽑아, 그 치렁치렁하고 눈부신 금발의 숲을 바닥까지 늘어뜨렸습니다. 곧이어 호주머니에서 빗을 하나 꺼내더니 그걸로 머리카락을 빗어 내리고, 가지런히 정리하는가 하면, 어루만지고, 입 맞추면서 자신의 관심을 독점하는 그 모발의 아름다움에 온갖 찬사를 퍼붓는 것이었어요. 그러다 급기야는 바지 속에서 아주 작고 비쩍 말라 무척 빳빳한 자지를 꺼내 애인의 머리카락으로 재빨리 휘감은 다음, 그 상태로 한 손으로는 수음을 다른 손으로는 로잘리의 목을 더듬으며 사정에 이르렀어요. 이어서 입맞춤을 수없이 쏟아붓는 가운데 이미 죽어버린 자신의 연장을 되살려내는 것이었습니다. 제 동료의 머리를 보니 끈적끈적한 좆물로 범벅이 되어 있더군요. 여자는 머리를 닦아낸 뒤 다시 정돈했고 두 사람은 헤어졌습니다.

한 달 뒤 언니를 찾는 사람이 있었는데, 가게 아가씨들이 저더러 꼭 한번 숨어서 보라는 거예요. 그 손님도 만만치 않게 황당한 괴벽을 가지고 있다나요. 나이가 쉰 정도 되는 사람이었습니다. 그는 안으로 들어서자마자 이렇다 할 서론도 애무도 없이 자기 뒤를 까고 언니 앞에 들이댔어요. 의식 내용을 익히 아는 언니는 사내를 침대 위로 숙이게 한 뒤, 쭈글쭈글하고 헐렁한 늙다리 엉덩짝을 붙잡고 구멍 속으로 다섯 손가락 모두를 쑤셔 넣더군요. 그러고는 어찌나 무지막지하게 흔들어대는지 침대가 다 삐걱거릴 정도였습니다. 그런 데도 남자는 별다른 기색 없이, 주어지는 움직임을 따라 자신의 몸도 흔들어대는 거예요. 음란한 기운이 북받쳐 오르면서 그는 이제 곧 사정한다고, 어마어마한 쾌감을 느끼는 중이라고 소리쳤습니다. 정말이지 난리도 아니었어요. 오죽하면 언니가 땀으로 흠뻑 젖었을까요. 하지만 이 얼마나 빈곤한 상상력에 빈약한 에피소드란 말입니까!

그로부터 얼마 지나지 않아 저에게 소개된 남자는 아기자기한 부분에선 별로 나을 것 없었지만, 적어도 보다 관능적으로 보였고 기벽도 제 생각에는 방탕주의 색채가 좀 더 진했습니다. 마흔다섯쯤 되는 나이에 통통하고 다부진 체격이면서도 싱싱하고 활기찬 남자였어요. 아직 심미안을 갖춘 사내를 만나본 적이 없는 저는 단둘만 있게 되자 무턱대고 치마부터 배꼽 위로 걷어 올렸습니다. 순간 그의 표정으로 말하자면, 아마 개 앞에 몽둥이를 들이대도 그런 울상은 짓지 않을 거예요. "제기랄! 자기야, 부탁인데 보지는 그냥 내버려두자고!" 그러고는 제가 걷어 올렸을 때보다 더 다급하게 치마를 도로 내리는 겁니다. 그는 버럭 짜증을 부리며 이렇게 말했어요. "요 알량한 창녀들은 드러내놓고 자랑할 게 그저 보지밖에 없다니까! 그대 때문에 오늘 밤 내가 사정하기는 다 틀린 것 같군… 머릿속에서 그 망할 놈의 보지 생각을 말끔히 지워버리기 전에는 말이야." 말을 끝내기 무섭게 그는 저를 돌려세우더니, 한 치도 빈틈없는 동작으로 치마 뒷자락을 걷어 올렸습니다. 그렇게 치마 뒤를 올린 상태로 그는 저를 침대 쪽으로 걸어가게 했고, 그러면서 제 엉덩이의 움직임을 뚫어져라 구경하는 것이었습니다. 그는 저를 침대에 엎어놓고 더할 나위 없이 꼼꼼하게 엉덩이를 관찰하면서도, 여전히 한 손으로는 보지가 보이지 않도록 가리고 있었습니다. 어쩌면 불보다 그걸 더 무서워하는 것 같았어요. 마침내 그는 저더러 그 마땅찮은 부위를 (그가 한 표현 그대로입니다.) 최대한 가리라고 한 뒤, 자신의 두 손으로 제 엉덩이 살을 한참 동안 아주 음탕하게 주물러댔어요. 거길 벌렸다 오므렸다 하면서 이따금 입을 갖다 댔는데, 한두 번은 구멍에 직접 닿는 그의 입술이 느껴지기도 했지요. 그러면서도 그는 아직 자기 몸에는 손을 대지 않았고, 아무런 기색도 드러내지 않았습니다. 하지만 다급한 상태인 건 분명했고, 조작의 대미를 장식할 준비를 갖추고 있었습니다. 그는 바닥에 쿠션을 몇 개 던져놓더니 제게 말했어요. "바닥에 엎드려. 거기, 그렇지, 바로 그거야… 다리 완전히 벌리고, 엉덩이는 바짝 쳐들어, 구멍을 최대한 열어놓으란 말이야, 그렇지!" 그는 제 고분고분한 태도를 바라보며 계속 지시했습니다. 그런 다음 앉은뱅이 의자를 제 다리 사이에 놓고 거기 주저앉아, 바지 속에서 자지를 꺼내 흔들기 시작했어요. 구멍에 닿을락 말락 바짝 들이댄 채 그걸 껄떡거렸던 거죠. 움직임이 점점 빨라지고 있었습니다. 그렇게 한 손으로 용두질을 하고 다른 손으로는 제 엉덩이를 양쪽으로 벌리는 가운데, 약간의 찬사와 엄청난 저주가 뒤섞인 말들을 토해내는 것이었습니다. "아! 빌어먹을! 정말 아름다운 엉덩이야! 예쁘장한 구멍이라고! 여기다 왕창 싸지를 테니 두고 봐!" 어느 순간 말이 뚝 끊어졌어요. 그러고는 제 그곳이 온통 축축해졌습니다. 절정이 휘몰아친 난봉꾼은 그만 넋을 잃은 것 같았어요. 그러고 보면 문제의 성전에 몸 바치는 게 그 반대쪽에 열 올리는 것보다 훨씬 화끈한 일인 것만은 분명해요. 그는 또 보러 오겠노라 약속하고 나서 자리를 떴습니다. 제가 자기 욕구를 너무도 잘 풀어주었다나요. 실제로 바로 다음 날 그가 또 찾아왔는데, 변덕이 불었는지 이번에는 제 언니를 고르더군요. 그래서 저는 그들 하는 짓을 관찰하기로 했고, 전날과 똑같은 방법으로 나서는 그와 기꺼이 그에 응하는 언니의 모습을 빤히 구경했습니다.

"자네 언니 엉덩이가 예쁘던가?" 뒤르세가 묻자 뒤클로가 대답했다. "그건 이 말 한마디로 나리가 알아서 판단하실 수 있을 겁니다. 바로 그 이듬해, 아름다운 볼기짝을 가진 베누스 여신을 그리기로 한 어느 유명 화가가 언니에게 모델이 되어달라고 부탁을 한 거예요. 파리의 뚜쟁이들을 죄다 찾아다니며 물색을 했지만 모델이 될 만한 물건은 발견하지 못했다면서요." 그러자 징세 청부인이 말했다. "가만있자, 당시 언니가 열다섯 살이었고 마침 여기 있는 계집들 나이도 그 정도이니, 언니 엉덩이가 여기 널려 있는 엉덩이들과 비교해 어느 수준인지 자네가 직접 둘러보고 우리에게 짚어주게나." 뒤클로는 젤미르를 바라보면서, 엉덩이뿐만 아니라 얼굴 생김새에 이르기까지 모든 면에서 언니를 이보다 더 빼닮기란 불가능하다고 말했다. "젤미르, 어서 이리 온. 어디 엉덩이 좀 보자꾸나." 징세 청부인이 말했다. 마침 그녀는 그의 4인조에 속해 있었다. 매혹적인 소녀가 벌벌 떨며 다가왔다. 사내는 그녀를 소파 발치에 엎드리게 했다. 그리고 쿠션을 밑에 깔아 궁둥이를 들어 올렸고, 조그만 구멍을 빤히 드러나게 만들었다. 잔뜩 흥분한 호색한은 그렇게 드러난 부위에 연신 입을 맞추고 주물러댔다. 그는 또 쥘리에게 자신을 용두질하라고 지시했다. 지시는 즉각 이행되었다. 음욕에 도취한 사내의 두 손은 다른 대상들을 열심히 더듬었고, 쥘리의 관능적인 손동작에 맡겨진 그의 작은 물건이 잠깐 딱딱해지는가 싶더니, 욕설과 함께 좆물이 흘러나오면서 야식 시간을 알리는 종소리가 울려 퍼졌다.

매번 식사 때마다 똑같은 호사가 판을 쳤으므로, 그중 하나를 묘사했다면 전부를 묘사한 것과 다름없다. 다만 거의 모두가 사정을 한 터라, 이번 야식에서는 다들 기운을 회복할 필요가 있었고, 그래서 많은 양의 술을 마셨다. 이제 뒤클로의 언니로 통하게 된 젤미르는 난교 파티에서 엄청나게 환영받았고 모두 그녀의 항문에 입을 맞추고 싶어 했다. 주교가 그곳에 좆물을 싸는 동안 나머지 세 명은 그로 인해 다시 발기했다. 전날과 마찬가지로, 그러니까 소파에 동석했던 여자들은 물론 점심 식사 때부터 전혀 모습을 드러내지 않던 때짜 네 명이 각각 주인을 모시고 잠자리에 들었다.

제3일

아홉 시가 되자마자 공작이 일어났다. 그는 소녀들을 대상으로 마담 뒤클로가 진행할 교습에 동참하기로 되어 있었다. 안락의자에 몸을 묻은 그는 여자 교사가 지도하고 이끄는 소녀들이 제각각 다양한 자세로 제공하는 온갖 방식의 자극과 수음 행위를 한 시간 동안 체험했다. 쉽게 상상하겠지만, 그와 같은 의식을 통해 공작의 불같은 성질이 격렬하게 들끓었다. 좆물을 쏟아내지 않기 위해서는 엄청난 노력이 필요했는데, 상당한 자제력을 동원한 끝에 그는 참아낼 수 있었고, 친구들이라면 결코 태연하게 넘길 수 없었을 공세를 자신은 끝내 버텨냈다며 의기양양하게 자랑하는 것이었다. 이로써 친구들 간에 내기가 이루어졌고, 앞으로 교습 중 사정하는 사람은 벌금 50루이를 내놓기로 했다. 이날은 아침 식사와 숙소 검사 대신, 주말마다 예정되어 있는 열일곱 번에 걸친 난교 파티 계획표 작성과 최종 단계인 처녀성 박탈을 확정하는 조작에 오전 시간 전체를 할애했다. 처녀성 박탈은 이전까지와는 달리 노리개들을 좀 더 잘 파악한 지금에 와서 결정하기가 더 수월해졌다고 판단한 것이었다. 계획표상으로 대장정의 모든 절차를 확정해놓았기에, 우리는 독자에게 그 사본을 제시할 필요가 있다고 판단했다. 이를 살펴보고 나면 노리개들의 운명이 한눈에 들어올 것이며, 나머지 과정에서 노리개들에게 더 많은 관심을 집중시킬 수 있을 것이다.

향후 여정[58]에 관한 계획표

11월 7일, 1주의 전환점에 해당하는 그날, 아침부터 미셰트와 지통의 결혼식을 거행할 것이다. 나이로 보아 합궁 자체가 허용되지 않는 두 배우자는 당일 저녁 바로 헤어질 것이며, 이는 뒤이을 혼례 세 건에서도 마찬가지다. 어차피 예식 자체는 한나절의 유희를 위한 것일 뿐이다. 당일 저녁, 해당 월별 책임자가 작성한 명단에 이름이 오른 노리개들은 체벌에 처해질 것이다.

14일, 나르시스와 에베의 결혼식이 위와 동일한 절차에 따라 진행될 것이다.

21일 역시 동일한 절차에 따라 콜롱브와 젤라미르의 결혼

58
voyage. 당연히 공간 아닌, 시간의 흐름을 비유한다.

식이 이루어질 것이다.

28일, 마찬가지 방식으로 퀴피동과 로제트의 결혼식이 이루어질 것이다.

12월 4일, 마담 샹빌이 풀어낼 이야기에 입각한 여러 행위들이 펼쳐질 것이며, 이 와중에 공작은 파니의 처녀성을 박탈할 것이다.

5일, 바로 그 파니가 이아생트와 결혼할 것이며, 이아생트는 모두가 보는 앞에서 어린 신부를 범할 것이다. 이는 5주를 기념하는 의식이며, 아침부터 결혼식들이 진행될 터라 일상적인 체벌은 저녁에 이루어질 것이다.

12월 8일, 퀴르발이 미셰트의 처녀성을 박탈할 것이다.

11일, 공작이 소피의 처녀성을 박탈할 것이다.

12일, 6주 기념으로 소피가 셀라동과 결혼할 것이다. 절차는 위에 거론된 혼례의 그것과 동일하다. 이상 언급된 방식은 향후 치러질 혼례에는 더 이상 적용되지 않을 것이다.

15일, 퀴르발이 에베의 처녀성을 박탈할 것이다.

18일, 공작이 젤미르의 처녀성을 박탈할 것이며, 19일에는 7주 기념으로 아도니스가 젤미르와 결혼할 것이다.

20일, 퀴르발이 콜롱브의 처녀성을 박탈할 것이다.

25일, 성탄절을 맞아 공작이 오귀스틴의 처녀성을 박탈할 것이며, 26일에는 8주 기념으로 제피르가 오귀스틴과 결혼할 것이다.

29일, 퀴르발이 로제트의 처녀성을 박탈할 것이다. 위에서 정해진 규정들은 공작보다 음경이 부실한 퀴르발 앞으로 가장 어린 계집들을 배당하기 위해 취해진 조치들이다.

1월 1일, 마담 마르텐의 이야기가 새로운 쾌락을 위한 분위기 조성에 나서기로 한 첫날, 다음과 같은 순서로 항문 성교를 통한 파화(破花) 작업이 진행될 것이다.

1월 1일, 공작이 에베를 비역할 것이다.

2일, 9주 기념으로, 퀴르발에게는 앞을 공작에게는 뒤를 따먹힌 에베가 에르퀼에게 넘겨질 것이며, 에르퀼은 모두가 보는 앞에서 규정에 따라 그녀를 유린할 것이다.

4일, 퀴르발이 젤라미르를 비역할 것이다.

6일, 공작이 미셰트를 비역할 것이며, 9일에는 10주 기념으로, 퀴르발에게는 보지를 공작에게는 후장을 관통당한 바로 그 미셰트가 브리즈퀴에게 넘겨져 유린당할 것이다.

11일, 주교가 퀴피동을 비역할 것이다.

13일, 퀴르발이 젤미르를 비역할 것이다.

15일, 주교가 콜롱브를 비역할 것이다.

16일, 11주 기념으로, 퀴르발에게는 보지를 주교에게는 후장을 관통당한 콜롱브가 앙티노위스에게 넘겨져 유린당할 것이다.

17일, 공작이 지통을 비역할 것이다.

19일, 퀴르발이 소피를 비역할 것이다.

21일, 주교가 나르시스를 비역할 것이다.

22일, 공작이 로제트를 비역할 것이다.

23일, 12주 기념으로 로제트가 방도시엘에게 넘겨질 것이다.

25일, 퀴르발이 오귀스틴을 비역할 것이다.

28일, 주교가 파니를 비역할 것이다.

30일, 13주를 기념해, 공작이 에르퀼을 낭군으로 제피르를 색시로 삼아, 다음의 혼례 세 건과 마찬가지로 모두가 모인 앞에서 결혼식을 거행할 것이다.

2월 6일, 14주를 기념해, 퀴르발이 브리즈퀴를 낭군으로 아도니스를 색시로 삼아 혼례를 치를 것이다.

2월 13일, 15주를 기념해, 주교가 앙티노위스를 낭군으로 셀라동을 색시로 삼아 혼례를 치를 것이다.

2월 20일, 16주를 기념해, 뒤르세가 방도시엘을 낭군으로 이아생트를 색시로 삼아 혼례를 치를 것이다.[59]

이야기 릴레이를 마감하기 바로 전날인 2월 27일, 17주를 기념하기 위해서는 나리들이 내심 선정을 보류해온 희생자들의 처형이 이루어질 것이다.

59
이상 기술된 이중 결혼식들은 네로 황제의 사례를 모방한 것으로 알려져 있다. 사드는 당시 프랑스어 번역본(1771년, 앙리 오펠로 드 라 포즈[Henri Ophellot de la Pause] 번역)으로 유통된 수에토니우스의 『황제 열전(De vita Caesarum)』에서 그 이야기를 읽은 것으로 추정된다.

이상 규정들에 의거해, 1월 30일에는 나리들이 색시 역할로 짝을 이룰 소년 넷을 제외한 모든 아이들의 동정(童貞)이 박탈될 것이다. 소년 넷은 이 여정이 끝날 때까지 유희를 연장하는 뜻에서 일부러 온전하게 남겨놓는 것이다. 동정이 박탈된 것들은 이야기가 진행되는 동안 소파에 자리한 배우자들과 교체될 것이며, 최종 달을 위해 색시 역할로 예비해둔 마지막 남은 미소년 네 명과 함께 밤마다 번갈아 나리들 수청을 들 것이다. 계집이든 사내아이든 소파를 차지하는 순간, 거기서 물러나는 기존 배우자는 즉각 버림받는다. 그때부터 해당자는 가치가 뚝 떨어져, 서열이 하녀들보다도 낮아진다. 열두 살인 에베와 열두 살인 미셰트, 열세 살인 콜롱브와 열세 살인 로제트로 말하자면, 언젠가는 때짜들 손에 넘어가 유린당할 텐데, 그러고 나면 그들 역시 가치가 뚝 떨어져, 아주 거칠고 난폭한 쾌락을 위해서만 호출될 것이다. 서열은 버림받은 배우자들과 같아지고, 가장 가혹한 대우를 받게 될 것이다. 요컨대 1월 24일부터 네 명 모두 그와 같은 처지가 되는 셈이다.

계획표를 다시 정리하면, 공작은 파니와 소피, 젤미르, 오귀스틴의 보지를 관통하고 에베, 미셰트, 지통, 로제트 그리고 제피르의 후장을 뚫어버릴 것이다. 퀴르발은 미셰트, 에베, 콜롱브, 로제트의 보지를 관통하고 젤라미르, 젤미르, 소피, 오귀스틴 그리고 아도니스의 후장을 뚫어버릴 것이다. 그런가 하면 좀처럼 앞을 건드리지 않는 뒤르세는 이아생트의 항문만을 범한 다음 그를 색시로 맞아들일 것이며, 오직 항문 성교만 하는 주교는 퀴피동과 콜롱브, 나르시스와 파니 그리고 셀라동만을 상대로 뒤를 쑤실 것이다.

이들 규정들을 작성하고 또 그에 대해 이런저런 이야기를 나누느라 한나절이 다 갔다. 잘못을 범한 사람이 하나도 없었고, 별다른 사건도 없는 가운데 이야기 시간이 다가왔다. 약간의 변동을 제외한 전체 배열은 항상 그대로인 가운데, 저 유명한 마담 뒤클로가 단상에 올라 다음과 같이 전날 이야기를 재개했다.

제가 보기에는 그렇게 방탕기가 심한 것 같진 않지만 그래도 제법 기이한 취향의 한 젊은이가 게랭 부인 댁에 찾아왔습니다. 어제 이야기해드린 마지막 사연에서 얼마 지나지 않았을 때였어요. 그는 젊고 싱싱하면서 젖통이 아주 풍만한 여자를 불러다가 그 젖꼭지를 빨아댔고 결국 젖으로 잔뜩 배를 채우고는 허벅지에 사정했답니다. 그의 자지는 제 눈에도 정말 보잘것없었고 사람 자체가 허약해 보였어요. 사정 역시 애무만큼이나 빈약했고요.

다음 날 또 다른 손님이 같은 방을 찾았는데, 그 사람이 가진 기벽은 여러분 보시기에 좀 더 재미날 것 같습니다. 그는 여자가 베일로 얼굴과 가슴을 둘둘 말아, 꼼꼼하게 가리기를 원했습니다. 여자 몸에서 그가 유일하게 보기를 바란 부위는, 또 가장 우월한 곳이어야 했기도 한데, 다름 아닌 엉덩이였어요. 나머지 다른 부분에는 관심이 없었죠. 어쩌다 눈길이라도 닿았다면 아마 펄쩍 뛰었을 거예요. 게랭 부인은 그를 위해 밖에서 여자 한 명을 데려왔는데, 엄청 박색인 데다 나이는 쉰에 육박하지만, 볼기짝만큼은 베누스 여신의 그것처럼 윤곽이 또렷했습니다. 그보다 더 아름다워 보이는 엉덩이는 아마 없을 거예요. 저는 이번 조작이 어떻게 진행되는지 보고 싶었습니다. 머리쓰개를 착용한 나이 든 여자가 다짜고짜 침대 가장자리에 배를 깔고 엎드리더군요. 우리의 방탕아는 서른 살 정도로 법관처럼 보였는데, 허리 위까지 여자의 속치마를 걷어 올리고는 자기 입맛에 맞도록 펼쳐진 눈앞의 광경에 황홀해했습니다. 그 대단한 볼기짝을 만지작거리면서 양쪽으로 한껏 벌려, 열정적인 입맞춤을 퍼부었어요. 안 그래도 여자의 어여쁜 몸에서 실제로 보게 될 것보다는 머릿속으로 꿈꾸는 것 때문에 더욱 바짝 달아오를 사람인 데다, 자기가 베누스를 주무르고 있다 상상한 터라, 그의 물건은 잠깐 동안의 용두질만으로도 단단해졌고, 곧이어

멋들어진 볼깃살을 향해 은혜로운 빗줄기를 뿜어댔습니다. 생동감 넘치는 방출이었죠. 숭배의 대상 앞에 앉은 그는 한 손으로 여자의 가랑이를 벌린 채, 다른 손으로는 그 사이를 마구 헤집었습니다. 그러면서 열 번은 이렇게 외쳤어요. '정말 아름다운 엉덩이야! 아, 이런 엉덩이에 좆물을 싸지르는 기분이라니!' 용건을 다 마치자마자 벌떡 일어난 그는, 방금 전까지 즐긴 상대에 대해서는 일말의 관심도 보이지 않고 훌쩍 자리를 박차고 나갔습니다.

그로부터 얼마 후 한 젊은 신부가 제 언니를 찾았습니다. 귀엽게 생기긴 했는데, 자지가 너무 작고 물렁해 잘 알아보기도 힘들 정도였어요. 그는 언니를 거의 발가벗겨 소파 위에 눕히더니, 다리 사이에 무릎을 꿇고 볼기짝을 양손으로 받쳐 들고는, 그 사이 작은 구멍을 한 손으로 만지작거렸습니다. 그러면서 입을 언니의 보지로 가져갔어요. 언니의 클리토리스를 혀로 살살 애무했는데, 손과 혀 모두 날렵하면서도 어찌나 정교하고 꼼꼼하게 움직였는지, 단 3분 만에 그는 언니를 황홀경에 빠트렸답니다. 고개를 뒤로 젖히고 눈이 풀리면서 교태 가득한 목소리로 이렇게 외치더군요. '아, 신부님! 나 좋아 죽겠어.' 신부는 음란한 짓으로 분비된 여자의 씹물을 살살이 핥아 먹는 게 원래 버릇이었어요. 이번에도 예외는 아니었죠. 언니가 누워 있는 소파에 대고 마구 몸을 흔들고 비벼대더니 수컷의 분비물을 바닥에 울컥 쏟아놓는 겁니다. 다음 날은 제 차례였어요. 이 자리에서 나리들께 확실히 말씀드리는데, 제 평생 경험해본 가운데 최고로 감미로운 애무였습니다. 결국 색골 신부가 제게 첫 경험을 선사한 꼴인데, 처음 분비된 제 씹물은 고스란히 그의 입으로 들어갔지요. 저는 언니보다 훨씬 적극적으로 그에 대한 보답에 나섰습니다. 껄떡거리는 자지를 반사적으로 움켜쥔 제 작은 손이 그가 입으로 제게 베풀어준 바로 그 황홀한 쾌락을 되돌려주었으니까요."

이쯤에서 공작은 더 이상 참지 못하고 끼어들었다. 아침에 한참 열을 올린 수음 행위 때문에 유난히 몸이 달아오른 그는, 똘망똘망 교태 어린 눈빛으로 제법 조숙한 색기가 엿보이는 오귀스틴이 그처럼 음란한 짓에 나서만 준다면, 자기도 지금 불알이 따끔거릴 만큼 탱탱하게 들어찬 좆물을 배출할 수 있을 거라고 생각했다. 오귀스틴은 그의 4인조 중 한 명이었다. 자신이 직접 처녀성을 박탈하기로 되어 있는 그녀를 공작은 꽤나 마음에 들어 했고, 결국 불러냈다. 그날 저녁, 그녀는 부인용 머리쓰개를 착용하고 있었는데, 그러한 분장이 꽤 매력적이었다. 인솔 책임자인 노파가 그녀의 속치마를 걷어 올렸고, 뒤클로가 묘사한 자세를 취하게 만들었다. 공작은 다짜고짜 그녀의 볼기짝을 움켜쥐면서 무릎을 꿇고 앉더니, 손가락 하나를 펴 항문 주변을 살살 간질이면서 파고드는가 하면, 이미 발육 상태가 상당한 소녀의 클리토리스를 냉큼 붙잡아 마구 빨아댔다. 랑그도크 출신 여자들은 색기를 타고난다는데, 오귀스틴이 그 증거였다. 어여쁜 두 눈에 생기가 돌면서 한숨을 내쉬는가 하면, 넓적다리를 알아서 착착 들어 올리는 것이었다. 공작은 필시 처음 분비될 싱싱한 씹물을 받아먹는다는 생각에 무척 기분이 좋았다. 하지만 두 가지 행복이 연달아 찾아드는 법은 없다. 방탕한 짓으로 웬만큼 단련된 리베르탱들의 저주받은 머리는 결코 섬세하고 단순한 행위만으로 자극받지 않는다. 우리의 공작님 역시 그중 한 명인데, 이 아리따운 소녀의 정액[60]을 꿀꺽꿀꺽 삼키면서도 도통 자기 것은 쏟아져 나올 생각을 하지 않는 것이었다. 순간, 그도 그럴 것이 리베르탱 입장에서 얼토당토않음을 꺼릴 이유가 없으므로, 정말이지 어느 한순간 공작은 이 모든 상황을 가엾은 소녀의 탓으로 돌려야겠다고 마음먹었다. 불행한 소녀는 자연에 굴복했다는 사실이 당혹스러운 나머지 두 손으로 머리를 감싼 채 이제 막 자기 자리로 숨어들려던 참이었다. 공작은 흉포한 눈길로 오귀스틴을 쏘아보면서 말했다. "다른 년으로 바꿔 주시오. 내 좆물을 쏟아낼 때까지 계집들을 죄다 빨아 먹어버릴 테니까." 4인조 중 두 번째 소녀이자 공작에게 처녀성을 박탈당

60
18세기에는 여자에게서도 정자가 소수 포함된 정액(sperme)이 분비된다고 믿었다.

하기로 되어 있는 젤미르가 대령했다. 나이는 오귀스틴과 같았지만, 자신의 처지를 서글퍼 하는 마음에 쾌락을 담당하는 신체 기능이 그렇게 자유롭지는 못했다. 그렇지만 않다면, 자연이 얼마든지 그녀에게도 쾌락을 맛보게 해주었을 텐데 말이다. 담당 노파가 설화석고보다 흰 그녀의 앙증맞은 두 넓적다리 위로 치맛자락을 걷어 올렸다. 그러자 이제 막 돋아나기 시작하는 연한 털 뭉치로 도톰하게 솟은 불두덩이 드러났다. 그녀가 자세를 잡고, 억지로 몸을 내맡기면서, 지시를 곧이곧대로 따랐지만, 공작은 헛수고만 할 뿐 아무 일도 일어나지 않았다. 15분이 지날 즈음 결국 그가 격분하며 일어서더니, 에르퀼과 나르시스를 데리고 밀실로 내달리며 외쳤다. "아, 이런 젠장! 나한테 필요한 건 소소한 먹잇감이 아니었어!" 그건 두 소녀를 두고 하는 말이었다. "아무래도 이런 걸 가지고 해야만 성공할 것 같다니까!" 그가 얼마나 격한 상태였는지는 알 수 없다. 다만 얼마 지나지 않아 비명과 울부짖는 소리가 밖으로 새어 나왔는데, 이는 공작이 마침내 쾌거를 이루었으며, 사정을 위해서는 역시 사내아이들이 그 어떤 사랑스러운 계집보다 월등한 도구임을 증명하고 있었다. 그러는 사이, 주교 또한 지통과 젤라미르, 방도시엘을 밀실에 처박았고, 사정하면서 터져 나오는 괴성이 사람들 귓전을 때렸다. 필경 똑같은 광란에 휩싸였을 두 형제는 다시 제자리로 돌아와, 다음과 같이 재개되는 나머지 이야기를 한층 얌전해진 태도로 경청했다.

"그러고 나서 거의 2년은 게랭 부인 댁에 별다른 손님이 드나들지 않았습니다. 고작해야 이 자리에서 여러분께 들려드리기에는 너무 평범하거나, 지금까지 언급한 정도의 취향을 가진 사람들뿐이었지요. 그런데 어느 날 문득 저에게 말끔히 단장을 하고, 특히 입을 잘 씻어두라는 지시가 떨어진 겁니다. 저는 그대로 했고, 호출을 받아 내려갔어요. 나이가 대략 오십은 되어 보이는 뚱뚱한 남자가 게랭 부인과 함께 있더군요. 그녀가 말했어요. '여기 이 아이랍니다, 손님. 나이는 이제 막 열두 살이고, 어미 배 속에서 방금 나온 것처럼 싱싱하지요. 그 점에 대해서는 제가 보장할 수 있습니다.' 고객은 저를 찬찬히 살펴보더니, 입을 벌리라고 한 뒤 이를 꼼꼼히 들여다보았습니다. 제가 내뱉는 숨을 들이마시고는 매우 흡족한 기색이었어요. 그와 저는 쾌락의 전당으로 자리를 옮겼지요. 우리는 서로 바짝 붙어 마주 보고 앉았습니다. 그 호색한만큼 진지한 태도를 여태껏 본 적이 없어요. 그보다 더 냉정하고 침착한 사람이 없을 겁니다. 그는 저를 비스듬히 바라보다 말고, 눈을 지그시 내리깔고는 유심히 바라보았어요. 저로서는 이 모든 과정이 어디로 귀결될지 알 수가 없었죠. 그런데 별안간 그가 침묵을 깨면서, 제게 입안 가득 최대한 많은 침을 머금으라고 말하는 거예요. 저는 시키는 대로 했습니다. 한데 제 입안이 가득 찼다고 판단하자마자 그가 와락 달려들더니, 한 팔로 목을 감아 안으면서 얼굴을 바싹 들이대는 거예요. 그러고는 입술을 딱 갖다 붙이고, 제가 입안에 잔뜩 끌어모은 마법의 액체를 있는 힘껏 열정적으로 빨아 먹는 것이었습니다. 그럼으로써 황홀감을 느끼는 것 같았어요. 나중에는 제 혀까지 격렬하게 빨아댔는데, 그게 다 말라버렸다고 느껴지거나 입안에 더 이상 아무것도 남아 있지 않다고 생각되면, 그 즉시 앞선 과정 모두를 되풀이하라고 명하는 겁니다. 그러고 나면 그가 다시 같은 짓을 반복했고, 그 뒤엔 저 역시 마찬가지였어요. 그렇게 여덟 내지 열 번 같은 행위가 이어졌습니다. 침을 어찌나 격렬하게 빨아 먹는지 제가 숨이 다 막히는 것 같더라고요. 쾌락의 불티 몇 점만 더하면 그가 절정에 오를 거라는 생각이 들더군요. 그런데 아니었어요. 열정적으로 침을 빨아댈 때는 제법 흥분하는 것 같더니, 침이 고갈되자 금세 냉정함을 되찾는 것이었습니다. 그래서 제가 더는 못하겠다고 했는데, 처음 그랬듯이 저를 골똘히 응시하더니, 아무 말 없이 일어나 게랭 부인에게 돈을 지불하고는 홀쩍 나가버리는 거예요."

"오호라, 이런 빌어먹을! 내가 사정을 하면 그놈보다 더 행복한 거네." 퀴르발이 말했다. 사람들이 일제히 고개를 들자, 소파에 동석한 아내 쥘리를 상대로 방금 뒤클로가 이야기한 것과 똑같은 짓을 벌이고 있는 판사의 모습이 모두의 눈에 들어왔다. 에피소드 몇 개만 제하면, 그러한 정념이야말로 이제 쥘리가 최선을 다해 충족시켜야 할 그의 취향에 매우 부합한다는 것을 다들 알고 있었다. 판사가 바라는 수준에는 터무니없이 못 미치거니와, 이야기 속의 호색한이 요구한 기교만 보아도 어린 뒤클로가 그걸 충분히 만족시켰을 리는 분명 없었다.

뒤클로에게 이야기를 계속하라는 지시가 떨어졌다. "그로부터 한 달 후, 저는 완전히 반대 방향으로 빠는 사람을 상대하게 되었습니다. 나이 많은 신부였는데, 사전에 반시간 넘게 제 엉덩이에 입맞춤과 애무를 퍼붓더니, 급기야 구멍에 혀를 들이밀어 마구 쑤셔대고 이리저리 돌리는데, 솜씨가 얼마나 능란한지 내장 속까지 혀가 파고드는 느낌이었어요. 그래도 이 사람은 조금 덜 냉정해, 한 손으로는 제 볼기짝을 벌리고 다른 손으로는 아주 음란하게 자신을 용두질함으로써 급기야 사정에 이르렀답니다. 그러면서 동시에 제 항문을 바짝 끌어당겨 지극히 노골적으로 자극하는 바람에 저까지 절정에 이르고 말았지요. 일을 다 치른 다음, 그는 제 볼기짝을 찬찬히 뜯어보면서 방금 자기가 넓혀놓은 구멍을 뚫어져라 응시했습니다. 그리고 다시 한 번 거기 달라붙어 여러 번 입을 맞추고는, 항문이 너무 마음에 드니 앞으로 자주 찾아오겠노라고 말한 뒤 사라졌습니다. 약속은 꼬박꼬박 지키더군요. 거의 6개월 동안 매주 서너 번씩 찾아와 저를 상대로 동일한 조작을 수행했으니까요. 덕분에 저까지 아주 길이 들어서, 그런 짓을 할 때마다 저 역시 쾌락으로 자지러질 정도였습니다. 한데 그러거나 말거나 그에게는 하등 상관없는 일처럼 보였어요. 제 기분이 어떤지 궁금해하거나 신경 쓰는 것 같지 않았거든요. 하긴 자기 기분만 나쁘지 않으면 되는 거죠 뭐, 괴팍한 사내들이 어디 한둘인가요."

이쯤에서 이야기로 인해 불이 붙은 뒤르세가 늙은 신부와 마찬가지로 항문을 빨고 싶어 했는데, 그 상대는 여자가 아니었다. 그는 이아생트를 호출했다. 전체 인원에서 그가 제일 마음에 들어 하는 남자아이였다. 그는 소년을 붙잡고 항문에 입을 맞추는가 하면, 고추를 주물럭거리면서 입으로도 공략했다. 사정을 하기 전에 늘 선행하던 신경의 경련과 발작적인 동작으로 볼 때, 지금 알리스가 열심히 쥐고 흔드는 그의 역겹고 보잘것없는 물건이 마침내 정액을 토해낼 것만 같았다. 하지만 징세 청부인은 좆물이 그렇게 술술 나오는 타입이 아니었다. 실은 발기조차 채 되지 않은 상태였다. 아무래도 상대를 바꿔줘야겠다는 생각에 셀라동이 투입되었지만 나아지는 것은 없었다. 마침 야식 시간을 알리는 다행스러운 종소리가 징세 청부인의 명예를 구해주었다. 그는 동료들에게 씩 웃으며 말했다. "내 잘못이 아니오. 봐서 알겠지만, 이제 막 성공할 참이었다고. 저놈의 빌어먹을 야식 때문에 뒤로 미루어진 것뿐이지. 자, 다른 쾌락이나 맛보러 갑시다. 그러고 나면 좀 더 혈기 왕성한 몸으로 돌아와 사랑의 전쟁판에 뛰어들 것이고, 그땐 바쿠스 신이 내게 승리의 왕관을 씌워줄 거요." 평상시와 다름없이 기름지고 흥겨우면서 또한 음란한 야식 시간은 소소한 일탈 행위들이 판치는 난교 파티로 이어졌다. 수많은 입들이 그만큼 많은 아랫도리를 빨아대는 가운데, 여자아이들의 얼굴과 가슴을 가리고서 볼기짝을 검사하는 것만으로 누가 누구인지를 맞추는 게임이 제일 인기였다. 공작은 종종 틀렸지만, 나머지 세 친구들은 워낙 엉덩이에 익숙한 터라 딱 한 번밖에 틀리지 않았다. 다들 잠자리에 들었고, 다음 날은 또 새로운 즐거움이 마련된 가운데 몇 가지 색다른 견해들이 오갔다.

친구들은 남녀 가리지 않고 동정을 파괴해버릴 아이들을 각자 언제든 분간할 수 있으면 매우 흡족하겠다는 생각에, 다양한 분장 속에서도 서로의 먹잇감을 알아볼 수 있게끔 리본을 일일이 머리에 달도록 결정했다. 요컨대 공작이 빨강 리본과 초록 리본을 택함으로써, 앞머리에 빨강 리본을 단 사람의 모든 보지와 뒷머리에 초록 리본을 단 모든 항문이 그의 것임을 나타내게 된 것이다. 그리하여 파니와 젤미르, 소피와 오귀스틴은 비스듬히 빗어 내린 머리 한쪽에 빨강 리본을 달았고, 로제트와 에베, 미셰트와 지통 그리고 제피르는 머리 뒤쪽에 초록 리본을 달아, 자기들 항문을 범할 권리가 공작에게 있음을 증명했다. 퀴르발은 앞쪽을 위해 검정 리본을, 뒤쪽을 위해 노랑 리본을 선택했고, 그로써 미셰트와 에베, 콜롱브와 로제트는 앞머리에 검정 리본을, 소피와 젤미르, 오귀스틴과 젤라미르 그리고 아도니스는 뒷머리를 틀어 올려 노랑 리본을 달게 되었다. 뒤르세는 이아생트에게만 라일락 빛깔 리본을 뒤쪽에 달도록 했으며, 비역질거리 다섯 명만 배당받은 주교는 퀴피동과 나르시스, 셀라동과 콜롱브 그리고 파니의 뒷머리에 보라색 리본을 달도록 지시했다. 어떤 복장과 분장을 하든지 이들 리본은 반드시 착용할 것이며, 이 아이들의 앞머리와 뒷머리에 어떤 리본이 달려 있느냐를 한눈에 판별함으로써 누가 그 아이의 항문과 보지를 유린할 권리가 있는지 즉시 파악할 수 있었다. 콩스탕스와 함께 밤을 보낸 퀴르발은 아침이 되자 심기가 매우 불편했다. 무엇 때문에 심기가 불편한지는 알 수 없었다. 리베르탱이란 원래 아무 일 아닌 것 갖고도 얼마든지 기분 상할 수 있는 존재다. 어쨌든 그가 돌아오는 토요일 여자를 징벌에 처하겠다고 하자, 이 아리따운 여자는 곧장 임신 중임을 실토했다. 남편과 더불어 의심 갈 만한 유일한 남자인 퀴르발 자신이 불과 나흘 전 이 모임이 시작되고 나서야 그녀의 육체를 범했던 것이다. 소식은 곧바로 우리의 리베르탱들을 들뜨게 만들었다. 임신한 여자가 제공할 비밀스러운 쾌락이 그들의 머릿속에 떠올랐다. 아무튼 퀴르발의 심기를 불편하게 만듦으로써 감수해야 했을 징벌이 일단 임신 사실로 인해 면제되긴 했다. 한마디로 배[梨]가 잘 무르익도록 놔두기를 원한 것이다. 임신한 여자는 그들에게 하나의 오락거리였다. 그 결과로 이어질 상황들에 대한 기대감이 그들의 위험한 상상력을 더더욱 음란하게 부추기고 있었다. 그녀는 식탁에서 시중드는 일과 체벌을 면제받았고, 몸 상태 때문에 굳이 시켜봤자 관능적인 볼품도 별로 없을 소소한 일들을 하지 않아도 됐다. 대신 항상 소파를 지키면서 새로운 지시가 떨어질 때까지 그녀를 선택할 사람의 잠자리에 동참해야만 했다. 그날 아침 수음 교습에 참여한 사람은 뒤르세였다. 그의 자지는 기이하리만치 작아, 여학생들을 한층 더 고생시켰다. 그럼에도 다들 열심이었는데, 밤새도록 여자 역할에 몰두했던 왜소한 징세 청부인은 남자 역할을 도저히 감당할 수가 없었다. 무감각하고 완고하기만 한 그는, 가장 솜씨 좋은 교사의 지휘 아래 매혹적인 여학생 여덟 명이 온갖 기술을 동원했음에도 불구하고 미동조차 없는 태도를 전혀 허물지 않았다. 마침내 그는 아주 의기양양하게 툭툭 털고 일어났다. 이런 경우의 성적 불능은 이른바 '심술(心術)'[61]이라 부르는 고약한 성질을 방탕주의에 보태기 마련이어서, 그가 행하는 순시 활동은 끔찍하리만치 혹독해졌다. 소녀들 중에서는 로제트가, 소년들 중에서는 젤라미르가 그 희생 제물이 되었다. 전자는 어떤 상태를 — 나중에 설명할 것이다. — 유지하라고 한 지시를 어겼고, 후자는 보존하라고 한 무언가를 치워버렸던 것이다. 마담 뒤클로와 마리, 알린, 파니 그리고 2등급에 속한 때짜 두 명과 지통만 공공장소에 모습을 보였다. 그날따라 엄청 발기한 퀴르발은 뒤클로에게 한껏 달아올랐다. 저녁 식사 내내 방탕한 말들을 쏟아냈음에도 그는 진정할 줄 몰랐다. 그리고 콜롱브와 소피, 제피르, 사랑하는 아도니스가 내온 커피를 마시면서부터는 머리에 확 열이 오르고 말았

61
오늘날의 사디슴(sadisme)이라는 용어는 물론 사드가 살았던 당시에는 존재하지 않았다. 대신 '(이유 없이) 남을 괴롭히는 고약한 성미 또는 그런 짓'을 의미하는 'taquinerie'라는 단어가 쓰였다. 사디슴처럼 성적인 함의는 없지만, 라틴어 'tenax(완고함, 인색함)'에서 유래한 이 단어로부터 사드는 'taquinisme'이라는 새로운 개념어를 주조해 자신의 작품에 활용하고 있다. 그 미묘한 뉘앙스까지 정확하게 담아낼 정도는 아니지만, '남을 골리기 좋아하거나 남이 잘못되는 것을 좋아하는 마음보'라는 뜻의 '심술(心術, perverseness)'이라는 한국어가 개중 근접한 역어라 판단한다.

다. 그는 아도니스를 붙잡아 소파 위에 자빠트리고는, 뒤쪽에서 허벅지 사이로 엄청난 육봉을 끼워 넣으며 욕설을 내뱉었다. 워낙 거대한 연장이라 앞쪽으로 6푸스 넘게 돌출한 부분을 그는 힘주어 용두질하라고 소년에게 명령했고, 육봉의 꼬챙이에 꿴 거나 다름없는 아이를 그 역시 용두질하기 시작했다. 그러고는 넓적하면서도 지저분한 자신의 엉덩이를 사람들 앞에 보란 듯 과시했는데, 그 불결한 구멍이 마침내 공작의 구미를 돋우었다. 사정거리 안에 놓인 퀴르발의 엉덩이를 향해 공작은 기가 바짝 오른 자신의 연장을 들이밀었고, 동시에 제피르의 입술을 탐욕스레 빨아댔는데, 그 모든 행동이 머리를 거치지 않고 즉각 실행에 옮겨진 것이었다. 예상치 못한 공세에 놀란 퀴르발은 쾌락에 겨운 나머지 온갖 신성모독의 말들을 쏟아냈다. 그는 마구 발을 구르면서, 몸을 열어 자신을 완전히 내맡겼다. 순간, 그가 용두질하던 미소년의 싱싱한 좆물이 성난 그의 연장 대가리에 뚝뚝 떨어졌다. 따뜻한 좆물이 연장을 촉촉이 적시는 가운데 공작 역시 잇단 동작들 끝에 방출을 시작하자, 모든 것이 그를 결정적인 고비로 몰아갔다. 아무것도 버려지지 않도록 어느새 바짝 다가들어 자세를 취한 뒤르세의 엉덩이로 거품 부글거리는 정액의 홍수가 쏟아졌다. 배 속 가득 받아들이면 훨씬 좋았을 감미로운 액체는 뒤르세의 희고 포동포동한 볼기짝을 흥건하게 적셨다. 주교도 한가로이 구경만 하고 있지는 않았다. 콜롱브와 소피의 신성한 항문을 번갈아 빨아대는 것이었다. 하지만 밤새 무슨 짓을 벌이느라 기운이 다 빠져버렸는지, 그의 존재감은 전혀 드러나지 않았다. 다만 욱하는 불쾌감과 변덕이 대개의 리베르탱들로 하여금 터무니없는 억지를 부리게 만드는 것처럼, 그 역시 아리따운 두 소녀를 상대로 자신의 빈약한 체질에서나 비롯되었을 잘못을 혹독하게 전가시키는 것이었다. 다들 얼마간 수면을 취했고, 시간이 되자 나긋나긋한 뒤클로가 다음과 같이 풀어내는 이야기에 모두 귀를 모았다.

“게랭 부인의 업소에 다소 변화가 있었습니다. 아주 예쁘장한 계집애 둘이, 우리 모두 그랬듯, 예전에 물먹인 멍청한 부양자들에게로 돌아가버렸어요. 그 손실을 메우기 위해 우리의 마나님께선 열셋 나이에 보기 드문 미모를 소유한, 생드니 가 어느 술집 주인의 딸에게 잔뜩 눈독을 들이고 있었지요. 하지만 똑똑할 뿐 아니라 신앙심마저 깊은 계집아이가 온갖 회유에도 꿈쩍않는 것이었습니다. 결국 게랭 부인은 아주 교활한 술수를 부려 그 아이를 업소까지 꾀어냈고, 이제부터 제가 그 기벽을 낱낱이 묘사해드릴 괴이한 인간의 수중에 곧바로 던져 넣었답니다. 쉰다섯에서 쉰여섯 정도 나이의 성직자였는데, 산뜻하고 활력이 넘쳐, 마흔이라 해도 믿을 정도였습니다. 어린 여자아이들을 악덕으로 끌어들이는 수완에서 세상 그 누구도 이 남자만큼 탁월한 재능을 갖추기는 어려울 겁니다. 더할 나위 없이 숭고한 기술이기나 하듯, 그는 자신의 재능을 십분 발휘해 그로부터 유일무이한 쾌락을 얻어내는 것이었어요. 그는 유년기에 흔히 갖는 고정관념을 모조리 뿌리 뽑고, 미덕을 경시하게 만들며, 온갖 현란한 색조로 악덕을 치장하는 일에서 관능적 쾌감을 느끼는 타입이었습니다. 갖가지 수단들이 그 목적을 위해 동원되었어요. 구미가 당기는 상황들, 혹할 만한 약속들, 그럴듯한 사례들이 교묘하게 조작되어 해당 아이들의 나이와 성격에 맞게 제시되는 가운데, 백발백중 성공을 거두는 것이었습니다. 딱 두 시간만 대화를 나누면 제아무리 조신하고 똑똑한 계집아이도 창녀 만드는 건 일도 아니었어요. 그는 제일 친한 여자 친구 중 하나인 게랭 부인에게 고백하기로, 파리에서 이 짓을 일삼은 지난 30년 동안 자기가 보기 좋게 후려 방탕의 구렁텅이로 처넣은 계집아이가 1만 명이 넘는데, 그 모두를 빼곡히 기록한 장부가 지금 자기 손에 있다는 거였어요. 그는 열다섯 명이 넘는 뚜쟁이들을 상대로 그런 식의 도움을 주어왔으며, 거래가 없을 시엔 자기만을 위한 별도의 연구를 진행하면서 닥치는 대로 모든 것을 타락시켜, 그 요령을 단골 업소에 전수해주었다는 거였습니다. 나리들께 제가 이 기이한 인간의 사연을 들려드리는 건, 정말이지 너무나도 이상해서인데, 이자는 자신이 고생해서 얻어낸 결실을 당최 맛보려고 하지 않더라는 겁니다. 여자아이와 단둘이 방에 틀어박히긴 하는데, 재치와 말발로 잔뜩 고무된 상태에서 그냥 방을 나서는 거예요. 분명 모종의 수작을 부려 자신의 감각을 자극하는 건 확실한데, 정작 어디에서 어떻게 그것을 해소하는지는 알 길이 없었습니다. 아무리 꼼꼼하게 살펴보아도 그에게서는 얘기 끄트머리에 비상한 눈빛이 이글거리고 바지 앞섶 언저리에서 손이 움직거리는 것만 판별할 수 있었지요. 필시 악랄하게 입을 놀리는 가운데 빚어진 발기 상태일 거라 짐작만 할 뿐, 그 이상은 짚이는 게 없었습니다. 아무튼 그가 오자, 우리는 앞서 말한 술집 딸을 방에 들여보냈습니다. 저는 관찰을 시작했고요. 단둘이 마주 앉아 긴 이야기를 나누더군요. 특히 유혹자가 엄청난 열정을 쏟아부었는데, 소녀가 이내 울음을 터뜨리더니, 곧이어 화색이 돌면서 일종의 열광 상태에 빠져드는 것이었습니다. 순간 그 인간의 눈에서 불길이 타올랐고 바지 앞섶에서의 손동작이 다시 시작되는 것이었어요. 잠시 후, 그가 일어나자 소녀는 포옹이라도 하려는 듯 두 팔을 뻗었습니다. 그는 마치 아버지나 되는 것처럼 점잖게 뽀뽀를 해줄 뿐, 어떤 음란한 짓도 보태지 않았습니다. 그로부터 세 시간 뒤, 소녀는 아예 짐을 싸가지고 게랭 부인의 업소로 들어와버리더군요."

"남자는?" 공작이 묻자 뒤클로가 대답했다. "교습을 마치자마자 사라졌죠." "공들인 조작의 결과를 보러 다시 오지도 않고?" "네, 나리. 자신이 있었던 겁니다. 단 한 번도 실패한 적이 없거든요." 그러자 퀴르발이 말했다. "그것 참 특이한 인물이로고. 공작께선 어떻게 보시오?" 공작이 대답했다. "내가 보기에는 그 친구, 계집 꼬드기다가 얼떨결에 달아오른 모양이야. 그러다가 그만 바지 속에 싸버린 게지." 이번에는 주교가 끼어들었다. "천만에. 잘못 짚었어요. 그곳에서의 일은 방탕의 준비 단계에 지나지 않았을 겁니다. 장담컨대, 거기서 나와, 더 크게 일을 치르려고 다른 데를 찾았을 거요." "더 크게 일을 치른다?" 뒤르세가 물었다. "자기가 스승으로서 직접 공들인 작품을 즐기는 것보다 더 큰 즐거움이 어디 있다고?" 순간 공작이 불쑥 말했다. "옳거니! 이제야 알겠다. 방금 나온 얘기처럼, 그 일은 방탕의 준비단계에 지나지 않았던 거야. 그자는 계집애들 타락시키는 걸로 머리에 잔뜩 불을 지핀 다음, 사내애들 꽁무니를 쑤시려고 나간 거였어…. 그놈 보갈[62]이 틀림없다니까, 내가 장담하지." 모두들 뒤클로에게, 혹시 그와 같은 정황을 뒷받침할 증거가 없는지 물었다. 그자가 혹시 남자아이들을 꼬드긴 적은 없는지를 말이다. 우리의 이야기꾼은 그러한 증거는 없다고 대답했다. 공작의 그럴듯한 장담에도 불구하고 다들 이 기이한 설교자의 정체에 대해 이렇다 할 의견을 내놓지 못하고 있었다. 대신 제아무리 매혹적인 기벽의 소유자일지언정 애써 이룬 성과물은 제대로 즐기고, 나아가 더한 짓도 했어야 마땅하다는 점에 모두들 공감을 표하고 나서야 뒤클로의 이야기가 재개되었다.

"앙리에트라는 이름의 그 어린 초짜가 업소에 도착한 바로 다음 날이었어요. 어떤 정신 나간 색골이 가게에 왔는데 그 아이와 저를 둘 다 한꺼번에 엮어 데리고 놀겠다는 겁니다. 이 새로운 방탕아는 옆방에서 벌어지는 다소 괴팍한 외설 현장을 구멍으로 훔쳐보아야만 쾌감을 느끼는 타입이었어요. 남들이 하는 짓을 몰래 들여다보는 것으로 자신의 음란한 욕구에 신성한 자양분을 공급하겠다는 것이죠. 저도 동료들과 더불어 자주 들어가 방탕꾼들의 각종 탈선을 훔쳐보며 즐겼던 바로 그 방으로 그를 안내했습니다. 그가 훔쳐보는 동안 저는 그를 즐겁게 해주는 임무를 맡았고, 어린 앙리에트는 어제 이야기에 등장한 항문빨이남과 함께 문제의 옆방으로 직행했지요. 바로 이 음탕한 작자가 펼쳐 보일 지극히 관능적인 정념이 제가 모실 염탐꾼을 위한 구경거리인 셈이죠. 우리는 그를 좀 더 달아오르게 만

62
원어의 'bougre'는 불가리아 지방의 종교적 이단자 무리를 일컫는 'Bulgares'에서 유래한 단어다. 종교적 이단은 곧 성적 일탈과도 일맥상통하다는 시대적 통념에 의해 이 단어는 오랜 세월 동성애자를 지칭하는 비속어로도 통용되다가, 오늘에 와서는 성적 의미가 거의 희석된 '망할 놈', '빌어먹을' 정도의 욕설로 정착되었다. 『소돔 120일』에서는 단순한 욕설로도, 성적인 의미를 가진 비속어로도 두루 사용되는데, 해당 문맥은 확실히 성적인 의미가 부각된 경우다. '보갈'이라는 한국어는 남성 동성애자를 비하하는 속어인데, 역시 해당 문맥의 뉘앙스와 어감을 살리기에 적합하다고 판단한다.

들어, 더 화끈하고 보기 좋은 장면을 연출하기 위해서, 그에게 제공된 소녀가 완전히 초짜이며 그와 첫 경험을 나누는 거라고 슬쩍 언질을 주었습니다. 술집 딸의 어린 용모와 수줍어하는 태도 때문인지 아주 쉽게 믿더라고요. 결국 그는 최대한 화끈하고 질펀하게 음탕한 짓거리를 벌이게 되었고, 그 모든 광경을 누군가 지켜보리라는 것은 꿈에도 생각하지 못했습니다. 그런가 하면 제 남자는 구멍에 눈을 딱 붙인 상태에서 한 손은 제 볼기짝을 주물러대고 다른 한 손은 자기 자지를 천천히 흔들어대고 있었어요. 그러면서 몰래 훔쳐보고 있는 남의 절정에 맞춰 자신의 그것도 조절하는 것 같았습니다. 이따금 이렇게 중얼거리더군요. '아, 정말이지 장관이야…! 어쩜 저 계집아이는 저리도 아름다운 항문을 가졌을까! 그리고 저놈의 망나니 녀석, 빠는 것도 참 기막히게 빠는군 그래!' 급기야 앙리에트의 애인이 사정을 하자, 제 쪽에서도 저를 와락 부둥켜안고 잠시 입을 맞추더니, 몸을 뒤집어엎고는 엉덩이를 이리저리 주무르고, 입으로 문대고, 음탕하게 핥다가 그만 자기도 수컷이라는 증거물을 울컥 쏟아내는 것이었습니다."

"용두질을 하면서 그런 건가?" 공작이 묻자 뒤클로가 대답했다. "네, 나리. 계속해서 자기 물건을 용두질하긴 했는데, 그 크기가 터무니없이 작아 굳이 자세한 묘사는 할 필요가 없겠습니다."

뒤클로는 이야기를 계속했다. "다음 등장인물은 어쩌면 제 장부에 이름을 올리지 않아도 될 것 같았으나, 극히 단순한 쾌락을 제가 보기에도 참으로 기이한 상황과 뒤섞는 행태 때문에 여러분께 언급할 가치가 있어 보이는 경우입니다. 이를 통해 여러분은 아마도 정숙함, 미덕, 수치심과 연관된 인간의 모든 감정이 방탕주의에 의해 어느 정도까지 타락할 수 있는지 잘 보시게 될 겁니다. 그 남자는 누굴 구경하는 게 아니라 자신이 구경당하고 싶어 했습니다. 남의 음탕한 짓을 훔쳐보는 데서 쾌락을 느끼는 사람들이 있다는 걸 잘 아는 그는 게랭 부인에게 부탁해, 그런 취향의 인간을 숨게 하면, 자기가 그의 쾌락을 충족시킬 장면을 제공하겠다고 했습니다. 게랭 부인은 며칠 전 제가 구멍 앞에서 즐거움을 준 그 인간을 대령하고는, 이제부터 펼쳐질 광경을 마음 놓고 훔쳐보라며 안심시켰습니다. 미리 알면 쾌락에 방해가 될 터이기에, 구경할 대상이 구경당한다는 사실을 알고 있다는 걸 밝히지 않고서 말이죠. 염탐꾼은 제 언니와 함께 구멍이 있는 방으로 들어갔고 저는 그 옆방으로 건너갔습니다. 문제의 인간은 스물여덟 살 먹은 젊은이로 싱싱한 미남이었어요. 구멍의 위치를 미리 파악한 그는 티 안 내면서 그쪽을 향해 자리 잡고는 저를 자기 옆에 두었습니다. 저는 그를 용두질하기 시작했어요. 그는 발기하자마자 벌떡 일어나 염탐꾼이 잘 볼 수 있도록 자지를 내밀었고, 뒤로 돌아 자기 엉덩이를 보여주더니, 제 옷자락을 걷어 올려 제 것도 구경시키는 것이었어요. 그러고는 그 앞에 무릎을 꿇고 자기 코끝으로 제 항문을 들쑤시고, 벌리고, 아주 정교하고 음란하게 모든 것을 까뒤집어 보여주는 것이었습니다. 그렇게 홀렁 까뒤집은 제 뒤꽁무니를 구멍 앞에 들이댄 채, 그는 사정할 때까지 자위행위를 했습니다. 결국 구멍 너머에 바짝 붙어 있던 사내는 그 결정적인 순간, 제 엉덩이와 제 애인의 성난 자지를 동시에 보고 있었던 셈이죠. 이쪽 남자가 기분 째지는 상황에서 저쪽 남자가 어땠을지는 신만이 아는 거고요. 나중에 언니가 그러는데, 그자가 아주 황홀해하면서 이런 쾌감은 처음 맛본다고 하더랍니다. 그러고는 언니의 엉덩이를 최소한 제 엉덩이만큼 축축하게 적셔놓았다고요."

"젊은이의 자지와 엉덩이가 잘생겼다면 그것만으로도 상당한 방출이 가능했을 거요." 뒤르세의 말에 뒤클로가 대꾸했다. "그러고 보니 멋지게 사정한 게 분명합니다. 젊은이의 자지가 아주 길고 통통했으며, 엉덩이는 사랑의 신의 그것만큼이나 탐스럽고 포동포동했거든요." "당신도 그의 엉덩이를 벌려준 거요? 염탐꾼이 항문을 들여다볼 수 있도록 말이오." 주교의 질문에 뒤클로가 대답했다. "그럼요, 나리. 그자는 제 것을 보여주고, 저는 그의 것을 보여주고요. 세상 더없이 음란하게 자기 항문을 들이대더군요." 그러자 뒤르세가 말했다. "살아오면서 그런 광경을 열두 번은 구경했는데, 죄다 나로 하여금 좆물을 쏟게 만들었지. 정말이지 그만큼 기분 째지는 행위도 없다니까. 내 말은 둘 다 그렇다는 거야. 훔쳐보는 거나 훔쳐보기를 당하는 거나 마찬가지로 재미나는 일이거든."

뒤클로의 이야기가 계속되었다. "몇 달 뒤, 그와 거의 비슷한 취향을 가진 어떤 사람이 저를 튈르리 정원으로 데려갔습니다. 그는 저더러 남자들을 끌어모아 자기가 보는 앞에서 노골적으로 용두질을 해주라는 것이었어요. 주변에 잔뜩 널려 있는 의자들 중 한 곳에 자기는 숨어 있겠다면서 말이죠. 아무튼 그가 보는 앞에서 일고여덟 명을 용두질해주고 나자, 그는 사람 왕래가 제일 많은 오솔길 중 한 곳의 벤치 위로 올라가 제 속치마를 걷어붙이고는 지나는 행인들에게 제 엉덩이를 보여주었습니다. 뿐만 아니라 자지를 완전히 드러내놓고 저에게 그 모든 사람 앞에서 그걸 용두질하라고 명령하는 것이었어요. 밤이었음에도 얼마나 충격적인 광경인지, 그가 후안무치하게(cyniquement) 좆물을 뿜어대자 주위로 열 명 넘게 구경꾼들이 모여들었고, 우리는 봉변을 당할까 봐 부리나케 그곳을 빠져나와야 했답니다.

나중에 게랭 부인에게 그 일을 이야기하자, 웃으면서 그러더군요. 사내애들이 포주 노릇을 하는 리옹의 어떤 남자를 알고 있는데, 그 작자의 기벽 또한 이에 못잖게 괴이했다고 말이죠. 포주로 변장한 그는 일부러 돈 주고 미리 공모한 아가씨 두 명 앞으로 손님들을 손수 모시고 왔답니다. 그럼 자기는 한쪽 구석에 숨어서, 이런 목적으로 매수한 계집 주도하에 진행되는 조작을 속속들이 훔쳐보는 것이죠. 결국 애먼 방탕꾼의 자지와 엉덩이를 실컷 구경함으로써, 우리의 가짜 포주께서는 좆물을 쏟게 만들 만큼 취향에 딱 맞는 자기만의 유일한 관능을 만끽할 수 있었다고 하네요."

그 저녁 뒤클로의 이야기가 조금 일찍 끝난 터라, 야식이 준비되기까지 남은 시간을 몇몇 특별한 음란 행위를 벌이며 보내기로 했다. 다들 후안무치(cynisme)[63]로 머리가 한껏 달아올라 있었기에, 밀실로 자리를 옮길 것도 없이 각자 서로가 보는 앞에서 즐겼다. 공작은 마담 뒤클로를 완전히 발가벗기고 상체를 숙여 의자 등받이에 기대게 한 다음, 엉덩이 쪽으로 자신을 용두질하라고 마담 데그랑주에게 지시했다. 손을 앞뒤로 움직일 때마다 자지 대가리가 마담 뒤클로의 항문을 문지를 수 있게끔 말이다. 여기에 차례상 아직은 공개할 때가 되지 않은 몇 가지 다른 에피소드들이 가세했는데, 어쨌든 이야기꾼의 항문은 완전히 젖었고, 애무에 휩싸여 극진한 시중을 받은 공작은 머리가 얼마나 달아올랐는지를 증명할 만큼 대찬 괴성을 내지르며 사정에 이르렀다. 퀴르발은 비역질에 뒤를 내주었고, 주교와 뒤르세는 각자 남녀 양성과 어울려 무척이나 기이한 짓거리를 벌였다. 그러고는 다들 야식을 들었다. 야식을 끝낸 뒤에는 다 함께 춤을 추었다. 열여섯 명의 청소년들, 때짜 네 명과 리베르탱들의 배우자 네 명으로 전체 세 무리의 콩트르당스[64]를 추되, 참가자는 전원 알몸이어야 했다. 우리의 리베르탱들은 소파에 축 늘어진 채, 춤동작들로 인해 차례차례 연출되는 다양하고 아름다운 미의 향연을 기분 좋게 감상하는 것이었다. 그들 옆에서는 각자 쾌감을 느끼는 정도에 따라 이야기꾼들이 속도를 조절해가며 손으로 해주고 있었는데, 하루 종일 이어진 쾌락에 진이 빠진 터라, 아무도 사정에 이르지는 못했고 다들 침상에 들어, 다음 날 새롭게 펼쳐질 추악한 행위에 뛰어들기 위한 기력을 보충했다.

63
디오게네스로 대표되는 고대 그리스의 '퀴니코스 학파(cynisme)'. 사회 통념과 인위적 윤리에 반해 자연 그대로의 삶을 추구했기에, 남의 시선을 초극한 도발적 행위를 공공연히 저지를 수 있었다는 점이 핵심이다. 사드는 '극단적인 태연함'으로 나타나는 'cynisme'의 이 점을 자신의 쾌락 이론을 구체화하는 요소로 끌어온다. 요컨대, 공개된 장소에서의 추잡한 행위와 그 행위의 적나라한 기록(글쓰기)을 가능케 하는 어떤 정신 상태로 의미를 원용한 셈이다. 여기서 '후안무치(厚顔無恥)'로 번역한 'cynisme(cynique, cyniquement)'의 개념은, 그러나 퀴니코스 학파의 도발적 행위가 남의 시선에서 자유롭기에 가능한 반면, 사드의 추잡한 행위는 쾌락에 이르기 위해 오히려 남의 시선을 필요로 한다는 점에서, 같고 또 다르다.

64
contredanse. 4쌍 또는 8쌍의 남녀가 마주 서서 추는 일종의 사교춤.

이날 아침 수음 교습에 참여한 사람은 퀴르발이었다. 여자아이들이 이제 막 발전을 보이기 시작한 터라, 매혹적인 소녀들 여덟 명이 다양하고 음란한 자세를 취해가며 손동작을 거듭할수록 그는 참아내기가 더 어려워졌다. 결국 자제하기로 마음먹은 그는 자리를 파했고, 모두 아침 식사를 했다. 오전에 새로 결정된 사항은 다음과 같았다. 나리들이 사랑하는 미동 네 명 즉, 공작의 귀염둥이 제피르와 퀴르발이 아끼는 아도니스, 뒤르세의 애인 이아생트 그리고 주교의 상대인 셀라동은 앞으로 모든 식사 자리에 동석할 수 있으며, 매일 밤 저들의 침실에서 동침하게 되는데, 이는 배우자들과 때짜들에게만 허락된 특권을 그들도 공유할 것이라는 뜻이다. 결국 아침마다 해오던 의식은 사라지는 셈으로, 알다시피 그것은 간밤에 동침하지 않은 때짜 네 명이 소년 네 명을 데리고 출두하는 일이었다. 이제 때짜들은 각자 혼자서 출두했고, 나리들이 사내아이들 숙소를 돌아볼 때도 자리를 지키는 네 명만 정해진 예를 갖춰 그들을 맞이했다. 이삼일 전부터 마담 뒤클로의 굉장한 엉덩이와 흥겨운 입담에 홀딱 반한 공작은 그녀 역시 자기 침실에서 동침할 것을 요구했고, 이 일이 성사되자, 이번에는 퀴르발이 요즘 잔뜩 빠져 있는 팡숑 할멈을 침상에 받아들였다. 나머지 두 명은 조금 더 뜸을 들인 후, 밤마다 자기들 침실에 남은 네 번째 특혜의 자리를 채워나갔다. 같은 날 오전 중 내린 결정에 의하면, 새로 선택된 어린 애인들 네 명은 4인조의 특수 의상을 갖출 필요가 없을 땐 항상 다음과 같은 복장을 평상복 삼아 걸치면 되었다. 이는 일종의 간편한 겉옷으로, 마치 프로이센 군복처럼 날렵하면서 딱 붙는 스타일인데, 기장이 아주 짧아 허벅지에 살짝 걸치는 정도였다. 또한 여느 군복처럼 가슴과 몸통을 후크로 촘촘히 여미게 되어 있으며, 전체적으로 백색 호박단을 덧댄 장밋빛 새틴 재질에 안감과 소맷단 역시 백색 새틴이었다. 안에는 같은 재질로 조끼 스타일의 짧은 저고리와 함께 퀼로트[65]를 착용하는데, 뒤쪽 허리춤에서 아래로 하트 모양의 구멍이 나 있어, 그리로 손을 넣으면 아무 어려움 없이 엉덩이를 만질 수 있었다. 보통 때는 큼직한 리본 하나로 터진 곳을 여미게 되어 있어, 그곳 신체 부위를 드러내놓고 싶으면 언제든 동정을 차지할 방탕꾼의 구미에 맞는 색깔의 그 리본 매듭을 풀기만 하면 되었다. 머리는 양옆으로 대강 말아 올리고 뒤로는 자유롭게 늘어뜨려, 미리 정한 색깔의 리본으로 묶어 처리했다. 회색과 장밋빛 사이를 오가는 색조에 아주 짙은 향기의 분가루가 머리색을 연하게 물들였다. 하나같이 검은 마스카라로 단장해 정성껏 손질한 속눈썹은 붉은 빛깔의 가벼운 볼 터치와 잘 어울려, 미모를 한층 돋보이게 했다. 모자는 쓰지 않았다. 옆으로 분홍빛 자수가 새겨진 하얀 실크 스타킹이 다리를 감싸고 장밋빛 굵은 매듭으로 조여진 회색 구두가 멋스러움을 더했다. 크림색 얇은 천으로 된 관능적인 넥타이가 간략한 레이스 가슴 장식과 잘 어우러지는 가운데, 넷의 면면을 가만히 들여다보노라면 세상 이보다 더 매혹적인 자태는 구경하기 힘들 거라는 확신이 들 정도였다. 그런 식으로 아이들이 간택된 바로 그 순간부터, 아침이면 어쩌다 허용되기도 하던 화장실 출입이 완전히 금지되는 대신, 리베르탱들의 배우자들에 대한 권한이 때짜들이 누리는 수준으로 전격 용인되었다. 비단 식사 시간뿐 아니라 하루 중 어느 때라도 나리의 배우자들을 마구 유린할 수 있었고, 그래도 아무 뒤탈이 없음을 보장받았다. 여기까지 일을 처리하고 나서야, 정례적인 순시에 들어갔다. 어여쁜 파니는 퀴르발이 어떤 상태에 있으라고 지시를 내렸음에도 불구하고 이를 어겼다(모든 사정은 추후에 설명할 것이다.). 하여 체벌 장부에 이름이 올라갔다. 사내아이들 가운데서는 지통이 금지 사항을 위반했다. 그 역시 장부에 이름이 올라갔다. 극소수에게만 제공되는 예배실 기능이 완료되자, 비로소 식사가 시작되었다. 새로 뽑힌 애인 네 명의 동석이 허용되는 첫 번째 식사 시간이었다. 네 명 모두 자신을 마음에 들어

65
무릎까지 오는 딱 붙는 반바지.

한 임자 옆에 붙어 앉았고, 결국 리베르탱들은 새로 맞아들인 미소년을 오른쪽에, 총애하는 때짜를 왼쪽에 앉히는 모양새가 되었다. 새로 들어온 매혹적인 회식자들 덕분에 식사 자리가 한층 흥겨워졌다. 네 명 모두 아주 서글서글했고, 온순했으며, 장내 분위기를 맞추기 위해 최선을 다하기 시작했다. 그날따라 활력이 넘치는 주교는 식사 내내 셀라동을 부둥켜안고 입을 맞추었는데, 그나마 아이가 커피 시중을 드는 4인조 중 하나였기에 디저트 시간 전에 풀려날 수 있었다. 이미 머리가 달아오를 대로 달아오른 나리는 옆의 응접실에서 소년의 알몸을 다시 보자 더는 참을 수가 없었다. 그는 길길이 날뛰며 말했다. "빌어먹을! 당장 저 녀석을 쑤실 수 없다니, 어제 퀴르발이 자기 영계 데리고 한 짓이나 해봐야겠군." 그러고는 앳된 꼬마를 붙잡아 엎어놓은 다음, 아이의 허벅지 사이에 자기 자지를 끼워 넣는 것이었다. 원래 뚫어버리고 싶었던 귀여운 구멍에 자신의 그곳 터럭을 문질러대면서, 리베르탱은 황홀한 기분에 빠져들었다. 그러면서 한 손으로는 사랑스러운 아이의 볼기짝을 주물러대고 다른 손으로는 그 잠지를 용두질해주었다. 그는 미소년의 입에 자기 입을 밀착하고는 있는 힘껏 공기를 불어넣었고, 상대의 침을 게걸스레 삼켰다. 그런 그를 음란한 장면으로 더 흥분시키기 위해, 공작은 바로 앞에 서서 그날 커피 시중에 나선 소년들 중 한 명인 퀴피동의 항문을 입으로 애무해주었다. 퀴르발도 그가 보는 앞으로 다가와 자신을 용두질하라고 미셰트에게 시켰고, 뒤르세는 로제트의 볼기짝을 쫙 벌려 그에게 보여주었다. 모두 그가 갈망하는 것으로 보이는 절정의 쾌락을 제공하기 위해 열심이었다. 결국에는 신경이 전율하고 눈에 불꽃이 일면서 절정이 찾아왔다. 평소 성적 쾌감에 대해 그가 보이는 요란한 반응을 잘 알지 못하는 사람이라면 정말 끔찍한 모습이라고 할 만했다. 마침내 터져 나온 좆물은, 왜소한 동료에게는 어울리지 않을 수컷의 증거물을 받아낸답시고 친구들이 마지막 순간 바로 밑에 데려다놓은 퀴피동의 엉덩이를 흥건히 적셨다. 이야기 시간이 도래했고, 모두들 자리를 잡았다. 참으로 괴이한 조치가 취해져, 그날따라 아버지들이 자기 딸들을 소파에 앉혔다. 하지만 다들 별로 어색한 반응은 보이지 않았고, 뒤클로는 이야기를 시작했다.

"나리들께서 제게 바라시는 것이, 게랭 부인 댁에서 하루하루 일어난 일을 낱낱이 고하기보다는 그중 기억에 남을 만큼 특별한 사건들만 골라 들려드리는 것이기에, 제가 소싯적 겪은 그다지 흥미롭지 않은 에피소드들은 언급하지 않고 지나치겠습니다. 그런 이야기들은 말해봤자 이미 들은 내용을 지루하게 되풀이하는 데 불과할 테니까요. 어쨌든 직업상 대단한 경험들을 치러가면서 당시 열여섯 나이에 막 접어들었을 때였답니다. 어떤 난봉꾼을 손님으로 받게 되었는데, 제법 얘깃거리가 될 만한 괴벽의 소유자였지요. 쉰 살 가까이 먹은 근엄한 판사였는데, 그와 오랜 지인 관계인 게랭 부인의 말에 따르면, 이제부터 이야기해드릴 별난 짓을 매일 아침 규칙적으로 벌여야 직성이 풀리는 사람이라는 겁니다. 그의 전담 뚜쟁이가 은퇴하기 전에 우리 마나님의 대접을 한번 받아보라고 권했다는데, 그 첫 개시를 저를 통해서 하게 된 셈이지요. 그는 앞서 이야기했던 훔쳐보기 구멍 앞에 혼자 자리를 잡았습니다. 구멍이 통하는 다른 방에는 날품팔이 짐꾼인지 사부아 촌놈인지 아무튼 하층민이긴 한데,[66] 그래도 제법 깔끔하고 멀쩡한 사내가 자리했고요. 손님이 바라는 수준은 그 정도에 불과했습니다. 나이나 용모는 전혀 개의치 않았지요. 저는 구멍에서 최대한 가까이 보이도록 자리를 잡고 그 멀쩡한 촌뜨기를 용두질했습니다. 사내는 모든 사정을 미리 통보받았고, 그처럼 돈을 쉽게 벌 수 있는 걸 반기는 상태였죠. 저는 온갖 열정을 다해 수음을 진행했고 결국 도자기 접시에 사정하도록 만들었습니다. 사내가 마지막 방울까지 다 쏟아내도록 한 다음, 저는 접시를 들고 건넌방으로 부리나케 이동했습니다. 손님이 황홀한 표정으로 기다리고 있더군요. 그는 제

66
18세기 파리에는 시골에서 올라와 거리를 떠도는 사부아 출신 사람들이 많았는데, 대개 굴뚝 청소부나 심부름꾼으로 하루하루를 연명하는 하층민이었다.

가 가져온 접시에 달려들어 아직 뜨끈한 좆물을 게걸스레 삼켜버렸습니다. 그러면서 자신의 그것도 슬금슬금 흘러나오기 시작했어요. 저는 한 손으로 그의 방출을 북돋우면서 다른 손으로는 떨어지는 액체를 소중하게 받아 담았습니다. 그리고 한번 방출할 때마다 재빨리 손을 난봉꾼의 입으로 가져가 방금 자기가 싼 좆물을 최대한 신속하고 깔끔하게 삼키도록 만들어주었지요. 그게 전부였습니다. 그는 제 몸을 만지지도 않았고, 저에게 입을 맞추지도 않았으며, 치마를 걷어 올리지도 않았어요. 방금 전 후끈 달아올랐던 만큼이나 차분해진 상태로 안락의자에서 몸을 일으키더니, 지팡이를 짚으며 걸어 나가는 거였습니다. 그러면서 말하기를, 제가 수음을 아주 잘한다고, 자기 같은 사람을 정말 잘 파악하고 있다는 거예요. 다음 날에는 그를 위해 다른 사내를 데려다놓았습니다. 매일 남자와 여자 모두를 바꿔서 대령해야만 했거든요. 이번에는 제 언니가 그를 맡아 처리했지요. 손님은 만족해서 나갔고, 다음 날도 모든 걸 똑같이 되풀이했습니다. 제가 게랭 부인 댁에서 일하는 기간 내내, 그 남자는 매일 오전 아홉 시 정각에 벌어지는 이 의식을 단 한 번도 소홀히 한 적이 없습니다. 그리고 암만 아리따운 계집을 붙여줘도 옷자락 한번 들춰보는 일이 없었어요."

"그 짐꾼의 엉덩이는 보고 싶어 하던가?" 퀴르발의 말에 뒤클로가 대답했다. "그렇습니다, 나리. 그에게 좆물을 제공할 촌놈을 제가 용두질하는 내내, 그 몸뚱어리를 이리저리 뒤집고 돌리느라 애를 먹어야 했습니다. 촌놈 역시 자기를 주물러주는 계집의 몸을 이리저리 향하도록 신경 써야만 했고요." 그러자 퀴르발이 말했다. "아! 내가 생각하는 그대로였군! 나였어도 아마 똑같이 요구했을 거야."

뒤클로는 이야기를 계속했다. "그로부터 얼마 지나지 않아 가게에 웬 여자가 찾아왔습니다. 나이는 서른가량 되고 제법 예쁘긴 한데, 머리가 유다처럼 새빨갰지요. 처음에는 새로 온 동료인가보다 했는데, 그게 아니더군요. 자기는 한바탕 즐기러 왔다는 겁니다. 우리는 때마침 가게를 찾은 남자 손님에게 이 새로운 여장부를 배정해주었습니다. 손님은 그럴듯한 용모의 대단한 재력가로 기괴한 취향의 소유자였지요. 웬만한 손님으로는 감당이 잘 안 될 법한 여자를 붙여줄 정도였으니까요. 어쨌든 그놈의 기괴한 취향 때문에 저는 당장 그들이 하는 짓을 훔쳐보고 싶어 참을 수가 없었답니다. 두 사람이 방에 들어가자마자, 여자가 옷을 몽땅 벗어던지고는 희고 포동포동한 알몸을 드러냈습니다. 한데 재력가가 그녀에게 이러더군요. '자, 어서 뛰어! 펄쩍펄쩍 뛰라고! 열을 올리란 말이야! 내가 땀 흘린 여자를 좋아한다고 했잖아!' 그때부터 빨강 머리 여자는 염소 새끼처럼 방 안을 이리저리 달리고, 껑충껑충 뛰었습니다. 남자는 자위행위를 하면서 그런 그녀를 주의 깊게 관찰했는데, 저로서는 도무지 무슨 목적으로 저 난리를 치는지 알 수가 없더군요. 마침내 온몸이 땀으로 범벅이 되자, 난봉꾼에게 다가와 팔을 치켜들고 겨드랑이 냄새를 맡게 했습니다. 그곳 털이 땀으로 축축하게 젖어 있더라고요. 남자는 그 끈적끈적한 신체 부위에 코를 바짝 갖다 대면서 말했습니다. '아, 이거야! 바로 이거라고! 이 얼마나 황홀한 냄새인가 말이야!' 그는 여자 앞에 냉큼 무릎을 꿇고는 코를 킁킁거리면서 질 안쪽과 항문에 이르기까지 냄새를 맡아댔습니다. 하지만 언제나 겨드랑이 쪽으로 되돌아왔습니다. 신체 중 그곳을 제일 좋아했을 수도 있고, 유독 그곳에서 냄새가 제일 심했을 수도 있겠죠. 아무튼 그의 코와 입이 기를 쓰고 파고드는 곳은 언제나 겨드랑이였습니다. 그러더니 한 시간 이상을 죽어라 주물러대던, 그리 굵진 않아도 꽤 길쭉한 자지가 급기야 머리를 들기 시작하는 거예요. 여자가 자세를 잡자, 재력가는 뒤쪽에서 다가들어 그 멸치 같은 물건을 겨드랑이 사이에 끼웠습니다. 순간 여자는 옆구리에 팔을 딱 붙여, 언뜻 보기에 꽉 조이는 신체 그 부분처럼 그럴듯한 모양을 만드는 것이었어요. 그러는 사이 남자는 자세를 비틀어 다른 쪽 겨드랑이 모양과 그 냄새를 실컷 즐겼습니다. 그쪽 부위를 단단히 부여잡은 채 코로 마구 쑤셔대고 혀로 열심히 핥아대면서, 그토록 자기를 즐겁게 해주는 장소를 게걸스레 탐하는 가운데 사정을 하는 것이었습니다."

"분명 그 계집이 완전히 빨강 머리라고 했겠다?" 주교의 말에 뒤클로가 대답했다. "완전히 빨강 머리입니다. 아시다시피 빨강 머리를 한 계집들은 겨드랑이에서 유독 끔찍한 냄새를 풍기지요. 후각이라는 감각이 일단 강한 자극을 받자, 더없이 강력한 쾌락의 기관들이 그 남자의 몸에서 깨어났던 겁니다." "그렇다 쳐도 나 같았으면 팔 밑을 킁킁거리기보다 차라리 엉덩이 냄새나 실컷 맡았을 거야." 주교의 말에 퀴르발이 이렇게 대꾸했다. "하하, 이쪽저쪽 다 묘미가 있지. 장담하건대 그대가 거기 맛을 좀 보았다면 제법 맛깔스럽다는 걸 알 텐데 말이야." 그러자 주교가 말했다. "그러니까 판사님 말씀은 그곳의 시큼한 맛도 즐길 만하다는 거죠?" 퀴르발이 대답했다. "예전에 좀 집적댄 기억이 있지. 다른 걸 섞어서 해본 적 몇 번 빼고는, 매번 거길 집적댈 때마다 좆물을 쏟아야만 했다오." "아하, 무얼 섞었다는 건지 대충 알겠군요." 주교가 다시 말을 받았다. "거기 냄새를 맡았다는 거 아닙니까, 항문…." 순간 공작이 말을 자르고 나섰다. "자자, 자기 고백은 그쯤 해둡시다! 저 양반 가만 보니, 아직 순서가 아닌 이야기들까지 당장 털어놓을 기세야. 어서 하던 이야기나 마저 하게, 뒤클로. 자칫 저 수다쟁이들이 자네의 수고를 가로채겠어."

이야기꾼은 경험담을 다시 풀어나갔다. "게랭 부인이 제 언니에게 6주 이상 몸을 씻지 말라는 엄명을 내리는 거예요. 심지어 가능한 한 가장 더럽고 불결한 몸 상태를 유지하라고 신신당부하는 겁니다. 우리로선 도무지 영문을 알 수가 없었죠. 그러던 중 반쯤 취한 듯 보이는 어느 늙은 부스럼투성이 난봉꾼이 가게를 찾아와 준비된 창녀가 충분히 더러운지를 다짜고짜 묻는 거예요. 게랭 부인은 냉큼 말했죠. '오, 제가 보장합니다.' 그자와 언니가 방에 들자마자, 저는 곧바로 훔쳐보기 구멍으로 달려갔죠. 구멍 너머 펼쳐진 광경은 이런 것이었습니다. 발가벗은 언니가 샴페인으로 가득 채운 큼직한 비데 위에 기마 자세를 취하고 남자는 두터운 스펀지로 언니 몸을 닦아내고 있었습니다. 샴페인으로 온몸을 적셔가면서 주룩주룩 흘러내리는 술을 한 방울도 놓치지 않고 비데 안에 담아 모으는 거였어요. 정말이지 오랫동안 언니는 신체 어느 부위도 씻지 않은 상태였답니다. 밑을 닦는 일까지도 철저하게 금지당했었거든요. 결국 비데에 담긴 술이 갈색으로 변해가면서 지저분해지는 데엔 그리 오랜 시간이 필요치 않았습니다. 냄새 또한 유쾌할 리 없었겠죠. 그런데 땟국으로 술이 더러워질수록 우리의 방탕아께선 즐거워하는 것이었습니다. 그는 살짝 술맛을 보더니 기가 막히게 맛있다고 하면서, 그토록 오랜 시간 때가 낀 몸을 씻어내 더럽기 짝이 없는 포도주를 대여섯 잔 퍼서 벌컥벌컥 들이켰습니다. 술을 다 마신 다음 그는 언니를 냉큼 붙잡아 침대에 엎어놓더니, 자신의 역겨운 기벽이 저지른 온갖 추잡한 짓거리로 인해 부글부글 끓고 있던 정액을 엉덩이와 그 사이 벌어진 구멍에 울컥 쏟아냈습니다.

하지만 이보다 훨씬 더 지저분한 또 다른 기벽이 곧바로 제 눈앞에 펼쳐졌답니다. 사창가 용어로 '삐끼'라 부르는 여자들이 있는데, 이들이 하는 일은 밤낮으로 돌아다니며 새로운 먹잇감을 찍어오는 것이지요. 그중 한 명이 우리 가게에도 있었는데, 마흔을 넘긴 나이에 그나마 변변치 못한 육체적 매력마저 한껏 시든 상태인 데다, 발 냄새가 끔찍하다는 단점까지 있는 여자였습니다. 그야말로 모(某) 후작에게는 더할 나위 없이 안성맞춤인 여자라고나 할까요. 어쨌든 그가 가게를 찾으면 우린 루이즈 여사를 대주고(루이즈가 이 에피소드의 주인공이죠.), 남자는 매우 만족해하면서, 쾌락의 성소에 들자마자 곧바로 신발부터 벗게 합니다. 사전에 한 달 이상 양말도 신발도 갈아 신지 말라는 지시를 이행하고 있던 루이즈는 드디어 후작 앞에 고린내 물씬 풍기는 발을 내밀지요. 보통 사람이면 당장 구역질부터 했을 상황이지요. 그러나 바로 그 더럽고 역겨운 발로 인해 우리 고객은 더할 나위 없이 후끈 달아오르는 것이었어요. 그는 여자의 발을 덥석 붙잡아 열정적으로 입을 맞추는가 하면, 입으로 차례차례 발가락을 벌려, 그 사이사이 관리를 하지 않아 자연 그대로 덕지덕지 낀, 악취 진동하고 거무튀튀한 때까지 열심히 혀를 놀려가며 싹싹 발라낼 참이었습니다. 입으로 때를 발라낼 뿐 아니라 그걸 야금야금 삼키고 맛을 음미하는 가운데, 용두질까지 하면서 마침내 좆물을 쏟아내는 겁니다. 그 모든 짓거리가 얼마나 강렬한 쾌락을 선사하는지, 훌륭하게 증명한 셈이죠."

"오! 그런 기벽은 나도 이해 못 하겠는걸." 주교의 말에 퀴르발이 대꾸했다. "그렇다면 내가 나서서 이해시켜줘야겠구먼." "아니, 그런 취향도 갖고 있었나요…?" 주교가 묻자 퀴르발이 대답했다. "잘 보시게." 사람들이 모두 자리에서 일어나 그를 에워쌌다. 세상 더없이 추잡한 음욕을 한 몸에 지닌 이 어마어마한 리베르탱은 앞서 언급한 늙고 불결한 하녀 팡숑의 구역질 나는 발을 끌어안고는, 쪽쪽 빨아대면서 황홀감에 취하는 것이었다. "나는 다 이해가 돼." 뒤르세가 끼어들었다. "자극에 둔감해지다 보면 이런 막장쯤 아무것도 아니지. 웬만한 방탕에 싫증 날 지경이 되면, 물불 안 가리기 마련이거든. 사람은 단순한 것에 늘 식상하는 법이지. 상상력이 얌전히 있질 않는 거야. 조잡한 수단이랄지 빈약한 역량에 타락한 정신까지 가세하면 결국 혐오스러운 짓을 찾지 않을 수 없는 거외다."

"이번에는 고위 외교관이자 게랭 부인의 최대 단골 중 한 분인 어느 노신사의 사연이랍니다." 뒤클로가 다시 나서며 말했다.

"그가 찾는 여자들은 방탕에 찌들었든, 원래 타고났든, 아니면 형벌의 결과로 그렇든, 신체적인 결함을 가지고 있어야만 했어요. 가령 애꾸라든가, 장님, 절름발이, 곱사등이, 앉은뱅이, 수족 절단, 하다못해 이가 빠졌거나, 그도 아니면 몸에 매질 자국이든 인두 자국이든 법의 처벌에 의한 손상 흔적이 선명하게 남아 있어야 했습니다. 가급적 나이도 많아야 하는 건 물론이고요. 제가 몰래 훔쳐보니, 그에게 제공된 여자는 나이 쉰 살에 절도죄로 벌을 받은 적이 있는 애꾸더라고요. 그렇게 결점투성이인 여자야말로 그에게는 보배나 다름없는 것 같았습니다. 그는 방에 들어가자마자 여자를 발가벗기더니, 그녀 어깨에 새겨진 치욕의 징표에 열정적으로 입을 맞추고, 정말이지 명예로운 훈장이라 부르면서 흉터의 윤곽 이곳저곳을 미친 듯이 빨아댔습니다. 그런 다음의 열정은 항문으로 옮겨갔지요. 그는 볼기짝을 양쪽으로 벌려 그것이 감추고 있던 쭈글쭈글한 구멍에 감미로운 입맞춤을 퍼부으며 한참 빨아댔습니다. 그리고 여자의 등에 말 타듯 걸터앉아 형벌의 흔적에 자지를 마구 문대면서, 과연 이런 명예를 차지할 충분한 자격을 갖춘 계집이라며 온갖 칭찬을 쏟아내는 것이었습니다. 그러고는 한참 치켜세우던 그 제단 위로 몸을 숙여 다시금 입맞춤 의식을 치르는가 싶더니, 자기 머리를 뜨겁게 달구어온 그 잘난 흉터 위에 엄청난 양의 좆물을 쏟아붓는 것이었어요."

"맙소사!" 그날따라 음탕한 기운으로 정신이 없는 퀴르발이 말했다. "다들 이것 좀 봐! 이 발딱 선 자지를 보라고! 이런 이야기가 나를 얼마나 흥분시키는지 좀 보란 말이야." 그러고는 마담 데그랑주를 부르며 이랬다. "당장 이리 와, 빌어먹을 계집아! 너야말로 방금 묘사된 여자와 꼭 빼닮지 않았느냐. 그년이 고위 외교관에게 베풀었다는 바로 그 쾌락을 이번에는 네가 나한테 제공하는 거다." 마담 데그랑주가 다가오자, 이런 광기에 늘 동조하는 입장인 뒤르세가 판사를 거들어 여자 옷을 벗겼다. 여자는 일단 불편한 기색을 드러냈다. 사정은 알 만했다. 그녀가 회합에서 더 큰 애정을 받을 만한 어떤 것을 굳이 감추려 한다며 다들 핀잔을 퍼부었다. 결국 그녀의 시들어버린 등짝이 공개되었는데, 거기 새겨진 v 자와 m 자[67]가 두 차례에 걸쳐 불명예스러운 처벌이 있었음을 증언하고 있었다. 물론 우리 리베르탱들의 파렴치한 육욕은 그 흔적 앞에서 더더욱 불타올랐고 말이다. 헐어빠진 육체의 나머지 부분들, 예컨대 얼룩덜룩 호박 빛깔 나는 엉덩이라든가 그 한가운데 드러난 크고 불결한 구멍, 외짝 젖가슴과 세 개뿐인 손가락, 절뚝거리는 짧은 다리 한쪽, 이빨이 듬성듬성한 주둥이, 이 모든 것이 리베르탱 두 명을 후끈 달아오르게 했다. 뒤르세는 여자의 앞을, 퀴르발은 뒤를 빨아대기 시작했다. 그들의 보다 가벼운 욕망을 충족시켜주기 위해 더할 나위 없이 상큼하고 아름다운 노리개들이 만반의 준비를 갖추고 있음에도 불구하고, 황홀경에 취한 우리의 두 리베르탱이 극단적인 쾌락의 대상으로 삼은 것은 자연과 죄악으로 인해 만신창이가 되어버린, 참으로 역겹고 더러운 존재였으니…. 이를 바탕으로 어디 한번 인간을 설명해보시라! 극도로 추악한 광증에 몸을 맡긴 두 인간 모두, 짐승의 사체를 악착같이 물고 늘어지는 두 마리 개처럼, 머잖아 시체가 될 몸뚱어리를 두고 한바탕 실랑이를 벌이는가 싶더니, 급기야는 좆물을 쏟아내고 말았다. 만약 야식 시간이 또 다른 즐거움으로 그들을 안내하지 않았더라면, 질펀한 쾌락의 난장판으로 기진맥진한 상태에서 곧바로 회복해 추악하고 방탕한 짓거리에 다시금 빠져들었을 터다. 좆물을 유실할 때마다 우울해지는 판사의 기분은 오로지 대차게 먹고 마셔야만 회복되곤 했는데, 이번 역시 진짜 돼지처럼 처먹었다. 그는 앳된 아도니스더러 방도시엘을 용두질하도록 했고 좆물까지 받아먹게 시켰지만, 현장에서 즉시 실행한 그 마지막 추태에 만족하지 못했다. 그는 자리에서 벌떡 일어나, 자신의 상상력은 이 모든 것을 뛰어넘어 보다 더 매혹적인 행위들을 제안하고 있다며 떠벌렸다. 그러고는 더 이상 구구한 설명은

67
v는 'voleuse(도둑)', m은 'maquerelle(뚜쟁이)'을 의미하는 것으로 추정된다.

하지 않고, 곧장 팡숑과 아도니스, 에르퀼을 이끌고 구석진 규방에 처박히더니 난교 파티가 벌어질 때에야 다시 모습을 드러냈다. 하지만 여전히 상태가 멀쩡한 그는 갈수록 기괴하게 치닫는 다른 만행들을 얼마든지 저지를 태세였으나, 우리가 정한 기본 순서에 의거해 아직은 독자들에게 그 내용을 상세히 기술하지는 않을 것이다. 잠자리에 들 시간이 되자 퀴르발, 저 종잡을 수 없는 퀴르발은 자신의 딸인 신성한 아델라이드를 동침 상대로 해서 실컷 감미로운 밤을 즐길 수도 있었건만, 구역질 나는 팡숑과 한데 엉켜 뒹군 상태로 이튿날 아침을 맞이하는 것이었다. 그가 밤새도록 노파와 함께 난잡한 짓을 벌이는 동안, 잠자리를 빼앗긴 아도니스와 아델라이드는 동떨어진 작은 침대와 바닥에 깐 매트리스 위에서 각자 잠을 청해야 했고 말이다.

제6일

이번에는 고위 성직자께서 수음 교습을 참관하실 차례다. 만약 마담 뒤클로의 제자들이 남성이었으면 필시 고위 성직자께서 거부감이 없으셨을 거다. 하지만 아랫배 하단에 조붓이 터진 자국은 그의 눈에 격노할 만한 과오일 뿐이어서, 설사 미의 여신들이 그를 에워싸더라도 저주받을 균열이 노출되는 순간 욕정 따윈 차갑게 가라앉고 말 터였다. 따라서 그는 거세게 저항했다. 나는 심지어 그가 전혀 발기하지 않았다고 생각하는데, 어쨌든 실습은 그대로 진행되었다. 그가 소녀 여덟 명을 어떻게든 잘못으로 엮고 싶었을 것임을 간파하기란 어렵지 않은 일이었다. 당시 체벌이 예정된 흉흉한 토요일인 다음 날, 그 여덟 명 모두를 응징하는 즐거움에 푹 빠져들고 싶었을 테니 말이다. 그중 여섯은 이미 확보된 상태였다. 온순하고 어여쁜 젤미르가 일곱 번째로 거기에 포함되었다. 정녕 그럴 만한 이유가 있었던가? 혹시 체벌의 즐거움에 대한 기대가 참다운 공정성에 우선

한 것은 아니었을까? 그건 현명한 뒤르세의 양심에 맡기고 우리는 계속 이야기를 진행하기로 하자. 아주 아름다운 여인 하나가 비행자 명단에 추가로 이름을 올리고 말았다. 다름 아닌 사랑스러운 아델라이드였다. 남편인 뒤르세 본인의 말로는, 다른 여자보다 오히려 더 박하게 대함으로써 모범을 보이려는 의도라는데, 누구보다 자기야말로 그로써 제일 아쉬울 사람이라고 했다. 사정인즉 그녀를 어떤 장소로 데려갔는데, 그곳에서 일정한 역할에 준해 일련의 청결치 못한 서비스를 자기한테 제공하기로 했다는 것이다. 모두가 퀴르발처럼 타락한 것은 아니어서, 비록 부녀지간이기는 해도 그녀가 그와 비슷한 취향을 가지지는 않았던 모양이다. 그녀가 저항을 했든, 일을 제대로 처리하지 못했든, 그도 아니면 단지 뒤르세의 심술이 작용했을 뿐이라 하겠다. 어쨌든 그녀는 처벌 명부에 이름이 올랐고 회합 구성원 모두가 매우 흡족해했다. 소년들 숙소 방문은 별 성과 없이 끝났고, 다들 예배실의 비밀스러운 쾌락을 찾아 이동했다. 그토록 갈망하는 사람들에게 한사코 허락하지 않음으로써 더더욱 강렬하면서 독보적으로 느껴지는 바로 그 쾌락 말이다. 아침에 거기 모습을 나타낸 자는 콩스탕스와 하급 때짜 두 명 그리고 미셰트였다.

날이 거듭할수록 사람들의 호감을 이끌어내면서 하루가 다르게 방탕기와 그로 인한 매력이 더해가는 제피르는 저녁 식사 자리에서 콩스탕스를 대놓고 욕보였다. 그녀는 더 이상 식사 시중을 드는 입장이 아님에도 여전히 자리를 지키고 있었다. 제피르는 그녀를 아이 싸지르는 계집이라 부르면서 복부를 몇 대 찰싹찰싹 때렸다. 자기 말로는, 그래야 애인과 함께 새끼를 낳기에 좋다는 거였다. 그는 또 공작에게 입을 맞추는가 하면, 이리저리 어루만지면서 한동안 자지를 용두질해주었다. 그런 식으로 제법 뇌를 뜨겁게 달궈주자 블랑지스는 좆물로 녀석을 흠뻑 적셔버리지 않고서는 오후 시간을 그냥 보내지 않겠노라며 오기를 부렸다. 그런 그를 당돌한 소년은 한껏 약 올리면서, 어디 할 테면 해보라며 더욱 자극했다. 커피 시중을 들기로 되어 있었기에 소년은 일단 물러났다가 디저트 시간에 맞춰 발가벗은 몸으로 다시 공작 앞에 나타났다. 잔뜩 흥이 오른 공작은 식탁을 떠나면서 약간의 음란한 희롱부터 시작했다. 그는 소년의 입과 자지를 빨았고, 엉덩이가 자기 입 높이까지 오도록 앞에 있는 의자에 돌려 앉힌 다음, 15분 동안 그 자세로 구강성교를 실시했다. 마침내 그의 자지가 반란을 일으키면서 그 거만한 대가리를 번쩍 치켜들었다. 공작은 아무래도 이런 숭배 의식의 대미를 장식할 향이 아쉬울 수밖에 없었다. 하지만 본격적인 행위는 일절 금지된 상태였고, 오직 전날 사람들이 행한 것만 예외였다. 그래서 공작은 동료들의 행동을 따라 하기로 했다. 그는 제피르를 소파 위로 숙이게 한 뒤, 자신의 물건을 그 허벅지 사이에 끼워 넣었다. 하지만 상황은 퀴르발의 경우와 마찬가지였다. 물건이 6푸스나 밖으로 비어져 나왔다. 퀴르발이 참견했다. "내가 했던 대로 해보게. 자네 자지 위에서 녀석을 용두질해주라고. 그래서 그놈 좆물로 자네 귀두를 적시는 거야." 그러나 공작은 한번에 두 탕으로 쑤셔대는 편이 훨씬 즐거울 거라고 생각했다. 그는 동생을 시켜 그 자리에 오귀스틴을 대령하도록 했다. 제피르의 허벅지에 그녀의 엉덩이가 딱 밀착하게끔 둘을 포개서 엎어놓도록 한 것이다. 공작은 그런 식으로 사내애와 계집애를 동시에 쑤셔버리면서, 음란함을 배가하기 위해 오귀스틴의 하얗고 토실토실한 볼깃살에 제피르의 자지를 마구 문질러댔다. 능히 짐작하겠지만, 그런 어여쁜 상대로 인해 잔뜩 흥분한 소년의 좆물은 머잖아 울컥 쏟아져 나오면서 계집의 살점을 흠뻑 적셨다. 그런가 하면 보는 재미에 푹 빠져 있던 퀴르발은 대개 보갈들이 발기와 동시에 항문이 열리는 것과 마찬가지로 당장 공작의 항문 역시 자지 하나 들어갈 만큼 빼꼼하게 입을 여는 걸 발견하고는, 전전날 자신이 당했던 그대로 되갚아주기 위해 공작을 덮쳤다. 그와 같은 삽입 행위로 인한 관능의 충격을 여태껏 느껴본 적 없는 우리의 귀하신 공작께서는, 제피르가 기둥머리까지만 간신히 올라오게 만든 좆물을 급기야 신전 바깥으로, 제피르의 그것과 거의 동시에 봇물처럼 뿜어내는 것이었다. 하지만 퀴르발은 전혀 사정하지 않았고, 여전히 당당하고 신경질적인 자신의 물건을 공작의 항문에서 빼들었다. 그는 지통의 허벅지 사이에서 같은 행위를 하고 있던 주교를 붙잡고, 자신이 방금 공작에게 베푼 최종적 쾌락을 자기도 느낄 수 있게 해달라며 윽박질렀다. 주교는 싫다고 버텼고, 그 바람에 실랑이가 벌어졌다. 하지만 결국 주교는 뒤에서 관통당했고, 자기가 애무하던 귀여운 소년의 허벅지 틈새로 그토록 난잡하게 자극받은 방탕한 좆물을 대차게 배출할 지경이 되고 말았다. 한편 느긋하게 관망만 하던 뒤르세는 고주망태가 되었으면서도 수중에 에베와 노파밖에 없었으므로, 공연한 시간 낭비는 할 필요가 없었다. 그는 우리가 아직은 베일로 덮어두어야만 하는 일련의 추악한 행위에 조용히 몰두하고 있었다. 마침내 분위기가 차분해졌고 다들 잠이 들었다. 그리고 여섯 시에 깨어 일어나자, 마담 뒤클로가 준비한 새로운 쾌락에 모두들 달려들었다. 그날 저녁에는 4인의 기쁨조가 서로의 성별을 바꾸어 복장을 갖췄다. 즉, 계집아이는 뱃사람 복장으로 사내아이는 여자 직공들이 입는 잿빛 작업복으로 말이다. 한번 보는 것만으로도 매혹될 수밖에 없는 광경이었다. 이런 관능적인 의상 교체만큼 몸을 달아오르게 만드는 건 없었다. 사내아이에게서 계집아이처럼 보이는 점들을 찾아내는 일, 계집아이를 희망하는 성으로 바꾸는 일은 언제나 즐거운 놀이였다. 그날은 각자 소파에 자기 아내를 동석시켰다. 몹시도 진지하게 서로의 모습을 칭찬해준 다음 모두 경청할 자세를 갖춘 채, 뒤클로의 음란한 이야기가 펼쳐지기를 기다렸다.

"게랭 부인의 가게에 나이 서른 정도 되고 머리는 금발에 포동포동하지만 유난히 하얀 피부와 상큼한 외모를 갖춘 여자가 있었어요. 이름은 오로르라고 했죠. 매혹적인 입 모양과 아름다운 치아, 육감적인 혀를 가진 여자였습니다. 그런데 말이죠, 배운 게 없어서인지 위가 안 좋아서인지는 모르지만, 그 입이 틈만 나면 엄청난 양의 가스를 뿜어대리라고 누가 감히 상상이나 했겠습니까. 특히 뭘 많이 먹고 난 다음에는 이따금 한 시간 내내 트림을 해대는데, 그야말로 풍차라도 돌릴 만한 기세였다는 거 아닙니까. 그런데 세상 어떤 흠결도 반드시 그걸 마음에 들어 하는 사람이 하나쯤 있기 마련이라더니, 아주 틀린 말은 아니더라고요. 그 어여쁜 여자 또한 바로 그 흠결 덕분에 아주 열정적으로 쫓아다니는 사내가 하나 있었답니다. 진지하고 박식한 소르본 대학교 박사였는데, 강단에서 신의 존재를 증명하는 허망한 짓에 지친 나머지 이제는 가끔 매음굴로 기어들어와 피조물의 존재를 확인하는 것으로 만족을 대신하는 신세가 된 사람이죠. 하루는 그가 오겠다고 미리 통보하자, 오로르는 마치 돼지처럼 먹어대더군요. 저는 이 무턱대고 들이대는 신봉자의 정체가 매우 궁금해졌고, 곧장 훔쳐보기 구멍 있는 곳으로 달려갔지요. 단둘이 되자마자 두 남녀는 오직 입을 통해서만 약간의 전희를 이어갔습니다. 그런 다음 대학 강사께서 매혹 넘치는 자기 짝을 의자에 조심스레 앉히고 자기도 마주 보며 앉았어요. 그러고는 정말 형편없는 음경을 여자의 손에 쥐여주며 이러는 거였습니다. '내 사랑, 어서 움직여봐요. 움직여보라고. 이 지겨운 권태에서 나를 어떻게 끄집어내줄지 당신은 잘 알고 있어. 어서 잡아봐요. 제발 간청할게. 나 지금 당장 느끼고 싶단 말이오.' 그러자 오로르는 한 손으로 박사의 물컹한 연장을 쥐고 다른 손으로는 그의 머리통을 붙잡은 뒤, 상대의 입에 자기 입을 바짝 갖다 대고는 구강에다 트림을 60여 차례 연속해서 토해내는 것이었습니다. 신을 섬겨온 자의 그때 그 황홀한 표정은 이루 필설로 다할 수 없을 정도입니다. 그는 완전히 구름 위를 떠다니는 기분이었고 가쁜 숨을 몰아쉬면서, 자기 입안으로 들어오는 모든 걸 게걸스레 삼키고 있었어요. 지극히 미세한 트림조차 밖으로 새어 나가는 걸 무척 안타까워하는 것 같았지요. 그러는 동안 두 손은 제 동료의 젖가슴을 더듬고 치마 속을 헤집어댔습니다. 한데 그 정도 더듬는 것은 부차적인 짓에 지나지 않았습니다. 무엇보다 중요한 건 역겨운 입김으로 압도하는 그 입이었던 거죠. 급기야 모든 의식을 통한 음란한 자극으로 잔뜩 부어오른 자지가 제 동료의 손안에 사정을 하자, 그는 여태껏 이만한 쾌감을 느낀 적이 없다고 확언하며 물러나는 것이었습니다.

그로부터 얼마 후, 보다 특이한 한 남자가 저에게 무언가를 요구했는데, 이 기회에 언급하지 않고 그냥 넘기기엔 너무나도 기막힌 짓이었습니다. 그날따라 게랭 부인은 저에게 반강제로 엄청난 양의 음식을 먹으라고 하더군요. 며칠 전 제 동료가 먹어댄 것과 맞먹는 양이었습니다. 게다가 세심하게도 제가 세상에서 제일 좋아한다는 걸 익히 아는 요리로만 잔뜩 준비해놓은 거예요. 다 먹고 난 다음에는 합방할 늙은 난봉꾼과 함께 제가 해야 할 일을 세세히 일러주고는, 그 자리에서 따뜻한 물 한 잔에 구토제 세 알을 먹이는 거였습니다. 마침내 난봉꾼이 나타났어요. 알고 보니 유곽에 고용되어 일하는 사람으로 전에 우리 가게에서도 여러 번 보았던 자인데, 그때마다 별로 신경 쓰지 않아서 정작 무슨 일을 하는지는 모르는 상태였습니다. 그는 제게 입을 맞추면서 짭짜름하고 역겨운 혀를 입안 깊숙이 들이밀었는데, 결국 그 역한 냄새 때문에 아까 먹은 구토제의 효과가 발동하는 것이었습니다. 그렇게 제 배가 불룩해지면서 속이 올라오는 걸 보더니, 그는 갑자기 황홀해하면서 이렇게 소리쳤어요. '그렇지, 힘을 내! 어서 힘을 내라고! 한 방울도 남김없이 삼켜줄 테니까.' 해야 할 일을 미리 통보받은 터라, 저는 지체 없이 그를 소파에 앉히고 등받이에 머리를 기대게끔 자세를 잡아주었습니다. 그는 알아서 다리를 벌렸고 저는 바지 단추를 풀었죠. 저는 발기할 기미라고는 전혀 보이지 않는 그의 짤막하고 맥없는 연장을 붙잡고 흔들어댔습니다. 그러자 그가 입을 쩍 벌리더군요. 제 엉덩이를 더듬어대는 그의 추잡한 손길을 얌전히 받아내면서 계속 용두질해주던 저는 느닷없이 그의 입안에 저녁으로 먹은 미처 다 소화되지 못한 음식물을 들입다 토해냈습니다. 우리의 주인공은 그만 황홀경에 빠져 닥치는 대로 삼키는가 하면, 제 입가에 묻은 지저분한 토사물까지 샅샅이 핥아대는 거였어요. 한 방울도 허투루 흘리지 않았습니다. 그런 식으로 조작이 거의 끝나간다는 생각이 들자 그는 자기 혀로 열심히 자극해 다시금 구토를 유발하려 애쓰더군요. 한편 제가 속이 뒤집히는 동안에는 거의 손도 못 대고 놔둔 그의 자지, 그렇기에 오직 그 역겨운 짓 때문에 달아오른 걸로 보이는 자지가 잔뜩 팽창해 저 혼자 벌떡 서 있는 겁니다. 그러고는 이 모든 불결함이 남긴 결과로밖에는 볼 수 없는 증거물을 제 손안에 뚝뚝 떨구는 것이었어요."

"아, 빌어먹을!" 퀴르발이 입을 열었다. "그 또한 감미로운 정념이로군. 하지만 조금 더 다듬어도 좋을 것 같아." 그러자 말소리 중간중간 음탕한 숨을 몰아쉬면서 뒤르세가 말했다. "어떻게 말이오?" "어떻게라니? 그야 계집과 요리를 잘 선별하는 거지." "계집이라… 아하! 알겠다. 이를테면 팡숑 같은 계집 말이군." "오, 그야 물론이지!" "그럼 요리는 어떻게?" 아델라이드의 용두질을 받으면서 뒤르세가 말을 이었다. "요리?" 판사가 말을 받았다. "맙소사, 그야 내가 그년한테 먹여주는 것을 그년이 그대로 다시 내게 돌려주는 거지." 그 말에 별안간 정신이 아뜩해지기 시작한 징세 청부인이 대꾸했다. "그러니까, 당신이 먼저 그 여자 입에 토하고, 그걸 여자가 삼켰다가 다시 당신에게 돌려준다?" "바로 그거야!" 두 사람은 곧장 밀실로 뛰어들어갔다. 판사는 팡숑과 오귀스틴, 젤라미르와 함께였고 뒤르세는 데그랑주와 로제트, 방도시엘과 동행했다. 뒤클로의 이야기가 재개되려면, 반 시간 가까이 기다려야 했다. 결국 일행이 다시 모습을 드러냈고, 제일 처음 자리로 돌아온 퀴르발에게 공작이 물었다. "그 더러운 짓들을 기어이 한 거요?" 판사가 대답했다. "몇 가지만. 일생에 둘도 없는 행복감이었소. 내 입장에서는 더럽고 구역질 나는 짓일수록 그로부터 얻는 쾌감이 최고거든." "그럼 좆물도 질펀하게 싸셨겠군?" "천만의 말씀," 판사의 대답이었다. "내가 당신 같은 줄 아오? 매번 당신처럼 낭비할 좆물이나 있고? 그런 고역은 당신이나 뒤르세 같은 혈기 왕성한 선수들에게 양보하리다." 때마침 기진맥진한 몸을 겨우 지탱하며 자리로 돌아오는 뒤르세가 보였다. "맞는 말이오," 징세 청부인이 말했다. "나는 참지 않았소. 저 데그랑주라는 계집이 워낙 말버릇과 몸가짐이 지저분해서, 무얼 바라건 죄다 척척 들어주거든…." "자자, 뒤클로," 공작이 말했다. "어서 이야기나 다시 해보시오. 우리가 요 주책맞은 친구의 말을 이쯤에서 끊지 않으면, 아마 자기가 한 짓을 모조리 뱉어내고야 말 거요. 참한 아가씨한테서 받은 서비스를 떠벌리는 게 얼마나 못돼먹은 짓인지는 안중에도 없다니까." 마담 뒤클로는 다소곳한 자세로 이야기를 재개했다.

"여기 계신 나리들께서 그런 장난들을 무척이나 좋아하셔서 얘긴데," 이야기꾼은 그렇게 입을 열었다. "끓어오르는 열정을 조금도 참지 못하시는 게 저로서는 유감입니다. 이 저녁, 제가 마저 이야기해드릴 내용을 듣고 나면 훨씬 나은 결과가 있을 텐데 말이죠. 아까 판사님이 제가 이야기해드린 정념을 완성하는 데 일부 부족한 점이 있었던 것처럼 주장하셨는데, 바로 그 부분이 이제부터 할 이야기에 낱낱이 들어 있거든요. 그렇지 않아도 마무리할 기회를 주시지 않아서 제가 얼마나 섭섭한지 모릅니다. 자, 이제 노(老)판사이신 사클랑주 씨가 우리 퀴르발 나리께서 바라실 것 같은 기발한 행태들을 하나하나 펼쳐 보일 겁니다. 그 양반에게 걸맞은 상대로 우리 가게에서는 최고참 장부가 나섰지요. 나이 서른여섯쯤 되는 키 크고 체격 듬직한 여자인데, 부스럼이 심한 술꾼이면서 아주 저속한 말투의 욕쟁이였지요. 얼굴은 제법 예쁘장한 편이나, 그렇게 상스럽고 거칠 수가 없었습니다. 마침내 판사가 도착했고, 우린 야식을 대접했지요. 둘은 물리도록 먹고 마시더니 그만 이성을 잃었습니다. 둘

다 서로의 입안에 먹을 걸 토하고 또 그걸 삼켰지요. 그러고는 각자 상대에게 준 것을 도로 돌려받아 먹는 겁니다. 결국 그들은 야식 찌꺼기들 속에, 자신들이 방금 마룻바닥을 흥건하게 만들어놓은 오물들 속에 널브러지더군요. 그러자 제가 현장에 투입되었습니다. 제 동료가 이미 기진맥진한 채 정신을 잃은 상태였거든요. 하지만 난봉꾼은 무척 중요한 순간에 도달해 있었어요. 바닥에 뻗어 있으면서도 자지만큼은 마치 쇠막대기처럼 빳빳하게 곧추서 있었거든요. 제가 연장을 움켜쥐자 판사가 더듬더듬 욕설을 내뱉었습니다. 그는 저를 끌어당기더니 입을 마구 빨아대면서 온몸을 뒤채며 황소처럼 사정을 해댔습니다. 자신이 저질러놓은 오물 구덩이 속을 미친 듯이 뒹굴면서 말이죠.

그로부터 얼마 지나지 않아, 같은 계집은 못잖게 지저분한 광경에 동참하게 됩니다. 어느 뚱뚱한 수사가 아주 비싼 값을 치르고 그녀를 골랐는데, 다짜고짜 여자 배 위에 말 타듯 걸터앉는 것이었습니다. 제 동료의 가랑이는 최대한 벌어진 상태에서 자세를 바꾸지 못하도록 육중한 가구들에 묶였습니다. 그런 자세에서 여자의 아랫배 위에 여러 가지 요리가 접시에 담지도 않은 상태 그대로 차려졌습니다. 사내는 음식물 덩어리를 손으로 집어 애인의 활짝 벌어진 보지 속으로 쑤셔 넣었고, 그 안에서 이리 휘젓고 저리 휘저어, 자궁에서 분비된 찝찔한 씹물로 모든 것이 뒤범벅된 후에야 그걸 먹었습니다."

"그것 참 새로운 식사법이로군!" 주교의 말에 뒤르세가 대꾸했다. "물론 주교님 입장에선 전혀 달갑지 않은 방법이겠죠?" "아무렴! 말해 무엇해!" 교회의 종복이 대답했다. "그런 짓을 할 만큼 보지를 좋아하진 않으니까." 그러자 이야기꾼이 다시 입을 열었다. "자자, 이제 오늘 저녁 이야기를 마무리할 테니 다들 귀 기울여주시기 바랍니다. 아마 좀 더 재미난 내용이 될 겁니다.

제가 게랭 부인 댁에서 일한 지 8년째 되는 해였습니다. 당시 막 열일곱 살에 접어들 무렵이었는데, 그 기간 내내 단 하루도 빠지지 않고 매일 아침 가게를 드나드는 어떤 징세 청부인이 있었습니다. 그를 위해 가게에선 엄청나게 신경 쓰더군요. 당시 그의 나이는 예순 살 정도였고, 뚱뚱하면서 단신인 것이, 모든 면에서 뒤르세 나리와 닮았었죠. 마찬가지로 살집도 풍만하고 생기가 도는 타입이었습니다. 그에게는 매일 새로운 계집이 필요했기 때문에, 가게 여자들은 부득이한 경우이거나 외부 여자가 약속을 어길 경우에만 그의 앞에 대령했습니다. 징세 청부인의 이름은 뒤퐁 씨였어요. 입맛도 그렇고 계집 고르는 취향도 무척이나 까다로웠지요. 직업적 매춘부는 무조건 싫어했답니다. 방금 말한 어쩔 수 없는 경우가 아니라면 말이죠. 반드시 노동에 종사하는 여성이어야만 했습니다. 상점 점원이거나 특히 옷 가게에서 일하는 여자를 선호했지요. 나이와 머리 색은 항상 일정하게 정해졌습니다. 금발에다가 더도 덜도 말고 딱 열다섯 살에서 열여덟 살까지의 연령이어야만 했지요. 다른 어떤 것보다 중요한 자격 요건은 완벽한 모양의 엉덩이를 가져야 한다는 점 그리고 굉장히 청결해서 항문에 아주 작은 티눈만 있어도 제외 대상이라는 점이었어요. 여자가 숫처녀이면 값을 두 배로 쳐주었습니다. 그날도 우리는 그를 위해 레이스 제조업에 종사하는 직공을 미리 섭외해둔 상태였지요. 나이가 열여섯인 그녀의 엉덩이는 정말이지 수준급이었습니다. 하지만 정작 당사자인 그는 자신을 위해 선물이 준비되어 있음을 전혀 몰랐지요. 그런데 마침 그 직공한테서 하필 그날 아침 부모 몰래 빠져나오기가 어려우니 기다리지 말라는 전갈이 온 겁니다. 이에 뒤퐁이 저를 직접 본 적 없다는 사실을 떠올린 게랭 부인이 제게 지시하더군요. 제가 대신 부르주아처럼 차려입고 길 끝에 나가 있다가, 뒤퐁이 가게에 들어서면 15분 후 마차를 잡아타고 가게 앞에서 내리라는 겁니다. 능숙하게 연기해서 의상실 점원처럼 보여야 한다고 말이죠. 무엇보다 중요한 것은, 당장 제 배 속에 아니스 열매를 반 파운드나 채워 넣으라는 거였습니다. 게다가 향이 독한 술까지 큰 잔으로 하나 가득 마시라고 했는데, 그 효과가 어떤지는 이제 곧 들으시게 될 겁니다. 모든 것이 잘 이행되었습니다. 다행히 몇 시간 여유가 있어서 실수는 일어나지 않았어요. 저는 상당히 몽롱한 상태로 가게 앞에 도착했지요. 곧바로 징세 청부인에게 소개되었고 그는 다짜고짜 저를 주의 깊게 뜯어보기 시작했습니다. 제가 워낙 꼼꼼하게 준비했기에, 미리 꾸며댄 이야기에서 어긋날 만한 점을 그가 찾기는 불가능했죠. "이 여자 처녀인가?" 뒤퐁이 묻자 게랭은 제 아랫배에 손을 대면서 대답했습니다. "이쪽은 아닙니다만, 다른 쪽은 제가 장담합니다." 그러고는 아주 뻔뻔한 거짓말들을 늘어놓았습니다. 아무렴 어때요, 우리 남정네께선 그대로 속아 넘어갔고, 어차피 그리될 수밖에 없는 일이었죠. "치마 좀 걷어보구려, 치마 좀 걷어봐." 뒤퐁이 말했습니다. 게랭 부인은 제 치마 뒤쪽을 걷어 올리더니 제 몸을 앞으로 숙이게 했어요. 그런 식으로 해서, 난봉꾼이 숭배해 마지않는 성전의 전모를 까뒤집어 보여주었습니다. 그는 눈을 가늘게 뜬 채 그 안을 들여다보았고, 한동안 제 볼깃살을 더듬더니 두 손으로 그것을 벌리더군요. 조사 결과가 흡족했는지 그는 항문이 참으로 양호하다며, 이만하면 잘 놀아볼 수 있겠다고 말했습니다. 그러고는 제 나이와 하는 일에 대해 몇 가지 질문을 하고는 순진한 척하는 제 태도와 짐짓 꾸며대는 진솔함에 만족해하면서, 자기 방으로 올라가자고 했습니다. 게랭 부인의 가게에 그 사람만 드나들 수 있고 아무도 염탐할 수 없는 자기만의 공간이 마련되어 있었거든요. 안에 들어서자마자 그는 세심하게 문을 잠그더니 또 한동안 저를 골똘히 들여다보았습니다. 그러고는 초지일관 그가 고수해오는 캐릭터답게 아주 단도직입적인 말투와 태도로 묻는 것이었어요. 아무도 후장을 쑤신 적이 없었다는 게 사실이냐고 말이죠. 저로서는 그런 표현 자체를 모르는 척해야 했기에, 무슨 말인지 이해하지 못하겠다면서 그에게 다시 말해달라고 했습니다. 그는 이런저런 동작을 곁들여 더 이상 제가 못 알아듣는 척할 수 없게 설명해주었고, 저는 그런 파렴치한 짓을 직접 당했다면 아마 끔찍했을 거라며 순진하게 대답했지요. 그러자 그는 저더러 치마만 벗으라고 지시했습니다. 저는 하복부를 가린 슈미즈만 남기고 곧장 지시를 따랐죠. 그는 코르셋 밑으로 최대한 슈미즈를 들춰 엉덩이를 드러나게 했습니다. 그런데 옷을 벗다가 제가 그만 앞 가리개를 떨어뜨려 가슴이 온통 노출되고 말았지 뭡니까. 순간, 그가 펄쩍 뛰더군요. "그놈의 젖통들은 악마더러 가져가라 그래! 누가 당신한테 젖통을 내놓으라고 했어! 아무튼 계집들이란 저것 때문에 내 속을 항상 뒤집어놓기 일쑤거든. 툭하면 뻔뻔스럽게 젖통을 드러내놓고 설친단 말이야." 저는 허겁지겁 가슴을 가리고는 그에게 다가가 용서를 빌려고 했지요. 그런데 어쩌다가 자세를 취하다 보니 제 앞부분 그곳이 노출되었고, 그는 또다시 버럭 화를 냈습니다. "이런! 당신은 그냥 시키는 대로 가만히 있어! 제기랄!" 그는 제 골반을 움켜잡고 오직 엉덩이 쪽만 자기한테 향하도록 자세를 고정해주면서 외쳤습니다. "이렇게 하고 있으란 말이야, 우라질! 당신 젖가슴이나 보지는 전혀 바라지 않는다고! 지금 필요한 건 당신의 항문뿐이야." 그와 동시에 그는 벌떡 일어나 저를 침대 가장자리로 끌고 가더니 배를 대고 엎어지게 했습니다. 그런 다음 제 가랑이 사이에 앉은뱅이 의자를 놓고 앉아 머리가 제 항문 높이에 정확히 오도록 했습니다. 그는 다시 한동안 저를 골똘히 살펴보고는 그런 식으로는 자세가 제대로 나오지 않다고 판단했는지, 또 일어나 배 밑에 방석을 깔아 제 엉덩이가 뒤쪽으로 조금 더 나오도록 만들었습니다. 그는 자세를 고쳐 앉더니 꼼꼼히 다시 점검했는데, 이 모든 행동을 진지한 방탕주의적 태도로 냉정하고 덤덤하게 진행하는 것이었어요. 잠시 후, 그는 제 볼깃살을 움켜쥐고 양쪽으로 벌려 그 한복판 구멍에 자기 입을 갖다 댔습니다. 그러고는 입으로 구멍을 완전히 밀봉하다시피 했지요. 저는 저대로 그에게서 받은 지시도 있는 데다 저 나름 그럴 만한 엄청난 욕구를 느꼈기에, 그의 목구멍 깊숙이 대찬 방귀를 뿜어댔답니다. 아마 그가 평생 들어본 가장 요란한 방귀였을 거예요. 그가 대뜸 입을 떼며 화를 내더군요. "뭐하는 짓인가, 요망한 계집 같으니! 감히 내 입에다 방귀를 뀌어?" 그러고는 곧바로 다시 입을 갖다 대는 것이었어요. 저는 두 번째 가스를 내쏘면서 말했습니다. "맞아요, 손님. 제 엉덩이에 입 맞추는 분께 저는 늘 이런 식으로 대접해드리거든요." "옳거니! 그렇다면 계속 방귀를 뀌어라! 방귀 뀌어! 요, 깜찍한 계집아! 보아하니 참기 어려운 것 같으니, 원하는 만큼 실컷 뀌란 말이다." 이쯤 되자 저는 더 이상 참아낼 수가 없었습니다. 제가 삼킨 약 때문에 방귀를 뀌려는 욕구가 얼마나 거세졌는지 이루 표현할 수가 없었어요. 저희 손님은 황홀경에 빠져 입과 콧구멍으로 번갈아 그 모든 방귀를 받아먹었답니다. 그런 과정을 약 15분 이어간 다음, 그는 소파에 드러누워 저를 끌어당기고는, 엉덩이로 자기 코를 깔아뭉갠 자세로 앉아 용두질을 해달라고 지시했습니다. 그토록 신성한 쾌락을 선사해준 짓을 계속하면서 말이죠. 저는 열심히 방귀를 뀌면서 손가락보다 더 굵지도 길지도 않은 물렁물렁한 자지를 붙잡고 흔들어댔습니다. 얼마간 그렇게 흔들면서 방귀를 뀌어대자, 마침내 물건이 딱딱해지더군요. 그의 변태 행위가 배가되면서부터 쾌락의 강도 또한 증가해 절정의 순간이 다가옴을 저는 느낄 수 있었습니다. 어느새 그는 혀까지 동원해 제 방귀를 자극하더군요. 제 후장 깊숙이 자신의 혀를 박아 넣는 것이었습니다. 그렇게 해서 방귀를 촉발하겠다는 것이지요. 혀에다가 직접 방귀를 쏟아내달라는 거였어요. 완전히 이성을 잃은 거죠. 정신이 나간 상태라는 걸 알겠더군요. 결국 처량하니 보잘것없는 그의 물건이 제 손가락에 누르스름하고 희멀건 정액 일고여덟 방울을 떨어뜨리고 나서야 그는 제정신을 차렸습니다. 하지만 야만적인 성향이 또다시 정신을 흔들었고, 잽싸게 그를 휘어잡더군요. 제가 미처 몸을 추스를 여유도 주지 않고 으르렁대기 시작하는 것이었습니다. 한마디로 그는 자기 욕정을 해소하고 났을 때 악덕이 어떤 악랄한 모습을 취하는지를 여실히 보여주더군요. 얼토당토않게 거칠고 무례해진 그 태도야말로, 감각이 날

치기해간 의식(意識)을 하찮게 치부함으로써 허물어진 위세를 만회하려는 뜻이었습니다."

"앞선 모든 사람들보다 이 친구가 나는 제일 맘에 드는구먼…." 주교가 입을 열었다. "다음 날엔 그 열여섯 살 먹은 애송이 계집과 놀아났소?" "그럼요, 나리. 그다음 날에는 또 열다섯 살 먹은 훨씬 더 예쁘장한 숫처녀랑 즐겼고요. 그 사람만큼 두둑이 지불하는 사람이 별로 없어서, 그만한 대접을 받는 사람 또한 많지 않았답니다." 이번 정념은 그런 종류의 난행에 익숙해진 머리들을 한껏 달구면서 각자의 한결같은 취향을 부추겼기에, 더 이상 기다릴 것 없이 모두 그걸 실행에 옮기고 싶어 했다. 저마다 최대한 욕구를 챙겼고 거의 아무 데서나 강제로 취했다. 마침내 야식 시간이 돌아왔다. 방금 청취했던 온갖 역겨운 짓들이 또다시 야식과 뒤섞였다. 공작은 테레즈를 만취하게 한 다음 자기 입안에 토하게 만들었다. 뒤르세는 모든 계집들로 하여금 방귀를 뀌게 만들었고 그 저녁에만 방귀를 60회 이상 얻어먹었다. 별의별 광기가 머릿속을 휘젓고 있던 퀴르발은 자기만 따로 난행을 즐기고 싶다면서, 팡숑과 마리와 마담 데그랑주 그리고 샴페인 서른 병을 꿰차고 구석진 규방으로 들어갔다. 급기야 네 명 모두를 강제로 끌고 나와야만 했는데 다들 자기들이 퍼질러놓은 오물 더미 속을 허우적대고 있었고, 판사는 여전히 토사물을 쏟아내는 마담 데그랑주의 입에 자기 입을 딱 붙인 채 반쯤 잠든 상태였다. 나머지 세 친구들 역시 대동소이한 모습으로 그에 못잖은 짓을 저질렀다. 그들은 똑같이 술판을 벌였고, 마짜[68]들에게 잔뜩 먹였으며, 먹은 걸 죄다 토하게 만들었다. 그들은 소녀들에게 방귀를 뀌게 했고, 별의별 짓을 다 시켰다. 이성을 잃지 않고 있던 마담 뒤클로가 모든 걸 정리하고 다들 잠재우지 않았더라면, 장밋빛 손가락을 가진 새벽의 여신이 아폴로 신의 궁전 문을 슬며시 밀어 열 때쯤, 오물 더미를 흠뻑 뒤집어쓴 리베르탱들 모습이 인간보다는 돼지에 가깝다고 느꼈을 것이다. 모두 쉬고 싶은 마음밖에 없을 때가 되어서야

68
bardache. 이탈리아어 'bardascia'에서 유래한 말로 남색의 대상이 되어주는 미동, 남창을 의미한다.

각자 자기 잠자리에 들었고, 꿈의 신 모르페우스의 품 안에서 다음 날을 위한 기력을 보충했다.

제7일

이제 친구들은 매일 아침 한 시간씩 진행되는 마담 뒤클로의 교습을 더는 아랑곳하지 않았다. 그들은 밤의 쾌락에 지친 상태에서 이른 아침 좆물을 지나치게 낭비하는 것 아닌가 걱정스럽기도 한 데다, 그런 실습으로 인해 너무 일찌감치 관능과 그 대상들에 대해 무감각해질 수 있다고 판단했고, 결국 아침마다 때짜 중 한 명을 자기 대신 번갈아가며 투입하기로 합의했다. 순시가 시작되었다. 이제 계집아이 한 명만 더 걸리면 여덟 명 전원이 징벌을 당하는 셈이었다. 그래서 걸린 아이가 어여쁘고 똑똑한 소피, 자기 의무를 곧잘 준수해온 소녀였다. 아무리 터무니없어 보이는 지시들도 그녀는 철저하게 지켰는데, 감독관인 루이종에게 미리 언질을 준 뒤르세는 아주 교묘하게 소녀를 함정에 빠트려 잘못을 지적받고 곧장 징벌 노트에 오르도록 만들었다. 온순한 알린도 면밀하게 검사받은 다음 단죄를 받았고, 그로 인해 저녁을 위한 명단에는 소녀 여덟 명과 부인 두 명, 소년 네 명의 이름이 올랐다. 이런 준비가 모두 끝나자, 첫째 주말에 있을 축제를 장식할 혼례 의식밖에는 더 신경 쓸 일이 없었다. 그날만큼은 예배실에 볼일 보러 가는 것이 전혀 허용되지 않았고, 나리는 교황처럼 차려입고서 제단에 올랐다. 소녀의 아버지 역할을 맡은 공작은 미셰트를, 소년의 아버지 역할을 맡은 퀴르발은 지통을 데리고 나왔다. 소년 소녀 둘 다 눈에 띄게 깔끔한 정장 차림인데, 성별을 완전히 반대로 갖춰 입었다. 다시 말해 소년은 여자 옷, 소녀는 남자 옷을 입은 상태였다. 유감스럽지만 우리는 예정된 이야기 순서를 따르기 위해, 이 종교적 의식의 자세한 사항들을 통해 독자가 얻어 누릴 즐거움을 잠시 뒤로 미루지 않을 수 없겠다. 물론 그 모든 사항들을 조만간 공개할 때가 오긴 할 것이다. 모두 회식장으로 건너갔다. 점심 식사를 기다리는 사이 앳되고도 매혹적인 소년 소녀 한 쌍과 더불어 방에 처박힌 리베르탱 네 명은 그 둘을 발가벗기고 나서, 혼례와 관련한 모든 행위를 어린 나이가 허락하는 정도까지 강요했다. 다만 음경을 질에 삽입하는 것만은 피했는데, 소년이 완전 발기 상태였기 때문에 마음만 먹으면 얼마든지 그 짓도 가능했을 것이다. 하지만 다른 용도에 쓰일 꽃을 그런 식으로 망칠 수는 없었다. 대신 나머지 다른 방법으로는 서로 얼마든지 쓰다듬고, 애무해도 괜찮았다. 미셰트는 어린 남편의 몸을 실컷 유린했고, 지통은 고수들의 도움을 받아 어린 아내 몸을 달아오르게 만들었다. 그럼에도 둘 다 자신들이 처한 노예적 상황을 너무도 선명하게 의식했기에, 한창 팔팔한 나이로서 느낄 법한 관능조차 가슴을 달구기에는 역부족이었다. 식사가 시작되었고 두 배우자 역시 참석했다. 그런데 커피를 마실 즈음 다들 그 둘을 향해 머리가 잔뜩 달아올라, 그날 커피 시중을 드는 젤라미르, 퀴피동, 로제트, 콜롱브와 마찬가지로 두 소년 소녀 부부도 알몸 상태가 되어야 했다. 하루 중 그때쯤엔 너도나도 허벅지 색질이 난무했던지라 퀴르발은 남편 역 맡은 쪽을, 공작은 아내 역 맡은 쪽을 붙잡고 각자 허벅지 사이를 쑤셨다. 커피를 마시고 난 다음부터 젤라미르의 매력적인 항문을 빨고 방귀를 뀌게 만들면서 열을 올리던 주교는 이내 같은 방식으로 쑤시기에 들어갔고, 그사이 뒤르세는 퀴피동의 매혹적인 엉덩이를 대상으로 자기만의 추잡한 짓을 벌이고 있었다. 우리의 혈기 왕성한 두 대표 주자께서는 전혀 방출하지 않았고, 대신 로제트와 콜롱브를 붙잡아 방금 전 미셰트와 지통을 상대로 했던 것과 똑같이 후배위 체위로 둘의 허벅지 사이에 성기를 쑤셔 넣는가 하면, 미셰트와 지통에게는 지금껏 교육받은 그대로 귀엽고 작은 손으로 흉물스럽게 튀어나온 자기들 자지 대가리를 용두질하라고 시켰다. 그러는 내내 리베르탱들은 어린 쾌락의 대상들의 감미롭고 신선한 항문을 실컷 만지작거렸다. 그러면서도 누구 하나 좆물을 쏟아내지 않았다. 저녁에 해치워야 할 환락의 숙제가 있음을 알기에 다들 자제했던 것이다. 이때쯤 어린 부부의 권리는 완전히 사라졌고, 온갖 격식을 갖춰 이루어진 그들의 혼례는 그저 하찮은 놀이에 지나지 않게 되었다. 그들은 각자 노리개 4인조 속 제 위치로 돌아갔고, 마담 뒤클로가 재개하는 이야기에 모두 귀를 기울였다.

"나리들께서 괜찮으시다면, 어제저녁 제 이야기의 말미를 장식한 징세 청부인과 거의 동일한 취향을 가진 한 남자의 사연으로 오늘 이야기를 시작할까 합니다. 소송대리인인 그의 나이는 60대였고, 자신보다 연로한 여자만을 원하는 것과 함께 아주 괴상한 기벽의 소유자였지요. 게랭 부인은 자기 친구 중 늙은 뚜쟁이 한 명을 대주었는데, 그 여자의 쭈글쭈글한 볼깃살이 마치 담배 가루에 습기 먹일 때 쓰는 낡은 양피지 같았어요. 한데 그거야말로 우리 난봉꾼 손님에게서 찬탄을 이끌어낼 만한 물건이었답니다. 그는 다 늙어빠진 그 엉덩이 앞에 무릎을 꿇고 앉아 사랑스럽게 입을 맞추었습니다. 코에 대고 방귀를 뀌자 그는 더없이 황홀해했지요. 그는 아예 입을 벌렸고 여자는 그 안에 다시 방귀를 뀌어댔습니다. 그러다가는 이제 그의 혀마저 뭉클하게 새어나는 바람을 속속들이 탐할 참이었습니다. 그런데 그런 짓을 한참 하다 보니 치미는 광기를 도저히 참을 수 없었나 봅니다. 그가 갑자기 바지 속에서 늙어빠진 조그만 음경을 꺼냈는데, 자기가 지금 열심히 공을 들이고 있는 신성한 볼깃살 못잖게 쭈글쭈글 주름지고 희멀겋더군요. 그는 안간힘을 다해 용두질하면서 소리쳤습니다. '아! 방귀를 뀌어, 어서 방귀를 뀌라고! 요것아, 어서 뀌란 말이야. 내 사랑, 이 녹슨 연장을 깨어나게 할 수 있는 건 오로지 너의 방귀밖에 없단 말이다.' 뚜쟁이가 더욱 힘을 주자, 쾌락에 취한 난봉꾼은 그만 여신의 다리 사이에 보기에도 딱한 정액 두세 방울을 떨어뜨리는 것이었어요.

덕분에 그는 절정의 황홀경을 맛보았고 말이죠."

오, 제대로 된 본보기의 엄청난 효과라니! 누가 예상이나 했겠는가? 바로 그 순간, 일제히 약속이나 한 듯 우리의 리베르탱 네 명은 통솔자 4인조를 불러 모았다. 그러고는 그 늙고 지저분한 엉덩이들에 매달려 방귀를 구걸하고 얻어먹었다. 통음난교가 가져다줄 쾌락만으로는 자제가 되지 않는지, 어떻게든 소송대리인처럼 행복해져볼 거라며 악을 써대는 것이었다. 그러나 급기야는 다음 순서를 머릿속에 떠올렸고, 그쯤에서 모든 걸 멈추고는 각자의 베누스들을 놓아주었다. 뒤클로는 이야기를 계속했다.

이 사랑스러운 계집이 말하기를, "다음은 강조해서 들려드릴 만한 이야기는 아닙니다. 여러분이 딱히 좋아하지 않을 거라는 걸 알지만, 모든 걸 다 이야기하라고 분부하셨기에 그대로 따를 뿐이에요. 아주 곱상하게 생긴 한 젊은이가 있었는데, 생리 때마다 제 보지를 입으로 애무해주는 기벽을 가지고 있었습니다. 저는 등을 대고 바로 누워 다리를 벌리고 있었지요. 그 앞에 무릎을 꿇고 앉아, 그는 두 손으로 제 허리를 받쳐 보지가 더 바짝 접근할 수 있도록 하고서 열심히 빨아댔습니다. 그는 씹물과 피를 모두 삼켰는데, 워낙 솜씨가 좋았고 또 잘생겨서 저도 있는 대로 내용물을 쏟아냈지 뭡니까. 그는 스스로 용두질했고 기분이 하늘로 치솟았습니다. 세상 무엇도 이처럼 그를 쾌락으로 들뜨게 만들 수 없을 것 같았지요. 결국 그 짓을 계속하는 가운데 더할 나위 없이 뜨겁고 열정적으로 그가 사정하는 바람에 제 예상이 사실로 입증된 셈이죠. 다음 날 그는 다시 찾아와 오로르와 놀았고, 얼마 뒤에는 제 동생을 만났습니다. 그렇게 한 달 동안 우리 가게 모두를 그런 식으로 줄줄이 맛보더니만, 결국 파리의 다른 매음굴 여자들까지 몽땅 그렇게 해치우더군요.

나리들께서도 인정하시겠지만 이런 기벽은, 게랭 부인의

옛 남자 친구로서 오랜 세월 그녀가 먹여 살려온 사내의 기벽에 비하면 별로 특별한 편이 아니죠. 게랭 부인 얘기로는, 그 남자의 경우 여자가 유산해 쏟아버린 배아를 집어삼켜야만 쾌락을 느끼더라는 겁니다. 우리는 그런 상황에 처한 계집을 찾기만 하면 곧장 그에게 연락을 취했지요. 그는 득달같이 달려와 쾌락으로 몸부림치는 가운데 죽은 배아를 잡아먹었답니다."

퀴르발이 입을 열었다. "그런 인간은 내가 잘 알지. 그 친구 취향만큼 세상에 확고한 건 없으니까." 그러자 주교가 말을 받았다. "그건 그렇지만, 그 양반 못잖게 확고한 건 나는 절대로 그런 흉내를 내지 않을 거란 사실이오." "아니 그건 왜?" 퀴르발이 말했다. "그렇게만 하면 확실히 사정에 이를 수 있을 텐데. 게다가 콩스탕스가 임신한 것 같으니, 허락만 해준다면, 그 아드님을 서둘러 세상에 납시도록 해 정어리처럼 으깨서 먹어버린다고 내 장담하지." "오! 임신한 여자에 대한 당신의 혐오감을 잘 알겠어요," 콩스탕스가 대꾸했다. "당신이 아델라이드의 엄마를 처치한 이유도 그녀가 두 번째 임신을 했기 때문인 거죠. 쥘리가 내 말에 귀 기울여, 자기 몸 하나는 조심해야 할 텐데." 그러자 판사가 말했다. "내가 자식새끼 싫어하는 건 틀림없어. 배가 불러오는 짐승만 보면 격렬한 거부감에 휩싸이는 게 사실이니까. 하지만 단지 그것 때문에 내가 마누라를 죽였다고 생각한다면 그건 큰 착각인걸. 당신 같은 빌어먹을 계집이 똑똑히 알아야 할 것은, 내가 여자 하나 죽여버리는 데 딱히 이유는 필요치 않다는 거야. 더군다나 당신 같은 암소는 말할 필요도 없지. 만약 내 암소라면 송아지를 순순히 낳게 놔둘 리도 없겠지만 말이야." 콩스탕스와 아델라이드는 동시에 울음을 터뜨렸다. 이 상황을 기점으로, 공작의 매혹적인 배우자에게 판사가 평소 품고 있던 은밀한 증오심이 백일하에 드러나기 시작했다. 한편 공작은 이 입씨름 속에서 아내의 편을 들기는커녕, 자기 또한 그와 마찬가지로 자식 생기는 걸 극도로 싫어하며, 설사 콩스탕스가 임신을 했기로서니 아직은 해산하지 않았음을 알아야 할 거라고 퀴르발에게 말했다. 이쯤 되자 콩스탕스의 눈물이 배로 흘렀다. 그녀는 아비인 뒤르세의 소파에 앉아 있었는데, 당장 입 닥치지 않으면 지금 몸 상태가 어떻든 엉덩이를 냅다 걷어차 문밖으로 쫓아버릴 거라는 엄포가 딸에게 건네지는 위로의 전부였다. 가엾고 불행한 여자는 구박받는 눈물을 아픈 가슴으로 새기며, 가까스로 중얼거렸다. "세상에, 하느님! 저는 어쩜 이다지도 불행한지요! 하지만 이것이 제 운명이라면, 묵묵히 견뎌나가야겠죠." 공작의 소파에 앉아 눈물을 펑펑 쏟는 아델라이드를 공작은 갖은 방식으로 겁을 주고 을러대면서 더 심하게 울도록 몰아붙였다. 마침내 눈물이 마르고, 우리 리베르탱들의 악랄한 영혼에는 즐거울지언정, 매우 처절했던 광경도 결국에는 정리가 되어 뒤클로는 다음과 같이 이야기를 재개했다.

"게랭 부인의 가게에는 아주 재미나게 만든 방이 하나 있었는데, 단 한 사람만을 위한 공간이었어요. 일종의 이중 구조였는데, 아래쪽 공간은 사람이 누울 수만 있을 정도로 천장이 무척 낮았죠. 제가 정념을 북돋기로 되어 있는 아주 기이한 난봉꾼은 바로 그곳을 이용하기로 되어 있었답니다. 그는 계집 한 명을 데리고 함정처럼 생긴 그리로 들어갔고, 위쪽 공간으로 뚫린 구멍 위치에 맞게 머리를 두었습니다. 함께 들어간 계집이 할 일은 열심히 그를 용두질해주는 것뿐이었고, 저 역시 위쪽 공간에서 다른 남자를 용두질해주기로 되어 있었죠. 아주 은밀하게 자리한 구멍은 어쩌다가 거기 그렇게 뚫린 것처럼 보였고, 저는 바닥을 더럽히지 않게 깔끔 떨듯이 제가 맡은 사내를 용두질해서 좆물을 그 구멍으로 떨어지게 만들어야 했지요. 결국 그 구멍 바로 아래 정확히 갖다 댄 또 다른 사내의 얼굴로 떨어지도록 말이죠. 온갖 기교가 다 동원된 작전이라 전혀 탄로 나지 않고 기막히게 성공했답니다. 당하는 입장인 사내는 위에 있는 사내의 좆물을 코끝으로 받아내는 바로 그 순간, 자신도 좆물을 뿜었고 그렇게 모든 것이 끝났지요.

그나저나 아까 제가 이야기한 노파 말입니다. 그녀가 다시 등장할 텐데요, 이번에는 다른 선수를 상대할 겁니다. 나이가 마흔 살가량인 이 남자는 노파를 발가벗겨놓고 그 늙은 시체 같은 몸뚱어리의 모든 구멍이란 구멍을 핥아대는 것이었어요. 항문, 보지, 입, 콧구멍, 귓구멍, 겨드랑이까지 하나도 빠트리지 않았어요. 게다가 그 빌어먹을 놈은 매번 핥고 빨 때마다 거기서 나오는 모든 걸 삼켜버렸답니다. 그걸로 그치지 않고 그는 여자로 하여금 과자 조각들을 씹게 만들더니, 다 으깨지는 즉시 곧장 자기 입으로 받아먹는 것이었습니다. 그는 또 여자가 목을 헹군 포도주를 한참 동안 입안에 머금게 한 다음, 그걸 자기 입으로 받아 삼켰습니다. 그런 짓을 하는 내내 그의 자지가 엄청나게 발기해, 따로 자극할 필요 없이 금방이라도 좆물을 토해낼 것만 같았어요. 결국 사정할 것 같은 느낌이 들자, 그는 노파에게 다시 달려들어 혀를 그녀의 후장 속으로 최소한 1피에 정도 집어넣고는 미치광이 날뛰듯이 방출해버렸습니다."

"제기랄!" 퀴르발이 입을 열었다. "좆물을 쏟기 위해 굳이 젊거나 예쁠 필요가 도대체 뭐란 말인가? 다시 말하지만, 온갖 쾌락 행위 중에서도 불결한 짓이야말로 좆물을 빼내는 데 최고라니까. 더러운 짓을 하면 할수록 좆물은 더 관능적으로 솟구치거든." 그러자 뒤르세가 말을 받았다. "사실 우리에게 쾌락을 안겨주는 몸뚱어리의 소금기야말로 우리의 동물정기를 자극해 발동을 부추기는 주요 요인이지. 그런데 늙고 더럽고 악취 나는 몸뚱어리일수록 더 많은 소금기를 분비해서, 결국에는 사정 활동을 더 강력하게 자극하고 유발할 거라는 점을 과연 누가 부정하겠냔 말이야!" 이 이론을 두고 둘 사이에서 잠시 토론이 오갔다. 저녁을 들고 난 다음 해야 할 일이 많았기에 이번에는 최대한 일찍 식탁을 차리게 했고, 징벌 대상에 오른 모든 소녀들은 디저트 시간에 맞춰 다시 응접실로 건너갔다. 그곳에서 마찬가지로 단죄받은 소년 넷과 아내 둘이 합류해 총 열네 명의 희생자 머릿수가 채워졌다. 즉, 이미 언급한 소녀 여덟 명과 아델라이드, 알린 그리고 나르시스, 퀴피동, 젤라미르, 지통 등 소년 네 명이 그들이다. 우리의 친구들은 자기들 취향에 따라 강렬한 관능의 기대로 이미 도취한 데다, 엄청난 양의 포도주와 독주 때문에 머릿속이 부글부글 끓는 상태에서 식탁을 벗어나 수형자들이 기다리는 응접실로 몰려갔다. 음란과 광기와 취기가 판치는 가운데 저 불행한 비행자들을 편들어줄 사람은 결단코 없었다. 그날의 난장판에는 죄지은 자들과 시중을 들 노파 네 명만 참석할 수 있었다. 모두 알몸 상태였고, 벌벌 떨었으며, 울면서 자신들의 운명을 기다렸다. 안락의자에 앉은 판사가 뒤르세에게 각 노리개들의 이름과 죄목을 물었다. 동료만큼이나 만취한 뒤르세가 노트를 펼쳐 읽으려 했으나, 눈앞의 사물이 흔들거리는 바람에 끝까지 읽어내릴 수 없었다. 결국 주교가 그를 대신했는데, 마찬가지로 취했지만 그나마 포도주를 자제한 터라, 죄인들의 이름과 잘못을 차례차례 큰 소리로 읽어내려갈 수 있었다. 곧이어 판사는 비행자의 연령과 기력에 맞춘 형벌을 발표했는데, 하나같이 혹독한 수준이었다. 이상 요식행위가 끝나자 형이 집행되었다. 우리 계획의 정해진 순서 때문에 그 음란한 벌칙들을 이 자리에서 상세히 거론하지 못해 유감이나, 독자들께서는 그 점을 원망하지 않으실 거라 믿는다. 당장 독자들의 바람을 충족시키기가 불가능하다는 걸 우리처럼 그분들 또한 느끼고 있을 테니 말이다. 다만 그 세세한 내용은 나중에 하나도 빠짐없이 확인하시게 될 거라 자신한다. 의식은 장시간 진행되었다. 벌 받을 사람이 열네 명이었고, 거기에 상당히 재미난 에피소드들까지 첨가했다. 물론 그 전체가 환락의 연속이었음은, 네 악당 모두 사정에 이르렀다는 사실만으로도 분명하다. 그들은 술과 쾌락에 절어 곤죽이 된 몸이라 때짜 네 명이 데리러 와주지 않았다면, 또 다른 음란 행위들이 기다리는 자기들 숙소를 제대로 찾아 돌아가지도 못했을 터였다. 그날 밤 아델라이드와 동침하기로 되어 있던 공작은 별로 내키지 않았다. 아델라이드는 벌 받은 사람들 가운데 한 명으로 공작에게 호되게 당한 터라, 그렇지 않아도 그녀를 향해 좆물을 쏟을 만큼 쏟아낸 공작 입장에서는 더 이상 그녀와 밤을 보내고 싶을 리 없었다. 결국 공작은 아델라이드를 바닥 매트로 내쫓고는, 늘 크나큰 총애를 받아온 마담 뒤클로를 대신 품었다.

제8일

전날의 본보기가 워낙 강력했기에, 다음 날에는 잘못한 사람을 집어내려야 집어낼 수가 없었다. 때짜들을 대상으로 한 교습이 계속되었고, 커피 시간까지 아무런 사건도 일어나지 않은 만큼 그 시점부터 하루의 이야기를 시작하기로 한다. 커피 시중은 오귀스틴, 젤미르, 나르시스, 제피르가 담당했다. 허벅지 색질이 다시 시작되었다. 퀴르발은 젤미르를, 공작은 오귀스틴을 붙잡아 그 예쁘장한 엉덩이에 찬사를 퍼붓고 입을 맞추었는데, 예전에는 눈에 들어오지 않던 매력과 발그레한 빛깔, 애교가 왜 하필 그날에 맞춰 돋보이는지 모르겠지만, 아무튼 우리의 난봉꾼들은 매혹적이고 앙증맞은 엉덩이들을 실컷 애무하고 입맞춤하고는, 일제히 방귀를 요구했다. 나르시스를 물고 늘어진 주교는 이미 원하던 방귀를 얻어냈다. 뒤르세의 입안으로 냅다 내지르는 제피르의 방귀 소리도 들리고 있으니…. 그들처럼 하지 말란 법이 있겠는가? 젤미르는 결국 성공했으나 오귀스틴은 소용이 없었고, 아무리 애를 써도 마찬가지였다. 전날의 혹독한 고역을 들먹이며 공작이 다음 주 토요일에 있을 징벌로 위협해 봐도 아무 소득이 없었다. 그러던 중 가엾은 소녀가 실컷 울고 나서야 소리 없는 방귀가 비어져 나와 공작을 만족시켰다. 그는 숨을 깊이 들이마셨고 그토록 아끼던 예쁜 소녀의 고분고분한 자세에 만족해 자신의 거대한 물건을 허벅지 사이에 끼워 넣은 다음, 사정하는 순간 빼내 볼기 두 짝을 흠뻑 적셔주었다. 퀴르발도 젤미르를 상대로 그에 버금가는 행동을 했으나, 주교와 뒤르세는 이른바 '거위 찌꺼기'[69]라 부르는 것에 만족했다. 낮잠을 잔 다음에는 다들 살롱으로 건너갔다. 거기엔 그날따라 나이를 잊게 만들 정도로 최선을 다해 치장한 아리따운 마담 뒤클로가 조명 아래 정말 화려한 자태를 뽐내고 있었고, 그 때문에 한껏 달아오른 우리의 난봉꾼들은 그녀가 연단 위에서 좌중을 향해 볼기짝을 까뒤집어 보여주기 전에는 이야기를 재개할 수 없도록 했다. 퀴르발이 말했다. "저 여자 정말 대단한 엉덩이를 가졌어." 그러자 뒤르세가 맞장구쳤다. "여부가 있겠소. 나로 말할 것 같으면 저보다 나은 엉덩짝을 본 적이 별로 없는 것 같다니까." 이러한 찬사를 받고 난 다음, 우리의 주인공께서는 들췄던 속치마를 내리고 옥좌에 앉아, 계속 경청할 각오가 되어 있다면 말이지만, 앞으로의 즐거움을 위해 우리가 조언하는 방식에 따라 독자가 읽어나가게 될 이야기를 마저 진행했다.

"하나의 사건과 한 번의 심사숙고를 거침으로써, 이제 나리들께 들려드릴 이야기는 앞선 사례들과는 다른 전쟁터를 배경으로 펼쳐지게 됩니다. 심사숙고라고 해봤자 간단합니다. 제 빈약한 지갑 사정 때문에 촉발된 생각이니까요. 아홉 살 때부터 게랭 부인 가게에서 지내오며 낭비라곤 거의 하지 않았음에도, 수중에 100루이 이상을 쥐어본 적이 없습니다. 이해타산에 워낙 밝은 데다 간교하기 짝이 없는 그 여자는 어떤 구실을 붙여서라도 수입의 최소한 3분의 2를 자기 것으로 챙겼고, 나머지 3분의 1에 대해서조차 엄청난 액수를 공제해왔지요. 그런 술책 때문에 저는 아주 기분이 나빴는데, 마침 푸르니에라는 이름의 또 다른 뚜쟁이가 자기 가게에 와서 같이 살자고 적극적으로 제안해오는지라, 그 가게 손님들이 게랭 댁보다는 훨씬 부유하면서 매너 좋고 나이 지긋한 놈팡이들이란 사실도 알게 되었겠다, 결국 게랭 부인과는 작별하고 가게를 옮기기로 결심하게 된 것이지요. 이런 심사숙고에 하나 더 얹어서 일어난 사건은 제 언니의 실종이었습니다. 모든 것이 언니를 떠올리게 하면서

69
la petite oie. 원래 요리 용어로, 거위를 굽기 전에 떼어내는 머리와 다리, 날개 등 불필요한 부위를 의미했다. 이것이 패션 용어로 전의되면서 옷을 제외한 모자, 장갑, 액세서리를 지칭하게 되었고, 풍속 용어로는 이 텍스트에서와 같이 성교와 사정을 제외한 애무나 입맞춤 같은 연인 사이의 애정 표시를 가리키기도 한다.

도 막상 만나보지는 못하게 된 집에서 저는 더 이상 머물 수가 없었어요. 사정은 이랬습니다. 거의 6개월 전부터 언니를 끊임없이 찾는 손님이 한 명 있었습니다. 키가 크고 마른 몸집에 혈색이 어두운 남자인데 왠지 제게는 인상이 무척 안 좋더라고요. 두 사람은 함께 방에 틀어박혔고 거기서 무얼 하는지 저는 알 길이 없었습니다. 언니가 한 번도 그에 관해 입을 열려고 하질 않았거든요. 게다가 제가 안을 들여다볼 수 있는 방에는 둘이 절대로 들어가려 하지 않았답니다. 아무튼 어느 이른 아침 언니가 제 방에 와서 꼭 끌어안고는 이제 자기는 팔자가 폈다고 하더라고요. 제가 싫어하는 바로 그 키 큰 남자가 자기를 먹여 살리기로 했다는 겁니다. 그때 제가 들은 얘기는, 앞으로 언니가 자신의 아름다운 볼기짝만으로 충분히 살아나갈 것이라는 내용이었습니다. 그러고 나서 언니는 자기 주소를 남겼고, 게랭 부인과 계산을 마무리했으며, 마지막으로 저와 다시 한 번 포옹을 나누고는 떠나버렸지요. 짐작하시겠지만, 저는 이틀이 지나기 무섭게 어김없이 언니가 적어준 주소로 달려갔습니다. 그런데 거기선 제가 무슨 말을 하는지 당최 이해를 못 하겠다는 겁니다. 저는 언니가 깜빡해서 주소를 잘못 가르쳐준 거라 판단했지요. 일부러 저를 보지 않으려고 따돌릴 의도였다고는 도저히 생각할 수가 없었거든요. 제게 닥친 일에 대해 게랭 부인에게 하소연하자 그녀는 얄미운 표정을 지으며 아무런 설명도 해주지 않더군요. 그래서 저는 이 모든 사건의 비밀에 그녀가 관여했다는 결론을 내리게 되었습니다. 하지만 제가 그걸 해결하려고 나서는 걸 사람들이 별로 바라지 않는다는 생각도 들었지요. 그런 사정들이 저를 압도하는 바람에 저는 그냥 모든 걸 제 팔자로 받아들이게 되었답니다. 아무튼 사랑하는 언니에 대해 앞으로는 이야기할 기회가 없을 테니 이 자리를 빌려 나리들께, 그저 제가 무진장 수소문해대며 언니를 찾으려고 갖은 정성을 쏟았는데도 행방을 알아낼 수 없었다는 말씀만 드리겠습니다."

그때 마담 데그랑주가 끼어들었다. "분명 그랬을 테지. 그 여자가 자네를 떠나고 나서 24시간이 지나도록 살아 있지는 못했으니까. 언니가 자네를 속인 게 아니야. 스스로 속아서 그리 된 거지. 게랭 부인은 사정을 알고 있었어." 그러자 마담 뒤클로가 발끈했다. "세상에! 그게 무슨 소리예요! 비록 만나지는 못하지만, 살아 있으리라는 기대는 하고 있었는데."[70] "아주 잘못 짚었구먼," 마담 데그랑주가 다시 말했다. "어쨌든 언니가 자네한테 거짓말을 한 건 아니야. 아리따운 볼기짝과 놀랄 만큼 우월한 엉덩이 덕분에 그나마 한몫 단단히 움켜쥘 생각으로 운을 시험해본 거고, 결국에는 그로 인해 목숨을 잃게 된 거니까." "그럼 키 크고 마른 남자는?" 마담 뒤클로가 물었다. "그자는 중개인에 불과했어. 언니를 위해 일을 한 게 아니었다고." 마담 뒤클로는 거듭 추궁했다. "하지만 무려 6개월 동안 그자가 언니를 열심히 보러 왔는데요?" 마담 데그랑주의 대답은 이랬다. "그거야 속이려고 그런 거지. 어쨌든 자네 이야기나 계속해보지. 이렇게 시시콜콜 따져봐야 나리들은 심심할 테니까. 그 일화는 나와도 관련 있으니, 나중에 나리들께 내가 자세한 설명을 올리도록 하지." "어이 뒤클로, 마음이 그렇게 물러 터져서야!" 새어 나오는 눈물을 참기 어려워하는 여자의 모습에 마침내 공작이 까칠하게 나섰다. "여기서 그딴 서글픔 따윈 아무 의미가 없어. 온 세상이 한꺼번에 허물어질지언정, 그로 인해 우리가 한숨 쉴 일은 결코 없단 말이지. 자자, 눈물일랑 바보들이나 어린애들에게 맡기고, 우리가 높이 평가하는 똑똑한 여자의 볼이 그런 걸로 지저분해지는 일은 없도록 합시다." 그 말에 우리의 주인공은 마음을 가다듬고 이야기를 재개했다.

"방금 설명한 두 가지 요인들을 저는 결국 저 자신의 팔자로 받아들이게 되었답니다, 나리. 더군다나 푸르니에 부인이 보다 나은 거처를 제공해주고, 각별한 식단과 좀 더 고되긴 하나 훨씬 보수가 좋은 일을 시키면서도 공제 없이 꼬박꼬박 동등하게 수입을 나누기로 약속했기에, 저는 당장 결정하게 되었지요. 푸르

70
이하 대목을 두고 나중에 사드는 수정해야 할 부분으로 지목한다. 마담 뒤클로의 성격상 언니의 죽음을 애석해하는 것이 부자연스럽다는 이유에서였다.

니에 부인의 가게는 건물을 통째로 사용하고 있었고, 젊고 어여쁜 아가씨들 다섯 명이 접대부 노릇을 하고 있었지요. 제가 바로 여섯 번째인 셈이었습니다. 제가 이번에도 게랭 부인 댁에서처럼 해야 아무래도 좋겠지요. 제 동료들이 뭔가 특별한 경험을 하는 경우만 모아서 말씀드리는 식으로요. 가게에 도착한 바로 다음 날부터 제게 일을 맡기더군요. 푸르니에 부인 댁은 정말 단골손님이 줄을 이어 찾아드는 곳이었어요. 우리는 하루에 각기 대여섯 명을 상대하는 일이 다반사였습니다. 하지만 지금까지 그래왔던 것처럼, 뭔가 독특하고 기이한 점으로 나리들 관심을 자극할 만한 일들이 아니면 거론하지 않겠습니다.

제 새로운 체류지에서 처음 상대한 손님은 나이 쉰 살가량의 연금 관리인이었습니다. 그는 저를 무릎 꿇게 하고는 머리를 침대에 기대도록 한 뒤, 자신도 침대 위로 올라가 제 위로 무릎을 꿇고는 용두질을 해대는 것이었습니다. 입을 아주 크게 벌리라면서 그 안을 겨냥해서 말이죠. 제가 단 한 방울도 흘리지 않는 가운데, 호색한은 제 목구멍에서 역겹게 꿀럭거리며 올라오려는 토악질의 경련과 발버둥을 엄청 즐기는 것이었습니다."

마담 뒤클로는 계속 얘기를 이어나갔다. "나리들께서 양해해주시길 바라건대, 발생 시점은 각기 다르지만 푸르니에 부인 댁에서 제가 겪은 이와 동일한 종류의 경험담 네 가지를 연속해서 말씀드리도록 하겠습니다. 특히 이 이야기들은 뒤르세 님의 심기를 어지럽히지 않을뿐더러, 제가 알기론 아마도 남은 저녁 시간 내내 그분 취향에 부합하는 얘기를 해드려 고마워하실 거라 믿습니다. 더군다나 그 취향 덕분에 제가 그분을 처음 만나 알게 되는 영광을 누렸거든요."

"뭐야," 뒤르세가 말했다. "내가 자네 이야기에 등장할 거란 말인가?" 마담 뒤클로는 대답했다. "물론 나리께서 괜찮다고 하시면요. 다만 나리와 관계된 사안에 이르면 미리 알려드릴 겁니다." "맙소사, 그럼 내 체면은 어쩌고…? 이 어린 아가씨들 앞에서 내 파렴치한 언행을 모조리 까발리겠다는 건가?" 징세 청부인의 장난기 어린 걱정에 한바탕 폭소가 터지고 나서, 뒤클로는 이야기를 재개했다.

"제가 방금 언급한 사람보다 훨씬 더 나이 많고 역겨운 난봉꾼 한 명이 손님으로 와서 동일한 기벽의 또 다른 사례를 제게 펼쳐 보여주었습니다. 그는 저를 알몸으로 침대에 눕게 하고 자신은 반대 방향으로 제 위에 엎드린 뒤, 자지를 제 입에 넣고는 자기 혀로 보지를 파고드는 것이었습니다. 그런 자세로 그는 자기 혀가 유발한다고 자신하는 간지러운 쾌감을 저 또한 자기에게 제공하라고 요구했습니다. 저는 최선을 다해 빨았습니다. 그에게는 제 처녀지를 내어주고요. 그는 핥고, 쩝쩝거리면서 저보다도 자기 자신을 위해 온갖 기교를 동원해가며 애를 썼습니다. 어쨌든 저 역시 끔찍하게 역겨운 경험은 아니라는 점에 제법 만족하면서 정신없이 임했답니다. 마침내 난봉꾼은 사정에 이르렀습니다. 그건 사전에 모든 지침을 내리는 푸르니에 부인의 바람대로 제가 그 난봉꾼에게 최대한 음탕하게 조작한 결과였죠. 입술을 잔뜩 조여 빨아대면서 그가 방출하는 체액을 제 입안에서 최선을 다해 묘사하는가 하면, 동시에 손을 그의 볼기 쪽으로 가져가 항문을 간질였거든요. 이는 곧 그 자신이 제게 지시한 그대로이고, 자기 쪽에서도 최선을 다해 실행에 옮긴 내용이었답니다…. 일이 끝나자, 손님은 자기를 이보다 더 만족시킬 줄 아는 계집은 여태껏 만나본 적 없다는 말을 푸르니에 부인에게 남기고는 자리를 떴지요.

그 일이 있은 뒤 얼마 지나지 않았을 때입니다. 나이가 일흔이 넘은 마귀할멈 같은 어느 노파가 가게에 드나들면서 몸풀기를 고대하는 것 같기에 한참 궁금하던 차에, 실제로 그녀가 그 짓을 하기 위해 드나드는 중이라고 누가 귀띔해주는 것이었습니다. 도대체 그런 고약 덩어리 같은 존재를 무엇에 쓸까 엄청 호기심이 발동한 저는 게랭 부인 댁에서처럼 몰래 엿볼 수 있는 방이 혹시 가게에 있는지 동료들에게 물어보았습니다. 동료 한 명이 마침 있다면서 저를 그곳으로 데려가주었고, 두 사람이 들여다보게 되어 있는 그곳에 함께 자리를 잡았습니다. 다음은 우리가 거기서 보고 들은 내용인데, 두 방이 벽 하나를 사이에 두고 나란히 있어, 말 한 마디도 놓치지 않고 들리는 것이었어요. 노파가 먼저 방에 들어왔는데, 거울에 자기 모습을 비춰 보면서 몸단장을 하더군요. 자신의 매력으로 어떤 성공을 거둘 수 있을 거라고 진짜 믿는 듯했습니다. 그로부터 몇 분 뒤, 우리는 이 새로운 개념의 클로에를 위해 나타난 다프니스를 보게 되었지요.[71] 그자는 기껏해야 예순 살 정도 먹었더군요. 아주 느긋해 보이는 연금 관리인이었는데, 예쁘장한 아가씨보다는 쓰레기 창녀한테 돈 쓰기를 더 좋아했습니다. 그것도 나리들께서 익히 알고 이해하실 만한 독특한 취향으로 놀면서 말이죠. 그는 천천히 다가갔고, 공손하게 절하는 자신의 색시를 아래위로 훑어보았습니다. 호색한이 이렇게 말했어요. '그렇게까지 격식 차릴 필욘 없네, 이 할망구야. 어서 옷이나 벗어보라고…. 아 참, 그나저나 자네 이빨은 있나?' 노파는 더러운 입을 한껏 벌리며 말했죠. '없습니다, 손님. 한 개도 남아 있지 않아요. 한번 들여다보시죠.' 그러자 남자가 다가가 노파의 얼굴을 붙잡고는, 그 입에 제 평생 본 중 가장 열렬한 키스를 퍼붓는 것이었습니다. 사실 키스뿐 아니라 입 전체를 빨고 삼키면서, 사랑스럽게도 자신의 혀를 노파의 썩어문드러진 목구멍 깊숙이 찔러대기까지 하더군요. 오랜 세월 그런 흥분을 경험해본 적 없는 노파도 애정을 듬뿍 담아 그에 화답했는데…. 일일이 나리들께 묘사하기가 어려울 지경입니다. 돈 많은 자산가가 말했습니다. '자자, 이제 발가벗어야지.' 그러면서 자신도 바지를 벗어, 결코 오래 서 있을 것 같진 않은 쭈글쭈글하고 시커먼 음경을 꺼냈지요. 한편 노파는 발가벗은 몸으로 뻔뻔하게 다가와, 그 누렇게 말라비틀어져 거죽만 축 늘어진 쭈글쭈글 늙은 몸뚱어리를 애인에게 내맡기는 것이었어요. 아무리 그런 것에 유별난 취향을 가지셨다 해도, 나리들께 그 꼴을 일일이 묘사한다는 건 저

71
다프니스와 클로에는 레스보스섬을 배경으로 한 걸작 연애 문학의 남녀 주인공. 기원전 3세기 경 그리스인 롱고스의 작품이지만 16세기 프랑스어로 번역되어 더 유명해졌다.

로선 엄두가 나지 않을 만큼 불쾌감만 더할 겁니다. 하지만 우리의 난봉꾼은 불쾌감은커녕 좋아서 정신을 못 차리는 거였어요. 그는 노파를 덥석 붙잡더니, 그녀가 옷을 벗는 동안 혼자 수음을 하고 있던 안락의자로 바짝 끌어당기고는, 또다시 그 입안에 혀를 찔러 넣었습니다. 그리고 노파의 몸뚱어리를 돌려세워 이번에는 뒤꽁무니에 극진한 예를 표하는 것이었습니다. 정말이지 볼기짝을 열심히도 주무르더군요. 가만있자, 볼기짝? 차라리 궁둥이에 매달린 채 허벅지 위로 축 늘어진 쭈글쭈글한 걸레 자락 두 개라고 하는 게 낫겠어요. 좌우간 어떻게 생겨먹었든 그것들을 양쪽으로 벌리더니 그는 그 속에 감춰진 역겨운 똥구멍에 자기 입을 아주 관능적으로 갖다 붙이고는, 여러 차례 각기 다른 각도로 혀를 삽입하는 것이었어요. 그러는 동안 노파는 죽은 음경을 흔들어대면서 조금이라도 단단하게 만들려고 갖은 고생을 다하고 있었죠. 마침내 셀라동[72]께서 이렇게 말하더군요. '자, 슬슬 본론으로 들어가볼까. 나만의 특별한 상황을 연출하지 않으면 자네가 아무리 애써봐야 소용없을 거야. 내용은 들어서 알고 있겠지?' '네, 손님.' '그럼 삼켜야 한다는 것도 아는 거지?' '알아요, 우리 멍멍이, 자기야, 내가 다 삼켜버릴 테야, 자기가 싸지르는 거 내가 몽땅 꿀꺽해버릴 거라고!' 그와 동시에 난봉꾼은 노파를 침대에 자빠트려 머리를 아래로 향하게 한 뒤 자신의 맥없는 물건을 불알까지 몽땅 그 주둥이에 쑤셔 넣는 거였어요. 그러고는 다시 자세를 돌려 노리개의 양다리를 들어 자기 어깨에 올려놓자, 이번에는 그 못생긴 면상이 할멈의 볼기짝들 사이에 정확하게 위치하는 것이었습니다. 그의 혀가 또다시 관능의 구멍을 쑤시기 시작했습지요. 장미 속에서 꿀을 흡입하는 꿀벌도 그보다 더 황홀하게 빨아대지는 못할 겁니다. 그러다가 노파가 다시 빨아대고, 사내는 몸부림을 쳐댑니다. 음란한 행위가 그렇게 15분가량 이어진 끝에 그가 외쳐요. '아, 빌어먹을! 빨아라, 빨아, 갈보 년아! 빨아서 다 삼켜버려, 나온다, 나와, 오 맙소사! 나오고 있어, 어때, 느껴지나?' 그는 자기 앞에

72
셀라동은 오노레 뒤르페(Honoré d'Urfé, 1568-625)의 소설 주인공인데 플라토닉한 사랑으로 유명하다. 여기서는 발기하지 못하는 남자를 풍자하는 표현이다.

드러난 모든 것에 입을 맞추었고 허벅지, 질, 볼기짝, 항문 등 모든 것을 핥고 빨았습니다. 노파도 닥치는 대로 삼켜버렸죠. 처량하게도 기운이 다 빠진 사내는 넣었을 때와 마찬가지로 맥없는 물건을 빼냈습니다. 발기하지 않은 상태에서 사정한 게 분명했죠. 그는 자신의 정신 나간 행동이 창피했는지 부리나케 몸을 추슬러 최대한 신속하게 출입구로 달려갔습니다. 방금 전까지 자신을 호린 역겨운 물건을 맨정신으로 바라볼 용기가 없어 피하는 거였죠."

"노파는 어찌 됐나?" 공작이 물었다.

"노파는 기침을 대차게 하더니 침을 뱉고 코를 풀고는, 최대한 빨리 옷을 입고 떠났습니다.

그로부터 며칠 만에 제게 그 재미난 구경을 선사한 동료의 차례가 왔어요. 열여섯 살 정도 먹은 계집애인데 금발에 묘한 매력을 풍기는 생김새였습니다. 저는 그 애가 일하는 모습을 어김없이 가서 엿보았지요. 가게에서 그녀한테 붙여준 손님은 최소한 연금 관리인만큼 나이가 든 남자였습니다. 그는 자기 다리 사이에 그녀를 무릎 꿇게 하더니 양쪽 귀를 움켜쥐어 머리를 움직이지 못하게 고정한 다음 입안에 자지를 박아 넣었는데, 제가 보기에는 시궁창에 굴러다니는 걸레보다 훨씬 더럽고 구역질 나게 생긴 물건이더라고요. 가엾은 제 동료는 그 역겨운 살덩이가 자신의 깨끗한 입 쪽으로 다가오는 걸 보고 뒤로 나자빠지려 했지만 아무 소용 없었습니다. 사내가 귀를 움켜쥐고 마치 복슬강아지 다루듯 꼼짝 못 하게 만들고 있었거든요. 그가 이렇게 말했습니다. '오호라, 이년, 지금 비싸게 굴겠단 거지?' 그러고는 손님 비위 잘 맞춰드리라고 당부했을 게 분명한 푸르니에 부인을 부르겠다며 으름장을 놓더군요. 결국 제 동료의 저항은 그걸로 잦아들고 말았답니다. 그녀는 입을 열다가 움찔했고, 다시 입을 열어 결국에는 그 추악한 물건을 더없이 사랑스러운 입안으로 여러 번 딸꾹질해가면서 받아들이는 것이었습니다. 그때부터는 악당이 내뱉는 온갖 상스러운 말들의 연속뿐이었어요. 광분해서 이렇게 떠들어대는 겁니다. '아, 요망한 계집 같으니! 하긴 프랑스에서 최고로 아름다운 자지를 빠는 일이니 격식도 만만치는 않겠구나! 설마 너를 위해 매일 일부러 아랫도리를 닦기라도 해야 된다는 건 아니겠지? 자자, 어서 빨아, 이년아! 막대 사탕 빨아 먹어봐.' 근데 말입니다, 그렇게 한참을 빈정대면서 제 동료에게 혐오감을 불어넣다 보니 그 인간 스스로 마구 달아오르는 거예요. 솔직히 나리들께서도 저희에게 일부러 혐오감을 불어넣어 쾌감의 자극제로 삼으시잖습니까. 난봉꾼은 절정에 달해 그 가엾은 계집애 입안에 뻔뻔스럽기 짝이 없는 수컷의 징표를 내질렀답니다. 노파만큼 고분고분하지 않은 제 동료는 그걸 하나도 삼키지 않았어요. 그리고 노파보다 훨씬 혐오감이 심했던 터라, 곧이어 배 속에 있는 모든 걸 토해버렸지요. 우리의 난봉꾼은 그런 그녀의 상태엔 아랑곳하지 않은 채 옷매무새나 추스르고는, 자신이 저지른 방탕의 참혹한 여파를 놓고 계속해서 이기죽거리는 것이었습니다.

제 차례는 이전 두 경우에 비하면 행복한 편이었지요. 정해진 상대가 사랑의 신과 같은 미남자였거든요. 그를 만족시켜준 다음 저로서는, 그처럼 잘생긴 젊은 남자가 하필 왜 그런 괴이한 취향으로 쾌감을 추구해야 하는지 의아해하는 게 고작이었습니다. 그는 도착하자마자 저를 발가벗기고는, 침대에 똑바로 누워 지시했습니다. 자기 얼굴 위에 주저앉아 보잘것없는 자지를 입으로 자극해 사정하게 만들라고 말이죠. 다만 분출이 느껴지는 즉시 좆물을 그대로 삼켜달라고 부탁하는 것이었어요. 애송이 난봉꾼은 또 이렇게 덧붙였습니다. '그러면서 가만있으면 안 됩니다. 당신의 보지는 내 입안을 오줌으로 넘치게 해야 해요. 당신이 내 좆물을 삼키는 것처럼 나도 그걸 죄다 삼키겠다고 약속할게요. 그리고 당신의 그 아름다운 항문으로 내 코에 방귀를 뀌어야 합니다.' 저는 즉시 조작에 들어갔고 맡은바 세

가지 일을 동시에 해치웠는데, 어찌나 기술이 좋았는지 그 작은 멸치 같은 물건이 제 입안에서 졸지에 폭발해버리는 것이었어요. 그러면서 저도 그걸 삼키고 아도니스 같은 미남자도 제가 싸지르는 오줌을 삼켰던 거죠. 물론 그와 동시에 끊임없이 쏘아대는 제 방귀를 코로 들이마시면서 말입니다."

"이것 봐요, 아가씨," 뒤르세가 말했다. "나의 철없던 시절 행적을 그렇게까지 까발릴 필욘 없었을 텐데." 그러자 공작이 웃음을 터뜨리며 대꾸했다. "아하하! 세상에나! 요즘엔 보지에 감히 눈길도 돌리지 못하는 자네가 그때는 보지에서 나오는 오줌을 마셔?" "그렇다네," 뒤르세가 대답했다. "창피한 노릇이지. 그런 파렴치한 짓을 하고 다닌 것이 마음에 걸려 얼마나 괴로운지 모르네. 지금은 그저 후회막심이지…." 그러고는 자기 쪽으로 끌어당겨 잠시 가지고 놀던 소피의 엉덩이에 입을 맞추며 혼자 광분해 외쳐대는 것이었다. "정말 관능적인 엉덩이로구나! 기막힌 엉덩이야! 이걸 놔두고 엉뚱한 걸 숭배했었다니 나도 참 한심하지! 오, 근사한 엉덩이여, 나 그대에게 속죄의 의식을 바치기로 약속하리다. 그대 제단 앞에 더는 살면서 헛짓하지 않으리라 맹세하겠네." 그 아름다운 꽁무니 덕분에 한껏 달아오른 리베르탱은 순진한 소녀로 하여금 아주 음탕한 자세를 취하게 했다. 앞서 살펴본 것처럼, 그런 자세에서 자신은 세상 더없이 신선하고 달콤한 항문을 빠는 동시에 멸치처럼 앙상한 자지를 빨게 만들 수 있었던 것이다. 그런데 워낙 그런 종류의 쾌락에 진력난 나머지 뒤르세가 거기서 생동감을 느끼기란 무척 드문 일이었다. 누가 아무리 빨아줘도, 그 역시 누굴 아무리 빨아도 소용없었다. 결국 똑같은 무기력 상태로 돌아와야 했고, 그는 애먼 아가씨만 죽어라 욕하고 구박함으로써 자연이 당장 거부한 쾌락을 좀 더 행복한 순간들을 기약하며 잠시 미룰 수밖에 없었다. 그렇다고 모든 이가 그처럼 불행하지는 않았다. 콜롱브와 젤라미르, 브리즈퀴와 테레즈를 데리고 밀실로 건너간 공작의 울부짖는 소리는 그가 지금 얼마나 행복한지 증명해주었고, 거기서 튀어나오며 계속 가래침을 뱉어대는 콜롱브는 공작이 몸 바쳐 떠받든 성전이 어떤 것이었나에 대한 의혹의 여지를 말끔히 없애주었다. 주교의 경우는 소파에 누워, 아델라이드에게 자지를 입에 문 채 엉덩이로 자기 코를 깔고 앉게 만든 다음, 방귀를 유도함으로써 황홀경에 빠져들었다. 그런가 하면 퀴르발은 똑바로 선 채 에베로 하여금 자신의 거대한 나팔을 빨게 함으로써 정신이 아뜩해지도록 좆물을 쏟아내고 있었다.

모두 저녁을 들었다. 공작은 식사 내내 행복이라는 것이 감각의 모든 즐거움을 온전하게 충족시키는 걸 의미한다면, 지금 그들보다 더 행복하기란 어려우리라는 주장을 폈다. 그러자 뒤르세가 대꾸했다. "그런 말은 리베르탱답지 않구먼. 매 순간 자기 욕구를 충족시키면서 어떻게 행복할 수 있다는 거지? 행복은 희열 속이 아니라, 욕망 속에 있는 법. 그 욕망에 반하는 걸림돌을 부수어버리는 행위 자체에 있단 말이거든. 그런데 갖기 위해서는 바라기만 하면 그만인 이곳에 과연 그런 모든 걸 기대할 수 있을까? 맹세컨대 난 이곳에 온 이후 단 한 번도 여기 있는 대상들을 향해 좆물을 흘린 적이 없거든. 현장에 없는 것을 찾아 좆물을 쏟은 거라고." 징세 청부인은 계속해서 말을 이어갔다. "게다가 내 생각에는 우리의 행복에 치명적인 결함이 하나 있는데, 그게 바로 비교에서 오는 쾌감이지. 가령 불행한 존재들을 구경할 때만 느낄 수 있는 쾌감 말이야. 우린 지금 여기서 그런 걸 경험하지 못하고 있어. 내가 누리는 것을 누리지 못하는, 그래서 괴로워하는 자를 바라봄으로써 이런 마법과도 같은 생각이 가능해지는 거라고, 오호라, 내가 저자보다 행복하구나! 사람들이 모두 평등해 차이가 사라져버리면, 거기 행복이란 결코 존재하지 않을 걸세. 한 번이라도 아파봤던 사람만이 건강의 값어치를 아는 것과 같은 이치라고 할 수 있지." 그러자 주교가 끼어들었다. "그럼 결국, 불행에 압도당한 자들이 흘리는 눈물을 구경하는 걸로 진정한 쾌감을 얻을 수 있겠군요?"

"여부가 있겠는가," 뒤르세가 대답했다. "방금 자네가 말한 쾌감보다 더 관능적인 쾌락은 아마 세상에 존재하지 않을 것이네." "그러니까, 전혀 위로할 생각 없이 말이죠?" 주교는 모두의 취향에 매우 강렬한 울림을 주는 주제를 놓고 뒤르세의 이야기를 끌어내는 데 흥미를 느끼고 있었다. 그가 누구보다 그런 주제를 잘 다룰 것임을 다들 익히 알고 있었다. "위로하다니, 무슨 뜻인가?" 뒤르세가 반문했다. "내가 만약 위로할 생각이 있다면, 그들 입장과 내 입장의 달콤한 비교로부터 그 어떤 쾌감도 일어나지 않을 것이야. 그들을 위로함으로써 불행을 덜어주고, 잠시나마 행복을 맛보게 해줌으로써 결국 그들과 나를 비슷한 처지로 만드는 셈이니까. 만약 그리된다면 비교의 쾌감이 깨끗이 사라지겠지." 그러자 이번에는 공작이 말했다. "그렇다면 말일세, 행복에 꼭 필요한 차이점을 보다 확실히 정립하기 위해서라도 어떻게든 불행한 자들의 상황을 악화시켜야겠군 그래." "그야 의심의 여지가 없지," 뒤르세가 말했다. "내 평생 파렴치하다고 사람들한테 비난받아온 이유가 그로써 설명되는 셈이라네. 내 행동의 동기를 전혀 이해하지 못하는 자들은 나를 보고 항상 잔인하고 독하고 야만적이라고 떠들어댔지. 하지만 난 그때마다 그들의 지적에 비웃음으로 응대해왔거든. 항상 나 하던 대로 저지르며 살아왔어. 까놓고 말해 바보들이 잔인성이라 부르는 짓만 골라서 저질러왔고, 그러는 가운데 달콤한 비교의 쾌감을 만끽해왔으며, 그래서 나는 늘 행복했지." 다시 공작이 말을 받았다. "솔직히 말해보게. 스무 번도 넘게 불행한 사람들을 파산시켜오면서, 오로지 방금 인정한 변태적 취향 말고는 안중에 없었단 말이지?" "스무 번 넘게라니?" 뒤르세가 발끈했다. "200번은 족히 넘을 걸세, 이 친구야! 한 치도 과장하지 않고 말하건대, 오로지 나로 인해 오늘날 거지 신세가 된 가족만 400세대 넘게 줄줄이 댈 수 있다네." 이번에는 퀴르발이 말했다. "그래도 자네가 뭔가 현실적인 이득을 취하긴 했겠지?" "거의 매번 그랬죠. 하지만 그런 사악한 짓이 어김없이 내 안에 관능의 기관을 일깨우지 않았다면 허구한 날 그런 짓을 저지르진 않았을 겁니다. 나쁜 짓을 하면서 수음을 하지요. 내 안에 온갖 쾌락적 욕망을 일깨울 만큼 자극적인 매력이 악행 속에 들어 있어요. 내가 악행에 빠져드는 건 오로지 그 하나 때문입니다. 그것 말고 달리 얻을 건 없어요." "사실 그런 취향만큼 내가 잘 이해하는 것도 없지," 퀴르발이 말했다. "무고함을 잘 알면서도 불행한 처지에 빠진 자들 모가지를 매달기 위해 과거 재판할 때 무수히 내가 직접 선고를 내렸지만, 그런 소소한 불의를 저지르면서 내 안에 관능적인 쾌감을 느끼지 않은 적이 단 한 번도 없었다니까. 불알을 포함한 쾌락의 기관이 어찌나 신속하게 달궈지던지. 최악의 악행을 저지를 때 내 느낌이 어땠을지 생각들 해보라고." 제피르를 주물러대면서 슬슬 뇌가 달아오르기 시작하던 공작이 말했다. "범죄행위 속에는, 굳이 다른 수단에 기대지 않아도 모든 감각에 불을 붙일 수 있을 만큼의 충분한 매력이 있지. 특히 방탕이 초래하는 비행과는 거리가 먼 강력 범죄가 방탕한 짓 못잖게 발기시키는 능력이 출중하다는 걸 나만큼 아는 사람도 없을 거야. 지금 당신들 앞에서 떠드는 나야말로 절도 행위와 살인, 방화를 저지르면서 발기를 경험해온 사람이오. 우리를 흥분시키는 것이 방탕의 대상이 아닌 악의 관념이라는 사실에 나는 더없는 확신을 가지고 있소. 결국 악 그 자체 때문에 발기하는 거지 악행의 대상 때문은 아니라는 거요. 만약 악행의 대상이 우리를 부추겨 악을 행하도록 만들 수 없는 상황이라면, 우리는 그 대상을 두고 더 이상 발기하지 않을 것이오." "여부가 있겠습니까," 주교가 말했다. "바로 그렇기 때문에 가장 추악한 행위의 가장 큰 쾌락이라는 확고한 진리가 존립하는 것이죠. 아울러 죄악에서 쾌락을 얻고자 하면 할수록 그 죄악은 흉포해질 수밖에 없다는, 무시할 수 없는 이론 또한 성립하는 것이고요." 그러고는 이렇게 덧붙였다. "그런데 여러분, 감히 고백하건대 나라는 사람은 말입니다, 여러분이 말하는 그런 흥분을 더 이상 느끼지 못하는 단계에 와 있어요. 사소한 범죄로는 더 이상 느끼지 못한단 말입니다. 내가 저지르는 범죄행위가 최대한 음흉하고 잔혹하고 교활하지 못하면, 결코 흥분을 느낄 수 없습니다." 그러자 뒤르세가 말했다. "좋아, 그렇다면 과연 우리는 마음먹은 대로 범죄를 저지를 수 있을까? 자네들이 말하는 그런 범죄행위 말이야. 나로 말하자면, 그 문제와 관련해 상상력이 언제나 나의 역량을 뛰어넘었다네.[73] 나는 항상 실제로 행한 것보다 훨씬 더 많은 악행을 궁리해왔어. 자연을 뛰어넘으려는 욕망만 심어주고서 그렇게 할 수단은 빼앗아버리는 자연이 나는 늘 불만이었지." "세상에 저지를 만한 죄악은 기껏해야 두세 가지에 지나지 않아요." 퀴르발이 말했다. "그것들만 해치울 수 있다면, 얘기는 그걸로 끝이란 말이외다. 나머지는 다 시시해. 아무 느낌도 주지 않아. 빌어먹을, 내가 얼마나 저 태양을 공격하고 싶어 했는지, 우주로부터 저 태양을 빼앗거나 아예 태양으로 세상을 모조리 불살라버리고 싶어 했는지 알기나 할까? 그 정도는 되어야 죄악이라고 할 수 있지. 1년 만에 고작 사람 열두어 명 흙으로 돌려보내느라 제멋대로 저지르는 소소한 일탈 행위를 죄악이라고 할 순 없어." 이쯤 되자 모두 머리에 불이 났고, 소녀 두세 명이 이를 감지했으며, 자지들이 곧추서기 시작했다. 식탁을 벗어난 자들이 어여쁜 소녀들 입에 독주를 쏟아부었는데, 얼마나 따끔거리는지 끔찍한 소리들을 마구 토해내게 만들었다. 그날 저녁은 구강을 통한 쾌락으로 한정하되 수없이 다양한 방법을 고안해서 즐겼다. 그렇게 실컷 해소한 뒤, 다시 시작할 기운을 얻기 위해 다들 몇 시간의 휴식에 들어갔다.

제9일

이날 아침 뒤클로가 공지한 내용은 다음과 같았다. 지금까지 차출해온 때짜들 말고 다른 가상 적군들[74]을 소녀들의 수음 실습 상대로 제공하거나, 아니면 이제는 충분히 배웠다고 간주하므

73
여기서 기질적 차원의(par tempérament) 리베르탱인 방탕아와 원리 원칙의 차원에서(par principes) 리베르탱인 악당의 경계가 이루어진다. 전자는 구체적 행위만으로도 만족에 이르지만, 후자는 항상 현실을 위반하고 한계를 넘어서기를 요구하는 상상력이 관건이다.

74
d'autres plastrons. 18세기 리베르탱 문학 담론에 단골로 사용되는 군사 용어 또는 개념의 한 사례. 수음 행위 자체를 능동과 수동의 공방으로 보는 구도다.

로 아예 교습 자체를 중단함이 적절하다고 봄. 그녀의 얘기가 대단히 일리 있고 수긍할 만한 것이, 이미 때짜로 유명한 젊은이들을 이런 일에 동원한다면 계집아이들과 괜한 구설수를 낳을 우려가 없지 않으며, 더군다나 틈만 나면 곧바로 사정하고 마는 젊은이들을 이런 실습에 내세우는 게 무슨 의미가 있겠냐는 것이었다. 나리들의 엉덩이가 기대하는 쾌락에 비추어 이 젊은이들은 이미 충분한 자격을 갖춘 자들 아니겠느냐는 것이다. 그러잖아도 개중 용두질을 가장 잘하는 여자아이들을 찾아낸 터라, 이참에 수음 교습은 중단하기로 결정됐다. 오귀스틴, 소피, 콜롱브는 손목의 기교와 경쾌함으로 따져 장안의 내로라하는 수음 기술자들과도 얼마든지 겨룰 만했다. 젤미르는 전체에서 가장 실력이 모자랐다. 하는 일마다 명민하지 못하다거나 둔해서라기보다, 워낙 여리고 우울한 성격이라 자신의 서글픈 처지를 빨리 무시하지 못하고, 늘 슬퍼하며 생각이 많아 문제였다. 그날도 아침 식사 시간 순시에서, 전날 밤 잠자리에 들기 직전 신께 기도하다 책임자에게 들켰다는 사실이 폭로되면서 고발 조치를 당했다. 소녀는 즉시 호출되어 조사를 받았고, 기도의 주제에 대한 질문을 받았다. 처음에 대답하기를 거부하던 소녀는 협박에 못 이겨 울며 털어놓기를, 현재 당하고 있는 무서운 일들에서 하느님이 제발 해방시켜주기를, 특히 처녀성이 손상되기 전에 그렇게 해주시기를 기도했다는 거였다. 그러자 공작이 이런 년은 죽어 마땅하다면서, 이 문제에 관한 규정들을 명시한 조항을 그녀에게 읽어주도록 했다. 소녀가 말했다. "그러니 저를 죽여주세요! 제가 호소 드리는 하느님께선 적어도 저를 가엽게 여기실 겁니다. 저를 더럽히기 전에 죽여주세요! 그럼 하느님께 바치는 이 영혼만큼은 깨끗한 상태로 그분 품에 날아가 안기겠지요. 저는 매일 이토록 끔찍한 일들을 보고 듣는 고통에서 해방될 거고요." 미덕과 순수, 선의로 가득한 소녀의 반응이 우리의 리베르탱들을 엄청나게 발기시켰다. 당장 처녀성을 빼앗자는 의견이 있었으나, 공작은 다들 임했던 파기 불가한 계약을 상기시키면서, 돌아오는 토요일 있을 혹독한 징벌에 처할 것을 동료들과 만장일치로 결정, 선고했다. 대신 당장은 무릎을 꿇고 친구들 네 명 모두의 자지를 각기 15분씩 입으로 빨 것을 명령했다. 아울러 또다시 그런 잘못을 범하면, 그땐 법에 따라 엄단할 것이며 단호하게 목숨을 빼앗을 것임을 경고했다. 가엾은 아이가 1차 벌칙 수행에 착수했는데, 공작은 형식적 절차로 인해 이미 달아오른 데다 선고를 내리자마자 정신없이 소녀의 엉덩이를 주물러댄 터라, 과연 파렴치한답게 자신의 정액을 소녀의 작고 어여쁜 입안에 왕창 뿜어내는 것이었다. 한 방울이라도 뱉어내면 당장 목을 졸라 죽이겠다고 윽박지르면서 말이다. 결국 가엾고 불행한 소녀는 극심한 거부감에도 불구하고 그 모두를 삼켜버렸다. 나머지 세 명도 순서대로 빨렸지만 아무것도 방출하지 않았다. 그날 아침에는 사용 허가가 거의 내려지지 않은 상태였기에 별다른 일이 없었던 기도실 방문과 사내아이들 순시를 형식적으로 마친 다음, 모두 점심을 들고 커피를 마시러 갔다. 커피 시중은 파니, 소피, 이아생트, 젤라미르가 맡았다. 퀴르발은 이아생트의 허벅지 사이를 쑤시면서 소피를 이아생트의 다리 사이로 오게 해 허벅지 사이로 비어져 나올 자신의 자지를 빨게 하면 어떨까 속으로 상상했다. 생각만 해도 흥분되는 음탕한 장면이었다. 그는 앙증맞은 소년을 용두질해 소녀의 콧잔등에 사정하게 만들었고, 정작 자지가 길어 문제의 장면을 연출할 수 있는 유일한 사람인 공작은 젤라미르와 파니를 상대로 같은 동작을 취했다. 하지만 소년이 전혀 사정하지 않는 것이었다. 그렇게 해서 퀴르발이 즐거워한 기막힌 에피소드를 공작은 그만 놓친 격이 되고 말았다. 그들 다음에도 뒤르세와 주교가 아이 네 명을 데려다가 빨게 했지만 아무도 사정에는 이르지 못했고, 짧은 낮잠 시간을 거친 뒤, 다들 구연장으로 건너갔다. 모두가 자리 잡은 상태에서 마담 뒤클로가 다시 실마리를 풀어갈 이야기는 이렇게 시작되었다.

"나리 같은 분들과 함께가 아니라면, 저는 이 한 주 동안 우리가 진행할 이야기의 주제를 꺼내기가 많이 두려웠을 겁니다. 하지만 그것이 아무리 추악해도 여러분의 취향을 제가 너무도 잘 파악하고 있기에, 그 이야기로 여러분의 기분이 상하기는커녕 오히려 즐거워질 거라고 감히 확신합니다. 미리 말씀드리건대, 이제부터 아주 혐오스럽고 불결한 이야기를 들으실 테지만, 여러분의 귀가 이미 준비되어 있고 마음은 그런 불결함에 애정은 물론 갈망까지 품고 계실 것이기에, 저는 더 이상 지체하지 않고 곧장 본론으로 들어가겠습니다. 푸르니에 부인의 가게에는 기사 칭호를 가진 한 늙은 단골 고객이 있었는데, 그 칭호의 사연과 경위에 대해 저는 아는 게 하나도 없었습니다. 그는 매일 저녁 규칙적으로 가게를 찾아와 단순하면서도 괴이한 의식을 치렀는데, 바지 단추를 풀러놓고 가게 아가씨를 한 명씩 차례대로 불러들여 각자의 대변을 그 바지 속에 싸질러 넣도록 하는 것이었습니다. 그러고 나면 곧바로 단추를 잠근 뒤, 똥 무더기를 그대로 싸안은 채 줄행랑치는 거였어요. 우리가 그에게 똥을 공급하는 동안, 그는 잠시 수음도 했지만 사정에 이르는 건 누구도 보지 못했습니다. 그렇게 바지 속 가득 남의 똥을 퍼 담고서 대체 어디로 그리 바삐 가는지 우리는 전혀 알 수 없었지요."

자기가 행동에 옮길 마음이 일지 않으면 그 무엇에도 공감을 표하지 않는 퀴르발이 말했다. "오! 기가 막히는군! 누구 내 바지 속에 똥 좀 싸질러주겠나? 저녁 내내 간직하고 있게." 늙은 리베르탱은 루이종을 찍어 그와 같은 수고를 베풀 것을 명했고, 단지 그러한 취향의 이야기를 듣고자 모인 사람들을 대상으로 실제 장면을 고스란히 재현해 보여주었다. 그는 소파에 털썩 주저앉으면서 침착한 어조로 뒤클로에게 말했다. "자, 계속하시오. 사실 나는 이런 일에선 아리따운 알린밖에 눈에 들어오는 이가 없다네. 밤을 함께할 나의 매혹적인 동반자께선 이런 조작에 익숙하지 않겠지만, 나로 말하자면 엄청 익숙하거든." 한편 뒤클로는 다음과 같은 말로 이야기를 재개했다.

"제가 차출되어 가게 된 방탕꾼의 집에서 무슨 일이 벌어질지 미리 얘기를 들어 알고 있던 저는 사내아이 복장을 갖춰 입었습니다. 이제 스무 살에 불과했고, 아름다운 머릿결에 귀여운 얼굴이었기에 그런 옷차림이 기막히게 어울렸지요. 저는 철저하게 준비성을 갖춰, 출발하기 전 바지 속에 방금 판사 나리께서 당신 바지 속에 하도록 시킨 것을 그대로 해두었습니다. 제 낭군은 침대에서 저를 기다리고 있더군요. 그는 저에게 다가와 두세 번 아주 능글맞게 입맞춤하더니, 지금까지 본 중에서 제가 가장 예쁘장한 사내아이라며 칭찬을 아끼지 않는 거예요. 그러고는 제 바지 단추를 풀려고 더듬거리기 시작했습니다. 저는 오로지 그의 욕망에 좀 더 불을 댕기려는 의도로 짐짓 몸을 사렸지요. 그런 저를 그는 다급하게 몰아붙였고 결국 단추를 푸는데 성공했습니다. 그나저나 제가 운반해온 것이면서 동시에 그가 제 두 볼기짝에 초래한 것이기도 한 얼룩덜룩한 오물 덩이를 보고 그가 얼마나 황홀해하던지요! 이렇게 말하더군요. '요 앙큼한 녀석, 너 바지에 똥을 쌌구나…! 어떻게 이런 더러운 짓을 할 수가 있니?' 그런 다음, 여전히 바지를 내린 채 돌아선 저를 붙들고는 자위행위를 하는 거였어요. 그는 몸을 부르르 떨더니 제 등에 바짝 몸을 붙이고서 좆물을 똥 덩어리 위에 뿌려댐과 동시에 자기 혀를 제 입에 밀어 넣었습니다."

그러자 공작이 말했다. "뭐야! 그자가 아무 데도 손을 안 댄 거야? 당신이 가져간 건 만지지도 않았어?" "네, 나리." 뒤클로가 대답했다. "저는 모든 걸 다 말씀드렸습니다. 어떤 상황도 숨기지 않았어요. 그런데 조금만 참아주시기 바랍니다. 나리가 말하고자 하는 바로 그 상황으로 이제 차근차근 다가갈 테니까요."

"제 동료 중 하나가 이러더군요. '정말 재밌는 구경거리가 있으니 같이 가보자. 이자는 여자도 필요 없어. 그냥 자기 혼자서 즐긴다니까.' 우리는 서둘러 비밀 구멍 앞에 자리를 잡았습니다. 바로 옆방에 올 손님이, 변기통에 나흘 전부터 내용물을 채워놓되 똥 덩어리가 적어도 열두 개는 들어 있도록 하라고 주문해두었음을 우리는 알고 있었습니다. 이윽고 문제의 손님이 나타나더군요. 일흔 살가량 먹은 늙은 농지 전대인이었습니다. 그는 문부터 걸어 잠그더니, 주문해둔 대로 향취를 가득 담고 있을 변기통 쪽으로 곧장 다가갔습니다. 그는 그것을 들고 안락의자에 앉아 자신이 방금 소유하게 된 모든 풍요로움을 사랑에 빠진 사람처럼 한 시간에 걸쳐 들여다보는 것이었습니다. 냄새를 맡고, 건드리고, 만지작대는가 하면, 하나하나 끄집어내 좀 더 자세히 들여다보며 즐기는 것 같았지요. 급기야 황홀경에 휩싸인 그는 터진 바지 앞섶에서 늙어빠진 시커먼 살점 덩어리를 꺼내 있는 힘껏 흔들어댔습니다. 한 손은 용두질을 하고 다른 한 손은 변기통 속을 헤집으면서, 그는 열심히 기를 세워주고 있는 자신의 연장에 욕정을 부추길 만한 먹잇감을 거듭 처바르는 것이었습니다. 하지만 연장은 좀처럼 고개를 들지 않더군요. 하긴 자연이라는 게 워낙 고집이 세서, 우리를 취하게 하는 격렬한 자극도 그로부터 아무것도 얻어내지 못할 때가 있는 법이지요. 아무리 애써봐야 소용없었습니다. 일어서지가 않는 거예요. 하지만 배설물에 담근 손으로 죽어라 흔들어댄 끝에 결국에는 사정에 이르고야 말았답니다. 그는 몸이 뻣뻣해지면서 뒤로 나자빠졌고, 킁킁거리고 숨을 몰아쉬면서 자지를 문질러대는가 하면, 방금 자신을 그토록 기분 좋게 해준 똥 무더기 위에 방출해대는 것이었습니다.

또 다른 손님 하나는 저랑 단둘이 저녁 식사를 했는데, 앞서 얘기한 것과 동일한 요리를 원래 저녁 요리와 뒤섞어 식탁 위에 열두 접시를 차려놓으라는 것이었습니다. 그는 요리들 앞에서 차례차례 냄새를 맡고 숨을 들이쉬더니, 식사를 마친 다음 자신을 용두질해 가장 훌륭하다고 생각된 요리 위에 사정하게 해달라고 주문했습니다.

한 소송대리인은 관장을 통해 엄청난 쾌락을 얻어내곤 했습니다. 제가 그와 있을 때 그가 손수 해주는 관장을 일곱 번이나 당했는데요, 그중 한번은 몸 안에 몇 분 정도 관장액을 머금고 있어야 했지요. 그 상태로 접이식 사다리에 올라가면 그가 바로 아래 자리를 잡아 용두질을 하고, 저는 그 자지를 겨냥해 배 안 가득 들어찬 액체를 쏟아내버려야만 했답니다."

그날 저녁 내내 방금 경청한 종류와 크게 다를 것 없는 불결함이 만연했으리라는 점은 누구나 어렵잖게 상상할 수 있겠다. 다들 알다시피 그런 취향은 우리의 네 친구들 모두에게 공통적이며, 퀴르발이 그중 가장 지독하지만 나머지 세 명 역시 못 말리게 그런 걸 좋아한다는 점 또한 추측하기가 어렵지 않으리라. 소녀들의 똥 덩이 여덟 개가 야식과 함께 선보였고, 향연 중에는 당연히 이 모든 것에 더해 소년들까지 동원했다. 아홉 번째 날의 일정이 너무나 즐겁게 대미를 장식한 터라, 그토록 애지중지한 물건과 관련해 다음 날은 훨씬 더 자세한 이야기가 있을 걸로 다들 기대하는 것이었다.

제10일

여기서 명확히 밝힐 내용을
처음에는 감추는 편이 더 나음을 명심할 것.

이야기를 진행할수록 처음에 숨길 수밖에 없었던 어떤 사실들을 독자에게 밝히기가 그만큼 수월해진다. 예컨대 아이들의 숙소에 대한 아침 순시의 목적이 무엇이었는지, 그 순시에서 일부 비행이 적발되었을 경우 벌을 내린 이유가 무엇인지 그리고 기도실에서는 또 무슨 쾌락을 맛본 것인지를 이제 와서는 독자에게 터놓고 말할 수 있다. 노리개들은 성별이 무엇이건 허락 없이 변소에 드나드는 것이 금지되어왔는데, 그런 식으로 억제되어온 욕구가 원하는 자들의 욕망에 제대로 부응토록 하기 위함이었다. 아침 순시는 그 지시 사항을 누군가 위반하지 않았는지 철저히 감시하는 데 도움이 되었다. 이달의 책임자는 모든 변기통을 샅샅이 들여다보아 뭔가 내용물이 있으면 그 즉시 징벌 노트에 해당자를 기입했다. 그러면서도 도저히 참아내지 못하는 소년 소녀에게는 편의를 봐주기도 했다. 점심 식사 조금 전, 변소로 개조된 기도실에 다녀오도록 해주는 것인데, 그 자체가 이들의 배변 욕구 해소를 통해 우리의 리베르탱들이 쾌락을 맛볼 수 있는 형태로 왜곡되어 있었던 것이다. 몸 안에 짐 덩이를 담아둔 채 버틸 수 있었던 나머지 노리개들은 하루 어느 때든 네 친구를 가장 즐겁게 해줄 만한 방법으로 그것을 풀어놓았으며, 이제 그 자세한 이야기를 듣게 될 방법들이야말로 그런 종류의 관능에 어떻게 탐닉할 수 있는지를 충분히 설명해줄 것이다. 그런가 하면 징벌의 또 다른 명목이 있었는데, 이런 것이다. 이른바 국부 세척 의식이라 불리는 것은 네 친구들의 구미에 전혀 맞지 않는 행태였다. 예를 들어 퀴르발은 자기를 시중들어야 할 노리개들이 몸을 씻는 걸 도저히 용납할 수가 없었다. 뒤르세 역시 마찬가지였다. 그래서 두 사람 다 다음 날 데리고 놀기로 한 노리개들의 책임자에게 미리 지침을 하달했다. 그 노리개들은 세척제를 사용한다든가 때를 벗기는 등, 어떤 형태로든 몸을 씻어서는 안 되는 것이었다. 불결을 절대적 조건으로 삼는 두 친구들과는 달리 청결을 딱히 싫어하지는 않으면서도, 나머지 두 사람 역시 문제의 에피소드를 기꺼이 실행에 옮길 태세였다. 만약 불결을 유지하라는 통보에도 불구하고 노리개가 청결을 시도한다면, 그 즉시 징벌 노트에 이름을 올렸다. 그날 아침 콜롱브와 에베가 그랬다. 그들은 전날 향연에서 똥을 눈 사람들인데, 다음 날 커피 당번 또한 그들임을 알고 있던 퀴르발은 둘을 데리고 대차게 놀아볼 요량이었고, 심지어 방귀를 뀌게 할 거라며 미리 언질까지 주면서 몸 상태를 그대로 유지할 것을 지시해두었다. 하지만 소녀들은 잠자리에 들면서 그렇게 하지 않았다. 다음 날 아침 보고를 받은 뒤르세는 너무나도 깨끗해진 두 아이의 몸 앞에서 기겁했다. 그들은 지시를 깜빡 잊었다고 변명을 늘어놓았지만, 징벌 노트에 수록되는 것은 어쩔 수 없었다. 그날 아침은 기도실 출입을 전면 금지했다. 그걸로 우리가 무얼 말하려고 하는지 독자는 앞으로 각별하게 되새겨볼 일이다. 당일 저녁, 이야기가 진행되는 와중에 그와 관련한 욕구가 일 것을 미리 짐작했으므로 당장 어떻게든 참아내는 건 문제가 아니었다. 같은 날 소년들을 대상으로 한 수음 교습도 마감을 고했다. 다들 파리의 능수능란한 창녀들 못잖게 용두질을 할 수 있게 되어 더 이상 교습이 필요 없었다. 특히 제피르와 아도니스는 경쾌한 손동작과 기교가 남들보다 월등해, 그 날래고 섬세한 손으로 용두질을 당하고서 피가 섞여 나올 만큼 사정을 하지 않는 자지는 드물었다. 커피 시간이 될 때까지 특별한 일은 일어나지 않았다. 커피 시중은 지통과 아도니스, 콜롱브, 에베가 맡았다. 이 네 아이들은 미리 언질을 받은 터라 방귀를 최대한 자극하는 각종 약을 엄청나게 복용했으며, 결국 방귀 뀌기를 제의한 퀴르발이 나서서 그 모든 방귀를 죄다 들이마셨다. 공작은 지통으로 하여금 자지를 빨게 했는데, 아이의 작은 입으로는 사내가 들이댄 거대한 그것을 다 머금을 수 없었다. 뒤르세는 에베를 상대로 끔찍한 짓을 벌였고, 주교는 콜롱브를 데리고 허벅지 쑤시기를 즐겼다. 여섯 시를 알리는 타종과 함께 모두 살롱으로 이동했는데, 거긴 이미 모든 준비가 갖춰져 있었고, 마담 뒤클로가 이제 독자가 읽게 될 이야기를 시작했다.

"푸르니에 부인 가게에 새로운 동료가 입소했는데, 앞으로 이야기할 정념의 세부 사항에서 그녀가 맡을 역할 때문에 지금 대충이라도 언급하고 넘어가는 게 좋겠습니다. 원래 옷 만드는 일을 하던 처녀인데, 여자 호리는 데 귀재인 자에게 걸려 타락하고 만 계집이지요. 그자는 전에 게랭 부인 댁 얘기할 때 말씀 드렸는데 푸르니에 부인 가게 일도 보아주었던 겁니다.[75] 그녀 나이는 열네 살이고 머리는 밤색이었으며, 갈색 눈은 이글거리는 빛으로 반짝였죠. 세상 어디에서도 보기 힘든 관능적인 얼굴에 새틴처럼 부드럽고 백합처럼 희고 매끈한 피부를 가졌습니다. 약간 살찐 게 흠이라면 흠인데, 그 때문에 어쩌면 파리의 어느 누구보다 희고 포동포동하며, 귀엽고 싱싱한 엉덩이의 소유자가 되었다고 할 수 있습니다. 그 애를 들여보낸 방을 구멍으로 살펴보니 사내가 한 명 있었는데, 아직 몸 구석구석이 숫처녀인 그 애한테는 첫 남자인 셈이었지요. 가게에서 그만한 물건을 내놓을 정도면 아마도 엄청난 손님이었을 겁니다. 피에르비유라는 노신부였는데, 워낙 갑부이면서 방탕기로도 유명한 그는 손가락 끝까지 통풍을 앓고 있었죠. 모자를 푹 눌러쓰고 도착한 그는 방에 들어서자마자, 나중에 다 필요할 도구들을 점검해보고 모든 준비를 마쳤습니다. 그때 계집애가 들어갔지요. 이름이 외제니였는데, 첫 남자로 맞이한 사내의 그로테스크한 얼굴 앞에서 약간 겁이 났는지 얼굴이 빨개지며 눈을 내리깔더군요. 난봉꾼이 먼저 입을 열었죠. '이리 가까이 오너라, 가까이 와. 너의 볼기짝을 보여다오.' '손님….' 당황한 아이가 말을 더듬거리자 늙은 난봉꾼이 이러더군요. '자, 어서, 어서. 아무튼 요런 애송이들보다 골치 아픈 것들은 없다니까. 엉덩이 좀 내놓으라는 데 도무지 말귀를 못 알아듣잖아. 자, 치마를 걷어보란 말이다, 치마를 걷어!' 푸르니에 부인에게 말을 잘 듣기로 약속한 터라, 눈 밖에 날까 겁이 난 소녀는 그제야 주춤주춤 다가서면서 엉덩이 쪽 치맛자락을 반쯤 걷어 올렸습니다. 늙은 호색한은 이렇게 말했지요. '더 위로, 좀 더 위로! 기어이 내가 직접 수고를 해야겠느냐?' 결국에는 잘생긴 엉덩이가 완전히 드러났습니다. 신부는 그걸 곁눈질로 흘끔거리고는 자세를 바로 하라고 했다가 다시 허리를 숙이게 했고, 가랑이를 오므렸다가 벌리게 하면서 침대로 몰아붙인 다음, 훤히 드러낸 자신의 아랫도리

75
제4일 에피소드 중, "여자아이들을 악덕으로 끌어들이는 수완"에서 탁월한 재능을 갖춘 쉰다섯에서 쉰여섯 정도 나이의 성직자(이 책 161쪽).

이곳저곳을 앙증맞은 외제니의 엉덩이에 대고 거칠게 문질러 댔습니다. 그렇게 함으로써 어여쁜 아이의 온기를 자기에게 끌어들이고, 전기라도 통하게 하려는 것 같았지요.[76] 다음으로 그는 입을 사용하기 시작했습니다. 좀 더 자세를 편히 하려고 무릎을 꿇은 그는 두 손으로 아이의 볼기짝을 있는 대로 벌리고는 혀와 입으로 마구 파헤치며 그 속의 보물을 찾는 것이었습니다. 그는 이렇게 말했지요. '나를 속이지 않았구먼. 정말 아름다운 항문을 가졌어. 똥 싼 지 한참 됐나?' 그러자 소녀가 대답했습니다. '방금 싸고 왔어요, 손님. 아주머니가 저를 방에 들여보내기 전에 그러라고 지시하셨거든요.' '아하, 창자에 아무것도 남아 있지 않게 말이지. 그래 어디 볼까.' 호색한이 그렇게 말하더니, 주사기를 집어 들고 속을 우유로 채운 다음, 목표물에 튜브를 겨냥하고 관장에 들어갔습니다. 미리 지시를 받은 만큼 외제니는 모든 걸 각오하고 있었지요. 배 속에 시술이 가해지기 무섭게 남자는 소파에 벌렁 드러누워, 외제니더러 자기 얼굴 위로 쭈그려 앉아 입안에 용무를 보라고 명령했습니다. 겁 많은 계집아이는 시키는 대로 자세를 취한 뒤 힘을 주었고, 난봉꾼은 구멍에서 나오는 소중한 액체를 조금도 흘리지 않도록 입을 바짝 붙인 채 용두질을 했습니다. 지극히 꼼꼼하게 모든 걸 받아 삼키던 그는 마지막 액체가 목구멍으로 넘어가는 순간 좆물을 뿜어내면서 강렬한 쾌감에 휩싸였지요. 그런데 진정한 방탕아면 거의 모두 그렇듯, 환상에서 추락하는 순간 뒤따르는 그 기분, 그 불쾌감이란 대체 무엇일까요? 신부는 희열이 가시자마자 곧바로 그 작은 아이를 거칠게 내동댕이치더니 자세를 바로 하고는, 가게에서 자신을 속였다는 겁니다. 분명 아이가 사전에 똥을 누게끔 조처하겠다고 했는데 그게 전혀 이루어지지 않아서, 자기가 그만 똥 덩어리를 반 조각 정도 삼켰다는 거죠. 주목해야 할 점은 그 신부라는 작자가 오로지 우유만을 원했다는 사실입니다. 그는 으르렁대고, 욕을 내뱉으면서, 온갖 저주를 퍼부어댔습니다. 그러고는 화대도 지불하지 않을 것이며 다

76
18세기 말에는 전기현상과 관련한 은유적 표현이 대유행이었다. 사드 역시 독일 의학자 메스머의 동물정기에 의한 자기설을 알고 있었고, 이를 성적 쾌락과 연관시켜 해석하기도 했다.

시는 오지 않겠다고 하더군요. 자기가 이따위 코흘리개 애송이들이나 보러 고생스럽게 드나드는 줄 아느냐며 훌쩍 자리를 뜨는 거예요. 그러면서 또 온갖 독설을 쏟아냈는데, 이에 대해서는 나중에 다른 정념을 거론하면서 이야기해드릴 기회가 있을 겁니다. 지금 당장은 그것들이 보잘것없는 독설에 불과하겠으나, 그때 가서는 중요한 비중을 차지하게 될 거라서요."

"맙소사," 퀴르발이 말했다. "그것 참 까다로운 친구로군! 똥 좀 입에 넣었다고 화를 내? 그걸 아예 작정하고 먹는 사람들 얘기를 좀 해보라고!" 그러자 마담 뒤클로가 말했다. "참으세요, 참으세요. 나리가 정하신 순서대로 제 이야기가 진행될 수 있도록 해주십시오. 이제부터는 나리 말씀대로 그런 유별난 방탕아들이 등장할 겁니다."

이 두루마리 글은 스무 날에 걸쳐
저녁 일곱 시에서 열 시까지 쓰였고,
1785년 9월 12일인 오늘 여기서 끝난다.
나머지 글은 두루마리를 뒤집어서 읽도록 하라.
뒤이을 내용은 앞의 끝에서 이어지게 되어 있다.

"이틀이 지나자 제 차례가 왔습니다. 미리 기별이 온 상태에서 저는 36시간 전부터 준비를 갖추고 있었지요. 제가 담당할 남자는 나이 든 왕실 전속 사제인데, 아까 이야기한 작자처럼 통풍을 앓고 있었습니다. 그자 앞에는 항상 발가벗은 몸으로 나서되, 가슴과 아랫도리는 철저하게 가려야만 했습니다. 이 지침은 최대한 정확하게 준수하라는 언질이 있었는데, 불행하게도 제 몸의 그 부위들이 그의 눈에 띄는 날에는 결코 사정에 이르지 못할 거라고 하더군요. 제가 다가가자 그는 제 뒤꽁무니를 유심히 관찰하면서 먼저 나이를 묻고는, 정말로 똥을 싸고 싶은지, 보통 어떤 종류의 똥을 싸는지, 묽은 편인지 딱딱한 편인지. 그 밖에도 자기를 흥분시킬 만한 여러 질문들을 퍼부어댔는데. 그도 그럴 것이 입을 놀리는 가운데 조금씩 조금씩 그의 자지가 서고 있었고 그걸 제게 보여주는 것이었습니다. 길이가 4푸스에 굵기가 2내지 3푸스가량 되는 그 자지는 반들반들한 광택에도 불구하고 잔뜩 수줍어하며 민망스러워 하는 모양새 때문에. 안경이라도 걸치고 들여다보아야 그 존재를 알아차릴 것 같았습니다. 저는 사내의 간청에 부응해 그것을 움켜쥐었고. 제 자극적인 손동작을 지켜보면서 그는 슬슬 본론으로 접어들기 시작했습니다. '그나저나 자기가 약속한 대로 똥 누고 싶은 거 맞아? 나는 정말 사람한테 속는 거 질색이거든. 자. 그럼 항문에 똥이 있는지 어디 한번 들여다볼까.' 그렇게 말하면서 사내는 오른손 검지를 제 후장에 쑤셔 넣었고 왼손으로는 제가 흥분시킨 자지의 발기 상태를 유지하려 애쓰는 것이었습니다. 그 탐지용 손가락은 제 몸의 욕구를 확인하기까지 그리 깊이 들어갈 필요도 없었어요. 뭔가 느낌이 오자 그가 환호성을 내지르더군요. '아! 죽이는구먼! 나를 속이지 않았어. 암탉이 이제 알을 낳을 거야. 방금 내가 알을 만졌다니까!' 순간 호색한은 완전히 들떠 항문에 입을 맞추었고. 제가 거기 힘을 주면서 더는 참아내지 못하리라는 걸 알고는. 나리들께서 이곳 기도실에 설치해놓은 것과 비슷하게 생긴 장치 위에 저를 앉혔습니다. 그런 식으로 제 항문은 완전히 노출된 상태에서 바로 아래. 그의 코에서 손가락 두세 개 간격을 두고 놓인 용기에 내용물을 쏟아내도록 되어 있었죠. 그만을 위해 제작된 장치인 만큼. 정말이지 뻔질나게 사용하더군요. 거의 하루도 거르지 않고 푸르니에 부인 댁을 찾아와 가게 아가씨뿐만 아니라 밖에서 데려온 계집하고도 허구한 날 그와 같은 놀이를 즐겼으니까요. 제 엉덩이를 받치게 되어 있는 둥근 틀 바로 아래 자리한 안락의자는 그자의 옥좌나 마찬가지였습니다. 제가 자세를 잡는 걸 보자마자 자기도 위치를 지키며 어서 시작하라고 다그치는 것이었어요. 몇 차례 방귀의 전주곡이 울려 퍼집니다. 그가 깊이 숨을 들이쉬죠. 마침내 똥 덩이가 모습을 드러냅니다. 그는 황홀해하며 길길이 떠들어댑니다. '어서 똥을 싸라, 요년아, 똥을 싸라고! 요 귀여운 것! 너의 그 아리따운 엉덩이 밖으로 나오는 똥 덩어리를 내게 보여줘.' 그는 손수 나서서 돕기까지 했습니다. 손가락으로 항문을 눌러대면서 똥이 잘 터져 나오게끔 자극하는 것이죠. 그 모든 걸 뚫어져라 들여다보면서 스스로 용두질을 하고, 관능에 도취된 채 급기야는 넘치는 쾌감으로 제정신이 아니었습니다. 고함 소리와 격한 숨소리, 격렬해지는 손동작 모두가 이제 곧 쾌락의 최종 단계에 접어들고 있음을 말해주고 있었습니다. 옳다구나 생각하고 슬쩍 돌아보니, 보잘것없던 그의 물건이 방금 제가 채워놓은 용기 안에 정액 몇 방울을 게워내고 있었습니다. 그야말로 맥없이 비어져 나오더군요. 그는 나중에 다시 저를 찾겠다는 말까지 남겼죠. 그자가 결코 같은 계집을 두 번 보지 않는 사람이라는 걸 익히 아는 저로서는 전혀 믿지 않았지만 말입니다."

"나는 그 심정 알 것 같으이." 소파에 동석한 파트너 알린의 엉덩이에 입을 맞추면서 판사가 말했다. "그러기에 우리 처지가 되어봐야 한다니까. 얼마나 주렸으면 한 똥구멍에서 한 번 이상을 받아내려고 하겠나." 그러자 주교가 대꾸했다. "판사님, 목소리가 자꾸 막히는 거 보니 꽤나 흥분한 것 같습니다." "아, 말도 말게," 퀴르발이 말을 받았다. "지금 그대 따님 볼기짝에 열심히 뽀뽀를 해대고 있구먼, 내게 빌어먹을 방귀 한번 뀌어줄 용의가 영 없는 것 같다니까." 그러자 주교가 또 대꾸했다. "그럼 내가 당신보다는 행복하겠네요. 방금 당신 마나님께서 내게 아름답고 튼실한 똥 덩어리를 하나 선사해주셨거든…." "자, 여러분 조용, 조용들 합시다!" 이번에는 공작이 나섰다. 한데 얼굴을 뒤덮은 무언가로 인해 목소리가 탁하게 들렸다. "빌어먹을 조용히들 좀 하라고! 우린 지금 이야기를 들으려고 여기 모였지, 행위를 하려고 모인 게 아니오." 듣고 있던 주교가 말했다. "그러니까 자기는 아무 짓 안 하고 있다는 얘기인데, 엉덩이 서넛 밑에 깔려 버둥거리는 건 오직 이야기를 경청하느라 그러는 거겠군." "자, 자, 이 친구 말이 맞아. 뒤클로, 계속하시게. 무모한 짓은 직접 하는 것보다 귀로 듣는 게 우리한텐 현명한 일이지. 자중할 필요가 있어." 그래서 뒤클로가 이야기를 재개하려는데, 별안간 공작이 사정할 때 나는 귀에 익은 욕설과 비명 소리가 들렸다. 노리개 4인조에 둘러싸인 그는 본인 말마따나 달콤하게 자신을 더럽혀준 오귀스틴의 용두질로 아주 음탕하게 좆물을 방출함과 동시에, 소피, 제피르, 지통과는 방금 이야기에 등장했던 것과 매우 유사한 짓들을 벌이던 참이었다. 그걸 보고 퀴르발이 말했다. "아, 빌어먹을! 나는 도저히 저런 허접한 광경을 좋아할 수가 없어. 보통 사람 사정하듯이 사정하게 만드는 방법을 전혀 모르겠단 말이거든." 그러고는 알린을 가리키며 말을 이었다. "여기 이 꼬맹이 창녀도 보란 말이야. 할 줄 아는 거 하나 없으면서, 지금도 하라는 짓은 뭐든 하고 있잖아…. 어디 해볼 테면 해보라지, 나는 끄떡없을 테니까. 아하, 암만 똥을 싸봐라, 요것아, 실컷 싸봐. 나는 결코 사정하지 않는다니까!" 이번에는 뒤클로가 말했다. "여러분, 그만하면 다들 질펀하게 노신 것 같으니, 이제는 제가 이성을 차리게 해드릴 때가 된 것 같습니다. 그러기 위해서는 지시가 굳이 떨어지기 전에 저 스스로 이야기를 다시 이어가야겠지요." "어허, 아니지, 아니야. 나로 말하자면 판사님처럼 그렇게 자중하는 사람이 아니라오. 지금 좆물이 막 치미는 중이라 반드시 배출해야겠어." 그 말과 더불어 그는 모두가 보는 앞에서, 우리가 미리 정한 순서에 따라 아직은 공개하기 어려운 짓을 벌였고, 따끔거리는 쾌감 때문에 더는 불알이 주체하지 못하자 순식간에 정액을 쏟아냈다. 한편 테레즈의 엉덩이에 푹 빠져 있는 뒤르세는 아무 소리도 내지 않았는데, 필시 자연이 앞의 두 사람에게는 베푼 무언가를 유독 그에게만은 베풀지 않고 있는 모양이었다. 자연이 호의를 베푼 보통의 경우에는 그 역시 조용히 일을 치르는 타입이 아니었던 것이다. 마침내 모두가 잠잠해졌음을 확인한 마담 뒤클로가 음탕하기 짝이 없는 자신의 경험담을 다시금 늘어놓기 시작했다.

"한 달 뒤, 제가 만난 한 남자는 아까 이야기해드린 것과 아주 유사한 행위를 한다고 고발해도 될 만한 사람입니다. 그가 저라는 사람에겐 전혀 신경 쓰지 않는 척하면서 안락의자에 앉아 독서에 빠져 있으면, 저는 접시에 똥을 싸서 그에게 가져다주지요. 그러면 그가 제게 욕을 하고, 어떻게 자기한테 그딴 무례한 짓을 할 수 있냐며 따져 묻는 겁니다. 하지만 곧이어 아무렇지 않게 그 똥을 냄새 맡고, 가만 들여다보고는, 이리저리 만져봅니다. 저는 제멋대로 군 걸 용서해달라고 사과하고, 그는 계속해서 욕설을 내뱉으면서 코를 똥에 처박은 채 사정을 하지요. 그러면서 다음에 또 저를 찾을 텐데, 그땐 자기한테 혼날 줄 알라며 으름장을 놓습니다.

네 번째 손님은 일흔 살 먹은 노파하고만 그와 비슷한 환락을 즐겼습니다. 제가 목격한 건 그가 최소한 여든 살은 먹은 여자랑 그 짓을 벌이는 장면이었죠. 그는 소파에 드러누워 있었습니다. 그러면 여장부가 그 위에 말 타는 자세를 취한 채 그의 배때기에 오래 묵은 똥 무더기를 싸지르면서 동시에 그 쭈글쭈글한 자지를 용두질했지요. 거의 아무것도 나오지 않는 물건을 말입니다.

푸르니에 부인 가게에는 또 다른 아주 괴상한 가구가 하나 있었습니다. 일종의 구멍 뚫린 변기용 의자인데, 그 아래 변기통 대신 얼굴이 위치하고 나머지 몸 전체는 다른 방으로 빠져나오도록 되어 있었죠. 저는 그의 몸이 나온 쪽에서 다리 사이에 무릎을 꿇고, 일이 진행되는 동안 최선을 다해 그의 자지를 빨아댑니다. 그런데 이 기괴한 의식은 촌사람을 아무나 한 명 고용해서 치르게 되어 있었습니다. 아무 영문도 모른 채 그 천민은 별 생각 없이 시키는 대로 의자에 앉아 대변을 싸질렀고, 똥 덩어리는 제게 한참 시달리는 사람의 얼굴 위로 떨어지는 것이었지요. 똥 누는 쪽은 반드시 천민이어야 하고, 파렴치한이 저지르는 온갖 역겨운 짓거리에 더없이 어울리는 자여야 했습니다. 나아가 늙고 추한 외모까지 갖춰야만 했지요. 미리 손님에게 면접을 보게 했는데, 그와 같은 자질들을 갖추지 못하면 결코 고용하지 않았습니다. 막상 제가 볼 수 있는 건 아무것도 없고, 그저 소리만 들렸지요. 결정적인 순간은 제 남자가 사정하는 바로 그 순간이었습니다. 똥이 그의 얼굴을 덮으면서 동시에 좆물이 제 목구멍 속으로 분출하는 것이죠. 그러고 나서야 남자의 얼굴이 의자 밑에서 빠져나오고, 저는 그가 충분한 서비스를 받았다는 걸 알게 됩니다. 조작이 끝난 뒤 어쩌다가 머리 쪽에서 봉사한 작자와 마주치는 일이 있긴 했습니다. 오베르뉴 출신의 선하고 정직한 석공 조수인 그는, 그저 장 속 찌꺼기를 배출했을 뿐인데도, 돌짐 지는 것보다 훨씬 즐겁고 기분 좋아지는 의식을 통해 푼돈을 벌 수 있어 신이 나 있더군요. 생김새는 추하다 못해 끔찍스러웠고 나이는 마흔 좀 넘어 보였습니다."

"나는 신을 부정해. 마땅히 그래야 하고." 뒤르세는 테레즈와 마담 데그랑주 그리고 가장 나이 많은 때짜를 데리고 밀실로 건너가며 말했다. 잠시 후 그의 울부짖는 소리가 들렸는데, 돌아오고서도 자신을 사로잡았던 광란에 대해 입을 열려 하지 않았다. 식사가 차려졌다. 야식은 평범하다기보다는 다소 음탕한 분위기에서 진행되었고, 식사가 끝날 무렵 광기가 고개를 들자 보통 때와는 달리 여럿이 함께가 아니라 각자 따로따로 틀어박혀 즐기기로 했다. 공작은 맨 끝 구석진 규방으로 에르퀼, 마담 마르텐, 자기 딸인 쥘리, 젤미르, 에베, 젤라미르, 퀴피동 그리고 마리를 끌고 들어갔다. 퀴르발은 그와 함께 있어야 할 때면 항상 몸서리치며 안절부절못하는 콩스탕스, 팡숑, 마담 데그랑주, 브리즈퀴, 오귀스틴, 파니, 나르시스, 제피르를 데리고 구연장을 독차지했다. 주교는 자기 아닌 마르텐을 데려간 공작에게 복수하려는 요량으로 그를 따라나선 마담 뒤클로와 알린, 방도시엘, 테레즈, 소피, 사랑스러운 소녀 콜롱브, 셀라동 그리고 아도니스를 끌고서 회합실[77]로 건너갔다. 뒤르세에게는 음식을 치운 회식장이 남았는데, 거기에 매트와 방석을 깔았다. 그와 함께하는 사람은 아내인 아델라이드와 앙티노위스, 루이종, 샹빌, 미셰트, 로제트, 이아생트 그리고 지통이다. 이상의 배치를 결정한 건 다른 어떤 이유에서라기보다 바로 음란한 발상이 배가되어서였다. 그날 저녁에는 머리들이 어찌나 달아올랐는지 다들 잠을 한숨도 자지 않기로 만장일치 의견을 모았고, 각 방에서 얼마나 더럽고 추악한 짓들을 벌일지는 각자의 판단에 맡기기로 한 것이다. 동틀 무렵이 되자, 밤새 퍼마셨음에도 불구하고 모두 다시금 허기를 느꼈다. 뒤죽박죽 되는대로 식탁에 모여 앉았고, 일찌감치 잠에서 깬 요리사들이 스크램블드에그와 친카라,[78] 마늘 수프와 오믈렛을 만들어 내왔다. 거기서 더 마셔댔는데, 콩스탕스는 무엇으로도 진정이 되지 않을 만큼 슬픔에 잠겨 있었다. 퀴르발의 증오심이 그녀의 가엾은 복부만큼이나 커져가고 있었다. 전날 밤새도록 난교 파티가 진행되는 동안 그녀는 충분히 그걸 경험한 상태다. 다만 그놈의 배가 잘 익어가도록 내버려두기로 했기 때문에 구타만은 피했을 뿐이다. 아무튼 그것만 제외하고 상상할 수 있는 온갖 몹쓸 짓거리들을 경험한 것만은 분명했다. 그녀는 아버지 뒤르세와 남편인 공작에게 하소연하고 싶었으나, 그들은 오히려 어느 인간보다도 덕망 높고 점잖은 분의 심기를 그토록 어지럽힌 걸 보면 뭔가 단단히 잘못을 저지른 모양이라며 그녀를 더더욱 악당 쪽으로 내모는 것이었다. 말하자면 당해도 싸다는 뜻이었다. 그러고는 다들 잠자리에 들었다.

제11일

모두들 늦게 일어났고, 그날만큼은 일상의 모든 절차를 생략한 채 침대를 벗어나자마자 식탁에 모여들었다. 지통과 이아생트,

77
salon d'assemblée. 『소돔 120일』에서 이야기꾼들이 앞에 나와 구술을 이어가는 중심 무대인 이 회합실은 크게 '회합(assemblée)'과 '이야기(histoire, narration)'의 개념을 각각 내세운 두 부류의 명칭들로 등장하며(cabinet d'assemblée, salon d'assemblée, cabinet d'histoire, salon d'histoire, salon aux narrations) 때로는 '옥좌의 살롱(salon du trône)'이랄지 '살롱(salon)', 심지어 '극장(théâtre)'으로도 언급된다. 그런데 여기서 원문의 명칭을 그대로 따를 경우, 주교가 건너간 장소는 앞서 퀴르발이 '독차지한' 구연장(salon d'histoire)과 중복되는 셈이어서 문제가 된다. 아마도 회식장(salon à manger)과 회합실(cabinet d'assemblée) 중간에 위치한 응접실(salon de compagnie)을 잘못 표기한 것으로 보이며, '응접실'로 바꿔 이해하는 것이 적절하겠다. 참고로, 오이겐 뒤렌(이반 블로흐)이 정리한 '애서가 클럽' 판본(1904)은 물론, '세르클 뒤 리브르 프레시외' 결정판(1967)과 '포베르'판(1986), '플레이아드'판(1998) 어디서도 이 문제를 바로잡지 않았다. 반면, 2016년 '펭귄 클래식스' 판본이 나오기 전까지 유일 영역본으로 군림한 '그로브 프레스'판(오스트린 웨인하우스 번역, 1954)은, 원서에 없는 여러 표현이 첨가되긴 했으나, 이 부분을 '회합실(the assembly chamber)'이 아닌 '응접실(the drawing room)'로 고쳐 표기했다. '펭귄 클래식스'판(윌 맥모런, 토머스 와인 공역)에서는 '회합실(the assembly room)'로 표기하되, 각주를 붙여 '응접실(the drawing room)'의 오기 가능성을 거론하고 있다.

78
chincara. 이탈리안 소시지의 일종으로 추정된다.

오귀스틴과 파니가 시중을 든 커피 시간은 비교적 조용했다. 다만 뒤르세가 오귀스틴더러 방귀를 뀌라고 악착같이 요구했고, 공작은 파니의 입에 대고 그 짓을 하겠다며 고집을 부렸다. 워낙 머릿속이 들끓는 상태에서는 욕정이 끝을 보기까지 단 한 발짝만 움직이면 되기에, 다들 속 시원히 원을 풀었다. 다행히 오귀스틴은 준비가 된 상태여서, 왜소한 징세 청부인의 입안에 열두 번 가까이 방귀를 내질렀고 하마터면 발기까지 시킬 뻔했다. 퀴르발과 주교는 두 소년의 볼기짝을 주무르는 데 만족했고, 모두 구연장으로 건너갔다.

"하루는 우리와 막 친해지기 시작한 외제니가 제게 말하는 거예요. '저 좀 봐요, 뒤클로.' 그 애는 매음굴에서 6개월을 지내는 동안 더 예뻐지기만 하더군요. 아무튼 그 애가 자기 치맛자락을 걷어 올리더니 이러는 겁니다. '푸르니에 부인이 하루 종일 엉덩이를 이 상태로 유지하라네요.' 그러면서 자신의 앙증맞은 항문을 틀어막고 있는 1푸스 두께의 똥 딱지를 보여주었습니다. 그래서 제가 그랬죠, '그걸 가지고 무얼 하라는 거지?' 그러자 그 애가 말했습니다. '오늘 저녁에 방문할 어느 나이 든 손님을 위한 거래요. 그분이 똥 묻은 제 엉덩이를 원한다고 하네요.' 저는 '그럼 손님이 분명 만족해하실 거다. 이보다 더 완벽하게 똥을 달고 다니기는 어려울 테니까.' 그 애는 똥을 누고 나자 푸르니에 부인이 주도면밀하게 자기한테 처발라서 그렇게 된 거라고 했습니다. 저는 어떤 광경이 펼쳐질지 몹시 궁금해졌고, 손님이 그 귀여운 계집아이를 부르길 기다렸다가 곧장 훔쳐보기 구멍에 달라붙었습니다. 수사였는데, 어딘지 뒷골목 왕초 같은 분위기가 풍기더군요. 시토 수도회 소속인데, 우람한 체격에 우락부락한 사내가 나이는 예순에 육박해 보였지요. 그는 아이를 애무하며 입에 키스했습니다. 그리고 몸은 깨끗하냐고 묻더니, 외제니 말대로 청결 상태를 유지하고 있는지 보겠다며 치맛자락을 들춰보았습니다. 물론 실상은 그 정반대라는 걸 외제니

본인도 잘 알고 하는 말이었죠. 알지만 그렇게 말하라고 지시를 받았을 뿐입니다. 상태를 확인하면서 수사가 말했습니다. '뭐야, 요 요망한 계집! 이렇게 지저분한 엉덩이를 두고 깨끗하다고 감히 주장해? 보아하니 보름은 엉덩이 청소를 하지 않은 게로군. 아무래도 내가 대신 좀 고생해야겠어. 어차피 깨끗한 걸 원하는 내가 수고를 마다해선 안 되겠지.' 그러면서 소녀를 침대 가장자리에 엎어놓은 뒤, 자신은 그 가랑이 사이에 무릎을 꿇고 앉아 두 손으로 엉덩이를 쫙 벌렸습니다. 처음에는 그냥 살피기만 하려는 것처럼 보였어요. 그런데 흠칫하는가 싶더니, 점점 익숙해지면서 혀를 천천히 갖다 대고는, 급기야 혀끝으로 똥 찌꺼기를 떼어내는 것이었어요. 그의 감각이 불붙고 그의 자지가 일어섭니다. 코와 입, 혀가 모두 한꺼번에 작동하는 듯했어요. 어찌나 감미로운 황홀경에 휩싸이는지 말도 채 할 수 없을 지경이었습니다. 드디어 좆물이 치밀어 오른 그는 자지를 잡고 용두질하는 가운데 결국에는 방출을 하면서 계집의 항문을 어찌나 말끔히 청소하는지, 그것이 한때나마 더러웠으리라고는 도저히 생각할 수 없을 정도였습니다. 그런 데도 방탕꾼은 거기서 멈추지 않았습니다. 그 정도 타락의 광기는 그에게 서론에 지나지 않았어요. 그는 일어서더니 또다시 소녀에게 입맞춤하고는, 자신의 더럽고 통통하고 추악한 엉덩이를 까뒤집어 보여주면서 그걸 붙잡고 구멍에 손가락을 넣으라고 명령하는 거였습니다. 조작은 그를 다시금 발기하게 만들었고, 그는 제 동료의 엉덩이를 다시 부여잡아 새로운 키스 세례를 퍼부어댔습니다. 그러고 나서 그가 한 짓은 지금 제 능력 범위를 넘어서거니와, 이 초보적인 이야기에 포함될 성질도 아니기에, 악당의 타락상을 이야기해드리는 건 마담 마르텐에게 맡기는 게 좋겠습니다. 어차피 그녀에겐 너무나 익숙한 내용일 테고, 나리들께서 혹시라도 질문했을 때 제가 나리들이 만든 법규 때문에라도 만족스러운 대답을 해드리지 못할 입장이니, 저는 이만 다른 사안으로 넘어가겠습니다."

"한 마디만, 뒤클로!" 공작이 말했다. "내가 에두른 표현을 쓸 테니, 당신 대답이 법규를 위반할 일은 없을 거요. 수사의 그것은 통통하던가? 그때가 외제니는 처음…?" "네, 나리. 처음이었어요. 그리고 수사의 그것은 나리의 그것만큼이나 통통했습니다." 그러자 뒤르세가 말했다. "아, 빌어먹을! 멋진 광경이었겠어. 내 눈으로 직접 구경하면 좋았을 걸!"

"아마 똑같은 흥미를 느끼실 텐데요," 뒤클로는 이야기를 다시 시작하며 말했다. "이번 주인공은 그로부터 며칠이 지나 제가 담당하게 된 자입니다. 아마도 누구의 것인지 알면 그 인간도 엄청 기분 나빴을 똥 덩어리 여덟 내지 열 개를 사방에서 구해와 단지에 담아두고는, 그걸 방향 크림이라며 그자의 몸 전체에 두루두루 발라주어야만 했지요. 얼굴을 포함해 어느 한 곳도 제외하지 않았어요. 제 손이 그의 자지에 가 닿고부터는 용두질을 동시에 진행했는데, 그 역겨운 녀석은 거울 속의 그런 자기 모습을 흡족하게 바라보다가 결국 제 손에 보잘것없는 수컷의 증거물을 남기는 것이었습니다.

자, 이제 나리들께 본론을 선보일 차례입니다. 진정한 성전에 경배 드리는 마음으로 들어주세요. 사전에 저에게 준비하고 있으라는 지시가 떨어졌고, 저는 이틀 동안 몸을 단속하고 있었습니다. 손님은 '말타의 기사단'에 소속된 사람이었는데, 아래 열거할 조작을 수행하느라 매일 아침 새로운 계집을 구하는 것이었어요. 바로 그의 집에서 말이죠. 그는 제 뒤꽁무니에 입을 맞추며 말했어요. '어여쁜 엉덩이로군. 하지만 자기야, 엉덩이가 예쁘다고 다 된 게 아니야. 그 엉덩이로 똥을 싸야 진짜지. 똥 싸고 싶은 생각 없어?' 저는 대답했습니다. '선생님, 그러지 않아도 마려워 죽겠어요.' '옳거니! 아주 좋아! 그게 바로 손님을 제대로 모시는 방법이지. 근데 이왕이면 내가 권하는 변기통에 싸주겠니?' 그의 말에 저는 이렇게 대답했습니다. '맙소사, 선생님, 저는 아무 데나 내키는 대로 싸지를래요. 심지어 당신 입안에다가도….' '아, 내 입안에! 이거 참 황홀하구먼! 실은 내가 권하려는 변기통이 다름 아닌 그거거든.' '그렇군요! 어서 주세요, 선생님. 더 이상 참을 수가 없어요.' 말이 끝나기 무섭게 그는 자세를 잡았고, 그 위로 저는 엉거주춤 다리를 벌린 채 쭈그리고 앉았습니다. 그렇게 조작을 벌이면서 그를 용두질해주었죠. 그는 두 손으로 제 궁둥이를 받쳐 들고, 제가 주둥이 속으로 떨어뜨리는 모든 것을 조각조각 받아먹었습니다. 그러면서 황홀경에 접어드는 것이었어요. 정액의 물결을 솟구치게 만들 정도로 제 손목 움직임이 빨라지자 그는 제정신이 아니었습니다. 저는 계속해서 용두질을 하고 똥을 마저 누었으며, 그는 완전히 넋이 나가버렸지요. 저는 뿌듯한 마음으로 자리에서 일어났습니다. 적어도 그가 다음 날은 또 다른 계집을 부탁한다고 푸르니에 부인에게 말해달라 했으니 저로선 고마운 일이죠.

그다음 남자는 거의 비슷한 짓들을 벌이면서 입안에 똥 덩어리들을 좀 더 오래 머금고 있는 점만 다릅니다. 그 사람은 아주 똥물이 되도록 그것들을 머금었다가, 마침내 말간 물만 남을 때까지 한참 동안 그걸로 입안을 헹구더군요.

다섯 번째 남자는 더욱 해괴한 기벽을 추구하는 자였습니다. 그는 오줌이 한 방울도 섞이지 않은 똥만 네 덩이를 구멍 뚫린 좌변기의 변기통에 담아달라고 주문했지요. 그걸 무슨 보물처럼 모셔둔 방에 그 혼자 들어갔습니다. 즉, 여자를 데리고 들어가지 않았을뿐더러, 누구도 드나들지 말아야 하며, 바깥에서 들여다보거나 안의 상황을 알려고 해서는 안 된다며 꼼꼼한 조처를 요구한 것이죠. 그러고 나서야 행동에 들어갔습니다. 하지만 정작 무슨 행동을 했는지는 제가 말씀드릴 수 없어요. 들여다볼 수가 없었으니까요. 다만 그가 나간 뒤 방에 들어가자, 아주 깨끗하게 비워진 변기통이 덩그러니 있었다는 사실만 말씀드립니다. 똥 네 덩이를 가지고 그가 무슨 짓을 했는지는 설사 악마가 나선다 해도 편하게 이야기하지는 못할 겁니다. 그걸 변기구를 통해 내다 버리기는 쉬웠겠지요. 하지만 전혀 다른 짓을 했을지도 모릅니다. 하긴, 누가 싸놓은 것인지 알아보려고 하거나 똥이 어땠으면 하는 최소한의 요망 사항도 없이 그냥 똥 네 덩어리만 알아서 준비하도록 푸르니에 부인에게 일임한 걸 보면, 여러분이 상상하고 있을 바로 그 전혀 다른 짓만큼은 결코 하지 않았을 거라고 생각할 수도 있겠죠. 하루는, 우리가 이야기해주면 그가 놀라 자빠질지 어떨지도 궁금할뿐더러, 그러다 보면 똥의 행방을 대충 알아낼 수 있다는 생각에서, 우리는 그에게 문제의 그날 준비한 똥 덩어리들이 매독에 걸려 고생하는 몇몇 환자에게서 나온 것임을 말해주었습니다. 그는 전혀 화내지 않고 우리와 함께 웃어넘겼는데, 만약 그 똥 덩어리들을 버리지 않고 다른 식으로 처리했다면 충분히 화를 내고도 남았겠죠. 아무튼 우리가 이따금 그 문제를 더 추궁하려고만 하면, 그는 아예 입도 못 열게 했고 우리는 그 이상 알아낼 수가 없었습니다.

오늘 저녁 여러분께 들려드릴 이야기는 여기까지입니다. 내일이면 저는 적어도 생계와 관련해 새로운 서열로 진입합니다.[79] 하지만 여러분이 우상시하는 이 매혹적인 취향과 관련해 아직 이야기해드릴 수 있는 시간이 제게 이삼일 정도 남아 있지요."

이야기 속 똥 덩어리들의 행방에 대해 여러 의견이 분분했고, 온갖 추론을 이어간 끝에 그중 몇 가지를 실행에 옮겨보았다. 마담 뒤클로를 향한 자신의 취향을 모두가 보게끔 하고 싶은 공작은 공개적으로 그녀와 즐기는 자기 나름의 방탕한 방식과 더불어, 그의 만족을 위해 그녀가 동원하는 온갖 능란함과 기교, 기민함, 더할 나위 없이 애교 있는 말솜씨를 대놓고 과시했다. 야식과 향연은 비교적 조용한 가운데 진행되었다. 다음 저녁 시간까지 별다른 사건은 없었으므로, 우리는 마담 뒤클로가 풀어나간 새로운 사연으로 열두 번째 날의 이야기를 시작하고자 한다.

79
매춘부의 서열을 말한다.

마담 뒤클로가 말했다. "이제 곧 제가 새로운 서열로 진입하는 만큼, 저라는 인간의 됨됨이를 이쯤에서 세세하게 알려드려야만 하겠습니다. 쾌락의 대상이 적나라하게 까발려졌을 때, 그 쾌락을 묘사해주면 훨씬 더 잘 머릿속에 그려지는 법이니까요. 제가 막 스물한 살에 접어들었을 때의 이야기입니다. 머리는 갈색이었지만, 피부는 더할 나위 없이 상큼한 흰 빛깔이었죠. 이마를 가리는 엄청 풍성한 머리채는 자연스럽게 출렁이면서 허벅지까지 내려왔답니다. 눈동자는 지금 보시는 그대로인데, 어딜 가나 아름답단 소리를 들어왔죠. 제 몸매는 약간 풍성한 편입니다만, 키가 훤칠하고 유연하며 늘씬했어요. 제 아랫도리로 말씀드릴 것 같으면, 요즘 난봉꾼들이 그토록 눈독을 들이는 부분이긴 한데, 다들 뭐라고 했냐면 자기들이 보아온 그 어떤 대단한 몸뚱어리보다 우월하다는 겁니다. 파리의 어느 여자도 저만큼 아랫도리를 관능적으로 놀리지 못하더라는 거예요. 모양새가 빵빵하고 둥글둥글하며, 기름진 살집에 아주 포동포동했답니다. 그럼에도 풍만한 살이 전체적으로 우아한 몸매를 그르치는 일이 없었어요. 살짝살짝 움직여, 여러분이 그토록 애지중지하는 조그만 장밋빛 살점을 언뜻언뜻 드러내면서 말이죠. 저 역시 나리들과 마찬가지 생각입니다만, 그곳이야말로 여성의 가장 감미로운 매력이 집중된 곳이죠. 제가 아무리 오랜 세월 방탕한 생활에 찌들었다 해도, 당시 저만큼 그곳이 청순하기란 불가능했어요. 워낙 자연으로부터 잘 타고난 성향 덕도 있지만, 자칫 청순함을 망치거나 성향을 해칠 수 있는 쾌락에 대해서도 아주 요령 있게 대처해왔거든요. 저는 원래 남자는 별로 좋아하지 않았답니다. 그래서 애정 놀음은 딱 한 번밖에 경험해보지 않았어요. 제 안에는 그저 방탕주의적 사고밖에 없었고, 다만 그게 도가 지나칠 정도였던 거죠. 일단 여러분께 제가 가진 매력을 상세히 묘사한 만큼, 이젠 제 악덕을 조금은 말씀드리는 게 정당할 것 같습니다. 저는 여자들을 사랑했습니다. 그 점은 감추지 않을게요. 여자들에 빠져 자신을 완전히 망가뜨렸다고 여러분께 고백할 것이 분명한 제 동료 마담 샹빌만큼은 아니지만, 저는 언제나 쾌락을 추구하면서 남자보다는 여자를 더 좋아했답니다. 여자들이 저에게 제공한 쾌락이 남자가 주는 관능보다 훨씬 제 감각을 강력하게 지배했어요. 그런가 하면 제게는 도벽이라는 단점이 있었지요. 얼마나 광적으로 그 짓에 매달렸는지 말할 수 없을 정도입니다. 모든 부(富)는 지상에서 평등하게 나누어야 한다는 것, 아울러 그 평등을 넘어서는 건 완력과 폭력밖에 없다는 자연의 철칙을 전적으로 신뢰하던 저로선 운명을 교정하기 위한 노력이었고, 균형을 회복하느라 최선을 다한 것이죠.[80] 만약 그 빌어먹을 버릇이 없었다면, 이제부터 들려드릴 타고난 자선가와 아마 지금도 함께 살고 있을 거예요."

"살면서 도둑질은 많이 한 건가?" 뒤르세가 물었다. "엄청났죠, 나리. 훔친 것을 항상 탕진해오지 않았다면, 지금쯤 부자가 되어 있을 겁니다." 그러자 뒤르세가 말을 이었다. "그래도 뭔가 험한 짓들을 했으니 그런 거겠지? 남의 집 문을 부수고 강탈했든가, 사람 뒤통수를 쳤든가, 아예 대놓고 사기를 쳤든가 말이야." "할 수 있는 짓은 다 해보았다고 할 수 있지요." 뒤클로가 말했다. "이 문제가 나리의 관심을 끌리라고는 생각지 못했습니다. 자칫 제가 들려드릴 이야기의 순서가 흐트러질 수도 있으니까요. 하지만 나리가 재미있어 하시니, 나중에 잊지 않고 꼭 말씀드리겠습니다. 문제의 단점에 더해 사람들은 제 또 다른 오점을 신랄하게 비난하곤 했지요. 아주 심성이 고약하다는 점이었어요. 근데 그게 제 잘못일까요? 우리의 악덕이든 완벽함이든 그 모든 건 자연의 소관 아닐까요? 자연이 매정하게 만들어놓은 심성을 제가 무슨 수로 누그러뜨리겠습니까? 저는 저 자신의 불행을 두고 평생 울어본 적이 없답니다. 하물며 다른 사람의 불행을 두고 왜 울겠어요. 저는 언니를 사랑했지만, 언니를

80
평등과 불평등 모두 자연의 섭리라는 견해는 분명 모순이나, 그 모순이 결국 폭력의 정당성으로 모아진다는 점에서 방탕주의의 일관된 원칙이 드러난다.

잃으면서 조금도 고통을 느끼지 않았어요. 언니의 사망 소식을 접한 제가 얼마나 덤덤했는지 나리는 똑똑히 지켜보셨을 겁니다.[81] 하늘에 맹세코, 저는 우주가 망하는 꼴을 보는 한이 있어도 그런 일로 눈물 한 방울 흘리는 일은 없을 겁니다." "옳거니, 의당 그래야 하거늘," 공작이 말했다. "연민의 정은 바보들의 미덕이니까. 그런 자신을 자세히 들여다보면 말이야, 연민의 정 때문에 우리는 그저 쾌락만 손해보고 있음을 깨닫게 되거든. 그나저나 자네가 말한 그 단점 말인데, 필시 그와 더불어 살인도 저질렀겠지? 무감한 심성은 어차피 그 길로 직진하기 마련이거든." "나리," 뒤클로가 말했다. "나리께서 우리의 이야기에 부과한 규칙을 따르자면 많은 소재를 제외해야만 합니다. 대신 그 제외된 소재는 제 동료들이 담당할 몫으로 남겨두셨죠. 제가 드릴 말씀은 이거 하나입니다. 막상 나리들 보시기에 그 소재들이 흉악한 이야기로 모습을 갖추다 보면, 저 같은 사람은 제 동료에 비할 수준이 못 된다는 걸 확신하실 거예요." "이런 걸 두고 자기 분수를 잘 안다고 하는 거지," 공작이 말했다. "자, 어서 계속하게. 자네가 지금 해줄 수 있는 이야기만으로 우리 모두 만족하는 게 옳아. 자네를 구속한 건 우리 자신이니까. 하지만 명심해, 우리가 단둘이 있을 땐 자네만의 그 특별한 악행에 관해 꼬치꼬치 캐물을 테니까."

"그땐 저도 무엇 하나 감추지 않겠습니다, 나리. 일단 제 이야기를 들으시고 나면, 이런 모자란 노리개를 너그러이 봐주신 걸 아마 후회하지 않으실 거예요. 그럼 다시 시작합니다. 그 모든 단점에도 불구하고, 특히나 자연이 우리에게 허락한 자만심을 무참히 깔아뭉개면서 인류에게 모욕적인 짐이라고밖에는 생각할 수 없는 감사의 비굴한 정(情)을 전적으로 무시하는 제 단점에도 불구하고 말입니다, 동료들은 저를 참 좋아했답니다. 남자들한테 인기도 최고였죠. 그런 상황에서 도쿠르라는 이름의 징세 청부인이 질펀하게 한바탕 놀아보려고 푸르니에 부인 댁을

81
앞서 제시된 실제 사실과는 상반된 진술이다. 주석 70번 참조.

찾아왔습니다. 가게 계집보다는 외부 계집을 더 선호하긴 했지만, 단골인 만큼 엄청 신경 써서 챙겨주더라고요. 어쨌든 부인은 우리를 소개하고 싶어 안달이 났고, 그가 오기 이틀 전부터 저에게 여러분이 잘 아시는 그런 상태로 준비를 갖추라는 언질을 주었습니다. 지금껏 제가 겪은 어떤 남정네보다도 그걸 좋아하는 남자였거든요. 이제 그 면모를 낱낱이 확인하시게 될 겁니다. 도쿠르는 도착하자마자 저를 위아래로 훑어보더니, 푸르니에 부인에게 어째서 이처럼 어여쁜 계집을 좀 더 일찍 대령하지 않았느냐며 툴툴거리는 거였어요. 저는 호의에 감사를 표했고 그와 함께 방으로 올라갔습니다. 도쿠르는 쉰 살 정도에 살찌고 통통한 체구였지만, 생김새는 곱상했고 센스도 있는 남자였어요. 특히 마음에 든 건 처음부터 제게 호감을 표하는 다정하고 깍듯한 그 성품이었답니다. '그대는 아마도 세상에서 가장 아름다운 엉덩이를 가졌을 거요.' 저를 끌어당기고 속치마 속으로 손을 넣어 곧바로 뒤를 더듬으면서 도쿠르가 해준 말입니다. '내가 안목이 좀 있는데, 그대같이 생긴 아가씨들은 대개 엉덩이가 아름답지. 이것 봐, 내가 뭐랬어!' 그는 잠시 그곳을 만져보다가 말을 이어갔습니다. '그것 참 싱싱하기도 하지! 어쩜 이리 둥글둥글한고!' 그는 잽싸게 저를 뒤돌려 세우고는 한 손으로 속치마를 허리까지 걷어 올리고 다른 손으로는 더듬어대면서, 성심으로 우러른 제단을 실제로 검사할 준비에 슬슬 나섰습니다. 그는 이렇게 외쳤어요. '맙소사! 정말이지 내 평생 가장 아름다운 엉덩이라니까. 내가 한둘 겪어본 사람이 아니거든…. 어디 한번 벌려보시오… 이런 딸기 같으니… 빨고 싶어라… 확 잡아먹어버릴까… 정말이지 그 정도로 아름다운 엉덩이야…. 그래 어디 말해보시오, 내 사랑, 얘기는 전해 들었겠지?' '네, 선생님.' '그럼 내가 똥을 누게 한다는 거 알겠네?' '네, 선생님.' 그러자 재력가께서 다시 묻더군요. '근데 건강하긴 한 거지?' '어머나, 그건 확실하죠!' 그는 이렇게 말하더군요. '왜냐하면 내가 좀 지독하게 밀고나가는 편이거든. 그대 몸뚱이가 아주 정상이 아니면, 내가 그만큼 위험을 감수해야 해.' 저는 말했어요. '선생님, 원하시는 모든 걸 제게 하셔도 됩니다. 이제 막 태어난 아이처럼 제 진심으로 대답해드리는 거예요. 마음 푹 놓고, 하고 싶은 대로 하세요.' 이 정도 서론을 거친 뒤, 도쿠르는 제 볼기짝을 계속 벌리면서 자기 쪽으로 몸을 당겼고, 입을 제 입에 찰싹 붙인 채 15분 동안이나 제 침을 빨아 먹었습니다. 그는 잠깐 입을 떼고는 몇 번 '씨팔!'이란 말을 내뱉었고, 곧바로 다시 애정 넘치게 빨아대기 시작했습니다. 그러면서 이따금 '침을 뱉어요, 내 입안에 침을 뱉어!'라고 말했지요. '침으로 입안을 가득 채워달란 말이오.' 그때 갑자기 그의 혀가 제 잇몸을 온통 휘감아 들어오는 걸 느꼈습니다. 혀가 있는 대로 제 입을 쑤시고 들어오면서 걸리는 건 모조리 끌어모아 당기는 거였어요. 그러면서 이랬습니다. '옳거니, 이제 서는군. 자, 슬슬 조작 들어가자고!' 그는 자기 자지에 활력을 불어넣으라고 지시하면서, 다시금 제 볼기짝을 꼼꼼히 살피기 시작했습니다. 제가 꺼내준 그의 왜소한 물건은 손가락 세 개를 합친 정도의 두께에 길이가 5푸스쯤 되었는데, 상당히 단단하고 화가 많이 나 있었습니다. 도쿠르는 제게 이렇게 말했어요. '그 속치마 벗어버려요. 나도 바지를 벗을 테니까. 우리가 앞으로 거행할 의식을 위해서는 서로가 엉덩짝이 편해야 합니다.' 제가 시키는 대로 하자, 그는 계속 말을 이었습니다. '이제 일어나 코르셋 속으로 슈미즈를 집어넣어요. 그렇게 해서 아랫도리를 완전히 까뒤집으라고…. 이제 침대에 엎어져요.' 그러고는 의자에 앉아 제 엉덩이를 또다시 주물럭거리기 시작했습니다. 보는 것만으로도 황홀해지는 모양이었어요. 그러던 그가 갑자기 제 볼기짝을 벌리고 혀로 제일 안쪽을 파고들면서, 그의 말마따나 닭이 알을 낳을 준비가 되었는지 확실하게 검사하려는 것 같았습니다. 지금 저는 그가 사용한 표현을 그대로 여러분께 옮기고 있어요. 저는 그의 몸에 손을 대지 않고 있었습니다. 제가 빼내준 비쩍 마르고 왜소한 음경을 그 사람 스스로 살살 흔들어대고 있을 뿐이었지요. 그가 이러더군요.

'자기야, 이제 슬슬 시작해볼까. 똥이 나올 준비가 된 것 같아. 느껴져. 조금씩 천천히 싸야 하는 거 잊지 말아요. 내가 한 덩어리씩 먹어치우는 걸 기다렸다가 그다음 똥을 싸야 하는 거. 내 조작은 시간이 오래 걸리니 절대 서둘러선 안 돼. 내가 볼기짝을 살짝 한번 때리면 똥을 싸라는 신호야. 모든 걸 아주 섬세하게 진행해야만 해.' 그는 숭배 의식의 대상과 관련해 최대한 편안한 자세를 취한 다음 입을 바짝 갖다 붙였고 저는 거의 동시에 그 안에 작은 알만큼 통통한 똥 덩어리를 밀어 넣었습니다. 그가 그것을 빨다가, 입안에서 이리저리 굴리다가, 잘근잘근 씹고 맛보더니, 2분에서 3분쯤 지나고는 꿀꺽 삼키는 것이 분명하게 보였습니다. 저는 다시 힘을 주었죠. 똑같은 의식이 거행되었는데, 제 욕구 또한 만만치 않았던지, 열 차례나 연달아 그의 입안을 가득 채우고 비웠음에도 불구하고 그는 전혀 만족한 기색이 아니었습니다. 급기야 제가 그랬어요. '다 됐습니다, 선생님. 이젠 아무리 힘을 줘도 나오지가 않아요.' 그러자 그가 말했습니다. '그래, 자기야. 다 됐다고? 자, 그럼 이제 내가 쌀 차례네. 옳거니, 이 아름다운 엉덩이를 깔끔하게 닦아주면서 방출해야지. 오, 빌어먹을! 자네가 나를 얼마나 즐겁게 해주는지 몰라! 이보다 더 맛있는 똥은 먹어본 적이 없어. 온 세상을 향해 당당히 보증할 수도 있어. 나의 천사여, 더 줘, 더, 더 달라니까, 내가 죄다 빨아 먹을 거야. 죄다 삼켜버릴 거라고.' 그러고는 혀끝으로 후장을 마구 쑤셔대면서 수음을 하니, 난봉꾼의 좆물이 제 다리로 줄줄 흘러넘치는 것이었습니다. 동시에 온갖 욕설과 더러운 말들을 토해냈는데, 제가 보기에는 꼭 그래야만 절정에 도달하는 것 같았어요.

일을 해치운 뒤 자리에 앉은 그는 저를 옆에 끌어다 앉혀 빤히 들여다보더니 매음굴 생활이 지겹지 않느냐고 물었습니다. 혹시 누가 여기서 꺼내주겠다면 좋지 않겠느냐면서 말이죠. 그가 완전히 제게 빠져버렸음을 간파한 저는 일부러 까다롭게 굴었습니다. 여러분 보시기엔 별로 재미나지도 않을 자세한 이야기는 그만두고, 아무튼 저는 그의 제안을 받아들이기로 했지요. 그래서 바로 다음 날 매달 20루이와 숙식을 제공받는 조건으로 그의 집에서 지내기로 결정했습니다. 저는 홀아비인 그의 저택 중이층을 사용하면서 시중드는 계집도 한 명 거느리고, 그의 친구 셋과 그 정부들과도 종종 어울리는 생활을 받아들이기로 했습니다. 일주일에 네 차례씩 돌아가면서 서로의 집에 모여 방탕한 야회를 즐기는 식이었습니다. 저에게 주어진 의무라고는 오로지 많이 먹고 시키는 대로 하는 것뿐이었습니다. 그가 하는 일의 핵심은 저를 자기 방식대로 잘 부양하는 것인 만큼, 저로서는 그저 잘 먹고 잘 자고 잘 소화시키면서, 매달 규칙적으로 하제(下劑)를 복용하고 매일 두 차례씩 그의 입안에 똥을 싸지르면 되었어요. 그 횟수가 놀랄 일이 아닌 것이, 매일 잘 먹어 배가 빵빵할 텐데, 두 번이 아니라 세 번이라도 왜 그러고 싶지 않겠어요. 징세 청부인은 일단 첫 봉급으로 매우 아름다운 다이아몬드 한 알을 주면서 포옹해주었습니다. 그리고 푸르니에 부인과는 이제 모든 걸 정리하고, 내일 아침 자기가 직접 데리러 올 테니 준비하라고 했습니다. 저는 곧바로 가게에 작별 인사를 했지요. 마음속에 아쉬움이라고는 없었습니다. 워낙 제 마음은 애착이란 감정과는 무관했기 때문이지요. 대신 6개월 전부터 아주 은밀한 관계를 가져온 외제니와의 쾌락만큼은 다소 아쉽더군요. 아무튼 저는 떠났습니다. 도쿠르는 저를 극진하게 환영했고, 향후 제 거주 공간이 될 게 분명한 매우 근사한 숙소를 손수 꾸며주었습니다. 저는 곧바로 완벽하게 정착했지요. 저는 하루 네 끼의 식사를 해야만 했습니다. 그것도 생선, 굴, 소금에 절인 요리, 달걀, 그 밖에 모든 유제품 등, 제가 좋아하는 음식물이 몽땅 금지된 상태로 말입니다. 하지만 또 그만큼 좋은 보상이 따르기에 사실상 불만은 없었습니다. 제 식단의 기본은 이런 식으로 구성되었지요. 가금류의 희고 풍부한 고깃살, 무척 다양하게 요리된 뼈 바른 들짐승, 푸줏간 고기는 아주 조금만, 지방은 완전히 빼고, 빵과 과일은 되도록 적게. 그렇게 아침에는 식사용으로, 저녁에는 맛보기 정도로 고기를 먹었습니다. 처음에는 빵만 없이 그 모든 걸 차려주었는데, 도쿠르가 점점 양을 줄이라고 요구하더니, 하루가 저물 무렵에는 아무것도 먹지 말고 수프조차 입에 대지 못하게 했습니다. 이와 같은 식사 습관을 유지한 결과는, 그가 미리 예견한 대로, 지극히 부드럽고 촉촉한 하루 두 차례의 배변이었지요. 그가 장담한 대로 그 절묘한 맛이란, 그저 평범하게 음식을 섭취했다면 결코 나올 수 없는 것이었습니다. 무조건 그의 말을 믿어야 했습니다. 그는 전문가였으니까요. 우리의 조작은 그가 잠에서 깰 때와 잠자리에 들 때 진행되었습니다. 그 세세한 사항들은 이미 말씀드린 것과 대동소이하고요. 항상 제 입을 한참 동안 빠는 것으로 시작했지요. 물론 언제나 씻지 않은 상태 그대로의 입이어야 했고요. 양치질은 일을 다 끝낸 다음에야 허락되었답니다. 그런데 매번 그가 사정한 것은 아니었어요. 하긴 우리 사이에 그가 어떤 의리를 지켜야 한다는 건 계약에 없었죠. 도쿠르는 저를 마치 소고기처럼 일종의 주요리로서 집 안에 들인 것이었습니다. 대신 매일 새벽 다른 데 나가서 실컷 즐기다 오는 것이죠. 제가 도착하고 이틀 뒤, 그와 방탕 놀음을 함께하는 친구들이 저녁을 먹으러 집에 몰려왔는데, 세 명 모두가 본질은 같지만 각자 다른 양상의 정념에 찌든 취향을 가지고 있는 거예요. 그러니 이야기 개수를 채워나가는 의미에서라도, 잠시 그들의 각종 기벽을 짚고 넘어가는 것이 나리들 보기에 재미날 거라 생각합니다. 친구들이 도착했습니다. 첫 번째는 늙은 고등법원 판사인데 나이는 예순 살가량 먹었고 이름은 데르빌이었지요. 그에게는 정부가 한 명 있는데, 마흔 살인 그녀는 무척 예뻤고 다소 뚱뚱하다는 것만 빼면 단점이 없었습니다. 사람들이 마담 뒤캉주라고 부르더군요. 두 번째는 퇴역 군인이었어요. 나이는 마흔다섯에서 쉰 살 정도로 이름은 데프레라고 했지요. 그의 정부는 금발에 스물여섯 먹은 아주 예쁘장한 여자인데, 정말 보기 드문 몸매의 소유자였습니다. 이름은 마리안이라고 하더군요. 세 번째는 예순 살 먹은 노신부였고, 이름은 뒤쿠드레, 햇살처럼 아름다운 열여섯 살 어린 소년을 정부로 삼고 있었습니다.[82] 겉으로는 자기 조카라고 하면서 말이죠. 대접은 제가 사용 중인 중이층에서 이루어졌습니다. 즐겁고 우아한 분위기로 식사가 진행되었는데, 가만 보니 같이 온 아가씨와 소년에게도 저와 거의 동일한 식단이 마련되었더군요. 각자의 성향은 식사를 하면서 낱낱이 드러났습니다. 우선 데르빌 이상 가는 난봉꾼도 없을 것 같더군요. 눈빛이나, 말하는 거나, 행동거지 모두 타락한 티가 역력하고, 모든 게 방탕 그 자체였습니다. 데프레는 좀 더 냉정한 분위기였지만, 그 역시 색욕으로 똘똘 뭉친 인생이었지요. 신부로 말하자면 그보다 더 확고한 무신론자는 없을 것 같았어요. 거의 말끝마다 불경한 발언이 튀어나오더군요. 여자들은 하나같이 자기 애인을 따라 했습니다. 모두 다 엄청난 수다쟁이긴 하나 목소리만큼은 듣기 좋았어요. 어린 사내는 제가 보기에 예쁘장하면서도 좀 바보 같더군요. 마담 뒤캉주가 그 모습에 홀딱 반했는지 슬쩍슬쩍 다정한 눈길을 보내는데도 도무지 낌새를 못 채는 거예요. 양식을 갖춘 태도는 디저트를 먹으면서 다 사라졌고 대화는 행동과 마찬가지로 더러워졌습니다. 도쿠르의 새로운 수확을 두고 데르빌이 축하하며 묻더군요, 계집의 엉덩이가 아름다운지, 똥은 잘 싸는지. 징세 청부인이 그에게 대답했습니다. '말해 무엇해! 자네가 직접 확인해보면 되지. 알다시피 우리는 모든 재산을 서로 공유하거니와 돈뿐 아니라 애인도 기꺼이 빌려주는 사이잖은가.' 그러자 데르빌이 말했습니다. '아하, 그렇지! 받아들이겠네.' 그는 곧바로 제 손을 붙잡더니 같이 별실로 건너가자고 했습니다. 제가 잠깐 망설이자 마담 뒤캉주가 뻔뻔하게 이러더군요. '어서 가봐요, 아가씨. 우린 여기서 체면 같은 거 차리지 않습니다. 그동안 당신 애인은 내가 잘 돌볼게요.' 결국 눈치를 보는 저에게 도쿠르가 허락을 표했고, 저는 늙은 판사를 따라나섰지요. 나리들, 바로 그자가 뒤이을 두 명과 함께, 이 자리서 다루는 취향에 부합할 세 가지 에피소드를

82
도쿠르를 비롯한 이상 세 친구들이 실링 성의 리베르탱 네 명에 정확히 중첩된다는 사실은 주목할 만하다. 즉, 도쿠르는 뒤르세와 마찬가지로 징세 청부인이고, 데르빌은 퀴르발처럼 판사이며, 데프레 역시 공작과 마찬가지로 퇴역 군인, 뒤쿠드레는 주교와 마찬가지로 성직자다. 이들 네 직종과 신분 모두 앙시앵레짐(구체제)의 엘리트 귀족을 대표함은 물론이다.

선사해드릴 겁니다. 아마도 오늘 저녁 제 이야기에서 가장 훌륭한 부분일 거예요.

바쿠스의 취기에 잔뜩 달아오른 데르빌은 저를 데리고 방에 들어서자마자, 더할 나위 없는 열정에 사로잡혀 입을 맞추었습니다. 그러면서 아이 주[83]를 마신 딸꾹질을 서너 차례 제게 쏘아댔는데, 그건 그가 저로 하여금 조금 있다가 다른 곳을 통해 배출해주길 바라고 있을 바로 그것을 입을 통해서 토해낼 뻔하게 만들었답니다. 제 치마를 걷어 올린 그는 닳고 닳은 난봉꾼다운 음란한 태도로 제 아랫도리를 유심히 들여다보고는, 과연 도쿠르의 안목은 기대 이상이라면서, 제 엉덩이가 파리에서 최고라는 것이었어요. 그는 저더러 우선 방귀 몇 번 뀌는 걸로 시작하자고 청했습니다. 그래 대여섯 차례 뀌어주었더니 그 모두를 다 받아 삼키고는, 다시금 제 몸을 주무르고 볼기짝을 있는 대로 벌리면서 입에 키스하기 시작했어요. '욕구가 당기는가?' 그가 물었고 저는 대답했지요. '지금 막 당겨요.' 그러자 그가 말했습니다. '어이구, 사랑스럽기는. 그럼 이 접시에 싸보시게.' 그는 이런 목적으로 백자 접시를 하나 가져왔는데, 제가 똥을 밀어내는 내내 그걸 받쳐 들고 있었습니다. 그리고 제 뒤꽁무니에서 빠져나오는 똥 덩어리를 꼼꼼하게 들여다보면서, 이런 달콤한 장면이야말로 자기를 쾌락에 취하도록 만들어준다는 거였어요. 다 싸고 나자 그는 접시를 들고 그 안에 담긴 관능의 요리를 감미롭게 킁킁거리는가 하면, 그걸 만지고, 입 맞추고, 냄새 맡더니, 더 이상 참을 수가 없다면서, 평생 보아온 그 어떤 똥보다 달콤하고 근사한 똥 덩어리 때문에 지금 있는 대로 꼴려 미칠 지경이라고, 그러니 자지를 좀 빨아달라고 간청했습니다. 그런 조작은 별로 달가울 것 없었으나, 친구를 소홀히 대해 도쿠르의 기분을 언짢게 할까 봐 저는 하는 수 없이 청을 받아들였습니다. 그는 안락의자에 자리를 잡고 바로 옆 탁자에 똥이 든 접시를 올려놓고는, 상체를 깊이 숙여 똥에 코를 처박다시피 했습니다. 그가 가랑이를 벌렸고 저는 그 사이 낮은 의자에 앉아

83
vin d'Aï. 거품 풍부한 유명 샴페인 이름.

그의 바지 앞섶에서 진짜 남근이라기보다는 너무나도 맥없는 자지 비슷한 뭔가를 꺼냈습니다. 역한 거부감에도 불구하고 저는 그놈의 잘난 골동품을 살금살금 빨기 시작했어요. 그러면 조금이나마 단단해질까 싶어서였죠. 역시나 착각이었습니다. 제가 그걸 빨기 무섭게 난봉꾼은 자기가 벌일 조작에 돌입했습니다. 제가 방금 선사한 신선하고 귀여운 알을 단순히 먹는다기보다 꿀꺽 집어삼켜버리는 것이었어요. 3분 만에 죄다 해치우는 사이, 그의 몸이 팽창하고 움직이고 뒤틀리면서 더할 나위 없이 강렬하고 두드러진 관능의 발작이 느껴졌습니다. 하지만 그래봤자 별 볼 일 없었어요. 전혀 일어서지 않았으니까요. 그 빌어먹을 작은 연장은 욱하는 기분에 눈물 한 방울 찔끔 짜내고는 처음보다 더 창피스러운 몰골로 졸아들어, 거창한 쾌락에 뒤이은 무기력과 허탈감, 탈진 상태 속에 자기 주인을 내팽개쳐버리는 것이었습니다.

그러고는 우리 둘 다 다시 자리로 돌아왔지요. 판사가 말했어요. '아, 염병할! 이렇게 똥 잘 싸는 꼴은 여태 본 적이 없네.' 돌아와보니 신부와 그 조카만 자리를 지키고 있었습니다. 둘이서 어찌나 조작에 열심인지, 그 자세한 내용은 조금 이따가 말씀드리기로 하지요. 다들 모임에서 정부를 바꿔도 소용이 없었습니다. 뒤쿠드레만은 항상 자신의 짝에 만족해, 그 밖에 다른 상대를 넘보지도 않거니와 자기 정부를 양보하지도 않았어요. 사람들 얘기가, 그는 여자와 즐기는 게 불가능한 사람이라는 겁니다. 도쿠르와 그가 다른 점이라면 그게 유일했지요. 의식을 치르는 방법에 관해서는 그 역시 매한가지였습니다. 우리가 나타났을 때, 젊은이는 침대에 엎드려 사랑하는 삼촌에게 엉덩이를 내주고 있었고, 삼촌은 무릎을 꿇고 앉아 입으로 사랑스럽게 받아 삼키고 있었습니다. 가랑이 사이로 축 늘어져 보이는 너무나도 작은 자신의 자지를 스스로 열심히 주물럭거리면서 말입니다. 신부는 우리에겐 아랑곳하지 않고 사정을 하면서, 이 아이가 나날이 더 나은 똥들을 싸질러댄다고 악을 썼습니다.

서로를 실컷 즐긴 마리안과 도쿠르가 곧 돌아왔고, 그다음으로 저를 기다리면서 애무밖에 하지 않았다는 데프레와 뒤캉주가 모습을 나타냈습니다. 데프레가 이러더군요. '왜냐하면 이 여자와 나는 오래 알고 지낸 사이거든. 반면에 아리따운 나의 여왕님인 당신은 처음 겪는 상대인 만큼, 양껏 놀아보고 싶은 강렬한 욕망을 대차게 불어넣는다는 말씀이야.' 그래서 제가 그랬죠. '하지만 판사님께선 이미 모든 걸 가지신 분입니다. 제가 더 챙겨드릴 게 없어요.' 그는 웃으며 말했습니다. '나는 당신에게 아무것도 바라지 않아. 내가 모든 걸 챙겨줘야지. 내게 필요한 건 오로지 당신 손가락들이라고.' 이 수수께끼 같은 말의 뜻이 저는 너무도 궁금했습니다. 그런데 우리가 단둘이 방에 남자 그가 1분만 항문에 입을 맞추겠다며 제 엉덩이를 내달라는 거예요. 저는 그에게 엉덩이를 내주었습니다. 그는 두세 차례 똥구멍을 빨더니, 자기 바지 단추를 풀고 그가 제게 해준 걸 그대로 자기한테 해달라며 간청하는 것이었어요. 그러면서 취하는 태도가 저에게는 상당히 의심스럽게 다가왔습니다. 의자 위에 기마 자세로 등받이를 붙잡고 선 채, 밑에다가는 똥을 받아낼 접시를 놓아두는 것이었습니다. 이미 그걸로 자기 혼자 일을 해치울 준비가 된 것으로 보였기에, 저는 왜 제가 그 항문에 입을 맞추어야 하는지 물었지요. 그러자 대답이 돌아왔습니다. '자기야, 우선 가장 큰 이유는 세상 그 어느 항문보다 변덕스러운 나의 항문이 누군가 입을 맞춰주지 않으면 똥을 싸지 않기 때문이지.' 저는 그 뜻에 따르긴 하되 그다지 적극적인 태도는 취하지 않았는데, 그걸 눈치챈 그가 득달같이 이러더군요. '우라질, 좀 더 바짝! 더 바짝 붙으란 말이야, 이 아가씨야! 설마 똥이 그렇게 무서운 거야?' 결국 저는 좋은 일 한번 하는 셈치고 똥구멍 주위로 입술을 갖다 댔습니다. 그런데 제 입술을 느끼자마자 그가 설사를 시작하는데, 그야말로 와장창 쏟아지는 바람에 제 한쪽 볼이 온통 얼룩덜룩하게 되어버렸답니다. 단 한 번 싸지르는 것만으로 그릇이 가득 차버렸지요. 저는 생전 그런 똥은 처음

보았습니다. 움푹 파인 샐러드용 접시가 단번에 가득 차버렸어요. 우리의 남정네께서는 접시를 집어 들고는 침대 가장자리에 넙죽 엎드려 똥 범벅이 된 엉덩이를 들이민 채, 그곳을 강하게 자극하라고 지시하는 것이었어요. 방금 배출해낸 것을 도로 자기 배 속에 집어 처넣는 동안 말입니다. 그놈의 뒤꽁무니가 아무리 더러워도 저는 지시에 따라야만 했습니다. 아마도 그의 정부가 그렇게 해주는가보다 싶었죠. 그보다 더 까다롭게 굴면 안 되는 겁니다. 저는 보란 듯 내민 그 지저분한 구멍 속으로 손가락 세 개를 쑤셔 넣었어요. 완전히 몽롱해진 그는 자기 배설물에 코를 처박고 질퍽거리는가 하면 꿀꺽꿀꺽 삼키면서, 한 손으로는 접시를 붙들고 다른 한 손으로는 가랑이 사이에서 당차게 고개를 들고 있는 자지를 마구 흔들어대는 것이었습니다. 저는 아랑곳하지 않고 정성을 다해 그를 다루었고, 결국 그게 먹혀들었지요. 항문이 움찔 조여드는 게 느껴지는가 싶더니, 당장이라도 정액을 발사할 것처럼 발기근이 팽팽해지는 거예요. 저는 전혀 당황하지 않았습니다. 접시는 이미 비워진 상태고, 사내는 방출을 시작했지요.

거실로 돌아오자 제 짝인 바람둥이 도쿠르가 어여쁜 마리안과 같이 있더군요. 그 날라리는 여자 둘을 다 건드리고 난 다음이었어요. 이제 남은 건 시동 한 명뿐인데, 제가 보기엔 그 역시 질투심 많은 신부가 양보할 경우를 대비해 미리 준비해둔 것 같더라고요. 모두 다시 모이자, 이번에는 다들 발가벗은 몸으로 서로가 보는 앞에서 해괴망측한 짓들을 벌여보자는 것이었습니다. 저는 그 계획이 괜찮다고 생각했습니다. 그래야 저 역시 너무나도 보고 싶은 마리안의 알몸을 구경할 수 있을 테니까요. 과연 그 몸뚱어리는 탱탱하고, 감미롭고, 희고, 고상했는데, 특히 그 엉덩이는 장난조로 두세 번 만져본 느낌이 진정 걸작이라 할 만했습니다. 오죽하면 제가 데프레에게 그랬겠어요. '도대체 당신이 좋아할 만한 그런 쾌락을 놓고 볼 때, 저런 계집이 무슨 도움이 되겠어요?' 그러자 이러더군요. '아하! 당신은 우리의 비밀을 몰라.' 저는 그 이상 알아낼 수가 없었습니다. 1년 이상을 그들과 함께 지내는데도 누구 하나 가르쳐주려고 하지 않았어요. 저는 그들끼리 서로 내통하는 비밀에 관해 늘 모르는 채로 지냈습니다. 그게 무엇이든, 마리안의 애인이 저를 통해 만끽한 것은 나무랄 데 없이 완벽한 정념이었으며, 모든 면에서 이번 이야기에 당당히 자리를 차지할 취향이었던 것만은 분명해요. 그 이상의 내용은 단지 에피소드[84]에 지나지 않을 뿐더러, 이미 다루었거나 앞으로 계속 이어질 야회에서 다루어질 예정입니다. 몇 가지 저속하고 방탕한 짓거리와 수차례의 방귀질, 아직 남아 있던 똥 덩어리를 마저 싸지르고, 신부가 워낙 극성스레 지껄이는 바람에 그의 더할 나위 없는 쾌락 중 하나임을 짐작케 해주는 불경한 말들까지 무수히 쏟아낸 다음, 다들 옷을 챙겨 입고 잠자리에 들었습니다. 다음 날 아침 저는 평상시와 다름없이 도쿠르의 기상에 맞춰 대령했지요. 우리는 전날 저지른 소소한 부정(不貞)을 서로 탓하지 않았습니다. 그는 저 다음으로 마리안만큼 똥 잘 싸는 계집은 보지 못했다더군요. 저는 혼자만으로도 충분히 즐기는 연인을 데리고 그녀가 도대체 무슨 행위를 하는 건지 몇 번 물었지만, 그건 둘 중 어느 누구도 밝히고 싶어 하지 않는 비밀이라는 답변뿐이었습니다. 아무튼 저와 제 애인은 우리만의 소소한 일상으로 돌아왔지요. 저는 도쿠르의 집에 갇혀 지내는 것이 아니라서, 이따금 외출할 수 있었습니다. 그는 제 정직성을 충분히 신뢰한다고 하더군요. 저로서는 만에 하나 제 몸의 건강에 문제가 생길 경우 그를 위험에 빠트릴 수 있다는 점을 직시해야만 했고, 그는 모든 것을 제 재량에 맡겼습니다. 그래서 저는 그가 이기적으로 그토록 큰 관심을 두는 건강 문제에 한해서만큼은 충성의 서약을 충실히 지켰으며, 그 나머지 부분과 관련해서는 돈만 된다면 무슨 짓을 해도 된다고 생각했습니다. 결국 가게 파티에 동참해달라는 푸르니에 부인의 간청을 받아들여, 저는 적절한 수익이 보장되는 자리라면 어디든 참석했지요. 더 이상 접대부로서가 아니라, 징세

84
『소돔 120일』에서 '에피소드(épisode)'라는 단어는 고전주의 시학의 기술적 용어로, 화자가 이야기의 중심 줄거리에 다채로움의 효과를 노려 삽입하는 개별 삽화 내지 사건들을 의미한다.

청부인이 뒤를 봐주는 젊은 마나님으로서 순전한 호의로 시간을 내 가게에 나와준 입장이었던 거죠…. 화대가 어느 정도였을지는 여러분의 판단에 맡기겠습니다. 이런 식으로 가끔 부정을 저지르는 가운데, 저는 이제부터 이야기해드릴 새로운 똥 신봉자를 만나게 됩니다."

"잠깐만!" 주교가 말을 끊었다. "나는 당신이 쉬는 지점에 왔을 때만 끼어들려고 했는데, 마침 지금이 그 지점인 듯하니, 어디 말해보시오. 그 마지막 부분에서 두세 가지 중요한 대목을 좀 명확하게 밝혀주어야겠어. 당신이 둘이서 하는 짓을 마친 다음 난교 파티를 거행할 때, 자기 마짜밖에는 건드리지 않던 신부가 그를 배반하고 당신을 주물렀다는 얘긴가? 그리고 다른 이들도 자기 여자를 따돌리고 젊은이를 데리고 놀았어?" 뒤클로가 대답했다. "나리, 신부는 자신의 어린 미동 곁을 떠나지 않았답니다. 그는 우리 여자들에게 눈길 한번 주지 않았어요. 우리가 모두 알몸 상태로 그의 곁에 있었는데도 말이죠. 반면 그는 도쿠르와 데프레, 데르빌의 엉덩이만은 즐겼습니다. 구멍에 입을 맞추고 혀로 쑤시면서 말입니다. 도쿠르와 데르빌이 그의 입에 똥을 싸자, 그 절반 이상을 받아 삼키더군요. 하지만 여자들 몸엔 손끝 하나 대지 않았습니다. 세 친구들은 그의 어린 마짜에 대해 결코 그렇지 않았는데도 말이죠. 그들은 소년에게 입을 맞추고, 항문을 혀로 핥는가 하면, 데프레는 아예 그를 방으로 데리고 들어가 모종의 조작을 진행했답니다."

"그것 보라고," 주교가 말했다. "당신은 모든 걸 다 말하지 않은 거야. 그런데 당신이 우리에게 이야기하지 않은 바로 그것이 또 다른 정념의 형태에 직결되지 않은가 말이지. 나이가 좀 많은 남자들의 똥까지도 자기 입으로 받아먹는 사람의 취향[85]을 생생히 그려 보여주니까 말이야." 그러자 뒤클로가 말했다. "맞습니다, 나리. 그렇게 말씀하시니 제 잘못을 훨씬 더 잘 실감하겠습니다. 하지만 기분이 언짢지는 않네요. 덕분에 오늘의 저

85
뒤쿠드레 신부의 분변 취향 대상은 어린 미동에 머물지 않고, 나이 제한 자체가 없다는 점을 새롭게 지적하는 의미다.

녁 순서가 종료되었으니까요. 너무 질질 끌어온 감이 없지 않았거든요. 어차피 조만간 들려올 종소리가, 오늘 저녁으로는 이제 막 시작할 이야기를 마무리하지 못할 거라고 알려줬을 겁니다. 그 이야기는 나리께서 허락하신다면 내일 다시 다루기로 하겠습니다."

실제로 종이 울렸는데, 저녁 내내 아무도 사정하지 않은 채 모든 자지가 머리를 쳐들고 있었으므로, 일단 야식을 먹으면서 난교 파티로 다들 만회해보자며 서로에게 다짐하는 것이었다. 하지만 공작은 그렇게까지 두고 볼 수 없었고, 소피를 불러 엉덩이를 까 보이라 명하고는 그 어여쁜 소녀더러 똥을 싸게 한 뒤 그 똥을 디저트로 삼켰다. 뒤르세와 주교와 퀴르발도 모두 꼴려 있어서, 각자 이아생트와 셀라동, 아도니스에게 똑같은 조작을 강요했다. 아도니스는 만족할 만한 결과를 내지 못한 탓에 징벌 노트에 이름이 올랐고, 퀴르발은 악당답게 욕설을 내지르면서 테레즈의 항문에 대고 분풀이했다. 결국 테레즈는 그의 입안에 생전 보기 드문 완벽한 똥 덩어리를 느닷없이 싸질렀다. 방탕의 향연이 벌어지자, 뒤르세는 어린 것의 똥은 이제 그쯤에서 멈추고 이 저녁만큼은 늙다리 세 친구의 똥만을 먹고 싶다고 말했다. 결국 다들 나서서 그를 만족시켰고, 왜소한 리베르탱은 퀴르발의 똥을 집어삼키는 순간 마치 종마처럼 방출하고 말았다. 밤이 깊어서야 난폭한 분위기가 다소 가라앉았고, 우리의 리베르탱들은 욕정과 기력을 회복하기 시작했다.

제13일

판사는, 자기 딸인 아델라이드와 잠자리를 같이하면서 첫잠이 오는 순간까지 실컷 즐기다가, 음란한 기운으로 잠이 깰 때마다는 옆에 있으면 싶었던 팡숑에게 자리를 내주기 위해, 침대 옆 바닥 깔개에 딸을 내팽개쳤다. 이는 거의 매일 밤 벌어지는 상황이었다. 새벽 3시경, 갑자기 잠이 깬 그는 극악무도한 욕설과 신성모독적 발언들을 마구 뱉어내기 시작했다. 모종의 음탕한 광기가 그를 휘어잡을 때 대개 그런 현상이 벌어지는데, 이따금 아주 위험한 지경으로까지 치닫곤 했다. 사실 팡숑 같은 노파를 하필 그런 순간 곁에 두고 싶어 하는 이유도 거기에 있었다. 자기 스스로 제물이 되어주든지, 방에서 자고 있는 다른 대상물 중 하나를 골라 재빨리 들이밀든지, 그를 제대로 진정시킬 줄 아는 사람은 뭐니 뭐니 해도 역시 이 노파였던 것이다. 그날 밤의 소란은, 자기 전 자기 딸에게 저지른 추악한 짓 몇 가지가 생각나 그 모든 걸 다시 해볼 요량으로 즉각 딸을 대령하라는 거였는데, 마침 그녀가 보이지 않는 것이었다. 그러니 이 사태가 얼마나 큰 혼란과 소동을 불러일으켰을지 다들 가늠해보시라. 퀴르발은 버럭 화를 내며 일어나 딸을 요구했다. 모두 촛불을 켜고 이리저리 뒤지고 찾아다녔는데, 아무것도 나오지 않았다. 처음 취한 움직임은 소녀들의 숙소로 들이닥치는 것이었다. 모든 침상을 샅샅이 수색하자, 관심이 집중된 아델라이드가 결국 모습을 드러냈는데, 잠옷 차림으로 소피의 침대 옆에 앉아 있었다. 다정한 성격과 덕성, 신앙심, 순진하고도 온화한 품성이 너무 닮아 단짝처럼 지내는 두 어여쁜 소녀는 서로에게 품은 감정까지도 더없이 곱고 다정다감해, 무지막지하고 끔찍스러운 운명 앞에서 서로를 위로하는 사이였다. 지금껏 누구도 이를 눈치챈 적이 없었지만, 이번 사태로 인해 처음 있는 일은 아니라는 사실까지 공개된 셈이다. 아울러 나이 어린 쪽을 꼬드겨 되도록 선한 마음을 유지하도록 만들고, 특히 종교에서 멀어지지 않도록, 그리하여 이 모든 불행에서 언젠가는 벗어날 자신들을 위로하고 토닥여줄 신에게 등 돌리지 않게끔 격려해준 이가 나이 많은 쪽이라는 사실도 드러났다. 자, 이런 아름다운 선교사의 행적을 현장에서 적발한 퀴르발의 분노와 광란이 어땠을지는 독자의 판단에 맡기기로 한다. 그는 소녀의 머리채를 움켜쥐고 욕설을 퍼부으며 자기 침실로 질질 끌고 간 다음, 침대 기둥에 묶어 다음 날 아침까지 엉뚱한 짓을 한 데 대해 반성할 것을 명령했다. 세 친구들까지 달려와 이 모든 광경을 목격했으니, 퀴르발이 얼마나 다급하게 두 비행 소녀를 징벌 노트에 기입하자고 주장했을지는 상상하기 어렵지 않으리라. 공작의 의견은 즉시 체벌에 들어가자는 것이었는데, 그가 제안하는 방법은 온건한 수준이 아니었다. 한편 주교는 공작의 제안에 대해 매우 합리적인 반론들을 제기했고, 뒤르세는 일단 징벌 명단에 포함시키는 것으로 만족했다. 그렇다고 노파들의 잘못으로 돌리는 것은 있을 수 없는 일이었다. 그날 밤 나리들께서는 노파들을 하나같이 방으로 불러들여 재우지 않았던가. 이로써 운영의 허점이 노출된 셈이며, 다음부터는 소녀들 숙소와 소년들 숙소에 각기 적어도 노파 한 명씩은 꾸준히 머물도록 하는 방안이 마련되었다. 모두 다시 잠자리에 들었고, 화를 다스리지 못해 한층 더 혹독하게 음란해진 퀴르발은 자기 딸에게 아직은 우리 입으로 밝힐 수 없는 짓들을 시켰으나, 그 바람에 사정이 빨라져 오히려 얌전히 잠들고 말았다. 다음 날, 계집아이들 모두가 어찌나 겁을 집어먹었는지 규정 위반자가 한 명도 나오지 않았다. 다만 사내아이들 중에서 어린 나르시스만은 예외였는데, 커피 시간에 똥 묻은 몸으로 시중들기를 바란 퀴르발이 전날부터 엉덩이를 닦지 말라 지시했음에도 불구하고 그만 딱하게도 깜빡 잊은 채 항문을 꼼꼼히 닦아낸 것이었다. 당장 똥이 마려우니 만회할 수 있지 않겠느냐 항변해도 소용없었다. 그냥 똥을 참고 있으라는 지시와 함께 숙명의 노트에 이름이 올라갈 수밖에 없었다. 이는, 그래야 어마어마한 자기 잘못을, 어쩌면 그 잘못 하나로 판사 나리가 사정에 실패할 수도 있음을 소년이 깨닫게끔, 가공할 뒤르세가 득달같이 달려들어 단행한 의식(儀式)이었다.[86] 지금 처한 몸 상태로 인해 이와 같은 제약에서 벗어난 콩스탕스, 데그랑주 그리고 브리즈퀴만 예배실을 사용할 수 있었고, 나머지 인원은 모두 저녁 시간을 위해 참고 있으라는 지시를 받은 상태다. 간밤에 벌어진 사태는 점심 식사

86
사드의 쾌락(방탕주의)을 규정하는 핵심 개념을 '의식(cérémonie)' 또는 '조작(opération)'이라는 단어에서 찾을 때, 이 장면은 그것이 '강요'와 '억제'의 작위적 메커니즘으로 작동하는 욕망의 독특한 구조임을 보여준다. 이를테면, 나르시스의 배변은 리베르탱의 입장에서 쾌락의 조건일 수도 그 반대일 수도 있다. 중요한 것은 쾌락의 행위(현상) 자체가 아니라, 그 행위(현상)에 대한 강요와 억제의 '형식'이다.

자리의 대화 소재가 되어주었는데, 자기 둥지의 새들을 날아가게 놔두었다며 다들 판사를 놀려댔다. 샴페인 덕분에 판사는 다시 기분이 좋아졌고, 다들 커피를 마시기 위해 자리를 옮겼다. 나르시스와 셀라동, 젤미르와 소피가 시중을 들었다. 소피는 특히 부끄러워했다. 사람들이 그녀에게 이런 일이 몇 번이나 있었느냐 물었고, 소녀는 이번이 겨우 두 번째라고 대답했다. 그러면서 뒤르세 부인이 얼마나 좋은 충고를 많이 해주셨는데, 그걸로 두 사람을 벌하다니 이건 정말 부당하다고 말했다. 판사는 지금 그녀가 좋은 충고라고 부르는 것은 자기 입장에서는 매우 안 좋은 충고이며, 그로 인해 머릿속에 주입된 신앙심은 오히려 그녀가 매일 벌을 받게 만들어줄 뿐임을 단언했다. 아울러 지금 그녀가 처한 상황에서 모시고 받들어야 할 주인과 신은 오로지 자신과 함께 리베르탱 친구들 세 명뿐이며, 이들을 섬기고 매사에 무조건 복종하는 것이 곧 종교라고 말했다. 그는 계속 설교를 늘어놓으면서 소녀를 다리 사이에 무릎 꿇려 앉히고는 자지를 빨라고 명령했고, 불행한 소녀는 몸을 벌벌 떨면서 시키는 대로 했다. 늘 허벅지 색질의 신봉자를 자처하는 공작은 아쉬운 대로 이번에는 젤미르를 그런 방법으로 쑤셨고, 그와 동시에 자기 손에 똥을 싸게 하고는 떨어지는 똥을 날름날름 받아먹었다. 그런가 하면 뒤르세는 셀라동으로 하여금 자기 입안에 사정하게 했고, 주교는 나르시스로 하여금 똥을 싸게 했다. 모두 길지 않은 낮잠 시간을 즐긴 다음, 구연장에 자리를 잡자 뒤클로가 이야기의 실마리를 다시금 풀어나갔다.

"푸르니에 부인이 저에게 맡긴 80대 나이의 호색가는 말이죠, 키가 작고 포동포동한 체격에 아주 못생긴 얼굴의 회계사였어요. 우리는 둘 사이에 그릇을 놓고 서로 등을 맞댄 채 동시에 똥을 누었답니다. 그러고 난 다음 그가 손가락으로 서로의 똥 덩어리를 잘 섞어 한꺼번에 퍼먹는 동안, 저는 그를 용두질해 제 입안에 사정하게 만드는 겁니다. 그는 제 엉덩이엔 눈길 한번 주지 않고, 거기에 입도 맞추지 않았어요. 그럼에도 나무랄 데 없는 황홀경에 취하더군요. 발을 구르고 욕설을 퍼붓고 똥을 야금야금 집어 먹으며 사정을 한 그는, 그 모든 괴상망측한 의식의 대가로 4루이를 내밀고는 사라졌습니다.

한편 재력가 선생은 하루가 다르게 저에 대한 믿음과 우정을 쌓아나갔고, 저는 그 믿음을 놓치지 않고 악용해, 머잖아 그것이 우리를 갈라서게 만드는 원인이 되고 맙니다. 하루는 그가 서재에 저만 홀로 남겨두었는데, 외출 준비를 하면서 금화가 가득 들어 있는 큼직한 서랍을 열고 지갑을 빵빵하게 채운다는 사실을 간파했지요. 오! 속으로 이게 웬 떡이냐 싶더라고요. 그 순간부터 그 돈을 차지하기로 마음을 먹은 저는 호시탐탐 실행에 옮길 기회만을 탐하고 있었지요. 도쿠르는 서랍을 잠그지 않았지만, 출입문 열쇠는 늘 가지고 다녔어요. 저는 그 문과 잠금장치 모두 매우 빈약함을 눈치채고는, 조금만 애쓰면 그것들을 제거하는 것쯤 어렵지 않겠다 싶었습니다. 일단 계획이 세워지자 저는 도쿠르가 하루 종일 자리를 비우는 첫날 기회를 노리겠다는 생각밖에 없었지요. 그는 매주 이틀 유독 방탕하게 마시고 노는데, 나중에 마담 데그랑주가 여러분에게 낱낱이 고하긴 하겠으나, 데프레와 신부를 동반하고 제 직무와는 무관한 일들을 치르러 나가곤 했습니다. 절호의 기회가 일찌감치 굴러든 격이지요. 아니나 다를까, 주인 못잖게 방탕한 하인들도 그날만큼은 죄다 놀러 나가, 집에는 거의 저 혼자 달랑 남다시피 했습니다. 계획을 실행에 옮기려고 안달 난 저는 즉시 서재 문으로 달려갔습니다. 주먹으로 거세게 후려치자 문짝이 안으로 열렸고, 저는 득달같이 서랍에 달려들었지요. 거기 열쇠가 꽂혀 있다는 걸 이미 파악하고 있었거든요. 저는 거기 있는 모든 걸 끄집어냈습니다. 적어도 3천 루이 이상이었어요. 모조리 제 호주머니에 처넣었고, 다른 서랍들도 뒤졌습니다. 엄청 고급스러운 보석 상자 하나가 저 잡수라고 나오기에 덥석 낚아챘습니다. 그런데 그 대단한 책상의 나머지 서랍들에서 정말이지 어마어마한 것을 발견했지 뭡니까…! 아, 행복한 도쿠르여! 그대의 무분별한 행태가 다른 누구도 아닌 내게 발각된 것이 얼마나 큰 행운인가 말이다! 나리들께는 그저 도쿠르 그자를 차형에 처하고도 남을 만한 무언가를 당시 제가 찾아냈다는 것만 말씀드리겠습니다. 데프레와 신부가 자기들만의 비밀스러운 난장 파티를 위해 보내온 노골적인 초대장들 말고도, 거기엔 그놈의 추악한 난행들을 부추길 만한 각종 기구들이 잔뜩 들어 있었어요… 하여튼 이 정도에서 그치겠습니다. 여러분이 저에게 부과한 제약 때문에 그 이상 언급하기가 어렵거든요. 마담 데그랑주가 나중에 전부 다 상세히 말씀드리게 될 겁니다. 저로 말할 것 같으면, 도둑질을 마치자마자 그대로 도망쳤지요. 그런 악당들과 교류하는 가운데 언제든 치렀을지 모를 온갖 위험한 사태들을 떠올리자, 절로 간담이 서늘해지더군요. 저는 곧장 런던으로 건너갔습니다. 6개월 동안 더할 나위 없이 고급스럽게 지낸 그 도시에서의 생활만으로는 나리들께 이렇다 할 흥미를 선사하지 못할 것이기에, 괜찮다면 제 인생에서 그 기간만큼은 가볍게 건너뛰는 것을 양해해주시기 바랍니다. 그때 저는 파리에 연락이 닿는 사람이 푸르니에 부인뿐이었는데, 그녀가 제게 알려주기를, 그 불행한 도난 사건으로 재력가께서 온갖 호들갑을 떨더라는 것이었습니다. 결국 그의 입을 막기로 결정한 저는, 냉정한 어조로 편지를 써 보냈지요. 요컨대, 나라는 여자는 돈뿐 아니라 다른 것도 찾아냈으며, 당신이 기어코 추적을 계속하겠다면 나 또한 그에 순순히 응하되, 작은 서랍에 있던 것뿐 아니라 큰 서랍들에 있던 것까지 모두 판사 앞에 폭로하겠다는 내용으로 말입니다. 우리의 주인공은 그만 입을 다물었지요. 6개월 후, 그들 셋의 방탕이 급기야는 세상에 드러나 다들 외국으로 건너갔고, 덕분에 더 이상 걱정할 일이 없어진 저는 파리로 돌아오게 되었답니다. 그사이 저 또한 방탕하게 지내왔다는 얘기를 꼭 나리들 앞에 털어놓아야 할까요? 아무튼 떠날 때 못잖게 저는 거지꼴이 다 되어 돌아왔고, 그래서 다시 푸르니에 부인 댁으로 들어갈 수밖에 없었답니다. 그때 제 나이가 겨우 스물셋에 불과했으므로, 연애질이 아쉬울 것은 없는 처지였습니다. 그중에서 지금 우리가 다룰 주제 아닌 일들은 그냥 놔두고, 나리들의 양해하에, 당장 흥미를 느끼실 만한 것들만 모아서 말씀드리도록 하지요.

제가 돌아오고 일주일 후, 쾌락용으로 조성된 공간에 똥으로 가득 찬 통을 놓아두었습니다. 제 아도니스가 도착했는데, 성스럽기 짝이 없는 성직자인 그 양반은 웬만한 쾌락에는 워낙 둔감해진 상태라 앞으로 제가 묘사할 과도한 짓을 통해서만 흥분할 수 있는 위인이었지요. 그가 들어왔고, 저는 알몸으로 그를 맞이했습니다. 그는 한동안 제 볼기짝을 유심히 들여다보더니, 다소 거칠게 주무르고는, 자기를 벌거벗겨 그 똥통에 들어가도록 도와달라고 했습니다. 저는 그를 발가벗겼고, 부축해주었지요. 늙은 난봉꾼은 똥통에 들어가자 비로소 편안한 상태가 되었습니다. 잠시 후, 그는 통에 뚫린 구멍으로 거의 발기한 자지를 내밀었습니다. 그는 저더러 그 더럽고 역겨운 오물투성이 물건을 용두질하도록 명했습니다. 저는 시키는 대로 했고요. 그는 머리까지 통 속에 처박았다가, 철벅거리며 몸부림치는가 하면, 똥물을 꿀꺽꿀꺽 삼키고, 울부짖고, 방출했습니다. 그런 다음에야 통에서 나와 준비해둔 욕조로 옮겨갔는데, 거기서는 제가 배정해둔 가게 하녀 두 명이 15분 동안 정성껏 그의 몸을 씻겨주었지요.

또 다른 난봉꾼은 조금 뒤에 나타났습니다. 그 일주일 전에 저는 단지에 똥오줌을 실컷 싸질러놓고는 그것을 정성껏 보관하고 있었지요. 우리의 난봉꾼께서 바라는 수준의 똥 무더기가 되어야 했기에, '정성'이란 단어는 당연한 표현입니다. 대충 서른다섯 살 정도 되는 사내인데, 왠지 금융업에 종사하는 사람 같더군요. 그는 방에 들어서자마자 제게 단지는 어디 있냐고 물었습니다. 제가 그걸 내밀자 그는 냄새부터 깊이 들이마시더니 이렇게 말하더군요. "싼 지 분명 일주일이 지난 거요?" 저는 대답했지요. "제가 책임질 수 있습니다, 손님. 보시다시피 벌써 곰팡이가 피어 있지 않습니까." "오, 바로 그런 게 나한테 필요하지. 곰팡이가 피면 필수록 나로선 대환영이라니까." 그러면서 계속 말을 이었습니다. "자, 부탁이니 어서 이 똥을 싸지른 아리따운 항문을 내게 보여주시오." 그래서 항문을 내밀자, 그가 이러더군요. "자, 이제 그걸 정면으로 볼 수 있게 들이대시오. 거기서 나온 작품을 집어삼키면서 찬찬히 구경할 수 있게 말이야." 우리는 서로에 맞춰 자세를 취했고, 그는 똥 맛을 음미했습니다. 완전히 넋이 나간 그가 자신의 조작 행위를 더욱 파고들면서, 1분 만에 그 맛깔스런 요리를 죄다 삼켜버렸습니다. 오직 제 엉덩이를 들여다보기 위해서밖에는 먹는 걸 멈추지 않았어요. 그 밖에 다른 에피소드는 없었습니다. 그자는 바지 속에서 자지를 꺼내지도 않았거든요.

그로부터 한 달 뒤에 나타난 난봉꾼은 푸르니에 부인만을 상대하려고 했습니다. 맙소사, 놀이 상대로는 정말이지 대단한 선택 아닙니까! 당시 그녀의 나이가 만 예순여덟이었으니까요. 피부가 온통 단독(丹毒)으로 뒤덮였고, 입안에는 치아 여덟 개가 썩어문드러져 거기서 나는 악취가 얼마나 지독한지 가까이서 말을 나누기가 불가능할 정도였습니다. 하지만 그녀가 상대하게 될 애인은 바로 그런 흠결들에 홀딱 반한 상태였지요. 얼마나 대단한 장면이 펼쳐질지 궁금해진 저는 당장 훔쳐보기 구멍으로 달려갔습니다. 아도니스께서는 나이 든 의사였는데, 푸르니에 부인보다는 젊었더군요. 그는 부인을 부둥켜안자마자 15분 내내 그 입에 키스를 하고는, 늙은 암소 젖처럼 늘어지고 쭈글쭈글한 볼기짝을 부여잡고 탐욕스럽게 입을 문지르며 빨아대는 것이었습니다. 알고 보니 노의사는 주사기와 함께 술 세 병을 챙겨왔더라고요. 아스클레피오스[87]의 신도답게 그는 주사기를 사용해 그다지 해로울 것 없는 술을 이리스[88]의 내장 속에 주입했습니다. 그녀는 모든 걸 받아들여 그대로 머금었고요. 그러는 가운데서도 의사는 입맞춤을 멈추지 않았고, 여자 몸 구석구석을 핥아댔습니다. 마침내 늙은 마나님께서 말했죠. "아이고! 자기야, 나 더 이상 못 참겠어! 더는 못 참겠다고! 각오해, 자

87
의술의 신.

88
무지개의 여신으로, 푸르니에 부인의 추함에 비춘 대비 효과에 주목할 필요가 있다. 이러한 상반된 이미지의 충돌은 사드 수사학의 주요 특징 중 하나다. 주석 48번 참조.

기, 나 당장 싸야겠어!" 살레르노[89]의 학생은 무릎을 꿇더니, 바지 앞섶을 열고 쭈글쭈글 시커먼 넝마 조각[90]을 끄집어내 과장되게 흔들어댔습니다. 그러자 푸르니에 부인이 그 역겨운 엉덩짝을 사내의 입에 바짝 붙이고는 힘껏 싸지르는 것이었어요. 의사가 그 내용물을 모조리 마시는데, 필시 똥 덩어리 몇 개는 술에 섞였을 겁니다. 아무튼 모든 게 빠져나가자 난봉꾼은 사정을 했고, 잔뜩 취해서 나자빠지더군요. 그렇게 해서 이 방탕에 찌든 인간은 두 가지 정념을 동시에 만족시킨 셈이었습니다. 음주벽과 음란벽 말이죠."

"잠깐," 뒤르세가 말했다. "그런 난행은 언제나 나를 서게 만들지. 데그랑주, 아마 자네의 엉덩이야말로 뒤클로가 방금 묘사한 것에 딱 들어맞을 듯한데. 와서 그걸 내 얼굴에 붙여주게나." 늙은 뚜쟁이가 지시에 따랐다. 뒤르세가 계속 지시를 내리는데, 그 빼다 박은 듯이 어마어마한 볼기짝 아래 깔려 금방이라도 숨이 넘어갈 것 같은 목소리다. "싸, 싸라고! 싸지르란 말이다, 갈보 년아! 묽은 거 아니면 된 거라도 상관없어, 내가 다 삼켜버릴 테니까." 더불어 주교가 똑같은 짓을 앙티노위스와, 퀴르발이 팡숑과, 공작이 루이종과 벌이는 가운데 조작이 마무리된다. 한편 이런 난행에 이력이 난 우리의 네 선수들은 그들 특유의 냉정한 태도로 몸을 내맡겼고, 좆물 한 방울 흩뿌리는 일 없이 똥 덩어리 네 개를 꿀꺽꿀꺽 삼켰다.

공작이 말했다. "자, 뒤클로, 마무리는 해야지. 지금 우리가 차분한 상태는 아닐지언정, 적어도 덜 조급하고, 자네 얘기에 귀 기울일 준비는 더 갖춰진 상태이니까." 그러자 우리의 여장부는 이렇게 말했다. "아이고, 나리들, 이를 어쩌나요! 오늘 저녁 제게 남은 이야기들은 지금 보아하니 여러분들 상태와 비교해서 너무 맨송맨송한 수준인 것 같습니다. 할 수 없죠, 어차피 순서가 그리됐으니. 지킬 건 지켜야죠.

89
이탈리아 남부의 유명한 휴양도시. 9세기부터 의학으로 유명하다. '살레르노의 학생'이란 '아스클레피오스의 신도'와 같은 맥락의 수사법.

90
chiffon. 힘없는 남성기를 비유적으로 지칭하는 속어 중 하나.

이번 이야기의 주인공으로는 나이 지긋한 육군 여단장이 등장하십니다. 저는 그자를 완전히 벌거벗긴 다음, 마치 아기 다루듯 포대기로 싸야만 했지요. 그러고는 그가 보는 앞에서 접시에 똥을 쌉니다. 그리고 손가락을 모아 걸쭉해진 똥을 떠먹여주면, 우리의 난봉꾼께서는 그걸 죄다 먹어치움과 동시에 아기 울음소리를 흉내 내면서 포대기에 사정하는 거죠."

그때 공작이 말했다. "아기 이야기가 나온 김에, 우리 어디 한번 아기들 협조 좀 구해봅시다. 파니야, 와서 내 입에 똥 좀 싸주련. 그러면서 내 자지 빠는 거 잊지 말고. 아직 사정을 해야 하니까." 그러자 주교가 말을 받는다. "아무렴, 필요한 건 다 해두어야지. 자, 로제트 나오시지. 파니에게 내린 지시는 다 들었을 테고. 너도 그렇게 하면 되는 거야." 뒤르세도 에베를 불러내며 말한다. "똑같은 지시가 그대에게도 해당되리." 퀴르발이 말한다. "그렇다면 나 역시 유행을 따라야겠군. 오귀스틴, 너의 친구들이 하는 그대로 해보거라. 내 정액을 네 목구멍으로 흘러들게 하고, 그와 동시에 네 똥을 내 입에 떨어뜨려주는 거야." 모든 것이 실행에 옮겨졌고, 이번에는 모두가 방출했다. 사방에서 똥 찌꺼기 섞인 방귀 소리와 사정하는 소리가 들렸다. 음란함이 충족되자 다들 식욕을 만족시키는 일로 넘어갔다. 그런데 향연만큼은 정제된 상태로 진행해, 아이들은 모두 잠자리에 들게 했다. 특별히 선발된 때짜 네 명과 하녀 네 명, 이야기 담당자 네 명만 데리고 그 환락의 시간을 꾸린 것이다. 다들 완전히 취했고 온갖 더러운 짓을 감행했는데, 그 정도가 어찌나 심한지, 있는 대로 그걸 묘사했다가는 향후 독자들에게 제공할 조금 덜 방탕한 장면들에 앞서 입맛만 버려놓는 격이 되고 말 터다. 퀴르발과 뒤르세는 완전히 제정신을 잃은 반면, 공작과 주교는 마치 아무 짓도 하지 않은 것처럼 멀쩡한 정신 상태였고, 그럼에도 늘 벌이는 방탕한 놀음으로 남은 밤을 지새웠다.

제14일

이날은 날씨를 보아하니, 하늘마저 우리 리베르탱들의 추악한 계획을 돕는 듯했고, 그간 용의주도하게 신경 써온 것 이상으로 세상으로부터의 자유를 보장해주는 것 같았다. 주위 계곡을 죄다 덮어버릴 만큼 어마어마하게 내린 폭설이, 짐승들마저 우리 네 악당의 은거지를 얼씬하지 못하게 금하는 것처럼 보이니 말이다. 어차피 인간으로서는 이들에게 감히 접근할 자가 단 한 명도 존재하지 않을 터. 그처럼 안전한 조건에서 관능이 얼마나 기를 펼 수 있는지, 다음과 같은 생각에 이를 때 사람이 무슨 일을 벌이는지를 상상하기는 쉽지 않으리라. '나는 이곳에 혼자다. 내가 있는 지금 이곳이 세상 끝이야. 어느 누구도 나를 볼 수 없고, 어떤 존재도 나에게 범접할 수가 없지. 어떤 구속도, 방해도 없는 거야.' 바로 그 순간부터 욕정은 끝 모를 격렬함으로 치솟고, 책임을 묻지 않는다는 사실로 인해 관능의 도취감은 더더욱 커져만 갈 뿐이다. 이제 기댈 것은 하느님과 양심밖에 없다. 하지만, 머리와 가슴 모두가 무신론자인 사람한테 처음의 찜찜한 기분 따위가 무슨 힘을 발휘하겠나? 뉘우치는 마음을 무시하고 넘어가는 데 워낙 익숙해져, 그런 감정조차 거의 유희가 되어버린 자에게 양심의 소리가 과연 먹혀들기나 하겠는가? 그와 같은 악당들의 치명적인 이빨에 내맡겨진 가엾은 무리여, 혹여 그대 일천한 경험 탓에 머릿속으로만 그런 걸 곱씹어온 처지라면, 이제 얼마나 치를 떨며 전율할 것인가! 바야흐로 둘째 주를 마감하는 축제일. 이를 기념하기 위해 모두 여념이 없었다. 혼례는 나르시스와 에베 사이에 이루어질 예정인데, 잔인한 건 그 두 당사자가 하필 같은 날 저녁 체벌에 처해질 처지라는 점이었다. 그러니까, 혼인의 기쁨에 폭 안긴 상태에서 학교의 쓰라린 체벌 의식으로 직행해야 한다는 거다. 얼마나 서글픈 일인가! 어리지만 영민한 나르시스는 그 점을 또렷이 느끼고 있었으나, 통상 이루어지는 의식에서 벗어날 방법이 없었다. 주교가 의식을 집전했고, 혼례를 맺는 신랑 신부는 모든 이가 구경하는 앞에서 서로가 원하는 행위를 할 수 있도록 용인되었다. 하지만 누가 그걸 곧이곧대로 믿겠는가? 이미 지시 사항은 폭넓게 숙지된 상태인 데다, 교육이 잘 된 꼬마 신랑으로서는 어린 색시의 자태에 잔뜩 취하면서도 결국 행위의 끝에는 이르지 못할 것을 충분히 알고 있었다. 그럼에도 그를 그냥 놔두었으면 자칫 손가락으로 상대의 처녀성을 빼앗을 뻔한 상황까지 치달았다. 때마침 제지가 가해졌고, 공작이 당장 신부를 붙잡아 그 자리에서 허벅지 색질을 강행하는 가운데 주교는 신랑을 상대로 같은 짓을 벌였다. 점심이 차려지자 신랑 신부도 오찬에 참석했다. 그 둘은 엄청나게 먹어야만 했고 식사가 끝나자마자 신랑 신부 각자 똥을 싸 뒤르세와 퀴르발을 만족시켰다. 그 둘이 어린아이들의 앙증맞은 배설물을 맛나게 꿀꺽꿀꺽 삼켜댔으니 말이다. 커피 시중은 오귀스틴, 파니, 셀라동, 제피르가 맡았다. 공작은 오귀스틴더러 제피르를 용두질하도록 지시하는 한편, 제피르에게는 사정하는 순간 그의 입에 똥을 싸라고 지시했다. 조작은 기가 막힌 효과를 발휘했고, 너무 훌륭한 성과를 거두어 주교 또한 셀라동을 상대로 같은 짓을 벌이고자 했다. 파니가 용두질을 맡고, 소년은 정액이 나올 거라 느끼는 순간 고위 성직자의 입안에 똥을 싸지르라는 지시를 받은 것이다. 하지만 이 경우는 공작이 벌인 짓만큼 눈부신 성공을 거두지 못했다. 아이가 사정과 동시에 똥을 싸지 못해서인데, 그냥 시험 삼아 해본 일에 불과할뿐더러 규정에 이와 관련해 딱히 정해진 지시 사항이 없는 터라, 아이에게는 아무런 벌칙도 내려지지 않았다. 뒤르세는 오귀스틴으로 하여금 똥을 싸게 했고, 잔뜩 발기한 주교는 파니로 하여금 입에 똥을 싸 넣으면서 자신을 빨도록 지시했다. 마침내 그가 사정했는데, 어찌나 격한 경련에 휩싸였는지 파니에게 폭행을 가했다. 그러면서도 내심 원하는 대로 소녀를 징벌에 처하는 데까지는 아쉽지만 이르지 못했다. 세상에 주교만큼 심술 사나운[91] 종자가 없었다. 그는 사정하는 즉시 자기가

91
'taquin'. 주석 61번 참조.

누린 쾌락의 대상을 악마에게라도 던져주고 싶어 했다. 그런 취향을 잘 알기에, 어린 소녀들이나 배우자들, 소년들은 세상 무엇보다도 그를 사정하게 만드는 걸 두려워했다. 낮잠을 즐긴 다음 다들 살롱으로 건너가 자리를 잡았고, 뒤클로는 자기 이야기의 실마리를 다시 풀어나갔다.

"저는 이따금 몸을 팔러 도심까지 불려 나가곤 했는데, 보통은 수지가 제법 맞는 장사였던 만큼, 푸르니에 부인은 어떻게든 그런 기회를 많이 확보하려고 애를 썼습니다. 하루는 부인이 어느 늙은 몰타의 기사에게 저를 보냈는데, 그가 열어 보여준 일종의 수납장에는 각기 똥 덩어리가 든 자개 단지들이 칸칸이 모셔져 있는 것이었습니다. 그 늙은 변태는 파리의 내로라하는 수녀원 원장 수녀인 누이의 조력을 받아가며 지내는 처지였죠. 그 여인이 오빠의 청에 따라 매일 아침 수녀원에 기숙하는 여자들 중에서도 가장 어여쁜 처자들의 똥을 상자에 가득 채워 보내주는 것이었습니다. 그 모두를 그는 시간순으로 번호를 매겨 정리해 두었고, 제가 도착하자 자기가 지목하는 가장 오래된 것을 꺼내오도록 시켰습니다. 제가 그것을 내밀자 그는 이렇게 말했죠. '아, 그게 바로 햇살처럼 아리따운 열여섯 살 소녀의 것이지. 내가 그걸 먹는 동안 용두질이나 해주시게.' 의식은, 그자가 똥을 집어 먹는 내내 제가 엉덩이를 까뒤집어 보여주면서 그의 물건을 주물러주고는, 그가 똥을 다 먹어치우기를 기다렸다가 같은 접시에 제 똥을 싸주는 순서로 진행되었습니다. 그러는 동안 제 모습을 낱낱이 구경하던 그가 혀로 제 엉덩이를 샅샅이 닦아냈고, 결국에는 항문을 힘차게 빨아대면서 사정을 했지요. 마지막으로 수납장이 닫히고 화대가 지불되었으며, 이른 아침 제가 방문한 그 사내는 아무 일 없었다는 듯 다시 잠에 곯아떨어지는 것이었습니다.

제가 생각하기에 이보다 더 특이한 경우로는(늙은 수사였어요.), 나타나자마자 똥 덩어리 여덟 내지 열 개를 주문하는 사내가 있었죠. 남자애든 여자애든 똥의 주인은 아무래도 상관없다면서 말입니다. 그는 그것들을 한데 뒤섞고, 반죽하고는, 한 복판을 입으로 우적우적 베어 무는가 하면, 제가 빨아주는 동안 적어도 그 반절을 게걸스레 삼키면서 사정하는 것이었습니다.

세 번째 사내는 아마도 제 평생 그보다 더한 역겨움을 불러일으킨 사람이 없을 만큼 지독한 경우였습니다. 그는 저더러 입을 크게 벌리라는 지시부터 내렸지요. 저는 완전히 알몸으로 바닥 매트리스 위에 누워 있었고, 그는 제 위에 쭈그리고 앉은 자세를 취했습니다. 그런 상태에서 그가 싸는 똥 덩어리가 제 목구멍 속으로 뚝뚝 떨어지면, 그는 다시 자세를 바꿔 젖가슴에 정액을 뿌려대면서 제 입안에 가득 찬 자기 똥을 먹는 겁니다."

"하하, 그 친구 참 재미있군." 퀴르발이 말했다. "나도 당장 똥 누고 싶은 마음이 드는걸! 아무래도 시도해봐야겠어. 공작, 나는 누굴 상대로 하면 좋겠소?" 블랑지스가 말을 받았다. "누굴 상대로 하냐고? 그야 내 딸 쥘리를 추천해야지. 지금 거기 당신 수중에 있잖소. 마침 당신이 그 애 입을 좋아하니 마음껏 사용해요." 그러자 쥘리가 얼굴을 찌푸리며 말했다. "추천 한번 고맙군요. 도대체 제가 무슨 잘못을 했기에 이런 일에 저를 들먹이시나요?" "어허, 그래야 계집년이 발끈할 테니까. 이년이 정 그렇게 괜찮은 딸자식이라면, 대신 소피 양을 취하시든가. 애가 싱싱하고 귀여우면서 나이도 열넷에 불과하다오." "까짓 그럽시다. 어서 소피를 대령하렷다." 퀴르발은 난폭한 자지를 움직거리면서 내뱉었다. 팡숑이 희생자를 가까이 데려오자, 불운하고 가여운 소녀는 벌써부터 속이 뒤집혔다. 그걸 비웃으며 퀴르발이 자신의 역겹고 불결한 엉덩짝을 사랑스럽고 앙증맞은 소녀의 얼굴 가까이 들이미는 광경은, 당장이라도 장미꽃을 시들게 만들 한 마리 두꺼비의 거동을 연상시켰다. 수음질로 잔뜩 꼴린 상태에서 그의 똥 덩어리가 방출되었다. 소피는 그걸 한 조각도 흘리지 않았고, 추악한 인간은 자기가 내놓은 것을 다시금 퍼먹기 위해 재빨리 자세를 바꿨다. 네 번에 걸쳐 그 모두를 꿀꺽꿀꺽 삼키는 동안 불행한 소녀의 배 위에서 용두질이 진행되었고, 모든 조작이 완료되기 무섭게 소녀는 속이 뒤집어져라 토하기 시작했으며, 그걸 또 받아먹기 위해 뒤르세는 득달같이 달려와 토사물을 뒤집어쓰면서 용두질을 해댔다. 마침내 퀴르발이 말했다. "자, 뒤클로, 이야기 계속하시게. 그러면서 자네의 입담이 거둔 효과를 만끽하게나. 그게 얼마나 잘 먹혀들었는지 보라고." 그러자 뒤클로는 자기 이야기가 그 정도로 효과를 발휘한다는 사실에 영혼까지 들떠서, 이야기를 재개했다.

"방금 여러분을 달뜨게 만든 사례 이후 제가 만난 남자는 자기한테 제공되는 여자가 소화불량에 시달려야만 직성이 풀렸습니다. 푸르니에 부인은 저에게는 일절 아무 언질도 주지 않은 채, 점심 식사 때마다 소화력을 약화시켜 결국 설사를 유발하는 모종의 약을 먹게 했지요. 나중에는 약물이 그대로 대변이 되어 쏟아져 나오는 지경이었답니다. 예정대로 나타난 손님이 자기가 숭배하는 물체에 맛보기 입맞춤을 가하자, 저는 복통을 느끼기 시작하면서 그걸 더 이상 억제할 수가 없었습니다. 결국 그는 제 재량껏 일을 치르게 놔두었지요. 분사가 시작되면서 제가 그의 자지를 움켜잡았지요. 그는 비몽사몽 모든 걸 삼키더니, 제게 더 요구하더군요. 저는 그에게 두 번째 설사를 선사했고, 곧이어 세 번째까지 싸질러주었습니다. 급기야 그의 방탕한 멸치 쪼가리 같은 물건이 자신이 경험한 격정의 명백한 증거물을 제 손가락에 묻혀놓았지요.

다음 날 저는 어떤 사람을 간단히 처리했는데, 그의 비틀린 광기는 아마 여러분 중에도 열성 추종자 몇 분쯤 나오게 만들 만할 겁니다. 우선 그 사람을 우리가 늘 일을 벌이는 곳의 바로 옆방 즉, 엿보기를 위한 구멍이 있는 방으로 안내했습니다. 그 사람 혼자 거기 들어가 있는 것이죠. 또 한 명의 작업자는 그 옆방에서 저를 기다리고 있습니다. 무작위로 골라 데려온 마차꾼인데, 모든 내용을 사전에 들어 알고 있는 상태였지요. 저 역시 그건 마찬가지였고, 등장인물 모두가 준비된 상태였습니다. 내용인즉, 파에톤[92]으로 하여금 엿보기 구멍 바로 정면에서 똥을 싸게 만들어, 옆방에 숨은 방탕꾼이 모든 조작을 하나도 놓치지 않고 감상하게 만드는 것이었습니다. 저는 쟁반을 들고 똥 덩어리를 받아내면서, 그것이 통째로 잘 담아지도록 정성을 쏟습니다. 사내의 볼기짝을 활짝 벌리고 항문을 눌러준다든지 하여, 시원하게 똥을 눌 수 있도록 빈틈없는 조치를 취해주는 것이지요. 똥을 다 누고 나면, 사내의 자지를 붙잡고 방금 떨어뜨린 똥에다가 사정하도록 해줍니다. 그 모두를 어디까지나 옆방의 구경꾼이 잘 볼 수 있게끔 신경 써가면서 말이죠. 상품이 준비되는 대로 저는 곧장 옆방으로 달려가 이렇게 말합니다. '자, 빨리 드십시오, 손님. 아주 따끈따끈합니다!' 말이 끝나기 무섭게 그는 쟁반을 받아들고 자지를 제게 내맡기지요. 그럼 제가 용두질을 해주고, 그 망나니는 부지런하면서도 유연한 제 손동작을 못 이겨 정액을 쏟아내면서 쟁반에 담긴 걸 죄다 말끔히 먹어치웁니다."

"그 마차꾼이 몇 살이었지?" 퀴르발이 물었다. "서른쯤 되었을 겁니다." 뒤클로가 대답했다. 퀴르발이 다시 말을 받았다. "오, 그것밖에 안 돼? 당신이 원한다면 뒤르세가 자세히 들려줄 거외다. 우리가 아는 사람 한 명이 그와 똑같은 상황에서 똑같은 짓을 벌였다는 거. 단, 그 작자 나이는 예순에서 일흔 사이였고, 최하층민다운 온갖 추잡스러운 행태에 찌든 부류였지." 그러자, 소피가 구토하면서부터 보잘것없는 물건이 고개를 들기 시작하던 뒤르세가 대꾸했다. "기껏해야 겨우 그 정도라니, 귀엽군 그래. 나로 말하자면, 언제 어느 때든 맘만 먹으면, 늙어빠진 불구자를 상대로도 얼마든지 그 짓을 벌일 수 있다니까." "자네 잔뜩 발기했구먼, 뒤르세," 공작이 끼어들었다. "자네는 내가 잘 알지. 더러워지기 시작하는 순간 자네의 그 알량한 좆물이 부글부글 끓는다는 사실. 이리 오게나, 내가 비록 늙어빠진 불구자는 아니지만, 자네의 그 과도한 탐욕을 채워주고자 내 내장에

92
그리스신화에서 태양신 헬리오스의 아들로, 태양 마차를 잘못 몰다가 제우스의 벼락을 맞고 죽는다. 마차꾼의 은유.

들어 있는 걸 모조리 선사할 수 있어. 분량이 아마 대단할걸!" 그러자 뒤르세가 말을 받았다. "오, 이거야 원! 그렇다면야 나로서는 더할 나위 없는 행운이지, 친애하는 공작 각하!" 작업자 역할을 맡은 공작이 다가오자 뒤르세는 배설물로 자신을 가득 채워줄 엉덩이 밑으로 들어가 넙죽 무릎을 꿇었다. 공작이 힘주어 밀어내면 징세 청부인은 열심히 받아먹었다. 결국 방탕의 극치감에 넋이 나간 리베르탱은, 이런 쾌감은 처음이라고 악을 써대면서 사정하는 것이었다. "뒤클로, 어서 이리 와 내가 뒤르세에게 해준 걸 내게도 해주게나." 공작의 말에 우리의 이야기꾼이 대답했다. "나리, 오늘 아침 제가 나리께 이미 해드렸음을 아실 텐데요. 그걸 죄다 받아 자시고선." "아, 맞다, 맞아! 그렇다면, 마르텐! 아무래도 자네 도움을 받아야겠네그려. 지금 나는 애들 꽁무니에서 나오는 것엔 구미가 안 당기거든. 내 좆물이 튀어나오고 싶은 모양인데, 왠지 고생을 좀 해야 할 것 같아. 워낙 독특한 걸 좋아해서 말이야." 하지만 마르텐 역시 뒤클로와 마찬가지 상태였다. 퀴르발이 아침에 그녀에게서 다량의 똥을 요구했던 것이다. 공작이 말했다. "맙소사! 이런 빌어먹을 경우가 있나! 오늘 저녁에 그럼 나는 똥 덩어리 하나도 구하지 못한단 말인가?" 그때 테레즈가 다가와 세상천지 어디서도 구경 못 할 만큼 더럽고, 악취 나고, 펑퍼짐한 엉덩이를 내밀었다. 공작은 얼른 자세를 취하며 말했다. "옳거니! 좋고말고! 현재 내가 처한 광란 상태에서조차 이런 역겨운 엉덩이가 제 몫을 못 해준다면, 달리 도움을 청할 구석은 이제 없다고 봐야겠지!" 테레즈가 아랫배에 힘을 주었고, 공작은 그로 인한 결과물을 모조리 받아 삼켰다. 향을 피운 신전만큼이나 그 향냄새 자체도 끔찍스러웠다. 하지만 지금 이 순간 공작처럼 발기한 사람에게는 도를 넘는 불결함 따위가 문제될 리 없었다. 치솟는 관능에 넋이 나가버린 불한당은 닥치는 대로 꿀꺽꿀꺽 삼켰고, 자신을 용두질하는 뒤클로의 코앞에 기운 넘치는 수컷의 너무나도 명백한 증거물을 대차게 싸질렀다. 식사 시간에 맞춰 모두 식탁에 둘러앉았고, 이날의 난교 파티는 속죄를 위한 자리가 되었다. 이번 주 비행을 저지른 자가 일곱 명이었다. 젤미르, 콜롱브, 에베, 아도니스, 아델라이드, 소피 그리고 나르시스. 여린 아델라이드라고 봐주지 않았다. 젤미르와 소피 역시 자기들이 당한 처벌의 흔적들을 몸에 지니게 되었지만, 그 이상 자세한 사정은 당장 밝힐 수가 없다. 아직 우리가 그걸 입에 올릴 상황이 아니기 때문이다. 각자 잠자리에 들었고, 베누스의 제단에 새로이 바칠 기력을 회복하기 위해 다들 모르페우스의 품 안에 몸을 맡겼다.

제15일

징벌이 있은 다음 날 범칙자가 나오는 경우란 드물었다. 이날도 범칙자는 단 한 명도 나오지 않았지만, 오전의 엄격한 배변 허락 규정은 여전해서 에르퀼과 미셰트, 소피 그리고 데그랑주에게만 그런 호의가 주어졌고, 퀴르발은 그 광경을 구경하며 사정할 기대에 부풀어 있었다. 커피 시간에 별다른 짓은 벌어지지 않았다. 그저 엉덩이들을 주무르거나 몇몇 항문을 빨아대는 것으로 다들 만족했다. 시간이 되자, 모두 구연장에 자리를 잡았고, 뒤클로는 다음과 같이 이야기를 시작했다.

"한번은 푸르니에 부인 댁에 열둘에서 열셋 정도 나이의 한 소녀가 왔었죠. 전에 이야기한 적 있는 그 괴이한 사내의 유혹이 낳은[93] 결실이었습니다. 그럼에도 그처럼 귀엽고, 청순하면서, 예쁘장한 계집까지 그가 망쳐놓았으리라고는 감히 생각지도 못하고 있었답니다. 금발에다가, 나이에 비해 훤칠한 신장하며, 그림에나 나올 법한 몸매에 부드러우면서 관능적인 인상, 세상 어디서도 구경하기 힘든 아름다운 눈이 어우러져, 누구나 혹하게 만들 만한 매력으로 하나의 완벽한 요정 모습을 갖추고 있었어요. 하지만 그런 매력덩이일수록 세상은 얼마나 가차 없

93
주석 75번 참조.

이 타락의 나락으로 내던져버리는지, 얼마나 추악한 구렁텅이로 발을 들여놓게 만드는지요! 그녀는 법원 상가 포목상의 자식으로[94] 매우 유복한 환경에서 자라, 창녀 짓을 하기보다는 행복한 팔자를 타고났음이 분명한 소녀였습니다. 그러나 위험천만한 유혹으로 희생양들의 행복을 앗아가는 바로 그만큼 문제의 그 사내는 자기만의 쾌락을 탐닉했으니 말입니다! 어린 뤼실은 도착하자마자 어떤 남자의 더럽고 역겨운 광태(狂態)를 만족시켜야만 했죠. 그는 더할 나위 없이 추악한 취향을 갖고 있는 것으로도 모자라, 이를 반드시 어린 숫처녀를 대상으로 실행에 옮기고 싶어 했습니다. 마침내 그가 나타났지요. 황금으로 도배한 늙은 공증인이었는데, 재물뿐 아니라 탐욕과 음탕이 늙은 영혼 안에 한데 어우러질 경우 고개 들기 마련인 포악한 성질까지 제대로 갖춘 인간이었습니다. 그런 자에게 아이를 소개해주었지요. 아이가 아무리 예뻐도 그의 첫 반응은 멸시였습니다. 갑자기 으르렁대는가 싶더니, 그는 이제 더 이상 파리에서는 그런 예쁜 계집을 찾아볼 수 없다며 툴툴거리는 것이었습니다. 급기야 그는 계집이 진짜 숫처녀인지 물었고, 우리는 확실하며, 정 그러면 아이더러 직접 숫처녀임을 보이라고 명하는 게 어떻겠냐고 제안했습니다. '아니, 푸르니에 여사, 나더러 보지를 들여다보라고? 보지를 내 눈으로? 씨알도 안 먹힐 소리 하고 앉았네. 내가 당신 가게를 찾은 뒤로 그 점에 무척 각별하다는 거 몰랐나? 나는 그걸 사용하긴 하나, 완전히 다른 방식이지. 거기서 나의 크나큰 애착일랑 찾아보긴 어려울 거야.' 그러자 푸르니에 부인이 말했습니다. '아, 손님, 그렇다면 그 점은 저희를 믿고 맡겨주십시오. 방금 태어난 아이처럼 깨끗한 처녀임을 보장하겠습니다.' 결국 손님이 방에 들었고, 짐작하시겠지만, 일대일 국면이 엄청 궁금해진 저는 곧장 엿보기 구멍 앞에 자리를 잡았습니다. 뤼실이 느끼는 수치심은, 그녀가 상대해야 할 60대 난봉꾼의 파렴치와 난폭성, 사악함을 드러내는 데 안성맞춤인 적나라한 표현들을 통해서만 충분히 설명될 수 있을 것입

94
17세기 파리 중심지 법원 앞 회랑(Galerie du Palais)은 서점을 비롯해 잡화점, 포목점, 시계점 등이 포진한 대규모 상가를 구성했고, 귀족을 포함한 상류층은 그곳을 오가며 세상 돌아가는 정보를 활발히 공유했다.

니다. 남자는 소녀에게 느닷없이 이랬지요. '꿔다놓은 보릿자루처럼 거기 뭐하고 서 있나? 옷자락을 쳐들라고 내 입으로 꼭 말해야 해? 이미 두어 시간 전에 내가 네년 엉덩이를 범하고 있어야 하는 거 아냐…? 자, 뭐하고 앉아 있어!' '하지만 손님, 정확히 무얼 어떡하라는 건지요?' '이런 빌어먹을! 그걸 몰라서 묻나…? 무얼 어떡하냐니! 치맛자락을 걷어 올리고 엉덩이를 까 보여야 할 것 아냐!' 뤼실은 벌벌 떨면서 복종했습니다. 베누스의 그것인 양 새하얗고 앙증맞은 엉덩이를 드러내 보인 것이죠. '흠… 괜찮은 물건이군.' 난폭한 자의 말이었습니다. '가까이 와봐….' 그러더니 두 볼기짝을 덥석 움켜잡고 양쪽으로 잔뜩 벌리며 하는 말이, '여태 아무도 이곳에 무슨 짓을 벌이지 않은 게 틀림없으렷다?' '오! 손님, 아무도 거기 손대지 않았습니다.' '좋아, 방귀 뀌어봐!' '아이고, 손님, 못하겠어요.' '이런, 힘을 써보란 말이다!' 결국 소녀는 복종했고, 연한 가스가 새어 나와 늙은 난봉꾼의 독에 찌든 입안에서 소리를 냈습니다. 그는 맛깔스레 음미하더니 이렇게 속삭이더군요. '너 똥 누고 싶으냐?' '아뇨, 손님.' '오, 그래. 근데 나는 무척 똥을 누고 싶구나, 그것도 아주 많이. 곧 너도 알게 될 거야. 그러니 준비하고 있어야지… 우선 그 치마부터 벗어라.' 말이 떨어지기 무섭게 치마는 훌렁 벗겨졌지요. '이 소파 위에 올라가 자세를 취해. 허벅다리를 최대한 높이 쳐들고 머리는 최대한 낮춰.' 뤼실이 소파에 오르자 공증인은 그녀의 가랑이를 있는 대로 벌려 그 귀여운 보지가 최대한 열리도록 하고, 위치는 자기 엉덩이 높이쯤에 정확히 오도록 해 오물통으로 쓸 수 있게끔 자세를 교정해주었습니다. 그것이 바로 그의 경악할 만한 의도였는데, 오물통을 보다 편리하게 만든답시고 두 손으로 있는 힘껏 그 입구를 찢었지요. 그 위로 자세를 취하고는 힘을 주자, 사랑의 신마저 감히 자신의 신전으로 삼지 못할 성소로 똥 덩어리가 뚝뚝 떨어지는 것이었습니다. 남자가 얼른 몸을 돌리더니, 어중간히 벌어진 질 속으로 방금 자기가 떨어뜨린 더러운 배설물을 손가락을 동원해 되는대로 욱여넣기 시작했습니다. 그러고는 다시 자세를 취해 두 번째 힘을 주고, 이어서 세 번째 싸지르더군요. 그러면서 매번 같은 주입 의식을 치르는 것이었습니다. 급기야 마지막에는 얼마나 거칠게 그 짓을 했는지, 소녀가 비명을 질렀지요. 자연이 오로지 첫날밤의 몫으로 장식해두었을 그 소중한 꽃송이가 구역질 나는 조작질로 인해 망가져버린 듯했습니다. 반면 우리의 난봉꾼에게는 희열의 순간이었죠. 어리고 여린, 예쁜 보지를 똥으로 채운 다음 그걸 또다시 욱여넣기를 반복함으로써 극치의 관능에 도달하더란 얘깁니다. 그런 짓을 하는 가운데 그는 바지 앞섶에서 자지 비스무리하게 생긴 것을 꺼냈지요. 물렁하기 짝이 없음에도 그는 그걸 열심히 흔들어댔고, 자신의 역겨운 작업에 여념이 없는 가운데 드문드문 희멀건 정액 몇 방울을 바닥에 떨어뜨렸는데, 워낙 추잡한 짓을 벌여야 나오는 것이다 보니 잃는 것 자체를 무척이나 아쉬워하는 듯했습니다. 자기 일이 끝나자 그는 휑하니 자리를 떴습니다. 뤼실은 몸을 일으켰고, 그걸로 모든 게 마무리되었지요.

그러고 나서 얼마 후, 이보다 더 역겨운 취향의 소유자가 저를 불러냈습니다. 그는 고등법원 대법정 소속의 늙은 판사였어요. 그는 똥 싸는 걸 보아주어야 할 뿐 아니라, 제 손가락으로 항문을 적절히 눌러주고, 열어주고, 압박해줌으로써 물질이 수월하게 비어져 나오도록 도와줘야만 했습니다. 그리고 조작이 끝난 뒤에는 더러워진 모든 부위를 제 혀를 사용해 최대한 정성껏 닦아주어야만 했어요."

"아무렴! 그거 참 지겨운 고역이지!" 주교가 말했다. "그대 앞에 있는 여기 이 여인네 네 명을 좀 보라고. 우리의 아내들이자, 딸이거나 질녀인 이들 또한 매일 그쪽 신체 부위를 관리하고 있지 않은가 말이야! 여자의 혀라는 게 똥구멍을 청소하는 것 말고 대체 무슨 빌어먹을 쓸모가 있는지 난 모르겠거든!" 주교는 소파에 앉아 있는 공작의 아리따운 배필을 향해 말을 이었다. "콩스탕스, 그 부위와 관련해서 네가 얼마나 솜씨가 좋은지 마담 뒤클로에게 좀 보여줘봐. 자, 여기 아주 더러운 내 엉덩이가 있어. 오늘 아침부터 전혀 닦지 않고 너를 위해 준비해둔 거야… 어서 너의 재능을 펼쳐 보이라니까." 그런 혐오스러운 짓들에 이력이 나 있는 불행한 그녀는 완전히 닳고 닳은 여자처럼 그 모두를 군말 없이 이행했다. 경을 칠 일이로다, 두려움과 노예근성이 이루지 못할 일이 무엇이겠는가! "옳거니! 너 혼자 이 자리에서 모범을 보이라고 요구할 순 없지." 퀴르발이 자신의 질펀하고 역겨운 구멍을 사랑스럽고도 조신한 알린에게 들이대며 말했다. "자자, 요 어린 창녀야! 네 동료의 솜씨를 앞질러보거라." 그 또한 실행에 옮겨졌다. 주교가 말했다. "자, 어서 계속하게나, 뒤클로. 우리가 의도한 건 단지 자네의 그 남자가 무슨 대단한 걸 요구한 게 아니라는 것 그리고 여자의 혀란 항문을 닦아내기에 좋을 뿐이라는 점을 보여주기 위함이었네." 서글서글한 뒤클로가 그 말에 웃음을 터뜨리고는 계속해서 다음과 같은 이야기를 늘어놓았다.

"여러분께 부탁드리건대, 정념의 이야기를 잠시 중단하고 이와는 무관한 어떤 사건에 대해 언급하는 것을 허락해주시기 바랍니다. 저 한 사람에게만 관련된 이야기이긴 하나, 꼭 취향이 아니어도 제 내력에 속한 흥미로운 사건들은 꼼꼼히 챙기라고 지시하셨으니, 이번 사연도 그냥 묻어둘 만한 성질은 아니리라 믿어 의심치 않습니다. 제가 푸르니에 부인의 가게에 들어간 지도 엄청 오래되었지요. 어느덧 그곳에서 제일 고참이 되었거니와, 부인이 가장 신뢰하는 계집이 바로 저였습니다. 누구보다 자주 제가 나서서 음란 파티를 주선했고, 그로 인한 화대를 받아냈지요. 그 여자는 저에게 어머니 역할을 대신해주었고, 각종 곤경에 처했을 때마다 도움을 주었습니다. 제가 영국에 있을 때 꼬박꼬박 편지를 보내주었고, 돌아와서는 상황이 어지러워 새로운 피난처를 구하는 저에게 자기 집을 활짝 열어주었어요. 수 없이 제게 돈을 빌려주면서도 대부분은 돈 갚으라는 소리를 하지 않았답니다. 그러던 중 저에게도 감사의 마음을 표현할 기회가 왔지요. 그녀의 더할 나위 없는 신뢰에 보답할 길이 생긴 겁니다. 여러분도 얘기를 들어보시면, 제가 미덕에 얼마나 손쉽게 마음을 열고 다가갈 수 있는 여자인지 아시게 될 거예요. 푸르니에 부인이 몸져누웠을 때입니다. 무엇보다 먼저 저를 부르시더니 이런 말씀을 하더군요. '뒤클로, 내가 너를 많이 아끼는 거 너도 알지. 이제부터 내가 너를 지극히 신뢰한다는 걸 보여줄 텐데, 그것만 봐도 너에 대한 나의 애정을 실감할 거야. 네가 비록 성질은 못돼먹었지만, 친구를 배신할 수는 없는 아이라는 거 나는 알아. 내가 지금 많이 아파. 늙기도 했고. 그래서 앞으로 어떻게 될지 장담할 수가 없단다. 내게는 호시탐탐 유산을 노리는 친척들이 좀 있지. 적어도 여기 이 작은 금고 안에 든 10만 프랑 어치의 금화만큼은 그들 손에서 지키고 싶어. 그래서 말인데, 내가 너에게 이 돈을 다 맡길 테니, 앞으로 내가 내리는 지침에 따라 좀 처리해줬으면 좋겠어.' 저는 당장 그녀의 손을 붙잡으며 말했습니다. '오, 사랑하는 어머니, 마음 아프게 왜 그런 안 좋은 걱정을 하세요! 분명 공연한 얘기를 하신 거겠지만, 만에 하나 불행히도 그런 조치가 필요할 경우엔 어머니의 뜻대로 정확히 처리하겠다고 지금 당장 맹세하겠습니다.' 그러자 그녀가 말했습니다. '그래, 너만 믿는다. 그래서 애당초 내가 너를 눈여겨보았던 거지. 이 작은 금고 안에는 금화 10만 프랑이 들어 있단다. 사실 나는 그간 살아온 인생에 대해 얼마간 회한과 가책을 느끼고 있어. 내가 하느님에게서 떼어내 죄악으로 처넣은 수많은 계집아이들에 대해서 말이야. 그래서 신이 내게 조금은 덜 가혹한 벌을 내리게끔, 두 가지 대책을 실행에 옮기려고 한단다. 하나는 자선 활동이고 다른 하나는 기도야. 이 돈을 일단 네가 1만 1천 프랑씩 두 개의 꾸러미로 추려서, 그 하나를 생토노레 가에 위치한 성 프란체스코파 수도원에 기부해줘. 그곳 신부님들이 내 영혼의 구원을 위해 지속적으로 미사를 드릴 수 있게 말이야. 그다음 다른 한 꾸러미는 내가 눈을 감는 대로 본당신부님께 갖다 드려. 그분이 이 지역 가난한 자들을 위한 자선 활동에 알아서 적절히 사용해줄 테니까. 얘야, 자선이란 정말 좋은 거란다. 우리가 지상에서 저지른 죗값을 하느님 앞에 그처럼 효과적으로 대신해주는 게 없지. 가난한 자들이야말로 하느님의 자식들이며, 그들을 위로하는 모든 사람을 하느님은 귀히 여기시니까 말이다. 자선을 베푸는 것만큼 그분 마음을 기쁘게 하는 건 없어. 천국으로 가는 진정한 방법이라 할 수 있지. 이제 남는 것 중에서 너는 6만 리브르로 세 번째 돈주머니를 꾸려, 그 또한 내가 죽자마자 곧바로 불루아르 가에 사는 구두 수선공 페티농에게 갖다주어라. 그 불쌍한 녀석은 사실 내 아들이란다. 본인은 꿈에도 모르고 있지. 간통으로 태어난 사생아니까. 비록 죽어가면서라도 그 딱한 고아 녀석에게 나의 애정을 표하고 싶어. 사랑하는 뒤클로, 나머지 1만 리브르는 너에 대한 내 애정의 미약한 표시로 받아주면 좋겠구나. 너에게 뒤처리 수고를 맡기는 데 대한 보상이기도 하고 말이야. 그 보잘것없는 액수나마 구원도 없고 벗어날 희망도 없는, 우리의 이 떳떳치 못한 직업을 네가 그만둘 수 있게끔 결의를 다지는 데 도움이 되면 좋겠다.' 그런 엄청난 금액을 차지하게 되어 내심 환희에 들뜬 저는, 그걸 나누느라 성가실 일에 대한 거부감과 함께, 나 혼자 모든 걸 독차지하겠다는 단호한 결심이 앞서더군요. 저는 늙은 뚜쟁이의 품 안으로 거짓 눈물을 쏟으며 와락 뛰어들어 안겼습니다. 신의를 저버리지 않겠다는 맹세를 거듭 내뱉으면서도 저는, 잔인하게도 건강이 회복되어 그녀의 결정에 변화가 생기는 일만은 막아야 한다는 생각뿐이었지요. 그에 대한 대책은 바로 다음 날 머릿속에 떠올랐습니다. 의사가 구토제를 처방해주었는데, 간병하는 입장이라고 보았는지 저에게 약상자를 통째로 맡기는 거예요. 그러면서, 두 번 복용하는 약인데, 반드시 따로 투약해야만 한다는 겁니다. 만약 한꺼번에 투약하면 환자가 죽을 수 있다면서요. 아울러 두 번째 약은 첫 번째 약이 효과를 거두지 못할 때에만 하라며 신신당부하더군요. 저는 곧바로 최대한 조심하겠다고 아스클레피오스에게 맹세하고는, 의사가 등을 돌리기 무섭게, 연약한 영혼을 주춤하게 만들 그 모든 부질없는 감사의 마음을 차단함과 동시에 나약한 정신과 회한의 감정을 죄다 떨쳐버렸지요. 그러고는 나의 금화 더미만을 생각했습니다. 그걸 차지한다는 감미로운 희열, 악행을 계획할 때면 어김없이 찾아드는 관능적인 자극, 그 행위가 가져다줄 쾌락의 또렷한 조짐 말고는 그 무엇도 안중에 없었지요. 오로지 그런 상태에서 저는 지체 없이 두 가지 성분의 약을 물 한 잔에 녹여 넣어 정 많은 부인에게 내밀었고, 안심하고 그것을 마신 그녀는 곧바로 제가 정성껏 마련해준 죽음의 길로 들어서기 시작했답니다. 작전이 성공에 이르는 것을 보면서 제가 느낀 감정을 여러분께 일일이 묘사하기란 어렵습니다. 그녀가 단말마의 구역질을 할 때마다 생명이 빠져나가는 광경은 제 전신의 모든 생체 조직에 걸쳐 말할 수 없이 관능적인 쾌감을 불러일으키는 것이었어요. 그 모든 소리며 모습을 귀 기울여 듣고 면밀히 지켜보면서, 저는 그야말로 황홀경에 빠져들었답니다. 그녀가 내게 두 팔을 벌리며 마지막 작별 인사를 고하는 동안, 환희에 들뜬 저는 앞으로 독차지할 금화를 가지고 무얼 할까 벌써부터 수많은 계획을 머리로 굴리고 있었습니다. 오래 걸리지는 않았습니다. 푸르니에 부인은 그날 저녁 사망했고, 저는 숨겨둔 막대한 재산의 주인이 되었지요."

"뒤클로, 솔직해져봐." 공작이 말했다. "그때 잔뜩 꼴렸겠지? 악행이 주는 섬세하고 관능적인 흥분감이 쾌락의 기관으로까지 가닿지 않았겠어?" "네, 나리, 고백하건대 그랬지요. 그래서 같은 날 저녁에만 다섯 번 연속으로 사정했답니다." 그러자 공작이 외쳤다. "그럼 그렇지! 결국에는 악행 자체가 그와 같은 매력을 발휘할 수 있다는 얘기지. 육체적 쾌락과는 별개로 악행을 저지르는 것 하나만으로 모든 정념이 불붙고, 음란 행위가 부르는 것과 동일한 희열 속에 얼마든지 빠져들 수가 있다니까! 그래서 어떻게 됐어?" "그래서요 공작님, 저는 주인아줌마를 경건하게 장사 지내주고 나서, 사생아 페티농에게 돌아갈 재산을 가로챔은 물론, 미사 따위는 절대로 바치지 않도록 단속했고, 더욱이 자선 활동으로 재산을 나누는 일이 없게끔 주의했습니다. 푸르니에 부인이 아무리 좋게 이야기한들, 그런 종류의 행위야말로 제가 정말로 혐오스럽게 여기는 것이니까요. 저는 이 세상에 불행한 사람들이 반드시 있어야 한다고 주장합니다. 그런 상태를 자연은 원할 뿐 아니라 그러기를 요구하거니와, 자연이 무질서를 바라는 마당에 굳이 균형을 찾겠다며 고집을 부리는 건 자연의 법칙을 거스르는 데 지나지 않아요." "그렇고말고, 뒤클로!" 이번에는 뒤르세가 끼어들었다. "자네에겐 어떤 원칙들이 있어! 자네의 그런 점을 보노라면 내 마음이 아주 뿌듯해요. 불운한 자를 위로해주는 것은 자연의 영을 어기는, 실로 범죄행위나 다름없지. 자연이 우리들 각자의 처지를 불평등하게 만들었다는 사실은 그런 불균형을 자연이 반긴다는 증거야. 가만 보면 사람의 신체뿐 아니라 운명 속에도 불평등을 바라고 그걸 심어놓은 게 분명하거든. 그렇다면 약자가 도둑질을 통해 불평등을 해소하는 것이 허용되듯, 강자가 약자를 돕지 않음으로써 그 불평등을 고수하는 것 또한 얼마든지 허용되는 일이지.[95] 만약 모든 존재가 정확히 서로 닮은 꼴이라면 아마 이 우주는 단 한순간도 온전하지 못할 거야. 서로 어긋나고 다르다는 사실 자체에서 만물을 보존, 운용하는 질서가 비롯하는 거거든. 따라서 우리는 그걸 어지럽히지 않도록 주의해야만 해. 게다가 미천한 계층에게 선행을 베푼다고 생각하면서, 또 다른 계층의 사람들에게는 막대한 손해를 끼치는 셈이란 말이야. 왜냐하면 불행이라는 것은 부자가 자신의 잔인성이나 탐욕의 희생 제물을 구하는 묘판이나 마찬가지기 때문이지. 내가 가난한 사람들을 원조해 부자의 횡포에서 벗어나게 도와준다면, 그건 곧 부자가 누리는 쾌락의 묘목을 꺾어버리는 것과도 같다는 얘기야. 자선을 행하

95
사드에게서 자연의 섭리란 결국 평등, 불평등을 넘어서는 폭력의 정당성으로 수렴한다. 주석 80번 참조.

면서 고작 인류의 한 부류에만 미미한 은혜를 베풀 뿐, 그 나머지에게는 막심한 폐해를 초래하는 셈이지. 요컨대 나는 자선이라는 자체를 나쁘게 볼 뿐 아니라, 우리에게 만물의 차이를 적시함으로써 그걸 흔들지 말라고 강변해온 자연에 대해 실질적인 죄악을 범하는 것으로 간주하고 있어. 그렇기에 내가 만약 가난한 자를 돕거나 과부를 위로하거나 고아를 돌보는 일을 철저히 삼가는 대신 자연의 진정한 의도에 입각한 행동을 한다면, 자연이 그들을 방치한 상태 그대로 유지시킬 뿐 아니라, 그런 상태를 더욱 길게 연장하고, 그로부터 변화를 모색하지 못하도록 격렬히 반대하는 것이야말로 자연의 목표에 보탬이 됨은 물론, 그를 위해서는 온갖 수단이 허용됨을 믿어 의심치 않을 거야." "하면, 그들이 가진 것을 훔치거나 파산시키는 것도?" 공작이 한마디 하자 징세 청부인이 대답했다. "당연하지. 심지어 그런 피해자들의 머릿수를 늘릴수록 좋아. 그들 계층은 다른 계층에 득이 되기 때문이지. 그들의 수를 늘려가면서 고통을 크게 키우면 결국 다른 계층에는 그만큼 많은 이득을 주는 셈이란 말이야." "그것 참 몰인정한 이론일세그려." 이번에는 퀴르발이 끼어들었다. "하지만 이보게 친구들, 불우한 자들에게 선행을 베푼다는 것이 얼마나 달콤한 일인가!" "그런 게 다 착각이외다!" 뒤르세가 단박에 발끈했다. "거기서 얻는 희열이 꼭 그 반대의 거부를 의미하지는 않아요. 불우한 계층을 돕는 희열은 망상이거니와, 유복한 계층을 돕는 희열은 매우 실제적이죠. 전자는 편견에 의존하지만, 후자는 이성이 뒷받침합니다. 전자의 경우는 우리의 감정 중 가장 믿을 수 없는 오만의 작동에 힘입어 일순 가슴을 자극할 순 있으나, 후자의 경우는 순수한 정신의 희열이기에, 설사 그것이 일반 통념에 어긋나더라도 우리가 가진 온갖 정념에 불을 질러버린다오." 나아가 뒤르세는 이렇게 말했다. "요컨대 한쪽은 나를 발기하게 만들지만, 다른 쪽은 내게 별다른 감흥을 주지 못해요." 그러자 주교가 말을 받았다. "하지만 어디까지나 자신의 감각에 모든 걸 걸어야 하는 것 아니오?" "당연하지," 뒤르세가 대꾸했다. "우리는 오로지 신체적 감각에 의존해 삶의 각종 행위로 나아가야만 해. 감각기관이야말로 절대적인 것이니까." "하지만 그런 이론을 따르다가는 수많은 범죄행위가 발생할 수 있어요." 주교의 말을 뒤르세가 받았다. "그깟 범죄행위가 무슨 대수란 말이오. 내 기분만 좋아진다면야! 죄악이라는 건 자연이 가진 하나의 수단일 뿐. 자연은 죄악을 통해서 인간을 움직이지. 내가 미덕에 의해 움직이는 것만큼 자연을 따라 움직이면 왜 안 된다는 거냐고! 자연에게는 죄악도 미덕도 모두 필요한 것이네. 어느 쪽을 따르든, 내가 자연을 섬기는 건 마찬가지란 얘기지.[96] 그나저나 우리 토론이 너무 멀리 나갔군그래. 야식 시간은 다가오는데 뒤클로의 이야기가 끝나려면 아직 멀었어. 매력적인 여자여, 계속하시게나, 어서 계속하라고. 방금 자넨 우리에게 아주 대단한 행적을 털어놓았을 뿐 아니라, 우리의 칭찬과 모든 철학자들의 영구적인 평가를 이끌어낼 만한 이론을 선보였다는 걸 알아야 해."

"주인아줌마가 땅에 묻히자마자 제가 처음 한 생각은 우선 그 가게부터 접수하고 똑같은 방식으로 유지하자는 것이었습니다. 그런 제 계획을 동료들에게 밝혔더니, 특히 제 애인이나 마찬가지인 외제니를 비롯해 모두가 하나같이 저를 자기들 엄마처럼 모시겠다고 약속하는 것이었어요. 하긴 그런 자격을 주장하기 어색할 정도로 제 나이가 적은 편도 아니었지요. 이미 서른이 다 되어가고 있었고, 그 정도면 수녀원[97] 하나 운영하기에 필요한 명분쯤은 얼마든지 갖춘 입장이니까요. 요컨대, 오늘 제 무용담은 더 이상 일개 접대부로서가 아니라, 종종 자기 능력만으로 단골을 만들 수 있을 만큼 젊고 예쁜 원장 수녀로서 마무리를 짓게 될 것입니다. 실제로 종종 그런 기회가 제게 주어졌으니, 사안마다 이야기를 잘 들어보시면 아마 판단하실 수 있을 거라 생각합니다. 푸르니에 부인의 모든 단골들이 여전히 제 수중에 남아 있었습니다. 뿐만 아니라 업소의 쾌적함으로 보나,

96
사드 전집 1권 34쪽, '죽어가는 자'의 발언 참조. "자연에 필요하지 않은 미덕은 단 하나도 없거니와, 뒤집어 말하자면, 그 어떤 악덕도 자연에게는 필요한 것이지. 그 두 요소들로 자연이 유지하는 완벽한 균형 상태 속에 자연에 관한 모든 지식이 녹아 있는 거야."

97
중세 이래 수녀원과 매음굴은 둘 다 폐쇄된 환경 너머 미지의 세계라는 공통점으로 인해 기이한 상상력을 자극한 공간이다. 특히 18세기 리베르탱 문화에서 수녀원은 극단적으로 세속화되었고 수녀원장은, 세상 풍파를 거친 여인네가 은퇴한 뒤, 기숙하는 여자들을 통해 쾌락을 거래하는 매음굴 운영자로 왜곡되기도 했다.

계집들의 준수한 수준으로 보나, 방탕아들의 기벽에 적극적으로 임하는 그들의 자세로 보나, 또 다른 단골손님을 끌어들일 비법이 저에게는 얼마든지 있었지요.

저를 찾아온 첫 번째 단골손님은 늙은 프랑스 재무상으로 푸르니에 부인과는 친구 사이였습니다. 그 양반이 무척 마음에 들어 하는 것 같아, 저는 그를 어린 뤼실에게 맡겼지요. 그가 가진 기벽은 소녀 입장에서는 엄청 불쾌하고 더러운 것이었는데, 각시의 얼굴에다가 우선 똥 무더기를 싸지른 다음, 전체적으로 범벅을 만들어놓고서 그 상태 그대로 입을 맞추고 빨고 하는 것이었습니다. 뤼실은 저와의 우정 때문에 늙은 색골이 원하는 모든 것을 받아준 셈이죠. 그 자는 결국 자신의 역겨운 작품에 입을 맞추고 또 맞추면서 소녀의 배 위에 사정을 했고 말입니다.

그러고 얼마 지나지 않아 또 다른 손님이 찾아왔는데, 외제니 담당이었습니다. 그는 똥이 가득 든 통을 가져오게 해서 여자를 발가벗기고는 그 안에 집어넣었습니다. 그런 다음, 처음 취했을 때처럼 깔끔해질 때까지 신체 구석구석을 핥아가며 똥찌꺼기를 게걸스레 삼켰지요. 그자는 아주 명망 높은 변호사로 대단한 부자인데, 여성을 즐겁게 해줄 수 있는 자질이 워낙 보잘것없는 터라, 평생을 즐겨 해온 그딴 방탕주의로 보상을 시도해온 것이지요.

*** 후작은 푸르니에 부인의 오랜 단골로서 그녀가 죽은 뒤 얼마 되지 않아 저를 찾아와 지속적인 호의를 다짐해주었습니다. 앞으로도 가게를 계속 찾겠다고 호언장담하면서, 그는 증명하는 뜻에서 같은 날 저녁부터 외제니와 뒹굴었지요. 이 늙은 난봉꾼의 정념은 먼저 계집의 입에 어마어마한 키스를 퍼부으며 시작되었습니다. 그러면서 상대의 침을 최대한 빨아 삼키는 것이죠. 그런 다음에는 15분가량 항문에 입을 맞추면서 방귀를 뀌게 하고 급기야 큰 일을 보도록 요구하는 것이었습니다. 그러고는 입안 가득 상대의 똥을 담아낸 상태에서, 여자더러 몸을 숙여 한 손으로는 자신을 끌어안고 다른 손으로는 용두질을

해달라고 했습니다. 남자가 똥 묻은 항문을 간질이며 여자가 제공하는 용두질의 쾌감을 음미하는 동안, 상대는 자기가 방금 그 남자의 입안에 싸지른 똥 덩어리를 먹어야만 했고요. 그처럼 참으로 값비싼 취향에 아무리 많은 돈을 지불한들, 거기 응할 계집을 쉽게 구할 리 만무했지요. 그렇기 때문에 후작은 저에게 온갖 알랑방귀를 뀌어댄 것입니다. 결국 그는 자신을 단골로 잡아두고 싶어 하는 제 마음 못잖게, 스스로 제 단골이 되고 싶어 안달한 격이었지요."

바로 그때, 잔뜩 달아오른 공작이 말하기를, 제아무리 야식이 준비되었다 해도 자기는 식탁에 앉기 전에 방금 들은 그와 같은 기벽을 실행에 옮겨보고 싶다는 것이었다. 그러고는 곧장 행동에 돌입했다. 그는 소피를 다가오게 해서 똥을 입으로 받은 다음, 젤라미르를 불러 그 똥을 먹게 했다. 이런 광기는 그 누구보다 젤라미르 같은 아이에게는 결코 즐거움일 수 없었다. 거기 어떤 묘미도 느낄 수 없었던 아이는 오로지 역겹기만 한 행위 앞에서 한참 동안 몸을 사렸다. 공작은 1분만 더 그렇게 머뭇거리면 화를 면치 못하리라 으름장을 놓았고, 결국 아이는 시키는 대로 했다. 발상이 꽤 흥미롭게 보였던지 각자 나름대로 이를 흉내 냈다. 뒤르세는 호의란 서로 나누어야 마땅한 법이라며, 사내아이가 계집아이 똥을 먹는 동안 계집아이는 아무것도 누리지 못한다면 결코 정당하지 않다는 주장을 폈다. 그리하여 그는 제피르더러 자기 입에 똥을 누라고 한 뒤, 그 마멀레이드를 먹으라고 오귀스틴에게 명령했고, 아름답고 명민한 소녀는 피가 나도록 토하면서까지 그 일을 해내야 했다. 이러한 난장판을 그대로 따라 한 퀴르발이 총애하는 아도니스의 똥 덩어리를 받아냈고, 미셰트가 오귀스틴처럼 힘겨움을 무릅쓰고 그 모두를 먹었다. 주교로 말하자면 자기 형을 그대로 모방했으며, 우아한 젤미르로 하여금 똥을 누게 해 셀라동으로 하여금 그 물컹한 절임 요리를 먹게 했다. 남에게 고통을 가하면서 쾌락을 느끼는 리베르탱이 보기에는 흥미진진할지 모르나, 역겹고 혐오스러울 뿐인 난행은 그렇게 세세히 펼쳐지고 있었다. 주교와 공작이 사정을 했고, 나머지 두 명은 그럴 수 없었거나 그러고 싶지 않았다. 모두들 식사하러 이동했다. 거기서 다들 뒤클로의 행동을 놀랄 만큼 상찬했다. "여자가 참 똑똑해," 공작이 말했다. 그는 유난하게 여자를 두둔했다. "감사하는 마음이라는 것이 한낱 망상에 불과함을 직감적으로 이해하니 말이야. 인간관계 때문에 범죄를 멈추거나 보류해서는 안 된다는 걸 알고 있는 거야. 우리에게 도움을 주는 대상이 우리의 마음까지 좌우할 권리는 없으니까 말이지. 그런 자의 노고는 단지 그 자신의 문제일 뿐, 존재 자체가 강력한 정신 앞의 굴종에 불과하지. 우리는 이런 자를 증오하든지 제거해버릴 수밖에 없어." "정말 옳은 말씀이군," 뒤르세가 맞장구쳤다. "머리 돌아가는 사람치고 감사하는 마음으로 흔들리는 경우란 없거든. 인간관계로는 늘 적을 만들 것이 뻔함을 알기에, 아예 그런 문제로 골머리를 앓는 일이 없는 거지." "하지만 당신에게 봉사하는 자가 꼭 당신 즐거우라고 고생하는 건 아니지," 이번에는 주교가 끼어들었다. "그보다는 자기 공덕을 쌓아 당신보다 나은 존재로 올라서기 위함이라고나 할까. 그런데 나는 그런 기도 자체에 무슨 의의가 있는지 모르겠거든. 우리에게 봉사하는 사람이 이렇게 생각하진 않는단 말이야. '내가 당신에게 봉사하는 이유는 당신에게 선행을 베풀고 싶어서입니다.' 그 대신 이렇게 생각하지. '내가 당신에게 복종하는 것은 오히려 당신을 깎아내리고, 나를 당신 위에 올려놓기 위해서입니다.'" 그러자 뒤르세가 대꾸했다. "바로 그런 생각들이 봉사 행위의 폐단을 입증하는 것이라네. 선행을 베푸는 행위가 얼마나 부조리한지를 말이지. 어쩜 이렇게 볼 수도 있을 거야. 다 자기만족을 위한 짓이라고. 하긴 나약한 정신으로 그런 소소한 즐거움에 빠져드는 자들에게는 그것도 맞는 말이겠지. 하지만 그런 즐거움을 경멸할 뿐인 우리 같은 사람들은 웬만큼 바보가 아닌 이상 그런 걸로 쾌감을 느끼진 않을 거야."

이상의 이론으로 머리가 후끈 달아오르자, 다들 엄청나게 마셔 댔고 조만간 난교 파티를 벌일 지경에 이르렀다. 도무지 종잡을 수 없는 우리의 리베르탱들은 이를 위해 아이들은 모두 잠재우되, 오로지 노파 넷과 이야기꾼 넷만을 상대로 밤새 퍼마시면서 서로 앞다퉈 온갖 파렴치한 난행을 저지를 생각에 들떴다. 흥미롭기 짝이 없는 이들 열두 명 중 교수형과 차형에 여러 번 처할 만하지 않은 자가 단 한 명도 없는 만큼, 나는 그 세세한 내용과 관련해서는 독자가 알아서 상상하고 생각하도록 맡기겠다. 대화에서 행동으로 넘어가는 사이 공작이 후끈 열이 올랐는데, 이유나 과정은 모르겠지만, 기어이 테레즈의 몸에 인두 자국을 찍어야겠다며 고집을 부렸다. 어찌 됐든, 우리의 주인공들이 저 통음난교의 난장판을 떠나 각자에게 마련된 배우자의 순결한 침상으로 건너가도록 내버려두자. 그리고 다음 날 벌어진 일이나 챙겨보도록 하자.

제16일

우리의 주인공들은 마치 방금 고해성사를 하고 온 사람들처럼 상쾌한 몸으로 일어났다. 단지 공작만 기운이 바닥나기 시작하고 있었다. 다들 뒤클로 때문이라고 했다. 하긴 그 계집만이 공작에게 쾌락을 안겨줄 기술을 온전히 보유하고 있으며, 그녀와 함께여야 음탕하게 사정할 수 있다고 그가 실토한 것만은 분명하다. 그런가 하면, 이런 일일수록 모든 게 전적으로 괴벽에 달렸으며, 나이나 미모, 미덕 같은 것은 아무런 문제가 되지 않을뿐더러, 경험 미숙에도 불구하고 봄이 온갖 혜택으로 수놓는 미모보다는 저무는 가을의 아름다움에서 훨씬 더 자주 확인되는 어떤 요령이야말로 관건이라는 점 또한 엄연한 진실이다. 그리고 요즘 들어 아주 흥미롭게 변해가면서 무척 사랑스럽게 굴기 시작하는 또 다른 계집이 한 명 있는데, 다름 아닌 쥘리였다. 그녀는 이미 남다른 상상력과 관능, 방탕기로 돋보이는 존재였다. 자신에게 보호가 필요하다는 점을 깨달을 정도로 정치적이거니와, 사실 별로 안중에도 없는 자들을 어루만지고 구슬릴 만큼 거짓이 몸에 배었기에, 뒤클로와 친구 사이로 지내면서 회합 내부의 영향력이 익히 알려진 자기 아버지의 눈에 조금이라도 더 들려는 노력을 게을리하지 않았다. 공작과 동침하는 순서가 돌아올 때마다 마담 뒤클로와 기가 막히게 협조했고, 갖은 기교와 아양을 동원함으로써, 두 계집이 작정하고 나서주기만 하면 얼마든지 환락의 방출에 이를 수 있다는 확신을 공작에게 심어주는 것이었다. 하지만 그럼에도 불구하고 공작은 자기 딸에게 엄청 싫증을 냈으니, 꾸준히 뒤를 봐주는 마담 뒤클로의 지원마저 없다면, 소기의 목적을 달성하는 일은 결코 일어나지 않을 터였다. 남편인 퀴르발 역시 그 문제에서는 거의 같은 입장이었는데, 그녀가 아무리 입을 더럽게 하고 역겨운 입맞춤으로 사정까지 시켜줘도, 여차하면 혐오의 대상으로 전락할 위기가 상존하는 것이었다. 심지어 그 추잡한 입맞춤의 불길이 잦아들면서 바로 혐오감이 싹트는 것 아닌가 싶을 정도였다. 뒤르세의 경우는 그녀를 별로 좋게 보지 않았고, 이렇게 뭉치고 나서도 그녀로 인해서는 채 두 번을 사정하지 못한 상태였다. 따라서 남은 건 이제 주교밖에 없는 셈인데, 그로 말하자면 그녀 입에서 나오는 방탕한 농담을 무척이나 좋아해줄 뿐 아니라, 세상에서 제일 예쁜 엉덩이를 가졌다고 마구 치켜세우는 것이었다. 물론 그녀가 베누스에 버금가는 엉덩이를 갖추고 있음은 분명했다. 무슨 수를 써서라도 어떻게든 마음에 들고 싶었던 그녀는 바로 그 부위에 악착같이 매달렸다. 결국 그녀가 보호를 바란 것은, 그래야 할 만큼 보호의 절대적 필요성을 절감했기 때문이다. 이날 예배실에 나타난 사람은 에베와 콩스탕스 그리고 마르텐. 아침에 잘못을 지적받은 사람은 아무도 없었다. 노리개 셋이 일을 본 다음에는 뒤르세도 자기 욕구를 풀고 싶어 했다. 아침부터 그의 꽁무니를 집적거리던 공작은 이 기회를 잡아 욕구를 풀기로 했고, 도우미 자격으로 참여할 콩스탕스랑 셋이서 예배실에 틀어박혔다. 공작은 결국 원을 풀었는데, 왜소한 징세 청부인이 그의 입안 가득 똥을 싸질러준 것이었다. 이들 두 나리께서는 거기서 멈추지 않았다. 콩스탕스가 주교에게 일러바친 얘기에 따르면, 둘이서 30분이나 내리 온갖 추잡한 짓을 서로에게 하더라는 거였다. 앞에서도 언급했지만…,[98] 그들은 어려서부터 친구였고 그때부터 줄곧 서로에게 학창 시절의 쾌락을 되새겨주는 사이였던 것이다. 콩스탕스로 말하자면, 이런 일대일 놀이에선 그다지 큰 역할을 맡지 않았다. 기껏해야 엉덩이를 닦아주고, 자지들을 빨고 용두질해주는 것이 전부였다. 회식장으로 건너가서는 네 친구들끼리 잠시 대화를 나누었고, 대화가 끝날 즈음 점심 식사가 준비됐다. 여느 때와 다름없는 진수성찬에 방탕이 난무하는 식탁이었다. 자유분방한 입놀림과 손장난들, 파렴치한 얘기들이 양념처럼 가미되고 나서야, 그다음 순서로 제피르와 이아생트, 미셰트, 콜롱브가 커피 시중을 들기 위해 대기 중인 응접실로 이동했다. 공작은 미셰트의 허벅지 사이를 쑤셨고 퀴르발은 이아생트에게 그렇게 했다. 뒤르세는 콜롱브로 하여금 똥을 싸도록 했고, 주교는 그 똥을 제피르의 입에 넣었다. 퀴르발은 전날 뒤클로가 이야기해준 정념들 중 하나를 다시 기억해내고는, 콜롱브의 보지 속에 똥을 싸고 싶어 했다. 커피 시중을 관장하는 노파 테레즈가 콜롱브를 대령했고, 퀴르발은 곧 행동에 들어갔다. 그런데 매일같이 엄청난 음식물로 배를 채우는 만큼 그가 배설하는 대변의 양 또한 어마어마한 터라, 거의 모든 똥 무더기가 바닥으로 흘러넘쳤고, 자연이 그처럼 지저분한 쾌락을 위해 만들었을 리 없는 작고 어여쁘고 순결한 보지는 단지 겉만 살짝 똥으로 더럽혀지는 것이었다. 제피르가 관능적으로 용두질을 해준 주교는, 눈앞에 펼쳐지는 이 모든 환락의 광경을 즐겨 감상하는 가운데, 지극히 초연한 태도로 좆물을 흘려버렸다. 격노한 그는 제피르에게 으르렁댔고, 퀴르발에게도 으르렁댔다. 그는 모든 사람에게 시비를 걸었다. 사람들이 그

98
"공작과는 초등학교 동기로 지금도 매일같이 어울리는 사이. 공작의 거대한 남근으로 항문을 자극받는 것이 뒤르세의 크나큰 즐거움 중 하나다."
(이 책 50쪽)

를 붙잡아 기력을 회복시켜주겠다며 큰 잔으로 엘릭시르제(劑)를 먹였다. 미셰트와 콜롱브가 나서서 그를 소파에 눕혀 낮잠을 재우고는 계속 곁을 지켰다. 그가 원기를 회복한 상태로 잠에서 깨어나자, 좀 더 기운을 차리게 해주겠다며 콜롱브가 잠시 그를 빨았다. 마침내 그의 물건이 다시금 코끝을 들고 나서야, 모두 구연장으로 이동했다. 그날 주교는 쥘리를 자신의 소파에 앉혔다. 워낙 아끼는 계집이라, 그렇게 앉아 있는 모습만 봐도 기분이 좋아졌다. 공작은 알린을, 뒤르세는 콩스탕스를 그리고 판사는 자기 딸을 그렇게 앉혔다. 준비가 다 갖춰지자, 아름다운 뒤클로가 옥좌에 앉아 다음과 같이 이야기를 시작했다.

"범죄로 벌어들인 돈이 행복을 가져다주지 못한다는 건 거짓입니다. 단언컨대, 그만큼 얼토당토않은 이론도 없지요. 제 가게만 해도 날로 승승장구였습니다. 푸르니에 부인이라면 아마 그 정도로 많은 단골을 확보하긴 어려웠을 거예요. 그런 상황에서 문득 어떤 아이디어 하나가 제 머리를 스쳤습니다. 솔직히 다소 잔인한 생각이긴 한데, 감히 장담하거니와, 어느 정도는 나리들 구미에도 잘 들어맞을 만한 내용이지요. 가만 보니 누군가에게 마땅히 해야 할 선행을 베풀지 않을 때는, 악행이기에 느껴지는 어떤 사악한 관능이 대신 그 자리를 차지하는 것 같더군요. 제 무책임한 상상력은 급기야 그 페티뇽이라는 녀석을 상대로 못돼먹은 심술을 부려보기로 작정하는 것이었습니다. 왜 있지 않습니까, 제 은인이었던 여자의 아들. 운도 지지리 없는 그 녀석에게 분명 엄청나게 요긴했을 재산을 제가 빚진 거나 다름없지만, 그러거나 말거나 이젠 제 손으로 마구 탕진하기 시작한 바로 그 돈의 주인 말입니다. 사연은 다음과 같이 시작합니다. 그 불행한 구두 수선공 녀석은 자기 처지에 맞는 가난한 계집과 결혼했는데, 나이 열두 살 정도의 어린 딸 하나가 궁상맞은 결혼 생활의 유일한 결실이라면 결실이었지요. 한데 사람들이 그 아이에 대해 하는 이야기가, 어려서부터 사랑스러운 미모의 온갖 요소가 집대성된 용모라는 것이었습니다. 가진 것 없이 키웠지만, 궁핍한 환경이 허락하는 한 부모의 모든 애정을 흠뻑 받으며 자란, 더할 나위 없이 소중한 아이는 그러나 제 눈에는 훌륭한 먹잇감 정도로 보였습니다. 페티뇽은 가게에 한 번도 들르지 않았죠. 그러니 자기한테 돌아갈 권리에 대해 까마득히 모를 수밖에요. 반면, 푸르니에 부인에게서 그에 관한 말을 듣자마자 제 첫 번째 관심사는 그라는 사람과 그의 주변인들에 관해 상세히 조사하는 것이었습니다. 집 안에 보배를 하나 모셔두고 있다는 것 또한 그렇게 해서 알게 된 거고요. 그즈음, 마담 데그랑주도 여러분 앞에서 이분 이야기를 할 기회가 있겠지만, 아주 유명한 골수 방탕아인 메장주 후작이 제 가게에 찾아와, 값은 얼마를 치러도 괜찮으니 나이 열셋이 채 안 된 처녀 애 하나를 구해달라는 것이었습니다. 그런 계집애를 데리고 무얼 할지 제가 알 수는 없었지요. 그 사람은 원래 이런 문제와 관련해서 딱히 치밀한 사람으로 통하지는 않는 부류였거든요. 그런데도 조건이랍시고 내건 것이, 계집아이가 처녀임을 전문가들이 검증하고 나서 적정가격으로 그 애를 사들일 것이며, 그 순간부터는 어느 누구도 아이에 대해 관여하지 못한다는 것이었습니다. 그의 말로는, 아이가 외국으로 나가 다시는 프랑스에 발을 디디지 못할 거라는 얘기였습니다. 조만간 여러분이 그의 면면을 직접 확인하시겠지만, 우리 단골 중 한 분이신 후작의 마음을 흡족하게 해드리기 위해 저는 총력을 기울였고, 페티뇽의 딸은 그런 제 눈에 반드시 후작의 수중에 떨어져야 할 존재로 보였습니다. 그런데 무슨 수로 아이를 빼돌린단 말입니까? 아이는 전혀 외출하지 않았고, 교육도 집 안에서 다 해결했습니다. 워낙 현명하고 조심스럽게 절제된 처신을 하는지라 저에게는 어떤 희망도 보이지 않았지요. 전에 언급했던 계집 호리기 선수[99]를 고용하는 것 또한 그 당시엔 불가능했습니다. 마침 그가 시골로 내려가 있었고, 후작은 하루가 멀다 하고 저를 재촉하는 상황이었거든요. 따라서 방법은 딱 하나였는데, 그 방법이라는

99
주석 75번 참조.

게 소소하면서도 은밀한 사악함을 부추겨 결국에는 이제 이야기할 범죄행위를 저지를 수밖에 없도록 저를 몰아가는 것이었습니다. 저는 부부를 상대로 일련의 소송거리를 들쑤셔 두 사람 다 철창신세를 지게 만들기로 결심했습니다. 그런 방법을 통해 어린 딸이 친구들과 지내든지 조금은 제약이 덜한 환경에 처한다면, 저로서는 함정에 끌어넣기가 그만큼 수월해질 거라는 계산이었죠. 저는 그들 부부 앞으로 저와 친분이 있는 검사를 한 명 보냈습니다. 그는 사례만 주어지면 온갖 일을 도맡아 처리해주는 사람이었는데, 이런 일에서의 솜씨가 특히 믿을 만한 친구였습니다. 그는 조사를 진행했고, 어떻게든 빚쟁이들을 끌어모아, 부추기고 지원함으로써, 결국 일주일 만에 부부를 감옥으로 보내는 데 성공했습니다. 바로 그 순간부터 모든 일이 저에게는 수월해진 건 두말할 필요도 없겠죠. 가난한 이웃집에 방치되다시피 한 계집아이에게 기민한 뚜쟁이가 즉각 달라붙었습니다. 마침내 그 아이는 제 집으로 들어오게 되었죠. 역시 거죽이 모든 걸 말해주더군요. 더할 나위 없이 희고 고운 피부, 동그랗게 잘 균형 잡힌 젖가슴하며… 한마디로 그보다 더 어여쁜 계집아이를 찾기는 어려운 일이었습니다. 모든 비용을 포함해 그 아이한테 들어간 제 돈이 20루이에 육박할 뿐 아니라, 후작이 적정가격을 지불하고 나서는 그에 대해 어떤 군말도 어떤 분쟁도 없기를 원하는 터라, 저는 아예 100루이를 받고 계집아이를 그에게 넘겼습니다. 아울러 제 입장에서는 이번 거래에 관해 절대로 소문이 나선 안 된다는 점이 무엇보다 중요했기에, 저 자신은 그중 60루이만 버는 것으로 만족하고, 나머지 20루이는 일을 해결함은 물론 앞으로 오랜 세월 계집아이의 아비와 어미가 딸의 행방을 결코 알 수 없도록 하는 조건으로 내 친구 검사의 손에 쥐여주었지요. 그래도 딸의 실종을 언제까지나 감추기는 불가능했기에 부부는 실상을 알게 되었고, 아이의 보호에 소홀했던 이웃들은 부부를 찾아가 자기들 불찰이라며 용서를 빌었습니다. 결국 구두 수선공 선생과 그의 아내께서는, 내 친구 검사의 꼼꼼한 일 처리 덕분에 이 사태를 끝내 바로잡지 못하고 거의 11년이 지났을 즈음 둘 다 감옥에서 생을 마감해야 했지요. 이 소소한 불행을 통해 저는 이중의 잇속을 챙긴 셈인데, 팔아치운 아이의 상당한 몸값을 챙긴 것이 그 하나요, 애초 건네기로 한 6만 프랑을 독차지한 것이 다른 하나죠. 계집아이에 관해서는 후작의 말이 맞았습니다. 제가 그 아이의 소식을 들은 적이 한 번도 없었으니까요. 그와 관련한 사연은 아마도 마담 데그랑주가 여러분께 마무리해줄 것입니다. 자, 이제 제 이야기로 되돌아가, 이미 개봉한 목록에서 여러분께 관능의 세부 사항들로 권해드릴 만한 나날의 사건들을 살펴볼 차례입니다.

"오, 그럼 그렇지!" 퀴르발이 말했다. "나는 그대의 용의주도함이 미치도록 좋다오. 주도면밀한 악랄함이라고나 할까, 나를 더없이 즐겁게 만드는 일종의 질서 정연함이 그 안에 있어요! 어쩌다 보니 흠집만 냈을 뿐인 희생자에게 아예 최후의 일격을 선사하고야 마는 뒤틀린 심보. 내가 보기에는 그런 것이야말로 우리의 걸작이라 할 악행들 수준에 견주어 하나도 손색이 없을 고도의 파렴치가 아닐까 싶소." 그러자 뒤르세가 말했다. "그런데 나라면 그보다 더 못되게 굴었을 것 같은데 말이지. 결국 그 사람들이 풀려났을 수도 있으니까. 그런 사람들을 대뜸 도와줄 생각밖에 못 하는 멍청이들이 세상에 얼마나 많은지 모르오. 그 부부가 목숨을 부지했다면 당신은 내내 마음을 졸이며 지냈을 테지." 마담 뒤클로가 다시 말을 받았다. "나리, 세상을 나리만 한 권세 없이 살아가면서 소소한 악행을 저지르려면 아랫사람을 구슬려가며 부려야 하거니와, 그만큼 신중하게 처신할 필요가 자주 생긴답니다. 한마디로 자기 하고 싶은 대로 모든 걸 과감하게 처리할 수만은 없다는 얘기죠." "옳은 말씀! 옳은 말씀이고말고! 저 여자 입장에서 그 이상은 무리였겠지." 공작이 마무리를 지었다. 그제야 이 사랑스러운 계집의 이야기가 속개되었다.

어여쁜 계집은 이런 식으로 말문을 열었다. "며칠 전부터 줄곧 읊어대고 있는 내용과 별다를 것 없는 파렴치한 이야기들을 여러분께 더 들려드려야 한다니 정말 끔찍합니다. 하지만 나리들 바람이 그런 류의 모든 사례를 하나 덮지 말고 끌어모아 공개하라는 것인 만큼, 지독하게 더러운 에피소드 세 가지만 더 이야기하고 다른 괴벽으로 넘어가겠습니다. 첫 번째 언급할 사례의 주인공은 나이가 대략 예순여섯인 영지 관리인입니다. 그는 여자를 발가벗긴 뒤, 엉덩이를 부드럽다기보다는 격렬하게 주무른 다음, 자기가 보는 앞에서 방 한복판 바닥에 똥을 누도록 시킵니다. 그렇게 실컷 구경하는 재미를 누리고는, 자기도 같은 자리에 배설을 하고 그 두 종류의 똥을 손으로 주물러 섞지요. 그런 다음 여자더러 네발로 기어와, 그러지 않아도 똥 찌끼가 덕지덕지 묻은 엉덩이를 바짝 치켜든 채, 그 고기 찌꺼기 스튜를 게걸스레 먹도록 강요합니다. 의식이 진행되는 동안 남자는 수음을 하고 여자가 모든 걸 다 먹어치우는 순간 사정을 하지요. 여러분도 짐작하겠지만, 그런 역겨운 행위를 고분고분 감수하겠다는 여자는 별로 없습니다. 하물며 남자가 어리고 순결한 계집만을 요구하는 마당이니… 파리에는 없는 것이 없어 제가 조달은 합니다만, 그만한 값은 반드시 지불하게 만들지요.

세 가지 이야기 중 두 번째로 여러분께 들려드릴 이와 유사한 사례 역시 여자 쪽의 혹독한 복종을 요하는 것입니다. 그런데 난봉꾼이 극단적으로 어린 계집을 원했기 때문에, 다 자란 계집보다는 오히려 그런 일에 무턱대고 뛰어들 아이들을 보다 손쉽게 구할 수 있었죠. 이제 이야기할 사내를 위해, 저는 아주 예쁘게 생긴 열셋에서 열넷 정도 나이의 꽃 파는 계집아이를 마련해 주었답니다. 그는 도착하자마자 여자애로 하여금 허리 아래 걸친 것만 벗어버리도록 했습니다. 잠시 아이의 엉덩이를 주물러 대던 그는 방귀를 뀌게 하더니, 자기 항문에 네다섯 차례 관장액을 주입하고는 여자애 입에 대고, 목구멍으로 흘러드는 액체를 곧장 받아 삼키도록 강요했습니다. 계집의 가슴팍에 말 타듯 걸터앉아 그런 짓을 하는 한편으로는, 엄청 굵직한 자지를 한 손으로 용두질하면서 다른 손으로는 소녀의 불두덩을 거칠게 주물럭대더군요. 그 짓을 하기 위해 계집의 그곳에는 아주 가느다란 터럭 하나 없어야 했지요. 지금 이야기하고 있는 사내는 사정을 미처 못 한 탓에 여섯 번째 관장 이후에도 똑같은 짓을 다시 하고자 했습니다. 소녀는 구토하면서 제발 살려달라고 빌었지만, 사내는 코웃음 치면서 하던 짓을 계속하더군요. 그가 여섯 번째 관장을 할 때 비로소 좆물이 흘러나오는 걸 볼 수 있었습니다.

이제 소개해드릴 어느 나이 많은 은행가의 경우는 불결함이 두드러지게 강조된 마지막 사례가 되어줄 것입니다. 그저 가볍게 등장하는 불결함이라면 앞으로도 자주 접할 것이기에, 이런 말씀을 드리는 겁니다. 그가 필요로 하는 여자는 아름답긴 하나, 나이는 마흔에서 마흔다섯이고 가슴은 맥없이 축 처져 있어야만 했습니다. 여자와 단둘이 있게 되자 그는 대뜸 허리 위로 모든 옷가지를 발가벗기더니 젖통을 거칠게 주물러댔습니다. 이렇게 외치면서 말이죠. '멋진 암소 젖이야! 내 똥구멍을 닦는 일 말고 이런 물컹한 살덩이가 무슨 쓸모 있을까?' 그러고는 양쪽 가슴을 뭉뚱그려가며 짓누르고, 비틀고, 잡아당기고, 으스러뜨리고, 위에 침을 뱉는가 하면 간간이 흙 묻은 구둣발로 짓이기면서, 도무지 여자의 젖가슴이란 추잡하기 짝이 없는 물건이며, 자연이 무슨 목적으로 이딴 살가죽을 만들었는지 자신은 이해할 수 없거니와, 왜 이런 걸로 여자의 육체를 모욕하고 망쳤는지 모르겠다며 마구 떠들어대는 것이었습니다. 이런 온갖 기괴망측한 말들을 내뱉은 다음, 그 역시 완전히 발가벗더군요. 그런데, 맙소사! 무슨 몸뚱어리가 그런지요! 나리들께 그걸 다 어떻게 묘사할까요? 그냥 하나의 종양 덩어리 그 자체였습니다. 발끝에서 머리끝까지 갈수록 역겨움이 더해가고 그 고약한 악취는 옆방에 있는 저까지도 맡을 수가 있었습니다. 그런 몰골을 무슨 귀한 성유골(聖遺骨)인 양 빨아야 한다는 겁니다."

"빨아?" 공작이 말했다.

"네, 나리." 뒤클로의 설명이 이어졌다. "발끝에서 시작해 머리끝까지, 혀가 지나지 않는 빈 공간이 금화 1루이 크기를 넘지 않도록 유의하면서 샅샅이 빨라는 거였어요. 제가 들여보낸 계집이 사전에 웬만큼 교육을 받았는데도, 그 걸어 다니는 시체 같은 몰골을 보자 질겁하며 물러서더군요. 남자가 이랬습니다. '뭐야, 이 갈보 년! 내가 역겹나? 그래도 너는 나를 빨아야 해. 너의 혀로 내 몸 구석구석을 샅샅이 핥아야 한단 말이다. 아하, 그렇게 까다롭게 굴지 말라니까! 너 말고 다른 애들은 다 잘해냈어. 자자, 어서, 괜히 빼지 말고.'

돈이면 안 되는 일이 없다는 옛말, 하나 틀린 것 없더라고요. 제가 조달한 가엾은 여자애는 정말 찢어지게 가난했는데, 이번 일로 2루이를 벌기로 되어 있었습니다.[100] 결국 그녀는 남자가 원하는 걸 죄다 들어주었지요. 늙어빠진 통풍 환자는 부드러운 혀가 흉측한 몸뚱어리를 이리저리 훑고 다니면서, 그간 자기를 지긋지긋하게 괴롭혀온 통증을 달래주는 황홀한 느낌에 취한 채, 조작이 진행되는 내내 음탕하게 용두질을 해댔습니다. 조작이 완료되자, 다들 짐작하시겠지만, 그것만 해도 불행한 여자애로서 정말 끔찍하게 역겨운 절차였지만, 아무튼 그런 모든 조작이 마무리되자, 남자는 여자를 바닥에 눕게 한 뒤, 그 위에 말 타듯 걸터앉아 젖가슴에 똥을 싸질렀습니다. 그리고 양쪽 젖통을 차례차례 뭉개면서 그것들로 자기 꽁무니를 닦아내는 것이었습니다. 하지만 사정과 관련해서는 제가 전혀 본 것이 없었고, 나중에 안 일이지만, 그가 한번 사정에 이르려면 이와 비슷한 조작을 여러 차례 거쳐야 한다는 거였어요. 하여튼 같은 가게에 두 번 이상 드나드는 사람이 아니었기에 그를 더 이상 보지 못했고, 그래서 얼마나 마음이 놓였는지 모릅니다."

"옳거니!" 공작이 말했다. "그 남자가 선호하는 조작의 마무리

100
여성사 중에서도 특히 18세기 매춘 역사의 전문가인 에리카마리 베나부에 의하면, 당시 매음굴에서 통상적으로 주고받는 화대가 1루이였다고 한다. 즉, 이 경우 그 두 배를 약속받은 셈이다. 에리카마리 베나부(Érica-Marie Benabou), 『18세기 매춘과 풍기단속경찰(La prostitution et la police des moeurs au XVIIIe siècle)』, 페랭(Perrin) 출판사, 1987.

가 아주 마음에 드는군. 젖통이라는 게 똥구멍 닦아내는 일 말고 다른 어디에 써먹을 수 있는지 나도 정말 모르겠던데 말이야." 그러자, 섬세하고 사랑스러운 알린의 젖통들을 거칠게 주무르고 있던 퀴르발이 말했다. "정말로 젖통이라는 게 추악한 물건이라는 점은 분명해. 나는 그걸 볼 때마다 부아가 치민다니까. 그걸 볼 때면 어떤 역겨움이랄까, 구역질이 느껴져… 그보다 더 강렬한 구역질을 느끼게 하는 건 내가 보기엔 보지밖에 없어." 말을 마치기 무섭게 그는 알린의 젖가슴을 잡아당기며 밀실로 향했고, 후궁 역의 두 계집아이 소피와 젤미르 그리고 팡숑을 뒤따르게 했다. 안에서 무슨 짓을 벌이는지는 잘 알 수 없었으나, 여자의 커다란 비명이 터져 나오더니, 곧이어 퀴르발이 방출하면서 울부짖는 소리가 들렸다. 그가 제자리로 돌아왔고 알린은 손수건으로 가슴을 가린 채 울고 있었다. 이런 모든 사태가 조금도 대수롭지 않거니와 기껏해야 웃음을 유발할 뿐이었기에, 뒤클로는 그 즉시 자신의 이야기를 이어갔다.

"며칠 후, 어느 늙은 수사를 저 자신이 처리했는데, 손은 더 힘들어도 기분은 그렇게까지 더럽지 않은 타입이었어요. 그는 제 앞에 큼직한 볼기짝을 내맡겼는데 살가죽이 꼭 양피처럼 누르스름했답니다. 그걸 맨손으로 반죽하고, 주물러대고, 있는 힘을 다해 쥐어뜯어야만 했는데, 특히 그 안쪽 구멍에 대해서는 아무리 세게 다루어도 그에겐 만족스럽지가 않은 것 같았습니다. 바로 그 부위 피부를 붙잡고 마구 문지르면서 꼬집는가 하면, 손가락으로 거세게 후벼 파야만 했거든요. 결국 그런 조작의 강도에 의해서만 그는 좆물을 쏟아냈습니다. 뿐만 아니라, 조작이 진행되는 동안 스스로 용두질을 하면서도 저에게는 치맛자락조차 들추지 않는 것이었어요. 대신 이 남자의 그런 조작 습관은 정말이지 대단한 수준이어서, 보통은 말랑말랑하게 늘어지기 마련인 항문이 가죽처럼 두꺼운 피부로 덮여 있었습니다.

분명 자기 수도원에 가서 제 솜씨에 관해 늘어놓은 찬사 때문이겠지만, 다음 날 그가 동료 수사 한 명을 데리고 오더군요.

그자에게는 제 손으로 있는 힘을 다해 볼기를 때려주어야만 했습니다. 한데 친구보다 좀 더 방탕아답고 탐구심이 강해서인지, 그자는 일단 여자 엉덩이부터 꼼꼼히 들여다보는 것이었어요. 제 항문에 입을 맞추고, 열 번에서 열두 번 정도 연속해 혀를 들이밀면서, 그 사이사이 자기 볼기를 때리라고 했습니다. 마침내 살갗이 진홍빛으로 물들 무렵 그의 자지가 발딱 섰는데, 단언컨대 제가 다루어본 것 중 가장 잘생긴 물건이었답니다. 그걸 제 손에 쥐여주면서 지시하기를, 한 손으로 볼기를 계속해서 때리되 다른 손으로는 용두질을 하라는 것이었어요."

"내가 잘못 판단한 게 아니라면, 우리가 어느새 태형(笞刑)의 장(章)에 들어선 것 같군그래." 주교의 말에 마담 뒤클로가 대답했다. "그렇습니다, 나리. 오늘 제 숙제는 여기까지니, 괜찮다면 그런 종류의 취향들에 대한 이야기는 내일부터 시작해 며칠 밤을 이어가기로 하겠습니다." 저녁 식사 시간까지는 아직 반 시간 가까이 남았으므로, 뒤르세는 식욕을 북돋기 위해서라도 관장을 좀 해야겠다고 말했다. 상황을 미리 짐작한 여자들이 죄다 몸서리쳤지만, 한번 내려진 결정은 돌이킬 수 없었다. 그날 그의 시중을 들기로 되어 있는 테레즈가 나서서 멋지게 해드리겠다고 다짐했다. 그녀의 다짐은 증명으로 이어졌고, 복부가 묵직해지자 왜소한 징세 청부인은 곧장 로제트에게, 어서 다가와 주둥이를 들이대라고 지시했다. 약간의 머뭇거림, 어려움이 있었으나, 어쨌든 복종해야만 했다. 가엾은 소녀는 나중에 토해내는 한이 있어도 두 차례 관장액을 삼켰고, 아니나 다를까, 얼마 못 있어 전부 게워냈다. 천만다행히 저녁 식사가 차려졌는데, 그렇지 않았으면 징세 청부인이 같은 짓을 반복할 참이었다. 식사 신호 덕분에 모두의 기분에 변화가 일어나자, 또 다른 쾌락으로 관심이 집중됐다. 통음난교에 이르러서는 젖가슴들 위에 대변 몇 덩이를 내지르는가 싶더니, 똥구멍마다 엄청난 똥을 싸질러댔다. 모든 이가 보는 앞에서 공작이 마담 뒤클로의 똥 덩어리를 먹는 동안, 이 아름다운 여자는 사방을 손으로 더듬어대는 색골을 열심히 빨아주었다. 그의 좆물이 대차게 솟아 나오자, 퀴르발이 마담 샹빌을 상대로 같은 짓을 흉내 냈고, 마침내 다들 자러 가자고 말했다.

제17일

콩스탕스에 대한 판사의 무시무시한 반감이 연일 폭발하고 있었다. 그는 귀속 권한을 쥐고 있는 뒤르세와 특별히 타협해 그녀와 밤을 보냈는데, 날이 밝자 여자를 두고 더없이 신랄한 불평불만을 쏟아내는 것이었다. "그년 상태로 봐서는, 우리가 열매를 받아낼 준비가 되기 전에 분만할지도 몰라 일상적인 체벌에 처하는 것조차 꺼리는 판국이니, 빌어먹을 창녀 주제에 어리바리한 척할 때마다 뭔가 징벌이 될 만한 다른 방법을 찾아야겠소." 그러나 리베르탱들의 저주받은 정신이라는 게 어떤 건지 이참에 똑똑히 인지할 필요가 있다. 가령 그 터무니없는 어리바리함을 따지고 들 때, 독자여, 그게 도대체 무엇인지 한번 맞춰보시라. 그건 뒤를 대라고 요구할 때 안타깝게도 앞을 들이대는 실수였고, 그런 잘못은 결코 용서될 수 없는 것이었다. 하지만 더욱 큰 문제는 콩스탕스가 사실을 부인한다는 점이다. 요컨대, 모든 것이 자기를 파멸시키려고만 드는 판사의 모함이며, 앞으로도 그런 거짓말을 만들어내는 한 결코 그와 잠자리를 하지 않겠다는 것이 그녀의 확고한 주장이었다. 하지만 이런 일과 관련해서는 법조문이 워낙 명백했고, 여자들 말이 경청의 대상이 된 적이 없었다. 오로지 열매를 훼손할 위험 없이 이 여자를 장차 어떻게 벌하느냐가 관건이었다. 결국 한번 잘못을 범할 때마다 똥 덩어리를 하나씩 먹이기로 벌칙이 정해졌고, 퀴르발은 내친김에 지금 당장 시작해볼 것을 요구했다. 다들 찬성이었다. 마침 소녀들 숙소에서 아침 식사가 진행 중이었다. 콩스탕스는 그곳에 출두하라는 명령을 받았고, 판사가 방 한복판에 똥을 누면 네발로 기어가 그 잔인한 남자가 벌여놓은 걸 집어삼키라는 지시가 떨어졌다. 그녀는 곧장 무릎을 꿇고 용서를 빌었으나, 사정을 무마할 순 없었다. 자연이 저들 가슴속에 심장 대신 청동 덩어리를 넣어둔 것이리라. 가엾은 아가씨가 고분고분 복종하기 전에 취한 온갖 체면치레용 행동이야말로 더없이 재미난 구경거리였을 것이며, 저들이 그걸 얼마나 즐겼는지는 신만이 아실 터였다. 결국에는 마음을 정해야 했다. 작업의 절반쯤에 이르자 심장이 마구 뛰었으나, 그럼에도 마무리를 해야 했고, 이는 누구에게나 마찬가지였다. 우리의 악당들은 눈앞의 광경에 다들 흥분했고, 그걸 구경하면서 각자 계집아이 한 명씩을 동원해 용두질을 시켰다. 조작 과정에서 특히 과도하게 달아오른 퀴르발은 오귀스틴이 훌륭한 솜씨로 용두질을 해주고 있었는데, 금방이라도 터질 듯한 느낌이 들자 서글픈 아침 식사를 이제 막 끝낸 콩스탕스를 불렀다. "이리 와, 창녀야. 생선을 야금야금 먹었으면, 소스도 곁들여야 제맛이지. 자, 여기 화이트소스란다. 와서 받아먹어." 이 역시 불가피한 일이었다. 나름의 조작을 하면서도 오귀스틴으로 하여금 똥을 누게 하던 퀴르발은, 마침내 공작의 가엾은 아내 입을 향해 수문을 개방했고, 그와 동시에 매력 만점의 오귀스틴이 방금 싼 말랑말랑하고 앙증맞은 똥 덩어리를 꿀꺽 삼켰다. 순시는 계속되었다. 뒤르세가 소피의 요강 안에서 똥을 발견했다. 어린 여자는 속이 좀 안 좋다는 말을 하며 양해를 구했다. 그러자 뒤르세가 똥을 만지작거리면서 말했다. "아니. 그렇지 않은걸. 소화불량으로 생긴 대변은 설사를 이루는 법이거든. 이건 아주 건강한 똥이야." 그러고는 곧장 숙명의 공책을 꺼내, 어떤 상황에서든 눈물을 감추고 신세만을 한탄해야 하는 이 사랑스러운 피조물의 이름을 기입했다. 나머지는 모두 규정대로 유지되었지만, 소년들 숙소의 젤라미르는 전날 통음난교 현장에서 똥을 누고 똥구멍을 닦지 말도록 지시받았음에도 불구하고 아무 허락 없이 깔끔하게 밑을 닦아 적발되었다. 이러한 행위 일체는 그야말로 중죄에 속했다. 젤라미르도 장부에 이름을 올렸다. 그럼에도 뒤르세는 소년의 항문에 입을 맞추었고 잠시 자기 자지를 빨도록 했다. 그런 다음 모두 예배실로 이동했는데, 거기서 하급 때짜 두 명과, 알린, 파니, 테레즈 그리고 마담 샹빌이 대변을 보았다. 공작은 파니의 똥을 입으로 받아먹었고, 주교는 때짜 두 명의 똥을 입으로 받아 그중 한 놈의 것을 삼켰으며, 뒤르세는 마담 샹빌의 것을, 판사는 알린의 것을 입으로 받아내, 사정을 하면서도 아까 삼킨 오귀스틴의 똥과 하나 되도록 배 속으로 내려보냈다. 콩스탕스의 장면은 사람들의 머리를 후끈 달아오르게 만들었는데, 아침부터 그런 난봉질에 몸을 맡긴 지 꽤 오래되었기 때문이다. 점심 식사를 하는 동안에는 윤리에 관한 문제가 화두였다. 공작은, 프랑스에서 법률이라는 게 어떻게 방탕주의를 탄압할 수 있는지 자신은 도무지 이해할 수 없다고 말했다. 방탕주의란 시민들을 정신없게 만들어 정치적 책동과 혁명에서 동떨어지게 만들어준다는 것이었다. 주교는, 법이 무턱대고 방탕주의를 탄압한다기보다는 그 과잉을 경계하는 것이라고 말했다. 그러자 다들 과잉의 문제를 분석하기 시작했고, 공작은 거기 위험할 것이 하나도 없으며, 국가가 미심쩍게 바라볼 만한 것이 전혀 없다는 점, 따라서 방탕주의의 세세한 측면들에 일일이 돌팔매질하겠다는 것은 잔인하면서도 비상식적인 처사라는 점을 논증했다. 이런 말들이 효과를 내기 시작했다. 반쯤 취한 공작이 제피르의 품에 몸을 맡긴 채, 이 아름다운 아이의 입을 한 시간 내내 빨아대는 동안, 에르퀼은 모처럼 기회를 활용해 자신의 거대한 물건을 공작의 항문에 꽂았다. 블랑지스는 마음대로 하게 내버려두었는데, 입맞춤하는 것 말고는 그 어떤 행위도 동작도 없이 부지불식간에 성 역할을 뒤바꾼 셈이었다. 친구들 또한 그들 나름대로 다른 추악한 짓에 몸을 맡기는 가운데, 다들 커피 마실 시간이 되었다. 방금 어리석은 짓을 많이 하고 난 터라 분위기가 상당히 조용했는데, 어쩌면 좆물을 흠뻑 뒤집어쓰지 않고서 무사히 지나는 유일한 여정이 아닐까 싶었다. 뒤클로는 이미 연단에 올라 일행을 기다리고 있었고, 자세를 갖춘 다음 아래와 같이 이야기를 시작했다.

"그 무렵 가게에 손실이 하나 발생했는데, 저에게는 여러 면에서 매우 치명적이었습니다. 제가 열정적으로 사랑했고, 제게 돈이 되어줄 만한 모든 일에 너무나도 적극적으로 나서서 무척이나 쓸모 있었던 외제니가 참으로 어처구니없는 방식으로 곁을 떠나버린 것이었습니다. 어느 날 하인 한 명이 약정된 금액을 지불하고는, 야회 참석 건으로 그녀를 데리러 왔었지요. 한번 가면 7, 8루이 정도는 벌어올 수 있는 자리였던 것 같습니다. 당시 저는 마침 가게에 없었는데, 만약 있었다면 얼굴 모르는 낯선 자에 이끌려 그렇게 외출하도록 가만 놔두지는 않았을 거예요. 하지만 이번 제안은 본인을 상대로 직접 제시된 거였고, 승낙 또한 본인의 의사였으니… 그 뒤로 평생 저는 그녀를 다시 보지 못했답니다."

"그건 앞으로도 마찬가지일 걸세," 데그랑주가 말을 받았다. "그 모임은 그녀 인생의 마지막 야회였지. 아리따운 계집의 사연 중 그때 그 부분은 나중에 내가 맡아서 풀어낼 것이야." "아, 이럴 수가! 스무 살 나이에 그토록 섬세하고 화사한 용모의 아름다운 아가씨였건만!" 뒤클로의 말을 데그랑주가 다시 받았다. "파리 최고의 몸매라는 사실도 덧붙여야지! 그 모든 매력이 결국 여자에겐 치명적으로 작용했지만 말이야. 그나저나 이야기 계속해야지, 지엽적인 문제로 너무 빠지지 말고."

뒤클로의 이야기가 이어졌다. "뤼실이 제 마음과 침대에서 그녀의 자리를 대신했지요. 하지만 가게 일에서는 그러지 못했답니다. 복종의 자세와 교태 모두에서 한참 모자랐으니까요. 아무튼, 얼마 지나지 않아 저는 종종 가게를 찾아와 대개는 외제니와 즐기던 베네딕투스 수도원장을 그 아이에게 맡겼습니다. 일단 그 멀쩡한 신부가 혀로 보지를 한참 자극하고 입술도 신나게 빤 다음에는 자지와 불알에만 집중적으로 가벼운 매질을 해야 했지요. 그러면 발기도 하지 않은 채, 그 부위에 대한 매질과 약간의 어루만짐만으로 그는 사정에 이르곤 했습니다. 바로 그 순간, 계집이 회초리 끝을 흔들어 자지에서 나오는 좆물방울들을 공중에 흩뿌리면, 사내는 그걸 구경하면서 가장 큰 쾌감을 느끼는 것이었습니다.

다음 날은 저 자신이 한 명을 처리했는데, 엉덩이에 꼬박 100대의 매질을 당해야만 하는 사람이었습니다. 사전에 그가 제 엉덩이에 입맞춤하고, 제가 매질하는 동안에는 그 인간이 스스로 용두질을 했지요.

그로부터 얼마 뒤, 세 번째 손님이 역시 저를 찾았습니다. 그는 모든 면에서 더 많은 의식을 부과했지요. 일주일 전에 통보를 받았는데, 그때부터 내내 신체 어느 부위도 씻어서는 안 된다는 조건이었습니다. 특히 보지와 항문, 입을 말이죠. 그런가 하면 통보를 받은 시점부터 똥과 오줌이 가득 담긴 항아리에 회초리를 적어도 세 묶음은 담가두어야 했습니다. 마침내 나타난 그는 늙은 염세(鹽稅) 징수원으로, 자식 없이 편안하게 살면서 자주 이런 유흥을 즐기는 홀아비였습니다. 그가 처음 제게 물은 건, 미리 지시한 대로 세척 금지 조건을 정확히 이행했는지였습니다. 저는 그렇다고 대답했고, 그는 확인하겠다며 제 입에 입을 맞추었습니다. 물론 결과는 만족스러웠을 거예요. 왜냐하면 그 즉시 우리는 방으로 올라갔으니까요. 만약 입맞춤했을 때, 아직 공복 상태인 제 입안에서 화장수 사용 흔적을 감지했다면, 그는 파티를 진행할 생각을 아예 하지 않았을 겁니다. 결국 우리는 방에 들어갔지요. 그는 제가 미리 비치해놓은 항아리 속 회초리들을 유심히 살펴보더니, 저더러 옷을 벗으라 하고는 제 몸의 모든 부위, 그중에서도 씻지 말라고 각별히 당부한 부분들을 집중적으로 냄새 맡았습니다. 제가 워낙 정확했기에,

그는 틀림없이 자기가 원하는 냄새를 맡았을 거예요. 마구 흥분하면서 이렇게 소리친 것만 봐도 그렇지요. '아, 죽인다! 바로 이거야! 내가 원하는 게 바로 이런 거라고!' 때를 놓치지 않고 저는 그의 엉덩이를 주물러댔습니다. 색깔로 보나 피부의 단단함으로 보나, 그건 영락없는 짐승 가죽이었죠. 잠시 그 우툴두툴한 볼기짝을 어루만지고, 주무르고, 벌려보기도 하다가, 저는 회초리를 집어 들었습니다. 그리고 오물이 묻은 그대로 열 번을 있는 힘껏 후려쳤지요. 그런데 그가 전혀 움찔하지도 않을뿐더러, 제 매질로는 그 난공불락의 성곽에 살짝 스친 티조차 나지 않는 것이었습니다. 이 첫 번째 경합을 끝내고, 저는 세 손가락을 한데 모아 그의 후장을 파고든 다음 있는 힘껏 휘저었습니다. 그런데도 이 손님은 여전히 몸뚱어리 어디로도 반응을 보이지 않는 거예요. 미세한 움직임조차 없었습니다. 이상 두 가지 의식이 끝나고는 그가 행동할 차례였습니다. 저는 침대에 배를 대고 엎드렸고 그는 다리 사이에 무릎을 꿇고 앉아 제 볼기를 양쪽으로 벌렸습니다. 그러고는, 사전 지시에 따른 결과 분명 그다지 향기롭지는 않았을 두 개의 구멍을 번갈아 혀로 더듬어대는 것이었어요. 그가 열심히 빨아댄 다음 제가 다시 매질을 하고 후장을 쑤시고, 또 그가 무릎을 꿇고 저를 핥고, 그런 식으로 최소 총 열다섯 차례는 같은 행위가 이어졌습니다. 마침내, 역할을 미리 숙지한 채 아까부터 자지에 손은 대지 않고 지켜만 보면서 그 상태에 따라 행동해온 저는, 무릎을 꿇고 앉는 그의 동작을 기다렸다가 단 한 번의 기회를 골라 아주 정성껏 면상에 똥 덩어리를 싸질렀습니다. 그는 곧바로 벌렁 나자빠졌고, 저더러 막돼먹은 계집이라면서 스스로 용두질하는 가운데 사정에 이르는가 하면, 새어 나가지 않도록 제가 미리 단속하지 않았다면 길거리에까지 들리고 말았을 비명을 대차게 내지르는 것이었습니다. 그런데 알고 보니 제 똥은 그냥 바닥에 떨어진 거였어요. 그는 그걸 바라만 보고 냄새만 맡았을 뿐, 입안에 넣지도 손으로 만지지도 않았습니다. 아무튼 그가 매질을 적어도 200대는 당했다고 제 입으로 장담할 수 있습니다. 비록 겉으로는 전혀 그래 보이지도 않고, 오랜 습관으로 딱딱해진 그의 엉덩이에 희미한 매질 흔적조차 생기지 않았는데도 말이죠."

"옳거니!" 공작이 말했다. "판사 양반, 당신 엉덩이의 곱절은 쳐줘야 마땅할 임자가 드디어 나타나셨군그래!" 알린이 용두질 중이라 말을 더듬거리면서 퀴르발이 응수했다. "지금 논하고 있는 그 인간이 내 볼기짝과 나의 취향을 함께 가지고 있는 건 분명하군. 한데, 뒤를 씻지 않는 것 하나는 어마어마하게 칭찬할 만하나, 내가 바라는 건 그보다 더 오랜 기간이야. 적어도 석 달은 거기에 물도 안 묻히기를 바라거든." 그러자 공작이 말했다. "판사 양반, 당신 지금 발기했어." "그런가?" 퀴르발이 대답했다. "맙소사, 궁금하면 알린에게 한번 물어보구려, 이 녀석이 지금 어떤 상태인지. 나로 말하자면 이런 상태에 하도 익숙한지라, 언제 시작돼서 언제 끝나는지 전혀 알아채지 못한다니까. 내가 지금 당신한테 확인해줄 수 있는 건, 지금 이렇게 말하는 중에도 내겐 아주 더러운 창녀가 아쉽다는 사실이오. 나는 그런 년이 나를 위해 똥통 마개를 아예 뚫어버리기를, 그래서 그년 엉덩이엔 똥 냄새가, 보지에선 비린내가 진동하기를 원하고 있단 말이지. 어이, 테레즈! 까마득한 옛날부터 더럽기 짝이 없는 그대, 배꼽 떨어진 날부터 여태껏 똥구멍을 닦아본 적 없고, 역겨운 보지는 3리에 걸쳐 악취를 풍기는 그대여, 어서 이리 와 그 모두를 내 코에 갖다 대시라. 물론 똥 덩어리까지 거기 보태준다면 그 또한 금상첨화고!" 테레즈가 다가왔다. 그 더럽고 역겨우면서 말라비틀어진 매력을 총동원해 그녀는 판사의 코를 문질러댔으며, 그에 더해 갈망하던 똥까지 얹었다. 알린의 용두질로 리베르탱이 사정했다. 뒤클로는 자신의 이야기를 계속 이어갔다.

"지금부터 이야기해드릴 조작을 위해 매일같이 여자를 갈아 치우는 한 늙은 사내가 있었습니다. 하루는 그가 제 여자 친구 중

한 명을 통해 저를 자기에게 보내달라고 청했지요. 그러면서 이 습관적인 난봉꾼이 일상적으로 애용하는 의식에 관해 귀띔해 주었습니다. 제가 도착하자 그는 습관화된 방탕주의가 가져다 주는 무감한 눈빛으로 저를 관찰하더군요. 확신으로 가득했으며, 남이 자기에게 선사하는 물건의 가치를 단시간에 알아볼 줄 아는 눈빛이었습니다. 그가 말했습니다. '들리는 소문으로는, 당신 엉덩이가 아름답다더군. 내가 거의 60이 다 되고 나서부터 아름다운 볼기짝에 대한 확고한 기호를 갖게 되었소. 그래서 당신이 과연 명성에 값하는 사람인지 한번 보고 싶었지…. 자, 치마를 걷으시오." 이 강력한 말 한마디는 곧 명령이 되기에 충분했습니다. 저는 메달[101]을 빼꼼히 드러내 보일 뿐 아니라, 그 전문적인 난봉꾼의 코에 최대한 그걸 들이댔습니다. 처음에는 저의 자세가 뻣뻣했어요. 그러다가 차츰 몸을 숙였고 그가 숭배하는 물건을, 최대한의 즐거움을 줄 수 있는 온갖 모양새로 요리조리 까발려 보여주었습니다. 매번 그런 식으로 움직거릴 때마다 저는 난봉꾼의 손이 살점을 더듬고 다니면서, 때로는 그것을 단단히 가다듬어주고, 때로는 자기 구미에 맞도록 멋대로 궁굴림으로써, 최적의 조건으로 이끌어감을 느꼈습니다. '구멍이 꽤 크군.' 그가 말했지요. '필시 평생 살면서 후장질로 엄청나게 몸을 팔아온 것 같군그래.' 저는 이렇게 말했지요. '아이고, 손님! 우리가 사는 이 시대는 남정네들 괴벽이 워낙 심각한 수준이라, 그들을 즐겁게 해주려면 뭐든 감수해야만 한답니다.' 그러자 제 볼기짝 깊숙한 구멍으로 바짝 밀착해오는 그의 입이 느껴지더군요. 그의 혀가 구멍 속을 파고들려고 무진 애를 쓰고 있었습니다. 저는 기민하게 어느 한순간을 포착했고, 상대가 저를 부추긴 그대로, 남자의 혀에다가 가장 그윽하면서 영양가 풍부한 가스를 흘려 넣었습니다. 그 방법으로 그는 불쾌해하지 않았을 뿐, 특별히 더 흥분한 건 아니었습니다. 그는 일어나 저를 침실로 데려갔는데, 거기 회초리 네 묶음이 담긴 도자기 양동이가 있더군요. 그런데 양동이 위로 갈라진 채찍 여러 개가 황금으로

101
'항문'을 뜻함.

된 꺾쇠 못에 매달려 있는 것이었습니다. 난봉꾼이 말했습니다. '저 각각의 무기로 무장하시게. 자, 여기 내 엉덩이. 보다시피 까칠하고 앙상하고 아주 단단하지. 한번 만져보게나.' 제가 슬쩍 만져보자, 그가 또 이랬습니다. '그것 봐. 매질을 통해 단단해진 낡은 가죽일세. 어마어마하게 극단적인 자극 아니면 좀처럼 달아오르지 않을걸.' 그러고는 침대 발치에 배를 깔고 엎드리면서 다리를 아래로 내리고 말했습니다. '나는 이런 자세로 있을 테니까 자네는 저 회초리와 채찍을 번갈아 사용하는 거야. 시간이 오래 걸리긴 하겠지만, 결말이 다가오는 신호는 확실하게 알아볼 수 있을걸. 엉덩이에 뭔가 심상찮은 일이 벌어지고 있는 게 보이면, 즉시 이 자세를 따라 할 준비를 하도록. 말하자면 우리가 서로 자리를 바꾸는 거지. 내가 자네의 그 아리따운 볼기짝 앞에 무릎을 꿇고, 자네는 내가 지금 하고 있는 자세를 취하고. 그러고 나서 내가 사정하면 끝나는 거야. 다만 절대로 조급해선 안 돼. 다시 한 번 일러두는데, 엄청나게 오래 걸리는 일이거든.' 그가 시킨 대로 저는 연장을 바꿔가며 일을 시작했습니다. 한데 어쩜 무뎌도 그렇게 무딥니까! 저는 땀이 비 오듯 쏟아지는 판국인데 말이죠. 때리는 데 불편하지 말라고, 그는 아예 겨드랑이까지 소매를 걷어붙이라고 미리 제게 권했을 정도입니다. 회초리와 채찍을 번갈아 있는 힘껏 매질에 전념하기를 45분이 훌쩍 지났는데도, 진척된 기미가 조금도 보이지 않는 것이었습니다. 미동조차 없는 우리의 난봉꾼은 마치 죽은 사람이나 다름없었어요. 이런 조작에서 얻는 쾌감의 내밀한 움직임을 조용히 음미하고는 있는 것 같은데, 그것이 피부에 어떤 영향을 미치는지는 전혀 드러나지 않는 것이었습니다. 급기야 두 시를 알리는 종소리가 울리더군요. 저는 열한 시부터 작업해왔는데 말이죠. 그런데 갑자기 그가 허리를 들썩하더니 엉덩이를 벌리는 거예요. 저는 일정한 간격을 두고 회초리를 마구 휘둘러대면서, 동시에 채찍질도 병행했습니다. 잠시 후 똥 덩어리가 하나 불쑥 나오더군요. 저는 매질을 계속하고요. 제가 하는 매질로 인해 오물이 마룻바닥에 흩뿌려질 참이었습니다. 제가 얘기했어요. '어서 힘내요! 고지가 바로 코앞입니다!' 그러자 우리 남정네가 벌떡 일어났는데, 반항기로 가득한 단단한 자지가 배때기에 딱 붙어 있는 것이었어요. 그가 말했습니다. '나처럼 해봐! 나처럼 해보라고! 똥만 조금 더 있으면 그대에게 좆물을 싸줄 수 있단 말이야!' 저는 얼른 그가 엎드렸던 자리에 대신 몸을 웅크렸고, 그는 자기가 말한 대로 무릎을 꿇었습니다. 그러고 나서 저는 이런 목적으로 지난 사흘 가까이 몸 안에 간직하고 있던 알을 그의 입에 낳아드렸지요. 입안에 받아 넣자마자 그의 좆물이 발사됐고, 그는 쾌락으로 울부짖으면서 뒤로 벌렁 나자빠졌습니다. 그런데 제가 방금 제공한 똥 덩어리는 1초 이상 입에 머금지도, 삼키지도 않는 것이었어요. 그런가 하면 이런 종류의 괴벽에서 가히 모범이라 할 나리들을 제외하면, 그보다 격렬한 경련을 일으키는 남자를 저는 거의 보지 못했습니다. 그는 자신이 쏟는 좆물에 흠뻑 젖다시피 하면서 그대로 혼절하더군요. 이 일로 저에게 돌아온 화대는 2루이였습니다.

그런데 가게로 돌아오자 뤼실이 또 다른 늙은이와 옥신각신하고 있는 거예요. 그자가 어떤 전희 과정도 없이, 식초로 흠뻑 적신 회초리를 가지고 허리춤부터 다리 아래까지 무작정 매질부터 해달라고 했다는 겁니다. 그래서 팔 힘이 닿는 데까지 신나게 매질을 가했더니, 조작의 마무리라며 이번에는 자신을 빨라고 했다는군요. 남자의 신호가 떨어지기 무섭게 아가씨는 그 앞에 무릎을 꿇었고, 닳고 닳은 늙은 불알이 젖통들 위에서 덜렁대는 가운데, 물컹한 물건을 입안에 넣었습니다. 물론 속죄하는 죄인은 오래지 않아 자신의 잘못들을 눈물로 씻었고 말이죠."

뒤클로가 자신에게 할당된 저녁 이야기를 그쯤에서 마무리했고, 마침 식사도 미처 준비되지 않았기에, 기다리는 동안 다들 놓이나 즐기기로 했다. 공작이 퀴르발에게 말했다. "판사 양반, 당신 완전히 지쳤을 거요. 오늘 내가 목격한 것만 벌써 두 번 사정한 것 같은데, 당신은 하루에 그만한 양의 좆물을 싸본 예가 별로 없지 않소!" "까짓 세 번까지 해봅시다." 뒤클로의 볼기짝을 주물러대면서 퀴르발이 말했다. "오, 좋으실 대로!" 공작의 말에 퀴르발이 다시 응수했다. "단 조건이 하나 있소. 무슨 짓이든 해도 좋다는 것." "오, 그건 안 되지!" 공작이 말을 받았다. "우리 재량에 맡겨지는 시기가 오기 전까지는 하지 않기로 약속한 일들이 있지 않소. 계집과 씹하는 것도 그중 하나지. 어떤 행위든 실제로 착수하기 전에, 정해진 순서 가운데 그런 정념의 사례가 언급되기를 우리는 기다려야만 하는 거요. 그런 데도 여러분 모두의 각종 의사 표시에 따라, 우린 이미 그 선을 넘은 거나 마찬가지요. 이야기를 통해 구체화될 때까지 우리 스스로 금했어야 마땅한 개개의 쾌락이 많으나, 각자의 침실이나 밀실에서 이루어질 경우 우린 그것들을 용인해온 겁니다. 아까도 당신은 알린과 함께 그런 짓을 저질렀을 거요. 아무렴 그녀가 찌를 듯한 비명을 내지르고 지금까지 가슴에 손수건을 대고 있는 게 괜히 그런 거겠소? 자자, 그러니 내기를 하려면 먼저 선택해야 합니다. 비밀에 싸인 쾌락이냐, 아니면 공공연하게 허용된 쾌락이냐. 그래서 당신의 세 번째 사정은 이들 쾌락 중 하나에서만 오는 것이어야 하고, 그렇다면 나는 당신이 실패하리라는 데 내 돈 100루이를 걸겠다는 거외다." 그러자 판사는 자기 눈에 괜찮아 보이는 노리개는 누구든 데리고 회합실 제일 안쪽 규방에 들어갈 수 있겠느냐고 제안했다. 제안을 수용하되, 뒤클로가 반드시 입회해, 오로지 그녀에게만 세 번째 사정의 확증을 의뢰한다는 조건이 따라붙었다. 판사가 말했다. "좋소. 그렇게 하리다." 우선 내기를 시작하는 뜻에서 그는 모두가 보는 앞에 마담 뒤클로로 하여금 채찍질을 500대 가하도록 했다. 그게 끝나자 자신이 총애하는, 제발 불러오는 배에 위해가 될 짓은 하지 말아달라고 모두가 간청하는 바로 그 충성스러운 애인 콩스탕스를 끌고 왔다. 거기에 자기 딸인 아델라이드, 오귀스틴과 젤미르, 셀라동, 제피르, 테레즈, 팡숑, 마담 샹빌, 마담 데그랑주 그리고 마담 뒤클로와 때짜 세 명까지 모조리 동반하겠다는 거였다. 공작이 말했다. "오, 빌어먹을! 우린 당신이 그렇게까지 많은 노리개를 동원하는 데 찬성한 적은 없소이다!" 하지만 주교와 뒤르세가 판사의 편을 들면서, 머릿수는 아무 문제 되지 않는다고 말해주었다. 그렇게 하여 판사는 자기 부대를 이끌고 규방에 틀어박혔다. 30분 만에, 다시 말해서, 주교, 뒤르세, 퀴르발[102]이 남은 노리개들과 더불어 신께 기도를 드리고 앉아 있었을 리가 없는 그 30분 만에 콩스탕스와 젤미르가 울면서 돌아왔고, 판사가 나머지 일행을 데리고 그들을 쫓아 나왔다. 마담 뒤클로는 판사의 팔팔한 기력을 증언했는데, 이분이야말로 도금양[103] 화관을 쓸 자격이 있음을 확언해준 것이다. 판사가 그 안에서 무슨 짓을 했는지 우리가 공개하지 않고 있음을 독자는 양해하시라. 상황이 아직 허락하지 않으니 말이다. 문제는 판사가 내기에 이겼다는 것이고, 그게 핵심이다. 그는 돈을 받으며 말했다. "이 100루이를, 조만간 내게 부과될 벌금으로 꼬라박는 데 쓰면 되겠군." 여기서 다시 한 번, 나중에 가서야 우리가 해명할 수밖에 없는 일이 있었음을 독자께서 이해해주기 바란다. 다만 이 악랄한 자가 자기 잘못을 예견하고 있었다는 점, 그로 인해 부과될 벌칙을 조금도 경계하거나 회피하지 않고 자신의 운명으로 고스란히 받아들이고 있었다는 사실만 확인하고 넘어가자. 이 시간 이후 내일로 예정된 이야기가 시작되기까지 일상적 일들 말고는 특별한 상황이 펼쳐지지 않았기에, 우리는 곧장 다음 날로 독자를 안내하겠다.

제18일

아름다운 용모에 화려한 치장 그리고 날로 총기를 더해가는 뒤클로가 열여덟 번째 저녁의 이야기를 다음과 같이 시작했다.

102
독일인 의사 이반 블로흐(오이겐 뒤렌)는 이 '퀴르발(Curval)'을 '공작(le duc)'의 오기(誤記)로 보고 있으며, 실제로 자신이 처음 소개한 이 작품의 1904년 판본에는 '공작'으로 수정해 표기해놓았다. 모리스 엔이 고증을 거쳐 복원한 실질적 초판본(1931-5)부터 다시 '퀴르발'로 정착되는데, 역자가 보기에는 글의 흐름상 뒤렌의 견해에 일리가 있다.

103
도금양은 로마신화 속 미와 사랑의 신인 베누스를 상징하는 꽃이다.

"그즈음 저는 쥐스틴이라고 하는 키 크고 뚱뚱한 계집을 한 명 가게에 들였습니다. 나이 스물다섯에 신장은 5피에 6푸스, 선술집 종업원다운 억센 사지를 갖춘 데다, 잘생기고 피부 고운, 무엇보다 몸매가 끝내주는 아가씨였지요. 저희 가게가 원래 육체적 고문을 당함으로써 쾌락의 충동을 발견하는 늙은 난봉꾼들로 득실거리는 터라, 이처럼 드센 타입의 식구야말로 제게 크나큰 도움이 될 수 있었지요. 그녀가 가게에 도착한 바로 다음 날 저는 그렇지 않아도 엄청나다고 소문난 매질 솜씨를 확인할 겸, 늙은 지역 경찰서장을 맡아 접대하도록 했습니다. 그는 가슴 하단부터 무릎까지 그리고 등 중앙부터 넓적다리까지 온통 피가 배어나도록 있는 힘껏 매질을 가해주어야만 되는 손님이었죠. 조작이 끝나면 난봉꾼은 아무렇지도 않은 듯, 이 대찬 계집의 치마를 훌렁 까뒤집고 자신의 아랫도리를 그 엉덩이에 박아 넣었습니다. 쥐스틴은 정말이지 키티라 섬[104]의 주인공답게 행동했고, 우리의 난봉꾼께선 가게 아가씨가 대단한 보물이라면서, 그 요망한 년이 휘두르는 것 같은 매질은 평생 처음 당해본다며 찬사를 금치 못하는 것이었습니다.

가게 차원에서 그 아가씨가 얼마나 중요한지 본인에게 납득시키려는 뜻에서, 며칠 뒤 저는 그녀와 키티라 섬의 한 늙은 베테랑의 만남을 주선했습니다. 그는 온몸 구석구석 가리지 않고 1천 대 이상 채찍질당해야만 직성이 풀리는 사람인데, 피투성이가 되었을 때 여자가 손에 오줌을 누고 그걸 가장 고통이 심한 남자의 신체 부위에 온통 처바를 것을 고집했답니다. 그렇게 오줌을 바르고 나면, 모든 고역이 다시 반복되지요. 마침내 남자가 사정을 하고, 여자는 좆물을 또 자기 손으로 정성껏 받아내, 그 신종 방향성 수지(樹脂)로 다시금 남자의 몸을 마사지합니다. 그렇게 새로 들인 인력을 통해 유사한 성공이 거듭되자, 그로 인한 호평 또한 나날이 확대되었지요. 하지만 이제 소개해드릴 선수를 상대하기 위해서는 그녀를 내세우는 것 또한 여의치 않았습니다.

이 유별난 인간은 여자에게선 그 복장밖에 원하는 것이 없

104
베누스 여신에게 바쳐진 섬.

었습니다. 사실상 남자, 더 정확하게 말하자면, 여자 옷을 입은 남자에게 엉덩이 매질을 당하는 것이 이 난봉꾼의 바람이었죠. 여기에 동원된 무기가 또한 가관이었습니다! 평범한 막대기일 것이라는 생각은 아예 버리십시오. 가느다란 버들가지들로 엮은 회초리 다발을 무지막지하게 휘둘러 볼기짝을 짓찧어놓아야만 했으니까요. 따지고 보면 이 일은 다소 남색(男色) 비슷한 느낌의 작업인 셈인데, 저로서는 딱히 개입할 만한 분야가 아니었지요. 그럼에도 그가 푸르니에 부인의 오랜 단골이자 우리 가게에 늘 애착을 가져온 남자이면서, 그 직위로 여러 도움을 줄 수도 있는 사람이기에, 저는 결코 그의 주문에 까다롭게 대처할 수 없었습니다. 저는 우리 가게 심부름을 종종 해주던 예쁘장한 용모의 열여덟 살 청년을 더 그럴듯하게 분장해서 버드나무 회초리 다발을 들려 손님에게 들여보냈습니다. 더할 나위 없이 흥미로운 의식이 벌어질 테니, 얼마나 제 눈으로 확인하고 싶을지 상상해보십시오. 우선 그는 숫처녀임을 주장하는 자를 요모조모 뜯어보는 것으로 시작하더군요. 그리고 아주 마음에 든다고 느끼자, 어렴풋하게나마 이단자 냄새를 풍기는[105] 그 입에다가 대여섯 번 키스했습니다. 그런 다음 자기 볼기짝을 까뒤집어 보여주며, 젊은이를 처녀처럼 대하는 말투를 계속 견지하면서, 자기 엉덩이를 만지고 조금 거칠게 주물러대라고 지시했습니다. 어린 청년은 제가 제대로 교육한 만큼 그가 요구하는 것을 충실히 이행했고요. 난봉꾼이 말했습니다. '매질해다오. 절대로 봐주지 말고.' 젊은이는 회초리 묶음을 단단히 틀어쥐고서, 자기 앞에 까발려진 볼기짝을 향해 50회를 내리 후려쳤습니다. 이미 회초리 매질로 엄청난 상처가 몸에 새겨진 난봉꾼은 남자면서 또한 여자인 이 매질꾼에게 달려들어 치마를 걷어 올리더니, 한 손으로는 성기를 확인하고 다른 손으로는 볼기짝을 우악스레 부여잡는 것이었습니다. 그중 어떤 성전에 먼저 예를 올려야 할지 판단이 서지 않는 눈치였지요. 결국 엉덩이 쪽으로 마음을 정한 그는 열정적으로 그곳에 입을 갖다 댔습니다. 오, 자

105
18세기에는 남색을 종교적 이단자로 취급해 화형에 처했다.

연을 따르는 숭배 의식과 자연을 거스르는 숭배 의식은 얼마나 다른지요! 공정한 신이시여, 만약 그것이 현실에 부합하는 몸뚱어리였다면, 그토록 열정적으로 경배할 수 있었을까요? 그 어떤 여자의 꽁무니도 이 젊은 사내의 그것만큼 열정적인 입맞춤을 받아보진 못했을 겁니다. 난봉꾼의 혀 전체가 서너 차례에 걸쳐 항문 속으로 들어갔다 나왔다 했으니까요. 마침내 그는 자세를 바로 한 뒤 이렇게 외쳤습니다. '오, 사랑스러운 아가야, 어서 하던 작업 계속해야지!' 그리하여 매질이 재개되었는데, 한층 기세가 올랐는지, 더욱더 강력한 두 번째 공세가 이어졌습니다. 사람을 아주 피투성이로 만들어버리더군요. 당장 난봉꾼의 자지가 곧추섰습니다. 그는 갈수록 자신을 격정으로 몰아가는 젊은 상대에게 얼른 그것을 움켜잡도록 했지요. 젊은이가 그의 것을 주물러주는 동안, 그 역시 젊은이에게 같은 대접을 해주었습니다. 그는 또다시 젊은이의 치맛자락을 걷어 올렸는데, 이번에는 자지에다가 원을 풀고 싶어 하더군요. 그걸 만지고, 용두질하고, 흔들어대더니 잽싸게 자기 입안에 넣었습니다. 이와 같은 전희가 끝나자, 그는 세 번째로 매질 앞에 자기 몸을 드러냈지요. 이 마지막 무대는[106] 그를 난데없는 격분 상태로 몰아넣었습니다. 자신의 아도니스를 침대에 던지고 그 위로 덮쳐, 자신의 자지로 젊은이의 그것을 짓뭉개는가 하면, 자기 입으로 이 아름다운 청년의 입을 압박했습니다. 그런 애무를 통해 상대가 달아오르자, 그는 숭고한 쾌감을 제공함과 동시에 자신도 그것을 맛보았지요. 둘이 동시에 사정에 이르렀답니다. 우리의 난봉꾼께선 무대가 아주 흡족했다며 제 조바심을 덜어주려고 애쓰셨습니다. 그리고 종종 그 젊은이 또는 다른 젊은이들을 동원해 이번 같은 쾌락을 제공해줄 것을 약속하게 만들더군요. 저는 그의 전향을 위해 노력해보고 싶었고, 마찬가지로 기막히게 매질을 해줄 매력적인 아가씨도 많이 데리고 있다며 설득해보았습니다. 그런데 여자는 아예 쳐다보려고도 하지 않는 거예요."

106
scène. 연극에 심취한 사드에게 통음난교(orgie)의 각 행위는 인위적인 조작(opération) 또는 의식(cérémonie)이 강조된 연극 무대와도 같다.

"나는 그 사람 이해해." 주교가 말했다. "결정적으로 남자를 선호하는 취향을 갖게 되면, 절대로 변하지 않지. 간극이 워낙 커서 그 어떤 유혹에도 흔들리지 않아." 그러자 판사가 대꾸했다. "예하께서는 지금 두어 시간은 족히 논증이 필요한 주제를 건드리셨나이다." "그래 봤자 나의 주장이 옳다는 쪽으로 항상 마무리되고 말 텐데요 뭘. 어차피 계집보다 사내가 낫다는 게 돌이킬 수 없는 진리이니 말입니다." 주교의 말에 퀴르발이 또 이렇게 말했다. "거기에 이의는 없지만, 문제의 이론에는 다소 반박 가능하다고도 말하는 사람이 있을 거요. 이를테면 마르텐과 데그랑주가 나중에 이야기할 일련의 색다른 쾌락을 위해서는 계집이 사내보다 나을 수 있다고 말이오." 이에 주교의 즉각적인 반박이 따랐다. "나는 그렇지 않다고 봅니다. 당신이 말하고 싶어 하는 그 쾌락을 위해서도 사내가 계집보다 나아요. 거의 언제나 쾌락의 진정한 매력이 되어주는 악의 관점에서 한번 생각해보라고요. 당신 자신과는 전혀 다른 개체보다는 당신과 동일한 종류의 개체를 대상으로 범죄를 저질러야 그 죄악이 훨씬 거대하게 느껴지는 법입니다. 그땐 두 배의 관능을 누릴 수 있지요." "맞는 말이오." 퀴르발이 말했다. "하지만 약자를 유린하고 학대하는 데서 오는 희열, 압도적 우월감, 내 멋대로 해도 된다는 이 지배감이란…." 그러자 주교가 답했다. "그래도 이런 시각이 있을 수 있어요. 가령 당신이 마음대로 처리할 수 있는 희생 제물이 있다고 할 때, 남자보다는 여자를 지배하는 것이 더 안정적이라는 생각은 결국 편견의 산물일 뿐이며, 남성에 비해 여성을 농락하는 것이 보다 일상화된, 일종의 관습에서 오는 데 지나지 않는다는 겁니다. 그러나 일단 그런 편견에서 벗어나보세요. 그리고 남성을 당신의 쇠사슬로 단단히 결박해보십시오. 똑같은 권한을 행사하면서도 더 큰 죄악을 범한다는 생각이 들 것이며, 그것이 가져다주는 관능 역시 배가될 게 분명합니다." "내 생각도 주교와 같습니다." 이번에는 뒤르세가 말했다. "일단 지배력이 확실히 안정적으로 확보되었다면, 여자보다는 자기와 동류인 인간을 상대로 만행을 저지르는 편이 보다 달콤하다고 생각해요." 그러자 공작이 얘기했다. "여러분, 토론은 식사 시간으로 미루어두기 바랍니다. 지금 이 시간은 이야기를 듣기 위한 것이니, 그걸 궤변을 늘어놓는 데 쓰지는 말자고요." "옳은 말씀이오," 퀴르발이 대꾸했다. "이봐요, 뒤클로, 어서 계속하시게." 그리하여 키티라 섬의 쾌락을 관장하는 사랑스러운 여자 주인은 다음과 같이 이야기를 이어갔다.

"하루는 아침부터 한 늙은 고등법원 서기가 저를 찾아왔지요. 푸르니에 부인 시절부터 저만 상대하는 데 익숙해진 그는 자신만의 방법을 바꾸고 싶어 하지 않았습니다. 방법이란 그에게 용두질을 해주면서 점진적으로 따귀를 때려주는 것이었어요. 즉, 처음에는 약하게 때리다가 자지가 단단해짐에 따라 갈수록 따귀의 강도를 높여가고, 마침내 사정에 이를 때는 온 힘을 다해 후려갈기는 것이었습니다. 그자의 광증을 제가 잘 파악하고 있었기에, 제 스무 번째 따귀 세례를 통해 그의 좆물이 방출되었답니다."

"스무 번째라니!" 주교가 말했다. "맙소사! 나는 거기까지 가기 훨씬 전에 금세 자지가 풀려버릴걸." 그러자 공작이 말했다. "그러니 미치는 것도 각자 나름이라니까. 그 누구의 광증 앞에서도 우린 놀라거나 비난해선 안 되는 거야. 자, 뒤클로, 하나만 더 하고 그만 끝내지."

뒤클로가 이야기했다. "오늘 저녁 여러분께 들려드릴 남은 이야기는 제 여자 친구들 중 한 명이 알려준 겁니다. 당시 그녀는 손가락을 퉁겨 코끝을 스무 번 때리고, 피가 나도록 귀를 잡아당기며, 볼기짝과 자지, 불알을 깨물어주어야만 발기가 되는 남자와 2년을 함께 살고 있었지요. 그처럼 혹독한 집적거림으로 사전에 어느 정도 달아오르고 나서야 남자는 종마처럼 발기했고 악마처럼 욕설을 뱉어내면서 거의 언제나, 방금 전까지 자신에게 그토록 괴이한 대접을 해준 여자의 얼굴을 향해 사정했지요."

지금까지의 모든 이야기 중에서 나리들의 뇌는 오직 남자의 매질을 맛보는 내용을 통해서만 제대로 달아올랐기에, 이 저녁엔 그런 괴벽만을 실습해보기로 했다. 공작은 에르퀼에게 피가 나도록 자신을 매질하라고 시켰고, 뒤르세는 방도시엘에게, 주교는 앙티노위스, 퀴르발은 브리즈퀴에게 같은 지시를 내렸다. 주교는 낮 동안 아무것도 하지 않았던 터라, 통음난교가 벌어지는 가운데 젤라미르의 몸속에 이틀 동안 묵혀 있던 똥 덩어리를 먹으면서 사정에 이르렀다. 그리고 다들 잠자리에 들었다.

제19일

아침이 되면서, 음란 행위에 동원될 노리개들의 똥을 검사한 결과, 뒤클로가 이야기한 어떤 내용[107]을 시도해봐야겠다는 결정이 내려졌다. 즉, 나리들의 식탁을 제외한 모든 식탁에 수프와 빵을 놓지 않도록 한 것이다. 그 두 음식물을 제거하는 대신, 가금류와 들짐승 고기는 두 배로 양을 늘렸다. 그렇게 해서 배설물이 근본적으로 달라짐을 실감하기까지는 일주일이 채 걸리지 않았다. 더 연하고, 더 물컹하고, 더할 나위 없이 섬세한 질감의 배설물을 보면서, 도쿠르가 뒤클로에게 전수해준 지침이야말로 이런 문제에 진정으로 통달한 리베르탱만이 가능한 충고였음을 깨닫게 되었다. 그로 인해 어쩌면 입 냄새까지 살짝 변질될 수 있다고 주장할 정도였다. "아무러면 어때!" 입 냄새에 대한 퀴르발의 이 논평은 공작의 반발을 불러올 만한 것이었다. "쾌락을 제공하기 위해 계집이나 사내나 무엇보다 입이 깨끗하고 건강해야 한다는 말은 뭘 잘 모르고 하는 소리야. 완전한 광증은 제쳐두고라도, 도착 성향을 가진 사람만이 악취 나는 입을 선호한다는 주장에는 내 얼마든지 동의해드리지. 대신 냄새

107
제12일의 이야기 중 도쿠르와 경험한 내용을 말함(이 책 244-5쪽 참조).

가 전혀 나지 않는 입으로는 그 어떤 키스의 쾌감도 누릴 수 없다는 나의 견해에 그대 역시 동의해주어야겠어. 그런 류의 모든 쾌감에는 약간의 소금기와 톡 쏘는 맛이 필요하거니와, 그런 자극적인 맛은 어느 정도는 불결한 데서만 나오니까 말이야.[108] 입이 아무리 깨끗해도 그 입을 빨아대는 사내놈이 하는 짓은 분명 불결하고, 바로 그 불결함이야말로 그에게 쾌락을 가져다주는 게 틀림없거든. 입 맞추는 동작에 한 단계만 더 박력을 보태보라고. 그 입에 뭔가 불순한 점이 있기를 바라게 될 거야. 썩은내나 시체 냄새까지는 아니어도 좋다 이거야. 하지만 우유나 아기 냄새밖에 나지 않는 입이라면, 그건 정말이지 기피 대상이라 말해주고 싶어. 따라서 앞으로 우리가 저들에게 부과하는 이런 식단은, 기껏 해봤자, 썩어 문드러진 정도는 아닌 약간 변질된 입 냄새만 나게 만들 텐데, 그 정도면 딱 족하다고 봐."

아침 순시에서 건진 건 아무것도 없었다. 모두가 규정을 준수하고 있었다. 오전에 변소 사용 허락을 구하는 사람도 전혀 없었고, 다들 식탁 앞에 착석했다. 시중을 들던 아델라이드는 샴페인 잔 속에 방귀를 뀌어달라는 뒤르세의 요청을 제대로 이행하지 못했고, 주초부터 어떻게 하면 그녀의 잘못을 색출해낼까 기회만 노려오던 이 악랄한 남편에 의해 그 즉시 숙명의 공책에 이름을 올렸다. 모두 커피를 마시러 이동했다. 커피 시중은 퀴피동, 지통, 미셰트, 소피의 몫이었다. 공작이 소피를 상대로 허벅지 색질을 하면서 동시에 자기 손에 똥을 싸게 한 다음, 그걸 또 자기 얼굴에 범벅이 되도록 문질러대자, 주교는 지통을 상대로, 퀴르발은 미셰트를 상대로 같은 짓을 벌였다. 뒤르세로 말하자면, 퀴피동으로 하여금 똥을 싸게 하자마자 그걸 아이의 입에 처넣었다. 아무도 사정에 이르지 않았고, 낮잠을 잔 다음 다들 마담 뒤클로의 이야기를 들으러 갔다.

이 사랑스러운 계집이 말했다. "우리가 아직 한 번도 보지 못한 남자가 가게를 찾아와 상당히 기괴한 의식을 제안했답니다. 먼

108
제7일 뒤르세의 말 중 다음 대목 참조. "사실 우리에게 쾌락을 안겨주는 몸뚱어리의 소금기야말로 우리의 동물정기를 자극해 발동을 부추기는 주요 요인이지. 그런데 늙고 더럽고 악취 나는 몸뚱어리일수록 더 많은 소금기를 분비해서, 결국에는 사정 활동을 더 강력하게 자극하고 유발할 거라는 점을 과연 누가 부정하겠냔 말이야!" (이 책 199쪽)

저 접이식 사다리의 셋째 칸 위에 자기를 묶으라는 겁니다. 셋째 칸에 두 발을 묶고, 몸통도 그것이 닿는 높이에 묶어 고정한 다음, 두 손을 치켜들어 사다리 제일 꼭대기에 묶습니다. 그런 상황에서 그는 알몸이었죠. 거기에 온 힘을 다해 매질해야 했고, 그 끄트머리가 닳아빠지면 손잡이 쪽으로 다시 매질을 계속해야 했지요. 완전히 발가벗은 그의 몸은 만져줄 필요도, 스스로 만질 필요도 없었습니다. 그럼에도 어느 정도 매질이 진행되자 그의 괴물 같은 연장이 불끈하더군요. 사다리의 발판 사이로 그것은 마치 종의 추처럼 껄떡거렸습니다. 그리고 얼마 지나지 않아 방 한가운데를 향해 격렬하게 좆물을 내뿜는 것이었어요. 그제야 결박을 풀어주었고, 그가 화대를 지불하는 것으로 모든 게 끝났습니다.

다음 날 그는 자기 친구를 우리에게 보냈는데, 그 사람은 자지와 불알, 볼기짝과 허벅지를 금바늘로 콕콕 찔러주어야 했습니다. 그러고도 피투성이가 되도록 사정을 하지 않더라고요. 제가 직접 그를 처리했는데, 자꾸만 저더러 더 강하게 해달라는 거예요. 결국 거의 바늘 끝까지 귀두 속으로 찔러 넣고서야 제 손바닥에 쏟아져 나오는 그의 좆물을 구경할 수 있었습니다. 방출하는 동안 그는 제 입에 달려들어 엄청나게 빨아댔고, 그걸로 모든 게 정리되었지요.

세 번째 손님 역시 앞선 두 손님과 지인 관계였는데, 이 사람은 자기 온몸을 쐐기풀로 가리지 말고 매질해달라고 주문했습니다. 저는 그를 피투성이로 만들어주었지요. 그런 자신의 모습을 그는 거울을 통해 찬찬히 바라보았고, 그렇게 함으로써만 좆물을 방출했습니다. 몸을 만질 필요도, 수음을 해줄 필요도 없었고 제게 무엇을 요구하지도 않았지요.

이런 광포한 행위들에 재미를 느끼다 보니, 저도 그들을 접대하면서 은밀한 관능에 젖는 버릇이 생겼답니다. 제 솜씨에 몸을 맡긴 자들 모두가 저에게 홀딱 반해버렸지요. 이상 세 차례의 무대가 펼쳐지던 그즈음, 덴마크의 어떤 귀족이 일련의 야회 나들이에 참석해줄 것을 요청해왔는데, 딱히 제가 나설 자리도 아닌 것 같고 무척 생소한 모임이더군요. 그는 대담하게도 1만 프랑어치의 다이아몬드와 또 그만큼의 다른 보석들 그리고 현찰로 500루이를 들고 직접 저를 찾아왔습니다. 빼앗지 않고 그냥 돌려보내기엔 너무 아쉬운 포획물 아니겠습니까. 뤼실과 제 농간으로 그 신사는 바닥까지 탈탈 털렸지요. 그는 고발하려고 했지만, 제가 워낙 경찰을 단단히 구워삶아놓은 데다, 그 시절엔 금만 있으면 원하는 무엇이든 이룰 수 있었던지라, 그 소(小)귀족은 가져온 것은 포기하고 나머지 재산만 지키면서 잠자코 있으라는 판결을 받았지요. 저는 한번 도적질하고 나면 반드시 그다음 날 행운이 따르는 팔자를 타고났답니다. 이번 행운은 새로운 단골이 생기는 일이었어요. 매일같이 드나드는 단골들 중에서도 가게를 대표하는 소고기 요리[109]로 간주할 만한 단골 말이죠. 늙은 궁정인이었는데 궁궐 생활에서 누리는 명예가 지겨워, 매춘부들과 뒹굴며 역할을 바꾸고 싶어 하는 사람이었습니다. 그는 우선 저를 통해서 개시하고자 했지요. 제가 할 일은, 일단 그를 훈육한 다음, 매번 잘못을 저지를 때마다 무릎을 꿇리고 때로는 손바닥을, 때로는 엉덩이를 가죽 회초리로 심하게 매질하는 것이었습니다. 학교 선생님이 수업 시간에 보통 그러듯 말이죠. 그가 언제 달아오르는지를 간파하는 것 또한 제가 할 일이었습니다. 때맞춰 상대의 자지를 움켜쥐고 능란하게 흔들어대면서 계속 으르렁대는가 하면, 하찮은 난봉꾼에 악동 녀석이라며 온갖 유치한 욕설을 마구 퍼부어, 결국 음탕하게 사정하도록 만들면 되었지요. 매주 다섯 번, 가게에서 그와 같은 의식을 치르되, 그때마다 잘 훈련된 새로운 계집을 투입해야 했고, 그로써 저는 매달 25루이를 받아 챙겼습니다. 제가 파리에 워낙 아는 여자가 많아, 손님이 원하는 서비스를 약속하고 그걸 지키는 건 쉬운 일이었습니다. 그 귀염둥이 학생은 제 가게에서만 10년을 그런 식으로 놀았는데, 그쯤 되자 또 다른 지옥 수업에 눈독을 들이는 것이었습니다.

109
제12일 도쿠르의 에피소드 중 다음 대목 참조. "도쿠르는 저를 마치 소고기처럼 일종의 주요리로서 집 안에 들인 거였습니다. 대신 매일 새벽 다른 데 나가서 실컷 즐기다 오는 것이죠." (이 책 245쪽)

어느덧 저 역시 나이를 먹었고, 아무리 늙지 않는 용모라 해도, 괴벽이 아니고서야 남자들이 저를 상대할 이유가 별로 없다는 사실을 깨닫기 시작하고 있었습니다. 그래도 나이 서른여섯 계집치고는 아직도 제법 쓸 만한 단골손님들을 확보하고 있는 저였지요(그리고 제가 직접 참여한 나머지 기행들은 모두 그 나이에서 마흔 살까지 진행된 것이었습니다.).

말씀드린 대로 제 나이 서른여섯 때였어요. 오늘 저녁을 마무리할 이야기로 소개해드릴 괴벽의 주인공인 어느 난봉꾼이 저와만 꼭 일을 치르겠다며 찾아왔습니다. 예순 살가량 된 신부였는데, 그도 그럴 것이 어느 정도 나이가 찬 남자만을 제 손님으로 맞았거든요. 이 바닥에서 일하며 재산을 모으고자 하는 여자라면 누구든 아마도 제 그런 입장을 답습해야 할 겁니다. 그 성스러운 손님과 저만 남게 되자, 그는 곧바로 제 엉덩이를 좀 보자고 하더군요. 그가 이랬습니다. '세상에서 가장 아름다운 엉덩이로다. 하지만 유감스럽게도 내가 삼킬 일용할 양식을 제공해줄 주인공은 이놈이 아니지.' 그는 몸을 돌려 자기 엉덩이를 들이대고는 이렇게 말했습니다. '자, 바로 이 녀석이 그걸 내어줄 장본인이라네…. 제발 나를 똥 싸게 해줘.' 저는 제 무릎 사이에 사기로 구운 단지를 놓고 신부의 자세를 바로잡은 다음, 그의 항문을 압박하면서 구멍을 벌렸습니다. 말하자면 배설을 앞당길 만하다고 생각되는 온갖 다양한 자극들을 그곳에 가한 것이죠. 결국 배설이 시작되더군요. 쟁반 하나를 가득 채울 만큼 거대한 똥 덩어리가 나오자 저는 그걸 난봉꾼에게 내밀었고, 그는 득달같이 달려들어 게걸스레 먹기 시작했습니다. 그리고 너무나도 아름다운 알을 낳아준 바로 그 엉덩이에 제가 집행하는 혹독한 태형을 15분 동안 감내하고서야 비로소 사정에 도달했지요. 모든 똥 찌끼까지 아귀아귀 집어삼키면서도 정확한 계산으로 자기 일을 수행함으로써, 마지막 한 입을 삼키는 동시에 사정할 수 있었던 겁니다. 그를 매질하는 내내 저는 다음과 같은 말들로 계속해서 그를 흥분시켰지요. '요 발랑 까진 애송이 녀석, 지저분하기 짝이 없는 녀석아! 그런 식으로 어디 똥을 다 먹을 수 있겠느냐? 이런 추악한 짓거리에 빠져들려면 어찌해야 하는지, 내 이 골 때리는 녀석을 톡톡히 가르쳐야겠군!' 바로 이런 절차와 언변 덕분에 난봉꾼은 쾌락의 절정에 다다를 수 있었던 것이지요."

이쯤에서 퀴르발은, 저녁을 들기 전, 방금 뒤클로가 그림으로만 제시한 광경을 모두가 모인 앞에서 실연해 보여주고자 했다. 그는 팡숑을 불러다놓고 자기가 똥을 쌀 수 있도록 자극하게 만들었고, 이 늙은 마녀가 있는 힘껏 때리는 동안 그 똥을 먹어치웠다. 이런 음란 행위로 사람들 머리가 달구어지자, 사방에서 똥을 요구하는 움직임이 일었다. 전혀 사정하지 못한 퀴르발은 자기가 싼 똥 위에 테레즈로 하여금 즉각적으로 똥을 싸지르게 한 다음, 그 둘을 섞었다. 형의 쾌락에 편승하는 데 익숙한 주교는 마담 뒤클로와 같은 짓을 벌였고, 공작은 마리와 함께, 뒤르세는 루이종과 더불어 그렇게 했다. 거듭 말하지만, 얼마든지 살가운 대상들을 마음대로 부릴 수 있을 때, 저런 늙어빠진 갈보들을 활용한다는 건 끔찍하고 터무니없는 일이다. 그러나 다들 알다시피 무어든 풍성한 가운데 싫증이 나기 마련이며, 환락의 한복판이어서 고통의 맛에 취하는 법이다. 이들 역겨운 짓들을 모두 이행하면서도 단 한 차례의 사정밖에 치르지 않았고 그 주인공이 바로 주교인 상황에서, 다들 식탁에 자리 잡았다. 한참 역겨운 짓들을 벌이는 중이라 통음난교를 위해서도 노파 넷과 이야기꾼 넷만을 원했고, 나머지는 모두 돌려보냈다. 역겨운 말 실컷 하고, 역겨운 짓 실컷 하다 보니, 이번에는 전원이 싸버렸고, 우리의 리베르탱들은 만취와 탈진의 품에 안기고 나서야 잠에 빠져들었다.

제20일

전날 밤, 매우 재미난 일이 있었다. 완전히 취한 공작이 자기 침실로 가는 대신 어린 소피의 침상을 파고들었는데, 그가 하는 어떤 짓이 규정에 위배됨을 잘 아는 이 아이가 무슨 말을 하든 공작은, 어디까지나 자기는 야간 배우자인 알린의 침상에 든 것이라 주장하면서 결코 고집을 꺾지 않았다. 그런데 아직 소피에게 해서는 안 되는 일련의 무람한 행위들을 알린과는 할 수 있었던 공작이 제멋대로 즐기기 위한 자세를 아이에게 강요했고, 아직 그런 행위를 당해본 적 없는 이 가엾은 아이는 공작의 거대한 자지 대가리가 자신의 싱싱하고 조붓한 뒷문을 두드리며 파고들려는 것을 감지하자, 발가벗은 채 끔찍한 비명을 내지르면서 방 한가운데로 도망쳤다. 아이를 여전히 알린으로 착각한 공작은 악마처럼 욕설을 뱉어대며 그 뒤를 좇았다. "갈보 년아, 이게 첫 경험이라 이거냐?" 결국 따라잡았다고 생각하고서 공작이 덮친 곳은 젤미르의 침상이었고, 이번에는 알린이 고분고분 말을 듣는다고 생각하며 그 소녀를 껴안았다. 기어코 목적을 달성하겠다는 것이 공작의 의지였기에, 아까와 똑같은 절차가 진행되었다. 하지만 젤미르 역시 공작의 의중을 간파하자, 동료가 보인 반응 그대로 자신도 무시무시한 비명을 지르며 도망쳤다. 이런 와중에, 첫 번째로 도망친 소피는 모든 혼동에 종지부를 찍으려면 우선 밝은 곳으로 나가, 사태를 수습해줄 냉정한 정신의 소유자를 찾는 방법밖에 없다고 판단했고, 결국 그 길로 뒤클로를 찾아 나섰다. 그러나 이 여자 역시 통음난교 현장에서 짐승처럼 취해버려 인사불성으로 공작의 침대에 널브러져 있었고, 질서를 챙겨줄 처지가 아니었다. 절망감이 밀려오는 가운데 도움을 청할 곳은 어디에도 보이지 않아, 살려달라는 동료들의 비명 소리만 귓전을 때리는 상황에서, 소피는 딸인 콩스탕스와 잠자리에 든 뒤르세의 침실로 용감하게 들어갔고, 무슨 일이 벌어지고 있는지 그녀에게 설명했다. 만취한 뒤르세가 자기는 사정을 하고 싶다며 극구 붙잡는데도 불구하고, 콩스탕스는 만사 제쳐둔 채 분연히 일어났다. 그녀는 촛불을 들고서 곧장 소녀들의 숙소로 갔다. 다들 방 한가운데 몰려 있었고, 공작이 그 한 명 한 명을 같은 여자 즉, 알린이라 착각하면서 쫓아다니고 있었다. 마땅히 오늘 밤의 마녀가 되어야 한다면서 말이다. 마침내 콩스탕스가 그의 착각을 일깨워주었고, 무어든 그가 원하는 걸 고분고분 들어줄 알린이 있는 본인 침실로 데려다줄 테니 함께 가자고 간청하고서야, 만취한 대신 단순 솔직하게 알린의 뒤를 쑤시고픈 생각밖에 없었던 공작은 순순히 콩스탕스를 따라나섰다. 결국에는 어여쁜 알린이 공작을 맞이했고, 둘은 잠자리에 들었다. 이를 확인한 콩스탕스가 방에서 물러나자, 비로소 소녀들의 숙소가 평정을 되찾았다. 이 간밤의 활극을 두고 다음 날 내내 많이들 웃었는데, 공작은 이런 경우 잘못해서 동정을 박탈할 경우, 만취 상태였기 때문에 벌금형에 처해선 안 된다고 주장했다. 그러자 다들 그건 잘못된 생각이며, 응분의 대가를 마땅히 치러야 한다고 단언했다. 평소와 다름없이 아침 식사는 후궁들의 처소[110]에서 이루어졌고, 모두들 엄청 무서웠음을 털어놓았다. 그런데 대소동이 있었음에도 잘못의 흔적은 전혀 찾을 수 없었다. 소년들의 숙소도 마찬가지로 질서 정연했고, 점심 식사와 커피 시간 역시 특별한 상황 없이 진행되었으며, 모두 구연장으로 이동했다. 그곳에는 전날의 방종에서 회복한 뒤클로가 당일 저녁을 위해 준비된 다섯 가지 이야기로 좌중의 흥미를 북돋고 있었다.

"이제부터 나리들께 이야기해드릴 접대 역시 제가 직접 나선 것입니다. 상대는 의사였어요. 그의 주요 관심사는 제 볼기짝을 감상하는 거였는데, 아주 훌륭하다고 봤는지, 한 시간 이상을 오로지 그곳에 입을 맞추면서 보내더군요. 그러다가 급기야는 자신의 소소한 괴벽을 고백했습니다. 일단 제가 똥을 싸야 했지요. 저로서도 익히 아는 분야라, 그에 대한 대비는 충분히 되어 있

110
chez les sultanes. 술탄의 후궁들 즉, 소녀들의 숙소를 뜻한다.

었습니다. 저는 이런 일을 처리하기 위해 마련한 백도자기 단지를 가득 채웠습니다. 제가 싼 똥 덩어리의 주인이 되자 그는 당장 달려들어 게걸스레 먹기 시작했지요. 그가 작업에 들어가기 무섭게 저는 또 저대로 소채찍[111]을 가지고(그의 똥구멍을 애무해주려면 그런 도구가 있어야 했지요.) 그를 위협하고, 때리고, 온갖 추악한 말들을 쏟아내며 으르렁댔습니다. 방탕아는 제 말은 아랑곳하지 않은 채 계속 똥만 삼키면서 사정을 했고, 번갯불처럼 신속하게 사라지면서 탁자에 1루이를 던져놓았습니다.

그러고 얼마 지나지 않아, 저는 또 다른 손님을 뤼실의 손에 맡겼습니다. 한데 그 인간을 사정까지 이끄느라 뤼실이 적잖은 고생을 했더군요. 무엇보다도 그는 자기 앞에 내어올 똥 덩어리가 늙은 여자 거지의 배 속에서 나온 거라는 확신이 있어야만 했습니다. 때문에 그가 직접 보는 앞에서 늙은 여자 거지가 일을 봐야만 했지요. 저는 궤양과 단독(丹毒)으로 만신창이가 된 일흔 살 먹은 여자 거지를 조달해주었는데, 그 여자는 나이 열다섯 이래로 치아 하나 없이 잇몸으로만 살아왔다고 하더군요. 그 사실을 접한 손님이 말했습니다. '좋았어! 훌륭해! 이런 점들이야말로 내겐 안성맞춤이지.' 똥 덩어리와 더불어 뤼실이 방에 입장한 다음부터는, 애교만큼이나 명민함을 갖춘 이 계집의 솜씨가 역겨운 똥을 서슴없이 먹을 정도까지 남자를 흥분시켜야 했습니다. 그도 그럴 것이, 이 남자가 냄새 맡고, 들여다보고, 만지기까지 하면서도, 좀처럼 그 이상 결행하는 데 적잖이 애를 먹는 것이었어요. 뤼실은 특단의 조치를 동원하기로 했고, 부삽을 불에 담갔다가 시뻘겋게 달궈진 다음 꺼내고는, 당장 결행하지 않을 경우, 시키는 대로 따르고야 말도록 그놈의 볼기짝을 지져놓겠다고 경고했습니다. 우리의 손님은 몸서리를 쳤고, 다시 시도해보았지요. 마찬가지로 거부감이 치밀었습니다. 더는 손님을 조심스레 대접하기가 어려워진 뤼실은 그의 바지를 내리고, 비쩍 말라비틀어진 데다 이와 비슷한 조작 행위들로 인해 살갗이 온통 벗겨진 엉덩이를 드러낸 다음, 지글지글 소리

111
nerf de boeuf. 채찍 중 가장 크고 강한 종류로, 쇠심줄(nerf de boeuf) 또는 쇠가죽 여러 가닥을 한 줄로 꼬아 만든다. 사람에게는 치명적일 수 있고, 주로 소를 몰거나 야수를 조련할 때 사용한다. 이 밖에 사드가 구체적으로 언급하는 채찍의 종류는 마르티네 채찍(martinet), 말채찍(fouet de poste) 등이 있다.

가 날 만큼만 볼기짝을 살짝 지졌습니다. 난봉꾼은 욕설을 내뱉었고, 그럴수록 뤼실은 강도를 높였지요. 그녀는 엉덩이 한복판을 겨냥해 한층 집요하게 부삽을 눌러댔습니다. 결국 고통으로 내몰려 결단을 내린 그는 똥을 한입 깨물었습니다. 그러면서 불로 지지는 자극이 거듭되자, 마침내 만사형통의 경지에 이르렀지요. 그렇게 사정의 순간이 왔고, 그보다 격렬한 방출은 저로서도 목격한 기억이 별로 없네요. 소리 높여 비명을 질러대는가 하면, 바닥을 데굴데굴 굴렀으니까요. 정신착란이나 간질 발작을 일으킨 건 아닌가 생각했을 정도입니다. 우리의 질 좋은 대접에 탄복한 난봉꾼은, 항상 같은 아가씨와 매번 다른 노파를 제공해준다면 앞으로 단골이 되겠노라 약속했지요. 그는 이렇게 말했습니다. '노파 몰골이 역겨울수록 화대는 더 후하게 지불하리다.' 그러고는 덧붙였지요. '이런 행위로 내가 어디까지 나락으로 곤두박질칠지 아마 상상도 못 할 것이오. 솔직히 나 스스로도 그게 어디까지인지 알 수가 없을 정도니까.'

그런데 그 손님의 추천으로 다음 날 가게를 찾은 그의 친구 한 명은, 제가 보기에 훨씬 정도가 심했답니다. 엉덩이를 지지는 대신 벌겋게 달아오른 부지깽이로 세게 후려치는 것만 다를 뿐, 똥 덩어리는 더 늙고, 더 더러우며, 더 역겨운 넝마주이에게서 받아내야만 했으니까요. 마침 까마득히 오랜 세월 우리 가게에서 데리고 있던 여든 살 먹은 하인이 이런 조작과 관련해 놀랄 만큼 그의 마음에 들었습니다. 손님은, 우리 가게 쥐스틴이 너무 뜨겁게 달아올라 손대기도 어려운 부지깽이로 있는 힘껏 매질을 가하는 동안, 늙은 하인이 싼 따끈따끈한 똥 덩어리를 맛나게 집어삼켰지요. 뿐만 아니라 그 부지깽이를 사용해 두툼한 살점들을 마치 고기 굽듯 꼬집어대야만 했습니다.

또 다른 손님은 굵직한 구두 수선용 송곳 바늘로 자신의 볼기짝과 뱃가죽, 불알과 자지를 콕콕 찌르게 하면서, 앞서 소개한 것과 유사한 의식을 수행했습니다. 다시 말해, 제가 요강에 담긴 똥 덩어리를 대접하면 그걸 스스로 다 먹을 때까지 말이죠. 그 똥이 누구 몸에서 나왔는지는 알려고 하지도 않더군요.

나리들, 남자들이 그들 상상의 불길 속에서 어디까지 망상을 가져갈지 가늠할 생각일랑 아예 하지도 마십시오. 제가 목격한 어떤 사내는, 한결같은 원칙을 고수하는 가운데, 변소 구덩이의 가장 깊은 곳에서 길어낸 똥을 스스로 다 먹을 때까지 저로 하여금 지팡이로 볼기짝을 죽어라 때리도록 요구하지 않았겠습니까! 그 불결한 똥 반죽을 모조리 먹어치우고 나서야 그자의 부실한 방출물이 제 입안으로 흘러들었지요.

"충분히 그럴 수 있어." 데그랑주의 볼기짝을 주물럭거리면서 퀴르발이 말했다. "그 모두를 합친 것보다 더한 짓도 할 수 있다고 나는 확신하거든." "더한 짓?" 공작이 자신의 주간 배우자인 아델라이드의 약간 단단한 엉덩이를 만지작대면서 말했다. "도대체 당신은 얼마나 더한 짓을 바라는 거요?" "더 더러워야지!" 퀴르발이 말했다. "더 더럽고 지독하고! 난 저런 모든 것과 관련해서 충분히 할 짓을 다했다고 생각지 않아." 그러자 이번에는 앙티노위스에게 뒤를 관통당하고 있던 뒤르세가 말했다. "내 생각도 마찬가지지요. 내 머리라면 저런 지저분한 짓들을 훨씬 더 세련되게 다듬어낼 수 있을 것 같거든." "뒤르세가 무슨 말을 하려는 건지 나도 충분히 알 것 같습니다그려." 아직 아무 짓도 하지 않고 있는 주교의 말에 공작이 발끈하며 물었다. "도대체 그게 뭔데?" 주교가 자리에서 일어나 뒤르세에게 뭔가를 나지막이 속삭이자,[112] 그렇다는 대답이 돌아왔다. 다시 주교가 퀴르발에게도 나지막이 속삭이자 "옳거니, 바로 그거지!"라는 대답이 돌아왔고, 공작은 아예 "아, 씨팔! 난 왜 그 생각을 못 했을까!"라고 소리쳤다. 이 나리들께서 그 이상 설명해주지 않으니, 우리가 그 양반들 생각이 무언지는 알 수 없는 노릇이다. 설사 안다고 해도, 항상 베일 아래 묻어둔 채 조신하게 내버려두는 게 잘하는 일이라고 나는 생각한다. 세상에 말로 명시하지 말아야 할 게 좀 많은가. 신중하고 용의주도한 자세는 그러기를 요구한

112
사드에게 쾌락과 언어의 관계는 드러냄과 감춤의 정교한 의미망을 통해 전개된다. 이를테면 '후안무치한(cynique) 난교 파티'와 '밀실(cabinet)에서 벌어지는 난행'은 '다 말하다(tout dire)'와 이처럼 '나지막이 속삭이다(parler bas, dire tout bas)'의 언어 기제를 통해 쾌락을 극대화한다.

다. 자칫 순박한 귀를 가진 사람들을 만날 수도 있으며, 그럴 때마다 독자께선 우리가 저런 자세를 견지해 대단히 고마워하리라고 나는 확신한다. 앞으로도 이야기가 진행될수록, 우리는 이런 문제에 관해 독자의 칭찬에 부합하는 자세를 견지해나갈 것이며, 그 점만큼은 지금 당장이라도 단호하게 말씀드릴 수 있다. 요컨대, 말은 무어라 하든, 각자 챙겨야 할 영혼이 있는 법이다. 상상의 불길로 인간이 휘둘리는 온갖 기벽과 악취미, 은밀한 악행을 아무런 절제 없이 까발리는 자에게 이승에서건 저승에서건 그 어떤 징벌인들 마땅치 않겠는가! 그것은 인류의 행복을 위해 파묻어두어야 할 비밀을 폭로하는 일일 터. 그것이야말로 풍속의 전반적 타락을 기도하고, 예수그리스도 안에서 형제인 사람들을 그런 타락의 묘사가 초래할지도 모를 온갖 파행 속으로 곤두박질치게 만드는 일일 터. 우리 마음의 깊은 곳을 들여다보시는 신, 하늘과 땅을 만들고, 언젠가는 우리 모두를 심판하실 바로 그 전능하신 신께서는 우리가 그런 죄악에 대한 응징을 받아야 할지 말지를 다 알아서 처리하시지 않겠는가![113]

일단 시작한 몇몇 역겨운 짓들이 마저 마무리되었다. 이를테면, 퀴르발이 데그랑주로 하여금 똥을 누게 했다. 다른 이들 역시 다른 노리개들을 대상으로 같은 짓을 시키거나, 그보다 별로 나을 것 없는 다른 짓을 시켰다. 그리고 다들 저녁을 들기 위해 이동했다. 통음난교의 자리에서 뒤클로는, 나리들이 앞서 언급된 새로운 식단을 두고 장황한 논의를 이어가자, 그리고 그 목적이 똥을 어떻게 하면 더 풍성하고 더 맛깔스럽게 만드느냐로 모아지는 것을 보고는, 이 방면에 일가견이 있다는 분들로서 풍성하고 맛깔스런 똥 덩어리를 확보하는 진정한 비법을 어쩜 그렇게 모를 수 있냐며 놀라움을 표했다. 그러자 어떻게 해야 하느냐는 질문이 쇄도했고, 그녀는 노리개에게 당장 가벼운 체증을 초래하는 것만이 유일한 방법이며, 이는 거북하고 불결한 음식을 억지로 먹이기보다는 식사 시간을 가리지 않고 뭐든 급하게 먹어치우도록 만듦으로써 달성될 수 있다고 말했다. 실

113
죄악을 드러내는 것과 감추는 것의 도덕적 딜레마를 종교의 교리에 빗대어 반어적으로 강조하고 있다. 즉, 죄를 고백해 드러내는 편이 도덕적인가(가톨릭의 고해성사), 신의 심판에 맡기고 묻어두는 편이 도덕적인가(미풍양속 보호), 이에 대한 판단을 교묘한 궤변으로 흔들어놓는다. 둘 다 도덕적, 종교적 교리에 부합하면서도 서로 정반대의 논리를 편다는 점에서 아이러니와 신성모독을 결합시키는 사드적 수사를 확인할 수 있다.

제 체험은 바로 당일부터 이루어졌다. 저녁 내내 안중에도 없던 파니를, 식사 잘 하고 자는데 깨워 그 즉시 큼직한 비스킷 네 덩이를 먹게 하더니, 다음 날 아침 여태 본 중 가장 크고 아름다운 똥 덩어리를 얻어내는 것이었다. 이 이론은 즉각 채택되었는데, 다만 빵만큼은 결코 식단에 포함시키지 않는다는 단서 조항을 달았고, 이전에 통용되던 비법의 결과물을 개선시킬 따름인 그 조항에 뒤클로는 기꺼이 동의했다. 이후, 계집아이들과 사내아이들이 그런 식으로 소화불량을 겪지 않는 날은 단 하루도 없었으며, 그로부터 얻어내는 결과물은 상상을 불허했다. 내친김에 살짝 귀띔하자면, 비법을 활용하고픈 애호가로서 그 이상 대단한 물건을 구경하기가 어려울 거라는 점은 확실히 믿어도 좋다. 이후 밤 깊도록 특기할 만한 일은 없었고, 모두 다음 날 있을 콜롱브와 젤라미르의 성대한 결혼식을 대비해 잠자리에 들었다. 3주째로 접어드는 축제를 기념하는 의식이 될 터였다.

제21일

익숙한 관례에 준해, 아침부터 모두 이 기념 의식 준비에 매달렸다. 그런데 알고 한 짓인지 아닌지는 모르겠으나, 어린 신부가 아침부터 비행을 저지른 채로 발견되었다. 소녀의 요강에 똥이 들어 있음을 뒤르세가 확인한 것이다. 소녀는 스스로 변호하기를, 노파가 일부러 자신을 벌주기 위해 몰래 와 그런 짓을 했다고 말했다. 아이들을 벌주고 싶을 때마다 종종 그런 속임수를 써왔다는 것이다. 하지만 아무리 말해도 소용없었다. 들어주는 사람이 없었다. 더구나 어린 신랑이 이미 명단에 오른 상황이라, 두 사람을 한꺼번에 체벌할 수 있다는 생각에 다들 엄청 즐거워했다. 어쨌든 어린 신랑 신부는, 미사가 끝나고 식사가 시작되기 전까지 모든 의식이 마무리되어야 할 넓은 응접실로 성대한 예를 갖춰 안내되었다. 둘은 같은 나이였고, 어린 신부는 발가벗겨진 채, 신랑이 원하는 건 뭐든 할 수 있도록 내맡겨졌다. 본보기로 삼을 만한 그 무엇도 없었다. 아니, 이보다 더 열악하고 잘못된 본보기를 답습하기란 불가능했다. 어린 남자는 어린 여자에게 쏜살같이 달려들었고, 아직 사정은 못 해도 잔뜩 발기한 상태라, 어쩔 수 없이 그 몸을 꿰찰 참이었다. 그러나 아무리 살짝 금이 갈지언정, 자기들만 따야 직성이 풀릴 사랑스러운 꽃망울에 흠집이 나고 안 나고는 나리들의 명예가 걸린 일이었다. 그러므로 주교는 어린 남자의 열정을 중단시켰고, 그 발기력을 가로채, 젤라미르가 자기 반쪽을 꿰려고 했던 아주 예쁘고 잘 자란 물건을 자신의 엉덩이에 대신 쑤셔 넣는 것이었다. 이 어린아이에게 이는 얼마나 다른 경험일까! 열세 살 먹은 숫처녀의 조붓하고 싱싱한 보지와 나이 지긋한 주교의 헐렁한 똥구멍 사이에는 얼마나 큰 간극이 있겠는가! 하지만 지금 상대하는 자들은 말이 통하는 인간들이 아니었다. 퀴르발은 냉큼 콜롱브를 붙잡아 앞에서 허벅지 사이를 쑤셨고, 그와 동시에 눈과 입, 콧구멍 등 얼굴 전체를 핥아댔다. 그가 사정을 한 걸 보면 필시 그 와중에도 누군가의 서비스가 제공된 게 분명했다. 퀴르발은 이런 소소한 행위를 통해 자기 좆물을 쏟는 남자가 아닌 것이다. 모두 점심 식사를 했다. 부부가 된 두 사람은 식사 자리와 마찬가지로 커피 마시는 자리에도 동석이 허용됐다. 이날 커피 시중은 노리개 중에서도 엘리트, 다시 말해 오귀스틴과 젤미르, 아도니스 그리고 제피르가 담당했다. 다시 발기하고 싶어진 퀴르발이 똥을 간절히 원했고, 오귀스틴이 나서서 최대한 아름다운 똥 덩어리를 싸주었다. 공작은 젤미르를 시켜 자기 것을 빨게 했고, 뒤르세는 콜롱브를, 주교는 아도니스를 시켜 그렇게 했다. 아도니스는 주교를 처리하고 나서 뒤르세의 입안에 똥을 쌌다. 그런데 좆물은 없었다. 방출이 드물어지고 있었다. 시작할 땐 전혀 자제하지 않았는데, 막바지로 갈수록 그걸 보유하고 있어야 할 필요성이 심각하게 대두되면서, 다들 자제하는 분위기였다. 모두 구연장으로 이동했다. 아름다운 마담 뒤클로는 시작하기 전에 먼저 엉덩이를 보여달라는 요청을 받자, 좌중을 향해 음란하게 뒤를 까 보인 다음, 자신의 이야기를 풀어나갔다.

"제 성격이 확연히 드러나는 일화를 하나 더 소개해드리지요. 나리들께서 그걸 숙지하고 나시면 앞으로 이야기할 내용에서 무얼 제가 숨기는지 알아서 판단하실 것이고, 제 입으로 더 많은 이야기를 하지 않아도 되게끔 봐주실 겁니다.

뤼실의 어머니가 근래 지독한 역경에 처했는데, 집에서 도망쳐 나온 이후 모친 소식을 전혀 접하지 못하고 살아온 이 사랑스러운 계집이 글쎄 아주 우연한 기회로 그 불행한 처지를 알게 된 것입니다. 우리 가게에서 일하는 뚜쟁이 한 명이, 예전에 메장주 후작이 요구한 바[114]와 동일한 즉, 돈을 주고 여자를 한번 사가면 그걸로 행방이 묘연해지는 조건을 요구하는 어느 단골을 위해 그에 맞는 아가씨를 물색하고 있었는데, 하루는 뤼실과 침대에서 한참 뒹굴고 있는 저에게 와 한다는 말이, 자기가 찾아낸 열다섯 살 먹은 소녀가 확실히 숫처녀고 엄청 예쁘며, 뤼실 아가씨와 판박이로 닮았다는 겁니다. 다만 얼마나 고생을 하며 살았는지, 팔아치우기 전에 며칠 가게에 데리고 있으면서 살 좀 찌워야겠다고 하더군요. 그러고는 소녀를 발견했을 당시 함께 있던 어느 노모(老母)의 처참한 꼬락서니까지 상세하게 묘사해주었습니다. 그런데 나이며 얼굴 등 소녀와 관련된 모든 특징들을 놓고 보자, 어쩌면 자기 어머니와 동생일지도 모른다는 은밀한 예감이 뤼실의 뇌리를 스치는 것이었어요. 집을 나왔을 당시 동생 나이가 아주 어렸다는 걸 떠올린 겁니다. 뤼실은 자기가 직접 가서 의혹을 해소하게 해달라고 저에게 청했습니다. 순간 제 안의 악마 같은 정신이 모종의 악행을 생각해냈고, 그 효과가 육체를 신속하게 달구는 바람에, 저는 우선 뚜쟁이부터 서둘러 밖으로 내보낸 다음, 후끈 달아오른 감각을 잠재우지 못해 뤼실더러 엎어놓고 밑을 후려달라 사정했지요. 그러다가 행위가 한창인 중에 모든 걸 멈추고 물었습니다. '그 노

114
제16일의 이야기 중 288쪽 참조.

모한테는 왜 가보겠다는 거지? 무얼 어떻게 하려고?' 제 의중을 간파했을 리 없는 뤼실은 이렇게 대답했지요. '어, 그러니까, 할 수 있으면 위로나 해주려고요. 무엇보다 저희 어머니일지도 모르니….' 그 즉시 저는 그년을 거칠게 밀어내며 말했습니다. '멍청한 년! 가서 너의 그 촌스럽고 시답잖은 편견의 희생 제물이나 돼버려! 그런 편견 하나 떨쳐버리지 못하니, 너는 뿅 갈 만한 악행으로 감각을 일깨울 아주 좋은 기회를 스스로 차버리는 거야!' 뤼실은 놀란 눈으로 저를 바라보았고, 순간 저는 그녀가 한번도 들어보았을 리 없는 철학을 설명해줄 때가 되었다는 생각이 들었습니다. 저는 곧 실행에 들어갔고, 우리 생명의 제작자들에게 우리 자신을 묶어놓는 인연의 끈들이 얼마나 비루하고 천박한 것인지를 이해시켰습니다. 우리를 태내에 잉태함으로써, 어머니란 존재가 감사는커녕 증오의 대상이 되기에 적합하다는 사실을 논증해주었지요. 세상에서 겪을 온갖 불행에 자식의 운명을 노출시키면서까지, 오직 자기만의 즐거움을 위해, 노골적인 욕정을 만족시키려는 의도만으로, 우리를 출산했으니 말입니다. 저는 여기에 더해, 유아적 편견을 탈피한 직관과 양식(良識)이 구술하는 이론을 뒷받침할 모든 이야기를 다 해주었습니다. '도대체 그 인간이 행복하건 불행하건 그게 너와 무슨 상관이니? 그 인간의 처지에 대해 네가 무얼 실감한다고 그러는데? 내가 방금 그 부조리함을 낱낱이 보여준 비루한 인연일랑 단호히 끊어버려. 그래서 그 인간을 완벽히 고립시키고, 너 자신에게서 떨어뜨려놓으란 말이야. 그럼 그녀의 불행이 너랑은 아무런 관계가 없을 뿐 아니라, 그 불행을 가중시킴으로써 오히려 너의 쾌감은 배가되리라는 걸 깨닫게 될 거다! 좀 전에 밝혔듯이, 네가 그 여자에게 줄 것은 증오뿐이거든. 그러니 앙갚음해줘야지. 다시 말해, 천치들이 악행이라 부르는 행동을 저지르라 이거야. 그러면 감각에 미치는 죄악의 지배력에 너도 눈을 뜨게 될 거다. 내가 충고하는 대로 네가 그 여자를 능욕하면, 다음 두 가지 동기에서 쾌감을 맛볼 수 있지. 하나는 태어난 것에 대한 복수의 쾌감, 다른 하나는 악행에 항상 따라붙는 쾌감.' 제가 여기 나리들 앞에서보다 더 유창한 말솜씨를 뤼실 앞에 선보여서 그런 건지, 이미 썩을 대로 썩어 방탕에 길든 뤼실의 정신 상태가 관능적인 이론의 위험성을 가슴에 경고하면서도 어쩔 수 없이 그 맛에 취해서인지는 모르나, 당시 제 눈에는 사람이 어떤 구속을 뛰어넘는 순간 늘 동반하기 마련인 자유분방한 열기가 그녀의 아리따운 두 볼을 발갛게 물들이는 것이 보이더군요. '그럼 제가 어떻게 하면 될까요?' 그녀가 묻기에 대답해주었죠. '적당히 구슬려서 돈부터 뜯어내자. 네가 내 이론을 받아들이는 한, 그에 따른 쾌감은 확실할 거야. 돈도 마찬가지고. 왜냐하면 내가 네 늙은 어미와 동생을 수익성이 아주 좋은 두 건의 파티에 접대부로 팔아넘길 테니까.' 뤼실은 받아들이기로 했고, 나는 그녀를 흥분시켜 죄악에 보다 더 잘 다가가도록 만들기 위해 밑을 후려주었습니다. 이제 우리에겐 작전을 짜는 일만 남은 셈이죠. 지금은 일단 그 첫 번째 단계를 상세히 말씀드리는 데 치중하겠습니다. 사건의 순서를 따르느라 위치를 조금 이동하기는 했지만, 그 역시 제가 다루어야 할 취향에 당당히 속하거든요. 제가 마련한 계획의 첫 단계를 나리들께서 숙지하신 다음에는 두 번째 단계에 대해 자세히 설명해드리겠습니다.

엄청나게 부자면서 사교계에 신망도 대단하고, 그와 더불어 생각할 수 있는 모든 걸 뛰어넘을 정도로 문란한 정신의 소유자가 한 명 있었습니다. 당시 저는 그 사람을 백작이라는 작위로밖에 몰랐기 때문에, 지금 그의 이름을 알고 있더라도 나리들께는 작위로만 그를 지칭할 테니 양해해주시기 바랍니다. 백작은 정념의 기세에 완벽하게 사로잡힌 사람이었고, 나이 서른다섯에 신의도, 법도, 신도, 종교도 전혀 안중에 없는 사람이었습니다. 무엇보다 나리들과 마찬가지로 소위 자비라 부르는 감정에 대해 완강한 거부 의식을 갖고 있는 자였지요. 자기로선 그런 감정을 도저히 이해할 수 없으며, 어느 누군가를 도와 그 처지를 개선한다든가, 쾌락에 쓰이면 훨씬 기분 좋을 금전을 어처구니없는 자선 행위에 쏟아부음으로써, 인간의 서로 다른 계층에 부여된 질서를 교란하면서까지 자연을 도발한다는 건 결코 용납할 수 없다는 것이 그의 지론이었습니다. 사실 그는 이런 의식이 철두철미한 데 그치지 않았습니다. 단순히 자선 행위를 거부하는 데서 희열을 느낄 뿐 아니라, 불행의 당사자를 농락함으로써 그 희열을 드높이기까지 했으니까요. 예컨대 그가 즐겨 탐닉하는 관능 중 하나는 빈민굴을 열심히 돌아다니면서, 눈물 젖은 빵으로 간신히 연명하며 고생하는 굶주린 사람들을 구경하는 것이었지요. 그런 눈물의 비통함을 즐기는 것뿐 아니라… 정말이지 그 원인을 가중시키고, 가능하면 그 불행한 사람들의 삶에서 얼마 되지 않는 지원마저 박탈하는 행위를 통해 그의 아랫도리가 꼴리곤 하는 것이었어요. 이 취향은 기벽이라기보다는 하나의 광증이었답니다. 스스로 말하기를, 이보다 더 생생한 환락을 맛본 적이 없고 이 방종한 느낌만큼 자신의 영혼을 자극하고 불사르는 게 없다고 했지요. 하루는 저에게 이렇게 단언하는 거예요, 살면서 타락하다 보니 그리된 게 절대 아니라고. 자신은 어렸을 적부터 그런 괴이한 광기를 품어왔으며, 불행의 탄식 앞에 지속적으로 둔감해지는 가운데 가슴속에서 좀처럼 누그러진 감정을 느껴본 일이 없다고 말입니다. 무엇보다 나리들께서 그 사람됨을 파악하는 것이 중요하니, 우선 다음 세 가지 서로 다른 정념이 바로 이 한 남자에게서 발견된다는 사실을 알아두실 필요가 있겠습니다. 이제 제가 이야기해드릴 정념이 그 하나요, 마르텐이 동일 인물을 역시 작위로만 지칭하면서 설명해드릴 정념이 다른 하나이며, 데그랑주가 자신이 풀어갈 가장 강력한 사례로서 남겨둘 것이 틀림없는, 더할 나위 없이 혹독한 정념이 마지막입니다. 그중 제 이야기부터 시작하겠습니다. 제가 미리 물색해둔 빈민굴과 거기 모여 사는 사람들에 관해 백작에게 알리자, 그는 기쁨으로 들떴습니다. 한데 때마침 그는, 재산과 출세에 매우 중대한 비중을 차지하거니와, 일탈 행위에도 일종의 뒷받침이 되어주기에 결코 소홀할 수 없는 사업 일로 보름 가까이는 한눈팔 여유가 없는 상황이었습니다. 그렇다고 소녀를 그냥 놓치고 싶지는 않았는지, 첫 대면에서 기대한 쾌락의 일부를 포기하되, 두 번째 기회만큼은 확실히 챙기기로 하더군요. 그는 비용이 얼마 들든 일단 아이를 납치해 자신이 지목한 주소지에 맡겨두도록 제게 지시했습니다. 이쯤에서 나리들이 더 이상 기다리지 않게 말씀드리자면, 그 주소지는 다름 아닌 마담 데그랑주의 거처였지요. 바로 그녀가, 아직 공개하지 않은 세 번째 은밀한 파티에서 그를 접대할 사람이었던 겁니다. 우리는 곧바로 날을 잡았습니다. 그때까지는 뤼실의 어머니를 찾아뵙는 작업을 진행했고요. 딸과의 상봉도 상봉이지만, 여동생을 떼어놓을 방법도 모색해야 했습니다. 사전에 잘 교육받은 뤼실은 어머니를 만나자마자 대뜸 욕부터 해댔습니다. 자기가 방탕 생활에 빠져든 게 모두 엄마 당신 때문이라는 둥, 딱한 어미의 가슴을 갈가리 찢어놓고, 자기 딸자식과 만나는 기쁨 자체를 송두리째 뒤흔들어버릴 온갖 독설을 가차 없이 뱉어내는 것이었습니다. 저는 이 첫 만남에서 우리가 채택할 대사를 찾았다고 생각했고, 첫째 딸을 방탕 생활에서 끄집어내준 것과 마찬가지로 둘째 딸 역시 최선을 다해 그럴 위험에서 구해내겠다며 뤼실의 어미가 보는 앞에서 그럴듯한 연기를 펼쳤습니다. 하지만 그 방법은 별로 효과가 없었지요. 불행한 어미는, 둘째 딸이야말로 지금 자신에게 남은 유일한 희망이라 세상 그 누구도 떼어놓을 수 없다며 울고불고하는 것이었어요. 자기는 이제 늙고 병들어, 둘째의 보살핌으로 겨우 연명하고 있으니, 그 아이를 떼어가는 건 곧 자기 목숨을 앗아가는 것과 같다는 거였습니다. 그런데 나리, 이쯤에서 창피하지만 솔직히 고백하건대, 제 마음 깊은 곳이 미묘하게 두근거리면서, 이 경우 제가 저지를 죄악을 조금 더 악랄하게 다듬으면 그로 인한 쾌감이 배가되리라는 생각이 스치는 거였습니다. 저는 노모에게, 얼마 지나지 않아 딸이 다시 찾아뵈올 때는 신망 높은 어느 남자를 대동할 텐데, 그분이 아주 크나큰 도움을 드리게 될 거라고 알린 뒤 그 자리를 물러나왔습니다. 그러고는 그 어린 계집을 차지하기 위해, 늘 휘둘러온 오랏줄들을 동원하는 데에만 전념했지요. 이미 다 관찰해둔 상태였는데, 공들일 만한 가치가 충분한 아이였거든요. 나이는 열다섯이고, 예쁘장한 몸매에, 아름다운 피부와 귀여운 용모를 갖춘 소녀였습니다. 결국 사흘 만에 아이가 당도해, 온몸 구석구석 검사해보니, 그토록 오랜 기간 열악한 영양 상태에 방치된 아이치고는 아주 포동포동하고 싱싱하며, 사랑스럽다는 느낌밖에 없었습니다. 저는 아이를 마담 데그랑주에게로 보냈는데, 그로써 평생 처음 그녀와 거래하게 된 것이죠. 사업에 바빴던 우리의 고객이 다시 나타난 건 바로 그즈음이었습니다. 뤼실이 그를 어머니에게 모시고 갔는데, 이제 제가 이야기해드릴 장면이 바로 그 자리서 시작됩니다. 무척 추운 겨울임에도 불기운 하나 없는 골방 침대에 노파가 누워 있고, 그 가까이 우유가 조금 담긴 목재 용기가 하나 있는데, 백작이 방에 들어서기 무섭게 그 안에 오줌을 갈기는 거였습니다. 백작은 누구도 드나들지 못하게 하고 골방을 완전히 자기 수중에 장악하기 위해, 미리 고용한 장정 두 명을 바깥 계단에 배치시켜놨더군요. 공연히 그곳을 오르내리는 사람이 있으면 강력하게 저지하는 임무를 띠고 있었습니다. 백작이 노파에게 말했습니다. '이 늙어빠진 갈보 년아, 자 약속대로 네 딸년과 함께 우리가 이렇게 왔다. 맹세컨대 이년도 대단한 매춘부지. 늙은 마녀야, 우리가 너의 불행을 위로하러 오긴 왔다만, 일단 그 전에 우리에게 그 불행을 낱낱이 묘사해주어야만 하거든.' 그는 침대 가장자리에 걸터앉아 뤼실의 엉덩이를 더듬기 시작하면서 말을 이었습니다. '자자, 네가 느끼는 고통을 상세히 묘사해봐.' 그러자 선량한 노파가 이랬지요. '아이고! 저 되바라진 년하고 같이 온 게 나의 불행한 처지를 위로하기보다는 농락하기 위함이구먼!' '되바라진 년이라니!' 백작이 말했습니다. '감히 자기 딸년을 모욕해?' 그는 벌떡 일어나 노파를 침대에서 끌어내리더니, 이렇게 말했지요. '네가 방금 내뱉은 욕설에 대해 당장 무릎 꿇고 사죄해!' 도저히 저항할 수가 없는 상황이었습니다. '그리고 뤼실, 당신은 치마를 걷어붙이고 엉덩이를 까서 당신 어미가 거기에 입을 맞추도록 해. 입 맞추는 걸 내 눈으로 확인해야 화해가 이루어진 것으로 인정할 테니까.' 뤼실은 가엾은 어머니의 늙은 얼굴에 오만불손하기 짝이 없는 태도로 자기 엉덩이를 마구 문질러대면서 동시에 욕설을 퍼부었습니다. 마침내 백작은 노파를 도로 침대에 눕도록 허락했고, 다시 대화를 이어갔지요. '다시 말하지만, 그대가 지금 느끼는 슬픔과 고통을 모두 이야기해준다면, 내가 그 모든 걸 위로해주리다.' 자고로 불행에 시달리는 사람은 그런 말을 있는 그대로 믿기 마련이며, 툭하면 신세 한탄에 빠져들기 십상이지요. 노파 역시 자신의 괴로움을 한껏 토로했고, 특히 자기 딸을 빼앗긴 일에 대해서 비통하게 한탄하는 가운데, 아이의 행방을 알고 있을 거라며 뤼실을 지목했습니다. 얼마 전 뤼실이 어미를 만나러 올 때 함께 온 부인이 아이를 데려다가 잘 키우겠다고 한 걸 보면, 필시 그 여자가 딸을 납치해갔을 거라고 충분히 개연성 있는 추론을 하고 있었던 것이죠. 그런데 백작은 아예 속치마까지 다 까뒤집은 뤼실의 꽁무니를 마주한 채, 보다 자세한 사연을 묻고 그에 대한 대답을 귀담아들어가면서 변덕스러운 관능의 간지럼증을 주도면밀하게 조절하는 가운데, 그 아름다운 엉덩이에 입을 맞추는 틈틈이 용두질이나 하고 앉아 있는 거였어요. 노파가 말하기를, 그나마 딸이 일을 해서 먹을 것을 조금이나마 구해왔는데, 이제 그 딸이 없으니 자신은 서서히 무덤으로 기어드는 수밖에 없다고 했습니다. 가진 게 하나도 없는 데다, 나흘 전부터 조금 있는 우유만으로 연명해왔는데 그마저 방금 다 버려놓았으니 말이죠. 그러자 백작은 뤼실의 볼기짝을 움켜쥔 채 노파를 향해 좆물을 쏘아대면서 말했습니다. '이런 고약한 년 같으니! 창녀야, 그냥 죽어버려! 그럼 불행도 그다지 버겁게 느껴지지 않을 거야!' 정액을 다 뿌리고 나서는 또 이렇게 말을 이었지요. '그렇게 되면, 나로서는 그 죽음의 순간을 내 힘으로 조금 더 재촉하지 못한 아쉬움만 남을 거다.' 하지만 그걸로 끝난 게 아니었어요. 백작은 사정만 하면 모든 문제가 가라앉는 남정네가 아니었답니다. 백작은 일을 치르기 무섭게, 쥐실이 맡은 역할 그대로 노파의 시야를 차단한 상태에서, 사방을 뒤져 은잔 하나를 찾아내더니 호주머니에 냉큼 챙겼습니다. 그건 옛날 이 불행한 여자가 누렸던 소소한 행복의 유일하게 남은 흔적이었지요. 이런 이중의 만행으로 다시금 발기하자, 백작은 또 노파를 침대에서 끌어내 발가벗기고는, 쥐실더러 늙은 어멈의 말라비틀어진 몸뚱이 위로 자기를 용두질하라고 지시했습니다. 시키는 대로 하는 수밖에 없었는데, 그 늙은 몸뚱어리에 좆물을 마구 쏘아대면서 불쌍한 여자 들으라고 욕설과 함께 악당이 쏟아내는 얘기가, 자기는 결코 이 정도로 그치지 않을 것이며, 이미 수중에 들어온 그 막내딸년과 자신의 소식을 조만간 듣게 될 거라는 것이었습니다. 저 불행한 가족을 향한 파렴치하고 끔찍한 상상들로 후끈 달아오른 음란 상태 속에서 마지막 사정 행위를 치른 그는 곧바로 방을 나갔습니다. 그런데 말입니다, 나리들, 더는 이 사연을 재론하지 않기 위해서라도, 그 당시 제가 도달할 수 있었던 악랄함의 극치를 지금 이 자리에서 공개해야 할 것 같군요. 백작은, 저를 신뢰할 수 있다는 판단이 서자, 노파와 어린 딸을 위해 준비해둔 두 번째 국면을 제게 설명해주었습니다. 그는 저더러 즉시 그 여자아이를 자기 앞에 데려오라고 했지요. 나아가 가족을 한자리에 모아야겠으니, 아름다운 몸뚱어리가 무척 마음에 들었던 쥐실도 거기 참석해야 한다는 겁니다. 그는 노모와 막내딸은 물론 그녀도 파멸시키려는 계획임을 굳이 숨기지 않았어요. 저는 쥐실을 사랑했지만, 그보다는 돈을 훨씬 더 사랑했습니다. 백작은 희생 제물 셋에 대한 값으로 어마어마한 액수를 지급했고, 저는 모든 것에 동의했지요. 나흘 뒤, 쥐실과 여동생 그리고 늙은 어미가 한자리에 모였습니다. 그때의 상황은 마담 데그랑주가 이야기해드릴 겁니다. 저는, 가장 심한 정도로 치자면 당연히 마지막을 장식했어야 마땅할 이 일화로 인해 잠시 중단된 제 이야기를 마저 이어가도록 하겠습니다."

"잠깐!" 뒤르세가 말했다. "도저히 맨정신으로는 들어줄 수가 없는 내용이군. 무어라 형용하기가 어려운 위력으로 나를 사로잡아버리네. 오죽하면 이야기 중간부터 좆물이 나오려는 걸 억지로 참는 중이라니까. 아무래도 이쯤에서 싸버리는 게 좋겠지." 그러고는 미셰트와 젤라미르, 퀴피동과 파니, 테레즈와 아델라이드를 데리고 밀실로 뛰어들었는데, 몇 분 만에 울부짖는 소리가 들리면서 아델라이드가 엉엉 울며 자리로 돌아오는 것이었다. 그러면서 하는 얘기가, 이딴 이야기로 남편의 머리를 또 달구어놓다니 정말 속상하다며, 이런 이야기를 하는 여자야말로 한번 당해봐야 마땅한 거 아니냐고 말했다. 그러는 사이 공작과 주교도 우두커니 앉아 시간을 낭비하고 있었던 건 아니지만, 그들의 행위가 당장 우리로선 덮어둘 수밖에 없는 성질의 것이라, 독자 여러분께 바라건대 이쯤에서 일단 막을 내리고, 뒤클로가 자기 책임하에 스물한 번째 야회를 마무리하도록 남은 네 개의 이야기들로 곧장 넘어감을 양해하시라.

"뤼실이 떠나고 일주일이 지나, 저는 상당히 재미있는 기벽을 가진 난봉꾼 하나를 처리했습니다. 며칠 전 미리 통보를 받은 저는 전용 좌변기 안에 엄청난 양의 똥 덩어리를 모아두었고, 가게 아가씨들 중 한 명에게 부탁해 양을 조금 더 늘리도록 조처했지요. 마침내 손님이 당도하긴 했는데, 굴뚝 청소부로 분장했더군요. 때는 아침이었고, 다짜고짜 제 방을 청소하더니 좌변기의 변기통을 들고 그걸 비워버리겠다며 공중변소로 올라가는 것이었습니다(말이 나왔으니 말인데, 시간이 엄청 오래 걸리더군요.). 그는 다시 돌아와서 변기통을 얼마나 정성 들여 말끔히 비워냈는지 보여주고는, 수고비를 요구했습니다. 하지만 의식의 내용을 미리 통보받은 저는 빗자루를 움켜쥐고 그를 덮쳤지요. '수고비라고 했느냐, 이 빌어먹을 놈아? 옜다, 이게 네가 받을 수고비다!' 그렇게 내뱉으면서 저는 그에게 최소한 10여 대의 매질을 가했습니다. 그는 도망치려 했고, 저는 쫓아갔지요. 난봉꾼에게는 바로 그때가 사정의 시간이었고, 계단을 내려가면서 누가 자기를 병신 만들려고 한다느니, 죽이려고 한다느니, 정숙한 여인의 처소인 줄 알았는데 알고 보니 행실 나쁜 계집의 소굴이라느니, 죽어라 소리쳐대면서 좆물을 질질 싸는 것이었어요.

또 다른 난봉꾼은 일부러 그런 목적으로 케이스에 넣어 가지고 다니는 가느다란 막대기를 자기 요도에 삽입해달라고 했습니다. 거기에다, 3푸스 정도 들어간 막대기를 격렬하게 흔들면서 다른 손으로는 귀두가 드러난 자지를 용두질해주어야 했습니다. 그러다가 사정이 임박하면 막대기를 빼내는 동시에 치마를 걷어붙여 앞을 대주어야 하고, 그때 불두덩에 방출하는 것이었지요.

여섯 달 뒤 만난 어느 신부는 뜨거운 촛농을 자기 자지와 불알에 방울방울 떨어뜨려주기를 바랐습니다. 그는 누가 손끝 하나 댈 필요도 없이, 오직 그 느낌만으로 사정했지요. 심지어 발기도 하지 않았는데, 좆물이 나오기까지 인체 기관으로서의 모습을 알아볼 수 없을 만큼 그 부위 전체가 촛농으로 뒤덮여야만 했습니다.

그 신부의 친구라는 사람은 자기 엉덩이에 금핀을 촘촘히 박아 넣도록 요구했지요. 결국 금핀투성이가 되어버린 엉덩이가 사람의 볼기라기보다 무슨 찜 요리처럼 변하자, 그는 따끔거리는 통증을 더 잘 느끼기 위해 그대로 주저앉기까지 했답니다. 이때 그의 코앞에서 엉덩이를 넓게 벌려 들이대면, 그는 스스로 용두질하면서 제 똥구멍을 향해 사정하는 것이었어요."

"뒤르세," 공작이 말했다. "나는 자네의 그 오동통하고 어여쁜 엉덩이가 그처럼 금핀들로 빼곡히 뒤덮이는 꼴을 좀 보고 싶군그래. 그거야말로 더없이 재미있을 텐데 말이야." "이것 보세요, 공작님," 징세 청부인이 응수했다. "알다시피 내가 당신을 따라 하는 걸 영광으로 알며 살아온 세월이 자그마치 40년이올시다. 이번에도 내게 호의 어린 본보기를 베풀어주신다면 기꺼이 따라 함으로써 보답해드리죠." "우라질!" 조용하기만 하던 퀴르발이 끼어들었다. "뤼실의 사연 때문에 꼴려 죽겠구먼! 내가 말은 안 하고 있었지만, 벌써부터 머릿속은 부글부글하고 있거든! 자, 보란 말이야!" 그는 아랫배에 딱 달라붙은 자지를 과시하며 말했다. "내가 거짓말을 하는지. 그 갈보 년들 셋의 이야기가 어떤 결말로 치닫는지 알고 싶어 미치겠다니까. 셋 모두 한 무덤에 처박아버리면 속이 후련하겠는데." 그러자 공작이 말했다. "진정해요, 진정해. 일의 순서를 뒤죽박죽 치고 나서지 맙시다. 특히 판사 양반 당신은 발기만 했다 하면 무작정 차형 아니면 교수대를 입에 올려야 직성이 풀리는 타입 아니오! 소위 당신처럼 법복을 입은 자들이란 사람을 사형에 처할 때마다 자지가 곤두선다고 하니…." "신분이 어떻고 법복이 어떻고가 무슨 상관이오!" 퀴르발이 대꾸했다. "요는 내가 뒤클로의 일 처리 방식을 무척 마음에 들어 한다는 거지. 심지어 저 여자가 사랑스러운 소녀처럼 느껴진다니까. 백작에 관해 그녀가 들려준 이야기는 나를 정말 끔찍한 상태로 몰아갔어. 이런 상태에 몰리면, 나는 곧장 대로로 뛰쳐나가 아무 합승 마차든 세워서 엉망진창으로 유린해버릴 것만 같거든."[115] "판사님, 그 점은 좀 자제해주셔야겠어요." 주교가 말했다. "그렇지 않으면 우리 모두 이곳에서의 안전을 보장받기 어려워요. 당신이 저지르는 작은 실수만으로 우리 모두 교수형에 처해질 수 있단 말이외다!" "아니, 그대들 말고, 솔직히 말해 저 아가씨들을 교수형에 처할 의향이야 내가 얼마든지 있지. 특히 저기 저 공작 부인 말이야. 내 소파에 송아지처럼 누워서, 자궁 속에 변질된 좆물 쪼끔 담아 넣었다고 더는 아무도 자기를 건드리지 못할 거라 생각하는 바로 저 년!" 그러자 콩스탕스가 말했다. "오, 저는 제 몸 상태와 관련해 당신한테서 그런 배려를 구할 기대는 아예 하지 않고 있습니다. 임신한 여자를 당신이 얼마나 혐오하는지 너무나도 잘 아니까요." "오! 그야 두말하면 잔소리지!" 그렇게 내뱉은 퀴르발이 잔

115
앞서 소개된 공작의 행각에서도 그 같은 사례가 확인된다(이 책 39쪽).

뜩 흥분한 나머지 콩스탕스의 아름다운 복부에 모종의 신성모독 행위를 막 하려는 찰나, 뒤클로가 부리나케 나섰다. "저기요, 저기요, 판사 나리, 나리를 흥분시킨 건 제 잘못이니, 제가 만회해드리고 싶습니다." 그렇게 해서 두 사람은 안쪽에 위치한 규방으로 건너갔고 오귀스틴, 에베, 퀴피동, 테레즈가 그 뒤를 따랐다. 오래지 않아 판사의 포효 소리가 들려왔고, 뒤클로가 무진 애를 썼음에도 불구하고 어린 에베가 울면서 뛰쳐나왔다. 사실 눈물 이상의 무언가가 있었지만, 아직은 그게 무엇인지 감히 입에 올릴 수가 없다. 우리에게 주어진 상황이 그걸 허락하지 않는 것이다. 조금만 더 참으시라, 독자 친구여. 조금만 지나면 그대 앞에 아무것도 숨기지 않으리. 마침내 퀴르발이 돌아왔고, 그놈의 규정들이 사람 마음 놓고 사정도 못 하게 만든다면서 툴툴거리는 사이, 다들 식탁에 자리를 잡았다. 저녁 식사가 끝난 다음에는 체벌을 위해 방에 틀어박혔다. 그날 저녁 체벌 대상은 그리 많지 않았다. 소피와 콜롱브, 아델라이드와 젤라미르만 잘못을 범했다. 해가 지면서부터 아델라이드를 두고 머리가 후끈 달아오른 뒤르세는 그녀를 결코 적당히 다루지 않았다. 백작 이야기를 듣던 도중 눈물 흘리는 걸 들킨 소피는 예전 지은 죄에 이번 죄까지 합쳐서 벌을 받았다. 공작과 퀴르발은 주간 꼬마 부부인 젤라미르와 콜롱브를 야만성에 버금갈 잔혹함으로 다루었다. 얼마나 혈기가 복받치는지, 공작과 퀴르발은 자고 싶지 않다면서 술을 더 가져오게 했고, 이야기꾼 네 명과 쥘리를 동반한 채 밤새도록 퍼마셨다. 특히 쥘리는 요즘 들어 방탕기가 날로 증가해, 아주 사랑스러운 계집으로 스스로를 인식시켰고, 다들 존중해주어야 할 노리개의 반열에 오르는 데 성공한 처지였다. 다음 날 일곱 명 모두는 인사불성으로 취한 상태에서 뒤르세에 의해 발견되었다. 아버지와 남편 사이에 알몸으로 널브러진 계집의 몸가짐에서는 미덕은 물론이거니와 방탕주의 나름의 품격마저 찾아볼 수 없었다. 독자를 괜히 궁금하게 만들지 않는 뜻에서 말하자면, 두 남자가 동시에 여자를 갖고 논 것처럼 보였다. 부수적 놀잇감 역할을 한 것으로 보이는 뒤클로가 그들 옆에 역시 인사불성으로 나자빠져 있었고, 나머지 사람들은 밤새도록 신경 써서 살려놓은 화롯불을 사이에 둔 반대편에 아무렇게나 포개져 있었다.

제22일

밤새 광란의 술판을 벌인 터라 이날엔 별로 한 일이 없었다. 의식의 절반을 건너뛰었고, 점심 식사는 어수선한 가운데 대충 때웠으며, 커피 시간이 되어서야 겨우 정신을 차리기 시작했다. 커피 시중은 로제트와 소피, 젤라미르와 지통 담당이었다. 퀴르발은 숙취에서 회복한답시고 지통으로 하여금 똥을 누게 했고, 공작은 로제트의 똥 덩어리를 냉큼 받아 삼켰다. 주교는 소피로 하여금 자신을 빨도록 시켰고, 뒤르세는 젤라미르에게 시켰다. 하지만 사정한 사람은 아무도 없었다. 모두 살롱으로 이동했으나, 아름다운 뒤클로가 전날 과음으로 몸이 불편한 탓에 허술한 복장 그대로 나타났고, 이야기도 너무 짧은 데다 첨가한 에피소드들도 워낙 부실해, 우리는 친구들에게 그녀가 이야기한 내용 중 일부를 그녀 대신 발췌해서 독자에게 전달하기로 결정했다.

늘 하던 대로, 그녀는 다섯 가지 정념을 이야기했다.

첫째는 주석으로 만든 인조 남근에 온수를 가득 채워서 그걸로 자기 후장을 쑤셔달라는 남자의 정념이었다. 누가 몸에 손댈 것도 없이 자기 스스로 수음해 사정에 이르는 순간, 직장(直腸) 속에 그걸 주사해달라는 거였다.

둘째는 이와 똑같은 괴벽인데, 사용하는 도구가 훨씬 많았다. 시작은 아주 작은 걸로 하고, 12분의 1푸스씩 크기를 확대해, 마지막에는 엄청난 크기에 도달하는데, 그때 가서야 남자는 사정을 했다.

세 번째 경우는 보다 더 많은 비법들이 필요했다. 처음부터 대뜸 큼직한 놈을 항문에 꽂았다가 빼낸 뒤, 똥을 싸고 그 싼 것을 바로 먹는 가운데 매질을 당하는 것이다. 거기까지 이루어지면, 그다음 다시 항문에 연장을 꽂았다 빼는데, 이번에는 창녀가 대신 똥을 싸주고, 남자가 그걸 먹는 동안 매질을 해준다. 이제 세 번째로 다시금 후장을 쑤시는데, 이번에는 아무도 몸에 손을 대지 않는 상태에서 계집의 똥을 받아먹고는 바로 그 순간 좆물을 방출한다.

뒤클로가 네 번째로 들려준 이야기 속 남자는 자기 신체의 모든 관절을 끈으로 묶도록 했다. 사정을 더 감미롭게 끌고 가기 위해 목까지 조르는데, 그 상태에서 남자는 창녀의 엉덩이에 좆물을 싸질렀다.

다섯째 이야기는 자기 귀두를 밧줄로 단단히 묶게 하는 또 다른 남자에 관한 내용이다. 방의 맞은편 끝에 위치한 발가벗은 계집이 자기 허벅지 사이에 그 밧줄을 끼우고서, 엉덩이가 피해자를 향하도록 돌아선 상태로 그 줄을 잡아당긴다. 그렇게 하여 남자가 사정에 이르는 것이었다.

이야기꾼은 자기에게 맡겨진 과제를 완수한 뒤 정말 기진맥진한 상태에 이르러 이만 물러나게 해달라고 청했고, 청은 수락되었다. 잠시 음란한 장난들이 이어진 다음, 식탁에 자리를 잡았다. 하지만 그때까지도 우리 두 주동자의 불안정한 컨디션은 여전했다. 통음난교 시간에조차 그런 리베르탱들로서는 더할 나위 없이 얌전했고, 모두가 상당히 평온한 상태로 잠자리에 들었다.

제23일

"도대체 그 누가 사정하면서 당신처럼 고함을 질러대고 울부짖는단 말이오!" 23일째 아침, 퀴르발과 마주친 공작이 말했다.

"어느 빌어먹을 놈한테 원한이 사무쳤기에 그렇게 악을 써대느냔 말이외다! 내 생전 그렇게 격렬하게 사정하는 사람은 본 적이 없소." "맙소사!" 퀴르발이 대답했다. "그런 힐난을 하필 당신에게서 듣다니 이 또한 기가 막힐 일이구려! 이보시오, 친구, 그런 괴성은 극단적으로 예민한 신체 조직에서 기인하는 거라오. 정념의 대상이란 우리 신경을 타고 흐르는 전기 유체에 엄청난 충격을 가하는데, 그 전기 유체를 구성하는 동물정기가 흡수한 충격이 워낙 거세다 보니 모든 신체의 기계장치가 요동치는 거외다.[116] 통증으로 인한 격동 상태 이상으로 쾌감에 따른 끔찍한 흥분 상태를 이기지 못해 어쩔 수 없는 비명이 터져 나온단 말이지." "그만하면 아주 잘 정의한 셈이오. 하지만 대체 어떤 근사한 대상이 당신의 동물정기에 그런 파동을 일으켰단 말이오?" "내 잠자리 상대인 아도니스의 똥구멍과 입, 자지를 격렬하게 빨아댔지. 그 이상을 할 수 없어 울화가 치밀었거든. 그러는 동안 앙티노위스가 당신의 사랑스런 딸내미 쥘리와 함께 각자의 장기를 총동원해 이놈의 액체를 뽑아낸 거외다. 그 유출 현상이 당신 귀청을 때린 바로 그 괴성의 원인인 셈이지." 공작이 말을 이었다. "그 결과 오늘 당신은 완전히 녹초가 되었고." 그러자 퀴르발이 말했다. "천만의 말씀. 당신이 계속해서 내가 어떻게 하는지 지켜봐준다면, 적어도 당신만큼은 해내는 걸 확인할 수 있을 거요." 거기까지 이야기가 진행되었을 즈음, 뒤르세가 나타나 아침 식사가 준비되었음을 알렸다. 다들 소녀들 숙소로 건너가자, 어리고 아리따운 후궁 여덟이 알몸으로 나서 커피와 물을 내놓았다. 그걸 보고 공작이 월별 관리자인 뒤르세에게, 오늘 아침엔 커피에 물을 타 마시라는 얘기냐고 물었다. 징세 청부인이 말했다. "원한다면 우유를 드릴 수도 있습니다. 타드릴까요?" "그럽시다." 공작의 말에 뒤르세의 지시가 떨어졌다. "오귀스틴, 공작님께 우유를 타드리거라." 그러자 준비된 소녀가 다가와 잔 위에 앙증맞은 엉덩이를 갖다 대더니, 항문을 벌려 공작의 잔 속에 서너 숟갈 분량의 조금도 오염되지 않은, 아

116
전기 유체와 동물정기(esprits animaux)는 특히 18세기에 활발히 논의된 개념으로 사드 쾌락 이론의 핵심을 이루는 요소다. 두뇌로부터 신경 통로를 거쳐 전신을 순환 또는 역류하는 전기 입자의 물리적 파동으로 정념과 감각의 작용을 해석하는 것이 골자다. 이에 따르면, 신경 임펄스는 일종의 전기 작용이며 쾌락은 그 방전 현상인 셈이다.

주 맑은 우유를 떨어뜨리는 것이었다. 이와 같은 장난에 모두 폭소를 터뜨렸고, 너도나도 우유를 주문했다. 계집애들 전원 다 오귀스틴과 마찬가지로 준비되어 있었다. 그달의 쾌락을 책임진 사람이 친구들에게 선사하고자 기획한 기분 좋은 깜짝 선물이었던 거다. 파니는 주교의 잔에 우유를 떨어뜨렸고, 젤미르는 퀴르발의 잔에, 미셰트는 징세 청부인의 잔에 우유를 탔다. 다들 한 잔 더 주문하자, 나머지 후궁 넷이 다가와 새로운 잔에 동료들이 이전 잔에 행한 의식을 그대로 거행했다. 장난에 대한 반응은 아주 훌륭하다는 거였다. 특히 주교의 머리가 뜨거워졌는데, 그는 우유 말고 다른 것을 더 요구했고, 어여쁜 소피가 냉큼 다가와 그걸 만족시켰다. 소녀들 모두가 똥을 누고 싶어 했으나, 우유 행사가 진행되는 동안에는 꾹 참고 오로지 우유만을 공급하는 데 그쳐야 했던 것이다. 모두 소년들 숙소로 넘어갔다. 퀴르발이 젤라미르를 똥 싸게 했고, 공작은 지통을 그렇게 했다. 예배실 변기는 두 하급 때짜와 콩스탕스, 로제트에게만 기회를 제공했다. 로제트는 전날 소화불량 사례를 시험해본 계집들 중 한 명인데, 커피 시중 들 때 참아내느라 끔찍한 고생을 해서인지, 때가 되자 정말로 보기 드물게 어마어마한 똥 덩어리를 싸질렀다. 당시 뒤클로의 비법을 두고 다들 감탄했고,[117] 이후 매일 그 방법을 활용해 크나큰 성과를 거두고 있었다. 아침 식사 때의 장난 덕분에 점심 식사 자리의 대화에 생기가 돌았고, 같은 종류의 장난거리를 모의했는데, 이에 대해서는 다음에 기회가 있으면 거론하기로 하겠다. 커피를 즐기면서는 나이가 같은 어린 노리개 네 명 즉, 젤미르, 오귀스틴, 제피르, 아도니스의 시중을 받았다. 넷 다 열다섯 살이었다. 공작은 오귀스틴에게 허벅지 색질을 하는 동시에 항문을 간질였다. 퀴르발은 같은 짓을 젤미르에게 했고, 공작은 제피르에게 했으며,[118] 징세 청부인은 아도니스의 입에 박았다. 오귀스틴은 이쯤 되면 자기에게 똥을 누라고 할 거라 기대했는데, 더는 참지 못하겠다고 말했다. 그녀 역시 전날 소화불량 비법을 시험한 대상 중 한 명이었던

117
제20일에 공개한 비법을 두고 하는 말이다.

118
원문 그대로다("le duc à Zéphire"). 여기서 '공작(le duc)'은 '주교(l'évêque)'를 잘못 쓴 것으로 보인다. 그러나 '세르클 뒤 리브르 프레시외' 결정판(1967)과 '포베르'판(1986), '플레이아드'판(1998) 모두 이점을 지적하지 않고 있다. 참고로 오이겐 뒤렌(이반 블로흐)의 1904년 판본에는 "le duo à Zéphire"로 오기되어 있다. 그런가 하면, 오스트린 웨인하우스가 영어로 옮긴 '그로브 프레스'판(1954)은 이 대목을 '주교(the Bishop)'로 고쳐 처리했으며, 2016년 새롭게 영역된 '펭귄 클래식스'판에서는 이 문제가 주석으로 지적되었다.

것이다. 퀴르발이 냉큼 주둥이를 내밀자 매혹적인 소녀는 그 안에 거대한 똥 덩어리를 떨어뜨렸다. 판사는 그걸 세 번에 걸쳐 꿀꺽꿀꺽 삼키는 동시에, 용두질을 하는 팡숑의 손안에 풍성한 좆물줄기를 넘치도록 쏟아냈다. 그가 공작에게 말했다. "보란 말이지, 밤의 과잉 행동이 낮의 쾌락을 조금도 방해하지 않는다는 거. 당신은 뒤진 거요, 공작 나리!" 공작은 즉시 받아쳤다. "금방 따라잡을 테니 두고 보시오." 젤미르 역시 다급해져서, 방금 오귀스틴이 퀴르발에게 해준 서비스를 그에게 해주고 있었다. 그와 동시에 공작이 몸을 한껏 뒤로 젖히고 괴성을 내지르더니, 똥을 삼키면서 미친놈처럼 사정했다. "그만하면 됐습니다." 주교가 말했다. "적어도 우리 중 두 명은 이야기 시간을 대비해 힘을 비축해두자고요." 앞선 두 양반들처럼 마음먹은 대로 좆물을 방기할 입장이 못 되는 뒤르세에게는 내심 반가운 제안이었다. 잠시 낮잠을 즐긴 다음, 모두 살롱에 자리 잡았고, 아름답고 재간 많은 뒤클로는 다음과 같은 말들로 자신의 현란하고 음탕한 이야기를 재개해나갔다.

"나리들, 방탕주의로 인해 감정이 얼마나 둔감해지고, 존엄함이랄지 삼가는 마음이 얼마나 무뎌졌으면, 스스로를 실컷 더럽히고 모독해야만 기쁨과 즐거움을 느끼는 자들이 있는 것인지요? 마치 그들의 쾌락은 치욕 속에서만 찾을 수 있고, 수치와 파렴치로 이끄는 행위들을 통해서만 존재하는 것 같습니다. 이제 나리들께 들려드릴 이야기들, 그러니까 제 이 같은 주장을 뒷받침할 각양각색 사례들 가운데 부디 육체적 감각을 우선하지 말아주셨으면 합니다. 물론 그런 게 있다는 건 저도 알지요. 하지만 육체적 감각은 정신적 감각이 강력하게 지지해주어야만 어느 정도 존재할 수 있음을 확고히 믿으셔야 합니다. 정신으로 얻어내는 걸 가미하지 않고서 매번 똑같은 육체적 감각만을 제공할 경우, 결코 저들을 흥분시킬 수 없다는 걸 아셔야 해요.[119] 제 가게에 한 남자가 매우 자주 들르곤 했는데, 이름도 품성도

119
이 대목은 조작(opération)과 의식(cérémonie)에 반영된 — 기계론적인 차원을 넘어서는 — 사드의 유물론에 대한 단서로도 읽을 수 있다. 그는 항상 육체에 대한 정신의 반작용을 중요시했다. 조작과 의식이 가중될수록 쾌락은 육체보다 정신의 영역에서 활발히 작동하며, 그간 충실히 반영해온 자연의 시스템을 점진적으로 왜곡하고 파괴해나간다. 『소돔 120일』에서 조작과 의식을 통해 무수히 변주되는 사도마조히즘의 메커니즘 자체가, 근본적으로 육체관계를 통한 타자의 점유라기보다 동일시를 통해 나르시시즘을 추구하는 망상의 구조다. 소돔의 비현실성을 높이는 조작과 의식의 상상적 기능은 사드적인 글쓰기 방법에 고스란히 구현된다(주석 8번 참조).

모르지만 그래도 지체 높은 양반이라는 건 확실했습니다. 제가 그에게 붙여준 여자는 어떤 부류에 속하건 아무 상관이 없었어요. 예쁘든 추하든, 늙었든 젊었든, 그는 아무 관심이 없었습니다. 오직 여자가 맡은 역할을 얼마나 잘 이행하느냐가 관건이었는데, 바로 이런 거였어요. 보통 그는 아침에 와서 마치 실수인 것처럼 어떤 방에 들어섭니다. 그 방에는 자위행위 자세를 취한 여자가 허리 위까지 치마를 걷어붙인 채 침대에 누워 있지요. 여자는 방에 들어서는 그를 보자마자 기겁하는 척하면서 이렇게 말합니다. '이 불한당 같으니, 대체 여기서 뭐하는 거야? 나를 방해해도 된다고 누가 허락했느냔 말이야!' 남자는 용서를 구하지만 여자는 아랑곳하지 않습니다. 더할 나위 없이 매섭고 혹독한 욕설을 거듭 퍼부으며 남자의 엉덩이에 대차게 발길질해대지요. 남자는 피하고 도망치는 척하면서도 어디까지나 피해자로서 뒤를 내보이는 상황인 만큼, 그 발길질을 벗어나기가 어렵습니다. 발길질은 더욱 심해지고, 그는 자비를 구걸하지요. 하지만 구타와 욕설이 그에게 돌아가는 답변의 전부입니다. 그러다 충분히 흥분했다고 느끼는 순간, 남자는 그때까지 단추 잠근 바지 속에 고이 모셔두었던 자지를 후닥닥 꺼내지요. 그리고 서너 차례 가볍게 손목을 흔들어대고는, 도망치면서 사정을 하는 겁니다. 욕설과 발길질이 계속되는 가운데 말이죠.

그다음 사례는 이런 행위에 보다 익숙하든지 더 거친 경우인데, 화대를 지불해야 할 상대가 반드시 날품팔이 짐꾼이어야만 했습니다. 방탕아가 역시 은밀하게 방에 들어서면 무식한 짐꾼은 대뜸 고함부터 내지르지요. 그러고는 앞선 경우와 마찬가지로 구타와 욕설을 퍼붓습니다. 조금 달라진 점은, 방탕아가 항상 바지를 내린 채 볼기짝에 정통으로 발길질당하길 원하고 있으며, 가해자는 가해자대로 진흙투성이에다 징까지 박힌 구두를 신고 있어야 한다는 거였지요. 사정하는 순간에도 방탕아는 피신하지 않았습니다. 바지를 완전히 내린 상태로 방 한가운데 버티고 서서, 상대의 발길질을 고스란히 받아냈지요. 그리고 마지막 순간에 이르러서는, 어디 목숨을 구걸하게까지 만들어 보라며 도발하는가 하면, 이번에는 자기가 욕설을 퍼붓고 오히려 기분 좋아 죽을 지경이라며 악을 써대는 것이었습니다. 가게가 자기에게 붙여준 사내가 비천한 최하층 출신일수록, 불결하고 투박한 신발을 신을수록, 방탕아의 관능은 그만큼 더 불어났습니다. 저는 보통 남정네가 여자를 치장하는 데 들이는 정성을 이런 기교적인 조작에 쏟아부어야만 했지요.

세 번째 경우는, 소위 하렘이라 불릴 만한 집에서 미리 돈을 받고 배역을 맡은 사내 두 명이 싸움을 걸어옵니다. 마구잡이로 완력을 사용하면 그는 무릎을 꿇고 자비를 구걸하지요. 상대는 또 아랑곳하지 않는데, 준비된 어느 방 입구에 다다를 때까지 둘 중 한 명이 막대기로 마구 두들겨 팹니다. 급기야 방탕아는 그 방 안으로 피신하지요. 한데 거기 아가씨 한 명이 그를 맞아들여, 마치 칭얼대는 아이 달래듯 어루만지고 위로해줍니다. 그러면서 치맛자락을 걷어 올려 아랫도리를 보여주면 그 위에 방탕아가 사정을 하는 거예요.

네 번째는 같은 전희를 요구하면서도 막상 등짝에 매질이 쏟아지기 시작하자, 모두 보는 앞에서 용두질을 하는 것이었습니다. 그러면 일단 마지막 조작을 유보한 채 매질과 욕설만 계속하지요. 그러다가 잔뜩 흥분해서 좆물이 금방이라도 튀어나올 지경이다 싶으면, 갑자기 창문을 열고 방탕아의 몸통을 붙잡아 바깥에 미리 준비해둔 두엄 더미 위로 내던져버립니다. 그래봤자 6피에를 넘지 않는 높이에서 추락하는 데 불과하지만 말이죠. 그때가 바로 사정의 순간이랍니다. 방탕아의 정신은 이전까지의 과정으로 한껏 달아오른 상태였고, 육체는 추락하면서 비로소 흥분하게 된 것으로, 그의 좆물은 반드시 두엄 더미 위에만 쏟아져야 했습니다. 그러고 나면 사람이 온데간데없이 사라지는 것이었는데, 그 자신 열쇠를 소지한 아래쪽 쪽문으로 즉시 내빼기 때문이랍니다.

우리에게 다섯 번째 사례를 제공할 남자가 방에 갇힌 채 처분을 기다리면서 계집의 꽁무니에 입을 맞추는 동안, 수당을 받고 무뢰한 역을 맡기로 한 사내가 느닷없이 들이닥칩니다. 무뢰한은 다짜고짜 호구 손님에게 달려들어, 무슨 권리로 남의 애인을 넘보느냐며 호통을 칩니다. 그런 다음 검을 빼 겨누며, 어디 방어해보라고 내뱉지요. 혼비백산한 호구 손님은 그대로 무릎을 꿇고 용서를 빌면서, 바닥에 입을 맞추고, 상대의 발에다가도 입을 맞추는가 하면, 애인은 얼마든지 도로 거두어가시라는 둥, 여자 하나 놓고 싸우기 싫다는 둥 입에 침이 마르게 싹싹 비는 것이었습니다. 상대의 물러터진 모습 앞에서 무뢰한은 더욱 대담해졌고, 그만큼 더 폭력적으로 변했습니다. 그는 상대를 겁쟁이에, 호구 자식에, 개망나니 같은 놈이라고 욕하면서 칼로 얼굴을 베어버리겠다며 으름장을 놓았습니다. 그렇게 하나가 못되게 굴면, 다른 하나는 그만큼 더 비굴해지는 것이었어요. 마침내 그런 식의 실랑이가 한동안 이어진 끝에, 무뢰한이 이런 타협책을 제시했습니다. '보아하니 너 아주 호구 자식인 것 같으니, 내가 한번은 용서해주겠다만, 조건이 있다. 내 똥구멍에 입을 맞춰라.' 그러자 호구가 이러더군요. '오, 나리, 뭐든 시키는 대로 기꺼이 따르겠나이다. 저를 해치지만 않으신다면, 똥 묻은 그곳인들 얼마든지 입을 맞추고말고요.' 그제야 검을 도로 집어넣은 무뢰한은 곧장 자기 엉덩이를 깠습니다. 호구 손님은 너무 황홀한 나머지 광적으로 거기 매달렸고, 젊은이가 대여섯 차례 방귀를 뀌어대는 동안, 주체할 수 없는 쾌락에 몸서리치는 늙은 난봉꾼의 좆물이 왈칵 쏟아져 나오는 것이었어요."

"그 모든 광란이 충분히 이해되는구려." 뒤르세가 더듬더듬 말했다(왜소한 리베르탱께서는 추잡한 짓거리가 난무하는 이야기를 듣는 동안 이미 발기한 상태였던 것이다.). "굴욕을 좋아하고, 경멸당하는 데서 희열을 느끼는 것보다 더 손쉬운 일은 없으니까. 자신을 욕보이는 것을 열정적으로 좋아하는 자는 스스로 수치스러워지는 데서 쾌락을 찾고, 누가 자기더러 명예가 땅에 떨어졌다고 말할 때 발기하기 마련이거든. 수치 자체가 어떤 영혼들에게는 너무나 익숙한 쾌감이지. 누가 자신에게 당해야 싸다고 말할 때 그걸 무엇보다 즐기는 거고, 그런 점에서 당최 창피함이라고는 모르는 사람이 어디까지 망가질 수 있는지는 그 누구도 장담할 수 없단 말이야. 바로 여기에 자신의 허약함에서 희열을 찾는 환자들의 기막힌 사연이 있는 거지." "그런 모든 게 바로 후안무치(cynisme)의 소관이라는 거요."[120] 퀴르발이 팡숑의 볼기짝을 주무르며 말했다. "체벌을 당하면서도 얼마든지 열광할 수 있다는 걸 과연 누가 모를까? 공개적으로 능욕을 당하는 순간에 발기하는 사람들을 본 적이 없단 말이오? *** 후작에 관한 이야기는 다들 알고 있을 겁니다.[121] 그는 자신의 허수아비로 대리 화형을 거행한다는 판결 소식을 접하자마자 바지 속에서 자지를 꺼내고는 이렇게 외쳤다는 거지. '좆까라그래! 드디어 내가 바라던 상황까지 왔어. 수치와 불명예로 만신창이가 되어버렸다고! 자자, 이제 나오려고 하니 제발 말리지나 마!' 그러면서 동시에 진짜 그랬다는 거 아니요." 그러자 이번에는 공작이 말했다. "그게 다 사실이라 치고, 대체 원인이 무엇인지나 설명을 좀 해보시구려." "원인은 우리 마음 안에 있는 거요." 퀴르발이 말을 받았다. "사람이 한번 타락하기 시작해서 과도한 행위로 더럽혀지면, 그것으로 이미 그의 영혼은 결코 벗어버릴 수 없는 사악한 형상을 취하게 됩니다. 보통은 수치심이라는 것이 악덕에 대한 반작용을 일으켜 정신이 그로부터 벗어날 것을 종용하지요. 하지만 이 경우엔 사정이 더 이상 그와 같지 않아요. 무엇보다도 수치심이라는 감정을 가장 먼저 압살하고, 자신에게서 가장 먼 곳으로 추방해버리니까. 그러다 보면 더 이상 그 어떤 짓도 부끄러워하지 않을뿐더러, 오히려 부끄러운 짓을 선호하는 경지에 바짝 다가들고야 마는 겁니다. 이전까지 불쾌감을 주던 모든 것이, 이제는 색다르게 갖춰진 정신 상태 속에서 하나의 쾌락으로 둔갑하는 거지. 자기가 선택한 새로운 상태에 부합하기만 하면 세상 그 어떤 짓도 관능을 자극할 수밖에 없는 거외다." "문제는 악덕을 얼마나 파고들어야 그런

120
주석 63번 참조.

121
사드 자신의 실제 경험담이다. 마르세유 사건으로 체포된 뒤, 1772년 9월 3일, 엑상프로방스에서 결석재판이 열려 허수아비 대리 화형식에 처해진 일을 암시한다. 사드 전집 1권, 「부록 I. 사드와 그의 시대」, '1772-7년: 32세에서 37세까지' 참조.

경지에 도달하느냐는 거죠!" 주교의 탄식에 퀴르발이 대답했다. "동의하네. 다만 악덕을 파고드는 그 길은 부지불식간에 뚫린다는 사실이 중요하지. 그저 꽃길을 가듯 그 길을 따르기만 하면 되니까. 한번 과도한 짓을 저지르면 그다음은 쉬워요. 당최 만족이란 걸 모르는 상상력의 속성상 우리는 곧장 극단으로 치닫기 마련이고 그럴수록 마음은 단단해져, 상상이 현실로 변하는 순간, 예전에는 조금이나마 미덕의 기운이 느껴지던 마음속에 더는 눈을 씻고 찾아도 그런 게 보이지 않는 거지. 좀 더 생생한 감각에 길이 들다 보면 이전까지 취해 있던 밋밋한 느낌들은 신속하게 지워지는데, 그런 흐름 가운데 수치심이나 굴욕감이 자연스럽게 뒤따름을 느끼면, 그에 의구심을 갖기보다 오히려 익숙해지기 시작하거든. 어루만지다 보면 어느새 좋아하게 되는 셈인데, 그것이 발휘하는 매력 자체가 자연의 속성에 따른 터라, 도저히 거기서 벗어날 수 없는 거지." "바로 그래서 인간을 교정하기가 그렇게 어려운 거로군." 주교의 말에 퀴르발이 대답했다. "아예 불가능하다고 해야겠지. 기껏해야 몇 가지 결핍 상태만 견딘다면, 처벌받음으로써 느끼는 낭패감이 오히려 당사자에게는 관능적 쾌감으로 작용하는 판국인데, 누군가를 교정해보겠다고 가하는 벌이 과연 무슨 수로 개과천선에 이를 수 있겠는가 말이야. 그런 벌을 받아야 마땅할 만큼 자신이 타락했다는 사실을 속으로 즐거워하고 있을 텐데 말이지." "오! 인간이란 얼마나 수수께끼 같은 존재인가!" 공작이 탄성을 내지르자 퀴르발이 화답했다. "글쎄 그렇다니까, 친구. 그래서 현명한 사람은 인간을 이해하기보다 떡 치고 마는 편이 훨씬 낫다고 하지 않는가 말이야." 야식이 우리의 대담자들을 중단시켰고, 다들 더 이상 아무 짓도 하지 않은 채 식탁으로 자리를 옮겼다. 하지만 후식이 나올 때쯤 지독하게 발기한 퀴르발이 엄청난 벌금을 무는 한이 있어도 동정을 박탈해야겠다며 나섰고, 자기에게 배정된 젤미르를 덥석 붙잡아 규방으로 끌고 가려 했다. 그걸 나머지 세 친구가 가로막고 뜯어말리기를, 그 자신이 정한 규칙이니 따라야 할뿐더러, 자기들도 위반하고픈 마음이 굴뚝같지만 가까스로 참는 중이니, 최소한 우정을 생각해 참는 시늉이라도 내줘야 할 것 아니냐고 했다. 그러고는 곧장 그가 좋아하는 쥘리를 부르러 보냈는데, 그녀가 와서 마담 샹빌과 브리즈퀴와 힘을 합해 그를 붙잡아 살롱으로 이동하자, 나머지 친구들도 곧 난교 파티를 개시하러 모두가 뒤엉킨 현장에 합류했다. 결국 퀴르발은 더할 나위 없이 음란한 체위들과 방탕하기 짝이 없는 음담패설의 한복판에서 좆물을 쏟고야 말았다. 난교가 한창일 때 뒤르세는 노파들로 하여금 자신의 엉덩이에 이삼백 회 발길질하도록 시켰고, 주교와 공작, 퀴르발은 때짜들을 동원해서 그렇게 했다. 잠자리에 들기 전, 각자 자연에게서 부여받은 능력에 따라 그 누구도 예외 없이 많고 적은 좆물을 배출했다. 기어이 애들을 파화해버리겠다던 퀴르발의 광기가 다시 고개를 들까 걱정된 친구들은, 소년 소녀들의 숙소에서 노파들이 함께 자도록 조처했다. 그러나 이런 조치는 결과적으로 불필요했다. 밤새 그를 붙잡아둔 쥘리가 다음 날 사람을 아주 고분고분하게 만들어 모임에 되돌려놓아준 것이다.

제24일

신앙이란 정녕 영혼의 질병이다. 아무리 무얼 어찌해도, 그 병은 낫지 않는다. 신앙이란 불행한 자들을 위로하고, 그 위로를 위한 환상을 제공하기에 불행한 자들의 영혼 속으로 침투하기가 더 쉬운 반면, 그로부터 적출해내기란 다른 영혼의 소유자들에 비해 훨씬 더 어렵다. 아델라이드의 경우가 바로 그랬다. 방탕과 난봉의 무대가 눈앞에 펼쳐질수록, 그 모든 것이 자신을 어디로 끌고 들어갈지 너무나도 잘 아는 그녀는 이 불행한 처지에서 언젠가는 해방시켜줄 위로자 하느님의 품 안에 안기고 싶은 마음만 간절해지는 것이었다. 현재의 상태를 그 자신보다 더 실감하는 사람은 아무도 없었다. 아직은 멀었지만, 이미 희생자로서 발을 들여놓은 이 불길한 상황의 결말이 어떤 것인지 그녀의 정신은 지극히 선명하게 예시(豫示)해주고 있었다. 그녀는 이야기의 강도가 점점 심해질수록 자신을 포함한 배우자들에 대한 남자들의 처신 또한 그만큼 혹독해질 것을 너무나도 잘 간파하고 있었다. 누가 무엇을 금하든, 이 모든 상황에 워낙 시달리다 보니, 그녀는 사랑스러운 소피와의 교제를 절박한 심정으로 탐하게 되었다. 밤에 그녀 곁을 찾는 짓은 더 이상 하지 못했다. 다만 경계가 삼엄하고, 그런 엉뚱한 일이 벌어질 가능성을 적극 차단함에도 불구하고, 조금이라도 틈이 보이면 언제든 소피 곁으로 날아갈 태세였다. 그리하여 지금 이 일지를 쓰고 있는 아침, 잠을 같이 잔 주교의 침대에서 일찌감치 눈을 뜬 아델라이드는 소피와의 담소를 즐기기 위해 소녀들 숙소로 찾아가는 것이었다. 한편 그달의 직무 때문에 남보다 아침 일찍 기상한 뒤르세는 그녀를 발견하더니, 자기로선 상황 보고를 하지 않을 수 없다며, 모임에서 이에 부합한 처리 방안을 결정할 것이라고 말했다. 아델라이드는 울음을 터뜨렸는데, 그것이 그녀의 유일한 무기인 만큼 속수무책일 수밖에 없었다. 다만 남편을 상대로 용기를 내 부탁할 유일한 배려는 소피만큼은 벌하지 말아달라는 거였다. 자기가 소피를 찾아온 것이지 소피가 침실로 찾아온 것이 아니기 때문에, 이 아이한테는 죄를 물을 수 없다는 얘기였다. 뒤르세는 사실을 있는 그대로 보고할 것이며, 아무것도 감추지 않을 거라고 대답했다. 체벌 자체에 관심이 지대한 훈육관의 마음보다 누그러지기 힘든 건 세상에 아무것도 없다. 지금이 바로 그런 경우. 소피를 벌하는 것만큼 달콤한 게 없는 상황이다. 뒤르세가 도대체 무엇 때문에 그 아이를 용서해주겠는가? 모두 모인 자리에서 징세 청부인의 보고가 이루어졌다. 이건 어디까지나 재범이었다.[122] 판사는 예전에 법정에서 명민한 동료 법관들이 내세운 주장을 기억해냈다. 재범이라는 것 자체가 교육이나 도리보다 자연이 인간에게 더 강력한 영향력

122
제13일의 내용 참조. "모든 침상을 샅샅이 수색하자, 관심이 집중된 아델라이드가 결국 모습을 드러냈는데, 잠옷 차림으로 소피의 침대 옆에 앉아 있었다."(이 책 254쪽)

을 행사한다는 사실을 보여주며, 결과적으로 인간은 재범을 저지름으로써 스스로를 제어할 수 없음을 입증하는 것이므로, 이중의 처벌을 내려야 한다는 내용이었다. 따라서 그 역시 왕년 동기들만큼 똑똑한 판결을 내리고 싶어 했고, 결국 두 계집 모두 엄중한 규정에 따른 징벌에 처해야 마땅하다고 선고했다. 하지만 이 경우의 규정은 사형으로 직결되거니와, 거기까지 가기 전에 얼마간은 더 이 여인네들을 즐기고 싶었던지라, 그냥 앞으로 나와 무릎을 꿇게 한 뒤, 판결문을 들려줌으로써 그런 비행으로 인해 어떤 지경에 처할 뻔했는지를 실감하게 만드는 선에서 끝냈다. 대신 지난 토요일에 그들이 겪은 것의 세 배 규모에 달하는 속죄 의식을 치르도록 결정했다. 아울러 다시는 이런 일을 벌이지 않겠다는 맹세를 강요했고, 또 그럴 경우 아주 준엄한 규정을 적용해 판결하겠다고 확언하면서, 숙명의 장부에 이름을 올렸다. 뒤르세는 순시를 하면서 이름 셋을 더 올렸는데, 둘은 계집애였고 하나는 사내애였다. 새로 도입한 소화불량 실험의 결과였다. 실험이 훌륭한 성공을 거두기는 했으나, 가엽게도 아이들이 더 이상 참지 못해, 툭하면 징벌 대상으로 전락하고야 마는 것이었다. 후궁들 가운데 파니와 에베, 소년들 중에서는 이아생트 얘기다. 요강에서 발견된 것의 크기가 엄청나서, 뒤르세는 그걸 한참 동안 즐겼다. 아침에 이번만큼 용변 허락을 구한 일이 없으니, 문제의 비법을 공개한 것을 두고 뒤클로를 원망하는 건 당연했다. 다수의 요청이 있었음에도, 콩스탕스와 에르퀼, 하급 때짜 두 명, 오귀스틴, 제피르 그리고 데그랑주에게만 허락이 떨어졌다. 한동안 그 모든 걸 즐긴 다음, 식탁에 자리를 잡았다. 뒤르세가 퀴르발에게 말했다. "당신 딸이 종교를 접하도록 방치한 건 잘못이었소. 이제 와서는 그 어리석은 행태를 그만두게 할 수가 없어요. 내가 옛날에 그토록 말했건만." 그러자 퀴르발이 대꾸했다. "나는 또 그걸 아는 것이 곧 그걸 싫어할 이유가 될 거라 생각했지. 나이가 들면 역겨운 교리들의 어리석음에 눈을 뜰 거라고 말이지." "그런 말은 이성적인 머리에

나 먹히죠." 이번에는 주교가 말했다. "상대가 아이일 경우, 그런 기대는 접어야 합니다." "아무래도 우리가 혹독한 결정을 내려야 할 것 같군그래." 아델라이드가 듣고 있다는 걸 잘 아는 공작이 말했다. "결국 그렇게 될 걸세." 뒤르세가 끼어들었다. "미리 말해두지만, 저 여자가 만약 나만은 자길 두둔해줄 거라 믿고 있다면, 아주 큰 낭패를 보게 될 거야." "오, 저 정말 그렇게 믿고 있어요." 아델라이드가 울며 말했다. "저를 향한 당신의 감정을 잘 알고 있으니까요." "감정?" 뒤르세가 말했다. "나의 아리따운 아내여, 당신에게 이것부터 똑똑히 알려주어야겠군. 나는 어떤 여자에게도 그런 걸 느껴본 적이 없다는 사실. 하물며 다른 여자도 아니고 이미 내 것이 되어버린 여자에게야 그런 걸 느낄 이유가 없지. 나는 종교 자체는 물론이고 종교에 열심인 모든 사람들을 증오해. 그래서 경고하건대, 내게 경멸의 대상일 뿐인 그따위 혐오스럽고 끔찍한 망상을 계속해서 떠받든다면, 당신을 향한 나의 무관심은 순식간에 격한 반감으로 돌변할 거야. 신 같은 걸 인정하려면 필시 제정신이 아니어야 할 텐데, 그걸 섬기기까지 한다면 완전히 천치가 된 게 분명하겠지. 여기 당신 아버지를 포함해 어른들 보는 앞에서 단호하게 선언하건대, 또다시 이런 잘못을 저지르다 나한테 들키는 날엔, 내가 당신을 상대로 동원하지 못할 극단적 조치는 결코 없을 거야. 정 그놈의 빌어먹을 신을 섬기고 싶다면 아예 수녀가 되었어야지. 그러면 아주 마음 편하게 기도할 수 있었을 것 아냐." 아델라이드는 탄식하며 이렇게 말했다. "아! 수녀… 하느님, 제가 수녀였다면 얼마나 좋았을까요!" 그녀와 마주 보고 앉은 뒤르세는 이런 반응을 더 이상 참지 못하고 그 얼굴을 향해 은접시를 날 세워 던졌다. 벽에 부딪쳐 휘어질 정도로 충격이 큰 걸 볼 때, 아마 머리에 맞았다면 목숨이 위태로웠을 터였다. "이런 발칙한 년 같으니!" 접시를 피하기 위해 아버지와 앙티노위스 사이를 파고든 딸에게 퀴르발이 말했다. "그 배때기를 내 발길질로 한 100번은 패줘야 정신 차리겠구나." 그러면서 주먹을 날려 저만치 나뒹굴게 하더니 이렇게 덧붙였다. "어서 네 남편 앞에 무릎 꿇고 용서를 빌어. 안 그러면 우리가 이따 최고로 잔혹한 벌을 내릴 테니까." 결국 그녀는 눈물을 쏟으며 뒤르세의 발에 매달렸는데, 접시를 던질 때부터 잔뜩 발기한 상태로 어떻게든 명중시키고 싶었다며 구시렁대던 뒤르세는, 토요일 체벌 일정에 지장을 줄 것이 아니라, 당장 본보기가 될 만한 일상적 체벌을 내리는 것이 마땅하겠다고 말했다. 그러면서 질질 끌 게 아니라 이번에는 아이들 커피 시중을 모두 물리고, 평상시 커피 마시며 즐기는 시간을 이용해 처리하면 어떻겠냐고 제안했다. 모두가 이에 동의했다. 아델라이드와 함께 노파 넷 중 가장 사악하고 여자애들도 제일 무서워하는 두 명 루이종과 팡숑이 커피를 마시는 공간인 응접실로 이동했는데, 그곳에서 벌어지는 상황에 대해서는 어쩔 수 없이 장막을 치지 않을 수 없다. 분명한 것은, 우리의 네 주인공들 모두가 사정을 했고, 곧바로 아델라이드를 잠자리에 들도록 허락해주었다는 사실이다. 상황을 알아서 짜 맞추든, 거기서 재미를 맛보든 모든 건 독자의 재량에 맡기고, 괜찮다면 우리는 이쯤에서 뒤클로의 이야기로 넘어가고자 한다. 각자 배우자 옆에 자리를 잡았고, 그날 저녁 아델라이드를 취하기로 되었으나 오귀스틴으로 대체한 공작만 예외였다. 마침내 분위기가 정돈되자, 뒤클로는 다음과 같이 이야기를 풀어나갔다.

"하루는 우리 가게 뚜쟁이 일을 하는 동료 한 명을 붙들고는, 세상에서 제일 지독한 채찍질 장면을 목격한 사람이 아마 나일 거라고 고집했습니다. 직접 가시나무와 소채찍으로 가격하는 입장이기도 했거니와 남이 가격하는 모습을 구경하기도 했으니까 말이죠. 그러자 그녀가 이러는 거였어요. '오, 그럴 리가! 분명히 말하지만, 그런 일에서 정말 지독한 꼴을 보려면 아직 멀었을걸. 내일 내 단골들 중 한 명을 만나보게 해주지.' 아침이 되어, 이름이 아마 그랑쿠르 씨라던가 하는 그 늙은 우편 징수업자의 방문 시간과 그가 벌일 의식에 대해 사전 설명을 들은 저는 필요한 준비를 갖춘 다음, 손님을 기다렸습니다. 그 사람이 볼일을 봐야 할 상대는 바로 저였고, 절차는 사전에 다 정해져 있었지요. 결국 그가 도착했고, 우린 방에 틀어박혔습니다. 제가 먼저 입을 열었지요. '손님, 이런 소식을 전해드리게 돼서 정말 유감입니다. 어쨌든 당신은 이제 갇힌 몸이고, 여기서 빠져나갈 수 없게 되었습니다. 내가 당신에게 제대로 형을 집행하는지 사법 당국에서까지 예의 주시하는 이 상황이 나 자신 정말 유감스럽지만, 당국의 의지가 그러하고, 나는 그로부터 내려온 명령을 받은 몸입니다. 당신을 여기 보낸 사람은 당신을 함정에 빠트린 거예요. 일이 이렇게 될 줄 다 알고 있었을 뿐 아니라, 당신으로 하여금 이런 파국을 피하게 해줄 수도 있는 사람이었으니까요. 하지만 당신은 당신이 할 일을 알고 있습니다. 당신이 저지른 그 어둡고 끔찍스러운 범죄행위를 벌 안 받고 무마할 수는 없지요. 내가 보기엔 이 정도 가벼운 벌로 끝낼 수 있어 얼마나 다행인지 몰라요.' 손님은 제 장광설을 가만히 귀 기울여 듣고는, 그게 끝나자마자 울음을 터뜨리며 제 발치에 몸을 던졌습니다. 그리고 제발 살살 다루어달라고 사정사정하는 것이었어요. '압니다, 그동안 제가 얼마나 자제심을 잃고 지내왔는지. 하느님과 법도를 엄청나게 무시하며 살아왔습니다. 하지만 당신처럼 선량한 여인이 제 개과천선을 책임져주신다니, 그저 관대한 처벌을 간청할 따름입니다.' 저는 이렇게 말했습니다. '나는 내 의무를 다할 뿐입니다. 무얼 믿고 나 또한 감시당하는 입장이 아니라고 생각하는 겁니까? 당신이 유발하는 동정심에 제멋대로 휩쓸려도 괜찮은 사람으로 보는 근거가 뭐예요? 자, 어서 옷이나 벗고 얌전히 굴어요. 이것이 내가 당신에게 해줄 수 있는 유일한 말입니다.' 그랑쿠르는 복종했고, 순식간에 발가벗은 상태가 되었습니다. 그런데, 에구머니나! 눈앞에 덩그러니 놓인 그 몸뚱어리라니! 얼룩덜룩한 호박단 뭉치라고나 할까요. 상처투성이의 그 몸뚱어리에서 찢어지거나 터진 자국이 없는 부위를 단 한 군데도 찾을 수 없었습니다. 하지만 저는 날카로운 가시들이 돋은 수도자용 채찍을 이미 불에 담가둔 상태였지요. 그날 아침 사용법이 첨부된 채 제게 전달된 물건이었습니다. 그 살인 무기는 그랑쿠르가 알몸에 이를 즈음 붉게 달아올라 있었지요. 저는 그걸 움켜쥐고 그를 후려치기 시작했는데, 처음에는 약하게, 그러다가 점점 강하게, 나중에는 있는 힘껏 팔을 휘둘러가며, 목덜미에서부터 발뒤꿈치까지 닥치는 대로 후려갈겼습니다. 잠깐 사이에 남자를 피투성이로 만들어버린 거죠. 채찍질하면서 말했습니다. '당신은 순 악질이야. 온갖 범죄를 저지른 망나니라고. 당신에겐 신성한 것이 아무것도 없어. 최근 들리는 말로는 자기 어머니를 독살했다고 하더군.' 그는 용두질을 하면서 말했습니다. '맞습니다, 마님. 진짜 그랬어요. 저는 괴물입니다. 범죄자예요. 이 몸이 아직 저지르지 않았거나, 앞으로 저지르지 못할 추악한 짓거리는 세상에 없습니다. 당신의 채찍질도 소용없어요. 저는 고쳐지지 않습니다. 범죄행위에서 너무나도 감미로운 쾌락을 맛보거든요. 어디 죽도록 패보세요, 그래도 여전히 범죄를 저지를 테니까. 범죄는 제 본질입니다. 제 목숨과도 같아요. 범죄로 지금껏 살아왔고, 범죄로 죽을 생각입니다.' 자, 그가 이런 말들로 흥을 북돋는 판이니, 제가 가하는 매질과 욕설 또한 얼마나 격해졌을지 감이 오실 겁니다. '씨팔!' 소리가 그의 입에서 튀어나오더군요. 그게 곧 신호였습니다. 그 단어와 함께, 저는 더욱 힘을 냈고, 가장 민감한 신체 부위를 집중적으로 가격하고자 애썼지요. 그는 깡충깡충 뛰다가, 펄쩍 튀어 오르더니, 저에게서 벗어나, 이 피비린내 나는 의식을 씻어내도록 일부러 마련한 미지근한 수조 속으로 사정과 동시에 뛰어들었습니다. 오, 그 즉시 저는 이 종목에 관한 한, 저를 능가하는 경험의 영예를 제 동료에게 양보해야 했답니다. 파리에서 이만한 경험을 한 사람은 우리 둘뿐이라는 자부심을 가져도 되겠다는 생각이 들더군요. 왜냐하면 우리의 그랑쿠르 씨께서 그야말로 한결같은 자세로 지난 20여 년 이상을 사흘에 한 번씩 꼭 그 계집을 찾아와, 같은 모험을 즐기고 갔으니까 말입니다.

얼마 지나지 않아 예의 그 동료가 저를 또 다른 난봉꾼에게 소개했답니다. 그의 기벽 역시 나리들 보시기에 앞선 경우 못잖게 특이할 것으로 저는 생각합니다. 무대는 르룰에 위치한 그자의 '작은집'이었죠.[123] 저는 상당히 어두컴컴한 방으로 안내되었는데, 한 남자가 침대에 있고, 방 한가운데 관이 하나 놓여 있더군요. 난봉꾼이 말했습니다. '지금 당신 앞에는 임종을 코앞에 둔 사내가 있소. 그는 자신이 숭배하는 대상에 마지막으로 한 번 더 경의를 표하고 나서야 눈을 감을 생각이지. 하여, 내가 사모하는 것은 엉덩이, 거기 차근차근 입을 맞추면서 죽고 싶다오. 내가 눈을 감거들랑, 당신은 내게 수의를 입힌 다음 이 관 속에 나를 집어넣는 거야. 그러고는 못을 박아버려. 요컨대 그런 식으로 쾌락의 품에 안겨 죽고 싶다는 뜻이야.[124] 최후의 순간을 내 음란 노리개의 보살핌 속에서 맞이하고 싶단 얘기지.' 그러면서 힘없이 더듬대는 목소리로 말을 이었습니다. '자, 어서 서두르시오. 임종이 다가오고 있소.' 저는 그에게 다가갔고, 그는 저를 돌려세워 제 엉덩이와 마주했습니다. 그가 말했지요. '아, 얼마나 아름다운 엉덩이냐! 이런 어여쁜 꽁무니를 마음에 담아 무덤까지 가지고 갈 수 있다니 얼마나 행복하냔 말이다!' 그러면서 엉덩이를 어루만지고, 양쪽으로 벌려, 마치 그 누구보다 살판난 사람처럼 그곳에 입을 맞추는 것이었어요. 한참 후에 그는 하던 짓을 멈추고 돌아앉더니 말했습니다. '아, 이런 즐거움, 더는 오래 누리지 못하리라는 걸 나는 알아! 나 이제 죽으니, 아까 내가 부탁한 거 명심해야 하오.' 그 말과 더불어 크게 한숨을 내쉬며 온몸이 뻣뻣하게 경직되는데, 얼마나 그럴듯하게 연기를 하는지, 그가 정말로 죽는다고 믿지 않는다면 귀신이 이 몸을 잡아가도 할 말 없을 정도였습니다. 저는 정신을 바짝 차렸습니다. 이런 재미난 의식이 어떻게 마무리될지 궁금한 가운데, 그의 몸을 수의로 감쌌지요. 그는 꼼짝도 하지 않았는데, 그렇게 보이도록 하는 무슨 비결이 있는 건지, 제가 그냥 정신 나간 상상을 해서인지는 모르지만, 아무튼 그의 몸은 딱딱한 철봉

123
르룰(le Roule)은 18세기 파리 샹젤리제 외곽에 존재했던 작은 마을 이름. 이곳에는 귀족이나 부르주아들이 은밀한 밀회를 즐기기 위해 마련해둔 이른바 '작은집(la petite maison)'들이 많았다. 18세기 문헌에서 '작은집'은 보통명사가 아니라, 당시 귀족 사회에서 유행한 도시 외곽의 전원 별장, 그중에서도 바람을 피우거나 음란 파티를 벌이는 용도의, 이른바 '아지트'를 지칭하는 일종의 은어였다.

124
"친구여, 관능적인 쾌락은 언제나 내가 가진 가장 소중한 자산이었다네. 평생 나는 그것을 예찬해왔고, 그 품에 안겨 생을 마감하고 싶었지."(사드 전집 1권, 35쪽) 죽음의 공포를 극복하려는 철학의 보편적 기도를 뛰어넘어, 죽음 자체를 쾌락에 접목시킨다는 점에서 사드의 철학은 급진적이다.

처럼 차갑고 뻣뻣하기만 했습니다. 오로지 그의 자지만 생명의 신호를 보내고 있었지요. 아주 단단한 상태로 배때기에 딱 붙어서, 자기 의지와는 상관없이 좆물방울들을 떨굴 것처럼 보였거든요. 수의로 완전히 싸 바른 그의 몸뚱어리를 들어보았는데 과연 쉬운 일이 아니더군요. 스스로 자세를 뻣뻣하게 굳히다 보니 몸 전체가 황소만큼이나 무거워졌습니다. 그래도 결국 저는 해냈고, 그를 관 속에 뉘였습니다. 그러고는 추도의 기도를 읊기 시작했고 마지막으로 관 뚜껑에 못을 박았지요. 바로 그때가 절정의 순간이었습니다. 망치 소리를 듣자마자 그가 미친 사람처럼 괴성을 질러대는 것이었어요. '아! 이런 우라질! 나 싼다! 어서 도망쳐라, 창녀야! 어서 도망쳐! 나한테 잡히면 넌 죽은 목숨이야!' 덜컥 겁이 나 부리나케 계단으로 내달린 저는 주인의 괴벽을 잘 알고 있는 눈치 빠른 하인과 마주쳤고, 그는 저에게 2루이를 건넨 다음, 제가 처넣은 상태로부터 피해자를 구해내기 위해 득달같이 방으로 뛰어들어가는 것이었습니다."

"그것 참 재미있는 취향이로군." 뒤르세가 말했다. "이봐요, 퀴르발, 당신은 저런 거 이해합니까?" 퀴르발이 대답했다. "너무나도 잘 이해하지! 그 사람은 죽음의 관념과 친숙해지기를 원하고, 그 방법으로서 죽음과 방탕을 결합시키는 것 이상을 찾지 못하고 있는 거요. 그 인간은 죽어가면서까지 기필코 엉덩이를 주무를 거외다." 그러자 샹빌이 끼어들었다. "틀림없이 그 남자 소문난 불경자(不敬者)일 겁니다. 제가 아는 사람이에요. 그 자가 종교의 가장 신성한 의식들을 어떻게 다루는지 나리들께 말씀드릴 기회가 있을 겁니다." "아무렴 그래야지." 공작이 말했다. "그자는 세상 그 무엇도 개의치 않는 타입일 거야. 그래서 임종에 직면해서도 똑같이 생각하고 행동할 수 있기를 바라는 거지." 이번에는 주교가 말을 받았다. "나로 말하자면, 그런 정념이 아주 자극적으로 다가오는걸. 솔직히 그것 때문에 발기할 정도라니까. 이봐요, 뒤클로, 그만 넘어갑시다, 넘어가자니까.

이러다간 아무래도 어리석은 짓을 할 것 같은 느낌이거든. 오늘은 더 이상 그러고 싶지 않은데 말이야."

아리따운 계집이 이야기를 이어갔다. "이번에는 조금 덜 까다로운 경우를 들려드리지요. 오로지 자기 똥구멍이 꿰매지는 쾌감을 위해 5년 넘게 제 뒤만 졸졸 따라다니는 남자의 사연입니다. 그가 침대에 배를 깔고 엎드리면 저는 그 가랑이 사이에 자리를 잡고 앉지요. 거기서 밀랍을 먹인 반 온[125]정도 길이의 굵은 실을 바늘에 꿰어, 정확히 그의 항문을 돌아가며 촘촘하게 꿰매는 겁니다. 근데 이 남자 그 부위 피부가 얼마나 단단한지, 또 바늘이 찌르는 데 얼마나 단련되어 있는지, 제가 하는 조작으로는 피 한 방울 나지 않는 것이었어요. 아무튼 제가 바느질하는 내내 스스로 용두질하던 그는 마지막 한 땀을 꿰매는 순간 악마처럼 사정했답니다. 그의 희열이 가라앉기를 기다렸다가, 제가 제 작품을 신속하게 해체하는 걸로 모든 과정은 마무리되었고요.

또 다른 남자는 자연이 체모로 뒤덮어놓은 자신의 신체 부위 곳곳에 주정(酒精)을 부어 문지르게 했습니다. 그러고 나서 제가 불을 붙이면, 알코올 성분이 순식간에 모든 체모를 태워버리게 말이죠. 그는 자기 몸에 불이 붙은 상태에서 사정을 했고, 그동안 저는 제 복부와 불두덩, 기타 몸 앞부분을 들이대고 있어야 했습니다. 앞 아니면 여자 몸을 절대 보려고 하지 않는 고약한 취향의 소유자였거든요.

그런데 나리들 중 누구 미르쿠르를 아시는 분 있나요? 지금은 대법정 판사이지만 저 당시엔 왕실 참사원 고문[126]이었던 사람인데요." "내가 알지." 퀴르발의 대답에 뒤클로가 말했다. "그럼, 나리, 만약 그 사람에게 정념이라는 것이 있다면 과거에는 그것이 어떠했고, 지금은 또 어떤지 혹시 아시나요?" "아니. 그자가 독신자(篤信者)로 알려져 있고, 자기 스스로도 그걸 원하는 만큼, 나도 알면 정말 재밌겠는걸." 뒤클로가 다시 말했다. "그는

125
aune. 1837년에 폐지된 길이의 단위로 대략 2/3투아즈 또는 4피에에 해당한다. 즉, 반(半) 온(demi-aune)은 어림잡아 64센티미터 정도의 길이라 할 수 있다.

126
일종의 왕실 법정 조언자로, 성직자가 맡는다.

남들이 자기를 한 마리 당나귀로 생각해주기를 바란답니다…."
"아하, 빌어먹을!" 공작이 퀴르발을 향해 말했다. "그 직책에 딱 맞아떨어지는 취향이로군! 분명 자기가 당나귀로서 판결을 내려야 한다고 보는 거야… 자자, 그래서 어떻게 됐지?" "그래서 말입니다, 나리, 고삐를 매서 그를 끌고 다녀야 하는 거예요. 한 시간 동안 방 안을 질질 끌고 다니는 거죠. 그가 당나귀처럼 울면, 그 등에 올라타 온몸을 승마용 채찍으로 매질하고요. 빨리 가라는 거죠. 그는 속력을 내기 시작하고, 그러면서 내내 수음합니다. 그리고 사정하는 순간, 큰 소리로 울부짖으면서 힘껏 뒷발질해, 등에 탄 계집을 저만치 나뒹굴게 하죠." 그러자 공작이 말했다. "듣고 보니 그건 음탕하다기보다 재미난 취향이군. 말해보게, 뒤클로, 그자가 혹시 똑같은 취향을 가진 친구가 있다는 말 자네에게 하지 않던가?" "네, 했어요." 사랑스러운 뒤클로는 재치 있게 농담조로 받아넘기더니, 자기 할 일이 다 끝난 만큼 단상에서 내려오며 말을 이었다. "그런 친구가 아주 많다고 했습니다. 하지만 그들이 다 사람을 태우고 싶어 하진 않는다고 하더군요." 이야기는 그걸로 마무리되었고, 이제 다들 저녁을 먹기 전에 무언가 어리석은 짓을 벌이고 싶어 했다. 공작은 아주 가까이 있던 오귀스틴을 덥석 붙잡았다. 그리고 클리토리스를 문지름과 동시에 자기 자지를 움켜쥐게 하고는, 이렇게 말했다. "이따금 퀴르발이 협약을 파기하고 동정을 박탈하고픈 유혹에 사로잡히는 게 하나도 놀랄 일이 아니라는 생각이 들어. 이를테면 지금 나 역시 오귀스틴의 동정을 악마에게나 줘버리고 싶은 생각이 굴뚝같거든." "어느 동정 말인가?" 퀴르발이 대뜸 묻자 공작이 대답했다. "그야 당연히 앞뒤 다지. 하지만 현명하게 처신해야겠지. 이렇게 우리의 쾌락을 뒤로 미룸으로써, 그만큼 더 감미롭게 만드는 셈이니까." 그는 계속해서 말을 이었다. "자, 어여쁜 소녀여, 그대의 볼기짝이나 어디 좀 구경하자꾸나. 그럼 혹시 내 생각이 송두리째 바뀔지도 모르지… 빌어먹을! 이 요망한 창녀가 정말 기막힌 엉덩이를 가졌군! 퀴르발, 이

걸 어떻게 요리하면 좋을지 어디 말 좀 해보시오." "시큼한 소스[127]를 곁들여보시구려." 퀴르발의 대꾸에 공작이 말했다. "오, 제발! 하지만 참아야지… 두고 봅시다, 시간이 다 해결해줄 테니." "이보세요 형님," 고위 성직자가 잔뜩 소리를 죽여 말했다. "하시는 말씀에서 왠지 좆물 냄새가 폴폴 풍깁니다요." "아이고, 정말이지 지금 엄청 쏟아버리고 싶거든." "아니, 못할 이유라도 있나요?" 주교의 말에 공작이 대답했다. "오, 한두 가지가 아니지. 우선 똥이 없어. 되게 고픈데 말이야. 그 밖에도 딱히 떠오르진 않지만, 아무튼 아쉬운 게 한두 가지가 아니라고." "이를테면 뭐?" 앙티노위스가 싸는 똥을 입으로 받아먹으며 뒤르세가 묻자, 공작이 말했다. "뭐가 아쉽냐고? 내가 흠뻑 빠져들 약간의 추악한 만행이라고나 할까." 그러면서 공작은 오귀스틴과 젤라미르, 퀴피동, 뒤클로, 데그랑주 그리고 에르퀼과 함께 회합실 맨 끝의 규방으로 들어갔고, 얼마 지나지 않아 공작의 머리와 고환 모두가 마침내 진정되었음을 입증하는 비명 소리와 욕설이 밖으로 새어 나왔다. 그가 오귀스틴에게 무슨 짓을 했는지는 자세히 알 수 없으나, 그녀를 향한 공작의 애정에도 불구하고, 밖으로 나온 오귀스틴은 엉엉 울고 있었고 손가락 하나는 끔찍하게 뒤틀려 있었다. 아직은 모든 정황을 해명할 수 없다는 게 우리로서도 유감이나, 이것만은 분명하다. 저 나리들께서는 아직 이야기로 다루어지지 않은 행위들을, 엄밀히 허용되기 전에 은밀한 방식으로 저지르고 있으며, 그런 점에서 자신들이 정한 규약들을 명백하게 위반하고 있다는 사실. 하지만 모임 전체가 같은 잘못을 범하는 상황이라, 아주 손쉽게 서로를 용인해주고 있다. 제자리로 돌아온 공작은 우두커니 시간을 낭비하지 않은 주교와 뒤르세, 나아가 브리즈퀴의 품에 안긴 채 주위에 널린 쾌락의 대상들을 양껏 끌어모아 할 수 있는 모든 짓을 즐기고 있는 퀴르발의 모습을 흐뭇하게 바라보는 것이었다.

식사를 했다. 일상적인 통음난교가 이어졌다. 그러고는 다들 잠자리에 들었다. 아델라이드가 심하게 절뚝거리는 지경임

127
une vinaigrette. 다소 애매하기는 하나, 정액을 비유한 단어로 해석된다.

에도 그날 밤 그녀를 취하기로 되어 있는 공작은 고집을 꺾지 않았는데, 늘 그렇듯 난교 파티에서 한껏 취한 상태로 돌아온 만큼, 결코 곱게 다루었다고는 말할 수 없다. 요컨대 밤은 이전 모든 밤과 마찬가지로 그렇게 지나갔다. 다시 말해, 광란과 방탕이 난무하는 가운데 말이다. 그리고 시인들이 말하듯 황금빛 새벽이 도래해 아폴로의 궁정 문을 열자, 그 자신 방탕기가 다분한 남신(男神)께서는 오직 새로운 음란 행위들을 비추기 위해 자신의 푸른 전차에 올랐다.

제25일

그 누구도 넘볼 수 없는 실링 성 성벽 안에서는 또다시 은밀한 모의가 진행되었으나, 그 역시 아델라이드와 소피의 경우 못잖은 위험한 결과를 낳고 말았다. 이 새로운 교제는 알린과 젤미르 사이에서 이루어지고 있었다. 두 소녀의 엇비슷한 성격이 서로를 연결시키는 데 큰 몫을 한 것이었다. 둘 다 다정다감한 기질에 나이도 많아야 두 살 반 정도 차이고, 순진하면서 어린애 같은 성격이었다. 한마디로 두 사람 다 거의 동일한 미덕과 함께, 악덕조차 비슷했다. 젤미르나 알린이나 모두 다정다감하면서도 또한 게으르고 태만한 성격이니 말이다. 요컨대, 두 소녀는 서로 너무나 죽이 잘 맞은 나머지, 25일째 되는 날 아침 같은 침대에서 발각되었는데, 자초지종은 다음과 같았다. 우선 퀴르발의 몫으로 배정된 젤미르는 규정대로 그의 침실에서 잤다. 그런데 같은 밤 퀴르발의 수청을 들 여자가 하필 알린이었다. 하지만 난교 파티에서 술로 떡이 되어 돌아온 퀴르발이 이날따라 방도시엘하고만 자야겠다며 고집을 부렸고, 그런 이유로 두 가녀린 비둘기는 얼떨결에 함께 버려져, 추위를 피해 서로 부둥켜안은 채 동침하게 되었던 것이다. 바로 그걸 두고, 둘의 앙증맞은 손가락이 팔뚝 아닌 다른 엉뚱한 곳을 더듬은 게 아니냐는 주장이 제기되었다. 아침에 눈을 뜬 퀴르발은 두 마리 작은 새가 같은 둥지에 있는 걸 보더니, 거기서 무엇 하는 짓이냐고 물었고, 당장 둘 다 자기 침대로 올라오라고 명령했다. 그는 클리토리스 밑을 킁킁거리며 냄새 맡았고, 두 사람 다 아직도 거기가 씹물로 축축이 젖어 있음을 똑똑히 확인했다. 상황은 심각했다. 너도나도 이 두 아가씨를 음란 노리개로 다룰 생각이면서도, 그 둘 사이의 관계만큼은 정숙하기를 요구했으니 말이다(한치 앞을 가늠하기 어려울 만큼 제멋대로인 방탕주의가 무엇은 요구 못 하랴!). 만에 하나 둘 사이 가끔은 불순한 행위가 허용된다면, 그건 오로지 나리들이 명령하거나 보는 앞에서 이루어지는 행위여야만 했다. 어쨌든 이 문제는 회의에 부쳐졌고, 두 비행 소녀는 부인할 수 없건 감히 그럴 엄두가 나지 않건, 자기들끼리 어떻게 그런 행동을 했는지 공개하고, 모든 사람이 보는 앞에서 둘만의 특별한 재주를 다시 선보일 것을 명받았다. 두 소녀는 잔뜩 상기된 얼굴로 엉엉 울면서, 또 자신들이 한 행동을 용서해달라고 빌면서 그 명을 이행했다. 하지만 용서를 고려하기에는 오는 토요일에 이 어여쁜 커플을 처벌한다는 생각이 너무나도 달콤했기에, 둘의 이름은 뒤르세의 숙명적인 노트에 곧장 기입되었다. 뜻밖의 수확으로 한 주가 또 알차게 채워질 수 있게 된 셈이다. 절차를 마무리한 뒤 아침 식사를 했고, 뒤르세는 정해진 대로 순시를 돌았다. 치명적인 소화불량은 아니나 다를까 비행 소녀를 한 명 양산했는데, 이번에는 어린 미셰트였다. 전날 사람들이 억지로 너무 많이 먹여 자기는 어쩔 수 없었다는 둥 아이다운 변명을 잔뜩 늘어놓았지만 목록에 이름이 오름을 막을 수는 없었다. 발기한 퀴르발이 요강을 냉큼 집어 들고 그 안에 든 모든 것을 게걸스레 삼켰다. 그러고는 노기 띤 눈알을 부라리며 소녀를 향해 이렇게 내뱉었다. "오냐, 그래! 요망한 계집아! 당연히 너는 체벌을 받아야지. 그것도 내 손으로 말이다! 이런 식으로 똥을 싸지르면 안 되지. 적어도 우리에게 미리 알렸어야 하는 거라고. 우린 언제든 똥을 받아먹을 준비가 되어 있다는 걸 명심해." 그러고는 가르침을 베푼다면서 여자애의 볼기를 억세게 주물렀다. 소년들은 흠잡을 데 없는 상태였다. 예배실 사용 허락은 그 누구에게도 떨어지지 않았고, 다들 식탁에 착석했다. 점심 식사 내내 알린의 행동을 두고 말이 많았다. 모두 그녀를 정숙한 척하는 요녀로 생각했는데, 마침 그 기질의 증거가 나온 셈이라고 했다. 뒤르세가 주교에게 말했다. "그러니, 여보게, 이런 판국에 계집애들 겉모습을 우리가 믿어야 하겠는가?" 그처럼 기만적인 것이 없다는 점에 만장일치로 동의했고, 여자애들이 죄다 가짜인 만큼, 머리를 굴려도 영락없는 거짓을 포장하기 위함일 뿐이라고 결론 내렸다. 이 말로 여자들에 대한 대화는 막을 내렸는데, 가뜩이나 여자를 혐오하는 주교는 이제 막 치미는 증오심을 마구 쏟아냈다. 그는 여자들을 가장 저열한 짐승의 수준으로 깎아내렸고, 그 존재라는 것이 세상에 너무나도 무용해, 이 지상에서 완전히 적출해내버린다 한들 자연의 입장에서는 아무런 해도 없다는 점을 강조했다. 어차피 옛날에는 여자 없이 생명을 창조할 줄 알았던 자연이기에, 앞으로도 남자만 존재할 경우 다시 또 그럴 수 있으리라는 것이었다.[128] 다들 커피를 마시기 위해 이동했다. 시중은 오귀스틴, 미셰트, 이아생트 그리고 나르시스가 맡았다. 어린 사내아이들의 자지를 빠는 것을 단순하고도 가장 큰 즐거움으로 삼는 주교가 몇 분 전부터 이아생트를 상대로 그 짓을 즐기다가, 별안간 볼록하게 부푼 입을 떼면서 소리쳤다. "아, 이럴 수가! 다들 주목해요! 이런 게 바로 동정이라니까! 내 장담하건대, 여기 이 맹랑한 꼬마 녀석이 난생처음 사정했답니다!" 그러고 보니, 실제로 이아생트가 거기까지 이른 걸 본 사람은 아무도 없었다. 그런 걸 해내기에는 아직 너무 어리다고만 생각하고 있었던 거다. 하지만 그도 이제 열네 살이고, 일반적으로 자연이 우리에게 호의를 듬뿍 베풀어줄 나이였다. 그러니 주교가 마침내 해치웠다고 생각하는 쾌거만큼 당연한 현상도 없는 셈이었다. 그럼에도 다들 사실을 확인하기 원했고, 너도나도 직접 그 흥미진진

128
이 대목은 17세기 말 네덜란드의 박물학자로 현미경을 제작했던 안톤 판 레이우엔훅(Anton van Leeuwenhoek)의 발견에 힘입어 18세기에 큰 반향을 불러온 극미동물론(animalculism)을 암시한다. 특히 인간의 정충을 발견함으로써, 남자의 정자 안에 인간의 형성 물질이 완전체(homunculus)로 존재하고, 여성의 난자는 그 발현을 돕는 영양 공급원일 뿐이라는 가설이 유행했다.

한 현장을 목격하고 싶어 했다. 마침내 모두 모여 어린 사내아이 주위로 반원을 그려 앉았다. 숙소에서 제일 유명한 수음 기술자 오귀스틴에게 회중 앞에서 소년을 다루라는 지시가 내려졌고, 사내아이는 자기가 원하는 부위 어디든 여자를 만지고 주무를 수 있게 허락되었다. 눈부시게 아름다운 열다섯 살 소녀가 열네 살 소년을 상대로 더할 나위 없이 감미로운 수음을 통해 사정에 이르도록 자극하고 애무하는 것보다 더 관능적인 장면은 없을 터! 이아생트는 아마도 자연이 도와서인지, 아니 그보다는 지금껏 학습해온 사례들 덕분인지는 몰라도, 수음 기술자의 작고 어여쁜 볼기짝만을 만지고, 주무르고, 입 맞추는 가운데 얼마 지나지 않아 그 앙증맞은 볼이 발그레하게 달아오르면서 두세 번 깊은 숨을 내쉬었고, 그와 동시에 역시 귀엽고 앙증맞은 자지에서 마치 크림처럼 희고 부드러운 좆물이 대여섯 차례 3피에 멀리 분출했는데, 그것은 또 가장 가까이 앉아 이상 모든 조작을 지켜보며 나르시스가 해주는 용두질을 즐기던 뒤르세의 허벅지에 후두두 떨어지는 것이었다. 사실이 확인되자, 모두 나서서 아이의 온몸 구석구석을 어루만지고 입 맞추었다. 그러면서 너도나도 이 싱싱한 정액을 조금이나마 얻어 가지려고 했는데, 나이로 보나 첫 경험이라는 사실로 보나, 여섯 번을 사정해도 지나치지 않다고 생각했는지, 방금 두 차례 사정하게 만들었음에도 우리의 리베르탱들은 아이로 하여금 각자에게 한 번씩 더 사정하도록 강요했고, 아이는 그들 모두의 입안에 정액을 뿜어주었다. 이 모든 광경으로 인해 잔뜩 달아오른 공작은 오귀스틴을 붙잡고 클리토리스를 혀로 열심히 굴려, 두세 번에 걸쳐 그녀를 싸게 만들었다. 기질적으로 색을 밝히고 열도 많은 계집애로선 그리 오래 걸리는 일도 아니었다. 공작이 오귀스틴을 더럽히는 동안, 뒤르세의 반응을 구경하는 것만큼 재미나는 일도 없었다. 그는 자신이 제공하지 않은 쾌락의 징표를 두 손 모아 고이 받아 담더니, 이 아리따운 소녀의 입에 수없이 키스하고는, 이를테면 남이 그녀의 감각 속을 휘돌아 나오게 만든 관능의 물질을 자기가 냉큼 삼켜버리는 것이었다. 시간이 많이 늦었다. 낮잠은 건너뛸 수밖에 없었고 다들 구연장으로 이동했다. 뒤클로가 거기서 오래 기다리고 있었다. 모두 자리를 잡자, 그녀는 다음과 같은 말들로 자신의 모험담을 펼쳐나갔다.

"나리들께 미리 말씀드린 적이 있습니다만, 나이가 많아서 또는 너무 질려서 더 이상 즐길 수 없어진 쾌락의 불티들을 이제는 고의적인 굴욕이나 고통에서 찾아보고자 자기 자신을 학대하고 고문하는 사내들의 심리를 이해하기란 아주 어렵습니다. 바로 그런 부류의 인간들 중 한 명으로, 예순 살 먹은 남자가 일체의 음란한 쾌감에 둔감해진 나머지, 신체 모든 부위, 특히 자연이 일부러 그런 쾌감에 할당한 부위를 촛불로 지짐으로써만 자신의 감각을 일깨우게 되었다면 여러분은 믿으시겠습니까? 저는 그의 볼기와 자지, 불알 그리고 무엇보다 그의 똥구멍에 촛불을 직접 갖다 대곤 했답니다. 그러는 동안 그는 제 궁둥이에만 집요하게 입을 맞추었는데, 그런 식으로 열다섯 내지 스무 번까지 고통의 조작을 거듭한 끝에야 화형 집행자가 들이대는 항문을 쪽쪽 빨아대면서 사정에 이르는 것이었어요.

그로부터 얼마 지나지 않아 그런 부류의 또 다른 남자를 만났는데, 이자는 저더러 말한테 사용하는 글겅이를 가지고 자기 몸 전체를, 정확히 제가 방금 말한 동물에게 하듯, 긁으라고 하는 것이었습니다. 그의 몸이 피투성이가 되면, 저는 이제 주정을 그 위에 붓고 마구 문질렀는데, 이 두 번째 고통으로 인해 결국 그는 제 젖가슴을 향해 엄청난 기세로 사정하는 겁니다. 그야말로 전쟁터나 다름없는 현장을 자신의 좆물로 흠뻑 적셔주고 싶어 한 거죠. 그의 앞에 제가 무릎을 꿇고 앉아 자지를 젖통 사이에 끼우고 압박하면, 그는 불알 속의 시큼한 잉여물을 마음 놓고 그 위에 쏟아냈습니다.

세 번째 남자는 엉덩이에 난 터럭을 한 올 한 올 뽑아달라고 했습니다. 이 조작이 진행되는 동안 그는 방금 제가 싼 따끈

따끈한 똥 덩어리를 향해 신나게 용두질하는 것이었어요. 그러다가 "씨팔"이라는 상투어가 튀어나와 절정의 도래를 알리는 순간, 저는 그의 양쪽 볼기짝을 가위로 쿡쿡 찔러 피가 솟구치게 함으로써 그 절정을 확정해야만 했지요. 그의 엉덩이는 이런 식으로 생긴 흉터로 뒤덮이다시피 해서, 저만의 상처 두 개를 더 새겨줄 만큼 멀쩡한 지점을 찾기란 그리 쉽지 않았습니다. 어쨌든 그의 코는 이미 똥에 파묻혀 있었고, 그의 얼굴 전체가 똥으로 범벅이 되었으며, 철철 흘러넘치는 정액이 절정의 황홀경을 장식하고 있었죠.

네 번째 남자는 자지를 제 입에 넣더니 있는 힘껏 깨물라고 명령했습니다. 그런 상태에서 저는 그의 두 볼기짝을 이가 매우 날카로운 쇠 빗으로 짓찢었지요. 그러는 와중에, 워낙 보잘것없이 발기한 터라 언제 물렁해질지 모를 그의 물건이 금방이라도 맥을 잃을 것처럼 느껴질 때마다, 저는 두 볼기짝을 인정사정없이 양쪽으로 찢고, 그 사이 똥구멍에다가 이럴 때를 대비해 바닥에 놓아둔 촛불을 확 갖다 대는 것이었습니다. 항문을 촛불로 지지는 바로 그 감각을 통해서만 발사까지 갈 수 있는 사람인 거죠. 아무튼 저는 그 순간을 놓치지 않고 앙다문 입에 더욱 힘을 주었고, 곧장 제 입안은 가득 찼습니다.

"잠깐." 주교가 말했다. "오늘은 입안에 사정하는 얘기만 들으면 영락없이 내가 아까 경험한 행운이 머릿속에 떠오르고, 내 정신은 그와 같은 쾌락을 위한 준비에 들어갈 수밖에 없겠는걸." 그러면서 당일 저녁 옆자리를 배정받은 방도시엘을 끌어당겼고, 진정한 보갈답게 온갖 음란을 떨며 자지를 빨기 시작했다. 결국 좆물이 나왔고, 그는 그걸 삼켰다. 그러고는 곧바로 제피르를 붙잡아 똑같은 조작을 강행했다. 그는 발기했는데, 그런 흥분 상태일 때 그 주변에 여자들이 있는 경우란 매우 드물었다. 불행히도 지금은 조카딸 알린이 있었다. 그가 말했다. "요 고약한 년, 너 거기서 뭐하는 거야? 내가 남자 원하는 거 안 보여?" 알린은 도망치려고 했으나, 그가 머리채를 휘어잡고는, 후궁 젤미르와 에베까지 함께 밀실로 질질 끌고 들어갔다. 그러면서 친구들에게 이러는 것이었다. "두고 봐요. 두고 봐. 내가 자지를 바라고 있는데 대뜸 보지를 들이대면 어떤 꼴을 당하는지요 걸레 같은 년들한테 제대로 가르쳐줄 테니까!" 명을 받은 팡숑이 숫처녀 세 명을 따라나섰는데, 잠시 후 알린의 요란한 비명 소리가 들리는가 싶더니, 사랑스러운 조카딸의 고통에 찬 목소리와 더불어 사정하는 나리의 울부짖음이 뒤를 이었다. 모두 돌아왔는데… 알린이 엉덩이를 붙잡고 비비 꼬면서 서럽게 울고 있었다. 공작이 그녀를 향해 말했다. "어디, 이리 와서 좀 보자! 내 동생의 과격한 행동이 남긴 흔적을 구경하고 싶어 미치겠단 말이다." 알린이 무언가를 보여주긴 했는데, 그 무시무시한 밀실에서 벌어지는 일을 내가 알아내기란 여전히 불가능했다. 다만 공작이 이렇게 외쳤다. "아, 씨팔, 그것 참 근사하군! 나도 좀 저렇게 해야겠어." 하지만 퀴르발이 너무 늦은 시간임을 환기시켰고, 이따 난교 파티 때 함께할 유희를 계획하고 있는데 그걸 위해서는 정신도 멀쩡해야 하고 좆물도 비축해두어야 한다고 말했다. 이제 저녁을 마무리할 다섯 번째 이야기를 뒤클로에게 부탁했고, 뒤클로는 다음과 같이 이야기를 재개했다.

"굴욕을 자처하고 능욕을 당하고자 하는 괴벽의 소유자들인 이 괴이한 인간들 가운데 회계 법정 판사가 하나 있는데, 이름이 푸콜레라고 했습니다. 이자가 자신의 그런 괴벽을 어디까지 밀고나갈 수 있는지 가늠하기란 불가능했어요. 그에게는 정말이지 세상에 존재하는 모든 고문의 본보기를 맛보여야 할 정도였습니다. 우선 제가 그의 목을 매달면 적당한 시점에 밧줄이 끊어지고 그는 매트리스 위에 떨어집니다. 그러고 나면, 또 제가 그를 성 안드레아의 십자가에 매달고 두꺼운 판지를 돌돌 말아 만든 몽둥이를 휘둘러 팔다리 부러뜨리는 시늉을 하지요. 뜨겁다 느낄 정도의 쇠로 어깨에 가볍게 낙인을 찍기도 하고요. 저는 정확히 사형집행인이 하는 방식 그대로 그의 등짝을 채찍질했고, 그러면서 별의별 범죄 행각에 대한 신랄한 비판과 지독한 욕설을 함께 퍼부어야 했습니다. 이런 조작들 각각에 대해서 그는 속옷 바람에 양초를 손에 쥐고 신과 법 앞에서 비굴하게 용서를 빌었고요. 마지막으로 게임은 제 엉덩이 쪽에서 마무리되었습니다. 머리의 열기가 극도로 치솟는 순간 난봉꾼이 그쪽에 좆물을 쏟아내는 것이죠."

"이제 뒤클로의 이야기가 끝났으니, 내 맘대로 사정해도 되는 거요?" 공작이 퀴르발에게 물었다. 판사는 이렇게 대답했다. "아니지, 아니야. 당신 좆물 그대로 간직하고 있어야 해. 그건 난교 파티 때 필요하다니까." 공작이 말했다. "아이고, 됐네요! 당신 나를 맥 빠진 퇴물로 보는 모양인데, 지금 조금이라도 좆물을 쏟으면 얼마 안 있어 당신 머릿속에 떠오를 온갖 추악한 짓거리에 내가 발맞추지 못하고 감당 못 할 거라 생각하는 거요? 걱정 마시구려. 난 항상 준비되어 있을 테니까. 그나저나 내 동생이 아까 잔혹한 본보기를 살짝 보여주면서 기분 좋아 하던데, 그걸 당신의 사랑스러운 딸 아델라이드를 데리고 내가 직접 해보지 않고서는 울화가 치밀 것 같소이다." 말을 끝내자마자 그는, 당일 자기에게 배당된 4인조 여자애들 중 테레즈와 콜롱브, 파니와 함께 아델라이드를 밀실로 밀어 처넣었고, 아마도 주교가 조카딸에게 가한 행동을 거기서 저질렀다. 필시 같은 상황에서 사정이 이루어졌을 텐데, 아까처럼 어린 희생자의 끔찍한 비명 소리와 난봉꾼이 내지르는 괴성이 바깥으로 새어 나온 것만 봐도 그랬다. 퀴르발은 두 형제 중 누가 더 그럴듯하게 해치웠는지를 결정하고 싶어 했다. 그는 두 여자를 가까이 오게 해서, 엉덩이 쪽을 찬찬히 검사해보았고, 마침내 공작이 흉내를 넘어 보다 우월한 실력을 발휘한 것으로 결정했다. 모두 식탁에 앉았고, 모종의 약물을 사용해 남녀를 불문하고 노리개의 내장에 가스를 채워 넣은 다음, 식사가 끝나자마자 '아가리방귀뽕'[129] 놀

129
페탕괼르(pète-en-gueule). 옛날에 병사나 사내아이들이 즐겼다는 조금은 과격한 놀이. 두 사람이 짝을 이루어 한 명이 똑바로 서 있고 다른 한 명이 거꾸로 매달려 서로 다리 사이에 머리가 오도록 부둥켜안은 상태로, 바닥에 손을 짚고 엎드린 또 다른 두 명의 등을 타고 시소처럼 한쪽으로 넘었다가 다시 반대로 넘는 놀이. 자연스럽게 서로의 방귀를 마셔야만 하는 코믹한 상황이 이루어진다. 프랑수아 라블레의 『가르강튀아와 팡타그뤼엘』 제22장 「가르강튀아의 유희」에도 등장하는 이 놀이를, 사드는 훨씬 단순하고 노골적인 형식으로 변조해 제시한다.

이를 즐겼다. 친구들 네 명이 소파 등받이에 다리를 얹고 고개를 뒤로 젖힌 상태로 나란히 누우면, 사람들이 차례차례 그 입안에 방귀를 뀌어댄다. 뒤클로가 방귀를 세고 점수를 매기는 임무를 맡았는데, 방귀 뀌는 남자와 여자가 모두 합해 서른여섯이고 그걸 마시는 사람은 단 네 명이어서, 개중에는 150여 회까지 방귀를 마신 사람도 나왔다. 퀴르발이 공작에게 자제를 요구한 건 바로 이 음란한 의식을 위해서였다. 하지만 아무 소용 없었다. 방탕주의에 워낙 친화적이다 보니 어떤 상황에서든 새로운 변태 행위는 그만큼 더 큰 효과를 유발해, 공작은 마담 팡숑의 구수한 가스에 또다시 완벽한 사정을 선보이는 것이었다. 퀴르발의 경우는 앙토니위스의 방귀가 좆물을 쏟게 만들었고, 뒤르세는 마르텐의 방귀로 좆물을 잃었으며, 주교는 데그랑주의 방귀에 당했다. 하지만 어린 요정들은 아무것도 얻은 게 없었고, 그렇게 모든 일은 어김없이 진행되어, 추악한 짓거리는 언제나 방탕한 인간들의 주도로 이행되어야 하는 것이었다.

제26일

징벌보다 더 감미로운 것이 없고, 그만한 쾌락을 약속하는 것이 없으며, 그런 쾌락은 이야기가 진행되면서 더 노골적인 단계로 발전해, 오직 그만을 맛보기 위해 서로가 다짐하는 형편이므로, 징벌의 관능을 가져다줄 잘못들로 어떻게든 노리개들을 유도하기 위해 온갖 방안이 궁리되고 있었다. 이런 목적으로 친구들은 이날 아침 특별한 모임을 갖고 의논했다. 각자 기존 규칙에 첨가할 여러 가지 조항들을 제안했는데, 이를 어기면 반드시 징벌이 따르도록 하는 것이어야만 했다. 우선 배우자와 소년, 소녀들이 친구들 입안 말고 다른 곳에 방귀를 뀌는 걸 철저히 금지했다. 혹시라도 방귀 욕구가 생기면, 그 즉시 나리들 중 어느 한 명을 찾아가 그를 상대로 참았던 방귀를 뀌어야 한다.

이를 어기는 사람에겐 강력한 체벌이 가해진다. 마찬가지로 엉덩이 세척과 휴지 사용을 엄격히 금지했다. 모든 노리개에게 단 한 명도 예외 없이 내려진 지시는 절대로 씻지 말고, 특히 똥을 누고 나서 엉덩이를 닦지 말라는 거였다. 만에 하나 엉덩이가 청결한 상태로 발각될 경우, 당사자는 그 엉덩이를 닦아준 사람이 친구 중 한 명임을 증명하고, 이름을 밝혀야 한다. 이때 확인 요청을 받은 친구는 마음만 내키면 얼마든지 사실을 부인할 수 있기에, 두 가지 즐거움을 동시에 확보하는 셈이다. 즉, 혀로 문제의 엉덩이를 닦아내는 즐거움과 바로 그 즐거움을 제공한 노리개를 벌주는 즐거움… 앞으로 그 실제 사례들을 접할 기회가 있을 것이다. 이와 같이 새로운 금지 조항들을 신설한 다음에는 새로운 의식을 도입했다. 아침이 밝자마자 커피를 마시고, 소녀들 숙소와 소년들 숙소를 순시할 때 노리개들 한 명 한 명이 저마다 친구들 앞으로 나와 크고 명료한 목소리로 이렇게 말해야 한다. "신 따위는 안중에 없습니다! 제 엉덩이를 원하세요? 똥이 묻어 있답니다." 이런 신성모독의 발언을 하지 않는다거나, 큰 소리로 외치지 않는 노리개들은 즉시 숙명의 노트에 이름이 올라간다. 신심 깊은 아델라이드는 물론 어린 애제자나 다름없는 소피 입장에서 그런 불경한 말을 하는 것이 얼마나 힘들지 상상하기 어렵지 않다. 한데 바로 그 점이 한없는 재미라는 얘기다. 여기까지 정해지자, 이제는 밀고 제도를 인정한다. 폭군 치하에서 으레 용인되기 마련인, 이 증오를 부풀리는 야만적 방식은 아주 열광적인 호응을 얻어낸다. 동료를 고발하는 노리개는 누구든 자신이 범한 죗값의 절반을 감형받을 것이다. 그래 봤자 대단한 것도 아니다. 동료를 고발하는 노리개는 어차피 자기가 받아야 할 징벌의 감형된 절반이 어디까지를 의미하는지도 모를 테니 말이다. 그렇기에 벌주고 싶은 대로 벌을 주고는 절반이 감형되었다고 설명하는 것은 너무나도 쉬운 일이었다. 결정은 내려졌고, 모든 밀고는 증거 없이 수용될 것이며, 어느 누구에 의해서든 일단 고발당하면 그걸로 장부에 이름이 오른다는 점을 분명히 했다. 나아가 노파들의 위상도 격상시켰다. 사실이건 아니건, 그들이 조금만 불만을 표해도 그 대상이 되는 노리개는 즉시 단죄되었다. 요컨대 최고의 폭정이 최강의 쾌락을 낳을 수 있다는 신념에서, 생각할 수 있는 모든 부당함과 학대를 약자들에게 쏟아부은 셈이다. 여기까지 조처한 뒤, 변기통 검사에 나섰다. 콜롱브의 죄가 발각되었다. 전날 식사 중간중간 자기에게 억지로 무얼 먹였기 때문이며, 도저히 저항할 수 없는 상황이었노라고, 지금 너무 억울하다고 변명했지만, 결국 넷째 주에 벌을 받게 되었다. 그녀의 말은 사실이었다. 정작 문제는 세상 무엇보다 앙증맞게 잘빠진, 싱싱하기 짝이 없는 그녀의 엉덩이였던 것이다. 그녀는 그래도 뒤를 닦지는 않았으니, 그것만으로도 무언가 혜택이 주어져야 하지 않겠냐고 주장했다. 뒤르세가 검사해보니 실제로 두터운 똥 찌끼가 넓게 들러붙어 있어서, 그렇다면 가혹한 처벌만큼은 면할 것임을 보장해주었다. 발기한 퀴르발이 그녀를 붙잡고 항문을 말끔하게 청소해주고는, 그녀가 싼 똥을 가져오게 해서 역시 그녀의 용두질을 받으며 그걸 먹었다. 그렇게 먹는 중간중간 강제로 입을 맞추면서, 이번에는 자기가 입에 넣어주는 그녀 자신의 작품을 먹도록 강요했다. 그다음 오귀스틴과 소피를 검사했다. 그들은 전날 대변을 본 다음부터 최대한 불결한 상태로 머물 것을 지시받은 처지였다. 소피는, 어차피 자기 자리이기도 했지만, 주교와 동침했음에도 불구하고 규정에 부합한 상태였다. 하지만 오귀스틴은 더할 나위 없이 청결했다. 해명에 자신이 있었던 그녀는 스스럼없이 앞으로 나섰다. 다들 알다시피, 자기는 평상시대로 공작님과 동침했으며, 잠들기 전에 나리가 가까이 오라 하더니 입으로 자지를 용두질하게 만들고는 그와 동시에 똥구멍을 싹싹 빨아 먹어서 이렇게 됐다고 말했다. 확인 요청을 받은 공작은 그에 대해 (설사 그것이 명백한 사실일지언정) 자신은 아무런 기억이 없다고 말했다. 자신은 마담 뒤클로의 엉덩이에 자지를 꽂은 상태로 잠들었을 뿐이며, 그 점은 얼마든지 추가로 조사해도 상관없다는 것이었다. 이 문제는 매우 심각하고 중대하게 받아들여졌다. 결국 뒤클로를 소환했는데, 문제를 즉시 파악한 그녀는 공작이 앞서 주장한 내용을 낱낱이 확인해주었고, 나리는 오귀스틴을 아주 잠깐 침상에 불러들여 그 입안에 똥을 싼 뒤, 그것을 자기가 도로 먹었을 뿐이라고 주장했다. 오귀스틴은 자신의 주장을 고수하고자 했고, 마담 뒤클로와 언쟁까지 벌였으나, 곧바로 침묵을 강요당했고, 완벽하게 결백함에도 불구하고 장부에 이름이 올라갔다. 소년들 숙소에서는 퀴피동이 적발당했다. 요강 안에 보기 드물게 아름다운 똥 덩이를 생산해놓은 것이다. 공작이 그것을 냉큼 집어서 게걸스레 삼키는 동안, 소년은 그의 자지를 빨고 있어야 했다. 예배실 사용은 전면 불허되었고, 다들 회식장으로 건너갔다. 몸 상태 때문에 가끔 식사 시중에서 제외되어온 아름다운 콩스탕스가 그날따라 알몸 상태로 자리를 지켰는데, 제법 부풀기 시작하는 그녀의 배가 퀴르발의 머리를 엄청 달아오르게 하고 있었다. 아니나 다를까, 날이 갈수록 이 가엾은 계집에 대한 혐오감이 커져만 가던 그가 그 젖가슴과 볼기짝을 억세게 주무르기 시작하자, 당사자의 애원도 애원이거니와 적어도 일정 시점까지는 배 속의 열매를 두고 보고픈 욕심에 따라, 이날만큼은 지금껏 한 번도 면제된 적 없는 구연장에만 참석해도 된다는 허락이 그녀에게 내려졌다. 퀴르발은 애 잘 낳는 여자들에 대한 온갖 악담을 또다시 토해내면서, 만약 자신이 왕초라면 서른 살 이전에 임신한 여자들을 그 열매와 함께 산 채로 절구통에 집어넣고 갈아버리도록 하는 포르모자 섬의 율법[130]을 바로 세우겠노라고 강변했다. 아울러 프랑스에서는 이런 법을 따르도록 해도, 필요한 인구수보다 두 배는 더 많은 인간들이 여전히 득실댈 거라고 했다. 다들 커피를 마시기 위해 이동했다. 시중은 소피, 파니, 젤라미르, 아도니스가 맡았는데, 매우 별난 방법이 동원되었다. 입에서 입으로 커피를 실어 나르는 것이었다. 소피는 공작에게, 파니는 퀴르발에게, 젤라미르는 주교에게, 아도니스는 뒤르세에게 그런 식으로

130
포르모자는 포르투갈 선원들이 타이완 섬을 발견하고 붙인 이름이다. 사드가 감옥에서 탐독한 철학서 중에는 기계론적 유물론의 대표 철학자 중 한 명인 클로드 아드리앵 엘베시우스(Claude Adrien Helvétius, 1715-71)의 『정신에 관하여』가 있었다. 지금 이 대목은 그 책 제2론 14장 '편견의 미덕과 진정한 미덕'에 나오는 두 장면을 참고한 것으로 알려져 있다. 먼저, 포르모자 섬의 율법에 관한 내용인데, "이 섬에서는 임신한 여자가 서른다섯 살 이전에 분만하는 것이 하나의 범죄다. 이미 배가 불렀다고? 여신관은 그 여자를 발 앞에 눕게 한 뒤, 법 집행 차원에서, 유산할 때까지 그 배를 발로 짓밟는다." 다음 장면은 전쟁에서 패한 적의 인육을 먹는 아프리카 식인 전사의 풍습에 관한 내용이다. "자기 자식을 절구에 넣고 각종 뿌리, 기름, 잎사귀를 섞어 잘게 빻은 다음 끓여낸 것을 가지고 반죽을 만들어 그것을 온몸에 바르면 무적의 힘을 갖추게 된다." 엘베시우스, 『정신에 관하여(De l'esprit)』, 소시알 출판사(Éditions Sociales), 1968, 105쪽.

커피를 대접했다. 일단 각자 입안에 커피를 한 모금씩 머금고는 그걸로 입안을 헹구고 나서 그걸 그대로 나리들 입안에 뱉어내는 것이다. 식탁을 벗어날 때부터 이미 한껏 달아오른 퀴르발은 이 의식을 통해 또다시 발기했고, 의식이 끝날 때쯤 파니를 붙잡아 입안에 사정하면서, 모조리 삼키지 않으면 엄벌에 처하겠다고 협박했다. 불행한 아이는 감히 인상을 찌푸릴 엄두도 내지 못한 채 시키는 대로 했다. 공작과 다른 두 친구는 시중드는 아이들에게 방귀를 뀌게 하거나 똥을 싸게 했고, 다들 낮잠을 잔 뒤, 뒤클로가 풀어내는 이야기를 듣기 위해 장소를 옮겼다.

"누가 고통을 가해주어야만 그 속에서 쾌락을 느끼는 기이한 사람들에 관한 마지막 남은 두 이야기는 되도록 빠르게 훑고, 괜찮다면 소재를 좀 바꿔보기로 하겠습니다. 첫 번째는, 알몸 상태로 똑바로 서 있는 남자를 제가 용두질하고, 그 시간 내내 천장의 구멍에서 펄펄 끓다시피 하는 물줄기가 그의 몸으로 떨어집니다. 그런 정념을 가지고 있지 않은 저마저 피해를 입을 수 있다고 아무리 말해도 그는 제가 전혀 고통받지 않을 것이며, 이 물세례는 건강에 최고라고 장담하는 거예요. 그 말을 믿고 저는 시키는 대로 했지요. 그 사람 집이었기에, 저로서는 물의 온도에 대한 권한이 전혀 없었습니다. 물은 거의 끓는 수준이더군요. 그걸 온몸으로 받아내면서 그가 얼마나 즐거워했는지 누구도 상상하기 힘들 겁니다. 저로 말할 것 같으면, 최대한 신속하게 그를 다루었음에도 솔직히 얼마나 비명을 질러댔는지, 마치 뜨거운 물벼락을 맞은 거세 안 한 수고양이처럼 울어댔답니다. 피부가 한 꺼풀 벗겨져버렸어요. 다시는 그 사람 집에 가지 않겠다고 다짐했답니다."

"옳거니!" 공작이 말했다. "나도 갑자기 아리따운 알린을 그렇게 뜨거운 물에 데치고 싶은 생각이 드는군." 그러자 알린이 기어들어가는 목소리로 대꾸했다. "나리, 제 몸은 돼지고기가 아닙니다." 순진하고 솔직한 이 어린아이다운 대답은 모두를 웃게 만들었다. 나리들은 뒤클로에게 같은 부류의 또 다른 사례는 무엇인지 물었다.

"이번 것은 저에게 그다지 큰 고통을 주지는 않았습니다. 먼저 두꺼운 장갑을 착용한 다음, 화로에 얹은 주방용 팬 안에서 뜨겁게 달궈진 모래를 한 움큼 손에 담습니다. 그런 다음 불타는 듯한 그 모래로 손님의 목덜미부터 발뒤꿈치까지 박박 문지르는 거예요. 그의 몸은 이런 작업으로 엄청나게 단련되어, 마치 짐승의 가죽처럼 느껴지더군요. 마침내 손이 자지에까지 이르렀을 때는 그 자지를 붙잡아 불타는 모래 속에 처박고 용두질해야만 했습니다. 아주 빨리 발기하더군요. 그러면 저는 한 손으로는 계속 용두질해주면서, 다른 손으로는 이런 작업을 위해 벌겋게 달궈 특별히 준비해둔 모종삽을 그의 불알 밑에 바짝 갖다 댑니다. 이제 마찰에 의한 자극에 고환을 삼켜버리는 열기 그리고 조작 중에도 발랑 깐 상태로 빤히 드러내고 있어야 하는 제 볼기짝에 대한 애무, 이 모든 요인이 그의 발동을 걸었고, 마침내 사정에 이르게 했지요. 벌겋게 달궈진 모종삽 안으로 정액이 떨어지도록 주의하면서 말입니다. 그 안에서 지글지글 타 사라지는 자신의 정액을 그는 환희에 젖은 눈빛으로 지그시 내려다보더군요."

"퀴르발!" 공작이 말했다. "내가 보기에 지금 이 남자는 당신 못잖게 인구 느는 걸 반기지 않는 모양이구려."[131] "내가 보기에도 그런 것 같구먼. 자기 좆물을 태워 없애겠다는 생각이 내 마음에 든다는 걸 굳이 숨기지 않겠소." "오, 그 생각을 시작으로 당신 머릿속에 또 어떤 생각들이 출몰할지 나는 잘 알지." 공작이 말했다. "이를테면 좆물이 새끼를 깐 뒤에도 그걸 태워버리면서 역시 즐거워할 거라는 생각이 있지 않소?" "웬걸. 나도 그럴까 봐 엄청 두렵소이다." 퀴르발은, 자신으로 하여금 큰 비명을 내지르게 만드는 아델라이드에게 어떤 짓을 저지르면서 말했다.[132] "너

131
18세기 계몽주의 철학자들은 성직자의 독신주의와 교회가 조장하는 순결의 강박에 대항해, 진보적 개념과 연계한 인구 확산을 옹호하는 입장이었다. 『소돔 120일』의 리베르탱들은 이러한 동시대의 철학적 낙관론에 대립각을 분명히 하고 있다.

132
"(…) dit Curval, en faisant je ne sais quoi à Adélaide qui lui fit jeter un grand cri." 원문은 분명, '아델라이드가 퀴르발로 하여금 비명을 내지르게 했다.'는 의미다. 하지만 뒤따르는 문장을 감안하면 이는 명백히 오류이며, 그 반대 즉, '퀴르발은, 아델라이드로 하여금 큰 비명을 내지르게 만드는 어떤 짓을 저지르면서 말했다.'로 정정되어야 한다. 오이겐 뒤렌 판본(1904)에는 관계대명사 'qui' 앞에 쉼표(,)가 존재하는 것으로 나타나는데("[…] dit Curval, en faisant je ne sais quoi à Adélaide, qui lui fit jeter un grand cri."), 이 쉼표를 'Adélaide'가 아닌 'quoi'가(또는 'Curval'이?) 선행사임을 표시하려는 의도로 읽는다면, 정정된 번역에 상응하는 결과가 나온다.

지금 누구 앞에서 그렇게 꽥꽥대는 거야…? 새끼 깐 좆물일랑 불태우고, 학대하고, 따끔하게 혼쭐내라고 공작이 내게 말하는 거 안 보여? 그러고 보니 너야말로 내 불알에서 튀어나와 새끼 깐 좆물 한 방울에 불과한 년 아니냐?" 그러고는 뒤르발을 향해 이렇게 덧붙였다. "자자, 어서 계속하시게, 뒤클로. 아무래도 이 몹쓸 년이 흘리는 눈물 때문에 금방이라도 사정할 것 같으니까. 지금 그럴 기분 아니거든."

여장부의 이야기가 재개되었다. "이제부터 들려드릴 사례들은 좀 더 충격적인 기이함을 동반하고 있어, 아마 이전보다 훨씬 더 흥미로워들 하실 겁니다. 집 문간에 망자의 시신을 내놓는 파리의 관습[133]을 다들 아실 겁니다. 한번은 저녁마다 그런 장례 행사에 자기를 데려가주면 건당 12프랑씩 주겠다는 멀끔한 신사가 한 명 있었어요. 그자는 저와 함께 망자의 관에 최대한 가까이 접근해, 제가 용두질을 해서 그 관을 향해 좆물이 사출되도록 하는 것을 관능으로 삼았답니다. 하루 저녁 물색한 장례식 수에 따라 서너 곳을 다니며 매번 같은 조작을 행했는데, 그때마다 제가 용두질하는 동안 그는 제 엉덩이 쪽을 제외한 다른 곳엔 일절 손대지 않더군요. 그 남자 나이가 대충 서른 살이었는데, 저와는 한 10년 이상 단골 관계였어요. 그 기간 동안 제가 그 사람을 사정하게 만든 관이 아마 2천 개는 넘을 겁니다."

"조작이 이루어지는 동안 그자가 혹시 무슨 말을 하던가?" 공작이 물었다. "자네 아니면 망자를 향해서 말이야. 무슨 말 안 했어?" "망자에게 욕을 했어요." 뒤클로가 대답했다. "이런 식으로 말이죠. '옜다, 이 망나니야!', '옜다, 요 호모 자식아!', '옜다, 이 악랄한 놈아! 내 좆물 받아 지옥으로나 꺼져버려라!'" "그것 참 독특한 기벽이로군!" 퀴르발의 말에 공작이 화답했다. "이봐요, 그자는 분명 우리와 같은 부류일 거외다. 그 정도에서 멈추었을 리가 없어요." 그러자 마담 마르텐이 끼어들었다. "맞습니다,

133
일종의 장례 절차로, 망자의 시신을 발이 거리를 향하도록 집 앞에 둔다.

나리. 조만간 제가 그 배우를 한 번 더 무대에 세울 기회가 있을 겁니다." 대화가 잠시 끊긴 틈을 타, 뒤클로가 얘기를 계속했다.

"또 다른 남자는 이와 거의 비슷한 기벽을 훨씬 더 지독한 경지로 몰아가는 자였습니다. 그는 저더러 시골에 감시원들을 풀어놓았다가, 공동묘지에서 중병이 아닌 원인(이 점을 제일 많이 강조하더군요.)으로 사망한 어린 소녀를 매장할 때마다 자기에게 알려달라는 것이었어요. 제가 그의 관심사를 통보해주는 대로 그는 항상 후한 값을 치러주었답니다. 저녁에 우리는 같이 움직였지요. 공동묘지에 잠입해 제 감시원이 지목한 묘혈로 직행했습니다. 가장 최근에 흙더미를 뒤집은 흔적이 있는 곳으로 말이죠. 가자마자 둘이 달려들어 시신을 덮은 모든 걸 맨손으로 파헤치기 시작합니다. 그러다가 시신에 손이 닿으면, 저는 시신을 향해 그를 용두질하고, 그는 시신을 이리저리 어루만지는데, 가능하면 볼기짝을 집중적으로 주물럭거립니다. 가끔은 그가 두 번씩 연속해서 발기하기도 하는데, 그럴 때면 꼭 시신 위에 똥을 싸고 저도 똥을 싸게 시키지요. 그러고는 잡히는 대로 시신의 아무 부위나 더듬대면서 그 위에 사정을 해버립니다."

"오, 그런 기벽으로 말하자면, 나도 잘 알지." 퀴르발이 말했다. "이 자리서 솔직히 하나 고백하자면, 여태 살아오면서 나 역시 이따금 그걸 실행에 옮긴 적이 있어요. 아직은 공개할 때가 아니지만, 거기에 몇 가지 요소들을 추가해온 것도 사실이고. 어쨌든 그런 기벽은 영락없이 나를 발기하게 만든다오. 아델라이드, 가랑이 좀 벌려보거라…." 그리고 무슨 일이 벌어졌는지 나는 모르지만, 소파가 굉음을 내면서 뭔가 묵직한 무게 때문에 주저앉았고, 명백히 사정하는 소리가 들렸다. 내가 생각하기론, 아주 단순하면서 조신하게 말해 판사께서 방금 근친상간을 범한 모양이었다. 공작이 말했다. "판사 양반, 내가 보기에 당신 그년을 아예 죽은 몸으로 생각한 것 같은데?" "맞아, 솔직히 그랬어." 퀴르발이 대답했다. "그러지 않고서는 내가 사정했을 리 없지." 뒤클로는 더 이상 아무 얘기가 없는 것을 보고, 자기에게 맡겨진 저녁 일정을 이렇게 마무리했다.

"나리들을 이런 음산한 생각 속에 방치해두지 않기 위해서라도, 오늘 저녁은 본느포르 공작의 정념에 관한 이야기로 마무리 지을까 합니다. 이 젊은 영주는 저도 한 대여섯 번 놀아드린 적이 있고, 그와 똑같은 조작을 즐기려고 제 여자 친구 중 한 명을 여러 차례 보기도 했는데요, 요구하는 게 뭐냐면, 여자가 자기 면전에서 인조 남근을 사용해 스스로 앞뒤 후리기를 세 시간 연속 쉼 없이 강행하는 거였어요. 시간을 재기 위한 추시계까지 있어서, 정확히 세 시간이 경과하기 전에 작업을 그만두면 돈을 받지 못했습니다. 이를테면 그 사람이 당신 바로 앞에서 주시하고 있어요. 이리저리 몸을 뒤집어보면서, 쾌락에 겨워 기절할 정도까지 후려보라고 부추기죠. 그러다 보면 조작의 효과가 나타나 진짜로 쾌락에 정신을 잃고 마는 겁니다. 당신 입장에선 그의 쾌락을 서둘 수밖에 없겠죠. 그게 안 될 경우엔, 시계 종이 정확히 세 번 울리는 순간, 그가 당신에게 바짝 다가와 면상에 사정을 할 테니까요."

"맙소사, 이봐요 뒤클로." 주교가 말했다. "지금 이것보다 아까 그 아이디어에 우리를 내맡기는 게 뭐가 좋지 않다는 건지 난 정말 모르겠소. 거기엔 뭔가 충격적인 게 있었어요. 우리를 강렬하게 자극하는 것 말이오. 반면, 당신이 이 저녁을 마무리한 그 달콤하니 분내 나는 정념은 우리 머릿속에 아무런 영향도 주지 않아요." "그녀가 옳아요." 뒤르세와 함께 있던 쥘리가 불쑥 말했다. "저로 말하자면, 그녀에게 감사할 따름입니다. 마담 뒤클로가 아까 주입했던 사악한 생각들이 머릿속에서 사라져야, 다들 우리를 조용히 자게 내버려둘 것 아니겠어요." 그러자 뒤르세가 말했다. "아하! 그건 아마도 그대의 착각이겠는걸, 아리따운 쥘리! 나는 새것이 심심하다 느낄 경우, 언제든 옛것만을 떠올리는 사람이거든. 그걸 증명하기 위해서라도, 그대가 나를 따라 어디 좀 가줘야겠는걸." 뒤르세는 소피와 미셰트를 데리고 곧장 밀실로 뛰어들었고, 나는 잘 모르지만 어쨌든 소피에게는 그다지 달갑지 않은 방법으로 사정이 이루어졌다. 그 아이가 그만 끔찍한 비명을 지르고는, 닭 볏처럼 새빨개진 얼굴로 돌아온 걸 보면 말이다. 공작이 뒤르세에게 말했다. "오, 저년 꼬락서닐 보니, 자네한테 송장 취급을 당하진 않은 모양이로군. 오히려 아주 격한 생명의 징표를 내비치도록 만들지 않았는가 말이야!" 그러자 뒤르세가 답했다. "겁에 질려 고래고래 비명을 지르지 뭔가. 내가 무얼 시켰는지 직접 물어보게나. 대신 그 내용을 나지막이 속삭이라고 지시하게."[134] 소피는 자기가 겪은 걸 말해주기 위해 공작에게 다가갔다. 얘기를 듣고 난 공작이 버럭 소리쳤다. "아하! 그렇게까지 비명 지르고, 사정할 일은 아니었군그래." 저녁 식사 종이 울리자, 모든 대화와 쾌락이 중단되었고, 식탁의 즐거움을 누리기 위해 자리가 이동됐다. 난교 파티는 꽤 온건하게 치러졌고, 취한 기색조차 전혀 없이 다들 얌전히 잠자리에 들었는데, 이는 정말이지 드문 일이었다.

제27일

아침이 밝자마자 전날 공인된 밀고 제도가 발효되었다. 후궁들은 로제트만 더하면 자기들 여덟 명 모두가 체벌을 받게 됨을 알고는, 놓치지 않고 그녀를 고발하러 갔다. 내용인즉, 그녀가 밤새도록 방귀를 뀌어댔다는 것이다. 그건 다른 소녀들 입장에서는 고의로 사람을 괴롭히는 심술[135]이어서, 모두가 그녀에게 반감을 가진 상황이 되었고, 즉각적으로 장부에 이름이 올랐다. 나머지 일은 일사천리로 진행되어, 약간 더듬거린 소피와 젤미르를 제한 모두는 새로운 아부의 말을 내세우며 깍듯이 나서는 것이었다. "신 따위는 안중에 없습니다! 제 엉덩이를 원하세요?

134
주석 112번 참조.

135
taquinerie. 주석 61번 참조.

똥이 묻어 있답니다." 실제로 그 부위는 온통 똥투성이였는데, 그도 그럴 것이 세척하고픈 유혹을 차단하기 위해 애초 노파들이 그릇과 물, 수건 일체를 제거했던 것이다. 빵 없이 고기로만 이루어진 식단은 양치하지 않은 작은 입들을 발효시키기 시작했고, 그날은 내쉬는 숨결에서부터 현격하게 달라진 점이 감지되고 있었다. 퀴르발이 오귀스틴의 구강을 혀희롱[136]하면서 말했다. "옳거니! 이제 뭔가 효과가 나타나는군! 입을 맞대기만 해도 발기가 돼." 이렇게 하는 것이 훨씬 효과가 있다는 데 만장일치로 동의했다. 커피를 마시기까지 특별한 일이 없었으므로, 곧장 그 단계로 독자를 안내하겠다. 커피 시중은 소피와 젤미르, 지통 그리고 나르시스가 맡았다. 공작이 이제는 소피도 사정할 줄 알아야 하며 그런 경험을 가질 때가 되었다고 강변했다. 그는 뒤르세에게 지켜보라고 말한 뒤, 소피를 소파에 눕힌 다음, 질 입구와 클리토리스, 똥구멍을 우선 손가락으로, 이어서 혀로 동시에 유린했다. 결국 자연의 승리였다. 15분이 지나자 이 사랑스러운 소녀는 일순 당황한 기색과 함께 얼굴이 빨개지더니, 깊은 숨을 내쉬는 것이었다. 뒤르세는 그 모든 변화를 퀴르발과 주교에게도 보여주었는데, 그들은 소피가 싸리라고는 도저히 생각할 수가 없었다. 공작은 다른 친구들과는 달리 보다 수월하게 그런 생각을 가질 수 있었는데, 어린 풋보지가 온통 물기를 머금는가 싶더니, 요망한 계집이 그의 입술을 씹물로 질펀하게 적셔놓은 것이다. 공작은 이 실험의 음란함을 버텨낼 수 없었다. 몸을 일으킨 그는 소녀를 향해 엉거주춤한 자세로, 살짝 갈라져 터진 불두덩 위에 사정하고는 손가락을 모아 자신의 정액을 최대한 보지 안쪽으로 밀어 넣었다. 눈앞의 광경에 한껏 달아오른 퀴르발은 소녀를 붙잡고 씹물 말고 다른 것을 주문했다. 소녀는 그 작고 어여쁜 똥구멍을 내밀었는데, 판사가 거기 입을 갖다 붙이고 무엇을 받아먹었을지 명민한 독자라면 쉽게 짐작할 것이다. 그러는 사이 젤미르는 주교를 즐겁게 해주고 있었다. 그를 빨아주면서 궁둥이를 자극하는 것이었다. 그리고 이상

136
langoter. 'langueter'라고도 하며, '혀를 놀리다.'라는 뜻이다. 그래서 우화나 민담에서는 수다쟁이나 변호사, 달변가를 '혀 놀리는 사람(celui qui languette)'으로 칭하기도 했다. 그런가 하면 에로티슴의 의미망에서는 혀가 구강이나 항문, 음문 등을 들락거리며 애무하는 행위(embrasser avec la langue)에 특정해 이 단어를 사용한다. 소위 프렌치 키스라 불리는 행위도 포함하지만, 단지 입맞춤만으로 이해할 의미는 아니기에, '혀희롱'이라는 특별한 역어를 사용한다. 파트리크 발드라조브스키, 『리베르탱 사전』, 갈리마르, 2011, 262쪽.

모든 일은 퀴르발[137]이 나르시스의 용두질을 받는 동시에 엉덩이 쪽에 열심히 입을 맞추는 동안 벌어졌다. 하지만 자신의 좆물을 쏟은 건 그중 공작뿐이었다. 뒤클로가 그날 저녁은 이전보다 훨씬 재미난 이야기들을 준비했다고 예고하자, 다들 그걸 듣기 위해 자제했기 때문이었다. 시간이 되자 모두 이동했고, 재주 넘치는 계집의 이야기는 다음과 같이 시작되었다.

"언젠가 저는 신분도 배경도 모르는, 그래서 나리들께 불완전하게밖에는 묘사해드릴 수 없는 한 남자에게서 저녁 아홉 시 블랑슈뒤랑파르 가의 자기 집으로 와달라는 전갈을 받았습니다. 그가 보낸 쪽지에는, 전혀 경계심을 가질 필요 없으며, 내가 자기를 모르겠지만 언짢아 할 일은 결코 없을 거라는 얘기도 들어있었어요. 아울러 2루이가 동봉되어 있었는데, 평상시 제 조심성으로 볼 때 모르는 사람에게서 이런 수작이 들어올 경우 분명 그것을 뿌리쳤을 테지만, 왠지 이번만큼은 두려워할 것 없다며 나직이 속삭이는 듯한 뭔지 모를 예감을 전적으로 신뢰하여, 저는 담대히 나서보기로 했답니다. 약속 장소에 도착하자 하인 한 명이 알려주기를, 이제 옷을 다 벗어야 하며, 완전한 알몸 상태가 되어야만 자기 주인님 거처로 안내할 수가 있다는 거였습니다. 지시대로 하자, 요구한 상태를 확인한 하인이 제 손을 잡고 방 두세 곳을 지나 어느 문 앞에서 노크하더군요. 문이 열리고 제가 들어가자, 하인은 물러가고 문은 도로 닫혔습니다. 그런데 적어도 조명과 관련해서는 제가 입장한 장소가 화덕이나 별반 차이가 없는 것이었어요. 그 어디에서도 빛이나 공기가 전혀 들어오지 않는 방이었습니다. 얼마 안 있어 벌거벗은 한 남자가 다가오더니 말 한마디 없이 저를 붙잡더군요. 저는 이 모든 게 약간의 좆물만 쏟게 만들면 끝날 일이라고 스스로 되뇌면서 정신을 추슬렀지요. 그러고 나면 이 모든 밤의 의식에서 벗어날 수 있을 거라고 말입니다. 저는 즉시 그의 아랫도리로 손을 가져갔습니다. 이자를 이렇게까지 고약한 괴물

137
그러나 '그(공작)는 뒤르세에게 지켜보라고 말한 뒤'부터 시작되는 일련의 과정을 종합해볼 때, 이 '퀴르발'은 '뒤르세'의 명백한 오기로 보인다. 애서가 클럽(1904), 세르클 뒤 리브르 프레시외(1967), 포베르(1986), 비블리오테크 드 라 플레이아드(1998)에서는 물론 그로브 프레스(1966), 펭귄 클래식스(2016) 등 영어 판본에서조차 이 점에 대한 지적은 보이지 않는다.

로 만든 독액을 어서 쏟아버리게 할 요량으로요. 자지는 상당히 크고 단단했고, 그 기세가 결코 만만치 않았습니다. 그런데 별안간 그가 제 손을 내치는 것이었어요. 제가 만지는 것도, 눈으로 확인하는 것도 원하지 않는 것 같았습니다. 그리고 저를 그저 등받이 없는 의자에 앉히더군요. 미지의 남자는 옆에 버티고 서서 제 젖통을 번갈아 움켜잡았는데, 얼마나 거세게 붙잡고 힘을 주는지, 제가 덜컥 '아파요!'라고 내뱉었습니다. 그러자 동작을 멈춘 그가 저를 일으켜 세우더니, 조금 높은 긴 의자에 배를 깔고 엎드리게 한 뒤, 다리 사이에 앉아 방금 전에 젖통을 가지고 하던 짓을 이제는 볼기짝에 하기 시작했습니다. 볼기 두 짝을 더듬고, 더할 나위 없이 거세게 압박하고, 양쪽으로 벌리는가 하면, 다시 오므리고, 반죽하듯 주무르고, 입으로 잘근잘근 깨물고, 똥구멍을 빨아대는 것이었는데, 앞쪽보다는 뒤쪽을 그런 식으로 집적대는 게 그나마 덜 위험하겠다 싶어, 저는 거부하지 않고 그대로 두었답니다. 그러면서 도대체 제겐 너무나도 단순하게만 보이는 이런 짓들의 숨은 목적이 과연 무얼까 곰곰이 짚어보는데, 별안간 이 남자가 무시무시한 고함을 내지르는 거였어요. '도망쳐, 이 망할 놈의 창녀야! 도망치라니까! 어서 도망치라고, 되바라진 년 같으니! 나 지금 발사한다. 네 목숨 책임 못 져.' 당연히 그 순간 제가 취한 첫 동작은 부리나케 튀는 것이었죠. 희미한 빛이 보였는데, 제가 들어온 문틈으로 새어 드는 햇빛이었습니다. 저는 곧장 그곳을 향해 몸을 날렸고, 저를 맞이했던 하인을 발견하자 곧바로 그 품 안에 뛰어들었습니다. 제 옷가지를 돌려주면서 2루이를 쥐여주더군요. 저는 비교적 큰 무리 없이 상황에서 벗어나게 되어 매우 다행이라 여기며 그곳을 떠났습니다."

"충분히 다행으로 여길 만하오." 마르텐이 말했다. "자네는 그 인간이 가진 평소 정념의 축소판만을 경험한 거였으니까. 나리들께는 제가 나중에 동일 인물의 보다 더 위험한 모습을 소개해 올리겠나이다." "그래 봤자 나리들께 내가 이야기해드릴 그자의 모습만큼 치명적이진 않을걸." 이번에는 데그랑주가 말했다. "아무튼 나 역시 마담 마르텐과 마찬가지로, 당신이 그 정도로 상황을 면한 게 참말 다행이라 말해주고 싶구먼. 그 남자, 훨씬 더 기괴한 정념들을 가지고 있는 사람이거든." 그러자 공작이 말했다. "자자, 그 문제는 우리가 그 친구의 전모를 알게 되기까지 기다렸다 논하기로 하고, 뒤클로, 필경 우리 뇌를 달궈줄 것이 틀림없는 작자를 일단 제쳐놓을 수 있게, 또 다른 이야기나 어서 들려주게."

뒤클로의 이야기가 이어졌다. "그다음으로 제가 만난 사람은 아름다운 유방을 가진 여자를 원했는데, 그거야말로 제 매력 중 하나라, 자기에게 한번 선보이게 한 뒤부터 가게 다른 아가씨들 다 제쳐놓고 저만 찾는 거였어요. 그런데 제 유방하고 얼굴을 가지고 그 유별난 난봉꾼이 하고자 한 일은 과연 무엇일까요? 그는 저를 긴 의자 위에 눕히고 가슴 위에 말 타듯 앉아 자지를 두 젖통 사이에 끼우더니, 있는 힘껏 그걸 조이라고 명령했어요. 얼마쯤 달렸을까, 몹쓸 남자는 좆물을 홍수처럼 쏟아내면서 아주 걸쭉한 가래침을 스무 번 넘게 제 얼굴에 뱉어대는 것이었습니다."

방금 면상에 침을 뱉은 공작에게 짜증을 내면서 아델라이드가 말했다. "이런 추태까지 꼬박꼬박 흉내 내는 이유를 정말 모르겠군요! 결국 끝까지 갈 건가요?" 그녀는 얼굴을 닦으며, 아직 사정하지 않고 있는 공작에게 투덜댔다. 공작이 그녀에게 말했다. "요 귀여운 아이야, 내가 좋으면 언제든 가는 거지. 너는 오로지 복종하고 시키는 대로 따르기 위해서만 살아 있다는 걸 명심하거라. 자, 뒤클로, 어서 계속하지. 이러다간 아무래도 내가 아끼는 이 귀여운 아가에게 더 고약한 짓을 할 것 같거든." 그러고는 빈정대는 투가 역력하게 덧붙였다. "이년을 완전히 망가뜨리고 싶진 않다오."

뒤클로는 이야기를 다시 이어갔다. "나리들께서는 혹시 생텔름 기사의 정념에 대해 들어보신 적이 있는지 모르겠습니다. 그는 도박장을 하나 가지고 있는데, 거기 돈을 걸러 오는 사람들은 모조리 가진 걸 탈탈 털린다고 하지요. 그런데 정작 놀라운 건, 그 기사가 사람들 돈을 사기 쳐 빼먹는 것으로 항상 발기를 한다는 사실입니다. 그는 사람들에게 속임수가 먹힐 때마다 바지 속에서 사정하는데, 그와 오래 관계를 하면서 저도 잘 아는 여자가 말하기를, 그런 식으로 몸이 너무 달아오르다 보니, 열기를 식히기 위해 함께 잠시 자리를 비워야만 하는 일도 가끔 있었다고 하네요. 근데 도박에만 그친 게 아니랍니다. 온갖 도둑질이 그에게는 마찬가지 매력으로 다가온 모양인데, 그가한번 눈독 들였다 하면 세상에 안전한 물건이 없을 정도였죠. 그와 식사를 같이하신다고요? 눈 깜짝할 사이에 거기 놓인 식기가 사라지고 말 겁니다. 금고 속 보석들도 마찬가지고요. 호주머니를 방심하는 순간, 그 안에 든 손수건, 담뱃갑은 이미 당신 것이 아니죠. 훔칠 수만 있다면 무엇이든 상관없습니다. 훔치는 자체로 그는 발기할 테고, 훔치는 바로 그 순간 심지어 사정할 수도 있으니까요.

하지만 그의 경우는 제가 푸르니에 부인 댁에 처음 들어가고 얼마 지나지 않아 접대했던 고등법원 판사에 비하면 별로 특별할 것도 없답니다. 그 사람은 계속해서 저와 단골 관계를 유지해왔는데, 워낙 까다로운 타입이라 오로지 저하고만 거래를 하고 싶어 했지요. 판사는 그레브 광장[138]에 작은 아파트를 한 채 임차하고 있었습니다. 늙은 하녀 한 명이 관리인으로 살고 있는데, 하는 일이라곤 평소 집 안을 청결하게 유지하다가 광장에 처형대가 만들어지면 곧바로 판사에게 알리는 것이었지요. 그 즉시 판사는 저에게 준비하라는 통보를 해오고, 변장을 한 채 합승 마차를 타고 찾아와 저를 데리고 그 작은 아파트로 가는 겁니다. 그곳의 창문은 사형대에 매우 가까우면서도 정확히 굽어보는 위치였지요. 판사와 제가 자리를 잡은 곳은 바로 그 창문 앞인데 미늘덧문 가로대 사이로 아주 훌륭한 망원경이

138
1310년부터 1830년까지 공개 사형 집행이 이루어지던 장소였다.

한 대 설치되어 있더군요. 사형수가 나타나기를 기다리는 동안 테미스[139]의 하수인이 한 짓은 침대를 뒹굴면서 제 엉덩이에 입을 맞추는 것이 전부였습니다. 그에게는 특별한 즐거움을 주는 시간이었던 거죠. 마침내 와글거리는 소리가 희생 제물의 등장을 알렸고, 법관께서는 창문 앞에 자리를 잡았습니다. 그러고는 저 역시 자기 옆에 자리를 잡게 한 뒤, 자지를 가볍게 만지작거리고 용두질하라는 지시를 내렸지요. 이제부터 구경할 처형 장면에 맞춰 제 손의 움직임을 조절해가면서, 수형자가 자신의 영혼을 신께 돌려드리는 바로 그 순간 정액이 튀어나오도록 하라는 것이었습니다. 모든 준비가 갖춰지자, 죄인이 교수대에 올랐고, 판사는 뚫어져라 지켜보았지요. 사형수가 죽음에 가까이 다가갈수록, 악당의 자지는 제 손안에서 기세등등해졌습니다. 급기야 칼날이 떨어지고, 이는 그가 사정하는 순간이었지요. '아! 젠장!' 그때 그가 한 말이었습니다. '에라 이 빌어먹을! 내가 직접 사형집행인으로 나서면 얼마나 좋았을까! 저것보다 훨씬 더 잘 내려칠 텐데 말이야!' 나아가 집행되는 형벌의 종류에 따라 그가 느끼는 쾌감의 정도도 달랐습니다. 그냥 목을 매다는 것은 그에게 아주 단순한 감흥밖에는 불러일으키지 못했지요. 사지가 으스러진 사람은 그를 희열로 몰아갔습니다. 하지만 사람이 불에 타거나 능지처참되는 상황에서는 쾌락에 휩싸여 아예 혼절해버린답니다. 남자든 여자든 그에게는 다 마찬가지였어요. 다만, 이렇게 말하긴 했죠. '임신한 여자라면 좀 더 효과가 있겠지만, 안타깝게도 그런 일은 일어날 수가 없지.'[140] 하루는 제가 그에게 말했어요. '손님께서 직책을 이용해 저 불행한 희생자의 죽음에 일조하신 거로군요.' 그러자 그가 대꾸하더군요. '물론이지. 그래서 내가 더 즐거워하는 거고. 판사 노릇을 해온 지난 30년간 내가 내린 판결은 모조리 사형이었지.' '그렇다면 그 모든 사람들의 죽음을 놓고, 일종의 살인을 저질렀다는 가책은 없으신가요?' 이런 제 물음에 그는 다음과 같이 대답했습니다. '됐네, 이 사람아! 그렇게까지 골똘히 생각할 필요가 있을까?' 저

139
그리스신화에 등장하는 율법, 질서의 여신.

140
18세기 형법에서는 여자가 임신할 경우 사형 집행이 일단 보류되고, 분만 후에 집행된다.

는 놓치지 않고 말했습니다. '세상 사람들은 바로 그런 걸 추악한 짓이라고 하니까요.' '오! 추악한 짓이 사람을 흥분시켜 발기하게 만든다는 사실을 인정하고 받아들일 줄 알아야지. 이유는 아주 간단하니까. 이를테면 자네가 아무리 역겹고 끔찍하게 생각하는 일이라도 그것이 자네를 싸게 만드는 한 더 이상 추악할 수만은 없는 거야. 오직 다른 사람들 보기에만 그럴 뿐이지. 한데 사사건건 거의 언제나 부실하고 오류투성이인 타인의 견해라는 것이 유독 이 문제에서만 그렇지 않다고 누가 장담하겠는가? 세상에 본질적으로 옳고, 본질적으로 그른 것은 존재하지 않아. 모든 것이 각자의 풍습과 견해, 편견에 따라 상대적일 뿐이지. 그런 관점에서 보면, 그 자체로는 이도 저도 아무것도 아닌 어떤 일이 자네가 보기에는 영 마땅찮고 내가 보기에는 아주 근사할 수가 얼마든지 있다는 얘기야. 이렇듯 어떤 문제를 두고 정확한 자리매김이 여의치 않은 판에, 그게 나를 무척 즐겁게 해주고, 내 마음에 쏙 드는데, 단지 자네가 비난한다고 해서 내가 그걸 포기한다면 정신 나간 놈이 아닐까? 이봐요, 뒤클로, 인간의 목숨이란 너무나도 하찮은 거라서, 고양이나 개의 목숨을 가지고 놀 듯, 내키는 대로 얼마든지 가지고 놀 수 있는 거예요. 약해빠진 놈더러 알아서 자신을 방어하라고 하잔 말이야. 따지고 보면 놈이나 우리나 거의 비슷한 무기들을 가지고 있으니까.' 그러면서 이렇게 덧붙이더군요. '자네가 그토록 세심하다고 하니, 내 친구의 기벽에 대해서는 뭐라고 말할지 궁금하군.' 자, 이제 그가 저에게 들려준 취향으로 다섯 번째 이야기를 채워나가고 오늘 저녁을 마무리할까 합니다.

판사는 그 친구가 오로지 사형 집행을 앞둔 여자들만 원한다고 했습니다. 그런 여자들을 조달할 수 있는 시점이 그런 여자들의 사형 집행 시점과 가까울수록 그가 지불하는 돈의 액수는 올라갔고요. 다만 여자들이 선고 내용을 확실하게 인지한 상태여야 했습니다. 직책상 그런 종류의 행운을 거머쥘 역량이 충분한 만큼 그는 그런 처지의 여자들을 결코 놓치지 않았고, 저는 그가 여자와의 일대일 면담 자리에 100루이까지 지불하는 것을 보았어요. 그러고도 일절 여자를 주무르지 않았습니다. 단지 엉덩이를 까 보이고, 똥을 싸라는 요구밖에 하지 않는 거예요. 그는 인생이 급전직하해버린 여자들의 똥과 비교할 수 있는 맛은 세상에 없다고 주장했지요. 여자 사형수와의 스릴 넘치는 일대일 면담을 위해 그가 궁리하지 못할 수단은 없었습니다. 나리들께서도 짐작하시겠지만, 그는 일단 자기 신분이 알려지는 걸 원치 않았어요. 때로는 고해신부 행세를 했고, 때로는 사형수 가족의 지인인 척했으며, 그럴 때마다 어떻게든 적극 호응해야 자신들에게 조금이라도 이로울 거라는 여자들의 희망이 그가 내미는 요청들을 지지해주는 것이었습니다. '그 친구가 재미를 만끽하고 일을 다 끝내면서 어떤 조작질로 마무리하는지, 뒤클로 자넨 상상할 수 있겠는가?' 판사가 제게 그리 묻더군요. '나하고 똑같은 방법을 썼지. 대단원을 위해 좆물을 비축하고 있다가 여자가 근사하게 처형당하는 광경을 보면서 대차게 싸지르고 마는 거야.' '아, 정말이지 악질이군요!' 제 말에 그는 이렇게 대답했습니다. '악질? 쓸데없는 소리! 사람을 발기시키는 일에 악질은 없어, 이 친구야! 세상에 유일한 죄악은 그런 일에 몸을 사리고 거부하는 것뿐이지.'"

"정말 그 사람은 아무것도 꺼리는 게 없었어요." 마담 마르텐이 말했다. "미리 말씀드리건대, 마담 데그랑주와 제가 동일 인물의 음란한 범죄 에피소드들을 무더기로 공개할 기회가 있을 겁니다."

"아, 그거 좋지!" 퀴르발이 말했다. "나는 벌써부터 이자가 좋아지기 시작했거든. 무릇 쾌락에 대해서는 그런 식으로 사고해야 마땅하거늘, 그의 철학이 내 맘에 너무나도 쏙 드는군. 가뜩이나 모든 신체 역량과 쾌감 능력이 협소해진 처지인데, 어이없는 편견에 사로잡혀 삶의 반경을 더더욱 제한하겠다며 인간이 어느 정도까지 터무니없는 짓을 벌이는지 기가 막힐 따름이야. 예컨대, 살인을 죄악으로 여기는 바람에 우리가 누릴 수 있는 쾌락이 얼마나 협소해지는지 감히 상상조차 할 수 없어. 그따위 편견의 지긋지긋한 허상을 마치 진리인 양 떠받드느라 비할 데 없이 감미로운 쾌락을 얼마나 많이 포기하는가 말이야. 도대체 이 세상 인간이 하나든, 열이든, 스물이든, 오백이든 더 많고 적고가 자연에 무슨 영향을 미친다는 거지? 정복자, 영웅, 폭군이 언제 남이 내게 하지 말았으면 하는 일을 나도 남에게 하지 말라는 그 얼토당토않은 계율을 자신에게 부과하던가?[141] 친구들, 이참에 아주 솔직히 말하겠는데, 나는 세상 바보들이 저런 계율이야말로 자연의 법칙이라고 감히 내 앞에서 쭝알댈 때마다 온몸이 부들부들 떨린다네. 맙소사! 실제로는 살인과 범죄에 굶주린 자연이야말로 그것들을 실컷 부추기고 저지르는 것을 원칙으로 삼아 굴러가고 있는데 말이야. 자연이 우리 마음 깊숙이 각인해놓은 유일한 좌우명은, 어느 누구를 희생시켜도 좋으니 너 자신의 만족을 추구하라는 건데 말이지. 하지만 일단 여기까지 하자고. 조만간 이런 문제를 놓고 보다 광범하게 이야기할 더 좋은 기회가 있을 테니까. 내가 철저하게 연구한 내용을 앞으로 자네들과 적극 공유할 텐데, 종류를 막론하고 자연이 바라는 것을 무작정 따르는 것만이 자연을 섬기는 유일한 방법임을 자네들도 나처럼 확신하기를 희망하네. 미덕만큼이나 악덕 또한 필요로 하는 세상 이치를 지탱하기 위해서라도 자연은 그때그때 적절한 시기를 골라 자기에게 필요한 것을 우리에게 추천해줄 테니까 말이야. 그래, 친구들, 언젠가 이 모든 문제를 놓고 허심탄회한 이야기를 나눌 기회가 있을 걸세. 하지만 지금은 우선 내 좆물부터 빼버려야 할 것 같아. 그레브 광장의 사형 집행에 미친 그놈의 인간이 내 불알을 왕창 부풀려놓았거든." 그는 자기 못잖게 악질이라 그런지 가장 친한 여자 친구가 된 데그랑주와 팡숑을 이끌고 맨 끝의 규방으로 이동하면서, 알린과 소피, 에베, 앙티노위스 그리고 제피르까지 뒤따르게 했다. 저 리베르탱이 일곱 명에 에워싸인 상태로 무슨 짓들을 고

141
「사제와 죽어가는 자의 대화」 중 아래 대목과 비교할 때, '대화'(1782)의 집필에서 '소돔'(1785)의 정서(正書)에 이르는 3년의 시간 동안 사드의 방탕주의 이론이 얼마나 진화하고 급변했는지 알 수 있다. "인간의 윤리는 이 단 한마디 말에 집약되어 있네. '자기가 행복하길 원하는 만큼 남도 행복하게 해주어라.' 나아가 우리가 고통을 원치 않는 만큼 남에게도 고통을 주지 마라. 바로 그것이 우리가 따랐어야 할 유일한 원칙인 셈이지."(사드 전집 1권, 35쪽)

안해냈는지 나는 잘 모르지만, 어쨌든 시간은 오래 걸렸고, 숱한 비명 소리가 새어 나왔다. "어서 해! 뒤집으란 말이야! 이건 내가 주문한 게 아니잖아!" 그 밖에 충동적으로 내뱉는 다른 여러 말들이, 이런 방탕의 현장에 어김없이 등장하는 일련의 욕설들과 뒤섞여 마구잡이로 튀어나왔다. 마침내 여자들이 돌아왔는데 아주 빨개진 안색에 머리는 엉망으로 헝클어지고, 몸 이곳저곳이 격렬하게 시달린 흔적으로 얼룩져 있었다. 그동안 공작과 다른 두 친구도 멍하니 있었던 건 아니지만, 사정을 한 건 주교뿐이었는데 그 방식이 너무 유별나 당장 이 자리서 밝히기는 아직 어렵다. 모두 식탁 앞에 착석했고 퀴르발의 철학 강의가 좀 더 이어졌다. 그만큼 그에게는 정념이 이론에 아무런 영향도 미치지 못했다. 원리 원칙이 워낙 강고해, 그는 기질상 불이 붙어 좆물을 쏟고 나서도 여전히 불경스럽고, 무신론적이며, 범죄적이었다.[142] 그리고 현명한 모든 사람은 의당 그래야만 한다. 결단코 좆물이 이론을 주도하거나 좌지우지해서는 안 되는 것이다. 좆물 쏟아내는 일을 관장하는 것은 어디까지나 이론적 원칙의 몫이다. 발기를 하든 말든, 정념에서 독립된 철학은 늘 한결같아야 한다. 난교 파티에서는, 이전엔 미처 생각해본 적 없지만 꽤 흥미로울 문제를 재미 삼아 확인해보기로 했다. 소녀들과 소년들 가운데 각각 누구의 엉덩이가 제일 잘생겼는지 결정하기로 한 것이다. 먼저 여덟 명 소년을 횡렬로 세워놓고 살짝 구부린 자세를 취하게 한다. 그렇게 하는 것이 엉덩이 모양을 가장 잘 관찰하고 판별할 수 있게 해주는 방법이다. 검사는 상당히 오랜 시간 걸렸고 무척 엄정하게 진행되었다. 서로 의견 충돌도 있었고, 도중에 생각이 바뀌었으며, 연달아 열다섯 차례 검사했다. 결국 사과[143]는 제피르에게로 돌아갔다. 그보다 더 완벽하고 더 잘생긴 윤곽을 갖춘 엉덩이를 찾기란 물리적으로 불가능하다는 의견에 만장일치 합의를 본 것이다. 다음은 소녀들 차례였다. 다들 마찬가지 자세를 취했다. 처음에는 결정이 아주 지지부진했다. 오귀스틴과 젤미르와 소피 사이에서 결정을 내

142
사드의 악인(惡人, scélérat), 나아가 사드적 악(惡, scélératesse)에 고유한 체계적(systèmatique)이고 방법적인(méthodique)인 본질을 명료하게 표현하고 있다. 반대로 기질적, 생체적 흥분을 주체하지 못해 저지르는 악행은 아리스토텔레스가 말한 아크라시아(ἀκρασία)의 전형으로, 실링 성 리베르탱들의 본령이 아니다. 블랑지스 공작 역시 자신의 그런 입장을 밝히고 있다. "공작은 이렇게 말했다. '격정에 휩쓸려야만 악해지는 사람은 도처에 차고 넘치지. 그러다가 흥분이 가라앉으면 다들 차분해진 영혼으로 태연하게 미덕의 길을 다시 걸어가.(…) 하지만 강인한 나의 성격은 결코 그런 식으로 우왕좌왕하지 않아. 나는 내 선택에 절대로 주저함이 없지.'(이 책 36-7쪽)

143
그리스신화에 나오는 파리스의 황금 사과를 암시한다.

리기가 거의 불가능해 보였다. 오귀스틴은 나머지 두 명보다 훨씬 크고 모양도 좋았다. 만약 화가들이 검사했다면 이론의 여지없이 우승을 차지했을 것이다. 하지만 리베르탱들은 정교함보다는 매력을, 균형보다는 포동포동한 질감을 더 선호한다.[144] 그런데 오귀스틴은 자기 의지와는 무관하게 너무 마르고 또 섬세했다. 반면 나머지 둘은 싱싱한 혈색과 살집이 돋보였고, 희고 동그란 볼기짝에 관능적인 윤곽을 자랑하는 골반 선이 단연 오귀스틴을 압도하는 것이었다. 하지만 그 둘 중에서는 누구를 선택한단 말인가! 열 번이나 의견이 반반으로 갈렸다. 결국 승리는 젤미르에게 돌아갔다. 매혹적인 두 소녀는 그길로 노리개가 되어 저녁 내내 키스와 애무와 손장난에 시달려야 했다. 나아가 젤미르더러 제피르를 용두질하라고 시켰는데, 대차게 사정하는 제피르의 모습은 보는 것만으로도 흥분될 정도였다. 이번에는 제피르가 젤미르의 밑을 손으로 후려주었고, 소녀는 품에 안긴 채 정신을 잃었다. 형언하기 어려울 만큼 관능적이 이 모든 장면은 공작과 그 동생으로 하여금 좆물을 쏟게 만들었지만, 퀴르발과 뒤르세에게는 미미한 흥분밖에 제공해주지 못했다. 닳고 닳아 노회한 영혼을 움직이려면 이런 달콤한 장밋빛을 상당 부분 제거한 장면들이 필요하다는 점에 두 사람은 공감하고 있었다. 이따위 낯간지러운 장난질은 젊은 사람들에게나 맞을 거라는 얘기다. 이윽고 다들 잠자리에 들었고, 퀴르발은 몇 가지 새로 고안해낸 난행들에 파묻혀, 이제 막 진가를 증명해보인 청순한 소녀들을 상대로 아쉬움을 보상했다.

제28일

결혼식이 있는 날이었다. 이번엔 퀴피동과 로제트가 혼례의 인연으로 맺어질 차례인데, 역시 치명적으로 일이 꼬이다 보니 둘 다 그날 저녁 체벌 대상으로 이름이 올랐다. 당일 아침에는 누

144
재현(représentation)을 중시하는 고전주의 미학과 암시(suggestion)를 중시하는 방탕주의 미학의 대비다.

구의 잘못도 적발되지 않은 터라 오전 내내 결혼 예식만 진행했고, 식이 끝난 다음에는 신랑 신부를 살롱에 몰아넣고 둘이 하는 짓을 구경하기로 했다. 베누스의 비의(秘儀)는 이 아이들이 보는 앞에서도 종종 시행된 만큼, 직접 참여해본 경험은 없으나 무엇을 어떻게 수행해야 하는지 이론적으로는 충분한 지식을 갖추고 있었다. 하여, 빳빳하게 발기한 퀴피동은 그 자그마한 쨰못[145]을 로제트의 허벅지 사이에 끼웠고, 로제트는 더할 나위 없이 순박한 표정으로 가만히 내버려두었다. 착수가 제법 괜찮았던지라 모든 게 잘 성사되는가 싶었는데, 느닷없이 주교가 신랑을 부둥켜안더니, 어린 배우자를 상대로 하고 싶어 했을 바로 그 짓을 자기에게 하도록 강요했다. 주교의 펑퍼짐한 궁둥이를 쑤시면서 소년은 아쉬움이 내비치는 눈으로 소녀를 바라보았다. 하지만 그녀 역시 곧 공작이 차지해 허벅지 색질에 돌입했다. 퀴르발이 다가와 주교의 뒤를 쑤시고 있는 어린 때짜의 엉덩이를 음탕하게 주무르기 시작했고, 그 앙증맞은 엉덩이가 지시대로 바람직한 상태인 걸 보고는 핥으면서 어루만졌다. 뒤르세로 말하자면, 공작이 앞쪽에서 하고 있는 소녀에게 마찬가지 짓을 했다. 그러나 아무도 사정하지 않았고, 모두 식탁에 자리 잡았다. 동석이 허락된 두 어린 부부는 오귀스틴, 젤라미르와 함께 커피 시중까지 들었다. 색기를 갖춘 오귀스틴은 전날 자신이 미의 경연에서 승리하지 못해 여전히 심기가 불편했고, 뿌루퉁한 기색으로 머리를 아무렇게나 하고 나왔는데, 오히려 그게 훨씬 더 매혹적으로 보였다. 퀴르발이 반응을 보여, 그녀의 엉덩이를 살피면서 말했다. "난 이해할 수가 없어. 요 발랑까진 계집이 어제 어떻게 우승을 놓칠 수 있느냔 말이야. 세상에 이보다 더 어여쁜 엉덩이 있으면 나와보라고 해!" 그와 동시에 볼기짝을 양쪽으로 벌리더니, 자기를 만족시킬 준비가 되었는지 오귀스틴에게 물었다. 그녀는 이렇게 대답했다. "오, 그럼요! 완벽하게 준비되었어요. 그렇지 않아도 지금 막 그러고 싶던 차거든요." 퀴르발은 그녀를 즉시 소파 위로 숙이게 해서 아

145
cheville(쐐기). 음경을 지칭하는 은어. 퀴피동에게 어울리도록 작은 쐐기 '쨰못'으로 번역한다.

름다운 엉덩이 쪽에 무릎을 꿇었고, 바로 그 순간 튀어나오는 똥 덩이를 받아 삼켰다. "우라질!" 그는 친구들을 향해 몸을 돌려 복부에 딱 달라붙은 자지를 보여주며 말했다. "이런 게 바로 내가 격노한 나머지 무슨 짓이든 저지를 것 같은 상태라고!" "이를테면?" 그런 상태의 친구를 자극해 끔찍한 얘기를 하게 만들고 싶어 하는 공작이 물었다. "이를테면?" 퀴르발이 대답했다. "무슨 악랄한 짓이든 마음 놓고 제안해봐, 너끈히 해치워줄 테니까. 자연을 갈가리 찢어발기든, 우주를 산산조각 내버리든!" 오귀스틴을 쏘아보는 그의 무시무시한 눈빛을 간파한 뒤르세가 끼어들었다. "자자, 뒤클로의 이야기나 들어봅시다. 아직 시간은 있어요. 지금 당신 고삐를 풀어주면, 여기 이 가여운 영계가 한참 동안 고된 시간을 보내야 한단 말이오." "오, 아무렴!" 퀴르발이 불같이 화를 내며 말했다. "아주 고된 시간을 보내야 하고말고! 그건 내가 전적으로 책임지지." 방금 로제트로 하여금 똥을 싸게 만들고는 마찬가지로 격렬하게 발기한 공작이 말을 받았다. "퀴르발, 우리 지금 당장 하렘[146]을 접수합시다. 그러고 나서 두 시간 후에 책임질 일 있음 책임지고 말이오." 그제야 조금 더 차분해진 주교와 뒤르세가 얼른 그들의 팔을 붙들었고, 바로 그 상태, 말하자면 바지는 내리고 자지는 허공을 향해 곧추선 상태 그대로 리베르탱 네 명이, 뒤클로의 새로운 이야기를 듣기 위해 이미 구연장에 전원 집합한 사람들 앞에 버젓이 나타났다. 뒤클로는 나리들 두 명의 현재 상태로 볼 때 곧바로 이야기가 중단될 수 있음을 알지만, 어쨌거나 다음과 같이 이야기를 시작했다.

"서른다섯 살쯤 되는 궁정 귀족이 가게를 찾아와, 제가 대령할 수 있는 최고로 어여쁜 아가씨를 주문한 적이 있습니다. 자신의 기벽에 대해 전혀 밝히지 않은 그를 위해 저는 재봉 일 하는 아가씨[147]를 한 명 소개해주었지요. 아직 몸을 팔아본 적이 전혀 없는 아이였고, 두말할 것 없이 천하일색이었답니다. 둘을 붙여준 뒤 어떤 일이 벌어질지 너무 궁금한 저는 곧장 훔쳐보기 구멍에 자리를 잡았지요. 그자는 다짜고짜 이런 말부터 했

146
sérail. 후궁들의 처소(chez les sultanes). 아직 동정을 잃지 않은 여덟 명의 소녀들을 의미한다.

147
당시 여자 재봉사는 매춘을 부업으로 하는 사례가 많았다.

습니다. '맙소사, 마담 뒤클로는 도대체 어디서 너 못생긴 년을 주워온 거냐? 아마도 시궁창에서 건져온 모양이지…! 근무 중인 초병이나 붙잡고 놀다 가라 불러대고 있었겠지.' 아무 얘기도 듣지 못한 상태로 온 아가씨는 수치심에 어쩔 줄 몰랐습니다. 궁정인은 계속해서 말을 이었지요. '자, 어서 옷이나 벗으시지. 뭐가 이리 서툴러…! 내 생전 이렇게 못생기고 굼뜬 창녀는 처음 보네… 아무튼 좋아, 오늘 안으로 끝내긴 할 거지…? 아이고! 이게 그토록 칭찬을 아끼지 않던 몸뚱이였어? 무슨 젖통이 이러냐…. 영락없이 늙은 암소 젖일세!' 그러고는 거칠게 주물러댔습니다. '그리고 이 배때기는 또 뭐야! 무슨 주름이 이리 많아…! 새끼를 스무 명쯤은 낳은 거야?' '아이는 한 명도 낳지 않았습니다, 손님.' '오, 그래! 한 명도 낳지 않았다? 요즘 계집년들 꼬박꼬박 말대답하는 것 좀 보라고! 그 말 곧이곧대로 믿다가는 모조리 다 숫처녀겠네…. 어디, 뒤로 돌아보거라! 정말 추한 엉덩이로군… 흐물흐물 역겨운 볼기짝이야…. 얼마나 발길질을 당했으면 이따위로 엉망이 돼!' 근데 나리들께서 직접 보셨다면 세상 두 번 다시 구경하기 힘든 아름다운 엉덩이라 하셨을 걸요. 아무튼 아가씨는 슬슬 불안해지기 시작했습니다. 그 작은 심장이 무섭게 뛰는 것까지도 제게 느껴졌어요. 그 아름다운 눈동자가 흐려지고 말이죠. 여자가 당황하는 기색을 보일수록 빌어먹을 색골은 점점 더 심하게 몰아쳤습니다. 그자가 여자한테 퍼부어댄 터무니없는 말들을 지금 이 자리에 다 옮기기란 불가능합니다. 아마 가장 추악하고 못돼먹은 계집 앞에서도 감히 그 정도 혹독한 악담을 퍼붓기는 어려울 거예요. 마침내 가슴이 쿵쿵 뛰면서 눈물이 쏟아지기 시작하더군요. 바로 그 순간이었어요. 안간힘을 다해 수음을 하던 방탕아가 지루한 독설의 피날레를 장식했습니다! 여자의 피부며, 몸매, 생김새, 여자에게서 풍긴다고 바득바득 우기는 악취, 몸가짐, 정신 상태 등등 그자가 대놓고 쏟아낸 모든 독설을 나리들께 일일이 들려드리기가 정말 어렵군요. 한마디로 여자의 자존심을 무너뜨리기 위해

가능한 모든 독설과 악담을 고안해서 쏟아내는 것 같았어요. 그러고는 천하의 잡놈도 입에 담지 않을 험한 말들을 토해내면서 여자를 향해 사정하는 것이었습니다. 그런데 이 일의 결과가 정말 재미있답니다. 그 모든 독설이 정작 아가씨 본인한테는 훌륭한 설교와도 같은 역할을 했으니까요. 다시는 이런 자리에 나서지 않겠다고 맹세하더니, 일주일 지나 들리는 소식이, 수녀원에 들어가 종신서원을 했다는 것이었어요. 저는 여자를 끔찍하게 농락했던 바로 그 남자에게 사실을 전했지요. 그러자 그는 또다시 개과천선시킬 대상들을 제게 주문하더군요."

뒤클로의 이야기는 계속되었다. "그런가 하면, 마음이 극도로 여린 아가씨들을 주문하는 남자도 있었어요. 어떤 소식을 기다리는데, 그 내용이 좋지 않을 경우 극심한 비탄에 빠져 헤어나지 못할 것 같은 타입으로 말이죠. 정말 저로서는 골치 아픈 손님이었습니다. 도무지 대충 넘어가기가 힘들었거든요. 요컨대 그는 전문가였고, 이 같은 짓을 일삼은 이래 자기 의도가 정확히 이행되는지 한눈에 간파하는 안목의 소유자였습니다. 그래서 저는 단 한 번도 그를 속이지 않았고, 매번 그가 원하는 정신 상태에 딱 들어맞는 아가씨들을 갖다 바쳤지요. 하루는 디종에서 어떤 젊은이의 소식을 기다리는 아가씨를 소개해주었습니다. 발쿠르라는 이름의 그 젊은이는 여자가 열렬히 사모하고 있는 남자였어요. 제가 판을 벌여준 자리에서 우리의 난봉꾼이 정중하게 묻더군요. '고향이 어디신가요, 아가씨?' '디종입니다, 선생님.' '디종이요? 아! 이럴 수가, 실은 방금 제가 거기서 온 편지를 받았는데, 아주 안 좋은 소식이지 뭡니까.' '무슨 소식인데요?' 여자가 관심을 보이며 물었습니다. '제가 워낙에 잘 아는 도시라, 어쩌면 저와도 관계있는 내용일 수 있겠네요.' '오, 아닙니다. 제 지인 얘기인 걸요. 제가 지대한 관심을 가지고 있는 한 젊은이가 사망했다고 하네요. 디종에 사는 제 동생이 소개해준 아가씨와 사랑에 빠져 최근 결혼을 했는데, 바로 그다음 날 급사했다지 뭡니까.' '그분 성함이 혹시 어떻게 되나요?' '발쿠르라고 합니다. 파리 출신이고요. 살았던 주소가 어쩌고저쩌고… 아이고, 당신은 잘 모르겠군요.' 순간, 여자가 정신을 잃으면서 뒤로 벌렁 나자빠졌습니다. 그러자 신이 난 난봉꾼은 바지 단추를 풀고 여자를 향해 용두질을 하면서 말했지요. '야호, 내가 바라던 대로 됐어! 자, 엉덩이 어디 있어, 엉덩이! 사정하기 위해서, 엉덩이 말고 딴 건 필요 없다니까!' 그는 여자를 뒤집고 치마를 걷어 올리더니, 미동조차 없는 여자의 엉덩이 쪽에 좆물을 일고여덟 번 발사했습니다. 그러고 나서는 자기가 내뱉은 말의 결과라든가 불쌍한 여자가 어찌 될지는 전혀 마음에 두지 않고 훌쩍 자리를 뜨는 것이었어요."

"여자는 죽었나?" 허리가 빽적지근하도록 뒤치기를 당하고 있는 퀴르발이 물었다. 뒤클로가 대답했다. "아뇨. 하지만 그러고 나서 걸린 병을 6주 넘게 끙끙 앓았죠." "오, 그거 잘된 일이군." 공작이 한마디 했다. "근데 내 생각에는 말이야," 악당의 말이 이어졌다. "그 남자가 이왕이면 여자의 생리 시기에 맞춰 그런 소식을 전했으면 더 좋았겠는데 말이지." "그렇지!" 퀴르발이 말했다. "우리 공작님, 한술 더 뜨시지 그러쇼. 여기서 얼추 봐도 지금 발기 중이신 듯하오만, 아예 그 자리서 여자가 즉사하면 더 좋았을 거라고 말이야!" "오호, 두말하면 잔소리지!" 공작이 말했다. "당신이 정 그러길 원한다니, 나야 그렇다고 할밖에. 까짓 계집 하나 죽는 거야 나로선 그다지 신경 쓸 일 아니니까." 그러자 이번에는 주교가 말했다. "뒤르세, 당신이 나서서 저 두 색골들을 빨리 사정하라고 내보내지 않으면, 오늘 저녁 아주 난리가 나겠소이다." "아하, 그야 당연하지!" 퀴르발이 주교를 향해 말했다. "자네의 양 떼가 어지간히 걱정되는 모양이로군! 그깟 무리에서 두어 명 있고 없고가 무슨 대수겠는가! 자자, 공작 각하, 우린 규방으로 가십시다. 그리고 여기 이분들은 오늘 저녁 분탕질이 내키지 않는 듯하니, 끼리끼리 잘들 노시고요." 말이 떨어지기 무섭게 행동이 따랐다. 우리의 두 리베르탱은 브리즈퀴, 방도시엘, 테레즈, 팡숑, 콩스탕스, 쥘리로 하여금 젤미르와 오귀스틴, 소피, 콜롱브, 퀴피동, 나르시스, 젤라미르, 아도니스를 인솔해 뒤를 따르게 했다. 잠시 후, 여자들 비명 소리가 두세 번 들리더니 함께 좆물을 토해내는 두 악당의 울부짖음이 밖으로 새어 나왔다. 오귀스틴이 돌아왔는데, 코에 댄 손수건에 피가 배어 있었고, 아델라이드는 가슴에 손수건을 대고 있었다. 방탕기도 제법 있는 편이며 큰 탈 없이 상황을 헤쳐 나갈 만큼의 기지를 갖춘 쥘리가 정신 나간 여자처럼 웃어대며 말하기를, 자기 없었으면 저 사람들 결코 사정하지 못했을 거라고 했다. 이윽고 무리가 다 돌아왔는데, 젤라미르와 아도니스의 엉덩이는 여전히 좆물 범벅이었다. 두 리베르탱은 기다리던 친구들에게, 어디까지나 자기들은 그 어떤 비난도 받지 않기 위해 최대한 점잖고 염치 있게 행동했으며, 이제는 완전히 진정된 상태라고 강변하고는, 이야기 들을 채비를 했고, 그제야 뒤클로에게 계속하라는 지시가 떨어졌다.

아름다운 계집의 이야기는 이렇게 재개되었다. "퀴르발 나리께서 욕구 해소에 너무 성급하셔서 저는 좀 아쉽습니다. 왜냐하면 상당히 즐거워하실 만한 임산부 이야기를 두 편 준비했거든요. 그런 여자들에 대한 저분 취향을 제가 잘 아는데, 아직 조금이라도 욕구가 남아 있다면 분명 이제 들려드릴 이야기 두 편이 제법 즐거우실 거라고 확신합니다." "얘기해! 괜찮으니까 어서 얘기하라고!" 퀴르발이 말했다. "좆 질은 내 감정에 아무 영향도 주지 못한다는 거 모르나? 내가 악에 가장 탐닉하는 순간은 오히려 그걸 좀 하고 난 다음이라는 거!"

"그럼 시작하겠습니다. 저는 여자가 분만하는 걸 구경하는 괴벽의 소유자 한 명을 만난 적이 있습니다. 그는 진통이 진행되는 걸 지켜보면서 스스로 용두질을 하다가, 태아의 머리가 보이는 순간 사정에 이르지요.

두 번째 남자는 임신 7개월 되는 여자를 15피에가 넘는 높이의 기둥머리에 세워두었습니다. 거기서 여자는 자세를 똑바로 유지한 채 정신을 바짝 차리고 있어야죠. 자칫 정신을 놓으면 자기는 물론 배 속 아이까지 모두 박살 나버리고 말 테니까요. 이 짓 하려고 돈까지 지불한 마당에 여자의 딱한 처지를 고려할 리 없는 방탕아는 사정할 때까지 그렇게 여자를 붙잡아둡니다. 그리고 계속 용두질하면서 소리치지요. '아, 멋진 조각상이로다! 훌륭한 장식이야! 오, 아름다운 황후시여!'

"당신이라면 기둥을 통째로 흔들어버리지 않겠소, 퀴르발?" 공작이 말했다. "오, 천만의 말씀! 당신 잘못 알고 있구려! 나 역시 자연과 자연이 낳은 작품을 존중해야 한다는 것쯤 충분히 알고 있다오. 가장 관심을 기울여야 할 요점은 인간이라는 종의 번식 아니겠소? 그것이야말로 우리가 끊임없이 칭송해야 마땅한 일종의 기적이며, 그 기적을 행하는 여자들에게는 최대한 애정 어린 배려를 해야 하는 것이고 말이오. 나로 말하자면 안쓰럽다는 생각 없이는 도저히 임신한 여자를 바라볼 수가 없어요. 생각 좀 해보시오. 마치 화덕처럼 질 깊숙이 무슨 콧물 같은 걸 품고 있다가 새끼를 까는 여자라는 존재를 말이오! 그만큼 아름답고 사랑스러운 것이 또 있겠소? 콩스탕스, 이리 한번 와보시게. 지금 이 순간 그토록 심오한 신비가 작동하고 있는 그대 안의 제단에 입을 맞추게 어서 와봐." 그녀의 지금 자리가 바로 퀴르발 본인의 벽감인 터라, 그는 멀리 움직이지 않고도 경배드리고자 하는 성전에 충분히 다가갈 수 있었다. 그런데, 반신반의하면서도 콩스탕스가 이해한 것과는 상황이 아주 다르다고 생각할 만한 충분한 이유가 있었다. 별안간 그녀 입에서 경배나 칭송의 결과와는 조금도 닮은 데가 없는 비명 소리가 튀어나왔기 때문이다. 그 뒤로 적막이 자리 잡는 걸 확인한 뒤클로는 다음과 같은 에피소드로 이야기를 마감했다.

"제가 알고 있는 어떤 남자의 정념은 요란하게 내지르는 아기의 울음소리를 듣는 거였습니다. 이를 위해 많아야 서너 살 먹은 아기와 엄마가 필요했지요. 그는 자신이 보는 앞에서 이 엄마가 아기를 호되게 때릴 것을 요구했습니다. 이런 엉뚱한 취급에 당황한 아기는 즉시 요란한 울음을 토해내지요. 바로 그때 엄마는 난봉꾼의 자지를 움켜쥐고 아기 얼굴을 향해 열심히 용두질해야만 합니다. 그는 눈물로 범벅이 된 아기를 내려다보면서 정확히 그 코끝을 겨냥해 사정하고 말이죠."

주교가 퀴르발에게 말했다. "단언컨대, 이 친구는 번식에 대해 당신보다 더 호의적이진 않은 것 같습니다그려." "내가 보기에도 그런 것 같구먼." 퀴르발이 받아쳤다. "나아가 그자는, 소위 말해, 총기 가득하신 마나님의 관점에 비추어본다면,[148] 그자는 말이지 아주 몹쓸 악질이어야 맞아. 그런 여자에 따르면, 동물도 어린애도 임산부도 좋아하지 않는 남자는 모조리 차형에 처할 괴물일 테니까. 그 잔소리 심한 아줌씨의 법정에서 나처럼 셋 모두가 질색인 사람은 이미 판결 난 거나 다름없지." 시간도 늦고, 이야기 말고 다른 일들로 저녁의 상당 부분이 이미 잠식된 상태에서, 다들 식탁에 자리를 잡았다. 식사 중에는 다음과 같은 문제들이 도마에 올랐다. 이를테면, 인간에게서 감수성이란 어떤 쓸모가 있는가, 그것은 행복에 유용한가 아닌가. 퀴르발은 감수성이란 위험할 뿐이며, 어렸을 때부터 가능한 한 혹독한 환경에 익숙하게 만듦으로써 가장 먼저 둔화시켜야 할 감정임을 주장했다. 이 문제를 두고 각자의 의견이 워낙 분분하다 보니, 결국 퀴르발의 주장으로 다시 돌아왔다. 식사가 끝난 뒤, 퀴르발과 공작은 여자와 소년들은 모두 잠자리로 보내고 남자들만 모여 난교 파티를 벌여야겠다고 말했다. 모두가 그 계획에 동의했고, 리베르탱들은 때짜들 여덟 명과 함께 틀어박혀 거의 밤새도록 뒤를 대주고 독주를 마셔댔다. 동틀 무렵이 되어서야 두 시간쯤 잠자리에 누웠고, 다음 날은 이제 독자들이 접할 또 다른 사건과 이야기들이 펼쳐졌다. 고생을 무릅쓰고 그 내용을 읽어준다면 말이지만.

148
une dame de beaucoup d'esprit.
앞선 공작과의 대화에서부터 퀴르발의 빈정대는 투가 점입가경이다. '마나님(dame)'은 콩스탕스를 암시하며, 퀴르발이 보기에 '조신한 척, 똑똑한 척하는 여인네'에 대한 비아냥을 노골적으로 드러낸 표현이다. 실제로 콩스탕스는 인물들이 처음 소개될 때부터 다른 배우자에 비해 지적 능력 면에서 단연 돋보인 캐릭터다. "콩스탕스는 분별력 있고 긍정적이며, 운명이 지금 그녀를 몰아넣은 처참한 상황에 결코 어울리지 않는 고상한 정신력까지 겸비하고 있었다. 그만큼 그녀는 끔찍한 자신의 처지를 실감하고 있었다. 인지능력이 조금만 덜 예민했어도 필시 지금보다는 덜 불행했을 텐데."(이 책 52쪽)

이런 속담이 있다(속담이란 얼마나 좋은 것인가.). 말하자면, 식욕은 먹다 보면 생긴다는 취지의 속담이다. 무척 단순하지만, 보편적인 설득력이 있다. 끔찍한 짓을 행하다 보면 보다 더 끔찍한 짓을 갈망하게 되고, 그럴수록 더 많은 것을 요구하게 된다는 의미다. 그것이 바로 만족을 모르는 우리 리베르탱들이 지금 처한 상황이다. 그들은 도저히 용납할 수 없는 가혹함과 가증스러울 만큼 집요한 방탕기를 총동원해, 저들이 변소에서 일을 보고 나올 때마다 불행한 배우자들로 하여금 더없이 불결하고 추잡한 봉사에 임하도록 강요했다. 한데 그게 다가 아니었다. 필시 전날의 남색과 관련한 방탕주의의 산물인 듯 보이는 새로운 법을 또 선포했는데, 내용인즉, 12월 1일부터 시작해 배우자들이 아예 저들의 배설 욕구를 받아낼 변기 자체가 되어야 하며, 큰 것 작은 것 가리지 말고 모든 배설 욕구는 그들의 입을 통해서만 해소되어야 한다는 것이었다. 따라서 나리들이 배설 욕구를 해소하고 싶을 때마다 후궁 넷이 수행해 새로 공포한 규칙 이전에 배우자들이 담당한 봉사를 떠맡아야 했는데, 이는 더 중요한 봉사 행위에 나설 배우자들이 그 일까지 하기란 불가능했기 때문이다. 그리하여 후궁 중에서도 주임급에 해당하는 네 명 즉, 콜롱브는 퀴르발을, 에베는 공작을, 로제트는 주교를, 미셰트는 뒤르세를 맡게 되었다. 이상 조작들 중 어느 것, 다시 말해 배우자들이 맡은 일이든 후궁들이 맡은 일이든 아주 작은 잘못이라도 발생할 경우, 그 당사자는 엄벌에 처하도록 정했다. 가엾은 여자들은 이 새로운 지침을 하달받자마자 울음을 터뜨리며 절망했는데, 그래 봤자 벽 보고 하소연하는 꼴이었다. 다만 여자들 각자 자기 남편만을 상대하고, 알린의 경우는 주교만을 상대로 봉사하도록 정했으며, 이번 조작에서만큼은 서로 맞교환하는 일이 없도록 했다. 노파 둘 역시 번갈아 출두해 같은 봉사에 임할 것이며, 그 시간은 저녁에 난교 파티가 끝나는 시점으로 고정했다. 조작 과정은 항상 공동 작업으로 진행하게끔 결론이 났다. 즉, 조작이 진행되면 후궁 네 명이 각자 맡은 봉사 행위에 나설 때를 기다리면서 저들의 엉덩이를 까 보이고, 그걸 노파가 이 항문 저 항문 일일이 옮겨가며 압박하고, 벌리고, 자극해 작동이 원활하게끔 조처하는 것이다. 일단 규칙을 공포한 다음, 전날 남자들만의 난교 파티를 열고자 하는 욕망 때문에 건너뛴 체벌 의식에 아침부터 착수했다. 조작은 후궁들의 숙소에서 진행되었다. 여덟 명 모두 처리되었고, 그 뒤로 아델라이드, 알린, 퀴피동이 숙명의 명단에 이름을 올렸다. 이러한 경우 가동되는 세부 사항과 규약들이 시행되는 데 네 시간 가까이 걸렸고, 그 모든 것이 끝난 뒤에는 다들 머리가 뜨겁게 달궈진 상태로 점심 식사를 하러 이동했다. 특히 퀴르발의 머리가 한껏 달아올라 있었는데, 이런 조작을 너무나도 선호해, 그때마다 항상 확실한 발기 상태에 이르는 것이었다. 공작은 아예 사정까지 했고, 뒤르세도 마찬가지였다. 뒤르세는 아내 아델라이드를 향한 아주 짓궂은 방탕주의적 기운이 고개를 들기 시작했고, 그녀를 체벌하면서 좆물을 흘릴 만큼 격렬한 쾌감에 몸서리쳤다. 점심 식사가 끝나고 다들 커피를 마시러 이동했다. 이번에는 신선한 엉덩이들이 시중을 들면 좋겠다는 생각이었고, 남자 중에서 제피르와 지통이 물망에 올랐으며 원하면 언제든 다른 소년들도 동원될 수 있었다. 그러나 후궁들 사정은 달랐다. 계획표로 정해진 순서에 따라,[149] 콜롱브와 미셰트만 시중에 나설 수 있었다. 퀴르발이 콜롱브의 엉덩이를 검사했는데, 일부는 자신의 소행이기도 한 그곳의 얼룩덜룩한 자국이 유별나게 욕망을 자극해, 뒤에서 허벅지 색질을 가하며 볼기짝을 우악스레 주물러댔다. 그의 물건이 뒤로 빠질 때, 그토록 뚫어버리고 싶던 귀여운 구멍을 슬금슬금 건드렸다. 그는 구멍을 가만 바라보다가, 아주 집요하게 들여다보더니, 친구들을 향해 말했다. "빌어먹을! 요 똥구멍에 박도록 나를 내버려두면 지금 당장 200루이를 우리 모임에 투척하지." 하지만 거기서 그쳤고, 사정하지

149
제3일에 제시된 '향후 여정에 관한 계획표'를 말하는 것으로 보인다.

도 않았다. 주교는 제피르로 하여금 자기 입안에 사정하게 했고, 미소년의 좆물을 삼키면서 자기 것도 쏟아냈다. 뒤르세는 지통으로 하여금 자기 엉덩이에 발길질을 하도록 시켰고, 똥을 싸게는 했지만 사정까지는 가지 않았다. 모두 구연장으로 이동했는데, 그날 저녁은 자주 돌아오는 배치 순번에 따라 아버지들이 각자 자기 딸을 소파에 앉혔고, 그렇게 다들 바지를 내린 채 우리의 사랑스러운 이야기꾼이 준비한 이야기 다섯 편을 경청했다.

"푸르니에 부인의 신심 깊은 유증을 이행한 바로 그 방법에서부터 제 가게에는 행운이 밀어닥친 것 같습니다." 어여쁜 계집이 말했다. "그렇게 많은 부자들을 만나본 적이 없어요. 하루는 가게 최고 단골 중 한 명인 베네딕투스 수도원장이 저에게 와서 한다는 얘기가, 자기가 아주 기이한 괴벽에 대한 소문을 들었고, 심지어 그에 심취한 친구 중 한 명이 실제로 그걸 행하는 광경을 목격했다면서, 이제는 자기가 직접 한번 해보고 싶다는 것이었어요. 그러고는 몸에 털이 많은 아가씨를 한 명 불러달라고 했습니다. 저는 스물여덟 살 먹은 덩치 큰 계집을 대령해주었죠. 겨드랑이와 불두덩에 난 체모가 엄청난 아가씨를 말입니다. 그가 이러더군요. '바로 이거야!' 저와의 관계가 아주 친밀한데다 자주 어울려 놀기도 했던 터라, 그는 제가 보는 앞에서 딱히 가리는 것이 없었습니다. 여자를 발가벗기더니 양팔을 들어올린 채 소파 위에 반쯤 눕히더군요. 그리고 아주 날카로운 가위로 양쪽 겨드랑이 털을 맨살이 드러날 때까지 잘라내는 것이었어요. 겨드랑이가 끝나자 불두덩으로 옮겨갔습니다. 그곳도 마찬가지로 가위질했는데, 얼마나 꼼꼼한지 작업한 두 군데 다 털이라고는 나본 적 없는 것처럼 보이더군요. 일이 끝나자 그는 방금 털을 깎아낸 신체 부위에 입을 맞추고는, 잘라낸 털 무더기 위에 좆물을 쏟아내면서 자신의 작품을 황홀하게 내려다보는 것이었습니다.

또 다른 사람이 요구한 의식은 이보다 훨씬 더 괴상했습니다. 바로 플로르빌 공작 이야기입니다. 제가 찾을 수 있는 가장 아름다운 여자를 자기 집으로 데려오라는 주문이었어요. 하인이 우리를 맞아주었고 쪽문을 통해 저택 안으로 안내했습니다. 그가 제게 이러더군요. '이 아리따운 여자를 공작님이 가지고 놀기 알맞게 좀 다듬어야겠습니다…. 저를 따라오시죠.' 퀭하니 어두컴컴한 통로를 한참 동안 이리저리 헤맨 끝에, 마침내 음산한 분위기의 방이 하나 나타나더군요. 흑단으로 된 매트리스가 놓여 있고 그 주위 바닥에 여섯 개의 촛불만 켜 있었습니다. 방 전체가 장례식 분위기라, 우리는 들어가면서부터 오싹했지요. 안내하던 하인이 제게 말했습니다. '안심하십시오. 당신한테는 조금도 해를 끼치지 않을 테니까요.' 그러더니 이번에는 아가씨를 보며 이러는 겁니다. '하지만 당신은 모든 걸 각오해야 합니다. 특히 제가 전달하는 지침 사항을 엄격히 따라야 합니다.' 그는 여자를 완전히 발가벗겼고, 그 풍성한 머리채를 풀어헤쳐, 그대로 흘러내리게 두었습니다. 그런 다음 촛불들이 에워싼 매트리스 위에 여자를 눕히더니, 죽은 척하라는 엄명을 내렸습니다. 특히 어떤 일이 벌어져도 최소한의 호흡만을 하며, 절대로 움직이지 말아야 한다고 말이죠. '왜냐하면 이제 제 주인님께서 당신이 진짜 죽었다고 상상하실 텐데, 만약 일이 틀어져서 거짓이라는 걸 느끼면, 불같이 화를 내면서 나가버리실 거거든요. 그럼 당신은 돈을 받지 못할 겁니다.' 그는 아가씨를 매트리스 위에 시체 모양으로 눕히고는, 입과 눈에서 아픈 느낌이 배어나도록 하고, 벗은 가슴 위로 머리카락들을 헝클어뜨리는가 하면, 옆에는 단도를 놓아두었습니다. 심장 위치에 닭의 피를 손바닥만 한 크기로 묻혀 마치 상처가 난 것처럼 꾸미고 말이죠. 그가 또 당부했습니다. '무엇보다 겁을 내면 안 됩니다. 말을 할 필요도 없고, 아무것도 할 필요가 없어요. 그냥 꼼짝 말고, 그분이 조금 떨어져 있다 싶을 때만 살짝살짝 숨 쉬면 됩니다.' 그러고는 제게 말했습니다. '자, 이제 우린 물러나죠. 이리 오세요, 부인. 같이 온 아가씨 걱정하시지 않게, 모든 과정을 듣고 지켜볼 수 있는 장소로 안내해드리겠습니다.' 우린 계집을 거기 놔두고 나왔습니다. 처음에는 몹시 불안해하더니, 하인의 말을 들으면서 차츰 안정을 찾아가더군요. 하인이 저를 안내한 곳은 잠시 후 비밀 의식이 거행될 방 바로 옆에 딸린 골방이었습니다. 거기서는 검정 벽걸이 천으로 만든 조립식 칸막이벽을 사이에 두고 그 너머에서 나는 모든 소리를 들을 수가 있었어요. 게다가 그 천이라는 게 장례용 베일 같은 재질이어서, 건너편을 엿보는 일은 훨씬 더 쉬웠습니다. 아예 같은 공간인 것처럼 칸막이벽 너머의 모든 사물을 식별할 수 있을 정도였어요. 이윽고 하인이 줄을 당겨 벨을 울렸습니다. 신호인 셈인데, 잠시 후 키 크고 깡마른 예순 살가량 되어 보이는 남자가 들어오더군요. 완전한 나체에 주단으로 된 헐렁한 인도풍 가운 하나만 걸치고 있었어요. 그는 방에 들어서자마자 덜컥 멈춰 섰습니다. 이쯤에서, 우리의 염탐 자체가 철저한 비밀이었다는 점을 짚고 넘어가는 게 좋겠습니다. 완전히 혼자라고 생각했는지, 공작은 누가 자신의 행동을 지켜보고 있다는 생각을 전혀 하지 못하는 것 같았어요. 그가 당장 이렇게 외쳤습니다. '아, 정말 아름다운 시체로군…! 죽은 미녀라…!' 순간, 피와 단도에 눈길이 가더니 또 이러더군요. '오, 맙소사! 방금 전에 살해당한 모양이야…. 아! 빌어먹을, 칼로 찌르면서 분명 발기했을 거야!' 그는 용두질을 시작하면서 말을 이었습니다. '그놈이 칼로 찌르는 걸 직접 보았으면 얼마나 좋을까!' 그러고는 여자의 배를 만지작대더군요. '임신했나…? 아쉽게도 아니군.' 그는 배를 계속 만지작대면서 말했습니다. '이 아름다운 살결! 아직도 따뜻해… 멋진 젖가슴!' 그리고 갑자기 여자 위로 상체를 숙이는가 싶더니, 엄청 격렬하게 입을 맞추었습니다. '여전히 침이 나오네… 아, 좋아라, 이 침 맛!' 그는 또다시, 이번에는 목구멍 속으로까지 자신의 혀를 들이밀었습니다. 여자는 여자대로 맡은 역할을 더할 나위 없이 훌륭하게 수행했고요. 마치 통나무를 뉘어놓은 듯 꼼짝도 하지 않고, 공작이 접근할 때면 어김없이 숨을 참는 것이었습니다. 마침내 그가 여자의 몸뚱이를 부여잡고 배가 아래로 가게 뒤집더니 말했습니다. '어디 아름다운 엉덩이 좀 봐야겠어.' 그리고 보자마자 이랬습니다. '아, 그럼 그렇지! 정말 멋들어진 볼기짝이야!' 그는 볼기짝들에 입을 맞추고, 양쪽으로 벌렸습니다. 그의 혀가 그 앙증맞은 구멍 속을 들락날락하는 꼴이 선명하게 보이더군요. 그가 열광적으로 소리쳤어요. '내 장담하건대, 살면서 경험한 시체 중 단연 최고야! 아, 이 아리따운 년에게서 목숨을 빼앗아간 녀석은 얼마나 행복할까! 그 순간 얼마나 기분 좋았을까!' 바로 그 생각이 그를 사정에 이르게 했지요. 그는 여자 옆에 붙어 누워 허벅지를 여자 볼기짝에 바짝 붙인 채 껴안았습니다. 그 상태로 어마어마한 쾌감에 휘말리면서 똥구멍을 향해 사정했어요. 자신의 정액을 쏟아내면서 악마처럼 고래고래 소리를 질렀습니다. '아! 씨팔! 씨팔! 내가 이년을 죽였어야 하는 건데!' 이 한마디가 조작의 대단원이었습니다. 난봉꾼은 일어나 그대로 사라졌지요. 이제 우리가 나서서 빈사 상태나 다름없는 아가씨를 일으켜 세울 때가 온 것이죠. 그녀 혼자서는 몸을 일으킬 수가 없었습니다. 강제적인 상황과 그로 인한 두려움 등 모든 것이 그녀의 몸에서 감각을 앗아가, 방금 전까지만 해도 애써 흉내 낸 인물의 모든 것이 이제는 그녀 자신에게 극히 자연스러워진 겁니다. 우린 하인이 건네준 4루이를 손에 쥐고 그곳을 빠져나왔는데, 다들 짐작하시겠지만, 그자가 적어도 전체의 절반은 착복하고 남은 돈이었을 겁니다.

"오호라!" 퀴르발이 외쳤다. "그것 참 대단한 정념이야! 이래야 뭔가 좀 짭짤하면서 톡 쏘는 맛이 있지." 그러자 공작이 맞장구쳤다. "나는 당나귀처럼 발기해버렸네. 장담하건대, 그 친구 거기서 끝난 게 아닐 거야." "물론입니다, 공작님." 마르텐의 말이었다. "가끔은 거기서 좀 더 현실감 있는 무언가를 원하는 사람이죠. 바로 그 점에 관해 나중에 마담 데그랑주와 제가 확인시켜드릴 기회가 있을 겁니다." "그때까지 자넨 대체 무얼 할 셈인가?" 퀴르발이 공작에게 묻자, 공작이 대답했다. "나 내버려 둬, 내버려 두라고! 지금 딸내미한테 박고 있어. 죽은 걸로 간주하고서 말이야!" "아! 이런 악질을 봤나!" 퀴르발이 말했다. "그러니까 지금 자네 머릿속에선 두 가지 죄악이 날뛰고 있는 셈이군그래." "아! 씨팔!" 공작이 말했다. "그것들이 조금 더 현실에 가까워진다면 얼마나 좋을까!" 그 순간 공작의 혼탁한 정액이 쥘리의 질 속으로 쏟아져 들어갔다. "이제 계속해, 뒤클로." 일을 치르기 무섭게 그가 말했다. "자기, 어서 계속하라니까! 판사를 사정하게 놔두지 말고. 지금 저 양반 근친상간하는 소리 안 들려? 골 때리는 작자가 머릿속에 못된 생각을 하고 있단 말이야. 그 부모가 나한테 신신당부했었지, 행동거지 좀 잘 감시해 달라고. 친구가 변태 짓 하게 내버려두고 싶지는 않아요." "아! 이미 늦었어, 이 친구야!" 퀴르발이 말했다. "이미 늦었다고! 나 사정한다! 아! 우라질! 죽은 년이 정말 끝내주는군!" 악당은 아델라이드의 보지를 뚫으면서, 공작과 마찬가지로 살해당한 자기 딸한테 박는다고 상상했다. 정말이지 리베르탱 정신의 가공할 광란이 따로 없다. 아무것도 보이지 않고, 아무 소리도 들리지 않는다. 오로지 본보기를 그대로 따르고픈 욕심뿐! "뒤클로, 얘기나 계속하지." 마침내 주교가 말했다. "저 망나니들 하는 짓 때문에 나까지 꼴리긴 하지만, 지금 내 몸 상태로는 아무래도 저들보다 못할 것 같거든."

"그 일이 있고 얼마 후 저는 또 다른 방탕아의 집에 혼자 가게 되었습니다. 그 사람의 광기는 좀 더 모욕적일지언정 아까 이야기한 경우처럼 음산하지는 않았죠. 그는 저를 거실에서 맞았는데, 바닥에 아주 아름다운 양탄자가 깔린 그곳에 저를 완전히 발가벗기고 네발로 엎드리게 했습니다. 그러고는 자기가 기르는 그레이트데인 두 마리를 옆에 두고 이렇게 말했어요. '자, 이 개들하고 자네하고 누가 더 민첩한지 볼까? 가서 물어 와!' 그와 동시에 그는 큼직한 군밤들을 던졌고, 저한테도 마치 짐승한테 말하듯 이랬습니다. '어서 물어 오라니까!' 저는 네발로 엉금엉금 기어 구르는 밤을 쫓아갔지요. 그의 망상 속으로 들어가 원하는 밤을 갖다주려고 말이죠. 그런데 그놈의 개 두 마리가 뒤늦게 출발하고서도 금세 저를 제치는 것이었어요. 녀석들은 냉큼 밤을 물어 주인에게 가져다주었지요. 그러자 주인이 말했습니다. '거참 어리바리한 계집이로군. 나의 개들이 자넬 잡아먹을까 봐 무섭기라도 한 거야? 그런 걱정일랑 할 필요 없어. 녀석들이 자넬 해칠 일은 없을 테니까. 대신 자기들보다 빠릿빠릿하지 못한 걸 보고 속으로 비웃기는 하겠지. 자, 이번엔 자네가 만회할 차례네… 가서 물어 와!' 다시 밤이 던져졌고, 또다시 개들의 승리였습니다. 결국 게임은 두 시간을 이어졌고, 그동안 제가 밤을 차지할 정도로 민첩했던 건 딱 한 번이었습니다. 입으로 물어 그걸 던진 사람에게 얌전히 가져다주었어요. 그런데 제가 이기든 지든, 게임 자체에 잘 훈련된 개들은 결코 저를 해치려 들지 않았습니다. 반대로 자기들과 같은 종(種)으로 보는지, 저를 데리고 재미나게 노는 분위기였어요. 주인이 말했습니다. '그만하면 고생했다. 이제 뭐 좀 먹어야지.' 종을 울리자 신임하는 하인 한 명이 나타나더군요. '나의 짐승들에게 먹을 것 좀 가져다주게.' 지시를 받은 하인은 곧장 흑단 나무로 만든 여물통을 가져왔는데, 잘게 다진 아주 연한 고기가 가득했습니다. 주인이 저에게 말했어요. '자, 어서 나의 개들하고 같이 들게. 아까 달리기 놀이에서처럼 식사에서도 녀석들이 앞서게 놔두지 말고.' 뭐라 대꾸할 말이 없더군요. 그저 복종하는 수밖에. 저는 여전히 네발로 엎드린 채 머리를 여물통에 처박았습니다. 음식이 아주 깨끗하고 맛이 좋았으므로, 개들과 함께 실컷 배를 채웠어요. 녀석들은 무척 예의가 발라 제 몫을 건드리지 않았고, 조금도 다투려는 기색을 보이지 않았습니다. 그렇게 우리의 방탕아는 극치의 순간을 향해 다가가고 있었지요. 한 여성을 모욕하고 농락함이 그의 정신을 터무니없이 달아오르게 한 겁니다. 그제야 용두질을 하면서 소리치는 것이었어요. '갈보 년! 빌어먹을 년이 개들하고 같이 잘도 처먹는구나! 무릇 여자들이란 이런 식으로 다루어야 하거늘! 이렇게 해야, 건방을 못 떨지. 이 개들과 마찬가지로 가축일 뿐인데, 도대체 왜 개들과는 다르게 대우해야 한다는 거지? 아! 빌어먹을 년아! 창녀야!' 그는 성큼 다가와 제 엉덩이 쪽에 좆물을 쏟아내면서 소리쳤습니다. '아, 이 갈보년아! 그래서 내가 너한테 개밥을 먹게 한 거다!' 그게 전부였습니다. 남자는 자취를 감췄고요. 부랴부랴 옷을 입는데, 제 소매 없는 반외투 위에 2루이가 놓여있더군요. 통상 이럴 때 주고받는 화대였죠.[150] 난봉꾼 역시 쾌락의 대가로 그 정도를 지불해왔던 겁니다."

뒤클로는 얘기를 이어갔다. "나리들, 이쯤에서 제 과거를 좀 더 멀리까지 돌이켜보아야 할 것 같습니다. 어렸을 적에 일어났던 두 가지 사건을 이야기해드리는 것으로 오늘 저녁 일정을 마무리할까 싶어요. 나리들이 재촉하는 바람에 조금 약한 소재들로 이야기를 시작하다 보니, 강도가 센 사연들은 그 흐름에서 제외되었을 수도 있지요. 어쨌든 저는 이 이야기들을 잠시 제쳐둘 수밖에 없었고, 나리들 앞에서 마무리를 장식하기 위해 고이 간직해왔던 겁니다. 당시 제 나이는 겨우 열여섯이었고, 아직 게랭 부인 댁에 있었죠. 그런데 하루는 어느 대단한 명망가의 집 내실에 저를 데려다놓더니, 그저 기다려라, 얌전히 굴어라 그리고 너랑 같이 놀 높으신 분 말씀에 고분고분 따르라는 말밖에 해주지 않는 거예요. 그 이상 이야기는 철저히 삼가는 눈치였습니다. 뭔가 사전에 귀띔해주었다면 제가 그렇게까지 무서워하지 않았을 거고, 우리의 난봉꾼께서는 또 그만큼 즐겁지 않았을 게 분명하지요. 대충 한 시간쯤 그 방에 있었을까요, 마침내 누가 문을 엽니다. 집주인이었어요. 그는 깜짝 놀라는 시늉을 하며 말했습니다. '요런 맹랑한 계집을 봤나! 이 시각에 내 집에서 뭐하는 거야?' 그는 숨 쉬기가 거북할 정도로 억세게 제 멱살을 움켜쥐고는 소리쳤어요. '발랑 까진 년 같으니! 오호라, 비렁뱅이 계집이 무얼 훔치려고 들어왔구나!' 사람을 부

150
주석 100번 참조.

르자, 심복인 듯한 하인이 한 명 나타나더군요. 주인은 화를 버럭 내며 말했습니다. '라플뢰르! 여기 도둑년이 숨어 있는 걸 발견했다. 이년을 완전히 발가벗기고, 추후에 내가 내릴 지시를 이행할 준비를 하라!' 라플뢰르는 즉시 복종했습니다. 저는 단박에 벌거숭이가 됐고, 제 옷들은 즉시 밖으로 내던져졌습니다. 난봉꾼이 하인에게 말하더군요. '지금 당장 자루를 하나 가져오라. 그 안에 이 망나니 같은 년을 집어넣고 아예 꿰매버려. 그런 다음 강에 던져버려라!' 하인은 곧장 자루를 가지러 밖으로 나갔습니다. 제가 그 틈을 이용해 집주인 발 앞에 납죽 엎드려 제발 살려달라고 얼마나 간절히 빌었을지는 나리들 상상에 맡기겠습니다. 그의 단골 뚜쟁이인 게랭 부인이 직접 나를 이리로 데려온 거다, 나는 결코 도둑이 아니다…. 하지만 난봉꾼은 제 말을 한 마디도 듣지 않고 갑자기 볼기짝을 움켜쥐더니, 거칠기 짝이 없게 주물럭대는 것이었어요. 그러면서 이런 말을 하는 겁니다. '아, 씨팔! 그래서 내가 이 잘생긴 엉덩이를 고기밥이 되게 해주겠다는 거다!' 그게 그가 할 수 있는 유일한 음란 행위 같았습니다. 방탕주의가 뚜렷하게 대두되고 있다 생각할 만한 조짐은 아직 그의 행동 어디에서도 보이지 않는 거예요. 그런 와중에 하인이 자루를 들고 들어왔습니다. 제가 사정사정하는 건 아랑곳하지 않고, 그들은 자루에 저를 처넣더니, 입구를 꿰맸습니다. 그리고 라플뢰르가 어깨 위에 그걸 둘러업었죠. 바로 그때였어요, 우리의 난봉꾼이 절정을 향해 급변하고 있음을 암시하는 소리가 제 귀에 들리더군요. 실제로 그는 저를 자루에 처넣을 때부터 용두질을 시작하고 있었답니다. 라플뢰르가 저를 둘러업는 바로 그 순간, 악당의 좆물이 튀어나왔고 말이죠. '강물 속에… 강물 속에… 명심해, 라플뢰르, 강물 속이다!' 그는 쾌락에 겨워 말을 마구 더듬었습니다. '그래, 강물 속이야. 창녀가 조금이라도 빨리 익사하도록 자루에 돌도 하나 집어넣어.' 그것으로 모든 게 끝나더군요. 우린 방을 나와 옆에 딸린 다른 방으로 건너갔습니다. 거기서 라플뢰르는 자루를 뜯어 저를 꺼내주었고, 옷을 돌려주면서 2루이를 쥐여주었습니다. 아울러 자기가 쾌락을 추구하는 방식은 주인과 아주 다르다는 사실을 결코 모호하지 않은 행동으로 증명해 보여주는 것이었어요. 게랭 부인 댁으로 돌아온 저는 미리 귀띔해주지 않은 것을 두고 심하게 불만을 토로했습니다. 게랭 부인은 이틀 뒤, 화해의 의미라며 다음 공개해드릴 접대 자리를 주선해주었는데, 역시나 이렇다 할 귀띔은 해주지 않는 것이었습니다.

이 이야기 역시 앞의 내용과 유사하게, 어느 징세 청부인의 집 내실에서 대기하는 것으로 시작합니다. 다만 이번에는 주인 대신 게랭 부인 댁까지 와서 직접 저를 데려간 하인이 같이 있었죠. 주인이 나타나기를 기다리는 동안, 하인은 내실 책상 속에 있는 보석들 몇 개를 재미 삼아 제게 구경시켜주었습니다. 한데 깍듯하신 메르쿠리우스[151] 입에서 이런 말이 나오는 거예요. '정말이에요, 이중 하나쯤 가져가신다 해도 큰 문제는 안 될겁니다. 우리 영감께서 보통 갑부가 아니거든요. 아마 자기 책상에 든 보석의 종류와 개수도 전혀 모르고 있을 겁니다. 저를 믿으세요. 어려워하지 말고요. 혹시라도 제가 이르지 않을까 걱정할 필요는 전혀 없습니다.' 아뿔싸! 제가 원래 이런 허무맹랑한 조언에 쉽게 혹하는 기질의 소유자 아니겠습니까! 이미 나리들께 누차 얘기한 거라, 아마 제 성향[152]은 대충 파악하고 계실 겁니다. 더 이상 생각할 것 없이, 저는 7에서 8루이쯤 값이 나갈 작은 금합(金盒)을 집어 들었지요. 그보다 귀한 물건엔 손댈 엄두조차 내지 못하고 말이죠. 그게 바로 그 빌어먹을 하인 놈이 바라는 바였습니다. 단언컨대, 만약 그때 제가 훔치기를 거부했다면, 그놈은 제가 모르는 사이 물건 하나를 슬쩍 제 호주머니에 넣었을 거예요. 이윽고 주인이 나타났는데, 저를 아주 반갑게 맞아주더군요. 하인이 나가자 방에는 두 사람만 남게 되었습니다. 이자는 그 전 사람처럼 굴지 않고, 진짜로 즐기고 있었습니다. 제 엉덩이 쪽에 숱하게 입맞춤했고, 자기를 매질하게 했으며, 자기 입안에 방귀를 뀌게 하는가 하면, 제 입안에 자지를

151
로마신화에서 신들의 심부름꾼으로 활약하는 이 신은 고유명사처럼 사용될 때, 남녀 간 연애를 맺어주는 중매자나 포주를 의미한다.

152
제19일과 제29일의 에피소드. "저는 한번 도적질하고 나면 반드시 그다음 날 행운이 따르는 팔자를 타고났답니다."(이 책 316쪽) "푸르니에 부인의 신심 깊은 유증을 이행한 바로 그 방법에서부터 제 가게에는 행운이 밀어닥친 것 같습니다."(이 책 400쪽)

넣는 등, 앞쪽에 하는 행위만 빼고 다른 모든 종류의 음란 행위를 질리도록 해대는 것이었습니다. 한데 그래 봤자 소용이 없는 겁니다. 전혀 사정하지 않으니까요. 당최 결정적인 순간은 오지 않고, 모든 행위가 그에게는 부수적인 과정처럼 보였습니다. 자, 이제 그 결말이 어땠는지 보여드리죠. 그가 이렇게 말했습니다. '아 참, 지금 대기실에 하인이 한 명 나를 기다리고 있지. 내가 그쪽 주인한테 보내기로 약속한 보석을 받아가려고 말이야. 잠깐 실례할게, 약속은 약속이니까. 일 보고 나서 우리 다시 시작하자고.' 그 빌어먹을 하인 놈이 부추기는 바람에 저지른 소소한 잘못으로 저는 이만저만 불안한 게 아니었습니다. 주인이 방금 한 말로 제가 얼마나 벌벌 떨었을지 한번 생각해보세요. 일순 그를 붙잡아볼까도 생각했습니다. 하지만 좀 더 생각을 굴리자, 차라리 태연한 척하면서 운을 저울질하는 편이 낫겠다 싶더라고요. 그는 책상 서랍을 열고 이리저리 뒤지며 찾다가, 물건이 없어진 걸 알고는 저를 무섭게 노려보았습니다. 그러더니 이렇게 내뱉더군요. '네 이년! 아까부터 이곳에 들어온 사람은 내가 신뢰하는 하인과 너 딱 두 명뿐이다. 그런데 물건이 없어졌어! 이건 오로지 네가 훔쳤다는 얘기밖에 안 돼!' 저는 부들부들 떨면서 말했죠. '오, 선생님! 제가 어찌 감히….' 그는 길길이 날뛰며 말했습니다. (그 난리를 치지만 않았어도 바지 앞섶이 여전히 열린 상태고 자지는 아랫배에 딱 달라붙어 있다는 걸 제가 눈치챘을 겁니다. 그랬다면 모든 상황을 간파하고, 그토록 불안해하지 않았을 거예요. 하지만 당시 저는 아무것도 보지 못하고, 아무것도 가늠하지 못하고 있었지요.) '빌어먹을 갈보 년 같으니! 기필코 내 보물을 찾아내고야 말겠다!' 그는 저더러 옷을 다 벗으라고 지시했습니다. 저는 그의 발 앞에 엎드려 제발 그런 식의 굴욕적인 몸수색만은 피하게 해달라고 간청했지요. 그는 전혀 흔들림 없었고 눈 하나 깜빡하지 않았습니다. 자기가 직접 제 옷을 거칠게 벗겼고, 알몸이 되자, 옷을 여기저기 뒤졌습니다. 짐작하다시피, 문제의 금합을 발견하기까지 그리 오랜 시간이 걸리진 않았지요. 그가 말했습니다. '아하! 이런 독한 년 좀 보게! 내 이럴 줄 알았지. 갈보 년 같으니! 도둑질하려고 남자들 집을 여기저기 넘나드는 거로군!' 그는 곧바로 신뢰하는 하인을 불러들였고, 씩씩거리면서 이렇게 말했지요. '어서 가서 경찰 좀 불러오너라.' '오, 선생님!' 저는 간절히 외쳤지요. '제가 어려서 그러니 제발 불쌍히 여겨주세요. 저는 꼬임을 당했을 뿐입니다. 자진해서 그런 짓을 저지른 게 아니에요. 누가 사주해서 그만….' 난봉꾼은 이렇게 말했습니다. '알았으니까, 그런 말은 경찰 오면 이야기하고, 나는 나대로 응징을 해야 속이 풀리겠어.' 하인이 밖으로 나가고, 그는 안락의자에 몸을 던졌습니다. 여전히 자지는 곤두서고 엄청나게 흥분한 상태였지요. 그는 계속해서 저를 향해 독설을 퍼부어댔습니다. '비렁뱅이 년! 독한 계집년! 정당한 보상을 해줄 생각이었던 내 집에 도둑질을 하러 들어와…? 아, 빌어먹을, 어디 두고 보자!' 바로 그때 노크 소리가 났고, 잠시 후 제복 차림의 한 남자가 들어왔습니다. 집주인이 몸을 일으키며 말했지요. '경찰관님, 여기 이 계집을 신고합니다. 몸수색하려고 발가벗겨놓은 상태 그대로 넘기겠습니다. 자, 매춘부와 그 옷가지들 그리고 훔친 물건입니다! 부디 교수형에 처해주시기 바랍니다!' 말을 뱉어내기 무섭게 그는 다시 안락의자에 뻗어 사정을 하고 말았습니다. '그래, 계집의 목을 매다시오! 빌어먹을! 그년 목을 매다는 걸 꼭 봐야겠어! 목매다는 광경을 반드시 봐야겠다고! 그게 내가 당신에게 요구하는 전부라니까!' 경찰관이라는 자는 부랴부랴 옷가지와 물건을 챙겨 저를 데리고 나갔습니다. 그런데 건넌방으로 이동하자마자 경찰관이 제복을 벗었는데, 가만 보니 처음 저를 맞이해서 도둑질을 부추긴 바로 그 하인이 아니겠어요! 저로서는 워낙 정신없는 상태였기에 전혀 눈치챌 수 없었던 겁니다. 그가 이러더군요. '어때요, 많이 무서웠죠?' 저는 '이 이상 무서울 순 없을 것'이라고 했습니다. 그는 이제 다 끝났고, 이건 그에 대한 보상이라면서 제가 훔쳤던 바로 그 물건을 주인 대신 건네주었습니다. 그리고 옷을 다 입을 때까지 기다렸다가, 술도 한잔 권하더니, 게랭 부인 댁까지 친절히 데려다주는 것이었어요."

"그거 재미난 기벽이로군." 주교가 말했다. "조금 다른 사안이라면 그런 기벽에서 좀 더 재미난 결과를 얻어낼 수도 있겠어. 세심한 점도 과감히 덜어내고 말이야. 나는 방탕주의에서 세심함이 별 의미가 없다고 여기는 편이거든. 기벽에서 세심함을 제외시킨다면, 창녀를 아무리 가혹하게 다루어도 결코 당사자가 반발할 수 없게 만드는 기막힌 방법을 방금 그 사례에서 배울 수 있지. 함정을 파놓고 있다가 걸려들기만 하면 되니까. 일단 죄를 뒤집어씌우는 데까지만 성공하면, 그다음부터는 이쪽에서 하고 싶은 대로 해도 되는 거지. 더 이상 상대가 반발할까 봐 조심할 필요가 없어지는 거야. 그렇지 않아도 고소를 당하거나 세상 손가락질을 받을까 봐 전전긍긍하고 있을 테니까 말이야." 그러자 퀴르발이 말했다. "분명히 말하지만, 그 징세 청부인 대신 나 같으면 훨씬 더 심하게 몰아붙였을 거야. 사랑스러운 뒤클로, 자네가 그렇게 쉽사리 난관을 모면하지 못했을 거라고." 이날 저녁따라 이야기가 다소 길어지다 보니, 난봉질 할 시간이 별로 없는 상태에서 저녁 식탁이 차려졌다. 그래서 일단 식탁에 착석했고, 식사가 끝난 뒤 못다 한 난봉질을 만회하기로 했다. 그렇게 해서 모두가 다시 모이자, 이제 성인 남성과 성인 여성의 반열에 올릴 수 있는 소년 소녀들을 확인해 보기로 결정했다. 이를 위해서는 양성 모두를 대상으로, 무언가 조짐이 보이는 사람에게 수음을 실시하는 것이 관건이었다. 여자 중에서는 우선 오귀스틴과 파니, 젤미르가 확실했다. 나이가 열넷에서 열다섯 살인 이들 사랑스러운 계집들은 원래 가벼운 애무만으로도 셋 모두 질질 싸는 애들이다. 에베와 미셰트는 이제 고작 열두 살이어서, 실험 대상에 들지도 못했다. 그리하여 후궁들 가운데선 열네 살 먹은 소피와 열세 살 먹은 콜롱브, 로제트를 실험해보는 일만 남은 상태. 소년들 가운데 제피르와 아도니스, 셀라동이 성인 남성처럼 대차게 좆물을 방출한다는 건 이미 알려진 사실이다. 그런가 하면 지통과 나르시스는 실험 대상이 되기에 너무 어리다. 따라서 문제는 젤라미르와 퀴피동, 이아생트뿐이다. 친구들은 바닥에 깔아놓은 푹신한 방석 더미를 둥그렇게 에워쌌다. 샹빌과 뒤클로가 수음을 책임질 사람으로 임명되었다. 전자는 원래 여자 동성애자인 만큼 소녀 셋의 밑을 후려주어야 했고, 후자는 자지에 대한 수음 실습을 이끈 교사로서 소년들을 유린하기로 되었다. 나리들의 안락의자가 에워싸, 방석들로 바닥을 채운 원 안에 두 사람이 들어가자, 소피와 콜롱브, 로제트, 젤라미르, 퀴피동, 이아생트의 신병이 그들 손에 넘어갔다. 장면이 펼쳐지는 동안 흥분을 돋울 요량으로, 나리들은 각기 아이를 하나씩 허벅지 사이에 잡아두었다. 공작은 오귀스틴을, 퀴르발은 젤미르를, 뒤르세는 제피르를, 주교는 아도니스를 말이다. 의식은 소년들에서 출발했다. 가슴과 엉덩이를 드러낸 뒤클로가 팔꿈치까지 소매를 걷어붙이고는, 자신의 모든 기술을 동원해 아름다운 가니메데스[153]들을 한 명 한 명 유린해나갔다. 이 이상 관능을 자극하기란 불가능해 보였다. 손이 가볍게 움직이면서… 그 움직임 속에 섬세함과 격렬함이 번갈아 작동하는 가운데… 자신의 입술과 젖가슴, 엉덩이를 요령 있게 대주는 뒤클로의 기술이 워낙 출중하다 보니, 사정을 하지 않는 소년들은 아직 그럴 능력이 없어서임이 분명해 보였다. 젤라미르와 퀴피동은 발기는 했으나 소용없었다. 아무것도 나오지 않는 거였다. 이아생트의 경우는 손목이 여섯 번째로 움직이는 순간 급격한 반응을 보였다. 좆물이 뒤클로의 가슴까지 튄 것인데, 소년은 그녀의 엉덩이를 어루만지면서 정신을 잃었다. 규정이 엄격하게 준수되는 만큼, 조작이 진행되는 내내 소년은 여자의 앞쪽을 집적댈 생각일랑 꿈에도 하지 않았다. 소녀들 차례가 되어서는 거의 벌거벗다시피 한 샹빌이 머리를 깔끔하게 정돈하고 다른 곳도 우아하게 단장한 모습으로 나섰다. 그러다 보니 실제 나이가 쉰임에도 불구하고 서른도 넘지 않아 보였다. 지독한 동성연애자로서 자기 또한 쾌락을 누려볼 속셈

153
ganymède. 그리스신화에서 제우스의 사랑을 받은 소년 가니메데스 역시 미소년 또는 남색 상대를 지칭하는 보통명사로 사용되었다.

으로 참여한 이 조작의 음란성은 항상 아름답게 빛나는 그녀의 커다란 검은 눈동자를 생기로 가득 차게 했다. 그녀의 솜씨는 적어도 뒤클로가 발휘한 솜씨에 결코 뒤지지 않았다. 그녀는 클리토리스와 질 입구, 똥구멍을 동시에 유린할 줄 알았다. 하지만 자연은 콜롱브와 로제트에게선 전혀 발전의 기미를 보이지 않았다. 아주 미미한 쾌락의 조짐조차 보이지가 않는 것이었다. 대신 아리따운 소피의 경우는 달랐다. 손가락이 두 번째로 가 닿자 샹빌의 가슴에 기대 그대로 기절했으니 말이다. 산발적으로 새어 나오는 짧은 호흡들, 더없이 사랑스럽게 달아오르는 선홍색 볼, 촉촉하게 반쯤 벌어지는 입술 등, 모든 것이 자연의 풍성한 선물인 희열의 존재를 증언하고 있었고, 결국 소피는 성인 여성으로 선포되었다. 지나치게 발기한 공작이 샹빌에게 지시해 소피를 한 번 더 후려주도록 했다. 그렇게 두 번째로 사정하기를 기다렸다가, 자신의 혼탁한 좆물을 어린 처녀의 씹물에 뒤섞는 것이었다. 퀴르발은 젤미르의 허벅지 사이에서 일을 치렀고, 나머지 두 명은 다리 사이에 붙잡아둔 소년들을 이용해 일을 치렀다. 다들 잠자리에 들었고, 다음 날 아침에는 이 대목에서 언급될 만한 사건이 전혀 없었다. 점심때도 커피 시간도 마찬가지였다. 그래서 곧장 살롱으로 이동했고, 화려한 복장을 갖춘 뒤클로가, 11월 서른 날 동안 자신에게 위임된 150가지 사연의 구연을 마무리할 이야기 다섯 편을 가지고 연단에 올랐다.

제30일

아름다운 계집이 말했다. "레르노스 백작의 독특하면서도 위험천만한 망상에 관해 혹시 나리들께서도 들으신 적 있는지 모르겠습니다만, 그와 제 얼마 안 되는 인연 탓에 어찌하다 보니 그의 수작을 속속들이 겪어보고 그 모두가 무척 기이함을 아는 저로서는, 나리들께서 상세히 묘사하라고 제게 지시하신 욕정들 가운데 의당 그것들도 포함되어야 한다고 생각합니다. 레르노스 백작의 정념은 최대한 많은 젊은 여성과 유부녀를 타락시키는 것인데, 그들을 유혹하기 위해 직접 책까지 집필함은 물론이고, 남자들 손아귀에 넘기기 위해 고려하지 않는 수단을 찾기 힘들 정도입니다. 바라는 대상과 엮어줌으로써 여성의 기질에 날개를 달아주기도 하고, 정부(情夫)가 없으면 정부를 소개시켜 주기도 하는 것이죠. 자기가 기획한 온갖 파티를 지속적으로 개최하기 위해 특별히 마련한 집이 있을 정도였어요. 거기로 사람을 모으고, 안정과 휴식을 보장하는 한편, 자신은 은밀한 밀실에서 그들을 훔쳐보며 쾌락을 만끽하는 겁니다. 그가 지금껏 뿌린 혼란의 씨앗들, 불륜을 살포하고자 취한 수단들이 어느 정도 규모인지 가늠하기란 불가능합니다. 파리의 거의 모든 수녀원에 연줄이 닿아 있고 무수한 유부녀들과의 인맥을 자랑하는 그가 집에서 서너 건 정도 파티를 주선하지 않는 날은 단 하루도 없지요. 참석자들의 관능을 몰래 관찰하면서 한 번도 들키거나 의심받은 적이 없거니와, 대신 엿보기 구멍 앞에 늘 혼자 자리하는 그가 어떤 방법으로 사정에 이르고, 그 사정의 품질은 어떤지에 대해서도 아는 이가 하나도 없습니다. 세간에 알려진 건 여기까지지만, 그만으로도 여러분께 들려드릴 가치가 충분하다고 저는 생각했습니다.

하긴 늙은 데포르트 판사의 망상이 좀 더 재미날지도 모르겠습니다. 이 난봉꾼의 집에서 평상시 준수되는 예법을 미리 통보받은 저는 오전 열 시경 그곳에 도착해, 완전한 알몸 상태가 된 다음, 그가 점잖게 앉아 있는 안락의자에서 키스할 수 있도록 제 엉덩이를 까뒤집어 들이대게끔 되어 있었습니다. 한데 들이대는 바로 그 순간 코앞에다 방귀부터 뀌고 말았어요. 판사께서는 버럭 성을 내며 벌떡 일어나더니, 옆에 둔 회초리 다발을 집어 들고 저를 붙잡으려 했고, 저는 걸음아 나 살려라 도망치기 시작했지요. 그는 계속해서 제 뒤를 쫓으며 이렇게 말했습니다. '건방진 년! 이런 파렴치 행위를 하러 내 집을 찾다니, 버릇을 단단히 가르쳐야겠구나!' 그런 식으로 그는 쫓고 저는 계속해서 도망치는 것이죠. 마침내 침대와 벽 사이 공간에 이르러 저는 안전한 피난처를 만난 듯 납죽 엎드렸고, 곧바로 잡히고 말았습니다. 판사는 제가 수중에 들어왔다고 판단하자 한층 더 강도 높은 위협을 가하기 시작했어요. 회초리로 기어이 저를 패겠다며 을러대는 것이죠. 저는 구석을 파고들면서 몸을 웅크렸고, 생쥐보다 나을 것 없는 모양새로 꼼짝 않고 있었습니다. 이처럼 공포와 굴욕이 판치는 분위기는 결국 그의 좆물을 발동시켰고, 난봉꾼은 쾌감에 겨워 울부짖는 가운데 제 젖가슴을 향해 발사했습니다."

"뭐야, 자네한테 매질은 단 한 대도 하지 않았다는 거야?" 공작이 묻자 뒤클로가 대답했다. "회초리는 제 몸 근처에도 오지 않았지요." "그 친구 인내심 한번 대단하이." 퀴르발이 말했다. "친구들, 우린 절대로 그렇게 하지 않을 거라는 점에 다들 동의해 주게. 우리 손에 방금 마담 뒤클로가 얘기한 그런 연장이 쥐여질 경우에 말이야." 그때 샹빌이 끼어들었다. "조금만 참으세요, 나리들. 이제 곧 제가 그와 비슷하면서도, 마담 뒤클로가 들려드린 판사처럼 참을성이 많지는 않은 자들에 관해 이야기해드릴 테니까요." 뒤클로는 다시 이야기를 재개할 수 있을 만큼 주변이 조용해짐을 확인하고는, 다음과 같이 입을 열었다.

"그 일이 있고 나서 얼마 지나지 않아 저는 생지로 후작의 집에 불려갔습니다. 그분은 발가벗은 여자를 그네에 태우고 아주 높이 올라가게 하면서 기분이 좋아지는 망상을 가지고 있었죠. 매번 도약할 때마다, 그네는 그의 바로 앞을 지나치게 되어 있는 거죠. 그는 잠자코 기다리다, 바로 그렇게 지나는 순간, 여자가 방귀를 뀌거나 아니면 그가 여자 엉덩이를 손바닥으로 찰싹 때립니다. 저는 최선을 다해 그를 만족시켰답니다. 엉덩이도 많이 맞고, 방귀도 되게 많이 뀌었지요. 이런 지루하고 피곤한 의식을 한 시간이나 치른 끝에 난봉꾼이 사정을 했고, 그제야 그녀가 멈춰, 저는 그분을 이임알현(移任謁見) 할 수 있었습니다.

제가 푸르니에 부인 가게의 주인이 되고 3년 정도 지났을 때였어요. 어떤 남자가 가게를 찾아와 제게 기묘한 제안을 하나 하는 것이었습니다. 자기 아내와 딸을 데리고 질펀하게 즐길 방탕아들을 좀 소개해달라는 거였어요. 단 자기는 구석 어딘가에 숨어서 그들이 하는 모든 짓을 구경한다는 조건으로 말입니다. 그는 아내와 딸을 앞으로 가게에 맡길 것인데, 그들을 부려서 제가 벌게 될 돈은 모조리 제 몫이거니와, 그에 더해 그들이 가게에서 판을 벌일 때마다 자기도 2루이씩 지불하겠다고 했습니다. 문제는 자기 아내에게 붙여줄 사내가 어떤 특정한 취향을 가져야 하고, 자기 딸에게는 그와는 또 다른 망상의 소유자가 붙어야 한다는 점이었어요. 즉, 아내의 남자는 그녀의 젖가슴에 똥을 싸며 쾌락을 느껴야 하고, 딸의 남자는 딸의 치마를 걷어 올려 그 엉덩이를 엿보기 구멍에 바짝 들이대 마음껏 구경할 수 있게 해주고, 결국엔 딸의 입안에 사정해야만 한다는 겁니다. 이 두 가지 말고 다른 정념을 가진 사내들에게는 자기 상품을 절대로 넘겨줄 수 없다고 했습니다. 이자의 아내와 딸이 제 가게를 놓고 문제 삼을 경우 그에 따른 모든 사태를 책임지겠다는 약조를 받아놓은 다음, 저는 그가 원하는 대로 모든 제안을 받아들였고, 가게에 모녀를 데려오는 대로 그가 의도하는 상황을 맞게 되리라고 약속했습니다. 그는 바로 다음 날 자기 상품을 데려왔습니다. 아내는 서른여섯 나이에 별로 예쁘진 않지만 늘씬하고 잘빠진 몸매에 수수하면서 온화한 분위기가 두드러진 여자였습니다. 딸은 열다섯 살인데, 금발에 약간 살이 쪘고, 다정다감하고 해맑은 인상이 돋보이는 아가씨더군요. 아내가 남자에게 말했습니다. '정말로 우리더러 여기서 그런 짓을 하라는 건가요….' '나도 죽을 맛이오.' 난봉꾼이 대답했습니다. '하지만 그렇게 해야만 해. 나를 믿고, 마음 다잡아요. 나도 나중에 딴소리하지 않을 테니까. 대신 여기서 제안하는 사항에 조금이라도 반발하든지, 행동을 거부하면, 당신도 딸내미도 둘 다 살아서는 결코 돌아올 수 없는 까마득한 오지로 내일 당장 보내버릴 거야.' 아내는 눈물을 흘렸고, 일찌감치 점지해둔 사내가 기다리는 만큼, 저는 그녀를 다독여 정해진 방으로 이동하게 했습니다. 그러는 동안 딸은 자기 차례가 올 때까지 가게 아가씨들과 함께 또 다른 방에 안전하게 대기하고 있고요. 이 정도 잔인한 국면에 아직 흘릴 눈물이 남은 걸 보면, 무정한 남편에게서조차 이런 걸 요구받은 일은 그때가 처음 같더라고요. 불행히도 시작이 아주 혹독했습니다. 그녀가 상대해야 할 인간은 그 괴상망측한 취향과는 별개로, 무척 강압적이고 엄청 변덕스러운 성격의 늙은 난봉꾼이었는데, 결코 그녀를 점잖게 다룰 마음이 없었거든요. 마지막으로 남편이 아내에게 이러더군요. '자자, 그만 울어요. 내가 당신을 지켜보고 있다는 거 명심하고. 만약 당신에게 배정된 점잖은 양반을 충분히 만족시켜주지 못하면, 내가 개입해 당신을 강제해서라도 그렇게 하도록 할 거야.' 마침내 여자는 정해진 방으로 들어섰고, 저와 남편은 모든 걸 엿볼 수 있는 다른 방으로 이동했습니다. 생판 모르는 사내의 야만적 행위에 희생될 가엾은 아내를 구경한다는 생각에 이 늙은 악당이 얼마나 흥분했는지 아마 누구도 상상하기 어려울 겁니다. 사내가 여자에게 요구하는 행위 하나하나를 그는 아주 맛깔스레 음미하는 것이었습니다. 정숙하고 순박한 가엾은 여인이 그 모든 걸 농락하며 즐기는 난봉꾼의 잔혹한 행위에 무참히 짓밟히면서 능욕당하는 것 자체가 남편에게는 감미로운 구경거리였습니다. 그런데 못생긴 늙은이가 난폭하게 여자를 패대기치고는 유방에 똥을 싸지르는 동안, 이 모든 추악한 제안과 행위가 역겨워 눈물만 쏟고 있는 여자를 바라보던 남편은 더 이상 참을 수 없었는지, 열심히 용두질해주고 있는 제 손을 좆물로 흥건히 적셔놓는 것이었어요. 아무튼 첫 번째 무대와 더불어 쾌락의 절정을 맛보긴 했으나, 두 번째 무대를 즐기는 일은 그에게 또 다른 문제였습니다. 굉장한 어려움을 헤치고, 특히 엄청난 협박을 동원해가면서, 우리는 엄마의 눈물을 목격하면서도 엄마가 무슨 일을 겪었는지에 대해서는 전혀 모르는 어린 딸을 마침내 나서게 할 수 있었습니다. 소녀는 온갖 방식으로 버텼지만, 결국 우리는 그녀의 결정을 이끌어냈지요. 제가 그녀를 맡길 사내는 자신이 해야 할 일에 관해 모든 걸 통달하고 있었습니다. 우리 가게 평소 단골 중 한 명에게 이 기막힌 행운을 베풀어준 것인데, 그런 만큼 그는 감사한 마음에 제가 요청하는 모든 사항에 동의한 상태였지요. '오! 멋진 엉덩이야!' 딸이 상대하는 남자가 엉덩이를 적나라하게 드러내 구멍 가까이 들이대자, 방탕한 아버지가 외쳤습니다. '오! 그래야지, 정말 아리따운 볼기짝들이라니까!' 그래서 제가 말했죠. '그럼 혹시 딸의 엉덩이를 지금 처음 보시는 건가요?' '그렇소. 정말이오. 이런 궁여지책이라도 동원하지 않았다면, 영영 구경하지 못할 광경인 셈이죠. 근데 지금 처음 저 아름다운 볼기를 구경할지언정, 이번이 마지막이라고는 하지 않을 겁니다.' 저는 그를 열심히 용두질했고, 그는 점점 더 열광했습니다. 한데 상대가 청순한 소녀에게 과도한 요구를 하고, 닳고 닳은 방탕아의 손이 평생 그런 추행일랑 당해본 적 없는 아리따운 몸을 더듬고, 무릎 꿇게 하고, 입을 강제로 열게 해서 그 안에 굵직한 자지를 쑤셔 넣고, 급기야 대차게 사정하는 꼴을 보자, 아버지는 뒤로 벌렁 나자빠지면서 신들린 사람처럼 욕지거리를 토해내는가 하면, 평생 이런 쾌감을 맛본 적이 없다며 길길이 악을 쓰고, 마침내 그 쾌감의 명백한 증거물을 제 손에 남기는 것이었습니다. 이로써 모든 것이 끝났습니다. 가엾은 두 여자는 통곡하며 자리에서 빠져나왔지요. 남편은 그런 광경에 너무도 열광한 나머지 그들로 하여금 자신에게 거듭 이런 기회를 제공하게 만들 방법을 확실히 강구해둔 모양이더라고요. 왜냐하면 그 모녀가 이후 6년 동안 지속적으로 가게를 찾았거든요. 남편의 주문에 따라 저는 그 두 불행한 계집들이 지금껏 나리들께 이야기로 들려드린 다양한 정념들을 모두 경험하게 만들었답니다. 제 가게에서 벌어진 일이 아니어서 그들이 맛볼 기회가 없었던 열에서 열두 가지 정도 정념만 빼고 말이죠."

"엄마 하나 딸 하나 매춘부로 만드는 방법도 참 가지각색이군그래!" 퀴르발이 말했다. "그따위 계집년들이 그 짓 말고 대체 무슨 쓸모가 있다고! 어차피 우리의 쾌락을 위해 세상에 난 것들 아닌가 말이야! 그러니 수단 방법 불문하고 그걸 충족시켜줘야지!" 판사는 이렇게 말을 이었다. "내게도 여자들이 많았지. 딸이 서넛 있었는데, 천만다행으로 그중 남은 건 아델라이드라는 아가씨 하나야. 내가 보기엔 지금 공작 각하께서 그년을 쑤시고 있는 것 같은데 말이지. 하지만 딸년들 중 단 하나라도 내가 부단히 강요한 매춘을 거부했다면, 그런 데도 내가 그년들 대갈통에 총알을 박아 넣지 않았다면, 나는 아마 산 채로 지옥에 떨어지든지, 그보다 더 나쁘게 평생 보지만 쑤실 팔자로 살아도 할 말이 없을 거야." "이보시오, 판사. 당신 지금 발기 상태야." 공작이 말했다. "그 빌어먹을 독설 뱉어낼 때 보면 당신 어김없이 그런 상태거든." "발기? 천만에!" 판사가 말했다. "그게 아니라 지금 소피 양에게 똥을 싸라고 시킬 참이긴 해. 그 아이의 맛난 똥이 혹시라도 뭔가 효과를 낼 수 있을까 싶어서 말이지…." 똥 덩이를 꿀꺽 삼킨 다음 퀴르발이 말했다. "오! 세상에! 망할 놈의 하늘을 두고 맹세컨대, 내 자지가 이제 정신이 드는 것 같군! 이보시오, 친구들, 누가 나랑 같이 규방에 들겠소?" "저요!" 뒤르세가 한 시간 전부터 주물럭대고 있던 알린을 질질 끌고 가며 말했다. 두 리베르탱은 그 밖에도 오귀스틴, 파니, 콜롱브, 에베, 젤라미르, 아도니스, 이아생트, 퀴피동에다가 쥘리와 마담 마르텐과 마담 샹빌 그리고 앙티노위스, 에르퀼까지 동반했고, 반 시간 만에 뿌듯한 기색으로 다시 나타났을 때는 온갖 방탕과 추태의 달콤한 광란 속에서 둘 다 좆물을 쏟아낸 뒤였다. 퀴르발이 뒤클로에게 말했다. "자기는 어서 피날레를 장식해주시게. 만약 그걸로 나를 다시 발기하게 만든다면, 자네는 기적을 행했다고 자부해도 좋아. 이렇게 많은 좆물을 한꺼번에 방출한 지 1년도 더 됐거든. 솔직히 말해서….” “됐습니다.” 주교가 말을 막았다. “당신 이야기를 듣자니, 아무래도 뒤클로가 이야기할 정념보다 훨씬 지독한 내용일 것 같네요. 센 거에서 약한 걸로 진행하는 건 도리에 어긋나니, 일단 우리가 당신을 자제시키고, 먼저 이야기꾼에게 귀 기울임을 이해하십시오.” 그리하여 어여쁜 계집은 다음 정념을 가지고 자신이 할 이야기를 마무리했다.

“드디어 메장주 후작의 정념을 이야기해드릴 시간이 되었습니다. 기억하실 겁니다. 모친이 물려준 유산을 제가 가로채 즐기며 사는 동안 본인은 감옥에서 가엾은 자기 마누라와 함께 죽어간 어느 구두 수선공의 딸자식을 제가 그 양반에게 팔아넘겼죠.[154] 그의 노리개가 뤼실이었으니, 괜찮다면, 뤼실 본인의 입을 통해 직접 이야기를 재구성해보도록 하겠습니다. 그 사랑스러운 계집이 저에게 이렇게 말했지요. ‘후작 댁에는 오전 열 시경에 도착했어요. 제가 집 안으로 들어가자마자 그 즉시 모든 문이 잠기더군요. 후작이 불같이 화를 내며 말했어요. ‘여기서 뭐 하는 거야, 이 망할 놈의 계집아? 누가 너더러 나를 방해하라고 했어?’ 당신이 사전에 아무것도 얘기해주지 않았으니, 후작의 그런 응대가 얼마나 저를 놀라게 했을지 능히 짐작이 갈 겁니다. 곧이어 후작이 이러더군요. ‘당장 발가벗어! 나한테 걸린 이상 너는 이 집에서 절대로 나가지 못해… 너는 여기서 죽을 것이다. 지금이 너의 마지막 순간이야.’ 저는 엉엉 울면서 후작의 발 앞에 몸을 던졌지요. 하지만 그의 성질을 누그러뜨릴 방도가 없더군요. 제가 서둘러 옷을 벗지 않는다고 생각했는지, 그가 우악스럽게 달려들어 억지로 벗기느라 옷이 마구 찢어졌어요. 그런데 더 놀란 건, 옷을 벗기자마자 너덜너덜해진 그것들을 곧장 불에 던지는 겁니다. 널찍한 벽난로 화구 속으로 갈기갈기 찢어진 옷을 던져 넣으며 이랬어요. ‘이런 거 다 쓸모없어. 너는 더 이상 치마도, 외투도, 장신구도 필요 없는 거야. 너에게 필요

154
제16일의 에피소드.

한 건 이제 관(棺)뿐이라고!' 저는 순식간에 알몸 상태가 되고 말았죠. 그때까지 제 몸에 눈길 한번 던지지 않던 그가 엉덩이 쪽을 한참 들여다보더군요. 근데 욕하면서 주무르고, 벌리고, 오므리고, 다 하는 와중에도 입은 결코 갖다 대지 않는 거예요. 그가 이랬습니다. '창녀야, 이제 끝이다! 너는 네 옷을 따라가게 될 거야! 저 안 장작 받침쇠에 너를 묶을 거거든. 그래, 씨팔! 우라질! 너를 산 채로 태워버린다! 네 살점이 타들어가면서 내뿜는 냄새를 맡으며 실컷 즐길 거란 말이다!' 그렇게 말하면서 정신줄 놓은 사람처럼 안락의자에 쓰러지더니, 여전히 불붙어 타고 있는 제 옷가지를 향해 좆물을 발사하는 거예요. 잠시 후 그가 종을 울리자 하인이 들어와 저를 옆방으로 데리고 나가더군요. 근데 그 방에는 후작이 불태운 옷보다 두 배는 더 예쁘게 꾸며진 옷이 저를 기다리고 있는 겁니다.' 이상이 뤼실이 해준 이야기입니다. 제가 팔아넘긴 숫처녀를 농락한 정도가 거기까지인지 보다 더 심했는지 지금으로서는 알 수가 없지요." "훨씬 더 심했지." 마담 데그랑주가 말했다. "그 후작에 대해 어느 정도는 알게 되었으니 당신 할 만큼은 한 거요. 나중에 내가 나리들께 본격적으로 이야기해드릴 기회가 있을 거외다." 그러자 뒤클로는 마담 데그랑주와 나머지 동료 두 명을 번갈아 쳐다보며 말했다. "마담 그리고 거기 사랑하는 우리 동료들, 부디 저보다 더 맛깔스럽고, 재치 있고, 재미나게 이야기해주시기 바랍니다. 제 순서는 끝나고 여러분들 차례가 왔어요. 이제 저로서는, 동일한 범주로 묶이다 보니 거의 되풀이 진행일 수밖에 없는 이런 이야기에 불가피하게 따르는 단조로움으로 혹시나 나리들을 지루하게 해드렸다면 그저 용서하시기를 바랄 뿐입니다."

이 말을 끝으로 아름다운 마담 뒤클로는 좌중을 향해 정중하게 인사하고는 연단에서 내려와 나리들 곁의 소파로 가 앉았다. 귀환하는 그녀를 다들 환호하고 다독여주었다. 저녁이 차려지고 그녀가 동석자로 초대되었는데, 이는 아직까지 어떤 여인에게도 주어진 적 없는 특혜였다. 그녀는 이야기할 때 매력적이었던 만큼 일상적인 대화에서도 사랑스러웠다. 그간 청중에게 제공해온 쾌락을 보상하는 차원에서, 그녀는 소년 소녀 두 곳 하렘의 총감독으로 추대되었고, 이와는 별도로 네 친구들로부터 모종의 약속까지 받아냈다. 이 여정에서 여자들에 대한 그들의 태도가 아무리 극단적일지언정, 그녀만큼은 항상 너그럽게 대우해줄 것이고 파리의 자기 가게로 무사히 돌아가도록 보장해줄 것이며, 이 모임 때문에 빼앗긴 시간은 물론 모임에 쾌락을 제공하고자 애쓴 노고까지 두둑이 보상해주리라는 약속말이다. 퀴르발과 공작과 그녀는 저녁을 먹는 동안 셋 다 완전히 취해버려, 난교 파티로 이행할 만한 수준을 벗어나 있었다. 하여 파티 진행은 뒤르세와 주교의 뜻대로 일임한 뒤, 자기들은 샹빌과 앙티노위스, 브리즈퀴, 테레즈, 루이종을 데리고 규방에 처박혀 따로 즐기기로 했다. 거기라면 아무리 못해도 밖의 두 친구가 나름 떠올릴 파렴치한 짓과 극악무도한 행위들을 충분히 저지르고 또 입에 담을 수 있을 터였다. 새벽 두 시가 되어서야 모두 잠자리에 들었고, 11월과 더불어 이 음란하면서 흥미진진한 이야기 경연의 1부는 그렇게 막을 내렸다. 대중이 이를 용케 받아들이는 것으로 보이면, 우리는 그 2부를 곧이어 공개할 것이다.

내가 저지른 잘못들

처음부터 화장실 관련 내용을 너무 많이 공개했다. 그걸 언급하는 이야기를 먼저 제시한 뒤에 비로소 내용을 전개해야 한다.

능동적, 수동적 남색에 관해서도 너무 많이 말했다. 이야기에서 언급하기까지는 감추어두라.

뒤클로가 여동생의 죽음을
민감하게 받아들인 건 나의
실수다. 다른 부분에서 드러나는
그녀의 성격에 부합하지 않는다.
고쳐라.

성에 도착할 당시 알린이
숫처녀라고 했다면, 그 역시
나의 실수다. 그녀는 숫처녀도
아니고, 그래서도 안 된다.
주교가 이미 앞뒤로 동정을
박탈했기 때문이다.

내 글을 다시 읽어보지
못했으니, 필시 다른 잘못들도
수두룩할 것이다.

나중에 다시 정서할 때 우선
명심할 것 중 하나는, 옆에 항상
공책을 놔두고 모든 사건과
인물 초상을 그때그때 정확히
기입해야 한다는 거다. 그렇지
않으면 등장인물이 워낙 많아
정신없이 헤매고 말 것이다.

2부는, 1부에서 이미 오귀스틴과
제피르가 공작의 침소에서 자고,
아도니스와 젤미르는 퀴르발의

침소에서, 이아생트와 파니는
뒤르세의 침소에서, 셀라동과
소피는 주교의 침소에서
자면서도 그 모두 아직 동정을
잃지 않는다는 원칙에서
출발하라.

제2부

✸

두 번째 단계 또는 복합정념 150가지가,
마담 샹빌의 이야기로 채워질 12월의 서른한 날을 수놓는다.
아울러 그달 성안에서 벌어진 충격적인 일화들이
상세한 일지로 첨가된다.
(계획)

12월 첫날. 마담 샹빌이 구연을 시작해 150가지 이야기를 다음과 같이 풀어낸다. (이야기별로 순번을 매김.)

1. 세 살에서 일곱 살짜리 보지만을 상대로 동정을 박탈하고자 함. 바로 그가 다섯 살에 이른 마담 샹빌의 처녀성을 박탈한 자다.

2. 그는 아홉 살짜리 소녀의 몸을 동그란 모양이 되도록 꽁꽁 묶고 뒤에 붙어서 처녀성을 박탈한다.

3. 그는 열두 살에서 열세 살짜리 소녀를 강간하고 싶어 하며, 가슴에 총구를 겨눈 채로 처녀성을 박탈하고자 한다.

4. 그는 숫처녀의 보지를 향해 한 남자를 용두질하고 싶어 한다. 좆물이 나오면 그걸 머릿기름으로 사용한 뒤, 그 남자가 붙잡고 있는 숫처녀의 보지에 박는다.

5. 그는 소녀 셋의 처녀성을 연달아 박탈하기를 원하는데, 제일 먼저 요람에 있는 여아, 그다음 다섯 살짜리, 마지막으로 일곱 살짜리여야 한다.

제2일. 6. 그는 아홉 살에서 열세 살짜리 소녀만을 상대로 처녀성을 박탈하고 싶어 한다. 그의 자지는 엄청나게 크다. 그를 위해 여자 네 명이서 숫처녀를 붙들고 있어야 한다. 마르텐이 이야기할 남자와 동일 인물인데, 세 살짜리만 쑤시는 바로 그 지옥에서 온 자다.

7. 그는 하인으로 하여금, 자신이 보는 앞에서 열 살이나 열두 살짜리 숫처녀의 동정을 박탈하게 한다. 조작이 진행되는 동안 그들의 엉덩이 말고는 아무것도 만지지 않는다. 때로는 숫처녀, 때로는 하인의 엉덩이를 주무르는 것이다. 사정은 하인의 엉덩이에 한다.

8. 그는 다음 날 결혼하기로 되어 있는 소녀의 처녀성을 박탈하기를 원한다.[155]

9. 그는 그 결혼이 성사되기를 바라며, 혼인미사와 첫날밤 신랑과의 잠자리 사이에 신부의 처녀성을 박탈하고자 한다.

10. 그는 아주 기민한 사내인 하인을 시켜 사방을 돌아다니며 계집들과 결혼한 다음, 그들을 자기에게 데려오도록 한다. 주인은 그 계집들을 쑤시고 나서 뚜쟁이에게 팔아버린다.

제3일. 11. 그는 두 명의 자매만을 상대로 처녀성을 박탈하고자 한다.

12. 그는 소녀와 결혼하고 그 처녀성을 박탈한다. 하지만 그건 속임수였고, 일을 치르자마자 그냥 버리고 떠난다.

13. 그는 자기가 보는 앞에서 아무 남자에게든 처녀성을 박탈당한 직후의 계집하고만 박는다. 그가 원하는 건 여자의 보지가 타인의 정액으로 범벅되어 있는 것이다.

14. 그는 인조 남근으로 여자의 처녀성을 박탈한다. 그렇게 뚫어놓은 구멍을 향해, 삽입은 하지 않고 사정한다.

15. 그는 지체 높은 신분의 숫처녀만을 원하며, 화대를 아주 높게 지불해준다. 서른 살 때부터 그런 여자를 1,500명 넘게 따먹었다고 고백할 사람은 바로 후작이다.

제4일. 16. 그는 자기가 보는 앞에서 오빠가 여동생을 쑤시도록 강요한다. 그런 다음 자신이 또 그녀에게 박는다. 그 전에 두 남매 모두 똥을 싸도록 시킨다.

17. 그는 아버지가 딸을 쑤시도록 강요한다. 그 딸은 자신이 먼저 처녀성을 박탈하고 넘긴 여자다.

18. 그는 자기 딸이 아홉 살 때 매음굴로 데리고 가, 뚜쟁이

155
이른바 초야권(初夜權)의 흔적이 보인다.

가 붙잡고 있는 가운데 처녀성을 박탈한다. 그는 딸이 열두 명이었는데, 모조리 그런 식으로 처녀성을 박탈했다.

19. 그는 서른에서 마흔 살짜리만 처녀성을 박탈하고자 한다.

20. 그는 수녀들만 골라 처녀성을 박탈하고 싶어 하며, 그를 위해 엄청난 화대를 지불한다. 실제로 몇 번 그렇게 했다.

이건 제4일 저녁에 일어날 일이다. 난교 파티 때 공작이 노파 네 명더러 파니를 붙잡고 있도록 하고는 마담 뒤클로의 도움을 받아가며 파니의 처녀성을 박탈한다. 그는 연거푸 두 번 박는데, 소녀가 기절해서 두 번째 박을 땐 의식이 없다.

제5일. 이상 구연의 마무리로 다섯째 주를 기념하기 위해 이아생트와 파니를 결혼시킨다. 모든 사람이 지켜보는 가운데 혼례가 성사된다.

21. 그는 엄마가 딸을 붙잡고 있게 한다. 그는 먼저 엄마를 쑤시고 그다음 엄마가 붙잡고 있는 딸의 처녀성을 박탈한다. 그는 2월 20일에 데그랑주가 이야기할 바로 그자다.

22. 그가 좋아하는 것은 불륜뿐이다. 그에게는 가정이 있는 정숙한 여자들을 조달해주어야 한다. 그럼 그가 알아서 그들이 남편을 싫어하게끔 만든다.

23. 그는 남편이 자진해서 아내를 자기에게 매춘시키도록 한다. 남편이 아내를 붙잡고 있는 동안 자기는 그녀를 쑤신다. (친구들은 즉시 이를 실습한다.)

24. 그는 유부녀를 침대에 누이고 그 보지를 쑤신다. 그러는 동안 여자의 딸은 그 모두를 내려다보면서 남자로 하여금 자기 보지에 입을 맞추게 한다. 이어서 그는 엄마의 똥구멍에 입을 맞추면서 이번에는 딸의 보지를 쑤신다. 딸의 보지에 입을 맞출 땐 오줌을, 엄마의 똥구멍에 입을 맞출 땐 똥을 싸도록 시킨다.

25. 그에게는 정식으로 결혼해 출가한 딸이 넷 있다. 그는

그 네 명 모두와 박고 싶어 한다. 그는 네 딸들 모두에게 아이를 배게 만드는데, 각자의 남편이 자기 자식이라고 믿지만, 실은 자신이 딸을 범해 생기게 한 그 아이들까지 언젠가는 따먹을 즐거움을 누리기 위함이다.

공작이 이와 관련한 이야기를 하지만, 고려 대상은 되지 못한다. 다른 친구들이 실습해볼 수 없는 거여서 정념에 포함되지 못한 것이다. 그가 한 이야기는 이렇다. 자기가 아는 한 사내는 어머니와 관계해 낳은 자식 세 명을 모두 쑤셨고, 그중 하나 있는 딸을 아들과 결혼시켜, 결국 그 애와 박으면 자기 누이이자 딸이며, 며느리이기도 한 계집을 범하는 셈이 되게끔 만들었다. 뿐만 아니라, 자기 아들은 누이이자 의붓어머니[156]를 쑤시는 격이 되고 만다. 퀴르발은 한술 더 떠 다른 이야기를 꺼냈는데, 거기 등장하는 오빠와 누이는 서로의 자식들을 나눌 계획을 세운다. 누이는 아들 하나와 딸 하나를 두었고, 오빠 역시 그렇다. 그들 모두가 서로 한데 뒤섞여 난교를 하면, 결국 조카들을 범하는 것이자, 자기 자식들을 범하는 것이며, 남매끼리 또는 사촌끼리 서로를 범하기도 하는 가운데, 남매 사이인 아버지와 어머니 역시 서로를 범하는 격이 되는 것이다. 저녁에는 파니가 보지를 내맡겼는데, 주교와 뒤르세 선생은 보지를 절대 쑤시지 않아, 퀴르발과 공작에게만 박혔다. 이때부터 그녀는 작은 스카프를 착용했고, 동정 둘을 다 잃으면 그때 가서는 아주 커다란 붉은색 스카프를 착용할 터였다.

12월 6일. 26. 그는 누가 한 여자의 클리토리스를 궁굴리는 동안 스스로 용두질하고, 그 계집과 동시에 사정하고 싶어 한다. 다만 이때 여자를 후리는 남자의 볼기짝에 방출한다.

27. 그가 한 여자의 똥구멍에 입을 맞추는 동안 두 번째 계집이 그의 항문을 후리고, 세 번째 계집이 자지를 용두질한다. 여자들이 서로 역할을 바꿔, 모두가 똥구멍을 빨리고 모두가 그

156
한 대상에 여러 심적, 육체적 기능('fonction' 또는 정체성)을 중첩시켜 욕망 또는 쾌락을 증폭하는 방식은 사드적 방탕주의의 한 특징이다. 그런데 여기 한 항(項)이 누락된 것으로 보인다. 아들에게는 '누이'이자, '의붓어머니'일 뿐만 아니라, '고모'이기도 하다.

의 자지를 용두질하며, 모두가 그의 항문을 후리게끔 한다. 이때 방귀가 나와야 한다.

28. 그는 한 여자의 보지를 핥으면서 두 번째 여자의 입에 박고, 세 번째 여자는 그의 똥구멍을 핥는다. 그는 앞서 언급한 방식대로 서로의 역할에 변화를 준다. 모든 보지가 질질 싸야 하고, 그는 그 씹물을 삼킨다.

29. 그는 똥 묻은 항문을 빨면서 자신의 똥 묻은 항문을 혀로 후리게 하고, 또 다른 똥 묻은 항문을 향해 용두질한다. 그런 다음 계집 세 명이 역할을 바꾼다.

30. 그는 자기가 보는 앞에서 두 계집이 서로를 후리게 하는데, 그렇게 계속 '사포질하는' 동안[157] 자기는 두 명을 번갈아 뒤에서 박는다.

이날 제피르와 퀴피동이 서로를 용두질하는 현장이 발각되지만, 둘은 아직 서로를 쑤시진 않은 상태다. 둘은 벌을 받고, 파니는 난교 파티에서 보지가 엄청나게 관통당한다.

제7일. 31. 그는 큰 계집이 어린 계집을 유혹해서 후려주기를, 못된 조언을 해주기를 바란다. 그리고 마지막으로 자기가 어린 계집을 쑤시는 동안, 붙잡고 있기를 바란다. 그 애가 처녀든 아니든 상관없다.

32. 그는 여자 네 명을 원한다. 그중 두 명은 보지에, 나머지 두 명은 입에 박는데, 보지에서 자지를 뺀 다음에는 반드시 다른 누군가의 입에 박는 식으로 진행되어야만 한다. 그러는 동안 다섯 번째 여자가 그를 따라다니면서 인조 남근으로 똥구멍을 쑤셔준다.

33. 그는 계집 열두 명을 원하는데, 여섯은 어리고 여섯은 늙어야 하며, 가능하면 여섯이 엄마고 나머지 여섯이 그 딸들이기를 바란다. 그는 그들의 보지와 똥구멍, 입을 혀로 자극한다. 보지를 자극할 때는 오줌이 나오기를 바란다. 입을 자극할 때는

157
사포질하다(saphotiser). 레스보스의 사포(Sapho, Sappho)로 대표되는 여성 동성애(lesbianisme) 행위를 지칭하기 위해 사드가 최초로 만들어낸 말일 가능성이 크다. 사드는 이후 『알린과 발쿠르(Aline et Valcour)』를 집필하면서, 보다 정제된 개념의 신조어 사포티슴(saphotisme)을 제안한다. 현재 통용되는 '사피슴(saphisme)'이라는 용어는 19세기 전반에 들어서야 처음 확인된다.

침이 나오기를 바란다. 똥구멍을 자극할 때는 방귀가 나오기를 바란다.

34. 그는 여자 여덟 명을 고용해, 모두 자세를 달리한 채로 자기를 용두질하게 한다. 이건 그림으로 그려놓아야 할 정도다.

35. 남자 세 명과 계집 세 명이 각기 다른 자세로 서로 박기를 바란다.

제8일. 36. 그는 계집 두 명씩 짝을 지어 총 열두 그룹을 만든다. 단, 다들 엉덩이만 보이도록 배치된다. 신체의 다른 부위는 모두 감춰야 한다. 그는 그 모든 엉덩이를 구경하면서 스스로 용두질한다.

37. 그는 거울 방에서 여섯 커플이 동시에 아랫도리를 후리도록 한다. 각 커플은 여자 둘로 구성되며 모두 다양하고 음란한 자세로 서로를 후려준다. 방 한가운데에서 그는 커플들과 거울에 비친 그 커플들의 반영들을 지켜보면서 한복판에 사정하는데, 용두질은 늙은 노파가 해주었다. 그는 커플들의 볼기짝에 입을 맞춰주었다.

38. 그는 자기가 보는 앞에서 매춘부 네 명을 잔뜩 취하게 하고 흠씬 두들겨 맞게 한다. 그리고 만취한 다음에는 자기 입에 토해주기를 바란다. 되도록 늙고 추하게 생긴 매춘부들이어야 한다.

39. 그는 계집더러 자기 입에 똥을 싸도록 하되 그걸 삼키지는 않는다. 그러는 동안 두 번째 계집이 자지를 빨면서 똥구멍을 후려준다. 그는 사정하는 동시에 자기를 '소크라테스질하던'[158] 계집의 손에 똥을 싸지른다. 여자들이 서로 역할을 바꾼다.

40. 그는 한 남자로 하여금 자기 입에 똥을 싸도록 하고는, 한 소년이 자기를 용두질해주는 동안 그 똥을 먹는다. 그런 다음 이번에는 남자가 그를 용두질하고 그는 소년에게 똥을 싸도록 시킨다.

이날 저녁 난교 파티에서 퀴르발이 미셰트의 처녀성을 박탈하

158
socratiser. '사포질하다(saphotiser)'와 같은 방식으로 조어된 단어. 원래는 '철학하다(philosopher)' 또는 '소크라테스처럼 사고하고 행동하다'라는 의미이나, 리베르탱 용어로는 남성 동성애 행위를 지칭한다. 미동을 좋아한 소크라테스에서 파생된 개념.

는데, 매번 하는 습관대로 즉, 노파 넷이 아이를 붙들고 뒤클로가 옆에서 보조하는 식이다.

제9일. 41. 그는 한 계집의 입에 먼저 똥을 싼 직후 그 입에 박는다. 둘째 계집이 이 여자의 머리를 가랑이 사이에 두고 걸터앉으면, 셋째 계집이 둘째의 얼굴에 똥을 싸지르고, 남자는 자기 똥으로 가득 찬 첫째 계집의 입안을 쑤시면서, 둘째의 얼굴에 싸지른 셋째의 똥을 먹을 것이다. 그런 다음 계집들이 서로 역할을 바꿔, 각자 순서대로 세 가지 역할을 수행한다.

42. 그는 한나절 동안 여자 서른 명을 해치우면서 그 모두가 자기 입에 똥을 싸도록 한다. 그는 그중에서 제일 예쁜 계집 서너 명의 똥을 먹는다. 이런 놀이를 일주일에 다섯 차례 하는데, 그러면 매해 7,800명의 계집을 상대한다는 뜻이다. 샹빌이 그를 상대할 때는 그의 나이 일흔이었다. 50년 전부터 그는 이런 짓을 해오고 있다.

43. 그는 매일 아침 열두 명의 계집을 상대하고 똥 열두 덩이를 삼킨다. 계집은 모두 한꺼번에 본다.

44. 그가 욕조에 들어가면 여자 서른 명이 와서 그 욕조 안에 오줌을 싸고 똥을 싼다. 그는 그걸 모두 받아내고 그 속에서 헤엄을 치면서 사정한다.

45. 그는 여자 네 명 앞에서 똥을 싸는 동안, 여자들이 그를 지켜봄으로써 똥이 잘 나오게끔 도와주기를 요구한다. 그런 다음, 여자들이 그 똥을 나누어 먹기를 원하고, 이번에는 그녀 자신들이 똥을 한 덩이씩 싸도록 한다. 그럼 그는 똥 네 덩이를 섞어 한꺼번에 먹는다. 단, 이때 여자들은 최소한 나이 예순에 이른 노파들이어야 한다.

이날 저녁, 미셰트는 회합에 보지를 내맡긴다. 그때부터 그녀는 작은 스카프를 착용한다.

제10일. 46. 그는 계집 A와 계집 B가 똥을 싸게끔 한다. 그러고는 B가 A의 똥 덩어리를 먹고, A가 B의 똥 덩어리를 먹도록 강요한다.[159] 이윽고 그는 두 명 모두에게 똥을 싸게끔 시킨 뒤, 그들의 똥 덩어리 두 개를 먹는다.

47. 그는 엄마와 딸 셋을 원한다. 그는 엄마의 엉덩이에 싼 딸들의 똥을 먹고, 딸들 중 한 명의 엉덩이에 싼 엄마의 똥을 먹는다.

48. 그는 딸이 엄마의 입안에 똥을 싸고 나서, 그 똥구멍을 엄마의 젖통으로 닦아내도록 강요한다. 엄마의 입안에 있는 똥 덩이는 그가 먹을 것이다. 그런 다음에는 엄마가 딸의 입안에 똥을 싸게끔 만들고, 마찬가지로 그 똥은 그가 먹을 것이다. (앞의 경우와 좀 다르게 하려면 아들과 엄마를 데려다놓는 것이 더 낫다.)

49. 그는 아버지가 아들의 똥 덩이를 먹게 하고, 아들은 아버지의 똥 덩어리를 먹게 하고 싶다.

50. 그는 오빠가 누이의 보지 안에 똥을 누고 나면, 자기가 그 똥을 먹고자 한다. 그런 다음에는 누이가 오빠의 입안에 똥을 누어야 하고, 그걸 또 자기가 먹는다.

제11일. 51. 그녀는 이제부터 불경 행위에 관해 말할 텐데, 창녀가 자기를 용두질해주면서 끔찍한 신성모독 발언을 해대기 원하는 한 남자에 관한 이야기가 될 거라고 예고한다. 물론 그 역시 질세라 무시무시한 신성모독의 말들을 쏟아내고 말이다. 그러는 내내 그의 즐거움은 여자 엉덩이에 입을 맞추는 것이다. 단지 그것만 한다.

52. 그는 저녁에 계집이 성당 안에서 자기를 용두질해주길 원하는데, 특히 성체성사가 거행되는 동안 그렇게 해주기를 바란다. 그는 최대한 제단에 가깝게 자리를 잡고, 그 시간 내내 여자의 엉덩이를 주물러댄다.

53. 그는 고해신부를 발기하게 만들기 위해서만 고해성사를 보러 간다. 그는 신부에게 온갖 추잡한 얘기들을 쏟아내고, 계속 그렇게 지껄여대면서 고해실 안에서 용두질한다.

159
이러한 문자 사용은 인간의 비인격화 내지 익명화를 극대화시키는 기법이다. 이를 통해 개인은 하나의 기능 또는 역할로 환원된다.

54. 그는 계집이 고해하러 가기를 원한다. 그는 그녀가 고해소를 나서기를 기다렸다가 그 입안에 박는다.

55. 그는 자기 집 경당(經堂)에서 미사가 집전되는 중에 창녀와 박고, 거양성체 순간 사정한다.

이날 저녁 공작은 소피의 보지를 상대로 동정을 박탈하고, 신성모독의 말들을 수없이 쏟아낸다.

제12일. 56. 그는 고해신부를 한 명 매수해, 어린 기숙생들에게 성사를 베푸는 자리를 대신 차지한다. 그런 식으로 그들의 고해 내용을 파악하고는, 될 수 있는 한 가장 못돼먹은 조언을 닥치는 대로 쏟아낸다.

57. 그는 미리 매수해둔 한 수사에게 자기 딸이 고해성사를 보러 가길 원한다. 그리고 그 내용을 모조리 엿들을 수 있는 곳에 자리 잡는다. 수사는 고해하는 동안 고해자가 치마를 걷어 올리고 엉덩이를 아버지가 빤히 볼 수 있는 위치에 두도록 요구한다. 그런 식으로 해서 그는 딸의 고해를 듣는 동시에 딸의 엉덩이를 구경한다.

58. 온통 발가벗은 창녀들 앞에서 미사를 집전하도록 한다. 그 모든 광경을 바라보면서 그는 또 다른 계집의 볼기짝을 향해 용두질한다.

59. 그는 자기 아내로 하여금 미리 매수해둔 수사에게 고해를 하러 가게 만든 다음, 수사가 아내를 유혹해 박는 모습을 숨어서 지켜보기로 한다. 만약 아내가 거부하면, 그가 나와서 고해신부를 직접 도와줄 것이다.

이날은 셀라동과 소피의 결혼식으로 여섯째 주를 기념했고, 식이 끝난 다음에는 소피가 보지를 내맡긴 뒤 스카프를 착용한다. 네 가지 정념밖에 이야기하지 않는 건 정말 이례적이다.

제13일. 60. 미사가 거행되기 직전에 제단 위에서 창녀들과 박는다. 창녀들은 성스러운 제단 위에서 엉덩이를 죄다 까놓고 있다.

61. 그는 발가벗은 계집을 큼직한 십자고상 위에 엎드리게 한 뒤, 후배위로 보지에 박는 동안, 그 자세에서 그리스도의 얼굴이 창녀의 클리토리스를 문지르도록 한다.

62. 그는 성배 안에 자기도 남도 방귀를 뀌게 하고, 오줌도 누게 만들며, 똥도 싸게 만든다. 그런 다음 그 안에 사정하는 것으로 끝낸다.

63. 그는 사내아이를 시켜 성반(聖盤)에 똥을 싸게 한다. 그러고 나서 아이가 그의 자지를 빠는 동안 그 똥을 먹는다.

64. 그는 계집 둘로 하여금 십자고상 위에 똥을 싸게 만든다. 그러고 나서 자기도 거기에 똥을 싼다. 그렇게 우상의 얼굴을 뒤덮은 똥 세 덩어리를 향해 여자들이 그를 용두질해준다.

제14일. 65. 그는 십자고상, 성모상, 성부상 할 것 없이 모조리 산산조각 내고는 그 위에 똥을 싸지르고, 죄다 불태워버린다. 바로 그가 창녀를 미사에 데려가서 '하느님의 말씀'[160]이 진행되는 동안 자기를 용두질하게 만드는 기벽의 소유자다.

66. 그는 영성체를 모시러 갔다가 돌아와서는, 창녀 네 명으로 하여금 자기 입에 똥을 싸게 한다.

67. 그는 여자로 하여금 영성체를 모시러 보낸 뒤, 돌아오자마자 그 입에 박는다.

68. 그는 자기 집에서 올리는 미사를 중단시키고는, 사제가 들고 있는 성배 안에 용두질하고, 계집을 시켜 사제로 하여금 그 안에 사정하게 만들어, 그 모두를 사제가 먹도록 강요한다.

70.[161] 그는 성체가 축성되었을 때 사제를 멈추게 한 다음, 축성된 성체를 앞세워 창녀를 쑤시도록 강요한다.[162]

이날은 오귀스틴과 젤미르가 서로 후리는 현장이 발각된다. 둘 다 혹독한 벌을 받는다.

160
parole de Dieu. 이는 미사 전례 중 '말씀의 전례'를 뜻한다. 신자들이 구약과 신약을, 사제가 신약 중에서도 복음서를 낭독한 다음 "주님(하느님)의 말씀입니다."라고 마무리한다.

161
69번이 누락되어 있다.

162
귀두 앞부분에 성체를 대고 삽입하는 방식.

제15일. 71. 그는 계집더러 성체에 방귀를 뀌게 하고, 자기도 거기에 방귀를 뀐 다음, 창녀를 쑤시면서 성체를 삼킨다.

72. 스스로를 관 속에 가두고 못을 박게 하는, 뒤클로가 언급한 바로 그자[163]가 창녀로 하여금 성체에 똥을 누도록 강요한다. 그 역시 거기에 똥을 눈 뒤, 그걸 통째로 변소에 내다 버린다.

73. 성체로 창녀의 클리토리스를 문지르고 그 위에 사정하게 한 다음, 자기도 그걸 앞세워 창녀를 쑤시면서, 마찬가지로 거기에 사정을 한다.

74. 그는 단도로 성체에 너덜너덜 구멍을 낸 뒤, 그 조각들을 자기 똥구멍에 집어넣는다.

75. 그는 성체에 스스로 용두질하고 사정한 다음, 좆물이 다 나와 진정되면, 그 모두를 가져다 개에게 먹인다.

이날 저녁, 주교가 성체를 축성하고 퀴르발이 그걸 앞세워 에베의 처녀성을 박탈한다. 그걸 보지에 넣어 쑤시고는 거기에 사정하는 것이다. 그 밖에도 몇 개 더 축성해서 이미 처녀성을 박탈당한 후궁들 모두가 성체들로 좆질을 당한다.

제16일. 샹빌은 이제까지 이야기의 주제를 이루던 신성모독은 부차적인 것일 뿐이며, 매음굴에서 소위 복합정념의 '소소한 의식'[164]이라 부르는 것이 앞으로의 주제가 되리라고 예고한다. 그녀는 향후 이와 관련한 모든 이야기 또한 별것 아니기는 매한가지일 터이나, 자기가 할 이야기와 뒤클로가 같은 주제로 이미 한 이야기의 다른 점은, 뒤클로가 한 남자와 한 여자만을 말했다면 자기는 언제나 여러 여자와 한 남자를 엮는다는 점임을 명심해달라고 부탁한다.

76. 그는 미사가 진행되는 동안 한 계집더러 자기를 채찍질하라고 시킨다. 그러면서 또 다른 계집의 입에 박고, 거양성체에 맞춰 사정한다.

77. 그는 여자 두 명으로 하여금 마르티네 채찍[165]으로 자신

163
"한 남자가 침대에 있고, 방 한가운데 관(棺)이 하나 놓여 있더군요. 난봉꾼이 말했습니다. '지금 당신 앞에는 임종을 코앞에 둔 사내가 있소. 그는 자신이 숭배하는 대상에 마지막으로 한 번 더 경의를 표하고 나서야 눈을 감을 생각이지. 하여, 내가 사모하는 것은 엉덩이, 거기 차근차근 입을 맞추면서 죽고 싶다오. 내가 눈을 감거들랑, 당신은 내게 수의를 입힌 다음 이 관 속에 나를 집어넣는 거야. 그러고는 못을 박아버려. 요컨대 그런 식으로 쾌락의 품에 안겨 죽고 싶다는 뜻이야."(이 책 356쪽)

164
petites cérémonies. 사드에게서 의식(cérémonie)과 조작(opération)의 방탕주의적 의미는 아무리 강조해도 지나치지 않다(주석 8번, 86번, 106번, 119번). 사드와 같은 시기에 뱅센 감옥에 수감되기도 했던 미라보 백작의 『에로티카 비블리온(Errotika Biblion)』(1783)은 성적 행위와 종교의식이 혼재된 고대의 관습에 관해 언급하고 있다. '의식'은 미장센과 역할 분담을 할 상대들, 특정한 도구가 합쳐서 이루어지는 성행위다.

165
martinet. 손잡이 끝에서 가죽이 여러 가닥으로 갈라져 나간 소형 채찍. 루이14세의 장군 장 마르티네가 인명을 손상시킬 수 있는 소채찍 대신 부하들 체벌용으로 사용한 데서 그 명칭이 비롯됐다는 설이 있다.

의 엉덩이를 가볍게 매질하도록 한다. 여자들은 각자 열 대씩 채찍질하면서, 매번 똥구멍을 후려준다.

78. 그는 계집 네 명이 돌아가면서 자신을 채찍질하고 입에다가는 방귀를 뀌도록 한다. 여자들은 차례대로 역할을 바꿔, 결국 모두가 채찍질하고 방귀를 뀐다.

79. 그는 아내가 자기를 채찍질하는 동안 딸에게 박고, 이어서 딸이 자기를 채찍질하는 동안 아내에게 박는다. 그는 뒤클로가 얘기한 바로 그 사람, 아내와 딸을 매음굴로 보내 매춘하게 만드는 자다.

80. 그는 계집 두 명에게 동시에 채찍질당한다. 첫째는 앞을, 둘째는 뒤를 채찍질하는 것이다. 그래서 한창 몸이 달아오르면, 그때 첫째가 채찍질하는 동안 둘째에게 박고, 이어서 둘째가 채찍질하는 동안 첫째에게 박는다.

같은 날 저녁, 에베의 보지가 두루 내맡겨진다. 그녀는 작은 리본을 착용하는데, 큰 리본은 양쪽 동정을 다 잃어야만 착용할 수 있기 때문이다.

제17일. 81. 그는 채찍질을 당하면서 소년의 엉덩이에 입을 맞추는 동안, 소녀의 입에 박는다. 그런 다음, 소년의 입에 박으면서 소녀의 엉덩이에 입을 맞추는 동안, 여전히 또 다른 소녀의 채찍질을 당한다. 그러고 나서는 소년에게 채찍질당하고, 방금 전까지 채찍질하던 창녀의 입에 박으면서, 자기가 엉덩이에 입을 맞추던 계집에게서도 채찍질당한다.

82. 그는 늙은 여자로 하여금 자신을 채찍질하게 하고, 늙은 남자의 입에 박으면서, 이 두 남녀의 딸로 하여금 자기 입에 똥을 누게 한다. 그런 다음 각자 세 가지 역할을 모두 수행하도록 순서를 바꾼다.[166]

83. 그는 채찍질을 당하면서 용두질하고, 계집의 엉덩이에 기대놓은 십자고상을 향해 방출한다.

166
이러한 극단적인 '역할 바꾸기' 조작은 성별, 나이, 성격으로 결정되는 개인이라는 특수성의 해체로 이어진다. 난교(orgie)의 핵심은 바로 이 '개인'의 해체에 있다.

84. 그는 채찍질을 당하면서, 성체를 앞세워 어느 창녀에게 후배위로 박는다.

85. 그는 매음굴을 통째로 열병(閱兵)한다. 창녀들 전원에게서 채찍질을 당하는 가운데, 뚜쟁이의 똥구멍에 입을 맞추고는 그 방귀와 똥을 고스란히 입으로 받아낸다.

제18일. 86. 그는 마차꾼과 마구간 하인으로 하여금 자신을 채찍질하게 하는데, 그들을 둘씩 짝지워 채찍질하지 않는 쪽은 줄곧 자기 입에 방귀를 뀌도록 한다. 아침나절, 그런 식으로 열내지 열여섯 명을 해치운다.

87. 그는 계집 세 명더러 자기를 붙들게 한다. 그러면 네 번째 계집이 몸에 올라가 손발로 벅벅 긁어댄다. 넷 모두 순서를 바꿔가며 그의 몸 위로 차례차례 올라간다.

88. 그는 발가벗은 채 계집 여섯 명이 둘러선 가운데로 들어간다. 그는 무릎을 꿇으며 용서를 빈다. 계집 한 명당 그에게 보속(補贖)을 하나씩 명하는데, 그걸 거부할 때마다 그는 채찍질을 100대씩 당한다. 보속을 거부당한 계집이 채찍질을 하는 거다. 그런데 그 보속이라는 게 하나같이 엄청 더럽다. 누구는 그의 입에 똥을 싸겠다는 둥, 누구는 바닥에 뱉은 가래침을 핥아 먹으라는 둥, 또 누구는 생리 혈로 흥건한 자기 보지를 핥으라는 둥, 누구는 자기 발가락 사이를, 누구는 자기 콧물을 핥아 먹으라는 둥.

89. 계집 열다섯이 셋씩 짝을 지어 들이댄다. 하나는 채찍질하고, 하나는 자지를 빨고, 하나는 똥을 싸지른다. 그런 다음 싸지른 년이 채찍질하고, 빤 년이 싸지르고, 채찍질한 년이 빤다. 그렇게 그는 열다섯 모두를 거친다. 그는 아무것도 보이지 않고, 아무 소리도 들리지 않고, 완전히 도취된 상태다. 모든 건 뚜쟁이가 주관한다. 그는 매주 이런 놀이를 여섯 차례 거듭한다. (아주 재미난 놀이라, 적극 추천한다. 무척 빠른 속도로 진행해야만 한다. 계집 한 명이 스물다섯 번 채찍질해야 하는데, 그 스물다섯 대 사이사이에 나머지 계집은 빨고, 싸는 것이다. 그

가 계집 한 명당 쉰 번의 채찍질을 원할 경우, 모두 합쳐 750회의 채찍질을 당하는 셈인데, 그다지 심한 건 아니다.)

90. 창녀 스물다섯 명이 때리고 주무르다 못해 그의 엉덩이를 아주 흐물흐물하게 만들어버린다. 꽁무니가 아예 무감각해지고서야 놓아준다.

저녁에 공작이 젤미르의 보지 쪽 동정을 박탈하는 동안, 그에게 채찍질이 가해진다.

제19일. 91. 그는 계집 여섯에게 자기를 재판하라고 한다. 계집들 각자가 자기 역할이 있다. 누구는 그에게 교수형을 선고한다. 누구는 실제로 그를 목매다는데, 밧줄이 끊어진다. 바로 그때가 사정의 순간이다. (뒤클로의 이야기 중 이와 닮은 에피소드와 함께 읽으시오.)[167]

92. 그는 노파 여섯 명을 반원 형태로 배치한다. 어린 계집 셋이 반원 앞에 선 그를 글겅이질해주는 동안, 노파들은 그의 얼굴에 가래침을 뱉는다.

93. 계집 하나가 회초리 손잡이로 그의 똥구멍을 쑤시는 동안, 또 다른 계집은 앞에서 그의 허벅지와 자지에 채찍질한다. 그렇게 그는 앞에서 채찍질하는 계집의 젖통에 사정한다.

94. 여자 두 명이 소채찍으로 그를 흠씬 두들겨 패는 동안, 또 다른 여자가 그의 앞에 무릎을 꿇고 젖통에 사정하게 한다.

이날 그녀는 네 가지 이야기만 하고 마는데, 제7주를 기념하는 젤미르와 아도니스의 결혼식 때문이다. 젤미르가 전날 보지 쪽 동정을 박탈당했음을 감안하면, 이미 완료된 결혼식이나 마찬가지다.

제20일. 95. 그는 여자 여섯 명과 실랑이를 벌이면서, 그들의 채찍질을 피하는 척한다. 그는 그들 손에서 채찍을 빼앗고 싶어

167
회계 법정 판사 푸콜레의 에피소드(이 책 367-8쪽).

하나, 여자들이 워낙 훨씬 더 힘이 센 터라 그가 어찌하든 매질이 들어온다. 그는 알몸이다.

96. 한쪽에 열두 명씩 두 줄로 늘어선 계집들 사이로 그가 매질을 당하면서 지나간다. 온몸에 매를 맞으면서 아홉 차례 순회한 뒤에야 그는 사정한다.[168]

97. 그는 소파에 벌러덩 누워 발바닥과 자지, 허벅지에 매질을 당하고, 그사이 여자 셋이 말 타듯 그의 몸 위로 올라가 입안에 똥을 싼다.

98. 계집 셋이 돌아가며 그를 매질하는데, 한 명은 마르티네 채찍으로, 또 한 명은 소채찍으로, 마지막 한 명은 회초리로 후려친다. 한편 난봉꾼 앞에 무릎을 꿇고 있는 네 번째 계집의 똥구멍을 그의 하인이 후려주는 동안, 계집은 난봉꾼의 자지를 빨고, 하인의 자지는 난봉꾼이 용두질해주면서 자기 자지를 빨고 있는 계집의 볼기짝에 사정하게 해준다.

99. 그는 계집 여섯 명에게 둘러싸여 있다. 첫째 계집은 찌르고, 둘째 계집은 꼬집고, 셋째 계집은 불로 지지고, 넷째 계집은 물어뜯고, 다섯째 계집은 할퀴고, 여섯째 계집은 채찍질한다. 모든 것이 무차별, 전신에 가해진다. 그 한복판에서 그가 사정한다.

전날 처녀성을 박탈당한 젤미르가 저녁 회합에 보지를 내놓는다. 다시 말해 항상 쿼르발과 공작을 위해서만 그리한다는 얘기다. 친구 4인방 중 보지에 박는 사람은 그 둘뿐이니 말이다. 쿼르발이 젤미르를 쑤시자마자, 콩스탕스와 아델라이드에 대한 그의 증오심이 폭발한다. 그는 콩스탕스가 젤미르에게 봉사해주기를 원한다.

제21일. 100. 그는 하인이 자신을 용두질하는 동안, 계집 한 명을 알몸으로 좌대에 올라가 서 있게 한다. 용두질이 진행되는 내내 그녀는 조금도 움직여선 안 되고, 자세가 흐트러져서도 안 된다.

168
이러한 유형의 집단 매질은 군대에서 시행하던 전통적인 징벌 제도에서 영감을 얻은 것으로 해석된다. 아폴리네르의 『일만 일천 번의 채찍질』(1907/성귀수 옮김, 문학수첩, 1999)에는 비슷한 맥락에서 이와 관련한 장면이 자세히 묘사되고 있다. "일만 일천 명의 일본군 병사들은 2열 종대로 마주 서 있었다. 그들 모두는 손에 잘 휘어지는 회초리를 들고 있었다. 옷이 벗겨졌고, 모니는 사형집행인들로 이루어진 잔혹한 오솔길을 끝까지 걸어가야만 했다. 첫 번째 매질은 단지 약간 소스라치게 했을 뿐이다. 집행인들의 매질은 죄수의 반들거리는 피부에 검붉은 자국을 남기면서 계속 이어져갔고, 그는 처음 일천 번째 매질까지 꿋꿋이 참고 걸어가다가 자신의 피로 이루어진 웅덩이 속에 성기만을 곧추세운 채 고꾸라지고 말았다."

101. 그는 뚜쟁이에게 용두질을 시키고는 자기는 그녀의 볼기짝을 주물러댄다. 그동안 다른 계집 한 명이 아주 짜리몽툭한 양초에 불을 켜 들고 있어야 하는데, 난봉꾼이 사정을 할 때까지 그걸 놓으면 안 된다. 그는 계집의 손가락이 불에 탈 때까지 사정하지 않으려고 무진장 신경을 쓴다.

102. 그는 식탁 위에 계집 여섯 명을 배를 깔고 엎드리게 한 뒤, 자기가 식사를 하는 동안 각자 엉덩이에 불붙인 양초를 꽂아두고 있게 한다.

103. 그는 식사를 하는 동안 모난 자갈밭에 계집 하나를 무릎 꿇고 있게 한다. 만약 그녀가 식사 내내 조금이라도 꼼지락거리면 돈을 받지 못한다. 그녀 위에는 불붙은 초 두 개가 거꾸로 매달려 있어, 뜨거운 촛농이 등짝과 젖가슴으로 떨어진다. 조금이라도 몸을 움직이면, 돈도 못 받고 그냥 쫓겨난다.

104. 그는 나흘 동안 여자를 아주 비좁은 쇠창살 우리에 가두어놓는다. 그녀는 앉지도 못하고 눕지도 못한다. 먹을 것은 쇠창살 너머로 건네준다. (그는 데그랑주가 나중에 칠면조 춤[169] 이야기에서 거론할 바로 그자다.)

이날 저녁 퀴르발이 콜롱브의 보지 쪽 동정을 박탈한다.

제22일. 105. 그는 계집 한 명을 발가벗겨 이불을 뒤집어씌운 다음, 고양이 한 마리를 넣어준다. 그 안에서 난동을 피우는 고양이에게 물어뜯기고 할퀌을 당하는 가운데 계집은 춤을 추어야만 한다. 무슨 일이 벌어지든, 남자가 사정할 때까지 팔딱팔딱 뛰어야 한다.

106. 그는 극심한 가려움증을 유발하는 어떤 약을 한 여자의 몸에 문지른다. 결국 그 여자는 피가 나도록 온몸을 긁고, 그 꼴을 지켜보면서 그는 용두질한다.

107. 그는 술을 먹여서 여자의 생리를 중단시키고, 그로 인한 심각한 질환의 위험 속으로 몰아간다.

169
ballet des dindons. 옛날부터 전해오는 장터의 구경거리 중 하나. 뜨겁게 달군 양철판 위에 칠면조를 놓고, 열기를 피해 날뛰는 모습을 '칠면조 발레'라고 소개한다. 영문을 알 리 없는 구경꾼들은 폭소를 터뜨리며 즐거워하지만, 결국 내막을 알고 경악을 금치 못한다.

108. 그가 말한테 쓰는 약을 먹이자 그녀가 무시무시한 토사곽란을 일으킨다. 하루 종일 똥을 싸고 고생하는 여자를 그는 느긋하게 구경한다.

109. 그는 한 계집에게 꿀을 잔뜩 바른 다음, 기둥에 묶고 온몸에 큼직한 파리 떼를 풀어놓는다.

같은 날 저녁, 콜롱브가 보지를 내맡긴다.

제23일. 110. 그는 어마어마한 속도로 회전하는 굴대에 계집을 알몸으로 묶어놓고, 자기가 사정할 때까지 그대로 돌아가게 놔둔다.

111. 그는 한 계집을 머리가 아래로 오게 매단 뒤, 사정할 때까지 그대로 둔다.

112. 그는 강력한 구토제를 먹인 다음, 독을 먹였다고 속인다. 그리고 마구 토하는 여자를 구경하며 용두질한다.

113. 그는 유방을 얼마나 주물러대는지 온통 시퍼렇게 색이 변한다.

114. 그는 매일 세 시간씩 아흐레 연속 엉덩이를 주물러댄다.

제24일. 115. 그는 계집으로 하여금 사다리를 높이 20피에까지 오르도록 한다. 그쯤에서 사다리가 부러지고, 계집은 추락한다. 하지만 밑에는 미리 준비해둔 매트리스가 깔려 있다. 계집이 떨어지는 순간 그가 다가가 몸에 사정하는데, 가끔은 그때 박기도 한다.

116. 그는 양팔을 있는 힘껏 휘둘러 따귀를 때리는데, 그러는 와중에 사정을 한다. 그는 안락의자에 앉아 있고 계집은 그 앞에 무릎을 꿇고 있다.

117. 그는 학생들 손바닥을 때리는 회초리로 계집의 손바닥을 사정없이 때린다.

118. 있는 힘껏 손바닥으로 볼기짝을 후려쳐 꽁무니에 불이 나도록 한다.

119. 그는 대장간용 풀무를 여자 똥구멍에 박아 넣고 몸뚱어리를 잔뜩 부풀린다.

120. 그는 거의 끓는 물을 가지고 여자에게 관장을 한다. 여자가 몸부림치는 모습을 즐기던 그는 엉덩이에 사정한다.

이날 저녁, 알린이 네 친구들에게 엉덩이가 새빨개지도록 손바닥 매질을 당한다. 그러는 동안 노파 한 명이 그녀의 어깨를 붙들고 있다. 오귀스틴에게도 그와 같은 매질이 몇 차례 가해진다.

제25일. 121. 그는 신심 깊은 여자들을 구해와 십자가와 묵주로 흠씬 두들겨 팬 다음, 성모상처럼 제단 위에 세워둔다. 여자들은 불편한 자세를 꼼짝도 할 수 없다. 한참 걸리는 미사 내내 거기 그대로 있어야 하며, 거양성체 때 여자가 성체 위에 똥을 싸질러야 한다.

122. 얼어붙은 겨울 한밤중 정원 한복판에서 알몸 상태의 여자를 뛰어다니게 만든다. 거기 여기저기 팽팽하게 밧줄을 설치해 여자가 걸려 넘어지게 한다.

123. 그는, 마치 부주의해 그런 것처럼, 여자가 발가벗자마자 거의 펄펄 끓는 물로 가득 찬 수조에 던져 넣은 다음, 그녀의 몸 위에 사정할 때까지 빠져나오지 못하게 한다.

124. 그는 한겨울 정원 한복판 기둥 위에 여자를 발가벗겨 세워두고는 주기도문과 성모송을 각각 다섯 번 읊든가, 그가 좆물을 쏟아낼 때까지 꼼짝 말고 있게 한다. 이때 눈앞의 광경을 바라보며 다른 계집이 그를 자극한다.

125. 그는 미리 준비해둔 변기의 구멍 주위에 아교를 잔뜩 발라놓고 거기 여자를 앉혀 똥을 누게 한다. 여자는 앉자마자 엉덩이가 달라붙는다. 그러는 사이 엉덩이 아래쪽에서는 화로에 불을 피워 들이댄다. 그녀가 화들짝 놀라 일어나면, 볼기짝 살갗이 구멍에 붙은 채 모조리 뜯겨 나간다.

그날 저녁, 신심 깊은 두 명 아델라이드와 소피로 하여금 신성모독의 말을 내뱉게 하면서, 공작은 오래전부터 연정을 품어온 오귀스틴의 처녀성을 박탈한다. 그는 보지 안에 세 번 연거푸 방출한다. 그런 다음 같은 저녁, 끔찍하게 추운 날씨에도 불구하고 그녀가 발가벗은 채 마당을 뛰어다니도록 만드는 게 어떻겠냐고 제안한다. 아주 적극적으로 제안함에도 불구하고 다들 내켜하지 않는데, 계집이 워낙 예쁘장해서 잘 간수하고 싶기도 하거니와, 아직 뒤쪽으로는 동정을 박탈하지 않은 상태이기 때문이다. 그는 당일 저녁 바로 그녀를 지하 감옥으로 내려보내면 자신이 모임에 200루이를 내겠다고 하지만, 역시 거부당한다. 그러자 그는 최소한 엉덩이에 손바닥 매질이라도 해야겠다고 한다. 그리하여 친구 한 명당 그녀의 엉덩이에 스물다섯 번의 손바닥 매질을 가한다. 그런데 공작 차례가 되자 손을 얼마나 세게 휘둘러 후려치는지, 때리는 와중에 네 번째로 사정을 한다. 그는 그녀와 같이 잠자리하고, 밤새도록 세 차례 더 보지를 쑤신다.

제26일. 126. 그는 계집을 만취하게 만든다. 그러고는 잠자리에 들어 곯아떨어지자마자, 침대를 들어 올린다. 한밤중 잠이 깬 그녀가 요강을 집으려고 몸을 기울인다. 하지만 요강은 없고 그녀는 밑으로 추락한다. 침대가 공중에 매달려 있어, 몸을 숙이다가는 곤두박질칠 수밖에 없는 거다. 그런데 밑에는 매트리스가 깔려 있고, 그 위에 떨어진 여자를 남자가 기다리고 있다가 박는다.

127. 그는 발가벗긴 여자를 정원에서 뛰어다니도록 한 뒤, 그녀가 딱 하나 무서워하는 말채찍[170]을 휘두르며 그 뒤를 쫓는다. 그녀는 지쳐 쓰러질 때까지 달려야 한다. 바로 그 순간 그는 그녀를 덮치고 좆질을 한다.

128. 그는 한 번에 열 대씩 모두 100번에 걸쳐 검정 실크로 된 마르티네 채찍을 그녀에게 휘두른다. 매번 채찍질할 때마다

170
fouet de poste. 마차꾼이나 마부가 말을 몰 때 사용하며, 긴 막대 끝에 채찍 또는 유연한 회초리가 달려 있다.

그녀의 볼기짝에 수없이 입을 맞춘다.

129. 그는 주정(酒精)을 흠뻑 먹인 회초리들로 계집의 볼기짝을 후려치는데, 피투성이가 되는 꼴을 보고서야 그 위에 사정한다.

샹빌은 이날 네 가지 정념만을 이야기하는데, 제8주를 기념하는 날이기 때문이다. 기념식으로 제피르와 오귀스틴의 혼례가 이루어지며, 이 둘은 공작의 소유이기에 둘 다 그의 침실에서 동침한다. 그런데 결혼식을 진행하기에 앞서, 공작은 퀴르발이 소년을, 자신은 소녀를 채찍질하겠다고 한다. 결국 그렇게 되었고, 소년 소녀는 각자 100대씩 채찍질을 당한다. 하지만 공작은 자기를 여러 번 사정하게 만든 오귀스틴에 대해 그 어느 때보다 발정 난 상태가 되어, 그녀에게도 피가 날 때까지 채찍질을 가한다. (이날 저녁에는 보속이라는 것이 과연 무엇인지, 그걸 어떻게 진행하는지에 대한 설명이 있어야 하고, 채찍질을 몇 대씩 당하는지 밝혀야 한다. 그대는 맞는 대수 옆에 잘못의 숫자를 기입한 일람표를 만들 수도 있을 것이다.)

제27일. 130. 그는 다섯 살에서 일곱 살까지의 어린 계집애들만을 상대로 채찍질하고 싶어 한다. 그러면서 항상 핑곗거리를 찾는데, 그래야만 벌주는 기분이 들기 때문이다.

131. 한 여자가 그에게 고해성사를 하러 온다. 그는 사제다. 그녀는 자신의 모든 죄를 고하고, 그는 보속으로 채찍질을 500대 가한다.

132. 그는 여자 네 명을 다루는데, 한 명당 600대씩 채찍질을 가한다.

133. 그는 하인 두 명으로 하여금 자기가 보는 앞에서 교대로 위와 동일한 의식을 행하도록 한다. 그리하여 여자 스무 명이 각자 600대씩 채찍질을 당한다. 전혀 결박당한 상태가 아니다. 그는 조작이 진행되는 광경을 구경하면서 용두질한다.

134. 그는 열넷에서 열여섯 살까지의 소년들만을 채찍질하고 싶어 한다. 그러고 나서 자기 입안에다 그들 모두 사정하게 만든다. 채찍질은 한 명당 100대씩 가하는데, 한 번에 두 명씩 다룬다.

이날 저녁 오귀스틴이 보지를 내놓는다. 퀴르발이 연거푸 두 차례 그곳을 쑤시더니, 공작이 한 것처럼 채찍질까지 가하고 싶어 한다. 그 사랑스러운 소녀에게 두 사람이 악착같이 들러붙는다. 그들은 당일 저녁부터 자기들이 회합을 좌지우지하는 조건으로 400루이를 내겠다고 제안하지만, 거부당한다.

제28일. 135. 그는 계집 한 명을 알몸 상태로 집 안에 들인다. 그러면 사내 둘이 느닷없이 달려들어 각자 여자 볼기에서 피가 나도록 채찍질을 가한다. 계집은 결박당한 상태다. 거기까지 끝난 다음에는, 그가 피 나는 창녀의 뒤쪽에 대고 사내 둘을 용두질해주고, 자기 자신도 그 위에 용두질한다.

136. 그녀는 손과 발이 벽에 묶여 있다. 그녀 앞에는 날카로운 강철 날이 복부 높이로 역시 벽에 고정되어 있다. 매질을 피하려고 몸을 숙이면 바로 앞의 강철 날에 몸통이 절단되고, 그 장치를 피하려면 쏟아지는 매질에 몸을 맡겨야 한다.

137. 그는 계집 한 명을 나흘 동안 쉬지 않고 채찍질하는데, 첫날 100대를 시작으로 9일째까지 매일 두 배씩 채찍질이 증가한다.

138. 그는 창녀를 네발로 엎드리게 한 뒤, 엉덩이 쪽을 바라보며 말 타듯 앉은 다음, 허벅지에 힘을 주어 여자의 몸통을 강하게 조인다. 그 상태에서 홀라당 드러난 볼기짝과 보지를 마구 후려 패는데, 이런 조작질에 마르티네 채찍을 사용하다 보니, 막대가 질 안으로까지 헤집어 들어가기 용이해 보여, 결국 그렇게 한다.

139. 그는 임신한 여자를 원한다. 임신한 여자로 하여금 원

통에 등을 대고 누워 몸을 뒤로 젖히게 만든다. 원통 너머로 젖혀진 그녀의 머리통은 뒤에 있는 의자에 두고 산발한 머리를 그곳에 고정시킨다. 그녀의 다리가 최대한 벌어지고 만삭의 배는 기이할 정도로 탱탱해진다. 그 상태에서 보지가 있는 힘껏 입을 벌린다. 바로 그 지점과 복부를 향해 매질을 가하는데, 피가 보이기 시작하면 얼른 원통 반대쪽으로 건너가 여자 얼굴에 사정한다.

주(註). 나의 초고는 파화가 이루어진
다음에야 간택에 들어감을 명시하고 있다.[171]
즉, 이쯤에서 공작이 오귀스틴을 간택한다는 얘기다.
이 점이 잘못되지 않았는지 확인하고,
후궁 넷이 처음부터 간택된 건 아닌지,
처음부터 간택되었다면, 간택한 자들의 침실에서
다들 자는 것으로 기술되지는 않았는지 확인할 것.

이날 저녁 공작은 가치가 급락해버린 콩스탕스를 내친다. 하지만 난폭하게 처리하지는 않는데, 그녀의 임신 상태와 관련해 다들 나름대로 계획이 있기 때문이다. 이제 오귀스틴이 공작의 여자로 분류되어, 어엿한 배우자로서 소파를 지키고 화장실에서의 역할을 다하면 된다. 콩스탕스의 서열은 이제 노파 다음이다.

제29일. 140. 그는 열다섯 살 소녀들만 원하고, 가시나무와 쐐기풀로 피가 나도록 매질한다. 그는 엉덩이를 고르는 데 무척이나 까다롭다.

141. 볼기짝이 너덜너덜해질 때까지 소채찍으로만 때리는 자가 있다. 한 번에 여자 넷을 연달아 상대한다.

142. 그는 강철못이 다닥다닥 박힌 마르티네 채찍을 가지고서만 매질한다. 그리하여 온통 피 흘릴 때가 되어서야 사정한다.

143. 데그랑주가 2월 20일에 이야기할 바로 그자는 임신한

171
앞서 제시된 '향후 여정에 관한 계획표'를 말한다(이 책 147쪽).

여자들을 원한다. 그는 말채찍으로 그들을 때리는데, 볼기짝에서 뭉텅뭉텅 살점이 떨어져 나가는 와중에 배때기에도 이따금 매질이 떨어진다.

이날 저녁 로제트가 채찍질을 당하고, 퀴르발이 그 보지에서 처녀성을 박탈한다. 같은 날 에르뀔과 쥘리가 그렇고 그런 사이임이 밝혀진다. 쥘리가 그만 좆질까지 허용한 것이다. 다들 그 점에 불만을 표하자, 그녀의 반응은 지극히 방탕주의적이다. 다들 엄청난 매질을 그녀에게 퍼붓는다. 그러고 나서는, 늘 올바른 처신을 보여온 에르뀔과 마찬가지로, 그녀 역시 모두가 아껴온 터라 죄는 용서받고 이 일은 재미난 일탈 정도로 치부된다.

제30일. 144. 그는 양초를 상당한 높이에 위치시킨다. 소녀는 오른손 중지 끝에 초 먹인 심지를 붙들어 매두었는데, 그 길이가 아주 짧아서 서둘지 않으면 여자의 손가락이 불에 탈 것이다. 그녀는 이 초 먹인 심지로 위에 매달린 양초에 불을 붙여야 한다. 그런데 초의 위치가 너무 높아 거기 닿으려면 깡충깡충 뛰어야 한다. 날 선 가죽끈 채찍으로 무장한 난봉꾼이 그녀를 더 높이 뛰게, 또는 더 빨리 불붙이게 만든답시고 온 힘을 다해 채찍질을 가한다. 그녀가 성공하면 그걸로 끝난다. 실패할 경우 계속해서 매질을 당할 수밖에 없다.

145. 그는 자기 아내와 딸을 번갈아 채찍질하고, 매음굴로 팔아치워 그곳에서도 자기 보는 앞에서 매질을 당하게끔 한다. 하지만 이자는 앞서 얘기했던 그 남자가 아니다.[172]

146. 그는 회초리를 휘두르는데, 목덜미에서 시작해 허벅지 안쪽까지 무차별 매질이다. 계집은 결박당한 상태고, 등짝을 따라 피가 철철 흘러내린다.

147. 젖통에만 매질을 한다. 그는 젖통이 큰 여자를 원하고, 임신했을 경우 값을 두 배로 쳐준다.

172
이 책 416-8쪽.

저녁에 로제트가 보지를 내놓는다. 퀴르발과 공작은 신나게 좆질을 하고, 나머지 친구들과 다 함께 보지에 채찍질을 가한다. 그녀는 네발로 엎드려 있는데, 마르티네 채찍으로 굳이 안쪽을 향해 채찍질하는 것이다.

제31일. 148. 그는 회초리로 얼굴만 매질한다. 아주 매혹적인 얼굴이어야만 한다. 이자에 관해서는 데그랑주가 2월 7일에 이야기할 것이다.

149. 그는 회초리로 온몸 구석구석 무차별 매질한다. 얼굴, 보지, 젖가슴을 포함해 그 어디도 무사하지 못하다.

150. 열여섯에서 스무 살에 이르는 젊은 사내를 상대로 등짝에 소채찍을 200대 휘두른다.

151. 그는 어느 방 안에 있다. 계집 넷이서 그를 달아오르게 하고 매질을 한다. 그는 한껏 불붙자, 맞은편 방에 알몸으로 대기하던 다섯째 계집에게로 달려가, 자신이 사정할 때까지 소채찍을 전신에 무차별적으로 휘두른다. 다만 매질이 좀 더 일찍 끝나서 피해자가 조금이라도 덜 고통을 당하게끔, 사정 직전에 이르러서야 계집들이 남자를 놓아준다. (번호가 왜 하나 더 늘었는지 조사해볼 것.)[173]

샹빌에게 찬사가 쏟아진다. 뒤클로와 똑같은 수준으로 치하해주면서, 그날 저녁 식탁에는 두 여자가 친구들과 동석하는 영광을 누린다. 저녁 난교 파티에서는 아델라이드, 알린, 오귀스틴 그리고 젤미르에게 젖가슴을 제외한 전신을 매질하기로 결정한다. 단, 최소한 두 달은 더 데리고 놀아야겠기에, 아주 후하게 대우하는 거다.

173
69번이 누락되었기 때문이다.

제3부

✸

세 번째 단계 또는 범죄적 정념 150가지가,
마담 마르텐의 이야기로 채워질 1월의 서른한 날을 수놓는다.
아울러 그달 성안에서 벌어진 충격적인 일화들이
일지로 첨가된다.

1월 첫날. 1. 그는 비역질당하는 것만 좋아한다. 그를 위해 어딜 가야 충분히 큼직한 자지를 찾을 수 있는지 알 수가 없다. 하지만 그녀는 이 정념에 너무 큰 비중을 두지는 않겠다고 말한다. 지나치게 단순하거니와 청중에게도 너무나 잘 알려져 있는 취향이기 때문이다.

2. 그는 세 살에서 일곱 살에 이르는 어린 소녀들의 항문만을 대상으로 동정을 박탈하고 싶어 한다. 그녀의 동정을 바로 그런 식으로 취한 남자가 바로 이자다. 그녀는 당시 네 살이었다. 그 일 때문에 병까지 난 소녀를 위해 어미는 그자의 금전적 지원을 호소한다. 얼마나 냉혹한 인간인지! 지난 11월 29일 뒤클로가 이야기한 바로 그 남자다. 또한 샹빌이 12월 2일에 언급한 사람이기도 하다. 지옥에서 온 그놈 말이다. 그의 자지는 가히 괴물 수준이며, 어마어마한 부자다. 그는 매일 어린 소녀 두 명씩 동정을 박탈한다. 아침에는 12월 2일 샹빌이 이야기한 것처럼 보지의 동정을, 저녁에는 항문의 동정을 박탈하는 거다. 그리고 이 모두는 그의 다른 정념들과는 별개로 행해진다. 그가 마르텐을 비역할 때 여자 넷이 그녀를 붙들고 있었다. 그는 6분 만에 사정했는데, 그러면서 힘껏 고함을 내질렀다. 소녀의 나이가 고작 네 살이었음에도, 그는 아주 날래고 간단한 방법으로 항문의 동정을 앗아갔다.

3. 마르텐의 어미는 또 다른 남자에게 남동생의 동정도 팔

아치운다. 사내아이만을 상대로 비역질하는 남자인데, 정확히 일곱 살짜리만 원한다.

4. 그녀는 열세 살이고, 오빠는 열다섯 살이다. 남매가 찾아간 남자는 오빠로 하여금 동생에게 좆질을 하도록 강요하고, 둘이 뒤엉켜 그 짓을 하는 동안, 자기는 소년과 소녀의 후장을 번갈아 쑤신다.

그녀는 자신의 똥구멍을 자랑한다. 모두가 그곳을 보여 달라고 한 것이다. 연단 위에 선 채 그곳을 드러내고 있다. 방금 그녀가 이야기한 남자는 뒤클로가 11월 21일 언급한 백작이자, 데그랑주가 2월 27일 이야기하는 바로 그자다.[174]

5. 그는 남매를 비역질하면서 자신의 뒤를 쑤시도록 한다. 데그랑주가 2월 24일 이야기할 바로 그 남자다.

이날 저녁 공작은 불과 열두 살인 에베의 항문 쪽 동정을 박탈한다. 어마어마한 통증이 있다. 노파 넷이 아이를 붙들고, 뒤클로와 샹빌이 그를 보조한다. 다음 날 기념식이 있을 예정이라 일을 그르치지 않게끔, 금일 저녁만큼은 에베가 똥구멍을 내맡기고 친구 넷 모두가 그걸 즐기기로 한다. 결국 소녀는 혼절한 상태로 실려 나간다. 일곱 차례 관통당한 것이다.

마르텐은 자신의 음문이 막혀 있다는
말을 해서는 안 된다. 오류다.[175]

1월 2일. 6. 그는 계집 네 명으로 하여금 자기 입안에 방귀를 뀌게 하면서 다섯째 계집의 뒤를 쑤신 다음, 순서를 바꾼다. 그리하여 계집 모두가 방귀를 뀌고, 모두가 비역질을 당한다. 그는 다섯 번째 항문에 이르러서야 사정한다.

7. 그는 어린 사내아이 세 명과 놀아난다. 그는 비역질을 하

174
"(…) 우선 다음 세 가지 서로 다른 정념이 바로 이 한 남자에게서 발견된다는 사실을 알아두실 필요가 있겠습니다. 이제 제가 이야기해드릴 정념이 그 하나요, 마르텐이 동일 인물을 역시 작위로만 지칭하면서 설명해드릴 정념이 다른 하나이며, 데그랑주가 자신이 풀어갈 가장 강력한 사례로서 남겨둘 것이 틀림없는, 더할 나위 없이 혹독한 정념이 마지막입니다."(이 책 330쪽)

175
"타고난 기형(그녀는 음문이 막혀 있었다.) 탓에 다른 방법은 알 수 없어 하는 수 없이 그런 종류의 쾌락만을 탐닉해오기도 했지만, (…)"(이 책 62쪽)

고, 자신에게 똥을 싸지르도록 하면서 셋의 역할을 바꾸어간다. 아무것도 하지 않고 있는 놈은 그가 손수 용두질해준다.

8. 그는 남매를 데려와, 여자애의 후장에 박으면서 남자애로 하여금 자기 입에 똥을 싸지르도록 한다. 그다음 순서를 바꾸는데, 각각 그렇게 즐기면서 자기는 비역질을 당한다.

9. 그는 열다섯 살 소녀들을 상대로, 전희 삼아 신나게 채찍질한 다음에만 비역질한다.

10. 그는 한 시간에 걸쳐 볼깃살과 똥구멍을 꼬집고 괴롭힌 다음, 누가 신나게 채찍질해주는 가운데 비역질한다.

이날은 제9주를 기념하는 의식이 거행된다. 에르퀼이 에베와 결혼하고 그녀의 보지에 박는다. 퀴르발과 공작이 돌아가면서 남편과 부인을 번갈아 비역한다.

1월 3일. 11. 그는 미사가 진행되는 중에만 비역질하고, 거양성체에 이르러 사정한다.

12. 그는 십자고상을 발로 짓밟고 여자도 그렇게 하도록 만들어야지만, 비역질한다.

13. 뒤클로의 제11일 이야기에 외제니와 놀아나면서 똥을 싸게 하고 그 똥 묻은 엉덩이를 청소하던 남자는 엄청난 자지를 가지고 있다. 그는 자기 물건 끝에 성체를 갖다 붙인 채 비역질한다.

14. 성체를 앞세워 소년을 비역하고, 성체를 앞세워 자신을 비역하게 한다. 자신이 비역하는 소년의 목덜미에 올려놓은 또 다른 성체에 세 번째 소년이 똥을 싼다. 그렇게 그는 역할 변경 없이, 무시무시하게 신성모독적인 말들을 내뱉으며 사정한다.

15. 그는 미사를 집전하는 사제를 비역하는데, 사제가 성체를 축성할 때 잠시 몸을 빼고는, 축성한 성체를 사제가 자기 항문 속에 욱여넣는 순간, 뒤에서 다시 쑤신다.

저녁에 퀴르발은 성체를 앞세워, 어리고 매력적인 젤라미르의 항문 쪽 동정을 박탈한다. 그리고 앙티노위스는 또 다른 성체를 앞세워 판사의 뒤를 쑤신다. 그렇게 좆질이 이어지는 가운데, 판사는 팡숑의 똥구멍 속으로 혀를 사용해 세 번째 성체를 욱여넣는다.

제4일. 16. 그는 누가 자기를 채찍질해주는 동안만 아주 늙은 여자를 비역하고 싶어 한다.

17. 누가 자기 뒤를 쑤셔주는 동안 늙은 남자만을 비역한다.

18. 자기 아들과 정기적으로 밀애를 나눈다.

19. 괴물이나 검둥이, 기형인 사람만 골라 비역하고 싶어 한다.[176]

20. 근친상간과 간통, 남색과 신성모독을 한데 모으기 위해 그는 성체를 앞세워 결혼한 딸을 비역한다.

그날 저녁 회합에서, 젤라미르의 항문이 네 친구들 수중에 떨어진다.

제5일. 21. 그는 두 남자로 하여금 번갈아 자신에게 좆질과 채찍질을 하도록 시키면서, 동시에 자기는 어린 소년을 비역하고, 노인에게는 입안에 똥 덩어리를 싸지르게 한 뒤 그걸 먹는다.

22. 두 남자가 하나는 입에, 하나는 항문에 번갈아 좆질을 한다. 탁상시계로 세 시간 동안 그 짓을 지속해야만 한다. 그는 입에 박아주는 놈의 좆물을 삼킨다.

23. 그는 남자 열 명으로 하여금 한 번에 얼마씩 쳐주면서 자기를 비역하게 한다. 그는 하루 종일 80회까지는 사정하지 않고 견뎌낸다.

24. 그는 비역질을 당하도록 자기 아내와 딸, 누이까지 매춘을 강요하고는 그 광경을 구경한다.

25. 그는 남자 여덟 명을 고용해 주위에 둘러 세운다. 하나

176
사드의 세계에서 '기형(les gens contrefaits)'과 '괴물(les monstres)'은 분명한 차이가 있다. 전자가 인체의 선천적 비정상 상태를 의미한다면, 후자는 인간과 짐승의 이종교배로 생겨난 괴생물체를 뜻한다.

는 입으로, 하나는 항문으로, 하나는 오른쪽 가랑이로, 하나는 왼쪽 가랑이로[177] 그리고 둘은 양손으로 하나씩 용두질을 해준다. 일곱 번째 사내는 양 허벅지 사이에 끼웠으며, 여덟 번째 사내는 그의 얼굴 위에서 스스로 용두질한다.

이날 저녁 공작은 미셰트의 항문 쪽 동정을 박탈해 끔찍한 고통을 준다.

제6일. 26. 그는 한 늙은 남자를 비역질당하도록 앞에 두고 관찰한다. 늙은이의 항문에 들어가 있던 자지가 몇 번 빠져나와 감독관의 입에 들어오면, 그걸 또 빤다. 그런 다음 이번에는 늙은이의 자지를 빨다가 목구멍에 넣다가, 그도 모자라 자기가 늙은이를 비역하고 있으면, 그 전까지 늙은이를 쑤시고 있던 자가 이젠 그를 비역하면서, 동시에 난봉꾼의 가정부에게 채찍질당한다.

27. 그는 열다섯 살짜리 계집아이를 비역하면서 그 항문이 조이도록 모가지를 우악스레 조른다. 그러는 내내 누군가 그를 소채찍으로 매질한다.

28. 그는 큼직한 환약으로 제조한 수은 화합물 여러 알을 자기 항문으로 쑤셔 넣게 한다. 그것들이 직장(直腸) 속을 오르락내리락하면서 과도한 간지럼증을 유발하는 동안, 그는 자지들을 빨고 그 좆물을 삼키는가 하면, 계집들로 하여금 똥을 싸게 해서 그걸 받아먹는다. 그런 환락이 두 시간 이어진다.

29. 그는 한 남자의 아들과 딸을 상대로 남색질을 하는 동안 그 아버지에게 자신도 비역질당하고 싶어 한다.

당일 저녁, 미셰트가 항문을 내놓는다. 공작이 뒤클로를, 퀴르발이 팡숑을 데리고 가는 것을 보고, 뒤르세는 마담 마르텐을 데리고 자기 침실로 들어간다. 그 매춘부는, 뒤클로가 공작을 휘어잡은 것처럼, 강력한 외설적 매력으로 그를 휘어잡고 있다.

177
원문 그대로다(un sous l'aine droite, un sous la gauche). 그 어떤 판본에서도 지적되고 있지 않지만, 이는 문법적으로나(전치사 'sous'의 존재), 해부학적으로나('일곱 번째'의 위치와 상충), 섹슐로지 관점에서나('axilisme'의 기법) '겨드랑이(aisselle)'를 착각해 표기한 것으로 보인다. 따라서 '하나는 오른쪽 겨드랑이로, 하나는 왼쪽 겨드랑이로(un sous l'aisselle adroite, un sous la gauche)'로 고쳐 읽어야 할 대목이다.

제7일. 30. 그는 배를 깔고 누운 계집을 마치 비역하듯 그 가랑이 사이에 대가리를 처박고 있는 칠면조 한 마리를 비역한다. 그러는 동안 누군가 그를 또 비역하고, 그가 사정하는 순간 계집이 칠면조의 모가지를 자른다.

31. 그는 채찍질을 당하는 동안 암염소와 후배위로 교접한다. 그는 바로 그 암염소에게 아이를 한 명 낳게 해, 괴물일지언정 그 아이를 상대로 다시 후장질을 한다.

32. 그는 숫염소를 비역한다.

33. 개가 밑을 후리는 여자의 사정하는 꼴을 보고자 한다.

34. 그는 백조의 항문 속에 성체를 욱여넣고 그대로 후장질을 하면서, 사정하는 순간 그 모가지를 조른다.

그날 저녁, 주교가 처음으로 쿼피동을 비역한다.

제8일. 35. 그는 미리 준비해둔 바구니 속에 들어가 있다. 그 바구니는 단 한 곳에 구멍이 뚫려 있는데, 그는 암말의 씹물로 문질러댄 자신의 똥구멍을 그곳에 바짝 갖다 댄다. 바구니 전체가 암말의 가죽으로 덮여 있어서 모양새가 꼭 암말 같다. 이 일을 위해 잘 훈련받은 거세하지 않은 수말이 그의 똥구멍을 쑤시는 동안, 바구니 안에서는 희고 예쁘장한 암캐 한 마리를 상대로 그가 좆질을 한다.

36. 그는 암소 한 마리와 교접해 아이를 낳게 하고, 그 괴물을 상대로 또 후장질을 한다.

37. 그는 앞에서와 마찬가지로 준비된 바구니 안에 여자를 한 명 넣은 다음, 황소의 음경을 받아들이게 한다. 그 광경이 그는 즐겁다.

38. 그는 뱀을 한 마리 길들여, 자신의 항문 속에 넣고 후장질을 하게 만든다. 그러는 동안 바구니 안에 있는 고양이를 상대로 그가 비역질을 하는데, 녀석은 사방이 막혀 있어 그에게 어떤 위해도 가할 수 없다.

39. 그는 암나귀에게 좆질을 하면서 수나귀에게 자신의 후장을 대준다. 이때 미리 준비되어 동원되는 장치에 관해서는 추후 자세히 설명할 것이다.

저녁에 퀴피동이 항문을 내어준다.

제9일. 40. 그가 암염소의 콧구멍에 박는 동안 녀석은 혀로 그의 불알을 핥는다. 그러는 동안 누가 그를 글겅이질해주다가 똥구멍을 핥아주다가 한다.

41. 그가 양의 뒤를 쑤시는 동안 개 한 마리가 그의 똥구멍을 핥아준다.

42. 그는 개를 비역하는데, 사정하는 동안 누가 녀석의 모가지를 자른다.

43. 그는 창녀로 하여금 눈앞에서 수나귀를 용두질하도록 강요하는데, 장관이 펼쳐지는 동안 누가 그를 비역한다.

44. 그는 원숭이의 후장을 쑤신다. 짐승은 바구니에 갇혀 있다. 그러는 사이 누가 녀석을 자꾸만 괴롭히는데, 항문의 조이는 힘을 배가시키려는 의도다.

이날 저녁에는 제10주를 기념하기 위해 브리즈퀴와 미셰트가 결혼식을 올리고 동침한다. 이로 인해 미셰트는 엄청난 고통을 치른다.

제10일. 그녀는 이제 정념이 바뀔 것이라고 예고한다. 즉, 앞서 샹빌의 이야기에서 중요하게 취급된 채찍이 이제부터는 부수적인 것에 지나지 않을 거라고 한다.

45. 먼저 어떤 잘못을 저지른 계집들을 물색해야 한다. 그런 다음 그가 불쑥 나타나, 모두 다 검거될 것이라며 겁을 준다. 단, 그들이 호된 매질을 감수하겠다면, 붙잡혀가지 않도록 자신이 전부 책임지겠다고 말해준다. 두려움에 사로잡힌 나머지, 계집

들은 피가 나도록 매질을 당한다.

46. 머릿결이 고운 여자를, 단지 좀 살펴만 보겠다는 구실로 데려오게 한다. 하지만 쥐도 새도 모르게 머리를 싹둑 잘라버리고, 난데없는 봉변에 어쩔 줄 모르는 여자를 빤히 보며 폭소를 터뜨리고 좆물을 방출한다.[178]

47. 요란한 의식과 더불어 그녀가 어두컴컴한 방으로 입장한다. 아무도 보이지 않고, 다만 자기와 관련된 어떤 대화 소리만 들린다. 나중에 상세히 기술할 텐데, 그녀로 하여금 겁에 질려 죽을 것만 같은 기분이 들게 할 내용이다. 마침내 엄청난 따귀 세례와 주먹질이 날아드는데, 어디서 날아오는 건지 그녀는 전혀 알 수가 없다. 그러다가 별안간 사정할 때 내지르는 비명소리가 들리더니, 그녀를 내보내준다.

48. 그녀는 일종의 지하 무덤 속으로 들어간다. 등불 몇 개로만 밝혀진 장소다. 온통 으스스한 기운이 느껴진다. 잠깐 주위를 분간하려는 찰나, 느닷없이 모든 불이 꺼지고 무시무시한 비명과 쇠사슬 소리가 들린다. 그녀는 혼절한다. 그렇지 않을 경우, 혼절할 때까지 몇 가지 새로운 수단들을 동원해 공포의 요인을 배가시킬 예정이다. 어쨌든 정신을 잃자마자, 한 남자가 그녀를 덮쳐 비역질한다. 그런 다음 남자는 떠나고, 하인들이 그녀를 구하러 온다. 이 일에는 아주 어리고 순진한 소녀들이 필요하다.

49. 그녀는 앞선 장소와 비슷한 곳으로 들어서는데, 세부적인 차이점은 나중에 가름할 것이다. 그녀는 발가벗겨진 상태로 관에 갇히고 뚜껑에 못질이 가해지는데, 그 못 소리를 들으며 남자가 사정한다.

이날 저녁, 작정하고 젤미르를 구연 시간에서 빼준다. 대신 언젠가 거론된 적 있는, 이를테면 방금 묘사된 것들처럼 조성된 지하 감옥으로 그녀를 내려보낸다. 거기에는 네 친구가 발가벗은 몸에 잔뜩 무장한 채 대기하고 있다. 젤미르는 기절하고, 그

178
머리나 수염을 자르는 것은, 당사자에게 신체적 고통 못잖게 괴로운 정신적 치욕이다.

상태로 퀴르발에게 항문 쪽 동정을 박탈당한다. 판사는, 공작이 오귀스틴에게 품은 감정과 마찬가지로, 애정과 음란한 광기가 뒤섞인 감정을 이 소녀에게 품고 있다.

제11일. 50. 그 남자, 그러니까 11월 29일 뒤클로가 두 번째 이야기에서 언급했으며, 데그랑주가 2월 26일 다섯 번째로 거론할 바로 그 플로르빌 공작이 흑단 침대 위에 방금 살해당한 소녀의 아름다운 시신을 놓아두기를 원한다. 그는 구석구석 그걸 주물러대고 비역한다.

51. 또 다른 남자는 시체를 두 구 원한다. 하나는 소녀, 하나는 소년. 그는 소년의 시체를 비역하면서 소녀의 엉덩이에 입을 맞추고 후장에 혀를 쑤셔 넣는다.

52. 그는 계집을 어느 밀실로 맞아들이는데, 그곳에는 실물과 아주 유사하게 만든 밀랍 시체들이 빼곡하게 들어차 있다. 그것들은 각기 다른 방식으로 몸에 구멍이 뚫려 있다. 그는 계집에게 그중 하나를 선택하라고 명한다. 그녀가 보기에 가장 마음에 드는 상처를 가진 시체처럼 죽여주겠다고 하면서 말이다.

53. 그는 여자를 진짜 시체와 입을 맞댄 상태로 결박한다. 그리고 등짝이 온통 피투성이가 될 때까지 여자에게 채찍질을 가한다.

이날 저녁, 젤미르가 항문을 내놓는데, 그 전에 아주 혹독하게 나무라면서 오늘 밤 안으로 죽여버릴 거라는 언질을 준다. 소녀는 그걸 곧이곧대로 믿지만, 실제로는 실컷 비역한 다음, 제각각 채찍질 100대씩을 가하는 걸로 친구들은 만족한다. 퀴르발은 잠자리를 같이하기 위해 그녀를 침실로 데려가, 또다시 비역한다.

제12일. 54. 그는 생리 중인 계집을 원한다. 그가 가로세로 12피에 깊이 8피에 규모의 얼음물로 가득 찬 수조 가까이 있는데, 그녀가 다가온다. 수조는 그녀가 볼 수 없도록 가려진 상태다. 여자가 다가서는 순간 남자는 수조 안으로 여자를 떠밀고, 수조 안에 여자가 빠지는 순간 남자는 사정한다. 여자는 금세 끌어 올려지지만, 생리 중이었기에 그로 인한 중병에 매우 자주 시달린다.

55. 그는 여자를 발가벗긴 상태에서 아주 깊은 우물에 내려보내고는, 그 안을 돌멩이로 가득 채워 넣겠다고 위협한다. 그러고는 흙덩이를 몇 개 던져 겁을 준다. 그는 우물 안 창녀의 머리 위로 사정을 한다.

56. 그는 자기 집으로 만삭인 여자를 불러들인 후, 온갖 협박과 위협으로 겁을 준다. 그는 여자를 채찍질하면서, 자기 집에서건 그녀의 집으로 돌아가서건, 유산을 하게끔 난폭한 대우를 거듭 반복한다. 그런 데도 만약 그의 집에서 해산을 하면, 화대를 두 배로 지불한다.

57. 그는 여자를 캄캄한 지하 독방에 처넣는데, 거기엔 고양이와 시궁쥐, 생쥐들로 그득하다. 그는 여자가 평생을 그곳에 갇혀 있어야 한다고 믿게 만들고는, 매일 그 문 앞에서 자위행위를 하며 약을 올린다.

58. 그는 여자의 똥구멍에 폭죽 다발을 꽂아 넣는다. 거기서 떨어지는 불티들이 볼깃살을 지글지글 태운다.

그날 저녁, 퀴르발은 젤미르가 자기 아내임을 천명하고는 공식적으로 혼인한다. 결혼식은 주교가 집전한다. 그는[179] 신뢰도가 바닥에 떨어진 줄리를 이미 내친 상태이나, 그녀의 방탕주의만큼은 여전히 먹히는 데다, 주교가 어느 정도 감싸는 터라, 나중에 보게 되듯, 때가 오면 그녀를 위해 선뜻 나설 것이다.

특히나 이날 저녁에는 아델라이드를 향한 뒤르세의 심술궂은 앙심이 그 어느 때보다 두드러진다. 그는 연신 그녀를 괴롭히고, 못살게 군다. 그럼에도 아버지인 판사는 조금도 그녀를 두둔하지 않는다.

179
퀴르발을 지칭한다.

제13일. 59. 그는 공중에 매달린 성 안드레아 십자가에 계집을 결박한 뒤, 등짝에 온통 채찍질을 가한다. 그런 다음 결박을 풀고 그녀를 창밖으로 내던지지만, 미리 준비된 매트리스 위로 떨어진다. 그 떨어지는 소리를 들으며 그가 사정한다. 이를 정당화하기 위해서는 그가 여자에게 가하는 행위 자체를 상세히 묘사할 것.[180]

60. 그는 어떤 약을 여자에게 강제로 먹이는데, 그 약을 먹으면, 방 안에 온갖 끔찍한 것들이 가득 들어찬 광경을 보게 된다. 여자는 자신을 향해 물이 마구 불어나는 웅덩이를 보고, 거기서 벗어나려고 의자 위로 올라간다. 이때 물에 뛰어들어 헤엄치는 길밖에 없음을 그녀에게 알려준다. 그래서 물 위로 몸을 날리지만, 그녀의 몸이 떨어진 곳은 평평한 바닥이다. 그런 식으로 계속해서 몸만 아프다. 그때마다 우리의 방탕아가 사정하는데, 이전까지는 엉덩이 쪽에 수없이 입을 맞추는 것이 그의 즐거움이었다.

61. 그는 망루 꼭대기에 있는 권양기에 여자를 매단다. 그는 여자 바로 위의 창문에서 손만 뻗으면 밧줄에 닿을 위치에 있다. 그는 용두질하면서 밧줄을 흔들고, 사정과 동시에 그 밧줄을 끊어버리겠다며 위협한다. 그러는 동안 누가 그에게 채찍질을 가하는데, 이미 창녀에게는 똥을 누게 한 상태다.

62. 그녀는 가느다란 끈 네 개로 사지가 묶인 채 공중에 매달려 있다. 그렇게 가혹한 자세로 매달려 있는 가운데, 아래쪽에서 뚜껑 문이 열리자 잉걸불이 이글거리고 있다. 묶인 끈이 끊어지면 그대로 떨어지는 거다. 일부러 끈을 흔들어대면서, 난봉꾼은 사정할 때마다 그걸 한 가닥씩 잘라버린다. 때로는 여자를 동일한 자세로 매단 다음, 허리에 추를 달고 훨씬 더 높이 네 줄을 당겨 올린다. 말하자면 허리가 꺾이고 복부가 파열되도록 말이다. 여자는 그런 자세로 남자가 사정할 때까지 버텨야 한다.

63. 그는 등받이 없는 둥근 의자에 여자를 묶는다. 그녀의 머리 위 1피에 지점에 아주 예리하게 다듬은 단도를 머리카락

180
여기서 '정당화(légitimer)'란 굳이 성 안드레아 십자가에 묶어 고문하는 사례를 든 이유에 대한 정당화다. 이 방법은 실제로 당시까지 강력 범죄자에 한해 집행된 차형의 일부 과정으로, '상상만은 아니라는 의미'로 해석된다.

한 올로 매달아둔다. 그 머리카락이 끊어지는 날엔 날카로운 칼끝이 그대로 두개골에 박힌다. 남자는 그 앞에서 용두질하며 두려움에 일그러지는 희생자의 얼굴 표정을 즐긴다. 한 시간이 지난 다음, 그는 여자를 풀어주되 바로 그 단도를 사용하여 볼기짝을 피투성이로 만들어놓는다. 칼끝이 얼마나 날카로운지 보여주겠다면서 말이다. 급기야 그는 피범벅이 된 여자의 엉덩이에 사정한다.

저녁에 주교는 콜롱브의 항문 쪽 동정을 박탈한다. 그리고 사정한 다음 피투성이가 되도록 그녀를 채찍질한다. 계집이 자신을 사정하게 만드는 것 자체를 용인할 수가 없는 것이다.

제14일. 64. 그는 아무것도 모르는 풋내기 계집을 비역한다. 그는 사정하면서 양쪽 귓가에 권총 두 발을 발사하는데, 그 때문에 여자의 머리카락이 타버린다.

65. 그는 여자를 용수철이 장착된 안락의자에 앉힌다. 그녀는 몸무게로 인해 어쩔 수 없이 모든 용수철에 반동력을 유발하고, 그 힘은 그녀를 결박하고 있는 여러 겹의 강철 링에 고스란히 전달된다. 그 밖에 다른 용수철들의 반동력은 단도 스무 개를 그녀의 몸에 꽂아 넣도록 되어 있다. 남자는 안락의자를 조금만 움직여도 온몸에 구멍이 날 거라고 여자에게 말해주면서 용두질하고, 급기야 사정하면서 여자에게 촛물을 싸지른다.

66. 그녀는 일종의 시소 장치에 의해 어떤 골방으로 떨어진다. 그곳은 온통 검은 벽지로 도배되었고 기도대와 관 그리고 해골들이 구비되어 있다. 거기서 여섯 명의 유령을 보게 되는데, 각기 곤봉과 권총, 찌르기 검, 베기 검, 단도, 창으로 무장한 상태고, 당장이라도 몸 구석구석에 구멍을 낼 태세다. 여자는 공포에 질려 휘청거린다. 이때 남자가 들어와 여자를 붙들고, 온몸에 무차별적으로 채찍질을 가한다. 그러고는 비역질하면서 사정에 이른다. 만약 남자가 방에 들어섰을 때 이미 여자

가 혼절한 상태면, 사실 종종 그러기도 하는데, 몽둥이로 후려갈겨 정신이 들게 만든다.

67. 여자는 망루의 어떤 방으로 들어간다. 방 한복판에 큼직한 숯불이 보인다. 탁자 위에는 독약과 단검이 놓여 있다. 그녀에게 세 가지 죽음을 놓고 선택권이 주어진다. 대개는 독약을 고른다. 그건 미리 준비된 아편이며, 먹자마자 여자는 깊은 잠에 빠진다. 그동안 방탕아가 여자를 비역한다. 이자는 뒤클로가 27일에 이야기했고, 2월 6일 데그랑주가 다시 언급할 바로 그 남자다.

68. 데그랑주가 2월 16일에 이야기할[181] 바로 그 사람은 온갖 의식을 동원해가면서 계집의 머리를 절단하는 자다. 칼날이 떨어지려는 순간, 몸을 묶은 밧줄이 별안간 당겨지면서 계집의 몸이 뒤로 빠지고, 칼날은 도마 위에 곧장 떨어져 3푸스 정도의 깊이로 박힌다. 만에 하나 밧줄이 제때 계집의 몸을 뒤로 당기지 못할 시, 여자는 죽은 목숨이다. 그는 칼날을 떨어뜨리면서 사정한다. 하지만 그 전에 여자의 목을 도마에 올려놓은 채 비역한다.

저녁에 콜롱브가 항문을 내놓는다. 다들 그녀를 겁박하면서 당장이라도 목을 자를 것처럼 난리다.

제15일. 69. 그는 창녀를 말 그대로 목매단다. 그녀는 등받이 없는 둥근 의자에 발을 디디고 서 있으며, 밧줄 하나가 그 의자에 묶여 있다. 그는 맞은편 안락의자에 느긋이 앉아, 목매달 여자의 딸로 하여금 자신을 용두질하게 한다. 사정하면서 그는 밧줄을 당긴다. 더 이상 지탱할 데가 없어진 여자는 밧줄에 대롱대롱 매달린다. 그는 밖으로 나가고, 하인들이 몰려와 여자를 풀어준다. 사혈(瀉血) 덕분에 그녀는 정신을 차리는데, 모든 구조 활동은 그가 모르게 행해진다. 결국 그는 딸과 동침하는데, 밤새도록 그녀의 후장을 쑤시면서 자기가 엄마를 목매달았노라

181
오류다. 12월 8일에 이야기하는 에피소드 38이다.

고 말한다. 그는 창녀가 회생했는지 알려고도 하지 않는다. (데그랑주가 추후 언급할 것임을 말해두라.)

70. 그는 계집의 귀를 붙잡고, 발가벗은 그 몸뚱이를 방 한가운데서 질질 끌고 다닌다. 그렇게 해서 그는 사정에 이른다.

71. 그는 계집의 전신을 젖가슴만 빼고 지독하게 꼬집는다. 그렇게 해서 온통 시퍼렇게 멍들게 한다.

72. 그는 여자의 유방이 완전히 망가질 때까지 꼬집고, 쥐어뜯고, 뭉그러뜨린다.

73. 그는 바늘 끝으로 여자의 젖통에 숫자와 문자를 새긴다. 그런데 그 바늘에는 독이 묻어 있었고, 그 때문에 유방이 퉁퉁 불어터져 여자가 몹시 괴로워한다.

74. 여자의 젖통에만 가느다란 핀 1천-2천 개를 꽂는다. 젖가슴이 온통 핀으로 뒤덮일 즈음 그가 사정한다.

갈수록 방탕기를 더하는 쥘리가 마담 샹빌과 함께 서로의 아랫도리를 후리는 현장이 발각된다. 주교는 그때부터 더더욱 그녀를 감싸 돌고, 공작이 뒤클로를, 뒤르세가 마르텐을 그리고 퀴르발이 팡숑을 각각 침실로 맞아들일 때 자신은 쥘리를 맞아들인다. 그녀는 자기가 버림받은 이후, 축사에서 가축들과 함께 잠을 자야 할 처지에 빠져 있는 걸 보고 마담 샹빌이 본인 방으로 불러들여 함께 잠을 자게 된 것이라고 고백하고 있다.

1월 16일. 75. 그는 계집의 몸에 두루두루 굵은 핀들을 꽂아 넣는다. 여기에는 젖통까지 포함된다. 그렇게 굵은 핀이 몸 전체를 뒤덮을 때 그가 사정한다. (데그랑주가 이를 언급할 거라는 얘기를 하라. 2월 27일 네 번째 이야기에서 그녀가 설명할 내용이다.)

76. 그는 여자에게 배가 터질 것처럼 술을 먹인 다음, 보지와 항문을 꿰맨다. 그런 상태로 여자를 방치해, 소변과 대변 욕구를 풀지 못해 여자가 혼절하거나 배설물의 무게와 탈장으로 인해 꿰맨 실이 뜯어져 나갈 때까지 구경한다.

77. 방에 남자 넷이 들어가 계집이 쓰러질 때까지 발길질과 주먹질을 가한다. 여자가 바닥에 널브러지면 네 명 모두 서로를 용두질해주고 사정한다.

78. 여자를 공기펌프 장치에 처넣고 제멋대로 공기를 공급했다 박탈했다 한다.[182]

제11주를 기념하기 위해 이날 콜롱브와 앙티노위스의 결혼식과 동침이 이루어진다. 오귀스틴의 보지 쪽을 엄청나게 쑤셔댄 공작은 밤이 되자 그녀를 향한 음란한 격정에 휘말린다. 그는 마담 뒤클로로 하여금 그녀를 붙들고 있게 한 뒤, 등짝 한복판에서 장딴지까지 채찍질을 300대 가하고, 마담 뒤클로를 비역하면서 채찍 자국이 그대로 남아 있는 오귀스틴의 엉덩이에 입을 맞춘다. 그러고 나서도 오귀스틴을 상대로 별의별 광태를 벌이는데, 자기한테 바짝 붙어 식사를 하되 자기 입으로 전달하는 음식만을 먹도록 강요하고, 그 밖에도 이들 난봉꾼들의 특성을 고스란히 드러내줄 온갖 해괴망측한 난행을 자행한다.

제17일. 79. 그는 식탁 위에 계집을 엎드려 누여 묶고, 그 볼기짝에 뜨겁게 데운 오믈렛을 얹어 먹는다. 아주 날카로운 포크로 조각조각 있는 힘껏 찍어 먹는다.

80. 그는 여자의 머리를 숯불 화로 위에 고정시켜 혼절할 때까지 방치하고는, 그 상태에서 비역한다.

81. 그는 황 성냥을 사용해 여자의 젖가슴과 볼깃살을 조금씩 조금씩, 지글지글 태운다.

82. 그는 촛불을 연달아 수없이 여자의 보지와 항문 속에 넣거나, 젖통에 비벼 끈다.

83. 그는 성냥불로 여자의 속눈썹을 태워버려, 밤에 조금도 휴식을 취하지 못하게 하고, 잠을 자기 위해 눈을 감는 것조차 불가능하게 만들어버린다.

182
17세기 로버트 보일을 기점으로 18세기 라부아지에에 이르기까지, 진공펌프라는 장치를 통해 공기의 성분과 원리를 발견하려는 화학적 실험이 활발했다. 일정한 부피를 가진 밀폐 용기 속에 공기를 가압하거나 감압하는 펌프 장치의 메커니즘은 사드적 상상력을 통해 유폐된 인간 조건의 고통과 고문이라는 심상으로 발전한다. 실제로 1780년 7월 27일 뱅센에 수감 중이던 사드는 아내에게 보낸 편지에서, 산책조차 허용되지 않는 감옥 생활을 이렇게 비유한다. "이에 공기펌프 고문까지 첨가해야만 하겠소(Avez-vous besoin d'y ajouter le supplice de la machine pneumatique)?"(『사드 후작 전집, 결정판』, 7권[XII], 1967, 252쪽)

이날 저녁, 공작이 지통의 동정을 박탈한다. 공작이 워낙 거대한 데다, 나이가 고작 열둘인 아이를 상대로 무척이나 거칠게 쑤셔대는 바람에 지통은 엄청 고생한다.

제18일. 84. 그는 여자의 유방에 권총을 들이댄 채, 이글거리는 숯덩이를 씹어 삼키게 강요한다. 그런 다음 보지 속에 주사기로 질산을 주입한다.

85. 그는 여자를 발가벗긴 다음 미리 설치해둔 기둥 네 개를 가운데 두고 올리베트 춤[183]을 추게 한다. 그런데 기둥들을 중심으로 맨발로 딛고 걸어야 할 경로에는 날카로운 철 조각과 못, 유리 조각들이 촘촘히 깔려 있다. 뿐만 아니라 각 기둥마다 회초리 다발을 손에 쥔 남자가 한 명씩 자리 잡고 있어, 여자가 지날 때마다 앞이건 뒤건 닥치는 대로 후려친다. 여자는 어리고 예쁜 정도에 따라 일정한 바퀴 수를 달려야 하며, 가장 어여쁜 계집은 가장 심하게 학대당한다.

86. 그는 여자가 피를 토할 때까지 목에 주먹질을 한다. 피투성이가 되어도 주먹질은 계속된다. 그는 사정을 한 뒤, 여자가 흘린 피에 자신의 좆물을 섞는다.

87. 그는 아주 뜨겁게 달군 쇠 집게로 여자의 살점을 잡아 뜯는다. 특히 볼깃살과 불두덩, 젖통에 집중된다. (데그랑주가 후에 거론할 것임을 말해둘 것.)

88. 그는 여자 알몸의 서로 다른 부위, 가급적이면 가장 민감한 지점에 화약 가루를 조금씩 뿌려놓은 다음, 거기에 불을 붙인다.

저녁에 지통의 항문이 내맡겨진다. 거기에 비역질하는 퀴르발과 공작, 주교의 의식이 끝난 다음, 아이는 매질을 당한다.

제19일. 89. 그는 여자의 보지 속에 원통형 화약을 그냥 생으로, 그러니까 종이로 포장하지 않은 그대로 꽂아 넣는다. 거기에 불

183
올리브를 수확한 다음 추는 일종의 민속춤.

을 붙이고는 그 불꽃을 보면서 사정한다. 그 전에 항문에 입을 맞춘다.

90. 그는 여자의 머리부터 발끝까지 주정(酒精)으로만 흠뻑 적신다. 거기 불을 붙인 다음, 사정할 때까지 온통 화염에 휩싸인 그 가여운 계집을 바라보며 즐긴다. 그런 조작을 2-3회 되풀이한다.

91. 그는 여자 똥구멍 속에 펄펄 끓는 기름을 부어 관장을 한다.

92. 그는 우선 여자를 실컷 채찍질한 다음, 후장과 보지 속에 벌겋게 달군 쇠막대를 쑤셔 넣는다.

93. 그는 만삭의 여자를 낙태할 때까지 발로 짓밟고 싶어 한다. 그 전에 채찍질부터 한다.

저녁에 퀴르발이 소피의 항문 쪽 동정을 박탈하는데, 그 전에 친구 한 명당 100대의 매질을 피가 나도록 가한다. 퀴르발은 그녀의 항문 속에 사정한 직후, 당일 저녁 바로 그녀를 지하 감옥에 내려보내 마음껏 가지고 놀게 해주는 대가로 회합에 500루이를 내놓겠다고 제안한다. 제안은 거부당한다. 그는 다시 그녀를 비역하고, 항문에서 빠져나오며 두 번째 사정을 하는데, 그 순간 엉덩이를 냅다 발로 차 15피에 떨어진 지점의 방석 더미로 소녀를 날려버린다. 같은 날 저녁, 그는 젤미르를 호되게 채찍질하는 것으로 분풀이한다.

제20일. 94. 그는 자신을 용두질하고 있는 계집을 애지중지 어루만지는 척한다. 그녀는 전혀 의심하지 않는다. 한데 사정하는 순간, 계집의 머리를 붙잡아 벽에 강하게 박아버린다. 워낙 갑작스럽고 격한 충격이다 보니 여자는 대개 기절하고 만다.

95. 방탕아 넷이 모인다. 그들은 계집 한 명을 두고 재판을 진행하더니 정식으로 유죄판결을 내린다. 판결문에는 방탕아 한 명당 25회씩 모두 100대의 몽둥이질을 가하되, 첫 번째는 등

에서 궁둥이까지, 두 번째는 궁둥이에서 장딴지까지, 세 번째는 목에서 젖가슴을 포함해 배꼽까지, 네 번째는 아랫배에서 발끝까지로 배분해 진행하는 것으로 되어 있다.

96. 그는 여자의 양쪽 눈동자와 양쪽 젖꼭지 그리고 클리토리스를 각기 핀으로 찌른다.

97. 그는 여자의 볼기짝과 보지 속, 유방 위에 봉랍을 방울방울 떨어뜨린다.

98. 그는 여자의 팔뚝에서 피를 뽑는데, 여자가 혼절하고 나서야 지혈해준다.

퀴르발은 콩스탕스의 배가 불렀으니 피를 뽑자고 제안한다. 결국 그녀가 기절할 때까지 그렇게 한다. 피 뽑는 일은 뒤르세의 몫이다. 저녁에는 소피의 항문이 내맡겨지는데, 공작이 그녀의 피도 뽑자고 제안한다. 그렇게 해도 아이한테 해롭지 않겠거니와 오히려 몸에 좋을 거라면서 말이다. 그 피로 부댕[184]을 만들어 아침 식사를 하자고 한다. 결국 그렇게 하고, 피 뽑는 일은 퀴르발이 맡는다. 한편 뒤클로가 내내 퀴르발을 용두질하고 있는데, 그는 좆물이 튀어나오는 순간이 와야 절개를 하겠다고 버틴다. 대강 째는데도 그는 실패하지 않는다. 이 모든 상황에도 불구하고 소피는 주교의 마음에 꼭 들었고, 주교는 그녀를 아내로 삼는 반면 가치가 바닥에 떨어진 알린을 내쳐버린다.

제21일. 99. 그는 여자의 두 팔에서 피를 뽑고, 피가 흘러내리는 동안 똑바로 서 있기를 원한다. 이따금 채찍질을 하기 위해 지혈해주기도 한다. 그런 다음 짼 곳을 다시 열고, 혼절할 때까지 그대로 둔다. 그는 여자가 쓰러지고 나서야 사정을 한다. 그 전에 똥을 누게 한다.

100. 그는 여자의 사지와 경정맥에서 피를 뽑고, 흘러내리는 다섯 핏줄기를 바라보며 용두질한다.

101. 그는 여자의 살점을 가볍게 난절(亂切)한다. 특히 볼깃

184
돼지의 피와 기름 따위로 만든 일종의 순대.

살을 선호하나 젖통은 절대 배제한다.

102. 그는 여자 몸을 심하게 난절하는데, 특히 젖가슴에서도 젖꼭지 가까운 곳 그리고 엉덩이 쪽은 되도록 똥구멍 가까운 곳을 그렇게 한다. 그런 다음 벌겋게 달군 쇠로 상처를 지진다.

103. 그는 마치 야수처럼 네발이 묶여 있고, 호랑이 가죽을 뒤집어쓰고 있다. 그런 상태에서 그를 자극하고, 간질이고, 채찍질하고, 구타하고, 꽁무니를 후려준다. 그런 그의 맞은편에는 젊은 여자가 한 명 있는데, 아주 뚱뚱한 데다 발가벗었으며, 두 발은 바닥 쪽에, 목은 천장 쪽에 고정시켜 옴짝달싹할 수 없는 상태다. 난봉꾼이 잔뜩 흥분하기를 기다렸다가 풀어주면 야수처럼 여자에게 달려들어 여기저기 살점을 물어뜯는데, 무엇보다도 클리토리스와 젖꼭지를 이빨로 깔끔하게 뜯어낸다. 그는 진짜 맹수처럼 으르렁대고, 사정하면서 울부짖는다. 여자는 똥을 싸야 하고, 바닥에 떨어진 똥 덩이는 그가 먹을 것이다.

그 저녁, 주교가 나르시스의 동정을 박탈한다. 23일의 기념식을 그르치지 않기 위해 내맡겨진 몸이다. 공작은 그를 비역하기 전 자기 입안에 똥부터 싸게 하고, 역시 먼저 거쳐 간 친구들의 좆물까지 내놓게 한다. 아이를 비역한 다음에는 채찍질을 가한다.

제22일. 104. 그는 치아를 뽑고 바늘로 잇몸을 긁어댄다. 이따금 그곳을 불로 지지기도 한다.

105. 그는 여자의 손에서 손가락 하나를 부러뜨린다. 가끔은 여러 개를 부러뜨리기도 한다.

106. 그는 여자의 발 하나를 망치로 내리쳐 납작하게 만든다.

107. 그는 여자의 손목을 탈골시킨다.

108. 그는 여자를 마주한 채 그 치아를 망치로 때리는 동시에 사정한다. 그 전까지는 같은 여자의 입을 쭉쭉 빨아대면서 쾌감을 누린다.

이날 저녁 공작이 로제트의 항문 쪽 동정을 박탈하는데 그의 자지가 똥구멍 속으로 진입하는 순간에 맞춰, 퀴르발은 소녀의 이빨을 하나 뽑는다. 그렇게 해서 두 가지 무시무시한 고통을 동시에 느끼도록 하겠다는 뜻이다. 같은 저녁, 다음 날 있을 기념식에 방해가 되지 않도록 그녀의 몸뚱이가 모두에게 내맡겨진다. 퀴르발은 항문 속에 사정하고는(그는 오로지 그곳만 쑤셨다.), 소녀의 따귀를 힘껏 후려갈겨 저만치 나동그라지게 한다.

제23일. 기념식 때문에 네 가지 정념만 다룬다.

109. 그는 여자의 발을 탈골시킨다.

110. 그는 여자를 비역하면서 그 팔을 부러뜨린다.

111. 그는 쇠몽둥이로 여자의 다리뼈를 부러뜨리고 나서 비역질한다.

112. 그는 접이식 사다리에 여자를 결박하되, 사지가 부자연스럽게 뒤틀리도록 묶는다. 사다리에 밧줄을 연결하고, 그 밧줄을 당기면 사다리가 무너진다. 여자는 그때마다 팔다리가 하나씩 따로따로 부러진다.

이날 낮에 12주를 기념하기 위해 방도시엘과 로제트를 결혼시킨다. 저녁에는 좆질이 끝난 로제트와, 에르뀔로 하여금 박게 한 알린의 피를 뽑는다. 두 명에 대한 방혈 작업은 우리의 리베르탱들 자지와 허벅지에 분출하는 피가 쏟아지는 방식으로 진행되며, 이들은 그 장관을 구경하면서 용두질을 해, 두 소녀가 기절할 때를 맞춰 사정한다.

제24일. 113. 그는 여자의 한쪽 귀를 자른다. (그 전에 이자들 모두가 자행한 짓을 두루 명시할 것.)

114. 그는 여자의 입술과 콧구멍을 찢는다.

115. 그는 여자의 혀를 빨고 깨문 다음, 뜨겁게 달군 쇠로 구멍을 낸다.

116. 그는 여자의 손톱 또는 발톱 몇 개를 뜯어낸다.

117. 그는 여자의 손가락 끄트머리를 조금 잘라낸다.

질문받은 이야기꾼이 그 정도 신체 훼손은 즉시 치료할 경우 별다른 후유증을 남기지 않는다고 말하자, 뒤르세가 그날 저녁 바로 아델라이드의 새끼손가락 끄트머리를 잘라낸다. 그녀에 대한 그의 음란한 심술은 갈수록 그 강도가 거세지고 있다. 이로써 그는 여태 본 적 없는 격정에 휩싸여 사정한다. 같은 저녁, 퀴르발은 오귀스틴이 공작의 아내임에도 개의치 않고 항문 쪽 동정을 박탈해버린다. 그녀가 느끼는 고통. 이후 그녀에 대한 퀴르발의 광태. 그는 공작과 함께, 당일 저녁 그녀를 지하 감옥으로 내려보내기 위한 계략을 꾸민다. 그리하여 뒤르세를 붙잡고 말한다, 그렇게 하는 데 찬성만 해준다면, 자기들도 그가 아델라이드를 당장 처치해버리는 데 동의해주겠다고. 하지만 주교가 나서서 일장 연설을 하고, 모두의 즐거움을 위해 조금 더 기다려야 한다는 결론을 도출해낸다. 따라서 퀴르발과 공작은 서로 부둥켜안은 채 오귀스틴에게 호된 채찍질을 가하는 것으로 만족한다.

제25일. 118. 그는 펄펄 끓는 납물을 열다섯에서 스무 방울 입안에 떨어뜨리고, 질산으로 잇몸을 태운다.

119. 그는 먼저 자신의 똥 묻은 엉덩이를 혀로 말끔히 닦게 만든 다음, 그 혀 끄트머리를 자른다. 그러고 나서 여자를 비역한다.

120. 그가 사용하는 어떤 기계장치는 쇠로 된 둥근 모양인데, 살점을 자르며 몸속을 파고들었다가 다시 꺼내면, 그것이 파고들었던 깊이에서부터 둥근 모양의 살덩이를 추출해낸다. 만약 적절한 때 멈추지 않으면, 기계는 계속해서 몸속을 파고든다.

121. 그는 열 살에서 열다섯 살의 소년을 거세한다.

122. 그는 집게를 사용해 젖꼭지를 뜯어내고, 가위로는 젖가슴을 잘라낸다.

이날 저녁, 오귀스틴은 항문을 내놓는다. 그녀를 비역하면서 퀴르발은 콩스탕스의 유방에 입을 맞추고 싶어 했고, 사정하면서 그 젖꼭지를 이빨로 물어뜯었다. 하지만 곧바로 치료를 하면서, 그녀 몸 안의 열매에는 아무런 해가 가지 않을 거라고 안심시켜준다. 유독 그 계집 하나를 두고 툭하면 격분하는 그를 동료들이 재미있어 하자 퀴르발이 말한다, 저년이 불러일으키는 광란의 감정 상태는 자기 힘으로 어찌할 수 없는 거라고. 이제 공작이 오귀스틴을 비역할 차례인데, 이 아리따운 계집에 대한 그의 광기야말로 더할 나위 없이 격렬하다. 보는 사람만 없었다면, 사정하는 순간 젖가슴을 훼손하든지 있는 힘껏 목이라도 졸랐을 터다. 그는 또다시 자기가 회합을 주도하겠다고 요청하지만, 데그랑주의 이야기를 기다려야만 한다는 말로 거부당한다. 그의 동생은, 자기가 알린을 데리고 시범을 보일 때까지만이라도 좀 참으라고 형에게 간청한다. 그 전에 형이 하려는 짓은 자칫 기존 규정들의 효력을 죄다 망쳐버릴 수 있다는 것이다. 하지만, 당장 이 아리따운 계집을 고문하지 않고는 도저히 견딜 수 없는 터라, 공작은 팔에 가벼운 상처를 내는 것만이라도 허락을 받아낸다. 그는 왼쪽 팔뚝의 살점에 상처를 내고 거기서 피를 빨며 사정한다. 그런 다음 상처를 치료하자, 나흘째 되는 날엔 더 이상 흉터가 보이지 않는다.

제26일. 123. 그는 무방비 상태로 꽁꽁 묶여 있는 계집의 얼굴에 가볍고 투명한 유리병을 깨트린다. 그 전에 여자의 입과 혀를 엄청나게 빨아댄다.

124. 그는 여자의 두 다리를 결박하고, 한 손은 등 뒤로 묶고는, 남은 손에 자그마한 곤봉을 방어용으로 쥐여준다. 그런 다음, 자기는 긴 칼로 그녀를 공격하면서 살점 여러 군데에 상처를 낸다. 나중에 그 상처에 대고 사정할 것이다.

125. 그는 여자를 성 안드레아의 십자가에 눕혀놓고 차형[185]에 처하는 시늉을 한다. 사지 중 세 곳에 탈구까지는 가지 않게

185
차형(車刑, roue)에는 몇 가지 종류가 있는데, 그중 대표적인 방식은 다음과 같다. 먼저 성 안드레아의 십자가와 유사한 형태의 X 자 틀에 전신을 묶은 다음, 사지의 각 관절과 가슴팍을 죽지 않을 만큼 쇠몽둥이로 때려 허물어버린다. 그다음 사지가 뒤로 꺾인 채 하늘을 보도록 수레바퀴('차형'이라는 이름이 붙은 이유)에 결박해, 장대 끝에 수평으로 매달아 숨이 끊어질 때까지 방치한다.

끔 위해를 가한 뒤, 결정적으로 팔 또는 다리 하나를 부러뜨린다.

126. 그는 여자의 옆모습이 보이도록 서 있게 한 뒤, 권총을 발사해 납 탄이 젖가슴을 살짝 스치도록 한다. 그의 목표는 젖꼭지 둘 중 하나를 날려버리는 것이다.

127. 그는 스무 걸음 앞에 여자를 네발로 엎드려 웅크리게 한 다음, 엉덩이를 향해 소총을 발사한다.

이날 저녁, 주교가 파니의 항문 쪽 동정을 박탈한다.

제27일. 128. 데그랑주가 2월 24일 언급할 바로 그 남자는 임신한 여자의 복부에 있는 힘껏 채찍질해 낙태시킨다. 그가 바라는 것은 자기가 보는 앞에서 아이를 유산하는 것이다.

129. 그는 열여섯에서 열일곱 살의 사내아이를 완전 절제 방식으로 거세한다.

130. 숫처녀를 원한다. 그는 면도날로 클리토리스를 잘라낸 다음, 뜨겁게 달군 철봉을 망치로 때려 박아 여자를 파화한다.

131. 임신 8개월에 낙태시키는데, 그 방법은 모종의 물약을 먹이는 즉시 여자가 아이를 유산하게 만드는 것이다. 이 밖에 똥구멍을 통해 분만하도록 만들기도 하는데, 아이는 죽은 채로 나오고 산모는 목숨이 왔다 갔다 한다.

132. 그는 팔 하나를 절단한다.

이날 저녁, 파니의 항문이 내맡겨진다. 그녀를 위해 친구들이 준비해둔 고문에서 뒤르세가 구해준다. 나아가 그녀를 아내로 삼아 주교로 하여금 결혼식을 집전하게 하고, 대신 아델라이드를 내쳐, 파니에게 가해질 예정이었던 고문을 당하게 한다. 손가락 하나를 부러뜨리는 것이었다. 뒤르세가 손가락을 부러뜨리는 동안 공작이 그녀를 비역한다.

제28일. 133. 그는 양쪽 손목을 자르고 뜨겁게 달군 쇠로 절단부를 지진다.

134. 그는 혀를 뿌리부터 잘라낸 다음, 달군 쇠로 절단부를 지진다.

135. 그는 다리 하나를 자르는데, 대개는 비역질하는 동안 다른 누군가로 하여금 자르게 하는 경우가 더 많다.

136. 그는 이빨을 모조리 뽑은 다음, 벌겋게 달군 못을 망치로 때려 박는다. 여자 입안에 좆질을 하고 난 직후 그렇게 한다.

137. 그는 눈알 하나를 도려낸다.

이날 저녁, 쥘리에게 있는 힘껏 채찍질이 가해지고, 모든 손가락이 바늘에 찔린다. 이런 조작은 주교가 꽤 애정을 갖고 있음에도 그녀를 비역하는 가운데 진행된다.

제29일. 138. 그는 봉랍을 안으로 흘려 넣음으로써 두 눈을 멀게 하고 아예 녹여버린다.

139. 그는 여자의 한쪽 젖통을 송두리째 잘라내고 그 절단부를 달군 쇠로 지진다. 마담 데그랑주는 그자가 자기에게 하나 모자란 젖통을 잘라낸 바로 그 남자이며, 그걸 석쇠에 구워 먹는 게 틀림없다는 이야기를 할 것이다.

140. 그는 여자를 비역하고 채찍질한 다음 두 볼기짝을 잘라낸다. 그것 역시 먹어치운다는 소문이 있다.

141. 그는 양쪽 귀를 송두리째 절단한다.

142. 신체의 모든 말단 부위 즉, 손가락 열 개와 발가락 열 개, 클리토리스, 젖꼭지 두 개, 혀를 절단한다.

이 저녁, 알린은 네 친구들로부터 지독한 매질을 당하고 주교에 의해 마지막으로 비역당한 뒤, 양손의 손가락 하나씩 그리고 양발의 발가락 하나씩을 네 친구들에게 절단당할 것이라는 선고를 받는다.

제30일. 143. 그는 여자의 몸 전체에서 살덩이를 여러 조각 발라낸 다음, 그걸 구워내 자기와 함께 먹기를 강요한다. 이는 2월 8일[186]과 17일에 데그랑주가 이야기할 바로 그 남자다.

144. 그는 어린 소년의 사지를 절단한 다음, 몸통만 남은 그를 비역하고 잘 먹여서 그런 상태로 살게 한다. 그런데 몸통에서 잘려나간 사지의 남은 부분이 제법 되기에, 소년은 오래 살아남는다. 덕분에 그는 1년 이상 소년의 후장을 쑤신다.

145. 그는 계집의 한쪽 손을 결박한 다음, 음식 공급 없이 다음과 같은 상태로 놔둔다. 바로 옆에 날이 넓은 단도가 있고, 저만치 눈앞에는 잘 차려진 요리가 있다. 음식을 먹으려면 자신의 손을 잘라야 하고, 그렇지 않으면 그냥 굶어 죽어야 한다. 그는 사전에 그녀를 비역했고, 지금은 창문으로 관찰하고 있다.[187]

146. 그는 딸과 어미를 결박한다. 둘 중 누구든 자기도 살고 남도 살리기 위해서는, 우선 제 손을 잘라야 한다. 그는 두 사람이 서로 말씨름하는 꼴을 즐기면서, 누가 상대를 위해 자기 손을 희생할지 지켜본다.

그 저녁, 13주를 기념하기 위해 그녀는 네 가지 이야기만 들려준다. 이번 결혼식에서는 공작이 계집으로서 낭군 에르퀼을, 사내로서 색시 제피르를 맞이한다. 알다시피 여덟 명의 소년 중 가장 아름다운 엉덩이를 소유한 미동 제피르는 계집애 옷을 차려입고 마치 큐피드처럼 예쁘장한 모습으로 나타난다. 의식은 주교가 집전하고, 모든 사람이 지켜보는 가운데 진행된다. 소년은 이날에 와서야 비로소 동정을 잃는 처지다. 이에 공작은 엄청난 즐거움을 취하는 만큼 애도 많이 쓴다. 소년을 온통 피투성이로 만들 정도였으니. 조작이 진행되는 동안 공작의 후장은 에르퀼이 쑤셔준다.

제31일. 147. 그는 여자의 두 눈을 적출해서 방에 가둔 다음, 지금 그녀 앞에 먹을 것이 있으니 직접 가져다 먹으면 된다고 말

186
오류일 가능성이 크다. 실제로 이날 등장하는 남자 중 인육 식성을 가진 자는 없다.

187
'창문' 또는 '창문을 통한 관찰'의 이미지는 일종의 '거리감'을 상징하며, 피해자와 가해자의 심리적 이질감, 그 한쪽이 느끼는 고통과 다른 쪽이 느끼는 쾌락이 어떻게 동시에 가능한지를 설명해준다. '서문'에 제시된 퀴르발의 에피소드가 창문의 이런 기능을 적나라하게 연출하고 있다. "(…) 아비가 숨을 거두는 순간 딸의 엉덩이에 사정을 했다. 일을 치르자마자 그는 광장을 향한 창문을 활짝 열어젖히며 두 아녀자에게 말했다. '자, 나는 약속을 지켰으니 실컷 보거라.' 불행한 여자들은 거기서 남편이자 아버지인 한 사내가 사형집행인의 칼날에 숨을 거두는 장면을 목격했다."(이 책 48쪽)

해준다. 하지만 그러기 위해서는 항상 벌겋게 달궈놓는 철판을 밟고 지나가야만 한다. 그는 창문을 통해 그녀가 어떻게 하는지 구경하며 즐긴다. 극심한 화상을 감수하든지, 굶어 죽든지 둘 중 하나다. 그 전에 여자는 심하게 채찍질을 당한 상태다.

148. 그는 여자에게 '밧줄 고문'을 가한다. 이는 사지를 뒤로 하여 밧줄로 묶고 아주 높이 들어 올린 다음, 갑작스럽게 추락시키는 방식으로 진행된다. 땅에는 닿지 않을 만큼만 추락하게 하여 모든 하중이 묶인 사지에 실리기에, 한번 추락할 때마다 뼈가 꺾이고 탈골된다.[188]

149. 그는 여자의 살점에 깊은 상처를 내고 그 속에 펄펄 끓는 송진과 납물을 방울방울 떨어뜨린다.

150. 그는 여자가 해산하자마자 알몸 상태로 옴짝달싹 못하게 묶어놓는다. 그리고 죽도록 우는 아이를 속수무책 마주 보게 하여 묶는다. 여자는 아이가 죽어가는 것을 그렇게 지켜보고 있어야 한다. 이어서 그는 산모의 보지 쪽에 있는 힘껏 채찍질을 하되, 타격이 질 속을 겨냥하도록 한다. 대개의 경우 그는 아기의 아버지다.

151. 그는 여자의 몸에 물을 잔뜩 채워 넣는다. 그리고 나서 보지와 항문, 입을 꿰매, 물이 체내의 각종 도관들을 터뜨리거나 여자가 그 전에 죽어버릴 때까지 방치한다(왜 번호가 하나 더 있는지 확인해볼 것. 하나를 지워야 한다면, 이미 거론한 적이 있는 듯한 이걸 지울 것.[189]).

저녁에 제피르의 항문이 내맡겨지고 아델라이드는 혹독한 매질에 처해진다. 그러고 나서는 달군 쇠로 질 안쪽과 겨드랑이 그리고 양쪽 젖통 아래를 지진다. 그러는 내내 그녀는 고결한 자세로 모든 걸 견디고 신에게 호소하는데, 이것이 형 집행자들을 더욱 화나게 한다.

188
이 고문의 정식 명칭은 '에스트라파드(estrapade)'이며, 종교재판에서 많이 집행되었다. 파리에는 이를 위한 형장이 있었고, 지금의 5구에 위치한 에스트라파드 광장(Place de l'Estrapade)으로 남아 있다.

189
실제로 이 내용은 에피소드 76의 중복이다.

제4부

✸

네 번째 단계 또는 살인의 정념 150가지가,
마담 데그랑주의 이야기로 채워질 2월의
스물여덟 날을 수놓는다.
아울러 그달 성안에서 벌어진 충격적인 일화들이
상세한 일지로 첨가된다.

이달에는 모든 양상이 달라진다는 사실부터 명시하라. 아내 네 명은 이혼당하지만, 쥘리는 주교가 보듬은 덕에 하녀 자격으로 숙소에서 동거할 수 있게 되며, 알린과 아델라이드, 콩스탕스는 오갈 데 없는 신세로 전락한다. 다만 콩스탕스만큼은 다들 태아를 조심해서 다루기로 했기에 뒤클로가 자기 숙소에 처박아 두겠다고 했을 때 모두 허락해주었다. 하지만 아델라이드와 알린은 잡아먹기 위해 기르는 가축들 축사에서 잔다. 네 친구들의 배우자 자리를 대신 차지한 후궁들은 오귀스틴과 젤미르, 파니와 소피다. 화장실과 점심 식탁, 소파 그리고 밤에 나리들 침소에서 각기 맡은 역할을 수행하는 자리 말이다. 이 시기 야간에는 나리들 침소가 다음과 같은 방식으로 돌아간다. 각자 누가 되든 상관없이 때짜는 한 명씩 돌아간다. 공작은 오귀스틴과 제피르, 뒤클로 그리고 때짜 한 명과 동침한다. 그러니까 그는 네 명과 침대에서 뒹구는 셈이며, 소파에는 마리가 있다. 퀴르발은 아도니스와 젤미르, 때짜, 팡숑과 동침한다. 그 밖에 다른 멤버는 없다. 뒤르세는 이아생트와 파니, 때짜와 마담 마르텐이 동침하고(확인할 것) 소파에는 루이종이 대기한다. 주교는 셀라동, 소피, 때짜, 쥘리와 동침하고 소파에는 테레즈가 대기한다. 이러한 사정을 보면 제피르와 오귀스틴, 아도니스와 젤미르, 이아생트와 파니, 셀라동과 소피로 이루어지는 신혼부부들이 서로 찢어지지 않고 동일한 주인에 속함을 알 것이다. 이제 노리개 소녀와 노리개 소년의 숙소에는 각기 네 명씩밖에 남지 않았다. 샹빌은 소녀들 숙소에서, 데그랑주는 소년들 숙소에서 잠을 잔다. 알린은 이미 얘기한 대로 축사에서 자고, 콩스탕스는 뒤클로의 침실에서 홀로 잔다. 왜냐하면 뒤클로가 매일 밤 공작과 동침하기 때문이다. 점심 식사는 항상 후궁 넷이 배우자의 자격으로 시중을 들며, 저녁 식사는 나머지 후궁들이 시중을 든다. 노리개 4인조는 여느 때와 같이 커피 시중을 들지만, 구연장에서 각 거울 벽감을 마주하고 배치되는 4인조의 경우는 앞으로 소년 한 명과 소녀 한 명으로만 구성될 것이다. 이야기가 하나씩 구술될 때마다, 앞에서 묘사한 구연장의 기둥들에[190] 알린과 아델라이드가 묶인다. 소파에서 마주 보는 방향으로 엉덩이를 드러낸 자세인데, 옆에는 회초리 다발이 항상 준비되어 언제라도 매질을 당할 각오로 있어야 한다. 콩스탕스는 이야기꾼들과 같은 대열에 착석할 수 있도록 허락된 상태다. 노파들은 담당 커플 곁을 지키고, 줄리는 지시를 받으면 즉시 시행할 태세를 갖춘 채 알몸으로 이 소파에서 저 소파를 전전한다. 그 밖에는 늘 그러하듯 소파 하나당 때짜가 한 명씩 위치한다. 바로 이러한 상태에서 데그랑주가 이야기를 시작한다. 친구들은 특별 규정을 하나 제정해 알린, 아델라이드, 오귀스틴, 젤미르가 이 달 내내 자신들의 과격한 정념에 완전히 내맡겨질 것이며, 하루 날을 잡아 저들끼리만 몰살하든지, 아니면 그 단짝들 중 하나를 골라 희생 제의에 불러들여도 다른 사람은 불만 없기로 못을 박았다. 콩스탕스로 말하자면, 마지막 주를 기념하는 위치에 설 텐데, 장소와 시기는 추후 공지될 터다. 이러한 조치들로 인해 조만간 다시 홀아비 신세가 될 퀴르발과 공작은 이달을 마무리하기 위해 직무상 배우자를 다시 취하고 싶어 할 것이고, 결국 남은 후궁들 넷을 거둠으로써 그리하게 된다. 반면 구연장의 기둥들은 거기 묶여 있던 두 여자가 사라진 뒤 비어 있는 상태 그대로 방치될 것이다.

190
"옥좌 양쪽에는 천장에 닿을 듯한 기둥이 하나씩 서 있었다. 그 두 기둥은 노리개가 무슨 잘못을 범해 교정에 처해야 할 경우 묶어두는 곳이었다."
(이 책 80쪽)

데그랑주가 이야기를 시작한다. 이제부터는 살인만 거론할 것임을 전제한 뒤, 그녀는 앞서 요청받은 대로 가급적 세밀한 부분으로 들어가,[191] 이들 방탕한 살인마들이 정념을 노골화하기에 앞서 드러내는 예사로운 취향부터 차근차근 풀어나가겠다고 말한다. 그래야 관계와 맥락을 판별할 수 있고, 과연 어떤 단순한 방탕기가 품행과 원칙이 부재하는 두뇌[192]에 의해 개조되어 살인 행각에까지 이르는 것인지, 그건 또 어떤 종류의 살인인지를 확인할 수 있다는 것이다. 이제 그녀의 이야기가 시작된다.

제1일. 1. 그는 우선 사흘을 먹지 못한 가난한 여자와 놀고 싶어 했다. 그런 다음 두 번째 정념은, 굶주린 여자를 지하 독방에 가두고 그대로 굶어 죽게 놔두는 것이다. 그 과정을 몰래 지켜보고 관찰하면서 용두질하는데, 그녀가 숨을 거두는 날이 오기 전에는 결코 사정하지 않는다.

2. 그는 지하 독방에서 여자를 장기간에 걸쳐 부양하되, 매일 식사량을 줄여나간다. 그보다 먼저 똥을 싸게 하고 그 똥덩이를 쟁반에 담아 먹는다.

3. 그는 입을 빨고 침을 삼키는 걸 즐겼다. 두 번째로는[193] 여자를 지하 독방에 가두고 2주 견딜 식량만을 넣어준다. 그리고 한 달째 되는 날, 그는 안으로 들어가 시체 위에서 용두질한다.

4. 그는 오줌을 싸게 만들었다. 두 번째로는 물을 못 마시게 하되 먹을 것을 많이 공급해줘 아주 조금씩 고통스럽게 죽어가도록 한다.

5. 그는 채찍질을 했다. 그리고 잠을 못 자게 해서 여자를 죽게 한다.

저녁에 미셰트가 거꾸로 매달리는데 그 전에 음식을 많이 먹는다. 그 상태로 아이가 먹은 것들을 죄다 토해내면, 아래 대기 중인 퀴르발이 다 받아먹으면서 용두질한다.

191
사드가 내세우는 방탕주의의 분석적 자세는, 먼저 인간의 정념을 세부 요소로 분해하고, 그를 바탕으로 관계와 맥락을 연구해, 욕망의 작동 법칙을 구현하는 데 있다. 세부 요소의 중요성에 관한 언급은 작품 곳곳에서 확인된다. "취향의 기기묘묘함이란 원래 세부 요소들에 달려 있는 법."(이 책 34쪽) "극히 세세한 정황들이야말로 감각의 자극을 위해 우리가 당신 이야기에서 기대하는 효과를 극대화한다고 일러두지 않았소?"(제1부 제1일, 판사의 발언 중, 이 책 114쪽)

192
des têtes sans mœurs et sans principes. 이 대목은 다음과 같은 점에서 고개를 갸웃하게 한다. 적어도 18세기 리베르탱 문헌에서 'principe(원칙, 원리)'라는 단어의 위상은 특정하다(파트리크 발드라조브스키, 같은 책, 405-6쪽). 그것은 외부에서 주어지는 상대적 편견(미덕)의 대척인, 정신 또는 자연에서 비롯하는 절대적 논리(악덕)를 의미한다. 예컨대 블랑지스의 경우, '원칙'은 언제나 정념의 비가역적 메커니즘이다. "아주 어려서부터 삶에 밴 원칙들이 워낙 강고하다 보니, 매사 그에 입각해서 행동을 하거든. 그 원칙들을 통해 내가 깨달은 건, 미덕이란 아무것도 아니라는 사실이야. (…) 원칙들을 통해서 하나 더 확인한 사실은, 인간은 오직 악덕을 저지를 때 가장 관능적인 쾌감에 이르는 정신적, 육체적 파동을 체험한다는 거야. 나야 벌써 이력이 난 몸이지."(이 책 37쪽) 문제의 대목에서 원칙(principes)이라는 단어를 '윤리의 원칙'으로 비켜 이해할 수도 있겠으나(플레이아드 판본의 주석), 앞에 '두뇌(têtes)'의 존재는 그것이 무엇보다 '(방탕주의적) 논리의 원칙'일 가능성에 무게를 실어준다. '품행은 없고 원칙만 있는 두뇌(des têtes sans mœurs mais avec principes)'로 고쳐 읽어야 할까?

193
두 번째 정념.

제2일. 6. 그는 자기 입에 똥을 싸게 했고 그걸 곧바로 받아먹었다. 두 번째는 빵 쪼가리 조금하고 포도주만 공급하는 것이다. 여자는 한 달이 지날 무렵 굶어 죽는다.

7. 그는 보지에 박기를 즐겼다. 그리고 여자에게 주사를 놓아 성병을 옮기는데, 워낙 악성 질병이라 얼마 지나지 않아 여자가 죽는다.

8. 그는 자기 입안에 구토를 하게 만들었다. 두 번째로는 음료를 마시게 하는 방법으로 지독한 열병에 걸리도록 해서, 급속히 사망하게 만든다.

9. 그는 똥을 싸게 만들었다. 두 번째로는 독이 든 성분의 끓는 물이나 질산으로 관장을 해준다.

10. 어느 악명 높은 태형 집행자가 여자를 굴대에 올려놓고 죽을 때까지 돌아가게 만든다.[194]

그 저녁, 공작이 로제트를 비역하고 난 직후, 끓는 물로 관장을 해준다.

제3일. 11. 그는 따귀 때리기를 즐겼다. 두 번째로는 여자의 목을 뒤로 돌려, 얼굴이 엉덩이 쪽을 향하도록 만들어놓는다.

12. 그는 수간(獸姦)을 즐겼다. 두 번째로는 자기가 보는 앞에서 종마로 하여금 소녀의 처녀성을 파괴하게 만들어, 결국 죽게 한다.

13. 그는 항문에 박는 걸 좋아했다. 두 번째로는 여자를 반쯤 땅에 묻고, 신체 절반이 썩어들어갈 때까지 그 상태로 먹여 살린다.

14. 그는 클리토리스를 후리는 걸 좋아했다. 그는 하인들 중 한 명을 시켜 여자의 클리토리스를 죽을 때까지 후리게 한다.[195]

15. 태형 집행자가 정념을 바닥까지 드러내며, 여자의 신체 구석구석을 죽을 때까지 매질한다.

194
제2부 110번 정념의 연장선이다.

195
1899년 옥타브 미르보(Octave Mirbeau)는 모친을 강간하고 살해한 자에 대한 형벌로서, 이른바 '애무형벌(le supplice de la caresse)'을 자세히 묘사한다. 결국에는 정액 대신 피를 뿜으며 죽는 죄수가 남성이라는 점을 제외하고는 모두 같은 방식이다. 『형벌의 정원(Le Jardin des supplices)』, 갈리마르 출판사, 1988, 166-7쪽 참조.

저녁에 공작은 마담 뒤클로와 마담 샹빌로 하여금, 그러지 않아도 유달리 그곳이 예민한 오귀스틴의 클리토리스를 기절할 때까지 후리도록 한다.

제4일. 16. 그는 목 조르기를 좋아했다. 두 번째로는 계집의 목을 결박한다. 앞에는 진수성찬이 차려져 있어, 그걸 먹으려면 목이 졸리는 걸 감수해야 하고, 싫으면 굶어 죽어야 한다.

17. 뒤클로의 언니를 죽인 바로 그 남자,[196] 오랜 시간 살점을 주물러대는 게 취향인 그자는 어찌나 우악스럽게 목과 볼깃살을 주물러대는지, 그것만으로도 여자를 죽게 만든다.

18. 1월 20일 마르텐이 언급한 남자는[197] 여자의 피를 뽑는 걸 무척 즐겼는데, 계속해서 피 뽑기를 강행한 나머지 여러 여자들을 죽여버린다.

19. 여자를 알몸 상태로 쓰러질 때까지 뛰게 만든다는 정념[198]의 소유자는 두 번째로 펄펄 끓는 한증막 안에 여자를 처넣고는 숨이 막혀 죽을 때까지 가두어둔다.

20. 뒤클로가 말한 사람, 포대기에 싸여 계집이 죽 대신 똥을 먹여준다는 바로 그 남자[199]는 여자 또한 기저귀로 지나치게 꽉 조여 죽게 만든다.

그 저녁, 구연장으로 건너가기 조금 전에 퀴르발이 주방 보조 중 한 명을 비역하고 있는 현장이 발각된다.

그는 벌금을 내고, 계집은 난교 파티에 참석하라는 지시를 받는다. 거기서 공작과 주교가 교대로 그녀를 비역하고, 역시 번갈아 200대씩 채찍질을 가한다. 그녀는 제법 싱그러운 매력을 지닌 스물다섯 살 사부아 출신인데, 아름다운 엉덩이를 가졌다.

제5일. 21. 그는 첫 번째 정념으로 수간을 즐긴다. 두 번째로는 갓 벗겨낸 당나귀 가죽을 머리만 밖으로 나오게 해서 계집에게 덮어씌운 다음 꿰매버린다. 그런 상태로 음식을 공급하는데, 짐

196
제1부 제8일의 에피소드.

197
에피소드 98.

198
마담 샹빌이 언급한 122번 정념.

199
뒤클로의 제13일 이야기 속 '육군 여자 단장' 에피소드.

승의 가죽이 점점 수축하면서 여자를 질식시킨다.

22. 1월 15일 마르텐이 언급한 남자,[200] 교수형을 집행하면서 즐긴다는 그자는 계집을 거꾸로 매달아 피가 몰려 질식사할 때까지 그대로 둔다.

23. 11월 27일 뒤클로가 언급한 남자, 창녀를 만취하게 만들기를 좋아한다는 그자는,[201] 깔때기를 사용해 여자 몸을 물로 부풀려서 죽게 만든다.

24. 그는 젖통을 학대하기를 좋아했다. 그는 그런 자신의 취향을 유감없이 발휘해, 여자의 젖통 두 쪽을 쇠 단지 두 개 속에 욱여넣고 화로에 올린다. 그 상태 그대로 여자는 고통스럽게 죽어간다.

25. 그는 헤엄치는 여자를 구경하기를 좋아했다. 두 번째로는 여자를 물에 던졌다가 반쯤 익사한 상태에서 끌어낸다. 그런 다음 거꾸로 매달아 물을 토해내게 한다. 정신이 돌아오면 다시 물에 던지고, 결국 죽을 때까지 같은 짓을 반복한다.

이날, 어제와 같은 시각에 또 다른 주방 보조를 비역하는 공작이 발각된다. 그 역시 벌금을 문다. 주방 보조는 난교 파티에 소환되며, 모든 사람에게 유린당한다. 뒤르세는 그녀의 입을 쑤시고, 나머지는 후장을, 심지어 보지를 쑤시기도 하는데, 이는 그녀가 숫처녀이기 때문이다. 그리고 각자 그녀에게 채찍질 200대를 가하도록 결정된다. 그녀는 열여덟 살로 키가 늘씬하고 몸매가 잘빠졌으며, 붉은 머리에 엉덩이가 아주 예쁘다. 같은 날 저녁, 콩스탕스는 만삭의 몸이라 반드시 피를 더 뽑아주어야 한다고 말한다. 결국 공작이 그녀를 비역한 다음 퀴르발은, 누가 뒤를 쑤시는 동안 오귀스틴으로 하여금 젤미르의 엉덩이에 대고 자기를 용두질하게 만들면서 피를 뽑는다. 사정하는 순간 절개하는데, 실수가 전혀 없다.

제6일. 26. 그의 첫 번째 정념은 여자를 엉덩이 발길질 한 방으

200
에피소드 69.

201
그러나 11월 27일 이야기에 "창녀를 만취하게 만들기를 좋아"하는 남자는 등장하지 않는다. 어쩌면 마담 샹빌이 제26일 언급한 에피소드 126의 남자를 지칭하려던 것인지도 모른다.

로 잉걸불 속에 처넣는 것이었다. 하지만 신속하게 불에서 빠져 나오는 바람에 크게 다치지는 않았다. 그는 이러한 정념을 좀 더 밀고나가, 여자를 두 개의 불 사이에 똑바로 서 있도록 하는데 하나는 앞에서, 하나는 뒤에서 몸의 지방이 녹을 때까지 지글지글 구워지도록 내버려둔다.

데그랑주가, 거의 고통을 느끼지 않을 만큼 즉각적인 죽음을 선사하는 살인 행각에 대해 이야기할 것을 예고한다.

27. 그는 목을 조른다든지, 손으로 장시간 입을 막아 호흡에 지장을 초래하는 걸 좋아했다. 그는 이를 더 밀고나가, 매트리스 네 개를 포개 숨을 못 쉬게 만든다.

28. 마르텐이 언급한 남자, 세 가지 죽음 중 선택하라던(1월 14일을 보라.) 바로 그자가[202] 이제는 선택의 기회도 주지 않고 머리에 총을 쏜다. 비역질하다가, 사정하면서 발포하는 것이다.

29. 12월 22일 샹빌이 언급한 남자,[203] 이불 속에서 고양이와 함께 펄쩍펄쩍 난리 치게 만들던 그자가 망루 꼭대기에서 아래 자갈밭으로 여자를 떨어뜨리고는, 추락 소리를 들으며 사정한다.

30. 비역질을 하면서 목을 조르고 싶어 하는 남자, 1월 6일 마르텐이 언급한 바로 그자가[204] 검은 비단 끈으로 여자의 목을 휘감은 상태로 비역질하다가, 사정하는 순간 교살해버린다. (그녀[205]로 하여금 이런 것이야말로 리베르탱이 취할 수 있는 가장 정치한 관능에 속한다고 말하게 할 것.)

이날은 14주를 기념하는데, 퀴르발이 계집으로서 낭군 브리즈퀴를, 사내로서 색시 아도니스를 각각 배우자로 맞아들인다. 이 아이는 오늘에 와서야 비로소 모든 이가 보는 가운데 동정을 박탈당하고, 그사이 브리즈퀴는 퀴르발을 쑤신다. 다들 저녁을 먹으며 만취한다. 젤미르와 오귀스틴이 허리, 엉덩이, 허벅지 앞뒤, 배, 불두덩 가리지 않고 채찍질을 당한다. 그런 다음 퀴르발은 아도니스로 하여금, 최근 새 배우자로 맞아들인 젤미르를

202
에피소드 67.

203
에피소드 105.

204
에피소드 27.

205
데그랑주.

쑤시게 하고는, 자기도 둘 모두를 번갈아 비역한다.

제7일. 31. 그는 원래 졸고 있는 여자에게 좆질하기를 좋아했다. 그는 이를 더욱 밀고나가, 강력한 아편을 투약해 죽여버리는 데까지 이른다. 죽음의 잠을 자는 동안 여자를 비역하고 말이다.

32. 그녀가 근래 언급한 바로 그 남자, 그러니까 여러 번 물에 던진다는 그자는[206] 여자 목에 돌멩이를 매달아 익사시키는 정념 또한 가지고 있다.

33. 그는 따귀 때리기를 좋아했는데, 두 번째로는 여자가 잠자는 동안 귓속에 납물을 흘려 넣는다.

34. 그는 얼굴에 채찍질하기를 좋아했다. 12월 30일 샹빌이 그에 관해 언급한 적이 있다.[207] (확인해볼 것.) 그는 계집의 관자놀이를 망치로 무지막지하게 쳐서 즉사시킨다.

35. 그는 여자의 항문에 꽂아 넣은 초가 끝까지 타들어가는 것을 구경하고 싶어 했다. 그는 전선 끝을 그곳에 접지해, 벼락으로 여자 몸이 산산조각 나게 만든다.

36. 태형 집행자가 있다. 그는 대포 끄트머리에 여자를 네 발로 엎드려 웅크리게 한다. 포탄이 발사되고 여자 엉덩이에 명중한다.

이날 세 번째 주방 보조를 비역하고 있는 주교가 발각된다. 그는 벌금을 문다. 계집은 난교 파티에 소환되고, 공작과 퀴르발이 후장과 보지를 모두 쑤신다. 여자가 처녀라서 그렇다. 이어서 채찍질을 800대 가한다. 각자 200대씩이다. 그녀는 열아홉 나이에 피부가 무척 희고, 살이 많이 쪘으며, 아주 어여쁜 엉덩이를 가진 스위스 여자다. 요리사들이 불만을 표한다. 주방 보조들을 계속 폭행하면 식탁을 더 이상 차릴 수 없을 거라고 말한다. 그래서 3월까지는 그쯤에서 봐주기로 한다. 그 저녁, 로제트의 손가락 하나를 자르고 불로 태운다. 조작[208]이 진행되는 동안 그녀는 퀴르발과 공작 사이에서, 전자에게는 항문에, 후자에

206
에피소드 25.

207
30일이 아니라 31일이다. 에피소드 148.

208
데그랑주의 이야기에서 조작의 메커니즘은 지금까지보다 한 단계 더 진화한 차원이다. '조작(opération)'이라는 단어는 이때 '수술', 나아가 '생체 실험'으로 해석되는 것이 더 자연스럽다(주석 8번 참조).

게는 보지에 좆질을 당한다. 같은 저녁 아도니스의 항문이 내맡겨지고, 그리하여 공작은 이날 저녁에 주방 보조와 로제트의 보지, 또 그 주방 보조의 항문과 로제트의 항문(저들이 서로 위치를 바꿨다.) 그리고 아도니스까지 쑤신 셈이다. 그는 이제 기진맥진이다.

제8일. 37. 그는 소채찍으로 전신을 채찍질하고 싶어 했다. 마르텐이 언급한 남자인데, 팔다리 세 곳은 살짝 건드리기만 하고, 그 하나만 분질러놓는다는 바로 그자다.[209] 이제 그는 여자를 완전히 차형에 처하고 싶어 하지만, 아예 십자가에서 숨이 끊어지게 만들기도 한다.

38. 마르텐이 언급한 남자인데, 계집의 목을 자르는 척하다가 밧줄을 뒤로 당기는 그자가 이제는 아주 확실하게 사정하면서 목을 절단한다. 그는 스스로 용두질을 한다.

39. 1월 30일 마담 마르텐이 언급한 남자로[210] 난절을 즐긴다는 바로 그자인데, 희생자를 지하 감옥에 처넣는다.

40. 그는 임신한 여자의 배에 채찍질하기를 좋아했는데, 이를 더 밀고나가, 만삭인 복부에 엄청난 추를 떨어뜨려 즉석에서 여자와 배 속 열매 모두를 으깨버린다.

41. 그는 계집이 맨살 그대로 드러낸 목을 바라보고, 그걸 옥죄어 손상을 가하는 걸 좋아했다. 그는 목덜미 어느 지점에 핀을 꽂아 여자가 즉사하게 만든다.

42. 그는 여자 몸 여러 군데를 촛불로 살짝살짝 지지는 걸 좋아했다. 그걸 더 밀고나간 그는 아예 이글거리는 화덕에 여자를 던져 넣어, 순간적으로 연소하게 만든다.

이야기가 진행되는 동안 잔뜩 발기한 상태로 두 번이나 기둥에 묶인 아델라이드를 채찍질하러 나간 뒤르세가 그녀를 불 속에 가로누일 것을 제안한다. 제안만으로도 여자가 한참 벌벌 떨게 놔둔 뒤, 제안이 당장이라도 받아들여질 기미가 보이자, 일종의

209
에피소드 125.

210
30일이 아니라 31일이다. 에피소드 149.

타협책이라며 그 자그마한 젖꼭지를 태워버린다. 뒤르세는 그녀의 남편으로서, 퀴르발은 그녀의 아비로서, 둘 다 이 조작질과 더불어 사정에 이른다.

제9일. 43. 그는 핀으로 여자 몸을 찌르기를 좋아했는데, 두 번째로는 심장에 세 번 칼침을 놓는 것으로 사정에 이른다.

44. 그는 보지 속에 쑤셔 넣은 폭죽을 터뜨리는 걸 좋아했다. 그는 호리호리하고 잘빠진 몸매의 어린 계집을 불꽃놀이용 대형 폭죽에 묶는다. 발사와 동시에 치솟은 몸뚱이가 불꽃을 뿜으며 떨어진다.

45. 동일 인물이 여자의 모든 신체 구멍에 화약을 채워 넣고 거기에 불을 붙인다. 사지가 떨어져 나가는 동시에 전신이 폭발한다.

46. 그는 계집이 먹는 음식에 몰래 구토제를 섞어 먹게 하기를 좋아했다. 두 번째로 그는 코담배나 꽃다발 속에 어떤 분말을 넣어 흡입하게 함으로써, 그 즉시 죽어 나자빠지게 한다.

47. 그는 젖가슴과 목에 채찍질하기를 좋아했다. 이를 더 밀고나가, 목젖 부위를 몽둥이로 한 방 후려쳐 그대로 뻗게 만든다.

48. 뒤클로가 11월 27일, 마르텐이 1월 14일에 언급한 바로 그 남자다. (확인해볼 것.)[211] 여자가 난봉꾼 앞에 와서 똥을 누자, 그가 버럭 나무라며, 말채찍으로 후려쳐 회랑으로 내쫓는다. 이때 좁은 계단으로 난 문 하나가 열리고, 피신할 곳을 찾았다고 믿은 그녀는 얼른 그곳으로 들어간다. 하지만 계단 한 단이 없는 바람에 그녀는 펄펄 끓는 물이 담긴 수조 안으로 곤두박질친다. 게다가 그 직후 수조 뚜껑이 닫혀, 여자는 화상에 질식사에 익사까지 동시에 당한다. 그의 취향은 여자가 똥을 누는 동안 채찍질을 가하는 것이다.

그 저녁, 여기까지 이야기가 끝나자 공작은, 아침에 퀴르발이 똥을 누도록 강요한 젤미르에게 다시 똥을 주문한다. 그러니 그

211
마르텐의 에피소드 67. 데그랑주가 2월 6일 에피소드 28에서 언급한 방탕아와도 동일 인물이다.

주문을 그녀는 들어줄 수 없다. 이에 엉덩이에 피가 철철 흐르도록 금핀으로 찌르는 처벌이 결정되고, 거부 의사로 인해 심기가 상한 공작이 처벌을 진행하기로 한다. 퀴르발은 제피르에게 똥을 주문한다. 제피르 역시 공작이 아침에 똥을 누도록 시켰다고 말한다. 하지만 공작은 그걸 부인한다. 이에 마담 뒤클로를 증인으로 소환했는데, 그녀는 설사 그것이 사실일지언정, 부인한다. 결국에는, 젤미르가 퀴르발의 배우자임에도 불구하고 공작이 그녀를 벌준 것과 마찬가지로, 제피르가 공작의 애인임에도 불구하고 그에 대한 처벌 권한은 퀴르발의 몫이 된다. 퀴르발은 제피르를 피가 나도록 채찍질하고 코끝을 손가락 튀기기로 여섯 차례 때린다. 피가 나는데, 그걸 보고 공작이 박장대소한다.

제10일. 데그랑주는 앞으로 배신이 주된 방법으로 활용되는 살인을 이야기할 것이라고 알린다. 다시 말해 살인 그 자체는 부수적인 사항이 되는 셈이다. 그리하여 그녀는 맨 먼저 독약부터 다루겠다고 말한다.

49. 오로지 항문을 쑤시는 취향만 가졌던 한 남자가 자기 여자들을 모조리 독살시킨다. 그는 이제 스물두 살. 그 전부를 그는 뒤만 쑤셨고, 처녀성은 전혀 손상시키지 않았다.

50. 어떤 보갈이 친구들을 잔치에 초대하는데, 음식을 내올 때마다 독약을 섞는다.

51. 뒤클로가 11월 26일에, 마르텐이 1월 10일에 언급한 남자는 보갈인데, 가난한 사람들을 구호해주는 척하지만, 음식을 제공하면서 독을 섞는다.

52. 어떤 보갈이 모종의 약을 사용하는데, 땅에 뿌려두면 그 위를 밟고 지나가는 사람은 모조리 죽어 나자빠진다. 그는 무척 자주 그 약을 사용한다.

53. 어떤 보갈은 또 다른 가루약을 사용하는데, 누구든 닥치는 대로 어마어마한 고통 속에서 죽어가게 만든다. 고통이 2

주나 지속되고, 의사는 속수무책이다. 그런 상태에 빠진 사람을 가서 구경하는 것이 그의 가장 큰 즐거움이다.

54. 남자든 여자든 가리지 않는 어떤 보갈은 또 다른 가루약을 사용해 감각을 완전히 상실하게 하고, 마치 죽은 사람처럼 만들어버린다. 그래서 죽은 줄 알고 사람들이 매장하면, 그제야 관속에 갇힌 채 절망적으로 죽어가게끔 만드는 것이다. 뒤늦게 정신이 돌아오고 나서 말이다. 그런 다음, 생매장이 이루어진 장소를 간신히 찾아가 무슨 비명 소리가 들리지 않나 귀를 기울여보는데, 소리가 들리면 그는 쾌락에 겨워 정신을 잃을 정도다. 그런 식으로 그는 자기 가족들까지 상당수 죽음으로 몰아넣었다.

그날 저녁 쥘리는 저들이 장난스럽게 권한 어떤 분말을 삼키자마자 무시무시한 복통에 시달린다. 방금 복용한 것이 독약이라는 얘기를 곧이곧대로 믿은 그녀는 완전히 절망 상태에 빠진다. 온몸에 경련이 일어나 뒤틀리는 그녀를 빤히 바라보면서 공작은 오귀스틴으로 하여금 자신을 용두질하게 한다. 그런데 유감스럽게도 그녀는 포피가 귀두를 덮지 않도록 하는 걸 깜빡하고 마는데, 이는 공작의 심기를 가장 뒤틀리게 하는 일들 중 하나다. 그는 사정을 하려 하지만, 그것 때문에 할 수가 없다. 그는 이 갈보 년의 손가락 하나를 당장 잘라내겠노라고 말하며, 그렇지 않아도 하나가 모자란 손에서 다시 하나를 절단한다. 그러는 사이 딸인 쥘리는 스스로 독을 먹었다고 믿은 만큼, 아버지가 사정하는 데 오히려 도움이 된다. 쥘리는 당일 저녁 안으로 완쾌된다.

제11일. 55. 어떤 보갈은 친구나 지인들의 집을 자주 방문해 그때마다 집주인이 가장 아끼는 사람을 반드시 독살하고야 만다. 그가 사용하는 독물 가루는 무시무시한 고통을 이틀간 이어 안기다가 기어이 생명을 끊어놓는다.

56. 유방을 훼손하는 취향을 가진 한 남자가 젖어미 가슴에

안겨 있는 아기들을 독살함으로써 자신의 취향을 발전시킨다.

57. 그는 자기 입으로 우유 관장액을 되돌려 받아먹기를 좋아했다. 두 번째로 그는 엄청난 복통에 시달리다가 죽게 만드는 독이 든 우유로 관장해주었다.

58. 13일과 26일에 다시 언급하게 될 어떤 보갈은 가난한 사람들의 집만 골라 불 지르는 걸 즐겼다. 가급적 많은 사람이 불에 타 죽고, 특히 어린아이들의 희생이 크도록 그런 일을 벌였다.

59. 또 다른 보갈은 분만 중인 여자들을 즐겨 죽였는데, 냄새만으로도 온몸에 경련과 발작을 불러일으켜 곧바로 죽음을 부르는 독물 가루를 소지한 채 여자에게 다가가는 것이다.

60. 뒤클로가 28일 저녁에 언급하는 남자는 여자가 분만하는 모습을 보고 싶어 한다. 그는 아기가 배 밖으로 나오자마자 산모가 보는 앞에서 죽이는데, 마치 애무하는 척하며 그리한다.

저녁에 알린이 우선 친구들 한 명당 100대씩 피범벅이 되도록 채찍질을 당하고, 그다음으로는 똥을 요구받는다. 그녀는 아침에 이미 퀴르발에게 똥을 싸준 몸이지만, 퀴르발은 이를 부인한다. 결국 저들은 그녀의 두 젖가슴을 손으로 받쳐 들고 불로 태운다. 뿐만 아니라, 허벅지와 복부에 봉랍을 방울방울 떨어뜨리고, 배꼽을 봉랍으로 채우는가 하면, 보지 털을 주정으로 태운다. 공작은 젤미르에게 시비를 걸고, 퀴르발은 그 아이의 양손에서 하나씩 손가락을 자른다. 오귀스틴은 불두덩과 항문에 채찍질을 당한다.

제12일. 친구들이 아침에 모여 다음과 같은 사항들을 결정한다. 노파 넷이 쓸모없게 되었고, 직무상 이야기꾼 넷이 얼마든지 그 자리를 손쉽게 대체할 수 있는 만큼, 이제 그들을 실컷 유린할 것이며, 당일 저녁을 시작으로 하나씩 차례대로 순교시킬 것이다. 그들은 이야기꾼들에게 그 자리를 대체해줄 것을 제안한다. 이야기꾼들은 자기들을 희생시키지 않는다는 조건하에 제안을 받아들인다. 그들은 그러기로 약속한다.

61. 뒤클로가 11월 12일에 언급한 세 친구, 도쿠르와 주교 그리고 데프레는 여전히 다음과 같은 정념을 즐긴다. 그들은 임신 8개월에서 9개월 되는 여자를 골라, 배를 가르고 아기를 끄집어내, 산모가 보는 앞에서 불태운다. 그러고는 수은 화합물을 섞은 황산 덩어리를 배 속에 넣고 불을 붙인 다음 뱃가죽을 다시 꿰매, 그들이 구경하는 앞에서 더할 나위 없는 고통 속에 여자가 몸부림치며 죽어가도록 내버려둔다. 그러는 동안 함께 있는 계집이 그들을 용두질해준다. (이름을 확인할 것.)[212]

62. 그는 동정을 빼앗는 걸 좋아했다. 그리고 여러 여자들을 통해 많은 아이들을 생산해낸 다음, 그 아이들이 대여섯 살에 이르자마자 여자애든 남자애든 모조리 동정을 박탈함으로써 자신의 취향을 끝까지 밀고나간다. 그는 그들에게 좆질을 실컷 하고 사정하는 순간, 죄다 뜨거운 화로에 처넣는다.

63. 뒤클로가 11월 27일, 마르텐이 1월 15일 그리고 그녀 자신이 2월 5일에 언급한 남자, 재미 삼아 사람 목을 매달고, 그걸 구경하는 등등의 짓이 취향인 바로 그자는 자기 재산을 하인들의 사물함에 숨겨놓고는 그 모두를 도둑맞았다고 고발한다. 그는 어떻게든 그들에게 교수형이 내려지도록 노력하는데, 성공하면 그 광경을 구경하는 걸로 쾌감을 느낀다. 만약 여의치 못할 경우, 자신이 하인들을 모두 방에 가두고, 일일이 목을 졸라 죽게 한다. 그러한 조작을 하면서 사정한다.

64. 뒤클로가 11월 14일에 언급한 어느 대단한 똥 애호가의 집에는 특수 제작한 변기가 설치되어 있다. 그는 죽이고 싶은 사람을 그 위에 앉게 하는데, 거기 앉는 사람은 그 즉시 변기가 밑으로 뚫려 엄청나게 깊은 똥구덩이 속으로 떨어지고 만다. 그는 거기서 사람이 죽게 내버려둔다.

65. 사다리에서 여자가 추락하는 걸 구경하기 좋아한다는, 마르텐이 언급한 적 있는 남자가 다음과 같은 식으로 자신의 정념을 밀고나간다(누구인지 확인할 것).[213] 그는 깊은 연못을

212
뒤클로의 제12일째 이야기. "금발에 스물여섯 먹은 아주 예쁘장한 여자인데, 정말 보기 드문 몸매의 소유자였습니다. 이름은 마리안이라고 하더군요." (이 책 245쪽)

213
제23일 에피소드 112.

마주한 작은 나무 발판 위에 계집을 세운다. 연못 건너에는 사다리가 고정된 장벽이 가로놓여 있고, 그곳으로 건너가기만 하면 안전하게 피신할 수 있다. 다만 빨리 서둘러야 한다. 그녀가 디디고 선 나무 발판 뒤쪽에서 불길이 천천히 번져오고 있기 때문이다. 불이 닿으면 그녀는 타 죽을 것이고, 불길을 피하려고 물로 뛰어들면, 수영을 하지 못하기에 익사하고 말 것이다. 뜨거운 불기운이 뻗쳐오자, 그녀는 하는 수 없이 물에 뛰어들어 벽에 붙은 사다리에 희망을 걸기로 한다. 대개는 여자가 익사하는 것으로 끝난다. 다행히 사다리에 도착할 경우 열심히 기어오르지만, 미리 준비해둔 대로 맨 꼭대기 가로대가 발을 디딤과 동시에 부러져, 그녀는 밑으로 추락한다. 한데 거기 흙을 살짝 덮어 위장한 구멍이 있다는 걸 여자는 모른다. 그대로 떨어지면서 흙이 무너지고, 활활 타는 불 가마니 속에 처박혀 여자가 사망한다. 현장 근처에서 방탕아는 그 모두를 지켜보며 용두질한다.

66. 뒤클로가 11월 29일에 언급했고, 다섯 살 된 마담 마르텐의[214] 항문 쪽 동정을 박탈한 남자, 그녀가 이야기를 마무리하며 다시 거론하겠다고 말하는 바로 그 정념의 소유자(지옥의 정념)[215]는 열여섯에서 열여덟 살까지, 조달 가능한 최고로 예쁘장한 계집들을 비역한다. 그가 사정하기 조금 전에 용수철을 작동시키면, 맨살을 드러낸 여자의 목 위로 강철 톱니 장치가 내려와 조금씩 조금씩 세밀하게 목살을 썰어나가고, 그러는 사이 남자는 늘 오래 걸리기 마련인 사정에 들어간다.

그 저녁, 하급 때짜 한 명과 오귀스틴 사이의 밀통(密通)이 발각된다. 사내는 아직 그녀를 상대로 좆질을 하진 않았으나, 그 단계까지 가려는 목적으로 탈출을 제안했고, 매우 쉬운 일이라며 부추겼다. 오귀스틴은, 목숨을 위협한다고 판단되는 장소에서 벗어나기 위해서라도 그가 원하는 것을 당장 들어줄 태세였다고 털어놓는다. 현장을 발견하고 보고한 건 팡숑이다. 네 친구는 불시에 때짜를 덮쳐 꼼짝 못 하게 포박하고 지하실로 내려

214
오류다. 마르텐이 네 살 때다. "그녀의 동정을 바로 그런 식으로 취한 남자가 바로 이자다. 그녀는 당시 네 살이었다. 그 일 때문에 병까지 난 소녀를 위해 어미는 그자의 금전적 지원을 호소한다. 얼마나 냉혹한 인간인지! 지난 11월 29일 뒤클로가 이야기한 바로 그 남자다." (마르텐의 에피소드 2번)

215
뒤클로가 11월 29일 이야기한 플로르빌 공작. "가끔은 거기서 좀 더 현실감 있는 무언가를 원하는 사람이죠. 바로 그 점에 관해 나중에 마담 데그랑주와 제가 확인시켜드릴 기회가 있을 겁니다."(이 책 403쪽) 샹빌이 12월 2일 이야기한 에피소드 6. 마르텐이 1월 1일 이야기한 에피소드 2.

보낸다. 거기서 공작은 윤활제 없이 강제로 그를 비역하고, 그 사이 퀴르발은 그의 목을 자르는가 하면, 나머지 두 명은 벌겋게 달군 쇠로 살점 이곳저곳을 지진다. 이 모든 과정은 커피 말고 점심 식사가 끝나는 대로 진행된 것이다. 다들 여느 때와 다름없이 구연장으로 이동한다. 저녁을 먹으면서 모두 궁금해하는 점은, 당일 저녁 학대당할 것으로 아침에 결정된 팡숑이 음모를 적발한 공로를 인정받아 과연 사면될 것인지이다. 주교는 사면에 반대하면서, 적어도 자신들이 감사의 정에 흔들린다는 건 가당치 않은 일이며, 그런 건 언제나 회합에 무엇이 보다 더 많은 관능적 쾌락을 가져다줄 것이냐의 관점에서 고려할 일이되, 쾌락을 앗아갈지도 모를 짓들에 끌어다 붙일 일은 아님을 천명한다. 결국 음모에 가담한 죄를 물어 오귀스틴에 대한 징벌부터 집행되는데, 먼저 애인의 처형 현장에 입회시킨 다음, 이제 곧 자기도 목이 잘릴 거라는 생각을 갖게끔 비역질을 하되 마지막에 가서는 이빨 두 개를 뽑아버린다. 비역질은 퀴르발이, 치아 적출은 공작이 맡아 진행하고, 호된 채찍질까지 마무리되고 나면, 비로소 팡숑을 출두시켜 똥을 싸게 한 다음, 친구들 각자 100대씩 채찍질을 가하고, 공작이 나서서 왼쪽 젖통을 송두리째 도려낸다. 그녀는 고래고래 소리 지르면서 절차의 부당함을 항의한다. 이에 공작이 대꾸한다. "만약 정당하다면 우리가 발기할 일이 없지!" 그러고 나서, 다른 고문을 받을 수 있도록 치료해준다. 실은 하급 때짜들 사이에서 총체적인 반란의 조짐이 살짝 내비쳤지만, 그들 중 한 명을 이렇게 본보기로 처형하자 금세 전체가 진정된다. 팡숑과 마찬가지로 나머지 노파 셋 역시 모든 직무에서 떨어져 나가, 이야기꾼들과 줄리에 의해 대체된다. 하나같이 벌벌 떨고 있지만, 무슨 수로 운명을 피한단 말인가?

제13일. 67. 엉덩이를 무척 좋아하는 한 남자가 사랑을 고백하면서 한 여자를 수상 파티에 끌어들인다. 미리 손을 쓴 보트가 갈라지고, 여자는 익사한다. 이따금 그는 다른 방식으로 일을 진행하기도 한다. 이를테면 아주 높이 자리한 침실 발코니에 미리 손을 써놓고, 여자가 그 난간에 기대면, 발코니가 무너지면서 추락사한다.

68. 채찍질하고 난 다음 비역질하기를 좋아해온 어떤 남자가, 자신의 취향을 더 밀고나가, 미리 조치해둔 방으로 계집 한 명을 불러들인다. 순간 바닥의 뚜껑 문이 열리고, 여자는 난봉꾼이 대기하고 있는 지하실로 떨어진다. 떨어지는 바로 그 순간, 그가 여자의 젖통과 보지, 똥구멍에 단도를 찔러 넣는다. 죽었든 살았든, 그는 여자를 또 다른 지하 공간에 던져 넣는데, 순간 출입구 돌문이 닫히고 여자는 먼저 간 시체 더미 위로 나뒹굴어, 아직 숨이 붙어 있다면 말이지만, 그곳에서 광분한 상태로 죽어간다. 남자는 여자가 죽지 않을 만큼 칼침을 약하게 놓아, 마지막 지하 공간에 이르러서야 죽도록 주의를 기울인다. 사전에는 늘 비역질과 채찍질과 사정을 거친다. 이런 짓을 하면서 그는 언제나 냉정하다.

69. 어떤 보갈은 길들이지 않은 말에 계집을 태워, 질질 끌고 다니다가 벼랑에서 죽음을 맞도록 한다.

70. 마르텐이 1월 18일에 언급한[216] 남자, 화약 가루로 태워 죽이는 것을 첫 번째 정념으로 가진 바로 그자가[217] 더 밀고나가, 미리 손써둔 침대 위에 여자를 눕힌다. 그녀가 눕자마자 침대가 밑으로 꺼지면서 이글거리는 잉걸불 위로 추락하는데, 거기서 얼마든지 나올 수 있다. 하지만 그가 지키고 있어, 여자가 기어 나오려고 할 때마다 쇠꼬챙이로 배때기를 쑤셔 자꾸 밀어 넣는다.

71. 그녀가 11일에 언급한 남자,[218] 가난한 사람들의 집에 불 지르기를 즐겨 했다는 바로 그자는 남자든 여자든 불탄 집에서 사람들을 꺼내 구호의 명분으로 자기 집에 끌어들인다. 그러고는 남자든 여자든 가리지 않고 비역한 뒤, 허리를 부러뜨려 지하 독방에 가둔다. 그렇게 골절된 상태 그대로 굶어 죽게 한다.

72. 창문으로 사람을 밀어 던져 두엄 더미 위로 떨어뜨리는 걸 즐겼다는 남자, 마르텐이 언급한 바로 그자는[219] 두 번째 정

216
에피소드 88.

217
데그랑주의 2월 9일 이야기 중 에피소드 44, 45.

218
에피소드 58.

219
13일 에피소드 59. 단, '두엄 더미'가 아니라 '매트리스'다.

념으로 다음과 같은 짓을 행한다. 그는 계집을 어떤 방에서 재운다. 그곳은 그녀가 익히 아는 방으로, 창문 위치가 아주 낮다는 것도 잘 알고 있다. 일단 그녀에게 아편을 주입한 뒤 잠들기를 기다렸다가, 그 방과 똑같이 생긴, 다만 창문 위치가 매우 높고 밖에는 날카로운 돌들이 깔린 다른 방으로 여자를 옮긴다. 곧이어 그가 방 안으로 요란스레 들이닥쳐, 당장 죽여버리겠다며 발칵 뒤집어놓는다. 창문 위치가 낮다는 걸 아는 그녀는 얼른 창문을 열고 잽싸게 뛰어내린다. 하지만 예상과는 달리 무려 30여 피에가 넘는 높이에서 날카로운 돌밭 위로 떨어졌고, 누가 손끝 하나 대지 않은 상태에서 자결한 꼴이 되고 만다.

그 저녁, 주교가 계집으로서 낭군 앙토니위스를, 사내로서 처녀[220] 셀라동을 배필로 맞이한다. 아이는 이날 비로소 처음 비역질당하는 것이다. 이번 결혼식은 15주를 기념하는 의식이다. 고위 성직자는 기념식을 마무리하는 뜻에서 알린을 심하게 학대하고 싶어 한다. 그녀를 향한 그의 방탕주의적 광기가 암암리에 들끓는 상황이다. 그녀의 목을 매달았다가 재빨리 풀어 내리는데, 공중에 매달린 그 모습을 바라보며 모두가 사정한다. 뒤르세가 그녀에게 사혈 요법을 시행해 위기를 겨우 넘기고, 다음 날에도 아무 탈 없지만, 이 일로 인해 그녀의 신장이 1푸스 늘어난다. 그녀는 고문을 당하면서 느낀 것들을 이야기한다. 이날따라 축제 기분에 들뜬 주교는 늙은 루이종의 젖가슴에서 젖통 하나를 송두리째 도려낸다. 그리하여 남은 두 노파는 자기들 운명이 앞으로 어찌 될지를 실감한다.

제14일. 73. 계집을 채찍질하는 단순한 취향의 소유자였던 한 남자가 매일 계집의 몸에서 큼직한 살점을 들어내는 것으로 그 취향을 발전시켜나간다. 그런데 상처를 전혀 치료해주지 않아, 계집은 서서히 고통스럽게 죽어간다.

데그랑주는 앞으로 무척 고통스러운 살인을 이야기할 것이

220
fille. 문맥을 고려했을 때 '처녀'라는 뜻이 있기는 하나, 앞선 예들과 같이 '색시(femme)'로 써야 할 곳의 오류일 가능성이 적잖다.

며, 극도의 잔인성이 주제가 될 것임을 귀띔해준다. 그러자 모두들 더없이 세밀한 묘사를 요구한다.

74. 피 뽑기를 즐겨 하던 자가 매일 반 온스의 피를 죽을 때까지 뽑아낸다. 그의 솜씨는 찬탄의 대상이다.

75. 핀으로 엉덩이를 찔러대며 좋아했던 자가 이제는 매일 그곳에 가벼운 칼침을 놓는다. 지혈은 하지만 치료는 해주지 않아, 여자가 서서히 죽어간다.

75-2. 어떤 태형 집행자는 팔다리 모두를 하나씩 하나씩 서서히 부드럽게 톱질한다.

76. 뒤클로가 구두 수선공 페티농의 딸과 관련해 언급한 적 있는[221] 메장주 후작의 첫 번째 정념은 사정하지 않고서 네 시간 동안 내리 채찍질당하는 것이었다. 이제 그는 두 번째 정념으로, 어린 소녀를 거한의 손에 맡겨, 엄청난 숯불 위에 머리를 매달아 아주 서서히 불에 타게끔 놔둔다. 이때 소녀는 동정을 잃지 않은 상태여야 한다.

77. 그의 첫 번째 정념은 젖가슴과 엉덩이 살을 성냥으로 조금씩 태우는 것이다. 그의 두 번째 정념은 계집의 온몸 구석구석에 유황 심지들을 심어놓고, 하나하나 차례대로 불을 놓는 것이다. 그렇게 죽어가는 여자의 모습을 구경한다.

"그보다 더 고통스러운 죽음은 없지." 공작은, 자기 역시 그처럼 추악한 짓을 저지르면서 대차게 방출한 적이 있다고 털어놓는다. "그런 상태로 여자가 여섯 시간 내지 여덟 시간은 살아 있다지." 저녁에 셀라동의 항문 쪽이 내맡겨진다. 공작과 퀴르발이 그걸 가지고 즐거운 시간을 누린다. 퀴르발은 콩스탕스가 만삭의 몸이라 피를 뽑아야 한다면서, 자신이 직접 나서 피를 뽑는 가운데 셀라동의 항문 속에 사정한다. 다음으로 그는 젤미르를 비역하면서 테레즈의 젖통 하나를 도려내고, 그렇게 조작이 진행되는 동안 공작이 테레즈를 비역한다.

221
제16일의 이야기.

제15일. 78. 그는 입을 빨고 침을 삼키는 걸 좋아했다. 이를 더 밀고나간 그는 여자로 하여금 아흐레 내내 소량의 납물을 깔때기로 삼키게 한다. 아흐레째 되는 날 여자가 죽는다.

79. 그는 손가락 하나를 비틀어 꺾는 걸 좋아했다. 그러다가 두 번째로는, 사지 모두를 부러뜨리고, 혀를 뽑고, 눈을 파낸 다음 그렇게 살아가도록 내버려둔다. 매일 음식 공급을 조금씩 줄여가면서 말이다.

80. 마르텐이 1월 3일 두 번째로 언급한 신성모독자는 아주 높이 세워진 십자가에 아름다운 소년을 밧줄로 동여매고 까마귀 떼의 밥이 되게끔 방치한다.

81. 겨드랑이 냄새를 좋아하고 그곳을 사용해서 좆질을 해온 어떤 남자, 뒤클로가 언급한 적이 있는 그자는[222] 여자의 겨드랑이를 밧줄로 걸어 매달고, 전신을 꼼짝달싹 못하게 묶은 다음, 신체의 일정 부위를 매일 찔러댐으로써 출혈로 인해 파리가 꼬이게 만든다. 그런 상태로 조금씩 조금씩 죽어가도록 방치한다.

82. 엉덩이라면 사족을 못 쓰는 어떤 남자는 여자를 지하실에 가두고 사흘 치 음식만을 두어 요절을 내버린다.[223] 그 전에 몸에 상처를 내, 좀 더 고통스럽게 죽어가도록 조치한다. 그는 여자가 처녀이기를 바라며, 이 처형을 시행하기 전 일주일 동안 항문에 매일 입을 맞춘다.

83. 그는 아주 어린 입과 후장을 쑤시는 걸 좋아한다. 더 나아가 그는 살아 있는 소녀의 심장을 끄집어낸다. 거기에 구멍을 뚫고 아직 뜨끈뜨끈한 그 구멍에 좆질을 하고는, 좆물로 가득 찬 심장을 제자리에 도로 넣어둔다. 그런 다음 상처를 봉합하고, 소녀가 속수무책 자신의 운명을 마무리하도록 내버려둔다. 이 경우, 시간이 그리 오래 걸리지 않는다.

그 저녁, 아름다운 콩스탕스에 대하여 늘 흥분 상태인 퀴르발이 팔다리 하나쯤 부러뜨려도 분만하는 데 아무 지장 없을 거라고 말한다. 그리하여 결국 이 불행한 여자의 오른쪽 팔이 부러진

222
제5일 이야기. "남자는 그 끈적끈적한 신체 부위에 코를 바짝 갖다 대면서 말했습니다. '아, 이거야! 바로 이거라고! 이 얼마나 황홀한 냄새인가 말이야!'" (이 책 173쪽)

223
제1일 에피소드 3이 진화한 케이스다.

다. 같은 저녁, 뒤르세가 마리의 젖통을 도려낸다. 그 전에 이미 그녀는 채찍질을 당하고 똥을 누어야만 한다.

제16일. 84. 어느 태형 집행자는 정념을 극단으로 몰아가, 사람 뼈를 천천히 발라낸다. 거기서 골수를 흡입해 뽑아낸 다음, 빈 공간에 납물을 부어 넣는다.

이 대목에서 공작이 외친다, 자기는 앞으로 오귀스틴에 대한 고문이 아니라면 절대로 후장을 쑤시는 일이 없을 거라고. 그러면서도 계속해서 공작에게 비역질을 당하고 있던 가엾은 소녀는 그만 비명을 지르며 억수처럼 눈물을 쏟는다. 이런 모습이 사정을 방해하자, 공작은 혼자 자위를 통해 방출하면서, 방 안이 온통 울릴 만큼 거세게 따귀 10여 대를 날린다.

85. 어떤 보갈은 특별 제작한 장치 위에 계집을 올려놓고 살점을 잘게 저민다. 이건 중국의 처형법이다.

86. 그는 소녀들의 동정을 좋아했다. 그의 두 번째 정념은 뾰족한 말뚝으로 숫처녀의 보지를 찍어내는 것이다. 그녀가 말타듯 말뚝 위에 걸터앉으면, 말뚝이 알아서 그곳을 파고든다. 이때 두 발에는 각각 하나씩 대포알을 매단다. 그렇게 천천히 죽어가게 놔둔다.

87. 어떤 태형 집행자는 세 차례에 걸쳐 여자의 표피를 벗긴다. 네 번째 표피가 나타나면 거기에 강력한 부식제를 발라, 무시무시한 고통 속에서 죽어가도록 만든다.

88. 첫 번째 정념이 손가락 하나를 잘라내는 것이었던 어떤 남자의 두 번째 정념은 벌겋게 달군 쇠 집게로 살점을 집는 것이다. 이어서 그는 가위로 살점을 잘라낸 뒤 상처를 불로 태운다. 그런 식으로 야금야금 전신의 살점을 발라내는 데 사오일 걸리고, 그 잔혹한 조작에 따른 고통으로 여자는 죽는다.

그 저녁, 둘이서 즐기는 현장이 발각된 소피와 셀라동에게 벌이 내려진다. 그들의 소유주인 주교가 나서서 둘의 온몸을 채찍질한다. 소피의 손가락 두 개를 자르고 셀라동도 그만큼 잘랐으나, 셀라동은 금세 완쾌된다. 그러고도 둘 다 주교의 쾌락을 위한 봉사에 나선다. 이제 팡숑을 호출해내 소채찍으로 매질을 가한 다음, 양 발바닥부터 시작해 양쪽 넓적다리, 이마, 두 손을 불로 지진 뒤, 그나마 남은 이빨을 모조리 뽑는다. 조작이 진행되는 동안 공작은 거의 내내 그녀의 후장 속에 자지를 꽂고 있다. (마지막 처형이 이루어지는 바로 그날이 오기 전에는 볼기짝을 훼손할 수 없도록 법칙으로 정한 상태임을 언급할 것.)

제17일. 89. 마르텐이 1월 30일에 언급했고,[224] 2월 5일에는 그녀가 거론한[225] 남자가 아가씨의 볼깃살과 젖통을 잘라내서 먹고, 상처에다가는 고약을 붙여 생살을 태운다. 얼마나 격렬한 고통인지 그로 인해 여자가 죽는다. 또한 방금 베어내 불에 굽기까지 한 자신의 살점을 억지로 먹게도 만든다.

90. 어떤 보갈은 어린 소녀를 가마솥에 넣어 펄펄 끓인다.

91. 어떤 보갈은 여자를 비역한 직후 쇠꼬챙이에 꿰어 산 채로 불에 굽는다.

92. 첫 번째 정념이, 자기가 보는 앞에서 어린 소년 소녀들을 엄청나게 큰 자지에 비역당하도록 하는 것이었던 어떤 남자가 계집의 후장에 말뚝을 박아, 온몸을 비틀며 죽어가는 모습을 관찰한다.

93. 어떤 보갈은 여자를 수레바퀴에 결박하고 아무런 위해도 가하지 않은 채, 그 상태로 천수를 누리게 한다.

그 저녁, 잔뜩 흥분한 주교는 알린이 고통을 겪기를 바란다. 그녀를 향한 그의 광기가 이제는 말기 증상으로 치닫는 형국이다. 그녀를 알몸으로 출두시킨 그는 먼저 똥부터 누게 한 뒤, 비역질을 하고, 사정(射精) 없이 기세등등한 상태로 빠져나온 그 아

224
에피소드 143.

225
2월 5일 거론한 남자들 중에 인육 식성을 가진 사람은 등장하지 않는다. 다만 젖통을 학대한다는 점에서 에피소드 24를 암시했을 가능성이 있다.

름다운 항문에 펄펄 끓는 물로 관장을 하고는, 여전히 펄펄 끓는 그 물을 테레즈의 콧잔등에 싸지르도록 강요한다. 이어서 알린에게 남아 있는 손가락과 발가락을 죄다 절단하고 두 팔을 부러뜨리는데, 그 전에 이미 벌겋게 달군 쇠로 두 팔을 지지고 난 뒤다. 이제 채찍질과 따귀질이 이어지고, 주교가 길길이 날뛰며 젖통 하나를 도려내면서 사정한다. 다음 차례는 테레즈인데, 보지 안쪽과 콧구멍, 혀, 손과 발을 불로 지지고 소채찍으로 600대를 가격한다. 그녀의 남은 이빨을 모조리 뽑아내고, 입을 통과해 목구멍까지 불로 태운다. 그 모든 광경을 지켜보는 오귀스틴이 울음을 터뜨린다. 그런 그녀의 보지와 복부를 공작이 피가 나도록 채찍질한다.

* * *

제18일. 94. 첫 번째 정념이 살점에 칼집을 내는 것이었던 자가 두 번째 정념으로는 여자를 싱싱한 나무[226] 네 그루에 걸어 능지처참해버린다.

95. 한 태형 집행자가 어떤 장치에 계집을 매달아 활활 타오르는 불 속에 집어넣었다가 곧장 빼내는 짓을, 그런 식으로 몸 전체가 타들어갈 때까지 계속한다.

96. 그는 여자 살점에 촛불을 비벼 끄기를 좋아했다. 이제 그는 여자의 온몸을 황으로 뒤덮고 횃불로 삼되, 연기로 인해 그녀가 손쉽게 질식사하지 않도록 주의한다.

97. 어떤 보갈은 소년의 몸과 소녀의 몸에서 창자를 들어내고, 소년의 창자를 소녀의 몸 안에, 소녀의 창자를 소년의 몸 안에 욱여넣은 뒤, 열린 몸을 봉합하고, 서로 등지도록 기둥에 묶어 그대로 죽어가는 것을 지켜본다.

98. 여자 몸을 불로 살짝살짝 지지는 걸 즐기던 어떤 남자는 이제는 아예 석쇠에 올려놓고 이리저리 뒤집어가며 구워 죽인다.

그 저녁, 미셰트가 리베르탱들의 광란에 무방비로 내맡겨진다. 먼저 네 명 모두 그녀에게 채찍질을 가하고, 각자 그녀의 이빨

226
여기서 싱싱한(jeune) 나무란, 휘어졌다가 다시 힘차게 펴질 만큼 탄력이 풍부한 나무를 일컫는다.

을 하나씩 뽑는다. 그리고 각자 하나씩, 손가락을 네 개 자른다. 넓적다리를 앞뒤로 네 군데 불로 태운다. 공작은 그녀의 젖가슴 하나가 완전히 뭉그러지도록 주물러대면서, 동시에 지통을 비역한다. 다음 순서로 루이종이 출두한다. 먼저 똥부터 누게 한 다음, 소채찍으로 800대를 가격하고, 이빨을 모조리 뽑는가 하면, 혀와 똥구멍, 보지 속, 하나 남은 젖통 그리고 허벅지 여섯 군데를 죄다 불로 지져버린다. 모두 잠들자마자 주교가 형을 찾아간다. 그들은 데그랑주와 뒤클로를 동반한 채, 네 명이 작당해 알린을 지하 감옥으로 데리고 내려간다. 주교와 공작이 그녀를 비역하고, 이제 곧 죽을 것이라 공언하면서, 날이 새도록 계속 이어질 극심한 고통 속에서 죽여버린다. 되돌아 올라오면서 그들은 두 이야기꾼을 무척 만족스러워 하고, 나머지 두 친구들에게도 처형할 때 항상 그들을 고용하도록 조언한다.

* * *

제19일. 99. 어떤 보갈이 있다. 그는 여자를 말뚝 위에 앉히는데, 다이아몬드로 만들어진 말뚝 머리에 여자의 엉치뼈가 정확히 얹히도록 한다. 여자의 팔다리는 가느다란 끈으로만 허공에 고정되어 있다. 거기서 오는 통증의 결과로 여자가 웃음을 터뜨리는데, 고통은 참혹하다.

100. 엉덩이 살점을 조금 베어내는 걸 좋아했던 한 남자가 그걸 더 밀고나가, 나무판 두 개에 여자를 올려놓고 천천히 톱질한다.

101. 양성(兩性) 모두 가리지 않는 어떤 보갈이 두 남매를 초대한다. 그는 오빠에게, 이제 보여줄 것들은 그를 끔찍한 고문으로 죽여버리기 위한 장치인데, 만약 자기가 보는 앞에서 누이를 상대로 좆질을 하고 교살하면 이 모두를 모면해 목숨을 부지할 수 있을 거라고 알려준다. 제안을 수락한 청년이 누이에게 좆질을 하는데, 그동안 방탕아는 사내와 계집 모두를 비역한다. 오빠는 눈앞에 전시된 죽음의 장치에 겁을 먹어 누이의 목을 조르는데, 교살이 마무리되는 순간 미리 손써둔 발밑 뚜껑

문이 열려, 두 사람 모두 방탕아가 보는 앞에서 이글거리는 불구덩이 속으로 곤두박질친다.

102. 어떤 보갈은 자기가 보는 앞에서 아비가 딸에게 좆질하기를 요구한다. 그런 다음 아비가 붙들고 있는 딸을 자신이 비역한다. 그런 다음 아비에게, 이제 딸은 마땅히 죽어야 하고 선택은 그에게 달려 있다고 말한다. 즉, 아비가 딸의 목을 졸라 죽이는 방법이 있는데, 이 경우엔 딸에게 전혀 고통이 없도록 할 수 있겠고, 그러기 싫다면 자기가 나서서 직접 죽이겠는데, 대신 이 경우 아비가 보는 앞에서 끔찍한 고통이 따를 것이라고 말이다. 아비는 딸의 끔찍한 고통을 목격하느니 차라리 노끈으로 목을 감아 자기 손으로 죽이겠노라고 한다. 하지만 착수하려고 준비하는 와중에 별안간 그의 몸이 꼼짝 못 하게 결박당하고, 빤히 보는 앞에서 딸의 전신 살가죽이 홀러덩 벗겨진다. 이어서 뜨겁게 달궈진 쇠침들 위로 그 몸뚱이가 데굴데굴 굴려지고 화로 속으로 내던져지면 이제 아비의 목을 조르는데, 방탕아가 말하기를, 이는 아비로서 기꺼이 딸의 교살을 수락함에 따른 가르침이라는 것이다. 모든 절차가 끝난 뒤, 그 역시 딸이 내동댕이쳐진 화로 속으로 던져진다.

103. 엉덩이와 채찍질의 대단한 애호가가 어미와 딸을 한자리에 모은다. 그는 딸에게, 두 손이 절단당하는 것에 동의하지 않을 경우 어미를 죽이겠다고 말한다. 소녀는 곧바로 동의한다. 그래서 두 손을 자른다. 그런 다음 모녀를 격리하고는, 딸의 목을 밧줄로 묶고 두 발은 나무 걸상을 딛고 서게 한다. 걸상에는 또 다른 노끈이 묶여 있어 그 한쪽 끝이 어미가 있는 옆방으로 건너가 있다. 어미에게 노끈을 당기라고 하자, 영문도 모른 채 끈을 당긴다. 그 즉시 어미를 옆방으로 데려가 자신이 한 짓을 똑똑히 보게 해준다. 어미가 절망에 사로잡히는 순간, 뒤에서 그 머리통을 향해 대검을 휘두른다.

그 저녁, 뒤르세는 간밤에 두 형제가 함께한 쾌락을 시샘한 나머지 아델라이드를 학대하고자 한다. 어차피 돌아올 순번이라면서 말이다. 마침내 아버지인 퀴르발과 남편인 뒤르세가 뜨겁게 달군 쇠 집게로 그녀의 허벅지를 꼬집는 동안, 공작은 윤활제 없이 그녀를 비역한다. 이어서 그 혀끝에 구멍을 뚫고, 두 귓불을 잘라내는가 하면, 이빨 네 개를 뽑고, 있는 힘껏 채찍질을 가한다. 같은 저녁 주교는, 친구이자 연인 관계인 아델라이드가 보는 앞에서 기절할 때까지 소피의 피를 뽑는다. 피를 뽑으면서 비역질을 하고, 후장 속에 내내 그대로 머문다. 나르시스의 손가락 두 개가 잘려 나가는 동안, 퀴르발은 소년을 비역한다. 다음으로 마리가 출두한다. 불에 달군 쇠로 후장을 쑤시고, 보지를 쑤신다. 뜨거운 쇠붙이로 허벅지 여섯 군데와 클리토리스, 혓바닥, 그나마 남아 있는 젖통을 지진다. 그리고 남은 이빨을 모조리 뽑아버린다.

2월 20일. 104. 샹빌이 12월 5일 이야기한 남자, 어미로 하여금 아들을[227] 자기에게 매춘시키는 취향의 소유자인 그자가 비역질을 위해 취향을 수정한다. 어미와 아들을 한자리에 모으는 것이다. 그는 어미에게 자기 손으로 죽일 것이라 말한다. 하지만 그녀가 손수 아들을 죽이면 은혜를 베풀어주겠다고 덧붙인다. 만약 죽이지 않으면, 빤히 보는 앞에서 자기가 아들을 도살해버릴 것이고, 아들을 직접 죽이면, 그녀를 아들의 시신에 한데 묶어 그 상태로 서서히 죽도록 놔둘 것이라고 말이다.

105. 대단한 근친상간남이 자매지간의 두 소녀를 비역질한 다음 한자리에 모은다. 그는 두 소녀를 어느 장치에 묶고 각자에게 단도를 하나씩 쥐여준다. 장치가 작동하기 시작하면 두 소녀가 서로 부딪치고 그렇게 서로를 죽이도록 되어 있다.

106. 또 다른 근친상간남은 어미와 네 아이들을 원한다. 그는 그 모두를 자기가 몰래 지켜볼 수 있는 장소에 가둔다. 그는 음식물을 전혀 공급하지 않음으로써 굶주림이 어미에게 어떤 영향을 미치는지, 과연 자기 아이들 중 누굴 제일 먼저 잡아먹

227
오류. '아들(fils)'이 아니라 '딸(fille)'이다. 에피소드 21.

을지를 예의 주시한다.

107. 샹빌이 12월 29일에 이야기한 남자, 만삭인 여자에게 채찍질하는 걸 좋아한다던 그자가 둘 다 임신 상태인 모녀를 원한다. 그는 두 사람을 각기 철판에 똑바로 눕게 한 뒤 묶어, 하나가 다른 하나 위에서 서로 마주 보게 한다. 용수철 장치가 작동하자, 두 철판이 서로 바짝 다가서는데, 그 힘이 얼마나 센지, 두 여자 뿐 아니라 배 속 열매까지 박살 난다.

108. 뿌리부터 보갈인 한 남자가 다음과 같은 방식으로 즐긴다. 그는 우선 서로 연인 관계인 남녀를 물색한다. 그는 남자에게 말한다. "당신의 행복에 장해가 되는 사람이 세상에 딱 한 명 있습니다. 그 사람을 당신 손에 넘길게요." 그러고는 남자를 캄캄한 방으로 안내하는데, 거기 누군가 침대에서 자고 있다. 이미 흥분 상태인 젊은 남자는 당장 달려들어 그 사람을 칼로 찌른다. 일을 저지르자마자 그에게, 방금 살해한 사람이 그의 애인임을 확인시켜준다. 절망에 사로잡힌 그는 스스로 목숨을 끊는다. 그러지 않을 경우에는 난봉꾼이 밖에서 총을 쏴 죽인다. 감히 그 방으로 들어가, 칼로 무장한 채 잔뜩 흥분해 있는 젊은 남자를 가까이서 처리할 수는 없는 노릇이다. 그 전에는 어린 사내아이와 계집을 비역했는데, 둘을 도와줘 서로 맺어주려는 바람이 있었으나, 일단 즐기고 나면 바로 저런 짓을 벌인다.

그 저녁, 16주를 기념하기 위해 뒤르세는 계집으로서 낭군 방도시엘을, 사내로서 색시 이아생트를 맞아들인다. 그런데 결혼식을 위해 그가 여자 배필인 파니를 고문하고 싶어 한다. 결국 그녀의 팔과 더불어 허벅지 여섯 군데를 불로 지지고, 이빨 두 개를 뽑고, 채찍질을 하는가 하면, 그녀를 진정 사랑할 뿐 아니라, 앞에서 이야기한 관능의 배열 방식에 따라 정식 남편이 된 이아생트로 하여금 파니의 입안에 억지로 똥을 싸게 하고 그걸 파니더러 먹게 한다. 공작은 오귀스틴의 이빨을 하나 뽑고, 바로 직후 그 입안에 좆질을 한다. 팡숑이 다시 호출된다. 그녀의 팔에서 피를 뽑는데, 피가 흘러내리는 동안 그 팔을 부러뜨린다. 그런 다음 발톱들을 제거하고, 손가락들을 절단한다.

제21일. 109. 그녀는 이제부터 등장할 인물들은 남성 살해만을 원하는 보갈들이라고 예고한다. 그는 엄청난 양의 산탄을 장전한 소총의 총신을 방금 전까지 자신이 비역한 젊은이의 후장에 박아 넣고, 사정과 동시에 발포한다.

110. 그는 젊은이로 하여금 바로 코앞에서 갈가리 난자당하는 애인을 억지로 지켜보게 한 다음, 그 살점을, 특히 허벅지와 젖통과 심장을 먹도록 강요한다. 이런 요리들이라도 먹든지, 아니면 굶어 죽어야 하는 것이다. 만약 젊은이가 먹겠다는 결심을 하고 실행에 옮기면, 즉시 그 몸에 여러 군데 칼집을 내서 과다출혈로 죽어가게 만들고, 먹지 않으면 굶어 죽게 놔둔다.

111. 그는 남자의 불알을 떼어내 그걸 본인에겐 알리지 않고 먹게 한 다음, 고환이 있어야 할 자리에 수은 화합물과 유황 알주머니를 대신 부착해준다. 그로 인한 고통이 너무 극심해 남자는 죽고 만다. 고통이 이어지는 동안에는 남자를 비역한다. 그러면서 유황 심지로 몸 이곳저곳을 지지고 할퀴고, 그로 인한 상처들을 또 지져대 고통을 배가시킨다.

112. 그는 아주 예리한 말뚝을 남자의 똥구멍에 박아 넣고 그 상태로 숨을 거두게 놔둔다.

113. 그는 비역질을 한다. 남색을 즐기는 동안 그는 상대의 두개골을 가르고 그 안에서 뇌수를 빼낸 다음, 대신 납물을 채워 넣는다.

그 저녁, 이아생트가 항문을 내놓는데, 조작을 당하기 전에 일단 엄청난 매질부터 당한다. 나르시스가 호출당한다. 그의 불알 두 쪽이 단박에 잘려 나간다. 아델라이드가 불려 나간다. 벌겋게 달군 부삽으로 허벅지 앞쪽을 이리저리 문지르고, 클리토리스를 지지고, 혀에 구멍을 뚫고, 유방에 채찍질을 하고, 젖꼭지 두 개를 도려내고, 두 팔을 부러뜨리고, 남은 손가락을 죄다 자르고, 보지 털을 잡아 뜯고, 이빨 여섯 개를 뽑아내고, 머리카락 한 움큼을 쥐어뜯는다. 모두 다 사정하는데, 공작만은 예외다. 무섭게 발기한 그는 오로지 테레즈의 처형만을 요구한다. 요구가 받아들여지자, 그는 테레즈의 모든 손톱을 주머니칼로 들어내고 손가락들을 촛불로 지지고 팔 하나를 부러뜨리는데, 그래도 아직 사정을 못 하자, 오귀스틴의 보지를 쑤시다가 그 이빨을 하나 뽑으면서 동시에 보지 속에 좆물을 싸지른다.

제22일. 114. 그는 한 청년의 사지를 부러뜨리고 나서 수레바퀴에 묶어, 숨을 거둘 때까지 내버려둔다.[228] 바퀴가 돌아가면서 볼기짝이 환히 드러나는데, 그를 고문하는 악당은 수레바퀴 아래 식탁을 차려놓고, 피해자가 절명할 때까지 매일 점심 식사를 거기서 해결한다.

115. 그는 어느 청년의 살가죽을 벗기고 꿀을 문질러 바른 다음, 파리 떼가 게걸스레 달려들어 먹도록 내버려둔다.

116. 그는 남자의 자지와 가슴을 잘라내고, 말뚝 하나에 한쪽 발을, 다른 말뚝에는 한쪽 손을 박아 몸 전체를 지탱하게 만든다. 그 상태로 천수를 누리다가 죽게 놔두는 것이다.

117. 뒤클로를 개와 함께 식사하도록 한 바로 그 남자가 자기 보는 앞에서 사자로 하여금 한 소년을 잡아먹게 한다. 소년에게는 방어용으로 가벼운 막대기를 하나 주었는데, 오히려 그것 때문에 야수가 더 흥분할 뿐이다. 온몸이 먹히는 순간 남자가 사정한다.

118. 그는 이런 일에 맞춰 확실히 훈련받은 말에게 소년을 내맡긴다. 말은 소년을 비역하고 죽인다. 소년은 암말 가죽으로 온몸이 뒤덮여 있고, 똥구멍에는 암말의 씹물을 문질러 바른 상태다.

그 저녁, 지통이 처형당한다. 공작, 퀴르발, 에르퀼, 브리즈퀴가

228
차형을 의미한다.

윤활제 없이 그를 쑤신다. 있는 힘껏 그를 채찍질하고, 이빨 네 개를 뽑고, 손가락 네 개를 자른다. 언제나 네 개씩이다. 왜냐하면 네 명 다 각자의 몫을 챙기니까. 더하여 뒤르세가 손가락으로 불알을 집어 터뜨린다. 오귀스틴이 네 명 모두에게서 무자비하게 채찍질당한다. 그 아름다운 엉덩이가 피투성이다. 공작이 그녀를 비역하는 동안 퀴르발이 손가락 하나를 자르고, 퀴르발이 비역하는 동안 공작이 벌겋게 달군 쇠로 그녀의 허벅지 여섯 군데를 지진다. 공작은 퀴르발이 사정하는 순간에 맞춰 그녀의 손가락 하나를 더 자르는데, 그 모든 일에도 불구하고 오귀스틴은 공작과 동침해야 한다. 마리의 팔 하나를 부러뜨리고, 손톱들을 뽑고, 손가락들을 불태운다. 밤에는 뒤르세와 퀴르발이 데그랑주와 뒤클로를 동반한 채, 아델라이드를 지하실로 끌고 내려간다. 퀴르발은 그녀를 마지막으로 비역하고 나서, 일련의 끔찍한 고문으로 죽게 만들 텐데 그 과정을 자세하게 묘사할 것.

제23일. 119. 그는 어린 소년을 어떤 기계장치 안에 넣는다. 그 장치는 위아래로 몸뚱이를 잡아당기며 전신을 탈골시킨다. 온몸이 조각조각 부서지고 나면 끌어냈다가 다시 집어넣는 짓을 죽을 때까지 며칠 계속한다.

120. 그는 어떤 예쁘장한 계집을 시켜 어린 소년을 수음해 주어 진을 뽑아버리도록 한다. 소년이 탈진하면, 음식물을 전혀 공급하지 않아 극심한 발작 속에 죽어가도록 놔둔다.

121. 그는 소년을 상대로 하루에만 결석 제거 수술과 천두(穿頭) 수술, 안구 누관(淚管) 수술, 항문 누공(瘻孔) 수술을 모두 시행한다.[229] 그리고 용의주도하게 모든 과정에서 실수를 범한 다음, 아무런 치료 없이 그 상태로 죽도록 버려둔다.

122. 그는 젊은이의 자지와 불알을 뿌리째 잘라낸 다음, 보지를 만든다며 벌겋게 달군 쇠로 그 몸에 구멍을 뚫고 곧장 지진다. 그는 그렇게 열린 구멍에 박으면서, 사정하는 순간 두 손

229
글자 그대로 결석을 제거하고, 두개골 또는 뼈에 구멍을 뚫고, 신체 조직의 관이나 구멍에 가하는 수술들을 나열하고 있다. 요점은, 사드의 세계에서 그 모든 것은 정상을 비정상으로 만드는 생체 실험(고문)으로 변질된다는 사실이다.

으로 젊은이를 교살한다.

123. 그는 말 글겅이로 남자의 몸을 긁어댄다. 그렇게 피투성이로 만든 몸을 주정으로 문질러 불붙이고, 다시 글겅이로 긁은 다음 주정으로 또 문질러 불붙이는 짓을 죽을 때까지 반복한다.

그 저녁, 나르시스가 학대의 현장에 호출된다. 그의 허벅지와 자지가 불태워지고, 불알 두 쪽이 으스러진다. 집착을 버리지 못하는 공작의 요청에 따라 오귀스틴이 다시 호출된다. 그녀의 허벅지와 겨드랑이가 불태워지고 보지에는 벌겋게 달군 쇠가 쑤셔져 박힌다. 그녀가 기절하는데도 공작의 광기는 더해만 간다. 그는 그녀의 젖통 하나를 잘라내 피를 마시고, 두 팔을 부러뜨리고, 보지 털을 잡아 뜯고, 이빨을 모두 뽑고, 손가락을 전부 자른 다음 곧바로 불로 태운다. 그러고도 그녀와 동침하는데, 마담 뒤클로가 확인한 바에 따르면, 밤새도록 그녀의 보지와 후장을 쑤시면서 다음 날 목숨을 끊어주겠다고 말해준다. 루이종이 출두한다. 그녀의 팔 하나를 부러뜨리고, 혀와 클리토리스를 태우고, 손톱, 발톱을 깡그리 뽑아내고, 피를 뿜는 손가락, 발가락 끝을 태운다. 그 상태로 퀴르발이 그녀에게 항문 성교를 하고, 광란 상태에서 사정하는 순간 젤미르의 젖통 하나를 온 힘을 다해 짓밟고 으스러뜨린다. 이 모든 극악무도한 난행에도 만족하지 못한 채, 그는 다시 그녀를 일으켜 세워 있는 힘껏 채찍질을 가한다.

제24일. 124. 마르텐이 1월 1일 네 번째로 이야기한 바로 그 남자는 두 아이가 보는 앞에서 아비를 비역하고 싶어 한다. 그리고 사정하면서 한 손으로는 아이 중 한 명을 단도로 찌르고, 다른 손으로는 나머지 한 명을 교살한다.

125. 만삭의 여자 복부에 매질을 하는 정념의 소유자가 두 번째 정념으로, 임신 8개월이 다 되어가는 산모 여섯 명을 모은

다. 그는 그들 모두가 등을 맞댄 채 배를 드러내고 모여 서게 한 뒤, 하나로 묶는다. 그는 단도로 첫 번째 여자의 복부를 가르고, 두 번째 여자의 복부를 찌르고, 세 번째 여자의 복부를 100대 발길질하고, 네 번째 여자의 복부를 막대기로 100대 때리고, 다섯 번째 여자의 복부를 불로 태우고, 여섯 번째 여자의 복부를 강판으로 간다. 그러한 고문에도 아직 죽지 않은 여자의 배는 몽둥이로 후려친다.

이 정념에 각별히 달아오른 퀴르발의 어떤 광포한 행위가 이야기를 중단시킨다.

126. 뒤클로가 이야기했던 유혹자가[230] 여자 두 명을 끌어모은다. 한 명에게 그는, 목숨을 보전하려면 신과 종교를 부정하라고 부추긴다. 하지만 그냥 잠자코만 있으라는 지시를 이미 받은 상태다. 만약 부추기는 대로 부정을 표하면 그 즉시 살해당할 것이요, 부정하지 않으면 아무 걱정 없을 거라고 말이다. 하여 그녀가 버티자, 그는 머리에 총을 쏘며 내뱉는다. "한 년은 하느님에게!" 그는 다른 한 명을 마저 부른다. 그녀는 이 본보기에 기겁을 한 데다, 살아남으려면 부정하는 것 말고 다른 방도가 없다는 조언을 들은 터라, 그대로 행한다. 그는 역시 머리에 총을 쏘며 내뱉는다. "또 한 년은 악마에게!" 악당은 이러한 놀이를 매주 반복한다.

127. 어느 지독한 보갈이 무도회를 즐겨 개최하는데, 바닥에 미리 손을 써두어, 사람이 가득 들어차는 순간 허물어져서 거의 모든 사람이 죽는다. 그가 만약 같은 도시에만 머물러 산다면 범행이 발각되겠으나, 워낙 자주 도시를 옮겨 다니는 터라, 50번째 범행을 저지르고서야 발각된다.

128. 마르텐이 1월 27일 언급한 남자, 낙태시키는 것이 취미인 바로 그자는 만삭인 여자 셋을 데려다가 아주 힘겨운 자세를 취하게 해서, 결국 세 가지 희한한 조합을 만든다. 그는 여자

230
주석 75번 참조.

들이 그 자세로 분만하는 걸 구경한 다음, 태어난 아기들을 산모의 목에 묶어둔다. 음식을 전혀 공급하지 않아, 그 상태로 아기가 죽거나 어미가 아기를 잡아먹어야 한다.

128-2. 위와 동일인에게는 또 다른 정념이 있었다. 그는 자기가 보는 앞에서 두 여자를 분만하게 했는데, 사전에 그들의 눈부터 가리고 아기들에게는 혼자만 알아볼 수 있는 표식을 따로 한 뒤 서로 뒤섞었다. 그런 다음 각자 자기 아이를 찾아보라고 지시했다. 틀리지 않으면 모두 살려주지만, 만약 틀리면 자기 아이인 줄 알고 품에 안은 아기의 몸뚱이를 대검을 휘둘러 그 자리서 베어버렸다.

그 저녁 나르시스를 난교 파티에 세운다. 손가락을 모조리 자르는 동안 주교가 그를 비역하고, 뒤르세는 조작을 가하는데, 뜨겁게 달군 바늘을 요도에 쑤셔 넣는다. 지통도 호출하여, 그의 몸뚱이를 공처럼 서로 주고받으며 농락하다가, 다리를 하나 부러뜨리면서 공작이 사정(射精) 없이 비역한다. 젤미르의 차례다. 클리토리스와 혀, 잇몸을 지지고 이빨 네 개를 뽑아내고, 넓적다리 앞뒤를 여섯 군데 지지고, 젖꼭지 두 개를 다 잘라내고, 손가락을 모두 절단하고, 그 상태로 퀴르발이 사정 없이 비역한다. 팡숑을 데려다가 눈알을 하나 파낸다.—한밤중에 공작과 퀴르발은 데그랑주와 뒤클로를 동반한 채 오귀스틴을 지하실로 데리고 내려간다. 그녀는 아주 옹다문 항문을 가졌는데, 실컷 채찍질부터 하고 나서 각자 사정 없이 비역한다. 이어서 공작은 그녀의 볼기짝에 쉰여덟 곳 상처를 내고, 그 하나하나에 펄펄 끓는 기름을 부어 넣는다. 그는 그녀의 보지와 항문에 뜨겁게 달군 쇠를 쑤셔 넣고, 곱상어 가죽으로 만든 콘돔을 착용해 상처들에 좆질을 한다. 그로 인해 상처들이 다시 찢어진다. 거기까지 한 다음 몇 군데 뼈가 보이도록 살을 발라내고, 그 뼈들에 여기저기 톱질을 하고는, 십자가 형태로 네 곳의 인대를 드러내서 각각의 인대 끝을 권양기에 달아 돌린다. 그러면 그 민감한 부위들이 늘어나면서 더할 나위 없는 고통을 유발한다. 그녀에게 약간 숨 돌릴 시간을 주는 것은 고통을 더 잘 느끼게끔 하기 위함이며, 조작은 다시 이어진다. 이번에는 인대가 늘어나는 동안 주머니칼로 그 늘어나는 부위를 긁는다. 거기까지 한 다음, 목에 구멍을 하나 뚫고 그리로 혀를 끌어당겨 밖으로 잡아 빼낸다. 남은 젖통을 천천히 태운 다음, 해부용 메스를 손에 쥐고 보지 속을 파고들어, 항문과 질을 나누는 격막을 찢어버린다. 이번에는 메스를 버리고 다시 손만 집어넣어, 내장 속을 더듬어 들어가, 보지로 똥을 누게끔 만들어버린다. 그런 다음, 같은 통로를 통해서 위주머니를 가른다. 다시 얼굴로 돌아와, 양쪽 귀를 잘라내고, 코 안쪽을 지지고, 펄펄 끓는 봉랍을 방울방울 떨어뜨려 두 눈을 멀게 하고, 두개골을 빙 돌아가며 칼집을 낸 다음, 발에 돌멩이를 묶은 상태에서 머리채만으로 사람을 매달아, 결국엔 두개골이 떨어져 나가면서 몸이 추락하게 만든다. 그녀는 추락한 뒤에도 아직 숨이 붙어 있어, 공작은 그 상태로 보지에 좆질을 한다. 사정하고나서도 그는 더 성난 상태가 되고서야 그녀에게서 떨어져 나온다. 그러고는 그녀의 몸을 활짝 열어, 배 속 내장을 불로 지지고, 메스 쥔 손으로 안쪽을 헤집고 들어가 심장 이곳저곳에 구멍을 낸다. 그제야 그녀가 절명한다. 이른바 자연이 빚어놓은 더할 나위 없는 천상의 피조물 중 하나가 15년 8개월을 살고 나서 그렇게 가버렸다. 삼가 고인의 명복을 빈다.

제25일. 129. (날이 밝자마자 공작이 콜롱브를 아내로 삼는다. 그녀는 직무를 다한다.) 어느 대단한 항문 애호가가 연인지간인 남녀를 놓고, 남자가 보는 앞에서 여자를 비역하고, 여자가 보는 앞에서 남자를 비역한 다음, 남자와 여자를 마주 보게 포개 놓은 상태로 말뚝을 박아, 서로 입을 맞댄 채 죽어가도록 내버려둔다.

이 처형 방법은 서로 연인 관계인 셀라동과 소피에게 적용되는데, 도중에 진행을 잠시 중단하고 셀라동으로 하여금 소피의 허벅지에 직접 봉랍을 떨어뜨리도록 강요한다. 소년은 혼절하고 주교가 그 상태로 비역한다.

130. 계집을 물에 처넣었다가 꺼내기를 반복하며 즐기던 바로 그자가 두 번째 정념으로, 일고여덟 명의 계집을 연못에 던져 넣고 서로 발버둥 치는 꼴을 구경한다. 그가 붉은 난간 봉을 가리키자 다들 거기 매달리지만, 그는 곧바로 떼어내 밀어버린다. 실은 보다 확실하게 죽여버리려고 사전에 각자 사지 중 하나를 절단하고 물에 던져 넣은 상태다.

131. 그의 첫 번째 정념은 토하게 만드는 것이었다. 이를 더 밀어붙여, 그는 모종의 비법을 사용해 한 지역 전체를 페스트균으로 감염시킨다. 그런 식으로 이미 얼마나 많은 인명을 희생시켰는지 모른다. 그는 강과 연못에도 모조리 독을 풀었다.

132. 채찍질을 좋아하는 한 남자는 임신한 여자 셋을 각기 아이 하나씩 들려 쇠창살 우리에 집어넣는다. 그런 다음 우리 아래서 불을 땐다. 철판이 달궈지면 여자들이 아이를 품에 꼭 끌어안은 채 펄쩍펄쩍 뛰다가, 결국에는 쓰러져 죽는다. (앞서 어디에선가 이에 참조할 내용을 언급했음. 어딘지 찾아볼 것.)[231]

133. 그는 구두 제작용 송곳 바늘로 찌르기를 좋아했다. 그걸 더 밀고나가, 그는 만삭인 여자를 가시들로 빼곡히 들어찬 통 속에 넣고, 정원에서 신나게 굴린다.

콩스탕스는 퀴르발이 재미있어 하는 이 임신한 여자들의 수난 이야기를 들으며 너무나도 고통스러워했다. 자신의 운명이 참으로 실감 나게 다가오는 것이다. 얼마 남지 않은 그날이 다가오면서, 이제 그녀를 학대해도 괜찮다는 생각이 지배한다. 드디어 그녀의 넓적다리 여섯 군데를 지지고, 봉랍을 배꼽에 떨어뜨리고, 핀으로 젖통을 찔러댄다. 지통이 출두한다. 불에 달군 바

231
마담 샹빌의 제21일 이야기 중 에피소드 104, 칠면조 춤.

늘로 음경을 찔러 한쪽에서 다른 쪽으로 관통하고, 불알을 찌르고, 이빨 네 개를 뽑는다. 이어서 죽음이 임박한 젤미르가 출두한다. 붉게 달군 쇠막대를 보지에 찔러 넣고, 젖가슴에 여섯 개의 상처를 내고, 허벅지에 열두 개의 상처를 내고, 배꼽을 깊숙이 찌른다. 네 친구들이 각자 스무 대씩 따귀를 후려갈기고, 이빨 네 개를 뽑고, 눈을 찌르고, 채찍질을 가하는가 하면, 비역질을 한다. 그렇게 항문 성교를 하면서 남편인 퀴르발이 다음 날 있을 그녀의 죽음을 미리 알린다. 그러자 소녀는 이제 자신의 불행도 끝날 거라면서 오히려 기뻐한다. 로제트가 출두한다. 그녀의 이빨 네 개를 뽑고, 뜨겁게 달군 쇠로 양쪽 견갑골에 낙인을 찍고, 양쪽 허벅지와 장딴지 살점을 베어낸다. 이어서 젖통을 짓이기듯 주물러대며 비역질한다. 테레즈가 출두한다. 눈 하나를 뽑아내고, 등에 소채찍으로 100대 매질한다.

제26일. 134. 어떤 보갈이 망루 아래 쇠침들을 깔아놓은 곳에 자리 잡고 서 있다. 망루 꼭대기에서 그를 향해, 앞서 그가 후장을 쑤신 두 남녀의 자식 여러 명을 떨어뜨린다. 그는 아이들 몸이 쇠침들로 관통당해 피범벅이 되는 꼴을 구경하는 게 너무 즐겁다.

135. 그녀가 2월 11일과 13일에 언급한 남자, 방화 취향을 가진 바로 그자는[232] 또 다른 정념으로 가연성 물질을 뿌려놓은 어느 장소에 만삭인 여자 여섯을 가두고 하나로 묶는다. 그는 거기에 불을 붙인 다음, 여자들이 도망치려고 하면 쇠꼬챙이를 들고 기다렸다가 후려쳐가며 불 속으로 다시 밀어 넣는다. 그러다가 다들 반쯤 구워지면 바닥이 함몰하고, 밑에 펄펄 끓여둔 거대한 기름통에 모조리 빠져 생을 마감한다.

136. 뒤클로가 언급한 남자, 가난한 사람들을 몹시 혐오하면서 뤼실 자매와 그 어미를 매수했고, 데그랑주도 한번 거론한 그자(확인해볼 것)의 또 다른 정념은 가난한 가족을 지뢰밭으로 불러 모아 폭파시켜 그 장면을 감상하는 것이다.

137. 남색을 엄청 즐기는 어느 근친상간남은 근친상간뿐 아

232
에피소드 58, 71.

니라 살인, 강간, 신성모독, 간통을 모두 합친 범죄를 저지르기 위해 아들로 하여금 성체를 앞세워 자기 후장을 쑤시게 하고, 결혼한 딸을 강간하며, 조카딸을 살해한다.

138. 엄청난 항문 신봉자가 어떤 엄마를 비역하면서 목을 조른다. 여자가 죽자, 그는 시신을 뒤집어 보지를 쑤신다. 사정을 하면서 그는 그 엄마의 딸아이를 어미 젖가슴에 올려놓고 칼질 한 방으로 또 죽인다. 그다음 이미 죽은 딸아이의 후장을 쑤시고, 아직도 두 모녀가 완전히 죽지 않아 고통을 느낄 수 있을 거라 굳게 믿고는, 두 시신을 불 속에 내던져 타는 걸 바라보면서 다시 사정한다. 그는 뒤클로가 11월 29일 언급한 남자, 흑단 침대 위에 누운 여자를 보고 싶어 하던 그자다.[233] 또한 그는 마르텐이 2월 11일 첫 번째로 이야기하는 자와 동일 인물이기도 하다.

나르시스가 처형대에 오른다. 그의 손목 하나가 잘려져 나간다. 같은 일이 지통에게도 일어난다. 미셰트의 보지 안쪽을 불로 지진다. 로제트도 마찬가지다. 두 소녀 다 배와 젖통이 불에 탄다. 그런데 정해진 규정에도 불구하고 자신을 주체하지 못하는 퀴르발이 냉큼 나서서 미셰트를 비역하면서 로제트의 젖통 하나를 송두리째 잘라낸다. 그다음 테레즈가 출두하고, 전신에 소채찍질을 200대 가하며, 한쪽 눈알을 파낸다. 그날 밤 퀴르발이 공작을 찾아와 데그랑주와 뒤클로를 대동한 채, 젤미르를 지하실로 데리고 내려간다. 지극히 정교하게 다듬어낸 고문 기술이 그녀의 명줄을 끊기 위해 가동될 것이다. 그것은 오귀스틴에게 가해진 것보다 훨씬 더 강력하며, 다음 날 아침 식사 시간에 또다시 가동된다. 이 아름다운 소녀는 15년 2개월을 살다가 죽는 것이다. 소녀들 숙소에서 가장 어여쁜 엉덩이를 가진 이가 바로 그였다. 다음 날 눈을 뜨자마자 아내가 더 이상 없음을 깨달은 퀴르발은 에베를 데려간다.

233
"또 다른 사람이 요구한 의식은 이보다 훨씬 더 괴상한 것이었습니다. 바로 플로르빌 공작 이야기입니다."
(이 책 400-1쪽)

제27일. 17주이자 마지막 주를 기념하기 위한 의식을 다음 날로 미룬다. 이왕이면 이야기를 마무리하면서 함께 기념식을 치르기 위해서다. 데그랑주는 다음과 같은 정념들을 이야기한다.

139. 마르텐이 1월 12일 언급한 남자, 항문에 박아 넣은 폭죽에 불을 붙이던 그자의[234] 두 번째 정념은, 만삭인 여자 둘을 둥글게 뭉쳐 결박한 다음, 투석기로 쏘아 올리는 것이다.

140. 난절이 취향이던 한 남자가 만삭의 두 여자에게 단도를 쥐여주고 방에(몰래 훔쳐볼 수 있는 방이다.) 몰아넣어 싸우도록 강요한다. 두 여자 모두 알몸이다. 그는 여자들이 진심을 다해 싸우지 않을 경우, 발포하겠다며 총구를 겨누고 위협하고 있다. 둘이 서로를 죽이면 그가 바라는 대로 되는 거다. 그렇지 않을 경우에는 그가 직접 검을 들고 방에 들이닥친다. 그래서 둘 중 한 명을 죽이고, 다른 한 명은 배를 갈라 질산이나 불에 달군 쇠붙이들로 장기를 태워버린다.

141. 만삭인 여자의 배에 채찍질하기를 좋아했던 한 남자가 취향을 수정해, 만삭인 계집을 차형에 처하고 그 수레바퀴 아래 의자에 계집의 어미를 꼼짝 못 하도록 결박한다. 어미는 거기서 입을 크게 벌린 채 딸의 시신에서 흘러내리는 온갖 오물을 고스란히 받아먹어야 한다. 만약 분만이 이루어진다면 딸의 아이까지도.

142. 마르텐이 1월 16일 언급한 남자, 엉덩이를 핀으로 찌르기를 즐겼던 그자가 쇠침들이 장착된 판 위에 계집을 묶는다. 그 위에서 여자를 덮쳐 좆질을 하면 매 동작마다 쇠침이 여자 몸을 파고든다. 그런 다음 몸을 뒤집어 이번에는 후장을 쑤심으로써 반대편에 똑같이 쇠침이 박히도록 한다. 그는 여자의 등짝을 눌러 젖통이 더 깊이 찔리게끔 한다. 거기까지 한 다음, 역시 쇠침이 장착된 또 다른 판을 여자 몸 위에 올려놓고, 나사를 사용해 두 개의 쇠침 판이 서로 밀착되도록 조인다. 그렇게 해서 여자는 온몸이 쇠침으로 찔리고 으스러져 죽는다. 조임은 아주

서서히 점진적으로 이루어져서, 죽음에 이르는 내내 여자가 고통을 느끼도록 한다.

143. 어느 태형 집행자는 만삭의 여자를 테이블 위에 눕힌다. 먼저 양쪽 눈에 뜨겁게 달군 대못을 때려 박아 여자를 테이블에 고정시킨 다음, 연달아 입과 양쪽 젖통에도 똑같은 대못을 박아 몸을 고정시킨다. 그런 다음, 촛불로 클리토리스와 젖꼭지를 지지고, 양 무릎을 절반 정도 천천히 톱질하고는, 다리뼈를 부러뜨린다. 마지막으로 엄청난 크기의 벌겋게 달군 대못을 배꼽에 정통으로 박아, 태아와 산모 모두를 절명케 한다. 그는 가급적 여자가 분만 직전이었기를 바란다.

그날 저녁, 쥘리와 뒤클로에게 채찍질을 하는데 그냥 장난에 불과하다. 왜냐하면 그 둘 다 목숨을 보존할 자들이기 때문이다. 그럼에도 불구하고 쥘리는 허벅지 두 군데에 화상을 입고 체모를 뽑힌다. 다음 날 절명하기로 되어 있는 콩스탕스가 출두하는데, 아직도 그녀는 자신의 운명을 모르고 있다. 그녀의 젖꼭지 두 개를 태우고, 배에다가 봉랍을 방울방울 떨어뜨리고, 이빨 네 개를 뽑고, 눈의 흰자위를 바늘로 찌른다. 마찬가지로 다음 날 사망할 나르시스가 출두한다. 그의 눈알 하나를 적출하고, 이빨 네 개를 뽑아낸다. 콩스탕스와 함께 무덤으로 가야 할 운명인 지통과 미세트와 로제트는 눈알을 하나씩 적출당하고, 이빨 네 개가 뽑혀 나간다. 이에 더해 로제트는 두 젖꼭지가 도려내지고, 양팔과 양 허벅지 살점 여섯 조각이 베어져 나간다. 아울러 손가락이 모조리 절단당하고, 벌겋게 달군 쇠막대가 보지와 후장을 쑤시고 들어온다. 퀴르발과 공작은 각자 두 차례씩 사정한다. 루이종이 호출되자, 소채찍질을 100대 가하고, 눈알 하나를 뽑아내 억지로 먹게 한다. 그녀는 시키는 대로 한다.

제28일. 144. 어떤 보갈은 서로 절친인 두 여자를 데려와 입을 맞붙게 하여 단단히 결박한다. 앞에 진수성찬을 차려놓았지만 절대로 그들이 가 닿을 수는 없다. 그는 굶주림에 시달리다 못한 두 여자가 서로를 먹어치우는 꼴을 지켜본다.

145. 만삭의 여자를 채찍질하고 싶은 어떤 남자가 비슷한 상황의 여자 여섯 명을 둥그런 쇠테들로 이루어진 원형 우리에 가둔다. 우리 속에서 여자들은 서로 중심을 향해 얼굴을 마주 보게 둘러서야 한다. 이제 쇠테의 크기가 점점 축소되면서 조여드는 가운데, 여섯 명 전원 배 속 열매들과 함께 몸이 밀착되어 납작해지고 숨이 막힌다. 단, 사전에 그들 모두에게서 볼기짝 하나와 젖통 하나씩을 잘라내 각자 팔라틴[235]처럼 걸치게 한다.

146. 마찬가지로 만삭의 여자에게 채찍질하기를 좋아하던 한 남자가 똑같이 만삭인 여자 둘을 각각 어떤 기계장치로 작동하는 장대에 묶는다. 그 장치는 장대에 묶인 여자들을 크게 휘둘러 서로 부닥치게 한다. 그 충돌의 여파로 둘 다 사망하면서 남자가 사정한다. 그는 이 일을 위해 가급적 모녀라든가 자매 관계인 여자들을 물색하고자 애쓴다.

147. 뒤클로가 이미 언급했고,[236] 데그랑주 역시 26일 뤼실 자매와 그 어머니를 매수했다며 거론한 백작이라는 사람,[237] 마르텐 또한 1월 1일 네 번째로 이야기한 바로 그 남자가 마지막 정념으로 여자 셋을 세 구덩이 위에 매달아놓는다. 한 명은 혀로 매다는데, 그 아래 구덩이는 아주 깊은 우물이다. 다른 한 명은 젖통으로 매다는데, 그 아래 구덩이는 펄펄 끓는 화로다. 나머지 한 명은 두개골을 빙 둘러 칼집을 낸 다음 머리채로 매다는데, 그 아래 구덩이는 쇠침들로 가득하다. 몸무게가 여자들을 아래로 끌어당겨 머리채가 두피와 더불어 뜯겨 나가든, 젖통이 찢겨 나가든, 혀가 잘려 나가든 하나의 고통을 벗어나 또 다른 고통으로 넘어가는 것에 불과하다. 가능하면 세 경우 모두 만삭의 여자를 대상으로 하되, 그게 여의치 않을 땐 한 가족 세 명을 대상으로 하는데, 그가 뤼실 자매와 그 어미를 돈으로 산 것은 바로 이 일에 써먹기 위해서였다.

148. 마지막이다. (나머지 둘이 누락된 이유를 확인할 것. 초

235
palatine. 어깨에 걸쳐 짧은 망토처럼 착용하는 여성용 의상.

236
뒤클로의 제21일 이야기. "백작은 정념의 기세에 완벽하게 사로잡힌 사람이었고, 나이 서른다섯에 신의도, 법도, 신도, 종교도 전혀 안중에 없는 사람이었습니다."(이 책 329쪽)

237
제26일 에피소드 136.

고에는 다 있었다.)[238] 우리가 지옥이라는 이름으로 지칭할 마지막 정념에 몸을 맡기는 대귀족은 지금까지 총 네 차례 언급되었다. 뒤클로가 11월 29일 이야기에서 맨 마지막에 언급했고, 샹빌이 아홉 살짜리의 동정을 박탈하는 남자로 언급했으며, 마르텐이 세 살짜리의 항문 쪽 동정을 박탈하는 남자로 언급했고, 데그랑주가 앞에 어딘가에서 다시 언급했다.[239] 그는 나이 마흔 살에 체구가 거대하며, 수컷 노새와 같은 남근의 소유자다. 그의 자지는 둘레가 9푸스에 가깝고 길이는 1피에다. 아주 부자인 데다 대단한 거물인 그는 엄청 냉혹하고 잔인한 사람이다. 앞으로 이야기할 정념을 위해 그는 파리 외곽에 극단적으로 고립된 집을 한 채 가지고 있다. 그만의 환락이 전개되는 공간은 매우 단순하고 널찍한 살롱인데, 속을 넣은 매트리스로 사방이 메워져 있다. 십자형 창틀의 커다란 유리창 하나가 이 방에서 유일하게 외부로 뚫려 있는 지점이다. 그것은 살롱 바닥을 기준으로 20피에 아래에 자리한 드넓은 지하 공간을 향하고 있다. 이 지하 공간으로 그가 여자들을 던지면, 그때그때 받아낼 매트리스들이 창문 아래쪽에 깔려 있는데, 이에 대한 자세한 묘사는 추후 다시 할 것이다. 파티를 위해 계집 열다섯 명이 필요한데, 더도 덜도 말고 딱 열다섯에서 열일곱 살이어야 한다. 이 연령에 해당하는 최대한 아름다운 대상들을 물색하기 위해 파리에서는 뚜쟁이 여섯 명이, 지방에서는 뚜쟁이 열두 명이 고용된다. 그들이 먹잇감을 찾아낼 때마다, 이 사내가 주인인 시골의 한 수도원에 수시로 모아들인다. 그로부터 보름마다 주기적으로 그의 정념을 수행하기 위한 노리개들이 조달되는 것이다. 그는 일을 벌이기 전날 노리개들을 직접 검사한다. 조금이라도 하자가 발견되면 그 즉시 불합격이다. 그는 계집들이 완벽한 미의 표본이기를 바란다. 드디어 뚜쟁이 한 명의 인솔하에 노리개들이 도착하고, 환락의 살롱 바로 옆방에서 대기한다. 첫 면접이 이루어지는 장소가 바로 그 방이다. 열다섯 명 모두 알몸이다. 그는 만지고, 주무르고, 관찰하고, 입을 빨아보고, 자기 입안

238
누락보다는, 데그랑주의 에피소드 72-2와 128-2 때문에 벌어진 현상이라는 게 연구자들의 추정이다.

239
샹빌 2일 에피소드 6, 마르텐 1일 에피소드 2, 데그랑주 12일 에피소드 66.

에 차례차례 똥을 누게 해보되 먹지는 않는다. 이 첫 번째 조작을 끔찍하리만치 진지한 태도로 진행한 그는, 벌겋게 달군 인두로 모두의 어깨에 앞으로 거쳐갈 노리개들의 순번을 새겨 넣는다. 거기까지 일을 마치면, 그는 살롱으로 건너가 잠시 혼자서 시간을 보낸다. 그 혼자 있는 시간 그가 무엇을 하는지는 아무도 모른다. 이윽고 그가 노크하면, 옆방에서 번호 1을 새긴 계집이 그에게 날아온다. 다시 말하지만 정말로 몸뚱이가 날아온다. 뚜쟁이가 계집을 그에게 던지고, 그는 계집을 품에 받아 안는 것이다. 계집은 알몸이다. 그는 문을 닫고, 회초리를 집어 들어 엉덩이를 매질하기 시작한다. 그걸 하고 나면, 자신의 거대한 자지로 항문 성교에 들어가는데, 그 누구의 도움도 필요 없다. 사정은 결코 하지 않는다. 발기 상태의 자지를 빼고 나서 그는 다시 회초리를 집어 들고 등, 넓적다리 앞쪽과 뒤쪽에 매질을 가한 다음, 계집을 다시 반듯하게 눕히고 이번에는 앞쪽에서 동정을 박탈한다. 다시 회초리를 들고 유방을 향해 있는 힘껏 매질한 다음, 젖가슴 두 쪽을 움켜쥐고 있는 힘을 다해 주물러댄다. 거기까지 하고 나면, 구두 제작용 송곳 바늘로 살점 이곳저곳에 상처를 여섯 개 내는데, 그중 두 개는 이미 뭉그러진 젖통에 각각 하나씩이다. 그런 다음, 지하 공간을 향한 창문을 열고 엉덩이를 자기한테 향하도록 계집을 일으켜 세운다. 위치는 거의 살롱 정중앙, 창문을 마주한 지점이다. 거기서 엉덩이를 발로 냅다 차버리는데, 얼마나 세게 차는지 계집이 창문을 그대로 통과해 아래 깔린 매트리스로 곤두박질친다. 그런데 노리개들을 그런 식으로 내차기 전, 각자의 목에 리본을 매준다. 리본 하나가 처형 하나를 의미하며, 계집들이 각기 어떤 처형 방식에 가장 어울릴지 또는 어떤 방법이 제일 관능적일지를 유추하게 해준다. 이런 일에 그가 얼마나 아는 게 많고 능수능란한지 가히 놀랄 정도다. 그렇게 모든 계집이 차례차례 같은 의식을 치르는 가운데, 한나절에만 동정 서른 개가 그의 수중에 떨어진다. 그러면서도 좆물은 단 한 방울도 흘리지 않는다. 계집들이 떨어진 지하 공간에는 열다섯 가지 다양하고 무시무시한 처형 세트가 준비되어 있고, 복면을 착용한 데다 악마의 표식까지 한 집행자가 각각의 처형 절차를 그에 맞는 색깔의 복장까지 갖춰 입고서 일일이 주관한다. 계집들의 목에 맨 리본 색깔이 바로 처형 방식에 해당하는 색깔과 상응하기에, 계집이 떨어지는 즉시 같은 색 복장의 집행자가 낚아채 자기가 주관하는 처형 장소로 끌고 가는 것이다. 하지만 모든 형 집행은 열다섯 번째 계집이 떨어지고 나서야 진행된다. 마지막 계집이 추락하자마자 우리의 주인공은, 동정을 서른 개 취하고도 사정하지 않아 잔뜩 성난 자지가 하복부에 딱 달라붙은 상태로, 몸소 지옥의 소굴까지 내려온다. 그제야 일체가 움직이기 시작해, 오만 가지 고문이 동시에 작동한다.

처형 제1호는 어떤 수레바퀴 위에 계집을 묶어놓고 끊임없이 돌리는 것이다. 그렇게 회전할 때마다 면도날이 장착된 원반을 스치면서 불행한 여자의 몸은 이곳저곳 긁히고 베일 수밖에 없다. 하지만 어디까지나 살짝살짝 스칠 뿐이기에, 숨이 끊어지기까지 적어도 두 시간은 그렇게 돌아야 한다.

제2호. 계집이 누워 있고 그로부터 2푸스 간격을 두고 벌겋게 달군 쇠판이 설치되어, 몸뚱이가 서서히 녹는다.

3. 그녀는 뜨겁게 달궈진 쇳덩이 위에 엉치뼈가 놓이게끔 묶여 있다. 무시무시하게 탈골된 사지가 제멋대로 뒤틀린다.

4. 팔다리 네 개가 각각 용수철 네 개에 묶여 있다. 용수철이 조금씩 수축되면서 사지를 잡아당기고, 결국 팔다리가 제각각 뜯겨 나가면서 몸통만 불구덩이 속으로 떨어진다.

5. 벌겋게 달궈진 쇠 종을 모자처럼 쓰고 있다. 뇌가 서서히 녹으면서 머리통이 구석구석 구워진다.

6. 그녀는 사슬에 묶인 채 펄펄 끓는 기름통에 들어가 있다.

7. 그녀는 1분에 여섯 번 화살을 날리는 기계장치 앞에 맨몸을 드러내고 있다. 날아오는 화살은 항상 몸의 빈 곳을 찌르고, 온몸이 고슴도치가 되고서야 기계가 멈춘다.

8. 두 발이 불가마 속에 들어가 있다. 묵직한 납덩이가 머리를 서서히 누르는 바람에 몸이 점점 더 타들어간다.

9. 집행자가 벌겋게 달군 쇠막대로 그녀를 자꾸 찔러댄다. 결박당한 그녀는 옴짝달싹 못 한다. 집행자는 그녀의 몸뚱이를 오밀조밀 훼손한다.

10. 그녀는 유리 돔으로 덮인 기둥에 쇠사슬로 묶여 있다. 그 안에 우글거리는 굶주린 뱀 스무 마리가 그녀의 몸뚱이를 산 채로 야금야금 먹어치운다.

11. 그녀는 두 발에 각각 대포알을 매단 채 한 손으로 매달려 있다. 자칫 아래로 떨어지면, 불가마 속이다.

12. 그녀는 두 발이 위로 향한 채 벌어진 입을 통해 말뚝에 박혀 있다. 엄청난 양의 불티가 날아와 수시로 몸뚱이에 들러붙는다.

13. 몸에서 끄집어낸 인대를 밧줄에 묶어 잡아당긴다. 그러는 동안 뜨겁게 달군 쇠침으로 인대를 콕콕 쑤신다.

14. 박차 모양의 불에 달군 쇳조각들이 달린 마르티네 채찍으로 보지와 항문을 번갈아 매질하고 들쑤신다. 그 중간중간 불에 달군 쇠갈고리로 긁어댄다.

15. 독극물 때문에 내장이 타들어가고, 찢어지고, 끔찍한 경련이 일어난다. 무시무시한 울부짖음을 토해내는데, 마지막까지 숨을 거둘 수가 없다. 이는 가장 끔찍한 방법에 속한다.

악당은 지하로 내려오자마자 여기저기 어슬렁거린다. 각각의 처형 절차를 15분씩 점검하면서, 저주받은 사람처럼 불경한 말을 내뱉고 온갖 욕설로 처형자들을 주눅 들게 한다. 급기야 더 이상 참을 수 없어진 그는, 너무 오랫동안 갇혀온 좆물이 금방이라도 터져 나갈 것 같은지, 모든 처형 장면을 관찰할 수 있는 위치의 안락의자에 몸을 던진다. 악마 복장을 한 두 명이 다가와 엉덩이를 까뒤집어 보여주면서 그를 용두질해준다. 결국 그는 엄청난 비명을 내지르며 좆물을 방출하는데, 그 소리가 열다섯 처형자들의 그것을 모조리 뒤덮을 정도다. 그러고 나서 그는 퇴장한다. 미처 숨이 끊어지지 않은 계집들은 일제히 사면되고, 나머지 시신은 모두 매장된다. 보름간의 일정은 그것으로 끝이다.

여기서 데그랑주의 이야기가 끝난다. 그녀는 칭찬받고, 축하받고, 기타 등등.

날이 밝자마자, 그동안 막연히 생각해온 축제를 위한 무시무시한 준비가 진행된다. 콩스탕스를 혐오하는 퀴르발은 아침이 되자마자 그녀의 보지를 쑤셨고, 좆질을 하면서 그녀에게 내려질 선고문을 들려주었다. 커피 시중은 희생자 다섯 명이 맡았는데 콩스탕스, 나르시스, 지통, 미셰트, 로제트가 그들이다. 거기서도 가공할 일들이 벌어졌다. 4인조들을 어떻게 처리했을지는 방금 전 여러분이 읽은 이야기에 이미 적나라하게 담겨 있다. 데그랑주가 구연을 끝내자마자 우선 파니를 호출했고, 남아 있는 손가락, 발가락을 모두 자른 다음, 퀴르발과 공작, 일급 때짜 네 명이 달려들어 윤활제 없이 비역했다. 소피가 출두했다. 그녀의 애인인 셀라동으로 하여금 보지 속을 지지도록 강요하더니, 손가락을 모조리 잘라내고, 사지에서 피를 뽑았으며, 오른쪽 귀를 찢어버리고, 왼쪽 눈알을 뽑아버렸다. 셀라동은 그 모든 행위를 돕지 않을 수 없었고 종종 자기 스스로 행해야만 했다. 만약 조금이라도 싫은 기색을 보이면, 쇠침 달린 마르티네 채찍질이 퍼부어졌다. 이어서 저녁 식사를 들었다. 진수성찬이 차려졌고, 술은 거품 풍부한 샴페인과 리큐어만 퍼마셨다. 본격적인 처형은 난교 파티 시간에 이루어졌다. 디저트를 드는 나리들에게 모든 준비가 완료되었다는 소식이 당도했다. 그들이 내려가보니 지하실은 아주 잘 치장되고 정비되어 있었다. 콩스탕스는 일종의 영묘 위에 누워 있었고, 아이들 네 명이 네 구석을 장식하듯 지키고 서 있었다. 엉덩이들이 무척 싱싱해서 짓뭉개버리는 즐거움이 아직은 컸다. 드디어 처형이 시작되었다. 퀴르발이 직접 콩스탕스의 배를 열면서 지통을 비역했고, 이미 형체가 완성되어 남성을 드러내고 있는 열매를 끄집어냈다. 희생자 다섯 명에 대한 처형이 계속 이어졌는데, 하나같이 잔혹하고 또한 다채로웠다.

3월 1일에도 눈이 녹지 않는 것을 보고는, 남은 모든 걸 꼼꼼히 처치하기로 결정한다. 친구들은 침실에서의 부부 구도를 새로 정립하고, 프랑스로 데리고 돌아갈 모두에게 초록색 리본[240]을 매주기로 결정한다. 단, 못다 한 처형을 적극 돕는다는 조건이다. 주방에서 일하는 여자 여섯 명에 대해서는 이렇다 할 조치가 없는데, 그럴 만한 가치가 있는 주방 보조 세 명만큼은 처형하기로 결정한다. 나머지 요리사 셋은 요리 솜씨가 아까워 목숨만은 살려주기로 한다. 요컨대, 명단을 작성하자 현시점에서 이미 희생당한 자들 현황이 다음과 같이 나온다.

배우자들: 알린, 아델라이드, 콩스탕스 ………………………… 3
후궁들: 오귀스틴, 미셰트, 로제트, 젤미르 ………………………… 4
미동들: 지통, 나르시스 ………………………………………… 2
때짜들: 하급 때짜 한 명 ………………………………………… 1
합계 ………………………………………………………………… 10

두루마리 앞면 마지막 장 표시로 갈 것.
앞면 33쪽.
여기서부터 뒷면의 끝에 이은 내용이 시작됨.[241]

따라서 새로운 부부 구도가 정해진다. 공작은 동반자 또는 보호자로서 다음을 거느린다. 에르퀼, 마담 뒤클로, 요리사 한 명.
………………………………………………………………………… 4
퀴르발은 브리즈퀴, 샹빌, 요리사 한 명을 거느린다.
………………………………………………………………………… 4
뒤르세는 방도시엘, 마르텐, 요리사 한 명.

240
뒤클로가 구연하던 11월 4일의 '초록 리본'과는 무관하다. "뒷머리에 초록 리본을 단 모든 항문이 그의 것임을 나타내게 된 것이다."(이 책 158쪽) 여기서는 오히려 봄의 빛깔로서 초록색이 갖는 긍정적인 의미와 통한다.

241
이 지시 사항은 두루마리 원고의 종이가 다하자, 사드가 여분의 종이를 앞면 끝(33쪽)에 하나 덧대고 나서 그리로 글이 계속 이어짐을 표시하기 위해 적어 넣은 메모다. 이 대목은 오이겐 뒤렌 판본과 플레이아드 판본에는 있는데, 세르클 뒤 리브르 프레시외 판본에서는 찾아볼 수 없다.

·· 4

주교는 앙토니위스, 마담 데그랑주, 쥘리를 거느린다.

·· 4

합계 ·· 16

그리고 또 내린 결정은, 조만간 친구들 넷, 때짜 넷, 이야기꾼 넷의 주도로(요리사들은 포함시키지 않기로 함) 남은 인원 모두를 최대한 음험한 방식으로 처치하자는 것이다. 마지막 며칠 사이에 잡아들여야 할 주방 보조 셋은 제하고 말이다. 그리고 위층 거주 공간에 감방 네 곳을 조성해서, 가장 혹독한 감방에는 하급 때짜 셋을 쇠고랑까지 채워서, 두 번째 감방에는 파니와 콜롱브, 소피, 에베를, 세 번째 감방에는 셀라동과 젤라미르, 퀴피동, 제피르, 아도니스, 이아생트를, 마지막 네 번째 감방에는 노파 넷을 집어넣기로 결정한다. 노리개를 매일 한 명씩 처치할 것이기에, 주방 보조 셋을 잡아들일 날이 오면 빈 감방 어디든 처박으면 될 일이다. 그런 다음, 이야기꾼들에게는 각자 감방 하나씩에 대한 재량권을 부여한다. 나리들은 내킬 때마다 감방으로 직접 찾아가든지, 자기 침실로 호출하든지 해서, 마음 놓고 희생자를 유린하고 즐길 수 있다. 결과적으로, 앞서 이야기한 것처럼, 연일 다음과 같은 순서로 인명이 처단된다.

3월 1일 팡숑. 2일 루이종. 3일 테레즈. 4일 마리. 5일 파니. 6일과 7일에는 소피와 셀라동이 연인으로서 함께 처치되는데, 앞서 이야기한 것처럼,[242] 서로 포개진 상태로 말뚝에 박힌다. 8일 하급 때짜 한 명. 9일 에베. 10일 하급 때짜 한 명. 11일 콜롱브. 12일 마지막 남은 하급 때짜. 13일 젤라미르. 14일 퀴피동. 15일 제피르. 16일 아도니스. 17일 이아생트. 18일 아침, 기어이 주방 보조 셋을 잡아들여 노파들 감방에 가둔다. 그들은 18일, 19일, 20일에 각각 처단한다.

합계 ·· 20

242
12월 25일 에피소드 129.

다음 요약을 통해 모든 인원의 직무를 다시 한 번 살펴보자. 다 합쳐 마흔여섯 명에 이르니 말이다.

주인	4
노파	4
주방	6
구연	4
때짜	8
미동	8
배우자	4
후궁	8
합계	46

사망자 30명, 파리 귀환자 16명의 존재가 이로써 확인된다.

총계

3월 1일 이전 난교 중에 학살당한 인원	10
3월 1일부터	20
귀환 인원	16
합계	46

최종 인원 스무 명에 대한 처형과 떠나는 날까지의 생활에 대해서는 추후 적당한 기회에 자세히 기술할 것. 무엇보다 남은 열두 명이 모두 한자리서 식사를 했다는 점을 명시할 것. 그리고 처형 방법은 구미에 맞게 선택해 적용할 것.

주의 사항

계획표[243]에서 조금도 벗어나지 말 것. 그 안의 모든 것은 여러 차례 거듭 고민해가면서 최대한 정밀하게 짜 맞춘 것이다.

출발 장면을 상세하게 묘사할 것. 그리고 전체적으로 식사 장면에는 특히 철학적 담론을 섞어 넣을 것.

243
제1부 제3일의 "향후 여정에 관한 계획표".

정서(正書)할 때는 공책을 따로 놓고, 모든 주요 등장인물과 중요한 역할을 맡은 인물들 이름을 기록해둘 것. 이를테면 지옥에서 온 자처럼, 수차례에 걸쳐 다시 거론할 사람이랄지, 여러 가지 정념을 가진 사람들. 그 이름들 옆에 넉넉한 여백을 마련해두고, 나중에 정서하는 동안 비슷한 유형으로 생각나는 모든 이야기를 채워 넣을 것. 이런 메모야말로 매우 요긴하게 작용하며, 작업 과정을 선명하게 파악해 중복을 피할 수 있는 유일한 방법이 되어줄 것이다.

제1부를 상당 부분 가볍게 다듬을 것. 모든 내용이 지나치게 장황함. 지금보다 훨씬 유연하게 다루고 암시만으로 넘어가도 무방할 것임. 특히 친구들 네 명은 미리 거론되지 않은 행태를 보이지 말 것. 그런 점에서 주도면밀하지 못했음.

제1부에서 아버지 때문에 몸을 팔게 된 소녀의 입에 박는 남자가 불결한 자지로 좆질을 한다는, 소녀가 이미 언급한 바로 그 사람임[244]을 명시할 것.

소녀들이 식사 시중을 들면서 네 친구들 술잔에 항문을 사용해 독주를 주입해 넣는 장면을 잊지 말고 12월 이야기에 삽입할 것. 미리 예고는 했는데, 계획표에서는 전혀 언급하지 않았음.

처형 방법 추가

도관을 사용해서 보지 속으로 쥐를 집어넣는다. 도관을 빼고 나서는 보지를 꿰매버린다. 밖으로 빠져나올 수 없는 짐승은 안의 내장을 갉아 먹는다.

여자에게 뱀을 억지로 삼키게 하면 그 뱀이 마찬가지로 여자를 갉아 먹는다.

전체적으로 퀴르발과 공작을 이야기할 때 혈기 왕성하고 격정적인 두 악당으로 묘사할 것. 제1부와 계획표에서는 바로 그런 식으로 그들을 다루었다. 그리고 주교는 냉정하고, 무정하며, 꼼꼼하게 따지기 좋아하는 악당으로 묘사할 것. 뒤르세의 경우

244
뒤클로의 30일 이야기. "그는 아내와 딸을 앞으로 가게에 맡길 것인데, 그들을 부려서 제가 벌게 될 돈은 모조리 저의 몫이거니와, 그에 더해 그들이 가게에서 판을 벌일 때마다 자기도 2루이씩 지불하겠다고 했습니다."(이 책 416쪽) 뒤클로의 8일 이야기. "그는 자기 다리 사이에 그녀를 무릎 꿇게 하더니 양쪽 귀를 움켜쥐어 머리를 움직이지 못하게 고정한 다음 입안에 자지를 박아 넣었는데, 제가 보기에는 시궁창에 굴러다니는 걸레보다 훨씬 더럽고 구역질 나게 생긴 물건이더라고요." (이 책 209쪽)

는 심술 맞고, 거짓말 잘하며, 배신 잘하고, 당최 믿지 못할 인간이어야 함. 이를 바탕으로, 그들 성격에 부합할 온갖 행동을 가리지 않게 할 것.

이야기꾼들이 언급하는 모든 인물의 이름과 정체를 꼼꼼히 요약, 정리해둘 것. 그래야 중복을 피할 수 있음.

등장인물들을 정리해놓은 공책에서 한 장을 할애하여, 성채와 각각의 실내 공간들 도면을 담아둘 것. 그리고 옆의 여백에다가는 이런저런 방에서 행할 일들을 기입해둘 것.

이 장대한 두루마리 글은 1785년 10월 22일에 시작해서 37일 만에 끝났다.

자료 I

1904년 판본의 서문

의학박사 오이겐 뒤렌

나는 오랜 세월 유감스럽게도 완전히 분실된 것으로 여겨지던 사드 후작의 대표작 『소돔 120일 혹은 방탕주의 학교』의 원고와 관련한 놀라운 사연과 기이한 운명을 「사드 후작에 관한 새로운 연구」[1]라는 글에서 낱낱이 거론했다.

이런 유형의 '홍등가 소설'[2]로 전례를 찾기 힘든 이 작품은 '신성한 후작'[3]이 바스티유에 갇혀 있던 1785년 10월 22일에서 11월 27일까지 만들어졌다. 후작은 저녁 7시에서 10시까지 작품에 매달렸고, 한 장 한 장 이어 붙인 긴 두루마리 종이띠에 글을 써 내려갔다.

1789년 사드 후작이 바스티유에서 나올 때, 작품 원고는 다른 글들과 함께 거기 그대로 방치되어 있었다. 피사누스 프락시의 저서 『인덱스 리브로룸 프로히비토룸』(1877년 런던, 423쪽)에 따르면,[4] 문제의 원고는 맨 먼저 아르누 드 생막시맹의 수중으로 들어갔다가, 나중에 빌뇌브트랑 가문의 소유로 넘어가 3대에 걸쳐 그 집안 소장품으로 보존된다. 지금 이 책이 출판되기까지 작품의 전모를 아는 사람은 아무도 없었다. 1850년경 필사본이 하나 만들어지지만, 원본 서체를 해독하는 데 따른 어려움 때문에 5일째 이야기 이상 나아가지 못했다.

결국 독일의 한 호사가가 원고를 손에 넣은 다음에서야, 저명한 언어학자에 의해 깨알 같은 서체의 해독이 가능해졌고, 원전에 충실한 필사본이 탄생할 수 있었다. 바로 그 필사본을 바탕으로 하여 나는 최초이자 유일한 판본이 되어줄 이 책을 오늘 펴내는 것이다.

이 원고야말로, 파리 시 당국이 공식적으로 확인했듯, 레티

1
Neue Forschungen über den Marquis de Sade und seine Zeit, Berlin, Max Harrwitz, 1904.

2
le roman de maison publique. 이 명칭을 두 가지 관점에서 해석할 수 있다. 하나는 오늘날의 '포르노그라피'에 상응하는 보통명사. 이는 당대의 풍속을 들여다보게 해주는 재미난 표현으로 돋보인다. 다른 하나는, 실제로 매춘부 네 명이 각자 '홍등가'에서 치른 경험담을 들려준다는 점에서 『소돔 120일』만의 특징을 지적한 용어로 보는 것이다. 오이겐 뒤렌의 이후 논의는 분명 후자의 관점에 무게를 싣고 있다.

3
19세기 말부터 사드의 별명으로 자리 잡은 '신성한 후작(le Divin Marquis)'이 언제, 누구의 글에서 비롯한 것인지는 불명확하다. 다만 16세기에 활동한 이탈리아 풍자 작가이자 에로티시즘 문학의 선구자 중 한 명인 피에트로 아레티노(Pietro Aretino, 1492-556)의 자칭 '신성한 아레티노'라는 별명에서 유래한다는 설이 보편적이다. 당대 유럽 군주와 귀족들은 그의 신랄한 필치를 곤혹스러워 했는데, 아레티노는 이를 비웃듯 자신의 또 다른 별명으로 '군주들의 재앙'을 자처하기도 했다.

4
피사누스 프락시(Pisanus Fraxi, 1834-900)의 본명은 헨리 스펜서 애슈비(Henry Spencer Ashbee). 영국의 장서가이자 서지학자이며, 총 3권 분량의 방대한 에로티시즘 문헌 자료집인 『금서 목록(Index Librorum Prohibitorum)』으로 유명하다.

프 드 라 브르톤이 '방탕주의 이론'에서 언급한 바로 그 사드 후작의 대표작이라는 사실에 한 치의 의혹도 있을 수 없다.[5] 이 기이한 원고를 얼추 훑어보는 것만으로도, 그 진위성에 대한 모든 의혹을 깨끗이 잠재우기에 충분하다.

이는 폭 11센티미터의 종이들을 한 장 한 장 꼼꼼히 잇대어 붙임으로써 하나의 긴 종이띠를 이룬 원고다. 전체 길이는 12미터 10센티미터이며, 앞뒤 면 모두 글씨가 빼곡히 들어차, 결국 종이띠 전면과 후면을 모두 활용하는 셈이다.

텍스트 전체에 사드 후작 특유의 우아한 글씨체가 지극히 미세한 크기로 촘촘히 들어차 있다. 후작에겐 종이가 얼마 없었기에, 공간을 아껴 써야만 했던 거다. 글씨체는 사드 후작의 다른 원고들 글씨체와 유사하다. 매우 특이하게 뾰족한 그 형태는 금세 시선을 끄는데, 그 때문에 텍스트 자체를 가리켜 '첨두체'[6]라는 재치 있는 표현을 쓰기도 했다.

그런가 하면 주제와 문체 또한 후작의 다른 글들과 유사하다. '쥐스틴과 쥘리에트'[7]를 읽은 사람이라면 누구나 『소돔 120일』에서 그와 동일한 표현법과 문형(文型)을 발견할 수 있을 것이다.

이 원고는 인간의 성생활과 더불어 성도착의 다양성과 그 본질에 관한 모든 관찰 결과 및 사유를 집대성한, 사드 후작의 대표작으로 간주되어야 마땅하다. 이는 거론되는 사례들의 과학적 분류를 목적으로 체계적인 구도에 입각하여 작성된 글이다. 성도착의 여러 사례들은 후작 본인이 단언하듯 상상이 아닌 실재이며, 오늘날까지도 상당수 사람에게서 실제로 목격되는 현상이다.[8] 이 책을 읽으면서, 이를테면 크라프트에빙이 거론한 사례들을 마주하고 있다는 느낌이 잦은 것은 사실이다. 우리는 작품 속에 여러 차례 주를 달아 그 놀라운 유사성에 대한 주의를 환기시켰다.

그러나 저자가 서술한 600가지의 사례들이 보다 흥미롭게 다가오는 이유는, 홍등가의 무용담과 같은 형식으로 제시되고

5
우선 이 서문 말미에 뒤렌 박사 자신이 '정오표'로 지적하듯, '방탕주의 이론'은 '니콜라 씨'로 수정되어야 한다. 그런데, 정작 레티프 드 라 브르톤은 『소돔 120일』의 원고와 사드의 또 다른 글 '공창(公娼) 기획'을 혼동했을 수 있다는 게 아폴리네르의 추정이며, 그 근거는 드 라 브르톤이 문제의 원고를 보았을 리 없다는 점이다. 사드 전집 1권, 127쪽 참조.

6
첨두체(尖頭體, écriture lancette). 고딕건축 양식의 특징 중 하나인 '첨두홍예'를 빗댄 표현이다.

7
쥐스틴(Justin) 또는 쥘리에트(Juliette)를 주인공으로 하는 작품들을 말한다. 발표 연도는 사드 전집 1권, 「부록 II. 작품 연보」 참조.

8
예컨대 이런 대목이다. "그런 괴벽을 해명하기는 어려운 일이나, 많은 사람들에게서 실제로 확인되는 현상이다."(이 책 74-5쪽) 그러나 오이겐 뒤렌의 견해는 어디까지나 섹솔로그 즉, 과학자의 입장이기에 가능하며, 특히 후술하는 크라프트에빙과의 관련 속에서나 고려되어야 할 관점이다. 『소돔 120일』의 모든 것이 관찰의 기록일 수는 당연히 없으며, 특히 '글쓰기'의 지평에서 사드를 읽고자 하는 우리 입장에서는 더더욱 그렇다.

있기 때문이다. 이런 이야기 형식이야말로 그 모든 사례들을 인상적이면서도 사실적으로 우리에게 제시하며, 성도착자의 기괴한 습성과 자연에 반하는 성향을 이해의 범위 안으로 끌어들여, 그 심리를 정확하게 간파할 수 있도록 해준다.

그런 점에서 나는 이 작품이 의학자와 법학자, 인류학자 그리고 과학적 시각에서 이 문제를 다룰 생각이 있는 모든 이에게 학문적으로 매우 중요한 의미를 갖는다고 말하고 싶다.

나는 이 점과 관련해서도 여러 주석을 통해 세부적인 요점들을 정리해놓았다.

이제 선보이는 텍스트는, 내가 입수한 원고 그대로를 자구 하나하나 성실하고 완벽하게 재현한 판본이라는 점을 분명히 해야겠다. 나는 필기 과정에서의 실수와 철자의 오류를 수정하고, 문자가 누락된 부분을 적절한 범위 내에서 보충했을 뿐이다. 괄호([ ]) 안에 기입된 단어나 문장 번호 역시 내가 첨가한 것이다. 240개의 주석은 그 밖의 다른 변화들을 명시하고, 나아가 소설의 내용에 대한 과학적이고 비평적인 지적을 담아낸다.

나는 이 판본이 문헌학적이고 과학적인 모든 비평 요구에 부응하기를 바라며, 본연의 목적 즉, '프시코파티아 섹수알리스[성 정신병]'의 기원과 형식에 관한 학문적 연구를 위해 그 중요성을 누구도 의심치 않을 저작이 되어주기를 희망한다.

[정오표]

"레티프 드 라 브르톤의 '방탕주의 이론'"에서 '방탕주의 이론'은 '니콜라 씨'여야 맞음.[9]

9
『니콜라 씨, 혹은 폭로된 인간의 마음(Monsieur Nicolas, ou Le Cœur humain dévoilé)』(1796-7)은 레티프 드 라 브르톤의 미완의 자서전이다. 이 책에서 저자는 '방탕주의 이론(Théorie du libertinage)'이라는 이름으로 사드의 어떤 글을 비난하고 있다.

자료 II

1931년 판본의 서문

모리스 엔

그러자 두려움이 말했다: 나는 죽은 연민이라오.
그리고 부끄러움이 말했다: 나는 위로받은 슬픔이라오.
그리고 욕정이 말했다: 나는 사랑이라오.
—A. C. 스윈번, 「생명의 발라드」

영광스럽게도 내가 이 자리에 소개하는 특별한 작품은 인간 정신의 역사에 하나의 대사건으로 기록되어야 마땅하다. 그런 데도 사드의 천재성이 후대에 유증한 글들 중 이 작품은 가장 덜 알려져 있다. 그의 문학적, 과학적, 철학적 재능이 하나로 어우러져 가장 뚜렷하게 구현된 작품임에도 불구하고 말이다.

1785년 개략적 면모를 갖춘 상태에서 『소돔 120일』의 원고는 앤 래드클리프의 아직은 특색이 드러나지 않은 첫 번째 소설보다 4년, 매튜 그레고리 루이스의 저 유명한 『수도승』보다 11년 앞선 것이었다.[1] 요컨대 지금까지 암흑 소설 또는 공포 소설의 창시자로 알려진 두 명의 영국 작가를 광폭으로 앞질렀다는 얘기다.

어쨌든 이 작품에 쏟은 사드의 야망이 모험소설을 혁신하는 것뿐 아니라, 언젠가 심리소설이라 불릴 장르의 반경을 대폭 넓히는 것이었음은 명백한 사실이다. 실제로 서문에 나열하는 인물 묘사를 보면, 위대한 발자크 이전에는 적수가 없을 만한 심리 분석의 경지다.

하긴 『방탕주의 학교』는, 독일의 한 전기 작가의 말을 그대로 인용할 경우, "첫 번째 '프시코파티아 섹수알리스'"인 셈이며,[2] 그런 뜻에서 크라프트에빙의 유명한 논문을 1세기 가까이

1
사드는 『사랑의 죄악』(1800)의 서문에 해당하는 '소설에 관한 견해(Une Idée sur les romans)'에서 고딕소설을 논하고 있다. '비판적 찬사'가 주요 논조인 그 글을 통해 사드는, 유럽 대륙을 휩쓴 프랑스대혁명의 충격이야말로 영국의 작가들로 하여금 초자연적 공포에 탐닉하도록 만들었다는 견해를 피력했고, 이는 오늘날에도 고딕소설을 설명하는 비중 있는 관점 중 하나로 인정받고 있다. 사드는 특히 래드클리프(Ann Radcliffe, 1764-823)보다 루이스(Matthew Gregory Lewis, 1775-818)를, 그의 대표작 『수도승(The Monk)』(1796)을 높이 평가했다.

2
오토 플라크(Otto Flake), 『사드 후작(Marquis de Sade, Mit einem Anhang über Restif de la Bretonne)』, 베를린, 1930, 164쪽.

앞선 문헌이다. 공교롭게도 크라프트에빙 자신은 사드 후작보다 정확히 100년 후에 태어났다. 가장 최근 크라프트에빙 교수의 명저를 번역한 르네 롭스탱 씨가 "지극히 객관적이고 의학적인 책의 내용과 순수 철학적 사변을 철저히 경계하는 그 논조"를 잘 살려내 보여주었는데,[3] 백과전서파의 직접적인 계승자가 쓴 저작은 반대로 지성의 모든 영역을 폭넓게 끌어안으면서, 사유의 절대적 표현을 수용할 준비가 되어 있는 엘리트들을 상대로 발언한다.

덧붙여 말하건대, 이 책은 경이로운 차원의 음행학(淫行學)[4]이다. 정신에 맞서 섹스를 치켜세운다면, 결국에는 인간으로 하여금 육체적 기능을 극대화하기 위해 영적 에너지를 포기하도록 만드는 거야 당연한 추이 아닌가. 소설가 사드는 자신이 창조한 인물들의 그런 악마적 비의(秘儀)에 관해 여느 고해신부만큼 아는 것이 많고, 그런 그가 묘사하는 은밀한 충동들은 정녕 아스모데우스[5]의 증언자로서 손색이 없다.

그러나 가차 없이 존재를 파헤치고자 하는 노력 앞에서 자기 입맛에 맞는 음란성만을 보려 하거나, 또 볼 수밖에 없는 사람들에게는 부득이 안타까움을 표해야겠다. 이른바 영혼의 가장 외진 구석을 강타하는 난폭한 빛이 정신분석학적 개념들의 온화한 빛보다 그들로서는 훨씬 견디기 어려울 테니 말이다. 사드는 전격적으로 무자비한 사람이다. 모든 연민에 대한 그의 일관된 거부는 인간적인 것과 비인간적인 것을 작품을 통해 하나로 묶고, 그 기이한 천재성을 최대한 부각시킨다. 인간에 대하여, 그리하여 인간의 원상(原象)이라 할 신에 대하여 그보다 더 극단적인 환멸을 의식적으로 표명한 사람은 일찍이 없었다. 존재의 정상(頂上)을 어둠으로 뒤덮는 대신, 그 정상이 스스로를 굽어보아야 할 심연에 빛을 던진다는 점에서, 이는 위대한 태도라 할 것이다….

그런 동시대인에게서, 18세기가 '신성한' 아레티노의 후예라며 '신성한 후작'이라는 어처구니없는 음란 전설의 모티프밖에

3
크라프트에빙 교수의 『프시코파티아 섹수알리스』를 알버트 몰(Albert Moll, 1862-939) 박사가 1923년 증보해 새로 찍어낸 제16판과 제17판은, 원저의 곱절에 가까운 방대한 분량(907쪽)의 보다 전문화된 지식을 담고 있다. 파리 의과대학 도서관 사서인 르네 롭스탱(René Lobstein)이 가공할 열정으로 불역해냈고, 프로이트보다 먼저 무의식의 개념을 발견한 심리학자 피에르 자네(Pierre Janet, 1859-947)가 서문을 붙여 1931년 파이요(Payot) 사에서 찍어낸 프랑스어 번역판 142쪽에 사드와 사디슴이 거론되고 있다.

4
뫼키알로지(Mœchialogie). 이 단어는 음욕, 간음을 의미하는 라틴어 명사 모이키아(mœchia)와 그리스어 로고스(logos)를 합성해 만든 신조어로서, 음행, 욕정, 간음에 관한 이론 또는 학문을 뜻한다. 트라피스트 수도회 신부이자 파리 의과대학 교수 피에르 장 코르네유 드브렌(Pierre Jean Corneille Debreyne, 1786-867)의 저서 『음행학. 십계명의 여섯 번째와 아홉 번째 계명의 위반죄에 대한 논고(Mœchialogie. Traité des péchés contre les sixième et neuvième commandements du décalogue)』(1845)로 유명하다.

5
구약 제2경전 중 하나인 「토비트서」 3장에 등장하는 악마. 음란과 욕정을 관장하며, 이브를 유혹한 뱀의 정체였다는 설도 있다.

끌어내지 못했다는 사실은 그야말로 어처구니없다. 뱅센과 바스티유의 수감자를 옭아맨 육체적 고립(isolement)은 당시로선 유례없는 독창적 사고로 인한 정신적 고립(isolisme)[6] — 사드 자신이 만든 어휘 — 의 희미한 반영에 지나지 않는다. 오로지 그의 친숙한 적(敵) 레티프 드 라 브르톤만이 그 점을 예감하는데, 당혹스러울 만큼 도발적인 글의 존재(정녕 우리가 손에 쥔 바로 이 원고가 맞을까?)를 아는 이 자는 괴물 작가가 1796년까지 펴낸 모든 작품이 문제의 원고에 비하면 별것 아니라며, 그 출간을 경계한 것 같다. 이렇게 단언하고 있으니 말이다. "하지만 그건 아무것도 아닙니다. 모든 끔찍한 작태는 오로지 '방탕주의 이론'을 위해 남겨두었으니까요."[7]

하지만 비극은 바로 그 점에 있었다. 사드는 단 한 편의 글도 출간할 수 없었고, 바스티유가 함락당하면서 모두 전혀 모르는 사람들 손에 들어가 다시는 그의 품으로 돌아오지 못한 것이다. 『소돔 120일』을 분실함으로써 사드는 일생일대의 걸작을 잃어버린 거였고, 그 자신도 그걸 알고 있었다. 이후 그의 문학 인생은 이 돌이킬 수 없는 사건을 만회하려는 힘겨운 노고로 점철된다. 그는 자신의 고독과 인간 혐오가 극으로 치달았던 시기의 능력치에 다시금 도달하기 위하여 집요하고 끈질긴 시도를 멈추지 않는다. 두 차례의 장기 구금이 잠시 풀렸던 시기 즉, 나이 50에서 60에 이르는 자유와 투쟁의 10년 세월은 바로 그와 같은 시도에 악착같이 매달린 시간이다. 그러나 일할 능력은 일단 논외로 치고, 정치 활동이라든지 생계를 위한 노력들, 연애를 동반한 일련의 인간관계가 이미 그를 다른 사람으로 만들어 놓는다. 단두대와 거리를 피로 적시는 역겹기만 한 광경이 사형을 적극 반대하는 사드의 순수한 죄악론에 맞아떨어질 리 없다. 대혁명이 들쑤셔놓은 광란의 인파에 휩쓸리면서 내면의 고독을 느낄지언정, 예전만큼 그것이 풍요로운 결실을 약속하리라는 예감은 들지 않는 것이다.

그리고 세월이 지나 1904년. 그러니까 사드가 숨을 거두고

6
'이졸리슴(isolisme)'이라는 단어는 『미덕의 불운』(1787년 집필)에서 시작해 『쥐스틴』과 『라 누벨 쥐스틴』 그리고 『알린과 발쿠르』에서 모두 합해 네 번 등장하지만, 그것이 가리키는 존재의 상황은 사드의 전 작품, 다양한 층위에 두루 포진한다. 예컨대 『소돔 120일』 속 실링 성의 희생자들은 신에게서 내던짐을 당한(Geworfenheit) 고립무원의 처지에 빠짐으로써, 네 명의 가해자들은 절대적 쾌락의 에고이즘을 체현하는 신적인 존재가 됨으로써, 실링 성 자체는 지형학적으로 완벽하게 차단된 지옥의 폐쇄 공간을 연출함으로써 모두 다 '이졸리슴'을 구현하고 있다. 특이한 형태의 정신적, 정서적 고립을 암시하는 이 단어의 적절한 번역어를 찾기란 쉬운 일이 아니다. 역자는 '고립(孤立)'이라는 단어를 작품의 해당 장면에 부응하는 형태로 파생시켜 사용하되, 그 의미를 독립적으로 기술할 때는 사드가 처음 착안한 '이졸리슴(isolisme)' 그대로 옮겨 쓸 것을 제안한다.

7
『니콜라 씨, 혹은 폭로된 인간의 마음』, 파리, 1797, 제8권, 16부, 4785쪽.

90년이 흐른 시점, 베를린의 정신의학자 이반 블로흐 박사가 오이겐 뒤렌이라는 가명으로,[8] "인간의 성생활과 더불어 성도착의 다양성과 그 본질에 관한 모든 관찰 결과 및 사유를 집대성한, 사드 후작의 대표작"을 사상 최초 완전한 필사본으로 출간하기에 이른다. 그는 이 작품이 "의학자와 법학자, 인류학자에게 학문적으로 매우 중요한 의미"가 있음을 명시하면서, 크라프트에빙과 사드가 거론한 사례들이 서로 너무나도 흡사함에 놀라움을 표명했다. 이것만 보더라도 독일인 의사가 자신이 발굴 복원한 작품의 가치를 명확히 의식했으며, 사드 연구의 물꼬를 트는 데 중요한 역할을 했다는 점에는 이론(異論)이 있을 수 없다. 그런가 하면, 폰 크라프트에빙 박사의 『프시코파티아 섹수알리스』가 프랑스어로 번역 출간된 것은 1895년에 이르러서였다.[9] 반면 『소돔 120일』은 — 총 180부 인쇄 — 불과 몇 부만이 프랑스로 유입되었을 뿐 아니라, 그중 단 한 부도 국립도서관 금서 보관소에 안치되지 못했다. 문제는 독일인 의사가 복원한 이들 판본이 원고의 진위 여부마저 의심스럽게 만들 만큼 오류투성이라는 사실이었다. 이에 당황한 일부 혜택받은 애서가들은 그 속에 어쩔 수 없이 묻어나는 독일식 어법의 흔적을 제거할 필요성에 대해 진지하게 고민하기 시작한다. 전설은 그렇게, 독일인 의사의 막강한 자부심을 희생시키는 가운데 그 모습을 갖춰간 셈이다. 1904년 같은 일자에 출간된 뒤렌 저 『새로운 연구』는 사드의 자필 원고에 대해 더없이 확고한 신념으로 이야기하고 있으나, 프랑스어로는 번역조차 되지 않았다. 1923년 이반 블로흐가 사망한 뒤 원고는, 이 글의 필자가 입수하기 위해 베를린을 방문한 1929년 1월까지 독일에 방치되어 있었다.

마침내 특별한 훼손 없이 우리 손에 넘겨진 사드의 원고는 처음 집필한 초고를 정서한 것이며, '서문'과 제1부만 제대로 전개되고, 뒤이은 2, 3, 4부는 세부적인 계획을 명시한 기안 형태다. 그중 처음 두 부에 해당하는 글들에서 저자는 텍스트를 거듭 수정하고자 하는 의지를 분명히 하고 있다. 따라서 미완의

8
뿐만 아니라, 지명과 출판사도 위장했다. 파리의 '클뤼브 데 비블리오필(Club des Bibliophiles, 애서가 클럽)'에서 펴냈다고 했지만, 실은 베를린 소재 '막스 하르비츠(Max Harrwitz)' 출판사에서 낸 것이다.

9
『프시코파티아 섹수알리스(Psychopathia sexualis)』, R. 폰 크라프트에빙, 독일어 제8판을 에밀 로랑(Émile Laurent)과 시지스몽 크사포(Sigismond Csapo)가 프랑스어로 번역. 파리, 1895년 출간.

작품이 어쩔 수 없이 수반하는 오점과 실수를 너무 타박해서는 안 될 것이다.

이제 오랜 세월 달려온 이 길의 종착지를 코앞에 둔 필자로서 개인적 소회 몇 가지를 간단히 피력하고자 한다.

나는 내가 사는 이 시대를 신뢰하는 만큼, 다소 대담하다면 대담할 수 있는 과업을 오늘 이루어내면서 나의 행위가 미칠 파장을 충분히 숙고해보았다. 고(故) 뒤렌 선생이나 나나, 1815년 대혁명의 마지막 호흡에 맞춰 태동했다가 1914년 대재앙과 더불어 수그러든, 이른바 위선의 세기를 풍미한 견해 모두[10]를 굳이 무시할 생각이 없다. 다만 오늘날의 사회가, 겁이 많아서든 무얼 잘 몰라서든, 사람의 의향을 문제 삼아 정신을 탄압하는 과거 악습과 그것이 무리하게 단정하는 결론에 섣불리 동조하지 않게끔 내게 주어진 작은 소명을 다할 뿐이다. 실로 인간 정신에 대하여 어떤 독단적 평가도 하지 않고, 그 어떤 검열이나 금지도 하지 않는 담대하고 성숙한 시대가 있다면, 그것은 다름 아닌 우리가 살고 있는 시대, 그토록 값진 대가를 치르고 해방을 쟁취한 바로 이 시대여야 할 것이다.

모든 진지한 사상은, 설사 그 장본인 말고는 아무도 지지하지 않는다 해도, 존중받아 마땅하다. 지금 이 작품에서 표명된 사드의 사상은 워낙 진지하고 강력해, 그의 다른 작품 대부분은 이를 풀어서 설명해놓은 것처럼 여겨질 정도다. 가끔은 납득하기 어려울 만큼 열악한 출판 환경을 핑계 삼아, 그 무엇과도 비교할 수 없는 전대미문의 문헌을 아예 세상에 존재하지 않은 것처럼 치부하는 작태는 더 이상 용납할 수 없는 단계까지 와 있다. 일찍이 그 누구도 들어본 적 없는 목소리를 들을 줄 아는 자, 그 심오한 의미에 오해 없이 심취할 능력을 갖춘 자들의 열정을 막아설 수 있는 것은 이제 없다.

1931년 3월 15일

10
필리프 솔레르스(Philippe Sollers)가 『지고의 존재에 대항하는 사드(Sade contre l'Être Suprême)』(갈리마르 출판사, 1996)의 서문 「시대 속의 사드(Sade dans le Temps)」에서 언급한 19세기 상황("19세기는 그를 검열하고 잊어버리느라 무진 애를 썼다.")을 일컫는다. 사드 전집 7쪽, 「작가에 대하여」 참조.

사드 전집 2

D. A. F. 드 사드
소돔 120일 혹은 방탕주의 학교

성귀수 옮김

초판 1쇄 발행. 2018년 7월 25일

발행. 워크룸 프레스
편집. 김뉘연
표제 글자. 이용제
표지 그림. 월터 와튼(Walter Warton)
제작. 금강인쇄

ISBN 979-11-89356-01-9 04860
978-89-94207-48-3 (세트)
29,000원

워크룸 프레스
출판 등록. 2007년 2월 9일
(제300-2007-31호)
03043 서울시 종로구
자하문로16길 4, 2층
전화. 02-6013-3246
팩스. 02-725-3248
메일. workroom@wkrm.kr
www.workroompress.kr
www.workroom.kr

이 도서의 국립중앙도서관 출판예정도서목록(CIP)은
서지정보유통지원시스템(seoji.nl.go.kr)과
국가자료공동목록시스템(www.nl.go.kr/kolisnet)에서 이용하실 수
있습니다. CIP제어번호: CIP2018021358

옮긴이. 성귀수 — 음절배열자, 번역가. 연세대학교 불어불문학과 졸업. 동 대학원에서 박사 학위를 받았다. 저서로 시집 『정신의 무거운 실험과 무한히 가벼운 실험정신』과 '내면일기' 『숭고한 노이로제』가 있고, 옮긴 책으로 아폴리네르의 『일만 일천 번의 채찍질』, 가스통 르루의 『오페라의 유령』, 아멜리 노통브의 『적의 화장법』, 장 폴 브리겔리의 『사드 — 불멸의 에로티스트』, '스피노자의 정신'의 『세 명의 사기꾼』, 샤를 루이 바라의 『조선기행』, 모리스 마테를링크의 『꽃의 지혜』, 폴린 레아주의 『O 이야기』, 장 튈레의 『자살가게』, 크리스티앙 자크의 『모차르트』(4권), 모리스 르블랑의 『결정판 아르센 뤼팽 전집』(10권), 수베스트르와 알랭의 『팡토마스』 선집(5권), 조르주 바타유의 『불가능』 등 100여 권이 있다. D. A. F. 드 사드 사후 200주년을 맞아 2014년부터 사드 전집을 번역하고 있다.